W0320566

MICHELLE RAVEN

Trügerisches Spiel

Die Romane von Michelle Raven bei LYX:

Hunter-Reihe (Romantic Thrill):
1. Vertraute Gefahr
2. Riskante Nähe
3. Gefährliche Vergangenheit
4. Trügerisches Spiel

TURT/LE-Reihe (Romantic Thrill):
1. TURT/LE. Gefährlicher Einsatz

Dyson-Dilogie (Romantic Thrill):
1. Eine unheilvolle Begegnung (*erscheint März 2013*)

Ghostwalker-Reihe (Romantic Fantasy):
1. Ghostwalker. Die Spur der Katze
2. Ghostwalker. Pfad der Träume
3. Ghostwalker. Auf lautlosen Schwingen
4. Ghostwalker. Fluch der Wahrheit
5. Ghostwalker. Ruf der Erinnerung
6. Ghostwalker. Tag der Rache

Weitere Romane der Autorin sind bei LYX in Vorbereitung.

MICHELLE RAVEN

Trügerisches Spiel

Roman

LYX
EGMONT

Originalausgabe November 2012 bei LYX
verlegt durch EGMONT Verlagsgesellschaften mbH,
Gertrudenstr. 30–36, 50667 Köln
Copyright © 2012 bei EGMONT Verlagsgesellschaften mbH
Alle Rechte vorbehalten

1. Auflage
Redaktion: Katharina Kramp
Satz: Greiner & Reichel, Köln
Printed in Germany (671575)
ISBN 978-3-8025-8830-3

www.egmont-lyx.de

Die EGMONT Verlagsgesellschaften gehören als Teil der EGMONT-Gruppe zur **EGMONT Foundation** – einer gemeinnützigen Stiftung, deren Ziel es ist, die sozialen, kulturellen und gesundheitlichen Lebensumstände von Kindern und Jugendlichen zu verbessern. Weitere ausführliche Informationen zur EGMONT Foundation unter **www.egmont.com**

Prolog

San Francisco

Ungeduldig drückte Jocelyn auf den Knopf, während sie auf die Anzeige blickte, die über der Fahrstuhltür angebracht war. Das verdammte Ding war erst im zehnten Stock und ließ sie hier oben warten. Wie kam es, dass nie ein Fahrstuhl da war, wenn sie es eilig hatte? Sie drückte noch einmal, zweimal, obwohl sie wusste, dass er dadurch nicht schneller kommen würde. In genau zwanzig Minuten würde ihr Training anfangen, und sie war noch drei Häuserblocks von der Bushaltestelle entfernt, wenn sie endlich unten im Foyer ankam. Das Fitnessstudio lag nahe bei der University of California, damit sie nach den Vorlesungen je nach Lust und Laune trainieren konnte, aber sie musste durch die halbe Stadt fahren, wenn sie von ihrem Job als Aushilfssekretärin dorthin wollte. Jetzt im Sommer ging sie nur noch zum Aerobic-Training und joggte lieber im Golden Gate Park, der praktischerweise fast an das Universitätsgelände grenzte.

Jocelyn rückte den Riemen ihrer Tasche zurecht, als ein dezenter Klingelton die Ankunft des Fahrstuhls im fünfzehnten Stock ankündigte. In der steifen und kalten Atmosphäre des Hochhauses im Finanzdistrikt fühlte sie sich immer etwas unwohl. Sie hatte den Eindruck, jeder würde es ihr sofort ansehen, dass sie nicht hierhergehörte, obwohl sie sich sogar zwang, Geschäftskleidung zu tragen. Nun ja, fast zumindest. Viel konnte sie sich von ihrem mageren Gehalt nicht leisten, vor allem, da sie ihr Medizinstudium selbst finanzieren musste. Sie schnitt eine Grimasse und trat in den leeren Fahrstuhl. Immerhin war er geräumig genug, dass sie nicht das Gefühl hatte, in einem Sarg eingesperrt zu sein. Ein Schauder lief über ihren Rücken. Rasch drückte sie auf den Knopf, neben dem *Ausgang* stand, und tappte ungeduldig mit dem Fuß auf den Teppichboden, während sich der Fahrstuhl gemächlich in Bewegung setzte. Er bremste im nächsten Stockwerk sanft ab und die Tür öffnete sich. Verdammt! Sie hätte doch das Treppenhaus nehmen sollen, auch wenn sie dafür quer durch das halbe Stockwerk hätte laufen müssen.

Resigniert trat sie zur Seite und zwang sich zu einem Lächeln, als ein elegant gekleidetes Paar eintrat. Der Mann sah aus, als hätte er eine gut bezahlte Position in einer der hier ansässigen Firmen, angefangen von den Spitzen seiner sicher sündhaft teuren Schuhe bis zu dem ordentlichen Haarschnitt, der die grauen Schläfen hervorhob. Selbst seine Fingernägel waren manikürt, wie sie sah, als er auf den Knopf zur Tiefgarage drückte. Die Frau war garantiert Anwältin. Jocelyn unterdrückte ein Lachen, als ihr der Gedanke durch den Kopf schoss. Warum sie sich so sicher war, konnte sie nicht sagen, es war wohl die Tatsache, dass ihr Kostüm ihre schlanke Figur vorteilhaft betonte, aber sie trotzdem äußerst dezent wirkte mit der aufwändigen Hochsteckfrisur und der ledernen Aktentasche. Als die Frau ihr zulächelte, blickte Jocelyn schnell zur Seite. Es war ihr unangenehm, beim Starren erwischt zu werden. Und ja, sie kam sich in ihrer Capri-Hose, der schlichten Bluse, den Leinenschuhen und mit ihren zu einem Zopf zusammengebundenen rotblonden Haaren irgendwie minderwertig vor. Ganz zu schweigen davon, dass sie mit ihren dreißig Jahren noch Studentin war, kein Auto besaß und sich ihr Geld als Sekretärin verdienen musste.

Jocelyn biss auf ihre Lippe und schüttelte das Selbstmitleid ab. Sie machte genau das, was sie sich immer gewünscht hatte, und würde sich deshalb nicht schlecht fühlen. Es tat ihr nicht leid, dass sie Kevin durch die Highschool und das anschließende Architekturstudium gebracht hatte. Ihren Bruder so glücklich zu sehen, war jeden Cent wert gewesen. Langsam entspannte sie sich und gewann ihre Selbstsicherheit zurück, die sie sich in ihrer Jugend nach dem frühen Tod ihrer Eltern und den lieblosen Pflegeeltern hart erarbeitet hatte. Als zwei Stockwerke tiefer erneut der Fahrstuhl stoppte und der Klingelton ertönte, sah Jocelyn seufzend auf die Uhr. Auf keinen Fall würde sie noch pünktlich zum Training kommen.

Die Tür ging auf und ein kräftig gebauter Mann kam herein, der einen Trenchcoat trug. Jocelyn trat genau wie die beiden Anwälte ein Stück zurück, um ihm Platz zu machen, wofür er sich mit einem höflichen Nicken bedankte. Wie konnte er bei der Hitze einen langen Mantel ertragen? Selbst nur mit Bluse bekleidet schwitzte sie, sobald sie aus dem klimatisierten Gebäude herauskam. Gut, er sah südländisch aus, vielleicht war er deutlich wärmeres Wetter gewöhnt. Im Geiste zuckte Jocelyn mit den Schultern. Es ging sie nichts an, und sie sollte stattdessen lieber über ganz andere Dinge nachdenken.

Ihr Blick glitt zu der Anwältin, die ihrerseits mit einem seltsamen Gesichtsausdruck den Mantelmann beobachtete. Auch ihr Begleiter schien sich nicht wohl zu fühlen, er zupfte an seiner Krawatte. Fantastisch, jetzt hatten sie es geschafft, sie nervös zu machen. Dabei stand der Mann einfach nur da, den Blick auf die Tür gerichtet. Seine schwarzen Haare lockten sich leicht über den Kragen des Trenchcoats, die Hände hatte er in den Taschen vergraben. Es gab keinen Grund, warum sie sich seinetwegen unwohl fühlen sollte. Doch sie tat es. Unruhig strich sie über die Gänsehaut auf ihren Armen. Wussten ihre beiden Mitfahrer etwas über den Mann? Vielleicht war er ihnen in irgendeinem Prozess begegnet und … Jocelyn erstarrte, als er sich ruckartig zu ihr umdrehte.

»Schönes Wetter heute, oder?« Er grinste sie an und entblößte dabei nikotingelbe Zahnreihen.

Sie nickte und sah nach oben, wo unendlich langsam die Stockwerke aufleuchteten, an denen sie vorbeifuhren. Das war sicher die längste Fahrstuhlfahrt ihres Lebens. Ihr Kopf ruckte herum, als sie ein leises Ploppen und einen entsetzten Aufschrei hörte. Die Anwältin starrte auf ihren Begleiter, der für einen Moment bewegungslos dastand, bevor er in Richtung der Fahrstuhlwand taumelte und daran nach unten rutschte. Seine Augen waren geweitet, sein Gesicht verzerrt. Ein roter Fleck breitete sich auf dem Hemd des Mannes aus.

Was war geschehen? Die Stille im Fahrstuhl wurde vom Aufschluchzen der Frau unterbrochen, die sich neben ihn kniete und mit einer zitternden Hand über sein Gesicht strich. Verspätet breitete sich Furcht in Jocelyn aus. Die ganze Situation war so jenseits ihrer bisherigen Erfahrungen, dass sie Mühe hatte, zu verstehen, was passiert war. Und sie hatte auch keine Ahnung, was sie jetzt tun sollte. Sie erinnerte sich an das Handy in ihrer Tasche und begann, danach zu suchen, damit sie Hilfe rufen konnte.

»Hände da raus!« Die unangenehm raue Stimme des Trenchcoat-Typen durchdrang die angespannte Stille.

Es dauerte einen Moment, bis Jocelyn verstand, dass er sie meinte. Zögernd ließ sie ihre Tasche sinken, als sie die Pistole in seiner Hand bemerkte. Oh Gott, er hatte auf den Mann geschossen! Erst jetzt ergab der Blutfleck auf dem Hemd einen Sinn. Ein länglicher Zylinder war vor dem Pistolenlauf angebracht. Bisher hatte sie Schalldämpfer nur in Filmen gesehen, sie hätte nie geglaubt, dass jemals so etwas in der Realität auf sie gerichtet sein könnte. Die Angst wurde stärker, ihre Beine begannen zu zittern, ihr Mund war plötzlich wie ausgetrocknet. Fast wünschte sie, sie hätte genauer aufgepasst, wie die Polizisten in den Filmen ihre

Gegner zum Aufgeben brachten, doch ihr Gehirn war völlig leer, wie erstarrt. Ihr Blick ging automatisch zur Stockwerkanzeige, vielleicht wenn sie einfach nur bis zum Erdgeschoss …

»Sie haben ihn umgebracht!« Die Stimme der Anwältin überschlug sich, sie klang schrill in der Enge des Fahrstuhls.

»Danke für die Auskunft, dann brauche ich nicht selber nachzusehen.«

Die ruhige, fast gelassene Antwort des Mörders rieb über Jocelyns angespannte Nerven.

»Sie …«

Am liebsten hätte Jocelyn der Anwältin gesagt, sie solle den Mann nicht provozieren, solange sie noch im Fahrstuhl waren, doch es war bereits zu spät. Im einen Moment stand sie da, Tränen im verzerrten Gesicht, im nächsten fiel die Frau nach hinten, während Jocelyn etwas Feuchtes entgegensprühte. Sie wollte schreien, doch ihre Stimmbänder waren wie gelähmt, sie brachte keinen Ton heraus. Mit einem deutlich hörbaren Knacken schlug der Kopf der Anwältin gegen die Fahrstuhlwand, bevor sie zu Boden sank. Entsetzt sah Jocelyn auf das Blut, das Gesicht und Kleidung der Anwältin bedeckte und langsam unter ihrem Kopf in den Teppich sickerte. *Oh Gott, oh Gott!* Sie wollte hier weg, nur weg. Ihren Rücken gegen die Wand gepresst, hob Jocelyn abwehrend die Hände. Erst jetzt entdeckte sie, dass auch ihre Arme und ihre Kleidung voller Blut waren. Übelkeit stieg in ihr auf, und sie würgte trocken.

»Ich hätte nicht gedacht, dass das so viel Dreck macht.« Der Mörder sah leidenschaftslos auf die beiden verrenkten Körper herunter. »Aber ich muss ja hinterher nicht sauber machen.«

In diesem Moment erkannte sie, dass sie allein war. Mit zwei Leichen und einem Mann, dem es offensichtlich nichts ausmachte, Menschen umzubringen. Irgendwie musste es ihr gelingen, hier lebend herauszukommen, doch wie sollte sie das tun? Er stand direkt vor der Tür und hielt die Waffe auf sie gerichtet. In dem kleinen Fahrstuhl war es so gut wie unmöglich danebenzuschießen. Sie konnte nur versuchen, ihn so lange abzulenken oder reden zu lassen, bis sie im Erdgeschoss angekommen waren. Oder jemand zusteigen wollte. Der Lift war zwar langsam, aber es sollte nicht länger als dreißig Sekunden dauern, die restlichen zwei Stockwerke hinter sich zu bringen.

Jocelyn fuhr mit der Zunge über ihre trockenen Lippen und schmeckte Blut. Die Übelkeit verstärkte sich. »Warum haben Sie das getan?« Sowie die Frage heraus war, kam sie ihr lächerlich vor. So etwas mochte in drittklassigen Krimis funktionieren, aber in der Realität ließ sich ein Täter dadurch sicher nicht zu einer langen Erklärung inklusive Beichte hinreißen.

»Warum nicht?« Damit schien das Thema für ihn erledigt zu sein. Der Mann sah sie von oben bis unten an und schüttelte dann den Kopf. »Es ist wirklich eine Schande, aber ich fürchte, du musst auch sterben. Du hast zu viel gesehen.«

Seine Hand mit der Pistole hob sich, bis sie direkt in das Mündungsloch des Schalldämpfers blicken konnte. Es schien immer größer zu werden, je länger sie hineinblickte. Mühsam versuchte sie, sich zusammenzureißen und ihre erstarrten Muskeln dazu zu bringen, sich zu bewegen. Sie konnte hier nicht sterben, sie hatte das ganze Leben noch vor sich und sie war nicht bereit, darauf zu verzichten. Sie würde kämpfen, und wenn es das Letzte war, was sie tat. Bevor sie lange darüber nachdenken konnte, was sie tat, trat sie dem Mann mit aller Kraft in die Weichteile, wie sie es im Selbstverteidigungskurs gelernt hatte. Überrascht von ihrem Angriff stolperte der Mörder nach hinten gegen die Tür, ein Schuss löste sich.

Jocelyn wartete nicht darauf, festzustellen, ob sie getroffen war, sondern trat noch einmal zu, diesmal gegen das Knie. Mit einem Fluch stürzte der Mann zu Boden und schlug dabei mit dem Kopf gegen die Wand. Jocelyn versuchte, ihm die Waffe aus der Hand zu stoßen, doch eines seiner Beine schoss hervor und trat gegen ihre Knöchel, sodass sie das Gleichgewicht verlor. Sie stöhnte auf, als ihre Hüfte und ihr Ellbogen hart auf den Boden prallten. Ihr Gesicht landete auf dem leblosen Körper der Anwältin. Entsetzt krabbelte Jocelyn rückwärts, bis sie an die Wand stieß. Ein weiteres Ploppen ertönte und etwas schlug dicht neben ihrem Kopf ein, Schmerz schoss durch ihre Wange. Verspätet duckte Jocelyn sich, auch wenn sie wusste, dass ihr das nichts bringen würde.

Ihr Atem kam stoßweise, jeder Muskel in ihrem Körper schmerzte vor Anspannung.

»Jetzt habe ich dich, du Miststück.« Die Stimme des Mannes klang gepresst, eine Hand lag auf dem Reißverschluss seiner Jeans, als könnte er so die Schmerzen mildern.

Der dezente Klingelton kündigte die Ankunft im Erdgeschoss an. Die Augen des Mörders verengten sich, sein Zeigefinger krümmte sich wie in Zeitlupe um den Abzug. Nicht bereit, so kurz vor der Rettung noch zu sterben, warf Jocelyn sich zur Seite, während sie gleichzeitig ihre Füße in den Oberkörper des Mannes rammte. Er schrie auf und versuchte, ihre Beine zu packen. Mit letzter Kraft robbte sie sich durch die sich öffnenden Fahrstuhltüren vorwärts und landete auf dem kühlen Steinboden des Foyers. Entsetzte Schreie ertönten, als sie blutverschmiert vor die Füße der Leute rollte, die auf den Fahrstuhl warteten. Jocelyn hob den Kopf und sah zu dem Mörder zurück, der die Pistole verloren hatte. Einige Beherzte rangen ihn nieder. Erst als sie erkannte, dass sie in Sicherheit war, schloss sie die Augen und sank in die wartende Dunkelheit.

1

Drei Monate später

»Wiederhol das!« Detective Jay Hunter presste das Handy dichter an sein Ohr.

Ein tiefer Seufzer drang durch die Leitung. »Aber ich muss dir jetzt nicht alles zweimal sagen, oder? Leone erwartet heute eine Lieferung. *Alfredo's*, 12 Uhr mittags. Der ganze Clan ist in Aufruhr deswegen.« Sein Informant senkte die Stimme. »Irgendwas ist hier los, sei vorsichtig.« Damit legte er auf.

Jay schlug mit der Faust auf den Tisch und sprang auf, gerade als sein Partner zur Tür hereinkam.

Neugierig blickte Dave Mahoney ihn an. »Was ist denn mit dir los? Hast du im Lotto gewonnen?«

Grinsend schlug Jay ihm auf die Schulter. »Besser. Wir haben Leone!« Seit Jahren waren sie hinter dem Mafiaboss her, der ihnen immer wieder durch die Finger geschlüpft war. Und jetzt würden sie ihn endlich festnageln.

Dave starrte ihn mit offenem Mund an. »Was? Wo? Er ist verhaftet?«

»Noch nicht, aber das werden wir gleich nachholen. Gerade hat Rizzo mir den Tipp gegeben, dass Leone eine Lieferung bekommt.« Er blickte auf seine Uhr. »In drei Stunden. Wir müssen uns beeilen, wenn wir erst noch den Papierkram fertig machen wollen, damit er nicht noch einmal ein Schlupfloch in den Gesetzen findet.«

Sie brauchten einen Haft- und einen Durchsuchungsbefehl,

und zwar sofort. Glücklicherweise waren die Richter und Staatsanwälte genauso hinter dem Kerl her und würden deshalb mitspielen. Besonders nachdem vor ein paar Monaten zwei Anwälte im Fahrstuhl eines Bürogebäudes von einem Killer erschossen worden waren, der zu Leones Leuten gerechnet wurde. Auch wenn sie gewusst hatten, wie gefährlich der Mafiaboss war, hatte doch niemand mit einer solchen Tat gerechnet. Normalerweise ließ Leone die Morde hinterrücks ausführen und zwar so, dass sie ihm nicht nachgewiesen werden konnten. Jeder wusste zwar, dass er dahintersteckte, aber es war nicht zu beweisen.

Obwohl alles auf ihn als Auftraggeber deutete, hatte sich Leone auch im Fall der Fahrstuhlmorde wieder herausgewunden. Vor allem, weil der Mörder nicht redete. Und die einzige Zeugin konnte nur den Mann identifizieren, der geschossen hatte, über die Hintergründe wusste sie nichts. Also war die Anklage gegen Leone vom Gericht abgewiesen und der Mörder als Einzeltäter zu zweimal »lebenslänglich« verurteilt worden.

In Daves Augen konnte Jay die gleiche Wut erkennen, die auch ihn jedes Mal überkam, wenn er daran dachte, dass ein solcher Verbrecher wie Leone noch frei herumlief. Aber wenn sein Informant richtiglag, dann hatten sie endlich etwas gegen ihn in der Hand. Und wenn der Mistkerl erst im Gefängnis saß, würden sich vielleicht einige Leute endlich trauen, gegen ihn auszusagen. Bisher war die Mauer des Schweigens nicht zu überwinden gewesen.

Eilig zerrte Jay seine Jacke vom Garderobenhaken und riss die Tür auf. Ungeduldig blickte er zu seinem Partner zurück. »Kommst du oder soll ich etwa alles alleine machen?«

Lachend folgte Dave ihm. »Das werde ich mir um nichts in der Welt entgehen lassen.« Er stieß Jay in die Seite. »Glaubst du, das ist der größte Fisch, den wir in unserer Laufbahn fangen werden?«

Jay zuckte mit den Schultern. »Mir egal. Hauptsache, er ist weg von der Straße.« Und das meinte er völlig ernst. Er war nicht Polizist geworden, um seinem Ego zu schmeicheln und bewundert zu werden, sondern weil er etwas bewirken wollte. Es gab zu viele Verbrechen, zu viel Elend und Leid, als dass er einfach tatenlos zusehen konnte. Wenn ihn jemand fragte, würde er das natürlich nie zugeben. Die meisten sahen nur sein Sonnyboy-Image, und genau so wollte er es haben.

»Dann los, schnappen wir ihn uns.«

Nach scheinbar unendlichem Papierkram saßen sie zwei Stunden später im Überwachungswagen in der Nähe des Restaurants. Noch war alles ruhig, aber das konnte sich schnell ändern. Es wäre zumindest nicht das erste Mal.

»Echt, in einem Restaurant? Mal davon abgesehen, dass es kaum einen unsichereren Ort gibt, um schmutzige Geschäfte zu machen, ist das sowas von klischeehaft! Was denkt Leone, wer er ist, der Pate?« Dave beugte sich vor und starrte auf den Monitor, auf dem sie den Vordereingang sehen konnten. Auch auf sämtliche anderen Türen des Gebäudes waren Kameras gerichtet.

»Anscheinend schon. Meinetwegen kann er sich auch für den Weihnachtsmann halten, solange er so dumm ist, seine Geschäfte genau vor unserer Nase zu erledigen.«

Jay spürte seinen Adrenalinspiegel langsam steigen, bis er kaum noch still sitzen konnte. Er hasste es, warten zu müssen, aber wenn er dafür den Mafiaboss unschädlich machen konnte, würde er es ertragen. Ein SWAT-Team hatte sich inzwischen in die Nähe des Gebäudes postiert, in dem sich Leone mit einigen seiner Männer, aber auch völlig unbeteiligten Restaurantgästen befand, und wartete auf den Befehl einzugreifen. Der würde allerdings nur gegeben werden, wenn Jay und Dave versagten und die Verbrecher sie angriffen. Nicht auszudenken, was passieren würde, wenn Unschuldige in die Schusslinie gerieten oder als Geiseln genommen wurden. Jay schob sich einen Karamellbonbon in den Mund und versuchte, sich von der Tatsache abzulenken, dass er mit sieben Leuten in einem kleinen Lieferwagen eingeschlossen war.

»Hör auf damit, Jay!«

Verwirrt blickte er sich zu seiner Kollegin Carrie um, die hinter ihm an einem Laptop saß. »Was?«

»Mit diesem ewigen Bonbonkauen. Lutsch ihn oder wirf ihn weg, aber dieses Knacken raubt mir den letzten Nerv.«

Jay schnitt eine Grimasse. »Entschuldige, ist mir nicht aufgefallen.«

Sie schüttelte den Kopf. »Das machst du immer, wenn du ungeduldig oder unruhig bist.« Carrie senkte die Stimme und beugte sich zu ihm hinüber. »Was hast du für ein Gefühl?«

»Weiß ich noch nicht.« Jay versuchte, seine Gedanken in Worte zu fassen. »Es kommt mir fast zu … einfach vor. Da versuchen wir jahrelang, diesen Kerl zu schnappen, und dann ist er so blöd, sich eine öffentliche Lieferung schicken zu lassen? Das passt irgendwie nicht zu Leone.«

Carrie strich mit den Fingern durch ihre kurzen, schwarz gefärbten Haare und ließ sie damit noch mehr zu Berge stehen, als sie es sonst schon taten. »Stimmt. Aber vielleicht ist genau das sein Fehler: Er ist sich zu sicher, dass ihm nie jemand etwas nachweisen kann, und wird deshalb nachlässig.«

»Kann sein.« Möglich war es, aber Leone wäre nicht zum obersten Boss der Mafia von San Francisco aufgestiegen, wenn er dumm oder unvorsichtig gewesen wäre. »Wir werden es gleich sehen.«

Angespannt lehnte Jay sich vor, als ein unscheinbarer Lieferwagen in die Gasse zum Hintereingang des Restaurants fuhr. An der Seite prangte Werbung eines angesagten Gemüsemarktes.

Gleichzeitig stießen alle ihren angehaltenen Atem aus, als sich ein Mann aus dem Wagen schwang, die Schiebetür des Lieferwagens öffnete und ein großes Paket herausholte. Bevor er im Gebäude verschwand, blickte er sich noch einmal nach allen Seiten um. Auffälliger ging es wohl kaum.

»Was machen wir jetzt?« Dave hatte sich über seine Schulter gebeugt und blickte auf den Bildschirm.

Noch immer konnte Jay das Gefühl nicht abschütteln, dass etwas nicht stimmte. Aber sie konnten sich die Gelegenheit nicht entgehen lassen. »Wir gehen rein. Aber erst mal nur wir beide, das SWAT-Team soll sich zurückhalten, bis wir ein Zeichen geben.«

Carrie biss auf ihre Lippe. »Bist du sicher? Da drin sitzt der halbe Mafia-Clan beim Mittagessen.«

Jay nickte knapp und stand auf. Auf einem anderen Monitor war zu sehen, wie der Paketbote durch die Küche auf die Tür zum Restaurant zuging. »Wenn wir nur zu zweit reingehen, machen wir uns nicht lächerlich, falls nichts Illegales in dem Paket ist. Stürmt das ganze SWAT-Team rein, wird Leone die Gelegenheit nutzen, die Polizei vorzuführen.«

Dave schnitt eine Grimasse. »Toll, und so machen nur wir beide uns zum Deppen.«

Jays Mundwinkel hoben sich. »Genau.«

»Wunderbar. Dann geh vor, ich folge dir.« Dave berührte seinen Rücken.

Jay wich automatisch zur Seite aus. »Was machst du denn da?«

Überraschend ernst blickte sein Partner ihn an. »Wollte nur sichergehen, dass du auch deine schusssichere Weste anhast.«

»Natürlich trage ich die. Ich bin nicht lebensmüde.« Wobei er immer noch hoffte, dass die Sache ohne Schießerei ablaufen würde.

Eilig strebten sie auf die Vordertür des Restaurants zu, während das SWAT-Team dafür sorgte, dass niemand durch den

Hinterausgang entkam. Jay vergewisserte sich, dass er seine Waffe leicht erreichen konnte, ließ sie aber im Schulterholster. Wenn möglich wollte er sich an Leone heranpirschen, ohne gleich anzukündigen, dass Polizei in der Nähe war. Deshalb blieb er geduldig vor dem Hostessenstand stehen und lächelte die junge Frau an, die den Gästen ihre Plätze zuwies.

»Hallo, ich hätte gerne einen Tisch für zwei.«

Seine Gabe, wie Dave es nannte, funktionierte auch hier. Die Hostess lächelte zurück, ihr Blick wanderte von seinen zerzausten goldbraunen Haaren über sein Gesicht und dann an seinem Körper hinunter. »Natürlich. Ich sehe sofort nach, ob noch ein Tisch frei ist.«

Nur widerwillig wandte sie sich ihrem Kalender mit der Tischbelegung zu. Mit einem manikürten Fingernagel fuhr sie die Einträge hinunter, und Jay hatte Mühe, seine Ungeduld nicht zu zeigen. Immer wieder warf er einen Blick zu dem Tisch in der Mitte hinüber, an dem Leone Hof hielt.

»Oh, Sie haben Glück, es ist noch etwas frei.« Sie trat hinter dem Tresen hervor. »Folgen Sie mir bitte.« Mit schwingenden Hüften ging sie voraus und führte sie durch das Restaurant.

Jay beobachtete Leone aus den Augenwinkeln. Als er sah, dass der Mann mit dem Paket an dessen Tisch trat, blieb er ruckartig stehen. Dave, der hinter ihm ging, konnte gerade noch ausweichen, bevor er ihm in die Hacken trat. Vermutlich hatte sein Blick eher auf den Kurven der Hostess gelegen als auf dem Mafiaboss. Eine der Schwächen seines Partners, der trotz Frau und Kind gerne hinsah, auch wenn er nie etwas unternahm, das seine Familie zerstören konnte. Jay stieß ihn mit dem Ellbogen an und deutete mit dem Kopf auf Leone, der gerade das Paket entgegennahm. Sofort wechselte Dave in den Cop-Modus, seine Hand glitt unter sein Jackett.

Jay unterdrückte den Impuls, seine Augen zu verdrehen. Dave

würde keine Sekunde undercover überleben. Der Paketbote entdeckte sie, seine Augen weiteten sich, und er machte einen Schritt zurück. Dabei stieß er gegen einen Kellner, dessen voll beladenes Tablett krachend zu Boden fiel. *Wunderbar*. Adrenalin pumpte durch seine Adern, als Jay versuchte, die Situation einzuschätzen und keinen der Mitspieler aus den Augen zu verlieren. Mehrere Männer sprangen von ihren Stühlen auf, Hände verschwanden unter Jacketts. Verdammt!

Rasch klappte er sein Jackett auf und zeigte damit die Polizeimarke, die am Bund seiner Jeans befestigt war. »Polizei, alle Hände dorthin, wo ich sie sehen kann!«

Der gesamte Raum erstarrte, niemand bewegte sich, kein Laut war zu hören. Zumindest bis jemand die Espressomaschine bediente, die einen Höllenlärm verursachte. Jay verließ sich darauf, dass Dave und der Undercoverpolizist seinen Rücken deckten, und konzentrierte sich auf Leone, der ihm völlig gelassen entgegensah. Ein Funkeln lag in seinen Augen, als würde er sich über die Situation amüsieren. Jays schlechtes Gefühl verstärkte sich. Wenn Leone wirklich eine illegale Lieferung bekommen hätte, würde er dann hier so ruhig sitzen? Wohl kaum. Außer er war ein guter Pokerspieler und bluffte nur. So oder so blieb Jay nichts anderes übrig, als weiter nach Plan vorzugehen.

»Antonio Leone, SFPD. Legen Sie das Paket auf den Tisch und treten Sie zurück. Und sagen Sie Ihren Männern, dass sie ihre Waffen stecken lassen sollen.«

Leones Mundwinkel hob sich. »Glauben Sie wirklich, Sie könnten einfach so hier reinkommen und unbescholtene Bürger beim Mittagessen stören?«

Jay unterdrückte ein Schnauben. Wenn ein Wort nicht auf Leone zutraf, dann war das ›unbescholten‹. Mit Mühe hielt er die Stimme ruhig. »Ja, das kann ich.« Er zog den Durchsuchungsbefehl aus der Jacketttasche und warf ihn auf den Tisch. »Das ist ein richterlich angeordneter Durchsuchungsbefehl des Pakets, das Sie gerade empfangen haben.« Am liebsten hätte er das gesamte Restaurant auf den Kopf gestellt und Leone von oben bis unten durchsucht, doch der Richter war der Ansicht gewesen, dass dafür nicht ausreichend Tatverdacht bestand. Wenn in dem Paket etwas Illegales gefunden wurde, würde er Leone verhaften, und dann standen alle Türen für eine Durchsuchung offen.

Spöttisch hob Leone eine Augenbraue. »Sind Sie sicher, dass Sie das tun wollen?«

Jay verzog keine Miene. »Todsicher.«

»In Ordnung. Toben Sie sich aus. Aber wenn Sie etwas kaputt machen, erwarte ich Schadenersatz.« Leone lehnte sich in seinem Stuhl zurück und lächelte ihn an. Seine Hände behielt er wohlweislich auf dem Tisch. Kein Wunder, er hatte schon genug mit der Polizei zu tun gehabt, um zu wissen, wie er sich zu benehmen hatte, wenn er nicht erschossen werden wollte.

Jays schlechtes Gefühl verstärkte sich. Trotzdem trat er zum Tisch und begann damit, die Riemen um das Paket mit seinem Taschenmesser zu lösen, während Dave die Verbrecher im Auge behielt. Einige der Gäste verließen fluchtartig das Restaurant, aber das war ihm egal, sein ganzer Fokus lag auf Leone. Seine andere Hand nah an seiner Waffe hob Jay den Deckel des Kartons an und blickte hinein. Verpackungsmaterial quoll ihm entgegen, das er ungeduldig zur Seite schob, damit er endlich einen Blick auf die Lieferung werfen konnte.

Kleine mit Seidenpapier eingewickelte Päckchen kamen zum Vorschein. Seine Finger glitten darüber und ertasteten etwas Hartes, Glattes. Sein Herz klopfte schneller, als er sich vorstellte, dass Leones Untergrundherrschaft vielleicht in wenigen Minuten beendet sein würde. Während er ein Päckchen vorsichtig auswickelte, lag sein Blick auf dem Mafiaboss. Es gefiel ihm nicht, dass der ihn inzwischen offen angrinste. Und das sagte ihm mehr als alles andere, dass die Informationen über eine heiße Lieferung falsch gewesen waren. Mit wütenden Bewegungen riss er das Papier auf und starrte auf den Gegenstand in seiner Hand.

Enttäuschung machte sich in ihm breit, als er eine Porzellanfigur ans Licht hielt. Die kunstvolle Verarbeitung deutete selbst für einen Laien auf eine hohe Qualität hin. Auch die anderen neunzehn Päckchen hatten einen ähnlichen Inhalt.

»Das Geburtstagsgeschenk für meine Frau. Ich habe ein ganzes Set auf einer Auktion ergattern können und es hierher liefern lassen, damit sie es nicht vorher findet.« Leones Stimme troff geradezu vor Befriedigung. »Ich weiß nicht, was Sie erwartet haben, Detective, aber ich habe hier nichts zu verbergen. Und nun muss ich Sie bitten zu gehen, damit wir in Ruhe weiteressen können.« Als Jay sich nicht rührte, hob er eine Augenbraue. »Oder soll ich meinen Anwalt kommen lassen? Ich bin sicher, er wird sich freuen, Sie und das Police Department wegen Belästigung verklagen zu können.«

Jay hasste es, mit leeren Händen gehen zu müssen, aber er wusste, dass er Leone heute nicht kriegen würde. Da sie nichts offensichtlich Illegales in dem Karton gefunden hatten, fehlte die Handhabe, um den Mafiaboss zu verhaften. Sie konnten ihm nicht mal Kunstschmuggel vorwerfen, denn selbst wenn er die Porzellanfiguren auf illegale Weise bekommen hatte, würde er sich so abgesichert haben, dass sie ihm nichts nachweisen konnten.

Leone beugte sich zu ihm vor, seine Hände weiterhin gut sichtbar auf dem Tisch. »Dachten Sie wirklich, dass ich so dumm wäre, hier etwas Illegales zu tun?«

»Nein, aber so überheblich.«

Der Gesichtsausdruck des Mafiabosses wurde härter. »Sie sollten nicht alles glauben, was Sie hören, Detective Hunter.«

Woher kannte Leone seinen Namen? Auf keinen Fall konnte er ihn so schnell auf seiner Polizeimarke erkannt haben. Das unangenehme Gefühl verstärkte sich, doch er versuchte, sich nichts anmerken zu lassen.

Bevor er etwas sagen konnte, fuhr Leone fort. »Falls Sie sich fragen, woher ich Sie kenne: Ich bin über alles informiert, das mich in irgendeiner Weise betrifft. Und ich lasse Verrat nicht zu.«

Jay überlief es kalt. »Was meinen Sie damit?«

Leone lächelte nur. »Lassen Sie uns jetzt allein, ich möchte in Ruhe essen.«

Da Jay wusste, dass er hier und heute nicht weiterkommen würde, drehte er sich wortlos um und verließ das Restaurant. Dave folgte ihm ebenso schweigend und kletterte hinter ihm in den Überwachungswagen. Sowie die Tür geschlossen war, zog Jay sein Handy hervor und wählte eine Nummer.

Dave sah ihn fragend an. »Wen rufst du jetzt an? Den Captain?«

»Rizzo.« Unruhig wartete er darauf, dass ein Informant sich meldete, doch er erreichte nur die Mailbox. »Ich bin's. Melde dich sofort!« Er zögerte. »Geh nicht zurück, du bist dort in Gefahr.« Er beendete die Verbindung und warf das Handy wütend auf eine Konsole. »Verdammt noch mal!«

Dave ließ sich auf einen Sitz fallen. »Was ist? Du wusstest doch, dass die Möglichkeit besteht, dass wir scheitern.« Er schnaubte. »Es ist ja nicht das erste Mal, dass uns Leone an der Nase herumführt.«

»Nein, aber sonst hat er auch nicht angedeutet, dass er unseren Informanten töten wird.« Jays Magen krampfte sich zusammen, als er darüber nachdachte. Auch wenn Rizzo ein Ganove war, mochte er ihn, und er war eine verlässliche und vor allem unersetzliche Informationsquelle in Leones Organisation.

Dave runzelte die Stirn. »Ich habe nichts davon gehört. Bist du sicher?«

»Du warst zu weit weg, und er hat zu leise gesprochen. Er

meinte, er wäre über alles informiert und würde Verrat nicht dulden.« Jays Hände ballten sich zu Fäusten. Am liebsten wäre er hinausgestürmt und hätte Rizzo gesucht, doch er wusste, dass das nichts bringen würde. Entweder war sein Informant untergetaucht oder bereits tot.

Als sie im Präsidium ankamen, erwartete sie bereits die Nachricht, dass sie unverzüglich zum Captain kommen sollten. Jay strich mit einem tiefen Seufzer seine wieder einmal zu langen Haare zurück. Normalerweise verstand er sich gut mit seinem Vorgesetzten, doch es gab Themen, die Captain Morris regelmäßig in die Luft gehen ließen – Antonio Leone gehörte dazu. Auch in Daves blauen Augen war Sorge zu erkennen, als sie das Büro des Captains betraten und er die Tür hinter ihnen schloss.

»Können Sie mir erklären, was da schiefgegangen ist, Hunter?« Ohne Jay die Möglichkeit zu einer Antwort zu geben, polterte Morris gleich weiter. »Wenn ich mich nicht irre, hatten Sie versprochen, diesen Verbrecher endlich zu verhaften. Und jetzt höre ich, dass Sie sich stattdessen vor Leone und der halben Stadt lächerlich gemacht haben.«

Jay biss die Zähne zusammen, um nicht das zu sagen, was ihm auf der Zunge lag. Nach einigen Sekunden hatte er sich so weit beruhigt, dass er wieder reden konnte. »Es war eine Gelegenheit, die wir nicht auslassen konnten. Mein Informant sagte mir, dass Leone eine Lieferung erwartet, und bisher waren seine Hinweise immer korrekt.«

»Anscheinend diesmal nicht, sonst wären wir jetzt nicht hier.« Morris' Gesichtsfarbe war inzwischen bedenklich rot. Wenn er so weitermachte, würde er in einigen Jahren an einem Herzinfarkt sterben.

»Die Angaben meines Informanten waren richtig, nur war nicht das im Paket, was wir dachten.« Jay rieb über seine Stirn. »Ich glaube, dass er von Leone extra mit falschen Informationen gefüttert worden ist. Leone war zu selbstsicher, er wusste genau, dass wir kommen würden.«

Eine Ader schwoll auf der Stirn des Captains an. »Wollen Sie mir sagen, dass es eine Falle war und wir wie unfähige Idioten hineingetappt sind?«

Dave gab einen Laut von sich, hielt sich aber klugerweise zurück. Wenn ihr Vorgesetzter in dieser Stimmung war, würde ihn nichts überzeugen.

Jay zwang sich zur Ruhe. »Meiner Meinung nach galt die Falle weniger uns als vielmehr meinem Informanten.«

Die Wut wich ein wenig aus Morris' Gesicht, seine Augen wurden klarer. »Wie kommen Sie darauf?«

»Etwas, das Leone am Schluss zu mir gesagt hat. Ich habe bereits versucht, meinen Informanten zu warnen, aber er geht nicht ans Telefon und hat sich bisher auch noch nicht zurückgemeldet. Ich hoffe, dass es noch nicht zu spät ist.«

Morris ließ sich in seinen Schreibtischstuhl fallen und faltete die Hände auf der Tischplatte. »Wir können uns nicht leisten, den Spitzel zu verlieren. Er ist der einzige, den wir noch in der Organisation haben.«

»Das weiß ich.« Natürlich wusste er das, denn er hatte lange gebraucht, um jemanden zu finden, der bereit war, gegen den einflussreichen Mafiaboss zu arbeiten. Er kannte Rizzos Gründe dafür nicht, aber er hatte das Gefühl, dass die Bezahlung nicht der ausschlaggebende Faktor war. »Deshalb möchte ich ihn mit Ihrer Erlaubnis suchen. Ich kenne einige seiner Unterschlüpfe.«

Morris stieß einen tiefen Seufzer aus. »Er ist tot, oder?«

Damit bekräftigte er Jays eigene Befürchtungen. »Es ist zumindest nicht ausgeschlossen. Leone ist nicht zimperlich, wenn es um seine eigene Sicherheit geht.«

»Verdammt!« Morris hieb mit der Faust auf den Tisch. »In Ordnung, verschwinden Sie. Suchen Sie ihn, und falls er noch lebt, bieten Sie ihm Polizeischutz an. Im Gegenzug muss er über Leone auspacken.«

Jay glaubte zwar nicht, dass Rizzo den Deal annehmen würde, aber er nickte nur.

»Und passen Sie auf sich auf, es kann sein, dass Leone Sie jetzt auch im Visier hat.«

Ein sehr beruhigender Gedanke. »Mache ich.« Er blickte seinen Partner an. »Kommst du mit?«

Dave verdrehte die Augen. »Als wenn ich dich jetzt alleine lassen würde.« Er berührte Jays Schulter. »Wir werden ihn finden.«

Ja, nur in welchem Zustand?

Stunden später hatten sie Rizzo immer noch nicht gefunden. In keinem seiner üblichen Verstecke war auch nur eine Spur von ihm zu entdecken gewesen, und Jay wusste nicht mehr, wo er sonst noch suchen sollte. »Okay, das war's. Mehr können wir nicht tun, wenn wir nicht ohne Anhaltspunkt durch die ganze Stadt rennen wollen.«

Dave setzte sich auf eine Mauer und stöhnte erleichtert auf. »Gott sei Dank. Meine Füße tun weh.«

Jay warf einen Blick auf dessen modische Schuhe und schüttelte den Kopf. »Wie oft soll ich dir noch sagen, dass du dir vernünftige Schuhe zur Arbeit anziehen sollst? Irgendwann wirst du gar nicht mehr laufen können.«

Mit erhobener Augenbraue sah Dave an ihm hinunter. »Und du glaubst wirklich, dass Cowboy-Stiefel so viel bequemer sind?«

»Da ich mich nicht beschwere – ja.« Er liebte seine alten Stiefel, die ihn an seine Kindheit auf der Ranch seiner Eltern erinnerten, und sie waren inzwischen tatsächlich ziemlich bequem. Nur das Ausziehen war jedes Mal ein Gewaltakt.

»Okay, okay. Lassen wir das. Können wir jetzt endlich nach Hause?«

Jay sah sich noch einmal in der inzwischen dunklen Straße um und nickte schließlich. »Ja. Wenn Rizzo kann, wird er sich bei mir melden. Wenn nicht ...«

Schweigend machten sie sich auf den Rückweg zu ihrem Wagen. Gerade als sie dort ankamen, klingelte Jays Handy. Mit einer Mischung aus Hoffnung und Vorahnung nahm er das Gespräch an. »Ja?«

»Morris hier. Es wurde eine männliche Leiche gefunden, Identität noch unklar, aber es könnte sich um Ihren Informanten handeln. Ich möchte, dass Sie dort hinfahren und das überprüfen.« Er nannte eine Adresse nahe der Bay Bridge. »Geben Sie mir sofort Bescheid, wenn es Ihr Informant ist, klar?«

»Ja.« Langsam ließ Jay das Telefon sinken. Zwar gab es in San Francisco selten nur eine Leiche am Tag, und es konnte auch jemand anders sein, aber die zeitliche Nähe zu Leones Ankündigung und die Tatsache, dass sie an einem von der Mafia besonders beliebten Abladeort für Opfer gefunden worden war, legten die Vermutung nahe, dass es sich um Rizzo handelte. Verdammt!

Er drehte sich zu Dave um. »Wir sollen zu einem Leichenfundort fahren. Bay Bridge.«

An Daves Gesichtsausdruck konnte er ablesen, dass sein Partner auch wusste, was das bedeutete. »Mist.«

Und das war noch eine Untertreibung. Nachdem sie sich durch San Franciscos Feierabendverkehr gequält hatten, kamen sie bei dem weiträumig abgeriegelten Fundort an. Jay parkte am Straßenrand und zeigte dem wachhabenden Streifenpolizisten seine Marke. Der hob das Absperrband an und winkte Jay und Dave hindurch.

»Direkt am Brückenpfeiler, nicht zu verfehlen.« Das Gesicht des Polizisten war blass, die Mundwinkel angespannt. »Kein schöner Anblick.«

Jay nickte ihm zu. »Danke für die Warnung.«

In all den Jahren hatte er sich nicht daran gewöhnt, Tote zu sehen, noch weniger aber wollte er die Leiche von jemandem ansehen müssen, den er gekannt hatte. Hoffentlich war es irgendjemand anders. Sofort setzte sein schlechtes Gewissen ein. Niemand sollte so enden. Und Rizzo hatte gewusst, worauf er sich einließ, als er anfing, für Leone zu arbeiten. Tief atmete Jay durch, bevor er an dem Krankenwagen vorbeiging, der die Leiche zur Gerichtsmedizin transportieren würde, sobald alle Spuren gesichert waren. Die Techniker trugen Ganzkörperanzüge aus Plastik, Hauben bedeckten ihre Haare und Schuhe. Das alles hatte er schon hunderte Male gesehen, doch heute lief ihm ein kalter Schauer über den Rücken. Der Gestank von abgestandenem Salzwasser, Urin und Unrat stieg in seine Nase. Darüber meinte er den typischen Geruch von Blut wahrzunehmen, aber wahrscheinlich bildete er sich das nur ein.

Die Gerichtsmedizinerin Erin Young hockte neben einem der Brückenpfeiler und beugte sich über die Leiche. Der Polizeifotograf war damit beschäftigt, von jeder Kleinigkeit Detailfotos zu schießen.

Jay zögerte, trat aber schließlich näher. »Hallo Erin. Captain Morris sagte, wir sollten uns die Leiche ansehen.«

Sie drehte sich zu ihm um, und in ihren Augen konnte er erkennen, dass ihr der Fall zu schaffen machte. Trotzdem war ihre Stimme geschäftsmäßig. »Jay, ich hätte mir denken können, dass ihr auftaucht.«

Ein halbes Lächeln gelang ihm. »Eigentlich bin ich nur gekommen, weil ich gehört habe, dass du hier bist.«

Sie lachte, doch es klang hohl. »Schmeichler.« Sofort wurde sie wieder ernst. »Männliche Leiche, zwischen zwanzig und vierzig Jahre alt. Ich tippe auf um die dreißig. Er ist mit einer Eisenkette an den Pfeiler gekettet. Hände und Füße vor dem Körper noch mal zusätzlich mit Seilen gefesselt. Es sieht so aus, als wäre er nicht sofort getötet worden.«

»Wie kommst du darauf?«

Erin trat zur Seite, damit er einen Blick auf den Toten werfen konnte. Sein Magen krampfte sich zusammen, als er den schlaff in den Ketten hängenden Körper sah. Der Kopf war auf die Brust gesunken, sodass er nur zerzauste dunkle Haare sehen konnte. Wie Rizzos. Die Gerichtsmedizinerin schob einen Ärmel des Sweatshirts hoch. Dunkle Male zogen sich über die helle Haut. An den Handgelenken waren von den Seilen verursachte Abschürfungen zu erkennen, Unterarm und Oberarm waren von Hämatomen überzogen.

»Die Brust sieht genauso aus. Es scheint, als wäre er vor seinem Tod übel zusammengeschlagen worden. Und sieh dir seine Finger an.«

Auch sie waren blutig und geschwollen. Als Jay näher trat, erkannte er, dass einige Finger gebrochen waren. Übelkeit stieg in ihm auf, aber er drängte sie eisern zurück. »Ich sehe es.«

»Das ist noch nicht alles. Es scheint, als hätten sie sich besonders viel Mühe mit seinem Kopf gegeben.«

Jay schluckte schwer, als Erin mit einem behandschuhten Finger den Kopf des Toten anhob. Weit aufgerissene Augen starrten ihn leer an und Jay musste sich zwingen, sich nicht wegzudrehen. Das gesamte Gesicht war mit Prellungen übersät, geronnenes Blut bedeckte die bleichen Wangen und das Kinn. Trotzdem hatte Jay keine Mühe, ihn zu erkennen. Es war Rizzo. Damit waren seine schlimmsten Befürchtungen furchtbare Wirklichkeit geworden.

Sanft klappte die Gerichtsmedizinerin den Mund der Leiche auf. »Sie haben ihm die Zunge herausgeschnitten.«

Dave gab einen erstickten Laut von sich, drehte sich um und ging rasch weg. Am liebsten wäre Jay ihm gefolgt, aber das konnte er nicht tun. Rizzo war sein Informant gewesen und damit seine Verantwortung. Heiße Wut breitete sich in seinem Körper aus, und er wünschte sich, Leone würde ihm jetzt gegenüberstehen und er könnte ihn einfach erschießen.

Erin blickte Dave besorgt hinterher. »Was hat er?« Sie drehte sich zu ihm um und erstarrte. »Du kennst den Toten.«

Jay nickte ruckartig. »Ja.« Seine Stimme war nur ein raues Krächzen. »Ist er … daran … gestorben?«

»Nein. Sie haben ihm die Kehle durchgeschnitten.«

Sein Blick schärfte sich. »Sie?«

Sie hob die Schultern. »Ich gehe davon aus, dass es mindestens zwei waren. Der Tote war kräftig, einer alleine hätte es schwer gehabt, ihn hier festzubinden. Außerdem haben wir in der Nähe etliche Zigarettenkippen gefunden.«

»Okay. Wann kannst du die Autopsie machen?«

»Ich habe noch einige, die vorher dran sind.« Sie warf ihm einen durchdringenden Blick zu. »Aber wenn er ein Freund von dir war, ziehe ich ihn vor.«

»Das wäre nett, danke.« Als er sich umdrehen wollte, hielt sie ihn am Arm fest. »Weißt du, wer das getan hat?«

»Antonio Leone.«

Sie nickte langsam. »Ich dachte mir schon sowas. Sei bloß vorsichtig, Jay.«

Er zeigte seine Zähne in der Parodie eines Lächelns. »Das bin ich immer.«

Ohne sich zu verabschieden, drehte er sich um und ging, ohne nach rechts und links zu schauen, in Richtung Wagen. Er konnte nur daran denken, Leone mit seinen Verbrechen zu konfrontieren und ein Geständnis zu erzwingen.

So bemerkte er Captain Morris erst, als der ihm in den Weg trat. »War er es?« Jay nickte knapp. »Verdammt!« Morris stemmte die Hände in die Hüften und schüttelte den Kopf.

Jay wollte an ihm vorbeigehen, doch der Captain hielt ihn am Ärmel fest. »Nicht so schnell. Wo wollen Sie hin?«

»Zu Leone. Er wird nicht damit durchkommen.« Er merkte selbst, wie seltsam tot seine Stimme klang, aber es war ihm egal.

»Das werden Sie nicht tun. Im Moment haben wir keine Beweise, dass Leone etwas damit zu tun hat.« Er hielt die Hand hoch, als Jay antworten wollte. »Ja, ich weiß auch, dass er es war. Aber wir müssen es auch beweisen können, sonst stehen wir wieder so dumm da wie heute Nachmittag. Gehen Sie nach Hause und ruhen Sie sich aus. Vielleicht finden die Techniker am Tatort etwas, das Leone mit dem Mord in Verbindung bringt.«

Morris wusste genauso gut wie er selbst, dass das nicht geschehen würde. Dafür war der Verbrecher zu schlau. »Vielleicht kann ich …«

»Nein, Hunter, lassen Sie die Sache ruhen.«

Jay biss die Zähne zusammen. »Ist das ein Befehl?«

Tief seufzte Morris auf. »Wenn Sie anders nicht auf mich hören, dann ja, es ist ein Befehl. Halten Sie sich da raus, bis wir etwas in der Hand haben.«

Die Wut brodelte in ihm, doch Jay schaffte es, sie nicht herauszulassen. »Ja, Sir.« Abrupt drehte er sich um und ging zu seinem Wagen. Er würde den Verbrecher kriegen, das schwor er sich. Nicht nur für Rizzo, sondern auch für alle anderen, die unter ihm leiden mussten.

2

Mitchell, Nebraska, neun Monate später

Im Spiegel beobachtete Jocelyn die Frauen hinter ihr, die versuchten, die Aerobic-Schritte, die sie ihnen vorgab, mehr oder weniger gut zu imitieren. Die Musik hämmerte laut durch den Raum, und wie so oft bewegte sich ihr Körper wie von selbst. Jocelyn vermied es, sich selbst im Spiegel anzusehen, denn das würde ihr nur in Erinnerung bringen, dass sie nicht mehr Jocelyn Callaghan, angehende Ärztin aus San Francisco war, sondern Hannah Turner, Aerobic-Lehrerin in einer Kleinstadt des Mittleren Westens. Sie sah nicht einmal mehr aus wie sie selbst, ihre jetzt dunkelbraunen Haare waren zu einem strengen Zopf gebunden und enthüllten die Tatsache, dass sie in den letzten Monaten stark abgenommen hatte. Ihre Gesichtsknochen standen hervor, an ihrem Hals und ihren Armen waren die Sehnen deutlich sichtbar. Wenn sie nicht ständig Sport treiben und ihre Muskeln aufbauen würde, hätte man sie mit einem Skelett verwechseln können. Am auffälligsten aber war die lange, schmale Narbe, die über ihre Wange lief. Ebenfalls ein Andenken an die Ereignisse im Fahrstuhl. Vermutlich sollte sie froh sein, dass es nur ein Splitter gewesen war, der sie getroffen hatte, und nicht die Kugel selbst.

Aber wenn sie sich schon selbst kaum wiedererkannte, würde das sicher auch niemand anders tun. Und das war schließlich Sinn des Zeugenschutzprogramms. Hätte sie gewusst, welche Konsequenzen ihre Aussage im Prozess für sie haben würde, hätte sie es sich anders überlegt. Jocelyn seufzte lautlos. Nein, das hätte sie nicht. Nachdem sie zusehen musste, wie die beiden Anwälte im Fahrstuhl kaltblütig erschossen worden waren, hätte sie es nicht über sich gebracht, nicht dazu beizutragen, den Täter zu einem Leben im Gefängnis zu verdammen. Dummerweise war der Auftraggeber des Mörders, vermutlich ein Mafiaboss namens Antonio Leone, nie vor Gericht gestellt worden und hatte damit die Möglichkeit gehabt, ihr Drohungen zu schicken und mehrmals Anschläge auf sie zu verüben. Nur durch viel Glück war sie nicht ernsthaft verletzt worden.

Doch da ihm nichts davon nachgewiesen werden konnte, war sie ins Zeugenschutzprogramm aufgenommen worden und man hatte ihr damit ihr ganzes bisheriges Leben, all ihre Träume für die Zukunft gestohlen. Sie durfte ihren Bruder weder kontaktieren noch sehen. Während es sich der Verbrecher, der hinter dem ganzen Elend steckte, gut gehen ließ, war sie zu diesem Leben in Einsamkeit verdammt. Sie konnte ihr Studium nicht wieder aufnehmen, weil sie dann zu leicht wiederzuerkennen gewesen wäre, und als Sekretärin wollte sie nicht mehr arbeiten. Also war ihr nur der Job als Aerobic-Lehrerin geblieben, bei dem sie keine großen Kenntnisse außer im Bereich der Aerobic vorweisen musste. Auch wenn ihr der Sport immer Spaß gemacht hatte, war es doch etwas anderes, den ganzen Tag nichts anderes tun zu können. Sie fühlte praktisch, wie ihr Gehirn verkümmerte.

Am Anfang hatte sie noch gehofft, dass sie nur wenige Wochen oder Monate hierbleiben musste, doch inzwischen sah es so aus, als müsste sie für immer als Hannah Turner leben. Matthew, der US-Marshal, der sie im Zeugenschutzprogramm betreute, hatte versprochen, sich bei ihr zu melden, sowie sie gefahrlos zurückkehren konnte. Bisher war das nicht geschehen. Aber immerhin gab es hier keine Mafia, die sie töten wollte. Als die Musik abrupt endete, kehrte sie aus ihren trüben Gedanken in die Gegenwart zurück und erkannte, dass die Teilnehmer der Gruppe sie seltsam anblickten.

Jocelyn zwang sich zu einem Lächeln und drehte sich um. »Es sieht so aus, als wäre die Zeit schon wieder um, Ladys. Ich wünsche Ihnen einen schönen Abend und bis zum nächsten Mal.«

Die Frauen zwischen zwanzig und fünfundsechzig verabschiedeten sich von ihr und verließen lachend und plaudernd das Studio. Jocelyn ging zum Fenster und blickte hinaus in die Sommersonne. Inzwischen war es schon fast ein Jahr her, seit sie an diesem verhängnisvollen Tag in den Fahrstuhl getreten war. Wie oft hatte sie sich gefragt, warum sie damals nicht einfach die Treppe genommen hatte. Aber es war geschehen und ließ sich nicht mehr rückgängig machen.

Sie hatte sich Mitchell ausgesucht, weil es eine kleine, überschaubare Stadt war, in der es kaum je ein Verbrechen gab. Und weil dort ein Aerobic-Lehrer gesucht wurde. Allerdings gab es kein richtiges Fitnessstudio im Ort, sondern es war ein Raum in der Secondary School umgebaut worden, der sowohl den Schülern als auch nachmittags den Einwohnern des Orts für sportliche Betätigung zur Verfügung stand.

Kopfschüttelnd begann Jocelyn damit, die Matten wieder an ihrem Platz an der Wand aufzustapeln. Sie konnte froh sein, überhaupt einen Job bekommen zu haben, schließlich hatte sie in ihrer neuen Identität außer einem Highschool-Abschluss nichts vorzuweisen.

»Hannah?«

Es dauerte einen Moment, bis Jocelyn registrierte, dass sie gemeint war. Sie drehte sich zur Tür um und lächelte, als sie Gayle Summers erkannte, die als Sportlehrerin in der Schule arbeitete. »Hallo Gayle. Hast du Feierabend?«

Gayle nahm sich auch eine Matte und trug sie zum Stapel hinüber. »Ja, Gott sei Dank. Du glaubst nicht, wie anstrengend Teenager sein können.«

»Doch, das tue ich. Schließlich habe ich auch einige Kurse mit ihnen.« Jocelyn mochte Gayle, und ohne das Zeugenschutzprogramm hätte sich zwischen ihnen sicher eine Freundschaft entwickelt, doch so bemühte sie sich, die Lehrerin auf Abstand zu halten. Wie einsam sie sich dadurch fühlte, merkte sie daran, dass sie sich über Gayles Besuch freute. Als sie sich umdrehte, bemerkte sie Gayles Blick. »Was ist?«

Gayle zögerte. »Ich weiß, ich sollte nichts sagen, aber …«

Jocelyn ließ die Matte sinken und versuchte, sich ihr Unbehagen nicht anmerken zu lassen. »Was?«

»Du kannst jederzeit mit mir reden, wenn dich etwas belastet. Ich kann dir ansehen, dass du nicht glücklich bist.« Nervös fuhr Gayle durch ihre kurzen blonden Haare. »Wahrscheinlich denkst du jetzt, dass ich mich nicht in dein Leben einmischen sollte, aber ich mache mir Sorgen um dich.«

Mit Mühe schaffte Jocelyn es, die Tränen zurückzuhalten. Sie sehnte sich danach, wieder jemandem vertrauen zu können, jemandem näherzukommen, aber sie konnte es nicht zulassen. Da sie ihre wahre Identität nicht enthüllen durfte, müsste sie ständig lügen, und das wollte sie nicht. »Danke für das Angebot. Es geht mir gut.«

»Das glaube ich zwar nicht, aber ich will dich auch nicht bedrängen. Hauptsache, du weißt, dass du dich jederzeit an mich wenden kannst.«

Jocelyn lächelte sie wackelig an. »Das ist lieb von dir. Ich werde darauf zurückkommen, wenn ich so weit bin.«

Gayle nickte ihr zu und ging zur Tür. »Ach übrigens, vorhin war ein Mann hier, der sich nach dir erkundigt hat. Sah gar nicht mal schlecht aus, irgendwie rassig. Vielleicht gefällt es dir hier besser, wenn du männliche Gesellschaft hast.« Sie zwinkerte und verließ den Raum.

Das Blut verließ so schnell ihren Kopf, dass Jocelyn schwankte und sich an der Wand abstützen musste, um nicht umzufallen. Die Furcht, die seit einem Jahr ihr ständiger Begleiter war, kroch wieder in ihr hoch und ließ sie am ganzen Körper zittern. Sie hatte keine Ahnung, wer der Mann war, der nach ihr gefragt hatte, aber allein die Tatsache, dass sie jemandem aufgefallen war, machte ihr Angst. Die ganze Zeit über hatte sie sich bemüht, so unauffällig wie möglich zu agieren, damit sie kein unerwünschtes Interesse weckte. Aber es schien so, als hätte das nicht funktioniert. Unruhig sah sie sich um. Es war inzwischen sicher bereits 19 Uhr und niemand anders mehr im Gebäude. Sie sollte so schnell wie möglich verschwinden und sich in dem kleinen Haus, das sie am Stadtrand gemietet hatte, einschließen.

Auch wenn man ihr versichert hatte, dass niemand je ihren neuen Namen erfahren würde und sie praktisch unauffindbar war, hatte sie genügend Filme gesehen und Bücher gelesen, in denen genau das passierte. Wahrscheinlich kam es in der Realität nicht so häufig vor, aber auch da hatte sie schon von Menschen gehört, die trotz Zeugenschutzprogramm gefunden und umgebracht worden waren. Wobei sie sich nicht vorstellen konnte, warum sie jemand töten wollte, schließlich hatte sie überhaupt nichts über die Hintermänner des Attentäters aussagen können. Sie wusste nur das, was ihr die Polizisten gesagt hatten: dass der Mafiaboss Antonio Leone der Auftraggeber gewesen sein sollte. Dem anscheinend nichts nachzuweisen war, selbst mit ihrer Aussage. Warum musste sie also darunter leiden, wenn es den Behörden nicht gelang, den Schuldigen zu verurteilen?

Jocelyn atmete tief durch. Okay, sie würde wachsam bleiben, aber nicht in Panik verfallen, nur weil ein Mann Interesse an ihr gezeigt hatte. Vielleicht war ja wirklich alles ganz harmlos, und sie regte sich völlig umsonst auf. Rasch räumte sie die letzten Matten weg und eilte zu den Umkleideräumen. Wie erwartet waren die Kursteilnehmerinnen schon weg, sie war allein. Während sie sonst die Stille genoss, kam sie ihr jetzt unheimlich vor. Jocelyn beschloss, die Dusche ausfallen zu lassen, und zog sich schnell an. In ihrer Straßenkleidung fühlte sie sich gleich sicherer, obwohl sie wusste, dass das nur eine Illusion war. Eilig verließ sie das Gebäude und atmete erleichtert auf, als sie an die frische Luft kam. Seit dem Überfall im Fahrstuhl fühlte sie sich in Gebäuden unwohl, erst recht in engen Räumen ohne Fenster. Fahrstühle konnte sie gar nicht mehr ertragen – ein weiterer Vorteil von Mitchell, hier gab es so etwas nicht.

Erschöpft stieg sie in ihren Wagen und startete den Motor. Hitze hatte sich im Auto gestaut, und Jocelyn kurbelte das Fenster herunter. Eine Klimaanlage gab es in dem uralten Auto nicht, das sie sich gerade so hatte leisten können. Mitchell lag inmitten von Tausenden Quadratmeilen Ackerland, bei gutem Wetter wie heute konnte sie bis zum Horizont blicken. Es gab keine Wälder oder Hügel, einfach nur plattes Land. Selbst im Stadtkern fand sich eher wenig Grün, nur ein paar vereinzelte Bäume, Büsche und Rasenflächen. Langsam fuhr Jocelyn die schmalen Straßen entlang und blickte alle paar Sekunden in den Rückspiegel. Nachdem sie auf dem kurzen Weg zu ihrem Haus nichts Auffälliges entdecken konnte, entspannte sie sich ein wenig. Es war alles nur Einbildung. Niemand war mehr hinter ihr her, sie war hier in Sicherheit.

Mit einer Hand hob sie ihren schweren Zopf an und löste die Haare von ihrem feuchten Nacken. Der Luftzug trug den Geruch nach trockenem Gras ins Wageninnere. Sehnsüchtig wünschte sie sich, jetzt in San Francisco das Meer riechen zu können. Verdammt, sie wollte doch damit aufhören! Wütend hieb sie auf das Lenkrad und zuckte zusammen, als die Hupe ertönte. *Sehr unauffällig, Jocelyn!* Irgendwann in den vergangenen Monaten hatte sie damit begonnen, mit sich selbst zu reden, um die Stille zu durchbrechen. Vielleicht sollte sie sich ein Haustier anschaffen, dem sie dann aus ihrem Leben erzählen konnte. Sie verdrehte die Augen und konzentrierte sich nur noch auf das Fahren, bis sie vor ihrem gemieteten Haus angekommen war.

Es lag ganz am Rand des Ortes, dahinter erstreckten sich nur noch Felder. Die Häuser der Nachbarn zu beiden Seiten waren durch Bäume verdeckt, was ihr normalerweise sehr gelegen kam. Im Moment hatte sie jedoch eher das Gefühl, dass sich dort jemand verstecken könnte, um sie zu beobachten. Mit einem Schnauben stieß sie die Wagentür auf und stieg aus. Nachdem sie ihre Sporttasche vom Rücksitz genommen hatte, schlug sie die Tür zu und stapfte zum Haus. Sie öffnete das Fliegengitter und schloss ihre Haustür auf. Erneut glaubte sie, Blicke auf sich zu fühlen, aber diesmal drehte sie sich nicht um. Es war Einbildung, weiter nichts. Trotzdem schlüpfte sie rasch ins Haus und schloss die Tür hinter sich ab. Nach kurzem Überlegen schob sie auch noch den Riegel vor.

Mit dem Rücken lehnte sie sich an die Tür und sah sich im Raum um. Er war nur mit dem Nötigsten ausgestattet und wirkte, als hätte sie vor, bald wieder auszuziehen. Vielleicht sollte sie doch irgendwann anfangen, sich in ihrem neuen Leben hier einzurichten. Es war möglich, dass sie nie wieder Jocelyn Callaghan sein würde, und es wurde vermutlich Zeit, sich damit zu arrangieren. Tränen schossen in ihre Augen, und sie wischte sie heftig weg. Sie lebte noch und hatte damit deutlich mehr Glück gehabt als ihre beiden Mitfahrer im Fahrstuhl. Langsam ging sie durch das eingeschossige Haus zu ihrem Schlafzimmer. Auch hier schien alles wie immer zu sein, und sie begann allmählich, sich zu entspannen. Sie würde jetzt duschen und sich dann einen Schluck Rotwein und einen guten Film gönnen.

Obwohl alles ruhig blieb, konnte Jocelyn die Unruhe nicht abschütteln. Sie nahm frische Kleidung und den alten Baseballschläger mit ins Bad, der zu ihrem Schutz griffbereit im Schrank stand, und schloss die Tür ab. Das würde zwar auch nicht helfen, wenn jemand wirklich zu ihr wollte, aber ihr vielleicht zumindest ein wenig Zeit verschaffen, sollte jemand die Badezimmertür aufbrechen. Während sie duschte, war Jocelyns Aufmerksamkeit völlig auf diese Möglichkeit konzentriert, und sie kam sich ein wenig lächerlich vor, als sie zehn Minuten später das Wasser abstellte und nichts passiert war. Seit dem Überfall hatte sie keine Schwierigkeiten, sich in jeder Situation Dutzende verschiedene Horrorszenarien vorzustellen. Dafür brauchte sie noch nicht einmal in einen Fahrstuhl zu steigen.

Kopfschüttelnd griff Jocelyn zum Handtuch und trocknete sich rasch ab. Nachdem sie wegen der im Haus angestauten Hitze ein Top und Shorts angezogen und ihre Haare rudimentär geföhnt hatte, ging sie in die Küche, um sich einen kleinen Snack zuzubereiten. Den Baseballschläger nahm sie vorsichtshalber mit, auch wenn sie sich dabei lächerlich vorkam. Sie befand sich hier in der ruhigsten Kleinstadt, die sie je kennengelernt hatte, nicht in einer Mafiahochburg. Vor allem aber hatte sie nichts getan, das jemanden dazu veranlassen würde, sie hier zu suchen, also konnte dieser Leone gar nicht wissen, wo sie war.

Jocelyn legte den Schläger auf den Tisch, öffnete die Kühlschranktür und verzog den Mund. Kein Wunder, dass sie zu dünn war, wenn sie es nicht einmal schaffte, ihren Kühlschrank ordentlich zu füllen. Was mehr an ihrer Abneigung lag, in den Supermarkt zu gehen, als am Geldmangel. Ein Schauder lief über ihren Rücken, als sie an die engen Gänge zwischen den Regalen dachte, die regelmäßig von tratschenden Leuten blockiert wurden. Schnell hatte sie sich angewöhnt, zu bestimmten Zeiten einkaufen zu gehen, wenn am wenigsten los war, nur war sie dazu in den letzten Wochen kaum noch gekommen. Entweder arbeitete sie oder sie verkroch sich in ihrem Haus.

Morgen würde sie einkaufen gehen, entschied sie und war erstaunt, wie gut sie sich dabei fühlte. Entschlossen schob sie das Kinn vor. Diese Verbrecher würden sie nicht dazu bringen, dass sie sich selbst zu Tode hungerte und ihnen die Arbeit abnahm! Jocelyn nahm sich einen Rest Käse und die letzten Scheiben Toast aus dem Kühlschrank und schubste die Tür mit der Hüfte zu. Als sie sich umdrehte, stand ein Mann vor ihr, der Lauf einer Pistole zielte direkt auf ihr Gesicht. In der anderen Hand hielt er ihren Baseballschläger. Sie erstarrte.

»Hallo Kleine.« Sein Mund verzog sich zu einem Grinsen. »Überrascht?«

Mit einem erschrockenen Aufschrei warf Jocelyn ihm die Nahrungsmittel an den Kopf. Instinktiv duckte er sich und gab ihr damit die Möglichkeit zur Flucht. Ohne weiter darüber nachzudenken, wie gering ihre Überlebenschancen waren, wirbelte sie herum und rannte los. Hinter sich konnte sie einen gedämpften Fluch hören und dann ein leises Ploppen. Etwas schlug direkt neben ihrem Körper in den Türrahmen, Holzsplitter streiften ihren Arm. Den Schmerz merkte sie kaum, sie konnte nur daran denken zu entkommen. Ihr Herz hämmerte in ihren Ohren, und sie hatte Mühe, etwas anderes als ihren lauten Atem wahrzunehmen. War er noch hinter ihr? Würde er ihr einfach in den Rücken schießen? Dumme Frage, natürlich würde er das! Angst drohte sie zu lähmen, doch Jocelyn kämpfte dagegen an. Wenn sie jetzt stehen blieb, war sie tot.

Also rannte sie den kurzen Flur hinunter und schlitterte um die Ecke in ihr Schlafzimmer, gerade als der Verbrecher erneut schoss. Etwas streifte ihren Nacken, doch sie ignorierte es und schlug die Tür hinter sich zu. Mit zitternden Fingern drehte sie den Schlüssel herum, aber sie wusste, dass das lächerliche

Schloss den Mann nur wenige Sekunden aufhalten würde. Sie griff sich ihren Rucksack, der neben der Kommode stand, lief weiter zum Fenster und schob es auf. Schnell schwang sie ihre Beine hinaus und landete auf dem Rasen, der das Haus umgab. Jetzt erst kam ihr der Gedanke, dass der Verbrecher einen Komplizen haben könnte, der draußen auf sie wartete, aber es war zu spät, sie konnte nicht mehr zurück.

Ihre einzige Möglichkeit war, so schnell wie möglich von hier zu verschwinden. Vielleicht würde einer ihrer Nachbarn … Sowie der Gedanke durch ihren Kopf schoss, verwarf sie ihn schon wieder. Wenn dieser Kerl so war wie derjenige im Fahrstuhl, dann hatte er auch kein Problem damit, Unbeteiligte zu töten. Sie musste zur Polizei, nur befand sich die genau auf der anderen Seite des Ortes. Jocelyn tauchte in das brusthohe Gebüsch ein, das ihr Grundstück von dem ihrer Nachbarn trennte, und kauerte sich so klein wie möglich zusammen. Ihre Atemzüge klangen erschreckend laut, sicher konnte der Verbrecher sie hören! Vom Rascheln der sie umgebenden Blätter ganz zu schweigen.

Jocelyn erstarrte, als sie ihn aus ihrem Fenster klettern sah. Jetzt wirkte er beinahe noch gefährlicher, auch wenn er die Pistole an seinem Bein versteckte. Er war völlig harmlos in Jeans und T-Shirt gekleidet, seine Haut war gebräunt, die dunklen Locken glänzten in der Sonne. Gayles Worte fielen ihr wieder ein: ein rassiger Mann, der sich nach ihr erkundigt hatte. Oh Gott, er war in der Schule gewesen. Wenn er nun Gayle, den Schülern oder den anderen Lehrern etwas angetan hätte! Sie musste hier weg, sofort, bevor sie getötet wurde oder für den Tod eines anderen die Verantwortung trug. Nur wo sollte sie hin? Jeder, der ihr half, geriet selbst in Gefahr.

So leise wie möglich zog Jocelyn sich weiter in das Gebüsch zurück. Es war nur etwa anderthalb Meter hoch und nicht besonders tief, sodass sie viel zu schnell auf der Seite ihrer Nachbarn wieder herauskam. Sie konnte auf dieser Seite ein Stück entlanglaufen, aber irgendwann würde sie zwangsläufig ungeschütztes Gelände überqueren müssen. Weder auf der Seite des Ortes noch auf der anderen gab es irgendeine Deckung. Nur Häuser und vereinzelt Bäume und Büsche. Sie war gefangen, solange der Verbrecher dort stand!

»Hannah, bist du das? Was machst du da?«

Panik überschwemmte Jocelyn, als sie sah, dass ihr Nachbar vor sein Haus getreten war und direkt in ihre Richtung blickte. Oh Gott, nein! Ralph war über siebzig Jahre alt und bewegte sich nur mit seinem Rollator fort. Damit war er ein einfaches Ziel für den Verbrecher. Das konnte sie nicht zulassen.

Sie richtete sich ein wenig auf, achtete aber darauf, vom Verbrecher nicht gesehen zu werden. »Geh zurück ins Haus, Ralph, schnell.«

Ihr Nachbar stand nur da und starrte sie neugierig an. »Hast du etwas verloren?«

Das Knacken in den Büschen zeigte ihr, dass die Zeit abgelaufen war. Der Verbrecher wusste dank Ralph, wo sie war, und würde sie in wenigen Sekunden erreichen. Jocelyn rannte los.

»Hannah, was …?« Ein dumpfer Laut ertönte, dann fiel etwas scheppernd zu Boden.

Jocelyn konnte nicht anders, sie musste zurücksehen. Ralph lag am Boden, sein Oberkörper im Haus, die Beine draußen, der Rollator war umgekippt. Entsetzen breitete sich in ihr aus, als ihr klar wurde, dass ihr Verfolger auf ihren Nachbarn geschossen haben musste. Sie wollte zu ihm und ihm helfen, aber sie wusste, dass sie damit nur ihr Todesurteil unterschreiben würde. Nein, sie musste weg, so schnell und so weit wie möglich. Hoffentlich fand Ralphs Frau Marla ihn bald und rief einen Krankenwagen. Vielleicht war es noch nicht zu spät.

Nach einem kurzen Blick auf den Verbrecher, der gerade

durch das Gebüsch brach und in ihre Richtung schwenkte, rannte sie los. Das Adrenalin pumpte durch ihren Körper und gab ihr die Kraft, sich um die Hausecke zu werfen, gerade als ein weiterer Schuss abgefeuert wurde. Es war ein Wunder, dass sie immer noch mehr oder weniger unverletzt war, doch sie hatte keine Zeit, es zu feiern. Schnell rappelte sie sich auf und lief am Haus entlang weiter. Ein gellender Schrei war zu hören und Jocelyn blinzelte hastig die Tränen weg, damit sie nicht ihre Sicht behinderten.

Sie wünschte, sie könnte irgendetwas für Ralph und Marla tun, doch das war unmöglich. Besonders wenn sie tot war. Sie wusste nicht, ob der Verbrecher noch hinter ihr war, aber sie wollte sich nicht umdrehen, um es herauszufinden. Nach scheinbar endloser Zeit, in der sie an zwei weiteren Häusern vorbeigelaufen war, konnte sie in einiger Entfernung eine Sirene hören, der gleich darauf eine zweite folgte. Schnell kamen sie näher, und Jocelyn hoffte, dass es reichen würde, um Ralph zu retten. Und wenn sie Glück hatte, würde der Verbrecher gefasst werden oder zumindest vorerst aufgeben. Das würde ihr die Zeit geben, hier wegzukommen und sich einen sicheren Platz zu suchen.

Inzwischen waren die Sirenen näher gekommen, und sie konnte Stimmen hören, die wild durcheinanderredeten. Anscheinend waren nicht nur ihre direkten Nachbarn sofort herbeigeeilt, als Marlas Schrei und die Polizeisirenen ertönten. Jocelyn kroch geduckt durch den Vorgarten, um besser sehen zu können. Der Verbrecher war nirgends zu entdecken. Vielleicht war er weggelaufen, ein Unbekannter würde in dem kleinen Ort schließlich sofort auffallen.

Ein Krankenwagen und mehrere Polizeiwagen hielten vor Ralphs Haus und blockierten auch ihre Einfahrt. Jocelyn schob sich die feuchten Haare aus dem Gesicht und versuchte, eine Möglichkeit zu finden, wie sie ungesehen aus der Stadt kommen konnte. Ohne ein Auto würde sie es nie schaffen, nur wurde ihres von den Menschen und Einsatzwagen vor ihrem Haus eingekeilt und war vor allem sicher auch ihrem Verfolger bekannt.

Vorsichtig zog sie sich wieder zurück und lehnte sich an die Hauswand. Sie war angenehm kühl auf ihrer erhitzten Haut. Jocelyn sah an sich herunter und erkannte, dass sie lediglich ein Top und Shorts trug. Nicht gerade die Kleidung, die sie sich für eine Flucht ausgesucht hätte, aber es war nicht zu ändern. Wenigstens hatte sie sich geistesgegenwärtig ihren Rucksack gegriffen und stand somit nicht völlig mittellos da. Aber wenn sie dem Verbrecher keine Spur liefern wollte, musste sie noch hier im Ort zur Bank, danach würde sie ihre auf den Namen Hannah Turner ausgestellten Karten nicht mehr verwenden können. Und sie hatte höchstens zwanzig Dollar Bargeld dabei.

Jocelyn wischte den Schweiß aus ihrem Gesicht und atmete tief durch. Okay, sie musste sich ein Auto beschaffen, egal wie. Dank der geringen Kriminalitätsrate waren in Mitchell nur wenige Fahrzeuge abgeschlossen, vielleicht würde in einem von ihnen auch ein Schlüssel stecken. Auch wenn es ihr leidtat, jemanden bestehlen zu müssen, würde sie es tun, um zu überleben. Sie konnte das Auto anonym der Polizei melden, wenn sie erst einmal an einem sicheren Ort war. Entschlossen schlich sie weiter über die Grundstücke ihrer Nachbarn und begann damit, die abgestellten Wagen zu überprüfen. Alle waren entweder verschlossen oder es war nirgends ein Schlüssel zu finden. Je länger die Suche dauerte, desto verzweifelter wurde Jocelyn. Es konnte sich doch nicht alles gegen sie verschworen haben!

»Suchen Sie etwas?«

Schuldbewusst fuhr Jocelyn herum, als sie die weibliche Stimme hinter sich hörte. Hitze stieg in ihre Wangen, als sie sich umdrehte und eine Schülerin der Highschool vor ihr stand, die sie neugierig anstarrte.

»Ach, Sie sind es, Miss Turner, ich habe Sie von hinten gar nicht erkannt.« Kailee, genau, das war ihr Name, hielt einen Motorradhelm in der Hand.

»Hallo Kailee. Entschuldige, dass ich hier einfach so rumlaufe.« Jocelyn zwang sich zu einem Lächeln, aber sie konnte sich nicht vorstellen, dass es überzeugend wirkte. Ihr Blick fiel auf das Motorrad, das in einem Carport neben dem Haus parkte. »Ich suche eine Mitfahrgelegenheit, du willst nicht zufällig nach Scottsbluff?«

»Ähm …« Es war offensichtlich, dass Kailee nach einem Grund suchte abzulehnen.

Die Verzweiflung nahm überhand. »Bitte, ich bezahle dich auch. Wir müssten dafür nur vorher bei der Bank vorbeifahren.«

Skeptisch blickte Kailee sie an. »Warum fahren Sie denn nicht mit Ihrem Auto?«

»Das ist defekt, deshalb muss ich ja so dringend nach Scottsbluff. Bitte, Kailee.«

Die junge Frau schien zu einer Entscheidung zu kommen, denn sie nickte schließlich zögernd. »Okay. Nur nach Scottsbluff? Wie kommen Sie zurück?«

»Ich denke, ich werde dort übernachten. Morgen ist ja Samstag.«

Kailee zuckte mit den Schultern. »Warten Sie hier, ich hole schnell den zweiten Helm.«

Während Jocelyn auf ihre Rückkehr wartete, blickte sie sich unruhig um. Hoffentlich tat sie das Richtige. Mit einem Gefühl der Erleichterung nahm sie wenig später den Helm entgegen und setzte ihn auf. So würde sie zumindest niemand mehr erkennen können.

3

Als Jocelyn spätabends mit dem Bus in Denver ankam, war sie so erschöpft, dass sie kaum die Augen offen halten konnte. Die Stunden der Unruhe, die ständige Angst, von dem Mann gefunden zu werden, hatten sie zermürbt. Glücklicherweise war es nicht schwer, in der Nähe des Busbahnhofs ein billiges Motelzimmer zu bekommen, das sie bar bezahlen konnte. Rasch schlüpfte sie in den Raum, schloss die Tür hinter sich und lehnte sich mit dem Rücken dagegen. Deprimiert blickte sie sich in dem alles andere als geschmackvoll eingerichteten Zimmer um. Aber sie hatte keine Wahl, wenn sie heute Nacht irgendwo übernachten wollte.

Mit einem tiefen Seufzer stieß sie sich von der Tür ab und legte ihren Rucksack auf den kleinen zerkratzten Tisch, der in einer Ecke des Zimmers stand. Wie zu erwarten gab es hier kein Telefon, und das bedeutete, dass sie noch einmal rausgehen musste. Während der langen Wartezeit auf den Bus und der Fahrt nach Denver hatte sie darüber nachgedacht, was sie tun konnte, und war zu dem Ergebnis gekommen, dass sie alleine keine Chance hatte. Wenn Leones gedungener Mörder sie einmal gefunden hatte, würde er es auch wieder können. Ihre einzige Möglichkeit war es, den US-Marshal Matthew Friedman, der ihr damals im Zeugenschutzprogramm zur Seite gestanden hatte, um Hilfe zu bitten. Er würde ihr auch eine neue Identität geben können, da ihre jetzige nun unbrauchbar war.

Ihr Handy hatte sie in Scottsbluff weggeworfen, weil sie befürchtete, dass sie darüber gefunden werden könnte. Wie oft hatte sie schon von Leuten gehört, die durch die GPS-Empfänger in ihren Handys geortet worden waren? Bei vermissten Personen war das positiv, bei jemandem, der von einem Killer gesucht wurde, konnte es tödlich sein. Jocelyn nahm ihr Portemonnaie aus dem Rucksack, machte das Licht aus und stellte sich ans Fenster. Lange Zeit blickte sie durch einen Spalt im Vorhang nach draußen und beobachtete den nächtlichen Hotelparkplatz.

Eine kleine Gruppe von Betrunkenen ging an ihrem Fenster vorbei, bevor die Männer dann vor der Tür des Nachbarzimmers lautstark darüber diskutierten, wer die Schlüsselkarte eingesteckt hatte. Als das endlich geklärt war und sie beinahe ins Zimmer fielen, was zu weiterem lautem Gelächter führte, atmete Jocelyn tief durch. Jetzt oder nie. Vorsichtig öffnete sie ihre Tür und blickte hinaus, bereit, sie jederzeit wieder zuzuschlagen. Es dauerte eine Weile, bevor sie sich nach draußen traute und den Weg zum Münztelefon einschlug, das an der Wand des Gebäudes in der Nähe der Rezeption hing. Der Schein der Straßenlampen, die den Parkplatz erhellten, reichte glücklicherweise nicht bis dorthin, sodass vermutlich niemand sie deutlich sehen konnte, während sie telefonierte.

Nach einem letzten prüfenden Blick eilte sie zum Telefon, warf ein paar Münzen ein und wählte dann die Option eines R-Gesprächs. Als Namen gab sie Leia Solo an, den der Marshal ihr genau für solch einen Fall als Passwort gegeben hatte. Es war seine Art von Humor gewesen, ihr den Namen von zwei Figuren aus Star Wars zu geben. Damals hatten sie nicht gedacht, dass sie ihn je brauchen würde. Doch es hatte gerade einmal zehn Monate gedauert, bis sie gefunden worden war. Jocelyn rieb über ihre schmerzenden Augen. Hoffentlich war Matthew überhaupt erreichbar.

Nach scheinbar unendlich langem Rauschen ertönte plötzlich eine Stimme. »Friedman.«

»Hier ist …« Jocelyn schluckte ihren Namen gerade noch herunter. »… Leia Solo. Ich brauche deine Hilfe.«

»Was ist passiert?«

Tränen stiegen in ihre Augen, als sie die Sorge in Matthews Stimme hörte. »Es … es war jemand hier, der mich … erschießen wollte. Ich konnte gerade noch … fliehen, aber er hat auf … meinen Nachbarn geschossen. Er ist mindestens schwer verletzt, vielleicht sogar … tot.«

»Verdammt! Wie konnte das passieren? Niemand weiß, wo du bist.«

Jocelyn wischte mit dem Arm über ihre Augen. »Anscheinend doch.«

Matthew atmete tief durch. »Okay, es ist ja nicht zu ändern. Du bist unverletzt?«

»Mehr oder weniger.« Die Kratzer an ihrem Arm und am Nacken hatte sie auf der Bahnhofstoilette versorgt. »Nichts Ernsthaftes, nur ein paar Kratzer.«

»Gut. Bist du jetzt in Sicherheit?«

Unruhig blickte Jocelyn sich um. »So sicher, wie ich ohne Schutz sein kann.«

»Okay. Sag mir, wo du bist, dann hole ich dich dort ab und bringe dich an einen sicheren Ort.« Sie hörte ein Rascheln. »Schieß los.«

»Ist das denn sicher?«

»Natürlich, die Leitung kann nicht abgehört werden, außerdem weiß ja niemand, wer du bist.«

Zögernd nannte Jocelyn ihm die Adresse und den Namen des Motels. »Komm bitte schnell, ich habe Angst.«

»Ich nehme den ersten Flieger, den ich kriegen kann. Schließ dich ein und mach niemandem auf.« Seine Stimme wurde wärmer. »Ich bin bald bei dir und sorge dafür, dass dir niemand etwas tun kann.«

»Danke.« Zögernd legte Jocelyn auf. Am liebsten hätte sie länger mit ihm gesprochen, doch dann würde er noch später kommen. Eilig kehrte sie in ihr Zimmer zurück, schloss die Tür ab und schob zur Sicherheit auch noch den einzigen Stuhl unter die Klinke. Das würde zwar einen Verbrecher nicht stoppen, aber wenigstens ein wenig aufhalten und vor allem Lärm machen.

Jocelyn setzte sich auf das Bett und schlang die Arme um ihren Oberkörper. Nachts war es kühl in Denver, erst recht in einem Raum mit Klimaanlage. Schließlich schlang sie die Bettdecke um ihre Schultern und schaltete den Fernseher an, damit es nicht so still war. Jedes Mal zuckte sie zusammen, wenn eine Tür knallte, ein Wagen vorfuhr oder Stimmen im Nachbarzimmer erklangen. Sie sprang durch die dank einer Satellitenschüssel unendlich vielen Programme, doch nichts konnte ihre Aufmerksamkeit fesseln, und die Unruhe blieb.

Schließlich landete sie bei einem regionalen Nachrichtensender des Mittleren Westens, der einen Bericht aus Mitchell, Nebraska, brachte. Als sie das Haus ihrer Nachbarn erkannte, zog sich ihr Magen schmerzhaft zusammen. Eine Reporterin stand mit ernstem Gesichtsausdruck davor und erzählte, wie es in dem bisher ruhigen Städtchen nach dem ersten dort seit etlichen Jahren verübten Kapitalverbrechen aussah.

»Die Einwohner sind erschüttert, dass einer von ihnen Opfer einer solch grausamen Tat wurde. Ralph Doherty wurde kaltblütig auf seiner Türschwelle angeschossen.«

Die Moderatorin im Studio schaltete sich ein. »Gibt es schon Erkenntnisse darüber, wie es dem Verletzten jetzt geht?«

»Soweit ich gehört habe, ist es immer noch kritisch. Die Ärzte hoffen, dass er die Nacht übersteht.«

Tränen traten in Jocelyns Augen. Wenigstens lebte Ralph noch! Aber sie konnte sich nicht vorstellen, wie es Marla jetzt gehen musste. Sie war sicher außer sich vor Sorge.

»Gibt es schon Hinweise auf den Täter? Haben sich Zeugen gemeldet?«

Die Augen der Reporterin blitzten, während sie sich vorbeugte, als wollte sie den Zuschauern ein Geheimnis verraten. »Aus gut informierten Kreisen habe ich gehört, dass die Frau des Verletzten in ihrer Aussage die Nachbarin beschuldigt hat. Eine junge Frau namens …« Sie zog einen Block hervor und blickte darauf. »… Hannah Turner. Sie arbeitet hier in der Stadt als Aerobic-Lehrerin und ist seit dem tragischen Ereignis verschwunden.«

Kälte breitete sich in Jocelyn aus, während sie wie im Schockzustand auf dem Bett saß und dem Bericht weiter lauschte.

»Hat die Ehefrau gesehen, wie es geschehen ist?« In der Stimme der Moderatorin lag eindeutig Sensationsgier.

»Nein, Marla Doherty hielt sich zum Tatzeitpunkt in der Küche auf. Sie hat durch das geöffnete Fenster gehört, wie ihr Mann mit Hannah Turner gesprochen hat, kurz bevor sie ein Scheppern hörte und ihren Mann blutend am Boden fand.« Die Reporterin setzte eine dramatische Miene auf. »Aber ich denke, es spricht für sich, dass Ms Turner nicht aufzufinden ist. Die Polizei sucht sie derzeit noch als Zeugin, aber ich denke, daraus wird bald ein Haftbefehl werden.«

Oh Gott! War es nicht schon schlimm genug, von einem Mörder verfolgt zu werden? Jetzt wurde sie auch noch für eine Verbrecherin gehalten, die kaltblütig auf ihren Nachbarn geschossen und sich dann abgesetzt hatte.

»Haben Sie eine Beschreibung der Flüchtigen? Vielleicht sieht einer unserer Zuschauer sie und kann der Polizei einen Tipp geben.«

Jocelyns Kopf schoss in die Höhe. Nein, bitte keine Beschreibung!

»Sie ist mittelgroß und sehr schlank. Dunkelbraune lange

Haare, auffällig helle Augen, vermutlich grün, und als besonderes Merkmal hat sie eine lange schmale Narbe auf ihrer linken Wange. Ein Foto habe ich bisher noch nicht auftreiben können, aber die Polizei wird sicher bald eines zur Verfügung stellen.«

Unwillkürlich legte Jocelyn ihre Hand auf ihre Wange. Das war die eine Sache, die sie nicht verändern oder verstecken konnte.

»Vielen Dank für den Bericht über dieses abscheuliche Verbrechen, Saundra.« Ernst blickte die Moderatorin in die Kamera. »Liebe Zuschauer, wenn Sie die beschriebene Person gesehen oder sonst irgendwelche Hinweise haben, wenden Sie sich an uns oder an die Polizei.«

Als eine Telefonnummer eingeblendet wurde, schaltete Jocelyn den Fernseher aus. Sie zitterte am ganzen Körper, während sie gleichzeitig schwitzte. Die Angst nahm ihr den Atem, und sie hatte Mühe, sich unter Kontrolle zu bringen. Sollte sie sich wieder auf den Weg machen? Nein, die Beschreibung war bis auf die Narbe so vage gewesen, dass hoffentlich niemand in Denver sie damit in Verbindung bringen würde – vor allem wenn hier vermutlich nicht besonders viele Leute diesen Regionalsender überhaupt einschalteten. Außerdem kannte Matthew nur diese Adresse, und sie wollte ihn auf keinen Fall verpassen. Mit einem unguten Gefühl entschied sie sich, erst einmal hierzubleiben. Der junge Mann an der Rezeption war dermaßen desinteressiert gewesen, dass er sie wohl kaum anhand der Beschreibung im Fernsehen erkennen würde, und niemand sonst hatte sie gesehen.

Jocelyn stand langsam auf und ging ins Bad, um sich für die Nacht fertigzumachen. Auch wenn sie sicher nicht schlafen können würde, musste sie wenigstens versuchen, sich ein wenig auszuruhen. Der morgige Tag würde vermutlich sehr anstrengend werden, und sie wollte Matthew so wenig wie möglich belasten, wenn er sich schon die Mühe machte, extra hierherzukommen.

Glücklicherweise nahm er seinen Job ernst und fühlte sich seinen Schützlingen auch nach der Umsiedlung noch verpflichtet.

Langsam zog sie das Zopfband aus ihren langen Haaren und kämmte die dunklen Strähnen aus. Wenn sie noch einmal eine neue Identität bekam, würde sie auch ihr Äußeres erneut ändern müssen. Was würde es diesmal werden? Schwarz? Hellblond? Aber im Grunde war das egal, solange es ihr dabei half, unentdeckt zu bleiben. Jocelyn legte die Bürste zur Seite und stützte sich mit beiden Händen auf das Waschbecken. Vermutlich würde sie diesmal auch ihre helle Augenfarbe mit dunklen Kontaktlinsen ändern müssen, sie war einfach zu auffällig. Ihr Herz zog sich schmerzhaft zusammen. Es war eines der wenigen Dinge, in denen sie ihrem Bruder äußerlich ähnelte, und es machte sie wütend, es wegen solcher Verbrecher verstecken zu müssen.

Nachdem sie im Bad fertig war, kroch Jocelyn vollständig angezogen ins Bett. Eine Vorsichtsmaßnahme, falls sie schnell fliehen musste. Auch wenn ihre Kleidung nur aus Unterwäsche, Top und Shorts bestand, fühlte sie sich so sicherer. Selbst die Turnschuhe behielt sie an, obwohl das furchtbar unbequem war. Jocelyn rollte sich unter der Bettdecke zusammen und starrte in die Dunkelheit. Die Lampe im Bad brannte noch und sandte einen schmalen Lichtstrahl in den Raum, doch das ließ die Ecken des Zimmers noch dunkler wirken. Trotzdem konnte Jocelyn sich nicht dazu bringen, das Licht auszuschalten. Die Decke bis unter das Kinn gezogen, stellte sie sich darauf ein, die ganze Nacht wach zu bleiben.

Ein seltsames Geräusch weckte Jocelyn. Verwirrt setzte sie sich auf und rieb über ihre Augen. Einen Moment später fiel ihr wieder ein, was geschehen war, und sie war hellwach. Durch den Spalt im Vorhang drang Sonnenschein in den Raum, anscheinend hatte sie tatsächlich die ganze Nacht durchgeschlafen, obwohl sie das nicht für möglich gehalten hatte. Erneut ertönte ein Schaben aus Richtung der Tür. Bevor sie darüber nachdenken konnte, sprang Jocelyn aus dem Bett und presste sich neben dem Eingang an die Wand. Ihr Blick fiel auf ihren Rucksack, der noch vor dem Nachttisch lag. Zur Not würde sie auch ohne ihn fliehen, aber es würde ihr schwerfallen, das Letzte zu verlieren, das ihr noch geblieben war.

Ein leises Kratzen am Holz war zu hören. »Leia Solo, ich bin es, Matthew.«

Gott sei Dank! Erleichterung ließ Jocelyns Knie weich werden, doch es gelang ihr, auf den Beinen zu bleiben. Rasch schob sie den Stuhl weg und schloss die Tür auf. Sie öffnete sie einen Spalt breit und blickte hindurch. Erst als sie sah, dass es wirklich der Marshal war, atmete sie auf. Schnell gab sie den Weg frei und ließ ihn eintreten.

Matthew schob die Tür hinter sich zu und blickte sich im Raum um, bevor er sich zu ihr umwandte und sie anlächelte. »Hallo Jocelyn.«

Nach so langer Zeit endlich wieder ihren Namen zu hören, trieb Tränen in ihre Augen. »Hallo Matthew. Danke, dass du gekommen bist.«

Er öffnete seine Arme und zog sie an sich. »Ich hatte dir doch gesagt, dass du dich jederzeit bei mir melden kannst, wenn du in Schwierigkeiten steckst.«

Das hatte er, aber sie hatte gedacht, dass es ein reines Lippenbekenntnis war, und er sich nicht mehr um sie kümmern würde, wenn sie erst einmal umgesiedelt war. Anscheinend hatte sie sich geirrt. Auch wenn sie liebend gerne noch länger in seinen Armen geblieben wäre, konnte sie sich das nicht leisten. Bedauernd trat sie einen Schritt zurück.

»Im Regionalprogramm kam gestern ein Bericht über meinen

angeschossenen Nachbarn.« Ihre Stimme brach und sie räusperte sich. »Sie denken, ich hätte es getan!«

Falten gruben sich in Matthews Stirn. »Mist. Es ist nie gut, wenn die örtliche Polizei jemanden sucht, der im Zeugenschutzprogramm ist. Haben sie ein Foto von dir veröffentlicht?«

»Letzte Nacht noch nicht, aber inzwischen könnten sie schon eines gefunden haben. Ich habe mich zwar immer bemüht, nie fotografiert zu werden, aber es gab an der Schule einige Veranstaltungen, bei denen auch Aufnahmen gemacht wurden.« Hilflos hob sie die Schultern. »Ich wusste ja nicht, dass mich so schnell jemand finden würde. Warum suchen sie überhaupt noch nach mir? Ich konnte doch gar nicht gegen Leone aussagen.«

Matthew schüttelte den Kopf. »Ich weiß es auch nicht. Vom SFPD kam in letzter Zeit kein Hinweis, dass noch ein Kontrakt auf dich offen ist. Aber das ist jetzt egal, Hauptsache, wir kriegen dich so schnell wie möglich hier raus. Ich bringe dich irgendwo unter, wo dich niemand finden wird und dann arbeiten wir an einer neuen Identität.« Jocelyn biss auf ihre Lippe, um sie am Zittern zu hindern, und nickte nur. Es ging nicht anders, das wusste sie. »Ich habe dir Kleidung und eine Tarnung mitgebracht.« Ein Lächeln blitzte kurz auf. »Bin gespannt, wie sie an dir aussieht.«

Jocelyn verzog den Mund. »Hoffentlich keine Perücke mit Leia-Frisur.«

Diesmal lachte Matthew. »Nein, ich verspreche es. Wir wollen ja schließlich, dass du nicht auffällst, und Leias Ohrschnecken würden definitiv Aufmerksamkeit erregen.«

Es tat so gut, wieder mit jemandem zu reden, der ihre wahre Identität kannte, dass sich ein Kloß in ihrer Kehle bildete. Matthew schien zu ahnen, wie ihr zumute war, und drückte ihr eine Tasche in die Hand. »Hier, zieh dich um. Sowie du fertig bist, brechen wir auf.«

Gehorsam nahm Jocelyn die Tasche entgegen, griff sich ihren Rucksack, weil sie fast sicher war, dass der Marshal nicht an so grundlegende Dinge wie Deo und Bürste gedacht hatte, und zog sich ins Bad zurück. Sie schloss die Tür und setzte sich auf die Toilette, bevor sie die Tasche leerte. Es kamen ein sommerlich gemustertes Kleid zum Vorschein, das eher einem Zelt glich, und ein Gürtel mit einer dicken Schaumstoffkugel über der Schnalle. Was zum Teufel …? Als ihr aufging, was Matthew damit bezweckte, verzog sie den Mund. Dachte er tatsächlich, sie würde mit einem riesigen Bauch weniger auffallen? Gut, er war der Profi und sie hatte ihn um Hilfe gebeten, also würde er wohl wissen, was er tat.

Nach kurzem Überlegen beschloss sie, das Top und die Shorts anzubehalten und das Kleid nur darüberzuziehen. So konnte sie es schnell loswerden, wenn es sein musste. Jocelyn griff noch einmal in die Tasche und zog eine Perücke mit einem hellbraunen Bob hervor. Erneut schnitt sie eine Grimasse, bevor sie ihren langen Zopf hochsteckte und den Haarersatz darüberstülpte. Vor dem Spiegel zog sie die Perücke zurecht, bis sie halbwegs natürlich wirkte. Die Haarfarbe ließ ihre Haut noch bleicher wirken, sie sah aus wie eine wandelnde Leiche. Aber mit einem hatte Matthew Recht: Niemand würde in ihr Jocelyn Callaghan oder auch Hannah Turner erkennen. Jetzt fehlte nur noch der Gürtel, dann war sie fertig. Mit einem tiefen Seufzer schob sie das Kleid hoch und band sich den Bauch um. Gerade, als sie das Kleid herunterzog, hörte sie ein lautes Geräusch aus dem Nebenzimmer. Es klang, als wäre etwas Schweres umgefallen.

In ihrem Nacken prickelte es warnend und sie unterdrückte gerade noch den Impuls, nach Matthew zu rufen. Stattdessen öffnete sie lautlos die Tür einen winzigen Spalt und blickte hindurch. Erleichtert atmete sie auf, als sie Matthew mit dem Rücken zu ihr im Zimmer stehen sah. Doch dann fiel ihr Blick auf die schwarzen Haare und sie erkannte, dass es jemand anders sein musste. Matthew war blond. Doch wo war der Marshal? Der Mann beugte sich zu etwas herunter, das auf dem Boden lag. In der Hand hielt er eine Pistole. Jocelyn presste die Hand vor den Mund, damit ihr entsetztes Keuchen nicht zu hören war, als sie Matthew erkannte, der anscheinend gestürzt war. Hatte der Verbrecher ihn erschossen oder lebte er noch? Irgendetwas musste sie tun, um ihm zu helfen, aber sie wusste nicht, was. Wenn sie in den Raum trat, würde der Mann sich umdrehen und sie erschießen, und sie hatte keine Waffe, mit der sie ihn zuerst unschädlich machen konnte.

Die Entscheidung wurde für sie getroffen, als ein leises Ploppen ertönte und die Waffe in der Hand des Verbrechers zuckte. Wenn Matthew vorher noch gelebt hatte, war er jetzt sicher tot. *Oh Gott!* Tränen verschleierten ihre Sicht, Panik setzte ein. Irgendwie musste sie entkommen, aber es gab keine Möglichkeit. Der Verbrecher versperrte ihr den Weg zum Ausgang, sie würde nie an ihm vorbeikommen. So leise wie möglich schloss Jocelyn die Badezimmertür und drehte den Schlüssel herum. Ein leises Kratzen ertönte, und ihr Herz blieb für einen kurzen Moment stehen, bevor es wieder lospolterte.

Sie drehte sich um und ließ ihren Blick durch das Badezimmer gleiten. Es gab nur ein kleines Fenster, und sie wusste nicht, ob es überhaupt zu öffnen war. Selbst wenn würde sie kaum hindurchpassen. Aber es war ihre einzige Möglichkeit, wenn sie nicht wie ein Lamm auf der Schlachtbank hier warten wollte, bis der Verbrecher zu ihr kam und sie genauso ermordete wie den Marshal. Tränen drohten erneut in ihr aufzusteigen, doch sie schluckte sie herunter. Sie würde später um Matthew trauern – wenn sie dann noch lebte. Und sie würde alles dafür tun zu überleben, um seinen Mörder zur Rechenschaft zu ziehen.

Entschlossen kletterte Jocelyn auf den Waschtisch und legte ihre Hand um den Fenstergriff. Er bewegte sich! Als sie daran zog, öffnete sich das Fenster mit einem leisen Quietschen. Furcht breitete sich in ihr aus, als sie das viel zu kleine Quadrat sah, durch das sie klettern musste, um dem Mörder zu entkommen.

Jocelyn blickte an sich herunter. Ihr Bauch wölbte sich dank Matthews Verkleidung weit hervor, damit würde sie nie durch das Fenster passen. Erneut zog sie das Kleid hoch und kämpfte mit dem Gürtel, bis es ihr endlich gelang, ihn abzuschnallen. Vorsichtig ließ sie ihn in das Waschbecken gleiten. Nach einem letzten Blick auf die Tür griff sie an den Fensterrahmen und zog sich mühsam daran hinauf. Der Kopf passte durch das Fenster, aber ihre Schultern waren zu breit. Furcht beschleunigte ihren Atem, während sie versuchte, sich hindurchzuquetschen. Es funktionierte nicht. Aus Angst, hilflos im Fensterrahmen stecken zu bleiben, zog sie sich wieder zurück. Schwer atmend kauerte sie auf dem Waschtisch und versuchte, einen Weg zu finden, wie sie doch noch durch das Fenster passen könnte. Ein Kratzen an der Tür machte ihr deutlich, dass ihre Zeit abgelaufen war.

Panisch blickte Jocelyn sich im Raum um, doch da gab es nur die Tür und das Fenster. Wie erstarrt beobachtete sie, wie sich die Klinke senkte. Auch wenn sie abgeschlossen hatte, würde der Mörder höchstens einige Sekunden brauchen, um die Tür aufzubrechen und zu ihr zu gelangen. Sie kletterte eilig vom Waschtisch und sah sich nach etwas um, mit dem sie den Mann bekämpfen konnte. Der Toilettendeckel war aus dünnem Plastik, eignete sich also nicht als Schlagobjekt. Hatte sie in ihrem Rucksack noch das Pfefferspray? Rasch bückte sie sich und bemerkte das Regal unter dem Waschbecken, in dem frische Handtücher lagen.

Ihr Kopf ruckte herum, als der Mörder offensichtlich aufgab, leise zu sein, und an der Klinke rüttelte. In einigen Momenten würde sie tot sein, wenn sie sich nicht endlich etwas einfallen ließ! Es gab nur eine Möglichkeit: sie musste sich verstecken. Jocelyn griff sich ihren Rucksack und kroch unter das Waschbecken. Da es zu auffällig gewesen wäre, wenn sie einfach in der Mitte sitzen blieb, quetschte sie sich hinter das Regal. Eine Spanplatte bedeckte die Rückseite und verdeckte sie damit von vorne, vielleicht hatte sie Glück und der Verbrecher bemerkte sie nicht.

Mit einem lauten Krachen brach der Mörder die Badezimmertür auf. Jocelyn hielt den Atem an und versuchte, die Panik zu unterdrücken, die sie in dem dunklen, engen Spalt überkam. So leise wie möglich steckte sie ihre Hand in den Rucksack und suchte nach dem Pfefferspray oder irgendeiner anderen Waffe.

Das Waschbecken über ihr knackte, als er sich darauf stützte, wahrscheinlich um aus dem Fenster zu sehen. »Verdammtes Miststück!«

Gedämpft, aber doch deutlich waren seine Worte zu verstehen. Unwillkürlich rollte sie sich noch enger zusammen. Wenn er unter den Waschtisch blickte und sie entdeckte, war sie ihm hilflos ausgeliefert. Ein Zittern lief durch ihren Körper, das sie nicht beherrschen konnte. Je länger sie hier eingesperrt war, desto weniger Luft bekam sie. Nur mühsam konnte sie den Drang beherrschen herauszukriechen, egal ob der Verbrecher noch da war oder nicht. Nein, Matthews Opfer durfte nicht umsonst gewesen sein.

Erschrocken zuckte sie zusammen, als der Verbrecher mit Wucht gegen das Regal trat. Die Hand vor den Mund gepresst unterdrückte sie einen Schrei. Mühsam kontrollierte sie ihre Atmung, traute sich aber nicht, sich zu bewegen, falls der Mann nach unten sah.

Nach scheinbar unendlich langer Zeit verließ er endlich das Badezimmer. Die Geräusche aus dem anderen Raum deuteten darauf hin, dass er ihn durchsuchte. Schließlich ertönte ein letzter Knall, dann war es still. Hatte der Verbrecher das Zimmer verlassen? Oder war das nur ein Trick, um sie herauszulocken? Nein, er dachte sicher, dass sie durch das Fenster geflohen war, und würde sie jetzt draußen suchen. Schließlich hielt Jocelyn es nicht mehr aus – sie musste hier raus! Lautlos schob sie das Regal ein wenig nach vorne und blickte hinaus. Das Badezimmer war leer. Jocelyn atmete tief ein und schob ihren Kopf weiter vor. Da die Badezimmertür offen stand, konnte sie in den anderen Raum sehen. Auch er schien leer zu sein.

Ihre verkrampften Muskeln gaben schließlich den Ausschlag. Wenn sie noch weiter hier eingepfercht war, würde sie gar nicht mehr laufen können. So leise wie möglich kroch sie hinter dem Regal hervor und richtete sich langsam auf. Ihr eingeschlafenes Bein gab nach, und sie konnte sich gerade noch am Rand des Waschtisches abstützen.

Nachdem sie sich überzeugt hatte, dass sie tatsächlich allein war, setzte sie ihren Rucksack auf und humpelte ins andere Zimmer. Der Geruch nach Blut erfüllte den Raum, und sie wurde im Geiste wieder zu den schrecklichen Ereignissen in San Francisco zurückkatapultiert. Blut, das sich überall verteilte, der Gestank nach Tod und das beinahe unbeteiligte Gesicht des Mörders. Genauso hatte er auch vor Gericht ausgesehen, als er ihr direkt in die Augen geblickt hatte. Ein Schauder lief durch ihren Körper, und sie kehrte in die Gegenwart zurück.

Sie wollte Matthew nicht so sehen, aber sie konnte nicht an ihm vorbeigehen, ohne ihn anzublicken. Ihre Knie gaben nach, als sie die Schusswunden in seiner Brust und Stirn sah. Seine Augen standen offen und sie glaubte, darin noch die Verwirrung und den Schmerz zu sehen, die er in seinen letzten Sekunden gefühlt haben musste. Mit zitternden Fingern strich sie über seine Wange.

»Es tut mir so leid, Matthew.« Ihre Tränen liefen über und tropften auf den Teppich. »Danke, dass du für mich da warst.«

Sie wollte ihn nicht so liegen lassen, aber sie musste so schnell wie möglich verschwinden. Wenn sie hierblieb, würde sie verhaftet werden und den Verbrechern damit die Möglichkeit bieten, sie zu finden. Von unterwegs würde sie dann die Polizei auf den Mord aufmerksam machen. Als sie sich vorstellte, wie furchtbar es für Matthews Familie sein musste zu erfahren, dass er ermordet worden war, zog sich ihr Herz schmerzhaft zusammen. Ein letztes Mal berührte sie seine Hand, dann stand sie langsam auf. Mit den Fingern wischte sie die Tränenspuren von ihren Wangen und rückte die Perücke zurecht. Damit niemand ihre geröteten Augen sah, kramte sie ihre Sonnenbrille aus dem Rucksack und setzte sie auf. Am Fenster überzeugte sie sich davon, dass niemand in der Nähe war, der sie sehen würde, wenn sie das Motelzimmer verließ.

Nach einem tiefen Atemzug öffnete sie die Tür und trat in die Sonne hinaus. Ängstlich blickte sie sich um, überzeugt, jeden Moment von dem Mörder entdeckt zu werden. Es war überraschend still draußen, doch dann erinnerte sie sich, dass es Wochenende war und kaum jemand so früh auf den Beinen sein würde. Trotzdem hatte sie das Gefühl, dass sie beobachtet wurde. Ihr Herz klopfte bis zum Hals, nervös wischte sie sich die feuchten Handflächen an ihrem Kleid ab. So unauffällig wie möglich entfernte sie sich von dem Motel und ging, so schnell sie konnte, die Straße hinunter. Als sie halbwegs überzeugt war, allein zu sein, hielt sie auf einen McDonald's zwei Straßen weiter zu, der bereits geöffnet war. Von dort aus konnte sie telefonieren, und der Verbrecher würde sie dort hoffentlich nicht suchen. Sie brauchte dringend einen Plan, wenn sie überleben wollte. Auf keinen Fall konnte sie noch jemanden hineinziehen, den sie kannte. Wenn die Verbrecher nicht einmal davor zurückschreckten, einen US-Marshal zu töten, war ihnen alles zuzutrauen. Ein Schauder lief über ihren Rücken.

Jocelyn kaufte einen Kaffee und zog sich an einen Tisch in einer Ecke des Raumes zurück, von dem aus sie die Tür im Auge behalten konnte. Nachdem sie sich überzeugt hatte, dass niemand im Raum war, der wie der Mörder aussah, entspannte sie sich ein wenig. Zwar hatte sie ihn nur von hinten gesehen, aber sie war fast sicher, dass es der gleiche gewesen war, der sie in Mitchell töten wollte. Eilig trank sie den Kaffee aus und ging zu den Toiletten. Im Gang davor war ein öffentliches Telefon angebracht, wie sie gehofft hatte. Mit zitternden Fingern holte sie eine Münze heraus und wollte gerade den Hörer in die Hand nehmen, als ihr einfiel, dass die Polizei sicher herausfinden konnte, von wo der Notruf gekommen war, und nach Fingerabdrücken suchen würde. Ihre waren im Verlauf der Ermittlungen des Fahrstuhlmordes genommen worden und sicherlich noch irgendwo gespeichert. Wenn sie sich dann die Videos des McDonald's geben ließen, wussten sie, wie sie gerade aussah. Nein, so schwer es ihr auch fiel, sie konnte Matthews Mord nicht melden, wenn sie sich nicht in Gefahr bringen wollte. Sicher würde er bald von einem Zimmermädchen gefunden werden.

Mit einem schlechten Gewissen steckte sie die Münze wieder ein und ging weiter zu den Toiletten. Dort wusch sie sich Hände und Gesicht und starrte ihr Spiegelbild an. War das wirklich sie? Sie erkannte sich nicht mehr wieder, und das lag nicht nur an der Perücke und dem unförmigen Kleid. Eine Fremde blickte ihr entgegen, mit geröteten Augen, kalkweißer Haut und hervorstechenden Knochen. Die einzige Farbe bildete ihre Narbe, die in ihrem blassen Gesicht rosa leuchtete. Wenn sie es nicht besser wüsste, würde sie annehmen, dass sie eine schwere Krankheit hatte. Mit den flachen Händen schlug sie auf ihre Wangen, um wenigstens etwas Farbe zu bekommen, und deckte die Narbe mit Make-up ab, damit sie nicht so auffiel. Matthew hatte Recht: Sie musste besser auf sich achtgeben. Die Erinnerung daran, wie er sie umarmt hatte, ließ wieder Tränen in ihre Augen steigen. Verdammt, sie musste damit aufhören, wenn sie nicht auffallen wollte.

Jocelyn straffte ihre Schultern, setzte ihre Sonnenbrille und den Rucksack auf, und verließ den Waschraum. Nach einem letzten Blick auf das Telefon eilte sie den Gang entlang und trat in das Restaurant hinaus. Dort verlangsamte sie ihre Schritte und versuchte sich so zu benehmen wie die übrigen Gäste. Sie schlenderte zum Ausgang und verließ das Gebäude. Vor der Tür blieb sie stehen und blickte sich um. Die Straße füllte sich langsam, Autos rauschten an ihr vorbei. Es waren nur wenige Fußgänger unterwegs, und sie wusste, dass sie sofort von hier wegmusste, wenn sie nicht auffallen wollte. Erleichtert sah sie einige hundert Meter entfernt eine Bushaltestelle und setzte sich in Bewegung. Es war ihr egal, wohin die Linie fuhr, solange sie nur von hier fortkam.

Nachdem sie kreuz und quer durch die Stadt gefahren war und zwischendurch bei einem Walmart eingekauft hatte, nahm sie sich ein weiteres Motelzimmer. Bevor sie Denver verlassen konnte, musste sie ihr Äußeres verändern. Die Perücke war zu leicht als solche zu erkennen, und das viel zu weite Kleid verbarg zwar ihre Figur, wirkte aber seltsam. Jocelyn zog alle Vorhänge zu und schaltete dann das Licht an. Im Bad holte sie ihre Einkäufe hervor und blickte sie einen Moment lang nur an, bevor sie die Perücke abnahm und ihre langen Haare ausschüttelte. Sie kämmte sie aus und nahm dann schweren Herzens die gekaufte Schere aus der Tüte. Nach einem tiefen Atemzug schnitt sie die erste Strähne auf Schulterlänge ab. Je mehr Haare sie abschnitt, desto schlechter fühlte sie sich. Bei ihrer ersten Verwandlung hatte sie wenigstens nur die Haarfarbe ändern müssen und die Länge behalten können, doch jetzt musste die Veränderung radikaler ausfallen.

Sie hatte das Gefühl, sich zu verlieren, selbst nicht mehr zu wissen, wer sie eigentlich war. Was waren in ihrem alten Leben ihre Wünsche und Ziele gewesen? Inzwischen konnte sie sich kaum noch daran erinnern. Und das war fast schlimmer als die furchtbare Frisur, die sie sich gerade verpasst hatte. In unregelmäßigen Strähnen hingen ihr die Haare vom Kopf, aber daran konnte sie jetzt nichts ändern. Sie wollte so schnell wie möglich wieder los, aus der Stadt heraus. Mit einer Grimasse zog sie das Haarfärbemittel aus der Tüte. Mausbraun hatte ihre Mutter früher dazu gesagt. Eine Haarfarbe, die ihr keinerlei Aufmerksamkeit einbringen würde. Zusammen mit den Kontaktlinsen in einer ähnlich unscheinbaren Farbe würde sie hoffentlich für niemanden mehr als Jocelyn Callaghan erkennbar sein. Nicht einmal für sich selbst.

4

San Francisco, zwei Tage später

Jay Hunter lehnte sich mit einem zufriedenen Grinsen auf seinem Stuhl zurück, bis nur noch zwei der Stuhlbeine den Boden berührten. Endlich war der Fall gelöst, und er würde heute das erste Mal seit Wochen früher nach Hause gehen können. Gerade hatte er sich mit Vivienne für ein gemeinsames Abendessen mit anschließendem Dessert in seiner Wohnung verabredet. Sein Lächeln verbreiterte sich. Besonders auf den Nachtisch freute er sich schon ungemein, Vi war eine Meisterin ihres Fachs. Bei der Erinnerung daran, wie sie beim letzten Mal die Sahne-Karamell-Creme gierig von seinem Körper geleckt hatte, spannte sich Jays Magen erwartungsvoll an. Oh ja, es würde eindeutig ein denkwürdiger Abend werden. Auch ein Blick auf seinen von Akten, Mappen und Papieren bedeckten Schreibtisch konnte seine Vorfreude nicht dämpfen. Nichts würde ihm diese Nacht verderben können.

Jay träumte immer noch vom Feierabend, als sein Partner sich ihm gegenüber auf die Tischkante setzte. »Du siehst so aus, als hättest du den Jackpot gewonnen.«

Lachend verschränkte Jay die Arme hinter dem Kopf. »Nicht ganz, aber fast.«

»Welche ist es? Pam, Savannah oder Claudia? Nein, warte, die Rothaarige von neulich, oder?«

»Vielleicht solltest du es mal mit Lotto versuchen. Ihr Name ist übrigens Vivienne.«

»Na, dann wünsche ich dir einen interessanten Abend.« Dave schüttelte den Kopf. »Wie machst du das nur?«

»Was?«

»Dir immer die heißesten Bräute zu angeln.«

»Ich sehe sie als Frauen, nicht als Bräute, das ist der Trick.« Jay fuhr sich mit der Hand durch die wieder einmal viel zu langen Haare. »Außerdem habe ich den Hunter-Charme.«

Dave lachte laut auf. »Entschuldige, aber ich habe deinen Bruder Clint kennengelernt. Er hat ungefähr so viel Charme wie eine Konservendose.«

»Das mag sein, aber er hat Karen trotzdem bekommen.« Jay zuckte zusammen, als er seinen beinahe eifersüchtigen Tonfall bemerkte. Karen war eine tolle Frau, genauso wie Autumn, die Frau seines Bruders Shane. Er konnte wirklich nicht sagen, welche von beiden er mehr bewunderte. Und welchen seiner Brüder er mehr beneidete.

»Denk daran, auf was du verzichten müsstest, wenn du an nur eine Frau gebunden wärest.«

»Ja, ja, ich weiß. Ist das nicht normalerweise mein Spruch?«

»Du färbst eben ab.«

»Das …« Jay brach ab, als sein Kollege Berman seinen Kopf ins Zimmer steckte.

»Hey Hunter, deine Freundin ist hier!«

»Welche?« Erregung durchzuckte ihn, als er sich vorstellte, dass Vi ihn abholte, um dann mit ihm im Auto …

Berman lachte. »Na, an die solltest du dich noch erinnern mit ihrem Bauch.«

Jays Stuhlbeine knallten auf den Boden. »Bauch?«

»Mindestens sechster Monat, wenn du mich fragst.«

»Verdammt.« Ruckartig schob Jay den Stuhl zurück und erhob sich. Hitze und Kälte schossen abwechselnd durch seinen Körper, und sein Magen fühlte sich an, als hätte jemand hineingeboxt. Wie durch eine Watteschicht hörte er, wie Dave den Kollegen mit dem Versprechen wegschickte, dass Jay gleich nachkommen würde. Dann schloss er die Tür und trat neben Jay.

»Setz dich lieber wieder hin, bevor du umkippst.«

Da ihm gerade nichts Besseres einfiel, tat Jay, was sein Partner sagte. Es schien so, als wäre das gesamte Blut aus seinem Kopf gewichen und hätte einem allumfassenden Schwindelgefühl Platz gemacht. Es konnte einfach nicht stimmen, was Berman gesagt hatte. Sicher hatte er keine Frau geschwängert. Er benutzte immer ein Kondom, er war sogar dermaßen fixiert darauf, dass er schon mehrere Freundinnen fast in den Wahnsinn getrieben hatte. Nein, er hatte alles getan, was man tun konnte – außer ein Keuschheitsgelübde abzulegen. Trotzdem war da draußen eine Frau, eine schwangere Frau, die behauptete, seine Freundin zu sein.

»Weißt du, wer das sein könnte?«

»Nein, ich habe immer ...«

»Gummis können reißen, das ist dir schon klar, oder?«

»Ja, natürlich.« Mit zitternden Händen rieb Jay über sein Gesicht.

»Oder es ist gar nicht dein Baby.«

Jay stürzte sich förmlich auf diese Idee. Genau, er würde da rausgehen und feststellen, dass es einfach nur eine Bekannte war, die ihn besuchen wollte, bevor sie ein Kind von ihrem neuen Freund bekam. Das war es sicher. Aber wenn es seines wäre ... Er war nicht bereit für ein Kind – vielleicht würde er es auch nie sein. Am besten ging er nach draußen und klärte die Angelegenheit so schnell wie möglich. Es hatte keinen Sinn, sich den Kopf darüber zu zerbrechen, wenn hinterher alles nur ein Missverständnis war.

Schließlich schaffte er es, sich zu erheben und auf weichen Beinen den Weg zum Mannschaftsraum zurückzulegen. Das übliche Durcheinander aus Geräuschen und Gerüchen empfing ihn, doch diesmal bekam er kaum etwas davon mit. Unruhig blickte er sich um und suchte den Raum nach einer schwangeren Frau ab. Dave hatte sich neben ihm aufgebaut, die Arme vor der breiten Brust verschränkt. Es sah nicht so aus, als hätte er vor, Jay seine Privatsphäre zu lassen. Nun, vielleicht würde sein Partner ihm helfen, nicht völlig den Kopf zu verlieren, wenn sich herausstellte, dass er tatsächlich der Vater des ungeborenen Kindes war. Verdammt!

Als Jay nach längerem Suchen keine schwangere Frau entdeckte, wagte er sich in das Großraumbüro hinein. Einige Kollegen riefen ihm etwas zu, als er wie ein Schlafwandler an ihren Tischen vorbeistolperte, doch er blieb nicht stehen. Sein Blick blieb an einer schlanken Frau in einem wadenlangen Sommerkleid hängen, die mit dem Rücken zu ihm vor der Anmeldung stand. Zielsicher ging er auf sie zu. Woher er wusste, dass sie diejenige war, die nach ihm gefragt hatte, war ihm ein Rätsel. Aber er fühlte es in jeder Faser seines Körpers. Copinstinkt, möglicherweise. Als hätte sie seinen Blick auf sich gespürt, drehte sich die Frau plötzlich um. Über den halben Raum hinweg trafen sich ihre Blicke, und Jay konnte spüren, wie sein Herzschlag sich beschleunigte, während er sich gleichzeitig vor Erleichterung ganz schwach fühlte. Er kannte sie nicht, das Baby konnte also unmöglich von ihm sein. Die Frage war nur, warum sie behauptete, seine Freundin zu sein. Sicher, er hatte viele Freundinnen gehabt, aber er hätte jede von ihnen sofort wiedererkannt. Während seine Schritte sich verlangsamten, kam sie eilig auf ihn zu.

Ein Lächeln glitt über ihr Gesicht, als sie vor ihm stehen blieb, doch es erreichte ihre Augen nicht. »Hallo Jay.«

»Hallo. Wer …?« Weiter kam er nicht, denn in diesem Moment warf sich die Frau in seine Arme und klammerte sich an ihn. »Hey …«

Während er versuchte, sein Gleichgewicht zu bewahren und die Frau ein wenig auf Abstand zu bringen, schlang sie ihre Arme um seinen Nacken und berührte mit ihrem Mund seine Lippen. Jay blieb vor Überraschung stocksteif stehen. Gut, er hatte eine bestimmte Wirkung auf Frauen, aber bisher hatte sich noch keine an seinen Hals geworfen und ihn geküsst, ohne dass er sie zumindest ein wenig umgarnt hatte. Ihre Lippen waren warm und weich, genauso wie der dicke Bauch, der sich an ihn presste. Ruckartig kehrte Jay in die Realität zurück. Er wollte keine Verwicklungen mit einer schwangeren Frau, auch wenn sie sich noch so gut anfühlte. Weil sie ihn immer noch umklammert hielt, als hinge ihr Leben davon ab, konnte er nur seinen Kopf heben, um so den Kontakt zu unterbrechen. Schweigend betrachtete er sie eine Weile. Ihre weit aufgerissenen Augen machten deutlich, dass sie nicht zum Spaß hier war, sondern furchtbare Angst vor irgendetwas oder -jemandem hatte. Ihr Mund zitterte fast unmerklich, genauso wie ihr gesamter Körper. Jetzt wo er sie genauer ansah, erkannte er, dass sie krank wirkte. Ihre Augen lagen tief in den Höhlen, ihre Haut war bleich und spannte sich über ihren Wangenknochen. Sie roch nach einfacher Seife und muffiger Kleidung. Woher kam sie und was wollte sie von ihm?

Als hätte sie erkannt, dass er langsam die Geduld verlor und endlich wissen wollte, was vor sich ging, stellte sie sich auf die Zehenspitzen und zog seinen Kopf zu sich herunter. Ihre Lippen streiften sein Ohr. »Bitte spielen Sie mit, sonst bin ich tot!«

Ein Blick in ihre Augen zeigte Jay, dass sie es ernst meinte. Er konnte sich zwar nicht vorstellen, dass ihr inmitten des Polizeidepartments eine Gefahr drohte, aber er beschloss, vorläufig auf ihre Bitte einzugehen. Seine Neugierde war geweckt. Langsam hob er seine Hand und legte sie an ihre Wange. Seine Frage war nur für ihre Ohren gedacht. »Wie heißen Sie?« Die Frau zögerte.

»Wie soll ich Sie als meine Freundin ausgeben, wenn ich nicht mal Ihren Namen kenne?«

»Nennen Sie mich Ann.«

Ann. Vermutlich ein falscher Name, aber das störte ihn nicht. Er war sich sicher, dass er ihre wahre Identität früher oder später herausfinden würde. Nur zu deutlich war er sich der Blicke seiner Kollegen bewusst, die das Schauspiel sichtlich genossen.

»Wie wäre es, wenn ihr die Sache draußen … ausdiskutiert?«

Langsam löste Jay sich von Ann und drehte sich zu Dave um, der hinter ihm stand. Seinen Arm legte er in einer besitzergreifenden, gleichzeitig aber auch beschützenden Geste um die Schultern der Frau. »Dave, darf ich vorstellen, Ann. Ann, Dave Mahoney, mein Partner.«

Zögernd ergriff sie Daves Hand. »Sehr erfreut.«

»Ebenfalls.« Er wollte noch etwas sagen, doch Jays fast unmerkliches Kopfschütteln hielt ihn davon ab. »Ich gehe dann mal wieder an die Arbeit.« Damit wandte er sich um und ging zurück in ihr gemeinsames Büro.

Jay bat Ann, ihn für einen Moment zu entschuldigen, und folgte Dave. Sowie er die Tür hinter sich geschlossen hatte, bombardierte sein Partner ihn schon mit Fragen. »Und, kennst du sie? Ist das Baby von dir? Was will sie hier?«

Jay hob beide Hände hoch. »Ich habe keine Ahnung, aber ich werde es herausfinden.« Er nahm seine Jacke vom Haken und griff nach seinem Rucksack. »Ich mache heute früher Feierabend. Wenn etwas passiert, ruf mich an.«

»Alles klar. Aber morgen will ich wissen, was das alles soll.«

»Ein Gentleman schweigt und genießt.«

»Jay …«

»Nur ein Scherz. Bis morgen.« Er verließ das Büro, bevor sein Partner ihm antworten konnte.

Jocelyn hatte sich in eine Nische verkrochen, wo ein riesiger Ficus sie wenigstens halbwegs vor den neugierigen Blicken der anwesenden Polizisten und Verbrecher schützte. Gott, was hatte sie sich nur dabei gedacht, am helllichten Tag in eine Polizeistation in San Francisco hineinzuspazieren, wenn es doch offensichtlich war, dass ihr Verfolger oder vielmehr dessen Auftraggeber sehr gute Kontakte haben musste? Natürlich war sie hier zumindest für die Dauer ihres Aufenthalts in Sicherheit, aber das bedeutete nicht, dass ihr nicht jemand folgen konnte, wenn sie das Gebäude verließ. Es war ihr sicherer erschienen, sich als Hunters Freundin auszugeben, als einfach so ins Department zu marschieren und nach ihm zu fragen. Mit dem Babybauch heizte sie zwar garantiert die Gerüchteküche an, aber es würde nie jemand darauf kommen, dass sie den Detective in Wirklichkeit nur um Hilfe bitten wollte.

Immerhin war Jay Hunter so nett gewesen, mitzuspielen und nicht sofort zu verraten, dass sie sich überhaupt nicht kannten. Etwas Besseres, als nach San Francisco zurückzukehren und dafür zu sorgen, dass die Verbrecher, die für die schweren Verletzungen ihres Nachbarn in Mitchell und Matthews Tod verantwortlich waren, ihre Strafe erhielten, war ihr nicht eingefallen. Da sie niemanden kannte, der ihr dabei helfen konnte, hatte sie sich an ihre Freundin Katherine erinnert, die ihr von Detective Jay Hunter erzählt hatte, mit dem sie für kurze Zeit zusammen gewesen war.

Es war merkwürdig gewesen, Jay plötzlich persönlich gegenüberzustehen, nach all den Geschichten, die sie von Katherine über ihn gehört hatte. Er hatte tatsächlich eine ungewöhnlich starke Präsenz, einen Magnetismus, der andere Menschen sofort entweder anzog oder abstieß. Da sie ihn brauchte, hatte sie entschieden, sich erst einmal von ihm anziehen zu lassen. Okay, es war nicht wirklich schlimm gewesen, ihn zu küssen, er hatte sie weder abgeknutscht noch die Gelegenheit genutzt und sie unnötig berührt. Im Gegenteil, er hatte versucht, sich so schnell wie möglich von ihr zu lösen. Jocelyn verzog den Mund. Das konnte natürlich daran liegen, dass sie derzeit nicht besonders gut aussah.

Genau das war auch ihre Absicht – sie wollte so unauffällig wie möglich bleiben. Natürlich hatte ihr Auftritt hier eine Menge Aufmerksamkeit erzeugt, aber sie war sich sicher, dass die meisten nur auf ihren Bauch gestarrt hatten und auf Hunters Reaktion gespannt gewesen waren.

Jocelyn zuckte erschreckt zusammen, als sich plötzlich von hinten eine Hand um ihren Arm schloss. Ihre erste Reaktion war Flucht, doch als sie Jay erkannte, zwang sie sich, ihn anzulächeln und an seiner Seite den Raum zu durchqueren. Am liebsten wäre sie, so schnell sie konnte, hinausgerannt, doch sie schaffte es, sich Jays langen, raumgreifenden Schritten anzupassen. Obwohl es ihr wie eine Ewigkeit vorkam, handelte es sich nur um wenige Sekunden. Erleichtert atmete sie auf, als sie den Mannschaftsraum verlassen hatten und den langen Flur entlanggingen. Hin und wieder begrüßte Jay jemanden, aber er blieb nicht stehen. Jocelyn hielt ihre Augen in dem Versuch, von niemandem erkannt zu werden, die ganze Zeit auf den Boden gerichtet, sodass sie überrascht war, als Jay plötzlich anhielt. Sie blickte auf und erkannte, dass sie vor den Fahrstühlen standen. Ein kalter Schauder jagte über ihren Rücken und ließ sie am ganzen Körper beben.

»Ich möchte die Treppe nehmen.« Durch das Klappern ihrer Zähne kam der Satz nur undeutlich heraus, doch Jay verstand sie. Sein Blick glitt zu ihrem Bauch hinunter, dann wieder hinauf.

»Sicher, dass das gut für dich ist?«

Jay schien Erfahrung mit so etwas zu haben, er spielte seine Rolle als besorgter Freund perfekt. Oder er hatte einfach

Angst, dass sie vor seinen Augen das Kind bekommen könnte. Wenn sie nicht schon vor einem Jahr jeglichen Humor verloren hätte, wäre es lustig gewesen. So nickte sie einfach und ließ sich von ihm zum Treppenhaus führen. Seine Hand an ihrem Arm fühlte sich irgendwie beruhigend an. Es schien, als würden seine Zuversicht und sein Selbstbewusstsein auf sie abfärben, für einen kurzen Moment fühlte sie sich fast schwerelos. Sie schrie erschreckt auf, als Jay sie plötzlich hochhob und die Treppe hinuntertrug.

»Ich kann selber gehen!«

»Ja, das habe ich gesehen. Ich habe keine Lust zuzusehen, wie Sie die Treppe herunterfallen. Sie schwanken ja schon im Stehen.«

Hastig sah Jocelyn sich um, aber es war niemand außer ihnen im Treppenhaus, der Jay gehört haben könnte.

»Keine Angst, wir sind allein.« Seine Brust vibrierte, als er sprach. Jocelyn schloss für einen Moment die Augen. Es musste ihr noch schlechter gehen, als sie gedacht hatte, wenn ihr so etwas auffiel. Das ruhige Pochen seines Herzens gab ihr ein seltsames Gefühl von Sicherheit, etwas, das sie seit langer Zeit nicht mehr gespürt hatte. Oder nur für einen winzigen Moment, als Matthew sie umarmt hatte. Doch daran durfte sie jetzt nicht denken, wenn sie nicht zusammenbrechen wollte. Besser sie konzentrierte sich nur auf Jays beruhigende Präsenz. Ihr eigener Herzschlag passte sich seinem langsameren Rhythmus an, ein lautloser Seufzer entfuhr ihr.

Jay merkte, wie ihr Kopf schwerer wurde und ihr Körper sich entspannte. Ann – oder wie immer sie heißen mochte – musste völlig erschöpft sein, wenn sie in den Armen eines völlig Fremden einschlafen konnte, obwohl sie offensichtlich furchtbare Angst vor etwas oder jemandem hatte. Während er sie weiter die Treppe hinuntertrug, betrachtete er ihr Gesicht. Selbst im Schlaf wirkte es nicht entspannt, ihre Augenbrauen waren zusammengezogen, die Lippen gekräuselt. Tiefe dunkle Ringe lagen unter ihren Augen und wurden von der blassen Haut noch hervorgehoben. Eine relativ frische Narbe zog sich über ihre linke Wange.

Jay unterdrückte den verrückten Impuls, einen Kuss darauf zu pressen. Er war sich ziemlich sicher, dass Ann etwas dagegen hätte, und sie entsprach überhaupt nicht seinem normalen Frauentyp. Dazu war sie zu dünn, die Knochen in ihrem Gesicht und an den Armen deutlich sichtbar. Ganz zu schweigen von der furchtbaren Frisur, die eher so aussah, als hätte jemand ihre Haare abgehackt und dann in einem stumpfen Braunton gefärbt. Und vor allem war sie unübersehbar schwanger, das größte No-Go aller Zeiten.

Kopfschüttelnd hielt er vor der Tür an. »Ann, wachen Sie auf.« Keine Reaktion. Seine Hände waren unter ihrem Körper gefangen, deshalb tat er das Einzige, was er tun konnte: Er küsste sie sanft auf den Mund. Als er den Kopf hob, sah sie ihn mit großen Augen an, ihr Körper war steif wie ein Brett. Ein Lächeln zupfte an Jays Mundwinkeln. »Die Dornröschen-Methode funktioniert also immer noch.« Er konnte die Verwirrung in ihrem Blick sehen, doch er hatte keine Zeit für lange Erklärungen. »Ich setze Sie jetzt ab, wenn Sie stehen können.«

Ann nickte hastig, deshalb ließ Jay sie vorsichtig nach unten gleiten, bis ihre Füße den Boden berührten. Sie war tatsächlich eine kleine Person, ihr Kopf ging ihm gerade bis zur Brust. Als er sicher war, dass sie stehen konnte, trat er einen Schritt zurück. »Alles klar?«

Ann räusperte sich. »Ja, danke.«

Jay sah auf die Uhr. Eigentlich würde er sich in wenigen Stunden mit Vi treffen, aber er brachte es nicht über sich, Ann einfach so stehen zu lassen, vor allem, weil er immer noch nicht wusste, was sie dazu bewogen hatte, ihn aufzusuchen. »Was genau wollen Sie eigentlich von mir?«

Unentschlossen kaute Ann auf ihrer Lippe. »Ich hatte gehofft …« Sie sah sich um, als erwarte sie, dass jemand hinter ihnen stand. »Könnten wir irgendwo … reden?« Mit großen, braunen Augen sah sie ihn bittend an.

»Natürlich.« Jay schob die Tür auf und bedeutete ihr, vorauszugehen. Seine Augenbrauen zogen sich zusammen, als er bemerkte, wie unsicher ihr Gang war. »Wann haben Sie zuletzt etwas gegessen?«

Ann zuckte mit den Schultern, als wäre die Nahrungsaufnahme irrelevant. »Gestern Morgen?«

Jay schob seinen Arm um ihre Taille und stützte sie. »Gehen wir.«

»Wohin?« Unsicherheit war in ihrer Stimme zu hören.

»Zu meinem Wagen.«

»Oh.« Ann schien abzuwägen, ob ihr Gefahr drohen könnte, wenn sie mit ihm im Auto alleine war.

Jay blieb stehen. »*Sie* sind *zu mir* gekommen. Meinen Sie nicht, jetzt ist es ein bisschen zu spät, um darüber nachzudenken, ob Sie mir vertrauen können?«

»Ja, vermutlich.« Sie schloss für einen Moment die Augen und atmete tief durch. Als ihre Lider sich wieder hoben, war Entschlossenheit zu erkennen. »Ich weiß nicht, ob ich Ihnen vertrauen kann, schließlich kenne ich Sie nicht, aber ich brauche dringend Hilfe, wenn ich überleben will.«

Jay runzelte die Stirn. Wollte er in etwas hineingezogen werden, das nicht in einer halben Stunde zu lösen war? Er hatte genug anderes, um das er sich kümmern musste. Andererseits konnte er Ann nicht einfach so stehen lassen, wenn er deutlich sehen konnte, wie viel Angst sie hatte. »Dann kommen Sie mit und erzählen Sie mir, worum es geht. Erst dann kann ich entscheiden, ob ich Ihnen überhaupt helfen kann.«

Ann nickte langsam. »Danke.«

Erneut umfasste Jay sanft ihren Ellbogen und geleitete sie zu seinem Wagen. »Haben Sie hier eine Wohnung?«

Ihr Blick war eindeutig argwöhnisch. »Warum?«

»Damit ich Sie dorthin fahren kann, wenn wir uns unterhalten haben.«

»Nein, ich habe keine Wohnung.«

»Hotelzimmer?«

»Nein.«

Jay unterdrückte den Impuls, seine Haare zu raufen oder Ann zu schütteln. »Wo schlafen Sie dann heute Nacht?«

Ann hob die Schultern. »Vielleicht wieder am Bahnhof.«

»Das ist nicht Ihr Ernst.«

»Sehe ich aus, als würde ich in dieser Situation Witze machen?« Sie zog ihren Arm aus seinem Griff. »Ich glaube, es war doch keine gute Idee hierherzukommen. Es tut mir leid, dass ich Sie belästigt habe.« Damit wandte sie sich um und marschierte los. Ihre stümperhaft abgeschnittenen Haare wehten in der leichten Brise, der Saum des Umstandskleides umspielte ihre schlanken Beine.

Jay beobachtete, wie sie sich von ihm entfernte, unsicher, was er jetzt tun sollte. Es war ihre freie Entscheidung, ob sie mit ihm reden oder auf dem Bahnhof übernachten wollte, er konnte sie schlecht zu etwas zwingen. Andererseits brachte er es aber auch nicht fertig, sie so gehen zu lassen. Als er sie schwanken sah, lief er fluchend hinterher. Wie konnte sie so unvernünftig sein? Sie musste wissen, dass sie mit ihren Kräften am Ende war, und trotzdem versuchte sie, alleine durchzukommen. Hatte sie denn niemanden, der sich um sie kümmerte?

Jay kam gerade noch rechtzeitig, um sie aufzufangen, als sie lautlos in sich zusammensank. Sanft hob er sie hoch und trug sie über den Parkplatz. Ihr Gesicht war totenbleich, ihre überraschend dunklen Wimpern bildeten Schatten auf ihren Wangen. Jay spürte einen leichten Stich in der Herzgegend und erkannte, dass er es nicht über sich bringen würde, die Frau mit ihren Problemen alleinzulassen. Wovor auch immer sie Angst hatte, er würde versuchen, es für sie zu lösen.

»Gibt es ein Problem?«

Überrascht drehte Jay sich um, er hatte gar nicht gemerkt, dass noch jemand auf dem Parkplatz war. Der Mann trug die Uniform eines Streifenpolizisten. Jay zwang sich zu einem Lächeln. »Nein, alles in Ordnung. Die Hitze war wohl ein bisschen viel für sie.«

Der Polizist nickte mitleidig. »Ja, ich erinnere mich noch, wie es war, als meine Frau unser erstes Kind erwartet hat. Manchmal hat schon ein bestimmter Geruch gereicht, um sie umzuhauen.«

»Danke für die Warnung.« Jay verlagerte Anns Gewicht auf seinen Armen. »Ich bringe sie dann wohl lieber schnell nach Hause.«

»Lagern Sie ihre Beine hoch und geben Sie ihr immer ausreichend zu trinken. Manchmal hilft es auch, die Kleidung zu lockern.«

»Ich werde es probieren.« Dankend nickte Jay dem Polizisten noch einmal zu, bevor er sich umdrehte und rasch zu seinem Wagen ging. Es machte ihm Sorgen, dass Ann noch nicht wieder aufgewacht war. Was, wenn irgendetwas bei der Schwangerschaft falsch lief? Für einen kurzen Moment überlegte er, ob er seine Mutter anrufen sollte, die schließlich fünf Schwangerschaften hinter sich hatte, davon eine mit Zwillingen, doch er nahm schnell Abstand von dem Gedanken. Er hatte keine Lust, sich eine Predigt anzuhören, dass es auch langsam mal Zeit für ihn wurde, eine Frau zu finden und eigene Kinder zu zeugen. Seine beiden älteren Brüder machten es ihm vor – Shane war verheiratet, Clint hatte schon eine kleine Tochter und auch Shannon und Leigh schienen der baldigen Familienplanung zumindest nicht abgeneigt zu sein. Nur Chloe genoss mit ihren achtundzwanzig Jahren und der gerade startenden Karriere als Anwältin noch Welpenschutz. Aber als Nesthäkchen der Hunter-Familie war das wohl ihr Vorrecht.

Vorsichtig ließ Jay Anns Füße zu Boden gleiten und lehnte sie halb an den Wagen, während er in seiner Hosentasche nach dem Schlüssel kramte. Der Tritt kam völlig unerwartet. Das Knie stieß treffsicher in seine empfindlichste Stelle. Mit einem unterdrückten Schrei sprang Jay zurück, verlor das Gleichgewicht und landete schmerzhaft auf dem Asphalt. Eine Hand auf seine geschundenen Weichteile gepresst, starrte er Ann ungläubig an. Sie war zu Boden gesunken, nachdem er ihr keinen Halt mehr gab, und schien sich zu fragen, wie sie dorthin gekommen war.

»Was zum Teufel sollte das?« Seine laute Stimme ließ sie zusammenzucken, aber das war ihm im Moment herzlich egal. Sein Unterleib pochte schmerzhaft, was seine Laune nicht gerade verbesserte.

»Ich … Was ist passiert?« Sie klang verwirrt.

»Sie haben mir gerade Ihr Knie dorthin gerammt, wo es am meisten wehtut.« Sein Gesicht verzog sich zu einer Grimasse, als er langsam wieder auf die Füße kam.

»Das muss ein Reflex gewesen sein, ich wollte Sie nicht verletzen.«

Na toll! Wenn er schon Schmerzen hatte, wollte er sie sich wenigstens verdient haben. Zögernd ging er auf sie zu. »Wenn ich Ihnen aufhelfe, werden Sie mich also nicht noch einmal angreifen?«

»Nein.« Ann betrachtete ihre Umgebung. »Wie bin ich hierhergekommen?«

»Ich habe Sie getragen.«

Ann zuckte schuldbewusst zusammen. »Und ich habe Ihnen dafür wehgetan. Es tut mir wirklich leid.«

Jay hielt ihr seine Hand hin, die sie zögernd ergriff. »Vermutlich werde ich es überleben.« Aber sicher war er sich noch nicht. Auch wenn sie nicht viel Kraft in den Stoß gelegt hatte, war er genau ins Ziel gegangen. Es half auch nicht wirklich, dass die enge Jeans schmerzhaft drückte.

Für einen winzigen Moment glaubte er, ein Lächeln in ihren Augen zu sehen, doch es war sofort wieder verschwunden. »Ich wollte nicht schon wieder einschlafen, ich schätze, ich muss müder sein, als mir bewusst war.«

»Wenn Sie mir versprechen, dass Sie das nächste Mal woanders hintreten, bringe ich Sie an einen Ort, wo Sie sich ausruhen können.«

Ann strich ihre Haare aus dem Gesicht. »Ich kann sogar versprechen, Sie gar nicht mehr zu treten. Wohin wollen Sie mich bringen? Ich habe nicht viel Geld und …«

»Das brauchen Sie nicht.«

»Aber …«

»Vertrauen Sie mir.« Jay merkte gar nicht, dass er den Atem anhielt, bis sie schließlich nickte. »Aber zuerst das Wichtigste.« Er schloss den Wagen auf und öffnete die Beifahrertür.

»Und das wäre?« Ann ließ sich langsam in den Sitz gleiten.

»Essen.«

»Ich brauche …« Ihr Protest wurde vom lauten Knurren ihres Magens übertönt.

Jay ging um den Wagen herum und schwang sich auf den Fahrersitz. »Ich würde sagen, das war eindeutig. Sie sind überstimmt.«

Jocelyn sah ihn an und erkannte, dass er sich nicht davon abbringen lassen würde. Und eigentlich war sie froh darüber, denn ihr Magen krampfte sich bereits vor Hunger zusammen und sie wurde immer schwächer. Sie konnte es sich nicht leisten zusammenzubrechen. Auch wenn sie es geschafft hatte, Jay Hunters Neugier zu wecken, sie konnte nicht sicher sein, dass er sie nicht einfach wegschicken oder – noch schlimmer – ihren Aufenthaltsort verraten würde. Was wusste sie schon von Katherine über ihn, außer, dass er gut im Bett war, sich aber nicht binden wollte? Aber sie konnte es sich momentan nicht aussuchen, wen sie um Hilfe bat. Immerhin war Jay ein sehr guter und vertrauenswürdiger Detective, wie Katherine ihr damals erzählt hatte, und das war alles, was momentan zählte.

Jocelyn schnallte sich an und verschränkte die Hände über ihrem Bauch. Nur mit Mühe schaffte sie es, normal sitzen zu bleiben und nicht automatisch nach unten zu rutschen, um ihre Anwesenheit zu verbergen. Es konnte nur funktionieren, wenn sie keinerlei Aufmerksamkeit auf sich zog. Sie musste unsichtbar sein – und das ging am besten in voller Sicht. Sie spürte Jays Seitenblick, doch sie sah stur geradeaus, bis er den Wagen anließ und langsam aus der Parklücke fuhr. Zwei Querstraßen weiter hielt er vor einem Schnellimbiss an und legte ein Schild auf das Armaturenbrett, das den Wagen als Eigentum des Polizeidepartments auswies.

»Ist das erlaubt?«

Jay grinste sie an. »In Notfällen schon.«

Es war kein Geheimnis, wie er durch das Leben kam: Sicher konnte ihm kein Mensch widerstehen, wenn er lächelte, und das wusste er genau. Jocelyn schob die Tür auf und zog sich an ihr hoch. Eine Hand schlang sich um ihren Ellbogen und erschreckte sie halb zu Tode.

»Warum warten Sie nicht, bis ich Ihnen helfe? Möchten Sie gerne hinfallen und sich verletzen?« Unterdrückter Ärger klang in Jays Stimme mit.

»Nein, ich … bin es nur einfach nicht gewöhnt.«

Jays Gesicht schob sich näher an sie heran, seine beinahe schwarzen Augen nahmen sie gefangen. »Dann gewöhnen Sie sich ganz schnell daran, denn solange Sie mit mir zusammen sind und es Ihnen nicht gut geht, werde ich sämtliche Türen öffnen, Ihren Arm nehmen und Sie zur Not auch herumtragen. Alles klar?«

Katherine hatte eindeutig vergessen, ihr zu erzählen, wie befehlsgewohnt Jay Hunter war. Und was für faszinierende Augen er hatte. Jocelyn schüttelte den Kopf, um den Gedanken ganz schnell wieder zu vergessen.

»Nein?« Jays Augenbraue hob sich, er schien ehrlich erstaunt zu sein, so als gäbe es nicht viele Menschen, die es wagten, ihm zu widersprechen.

»Tun Sie, was Sie nicht lassen können.« Jocelyn wandte sich zum Eingang des Imbisses um. »Wollen Sie noch länger Reden halten oder gehen wir hinein?«

Überrascht sah sie ihn an, als er nur lachte. Sie hatte erwartet, dass er beleidigt oder wütend wäre. Seine Hand an ihrem Ellbogen drückte sanft zu. »Es scheint, als würde es Ihnen schon etwas besser gehen.« Er lächelte »Das freut mich.«

Erstaunlicherweise hatte sie das kleine Scharmützel tatsächlich etwas belebt. Sie kam zwar immer noch vor Hunger fast um, doch die bleierne Müdigkeit und die allumfassende Angst waren für den Moment verschwunden, und sie konnte klarer denken als seit Tagen. Jay schien tatsächlich gut für sie zu sein. Seit fast einem Jahr war er der einzige Mensch, mit dem sie freiwillig mehr als drei Worte gewechselt hatte. Ganz zu schweigen davon, dass sie seit damals niemanden mehr näher als einen Meter an sich herangelassen hatte. Mit Ausnahme von Matthew, und der war ihretwegen tot. Sie war sich nicht sicher, ob sie nicht lieber ganz schnell in die andere Richtung fliehen sollte.

5

Nachdem sie ihr Essen bestellt hatten und die Getränke vor ihnen standen, lehnte Jay sich vor und betrachtete Ann aufmerksam. Sie schien etwas lebhafter zu sein als vorher, doch noch immer machte ihm ihre Blässe Sorgen. Sein Blick fiel auf ihre schmalen Hände, deren elegante Finger in kurzen Nägeln endeten. Schließlich hielt er es nicht mehr aus. »Wieso haben Sie sich ausgerechnet an mich gewandt?«

Ann schürzte die Lippen, während ihre Augen durch den Raum wanderten, bevor sich ihr Blick auf ihn legte. »Ich habe mich gefragt, wem ich hier in San Francisco vertraue – und wer mir nicht so nah ist, dass ich ihn nicht mit hineinziehen kann, ohne Aufsehen zu erregen.«

Jay runzelte die Stirn. »Aber Sie kennen mich doch gar nicht.«

»Nicht persönlich, das stimmt.«

Langsam verlor Jay die Geduld. »Sagen Sie mir jetzt endlich, woher Sie meinen Namen haben, oder muss ich noch länger darauf warten?«

Sie verschränkte ihre zitternden Finger auf der Tischplatte miteinander und beugte sich leicht vor. »Als ich nicht wusste, an wen ich mich wenden sollte, fiel mir wieder ein, dass meine Freundin Katherine öfter Ihren Namen erwähnt hat.«

»Hat Katherine auch einen Nachnamen?«

Anns Augenbrauen schoben sich zusammen. »Wie viele Katherines kennen Sie denn?«

»Genug. Also?«

»Katherine Anderson.«

Jay bemühte sich, keine Reaktion zu zeigen, auch wenn alles in ihm darauf drängte zusammenzuzucken. Vor einigen Jahren waren sie für kurze Zeit miteinander ausgegangen, doch er hatte die Sache schnell beendet, als ihm klar wurde, dass Katherine mehr wollte, als er zu geben bereit war. »Was hat sie Ihnen über mich erzählt?« Nicht, dass er das wirklich wissen wollte.

»Sie sagte, dass man sich jederzeit auf Sie verlassen kann …«

»Tatsächlich?«

»… außer wenn es um Beziehungen geht.« Ein schwaches Lächeln huschte über Anns Gesicht, als sie seinen Gesichtsausdruck wahrnahm. »Was ich brauche, ist jemand, der mich beschützen und herausfinden kann, wer hinter mir her ist, keinen Liebhaber. Daher dachte ich, Sie sind ein geeigneter Kandidat.«

Nein, offensichtlich brauchte sie keinen Liebhaber mehr, schwangerer ging es kaum. Jay öffnete den Mund und schloss ihn wieder, als ihm bewusst wurde, dass er zurückschlagen wollte. Sein Ruf hatte ihn bisher nie gestört, warum sollte es ihm etwas ausmachen, wenn dieses bemitleidenswerte Bündel Frau glaubte, er wäre nicht beziehungsfähig? Er fand sie noch nicht mal attraktiv … Jay holte tief Luft, als ihm ihr wissender Blick bewusst wurde. Es schien, als hätte sie genau erkannt, was in ihm vorging, und wartete nur auf seinen Ausbruch.

So ruhig wie es ihm möglich war, setzte Jay das Gespräch fort. »Wer ist hinter Ihnen her und warum?«

Ann überprüfte, ob jemand in der Nähe war, und beugte sich dann noch weiter vor. »Bevor ich Ihnen das erzähle, muss ich wissen, ob Sie mir helfen werden. Denn wenn Sie es nicht tun, kann ich Ihnen nichts sagen.«

»Dann drehen wir uns im Kreis, denn ich kann erst entscheiden, ob ich Ihnen helfen kann, wenn ich weiß, worum es überhaupt geht.« Jay schob den Kopf vor, bis seine Nase fast ihre berührte. »Sie haben mich aufgesucht, weil Sie ein Problem haben und Sie sonst niemanden kennen, an den Sie sich wenden könnten. Ich würde sagen, Ihre Optionen sind beschränkt.«

»Sie haben Recht.« Ann befeuchtete ihre Lippen mit der Zunge. »Haben Sie von dem Fahrstuhlmord im Business District im Juli letzten Jahres gehört?« Ihre Haut war noch blasser geworden, wenn das möglich war.

»Ja, natürlich. Meine Kollegen haben damals in dem Fall ermittelt.«

»Ich war dort.«

»Ich verstehe nicht …« Er brach ab, seine Augen weiteten sich, als ihm bewusst wurde, wer sie war. »Die Studentin, die dem Täter entkommen ist.« Der Mordfall hatte große Wellen geschlagen, weil zwei Anwälte dabei gestorben waren, die beide schon Prozesse gegen die Mafia geführt hatten. Er hatte damals gehofft, dass damit endlich ein entscheidender Schlag gegen den Mafiaboss Antonio Leone geführt werden konnte, doch das hatte sich als unmöglich herausgestellt. Der Kerl war schlüpfriger als ein Aal, er war nicht zu fassen. Jeder Polizist kannte die Adresse seines luxuriösen Lofts, doch solange keine hundertprozentigen Beweise gegen ihn vorlagen, würde er nie verurteilt werden.

»Ja.« Das Wort war kaum zu verstehen. Ihre Finger waren weiß, so fest krampfte sie sie zusammen. »Mein Name ist Jocelyn Callaghan.«

Automatisch schob Jay seine Hand über ihre und drückte sie beruhigend, während er versuchte, sich an die Einzelheiten des Falles zu erinnern. Er war damals nicht daran beteiligt gewesen, deshalb wusste er nur das, was in den offiziellen Berichten vermerkt war. »Der Mörder wurde zu zweimal zwanzig Jahren Haft verurteilt, oder?«

»Ja.« Jocelyn zog die Schultern hoch, als wäre ihr kalt. »Wenn es nach mir gegangen wäre, hätte er für den Rest seines Lebens eingesperrt werden müssen.«

»Was haben Sie danach gemacht?« Er konnte sich nicht vorstellen, dass sie einfach so ihr früheres Leben wieder aufgenommen hatte.

»Nachdem die Verbindungen zur Mafia aufgedeckt waren, ich einige Drohungen erhalten hatte und Anschläge auf mein Leben verübt worden waren, nahm man mich ins Zeugenschutzprogramm auf. Ich wurde mit einer anderen Identität in eine Kleinstadt im Mittleren Westen umgesiedelt.« Ihr Mundwinkel verzog sich geringschätzig. »Es hieß, ich wäre dort sicher, solange ich mich an alle Regeln halte.«

»Was ist passiert?« Ein ungutes Gefühl in seiner Magengegend sagte ihm, dass Jocelyn nicht freiwillig wieder in San Francisco war, wo der Mob vermutlich immer noch nach ihr suchte.

»Obwohl ich alles getan habe, was mir eingebläut wurde, tauchte vor zwei Tagen ein Mann in meinem Haus auf, der mich töten wollte. Ich habe ihn überrascht und konnte aus dem Haus fliehen, doch er war dicht hinter mir. Er hat meinen Nachbarn angeschossen und schwer verletzt.« Sie schluckte hart. »Ich weiß nicht, ob er noch lebt. Von der Polizei werde ich als die Täterin gesucht, weil er mit mir sprach, bevor der Verbrecher auf ihn schoss.«

»Das ist übel. Wie sind Sie entkommen?«

»Eine Schülerin hat mich auf dem Motorrad in die nächstgrößere Stadt mitgenommen.« Sie ignorierte seinen Blick auf ihren dicken Bauch und sprach rasch weiter. »Dort habe ich mir ein Motelzimmer genommen und den für mich zuständigen Marshal informiert. Er ist sofort losgeflogen und kam morgens an.« Tränen schimmerten in ihren Augen. »Ich dachte, ich wäre in Sicherheit, aber als ich gerade im Bad war, hat der Verbrecher uns gefunden und Matthew erschossen.« Wenn möglich wurde sie noch blasser. »Ich bin im letzten Moment entkommen und untergetaucht. Mir war klar, dass ich dem Zeugenschutzsystem nicht mehr trauen konnte. Irgendwer muss der Mafia meine neue Identität verraten haben.«

»Oder es hat Sie jemand unabsichtlich verraten.«

»Wer? Niemand in Mitchell kennt meine wahre Identität, und ich habe auch hier niemandem gesagt, wohin ich gehe.«

»Nicht mal Ihrem Freund haben Sie die Wahrheit gesagt?«

Verwirrt sah Jocelyn ihn an. »Ich habe keinen Freund.«

Jay nickte zu ihrem Bauch hin. »Und wer ist dann dafür verantwortlich?«

Jocelyn schien sich zu verspannen. »*Niemand* außer mir kennt beide Identitäten.«

»Okay, gehen wir also davon aus, dass es ein Leck gibt. Was genau wollen Sie jetzt von mir?«

»Ich möchte mein altes Leben zurück. Und ich möchte, dass die Verantwortlichen für das bestraft werden, was sie getan haben.« Ihre Augen verengten sich. »Vor allem aber möchte ich überleben. Ich will nicht, dass diese Schweine gewinnen und mein gesamtes Leben zerstören.«

Jay lehnte sich in der Bank zurück. »Wenn Antonio Leone dafür verantwortlich ist, dann wird es sehr schwer sein, ihn zur Rechenschaft zu ziehen. Wir haben schon so oft versucht, ihm etwas anzulasten, von dem wir genau wissen, dass er es getan hat, aber er hat es immer geschafft, der Strafe zu entkommen. Ich möchte nichts lieber, als ihn ins Gefängnis bringen.« Sein Magen krampfte sich zusammen, als er an Rizzos entstellten Körper dachte.

»Dann bin ich wohl zu dem richtigen Mann gekommen.«

Ernst sah Jay sie an. »Ich werde mir Ihren Fall ansehen und versuchen, Hinweise darauf zu finden, wer Sie verraten haben könnte, und auch Beweise dafür, dass Leone hinter dem Überfall auf Sie steckt. Aber ich kann nicht versprechen, dass es mir gelingen wird.«

Die Anspannung verließ für einen Moment Jocelyns Körper. »Das reicht mir.«

»Gut. Ich möchte, dass Sie mir alles erzählen, was Sie über die ganze Sache wissen, ich werde jede Information brauchen.«

»Ja, natürlich.«

Jay sah auf, als die Bedienung an den Tisch trat und das Essen brachte. Er wartete, bis sie die Teller hingestellt und sich wieder zurückgezogen hatte, bevor er antwortete. »Später. Essen Sie jetzt erst einmal, Sie werden die Kraft brauchen.«

Das ließ Jocelyn sich nicht zweimal sagen. Sie attackierte das Steak, als hätte sie seit Monaten so etwas nicht mehr gegessen. Ihre Augen schlossen sich jedes Mal, wenn sie ein Stück in den Mund schob. Jay musste schlucken, als er ihren entrückten Gesichtsausdruck sah. Während derjenige, der ihr das angetan hatte, unbehelligt und gut genährt in seinem Luxus-Loft saß, hatte Jocelyn Callaghan ihr ganzes Leben hinter sich lassen müssen und anscheinend nicht einmal genug zu essen bekommen. Die altbekannte Wut wühlte in seinem Magen und verwandelte die Pommes in seinem Mund in Sägespäne. Plötzlich appetitlos schob er den Teller von sich und trank stattdessen lieber einen Schluck von seinem Bier.

Es dauerte einige Minuten, bis Jocelyn merkte, dass er gar nichts aß. Zögernd legte sie die Gabel zur Seite. »Sie wollten gar nicht essen gehen, oder?«

»Doch, aber mir ist der Appetit vergangen.«

Jocelyns Wangen färbten sich rot, ihr Blick senkte sich auf den Tisch. »Es tut mir leid, ich hätte nicht …«

Verwirrt sah Jay sie an. »Was?«

»Kein Wunder, dass Ihnen der Appetit vergeht, so wie ich gegessen habe.«

Erschreckt ruckte ihr Kopf hoch, als Jay seine Hand auf ihre legte und sie festhielt, als sie sie zurückziehen wollte. »Es liegt nicht an Ihnen, sondern daran, dass es mich wütend macht, wenn jemand wie Leone mit so etwas durchkommt. Es ist offensichtlich, wie sehr Sie in den letzten Monaten gelitten haben. Meinetwegen können Sie auch mit den Fingern essen, Sie haben jedes Recht dazu.«

»Oh.« Jocelyn schien von seinem Ausbruch überrascht zu sein. Schließlich glitt ein flüchtiges Lächeln über ihre Lippen. »Danke. Aber mir wäre es wirklich lieber, wenn Sie auch etwas essen würden, dann komme ich mir nicht so verfressen vor.«

Jay war überrascht, wie sehr das Lächeln sie veränderte. Als würde die wahre Frau für einen Moment durch ihre unvorteilhafte Verkleidung schimmern. Diesmal war es nicht Wut, die das Flattern in seinem Magen verursachte. Irritiert schüttelte er den Kopf und zog seine Hand zurück. Er würde Jocelyn helfen, damit sie wieder ihr normales Leben führen konnte, sonst nichts. Befriedigt, den kurzen, merkwürdigen Anflug verscheucht zu haben, machte er sich wieder über sein Essen her. Das Klappern von Besteck zeigte ihm, dass auch Jocelyn weiteraß. Jay blickte nicht wieder auf, denn er wollte nicht, dass sie sich beobachtet und unwohl fühlte.

Es war kein unangenehmes Schweigen, trotzdem war Jocelyn froh, als Jay schließlich bezahlte, sie den Imbiss verließen und in den Wagen stiegen. Sie hatte zwar gehofft, dass er ihr half, aber sie hatte nicht erwartet, dass er so … mitfühlend sein würde. Von Katherines Erzählungen hatte sie eher in Erinnerung behalten, dass Jay Hunter zwar charmant war und seine jeweilige Freundin gut behandelte, aber grundsätzlich emotional eher unbeteiligt blieb. Er wirkte wie jemand, mit dem man Spaß haben konnte, der aber für ernsthafte Beziehungen ungeeignet war. Vermutlich war das unfair, schließlich kannte sie ihn überhaupt nicht näher. Außerdem wollte sie auch keine Beziehung mit ihm eingehen, deshalb war es völlig egal. Ein leises Gefühl des Bedauerns durchfuhr sie, als sie sein markantes Profil betrachtete. Mit seinen verwuschelten goldbraunen Haaren, den hohen Wangenknochen unter den beinahe schwarzen Augen, der langen, geraden Nase und dem Mund, der genauso aussah, wie er sich während ihres Kusses angefühlt hatte, schien er aus einem erotischen Traum entstiegen zu sein. Von seinem Körper ganz zu schweigen, dessen feste Muskeln sie bei ihrer Umarmung gespürt hatte.

Als Jocelyn erkannte, wohin ihre Gedanken gewandert waren, rief sie sich mühsam zur Ordnung. Auch wenn sie jemanden gefunden hatte, der ihr vielleicht bei ihren Problemen helfen würde, war sie noch nicht in Sicherheit und weit davon entfernt, ihr altes Leben zurückzubekommen. Geschweige denn in der Lage, wieder über eine neue Beziehung nachzudenken. Ein humorloses Lachen entfuhr ihr. Als würde Jay Hunter sich für jemanden wie sie interessieren, vor allem in ihrem jetzigen Zustand. Sie hatte den panischen Blick in seinen Augen nicht vergessen, als er auf ihren Bauch geblickt hatte, und die nachfolgende Erleichterung, als er erkannte, dass er nichts damit zu tun hatte. Andererseits hatte er sie, ohne zu murren, getragen …

»Was ist so lustig?«

Schuldbewusst wandte Jocelyn ihren Kopf zu ihm um. »Nichts.«

Jay warf ihr einen fragenden Blick zu, hob dann aber nur die Schultern. »Okay.« Sie bogen in eine Seitenstraße ein und hielten vor einem dreistöckigen Gebäude, an dem die typischen Feuerleitern bis zum Boden gingen. Jay schaltete den Motor aus und löste seinen Sicherheitsgurt.

»Wo sind wir?«

»Zu Hause.« Damit stieg er aus und verschwand aus ihrer Sicht.

Wie betäubt blieb Jocelyn im Wagen sitzen. Was meinte er damit? Er hatte sie irgendwo hinbringen sollen, wo sie in Sicherheit war, nicht …

Ihre Tür schwang auf und Jay hielt ihr die Hand hin. »Sie lernen dazu. Kommen Sie, wir wollen hier nicht zu lange draußen herumstehen, das bringt nur Aufmerksamkeit.«

»Sie wohnen hier?« Auf sein Nicken hin kniff sie die Augen zusammen. »Bringen Sie mich bitte zum Bahnhof oder in irgendeine Unterkunft, ich möchte nicht …«

Jay beugte sich vor, bis seine Nase fast ihre berührte. »Sie wollten, dass ich auf Sie aufpasse und Ihr Problem löse. Das kann ich nur, wenn Sie in meiner Nähe sind, wo ich Sie im Auge habe. Und ich werde sicher nicht am Bahnhof übernachten.« Seine Augen bohrten sich in ihre. »Meine Wohnung mag nichts Besonderes sein, aber ich denke, besser als ein Sitz im Wartesaal ist sie allemal.« Er griff nach ihrer Hand. »Steigen Sie aus, bevor alle meine Nachbarn an den Fenstern hängen.«

Jocelyn ließ sich widerstandslos herausziehen, denn sie wusste, dass er Recht hatte. Wenn sie hier draußen diskutierten, würden seine Nachbarn es zwangsläufig mitbekommen. Und auch wenn man sie mit dem Bauch und den veränderten Haaren nicht mehr mit Jocelyn Callaghan in Verbindung bringen würde, wäre ihr die Aufmerksamkeit unangenehm gewesen. Ganz zu schweigen von den Gerüchten, die deshalb vielleicht entstanden und Jay das Leben schwermachen würden. Mit gesenktem Kopf, ihren Rucksack dicht an sich gepresst, folgte sie ihm zum Hauseingang. Erleichtert atmete sie auf, als sie in das kühle Innere des Hauses traten und sich die schwere Haustür hinter ihnen schloss. Erst jetzt bemerkte sie, wie sehr ihr die Sicherheit eines Hauses in den letzten Tagen gefehlt hatte. Die Verspannung in ihren Schultern löste sich etwas, und ihr Griff um den Rucksack lockerte sich. Es half auch, Jays warme Hand an ihrem Arm zu spüren und zu sehen, wie er sich zwischen ihr und den Wohnungstüren hielt, damit er neugierige Blicke durch den Spion abwehren konnte. Ihre Beine zitterten vor Anstrengung, als sie endlich in der dritten Etage ankamen. Jay schloss rasch seine Tür auf und schob Jocelyn hinein.

Während er den Riegel vorschob und seine Jacke über einen Garderobenhaken hängte, trat Jocelyn in das Wohnzimmer. Oder zumindest das, was sie dafür hielt. Als sie das große Bett an einer Wand entdeckte, blieb sie so abrupt stehen, dass Jay, der ihr gefolgt war, gegen sie prallte.

Seine Hände schlossen sich um ihre Oberarme, damit sie nicht stürzte. »Was ist?«

»Entschuldigen Sie, ich dachte, das wäre Ihr Wohnzimmer. Ich wollte nicht …«

Ein leises Lachen ertönte hinter ihr. »Ist schon in Ordnung, es ist Wohn- und Schlafzimmer zugleich. Treten Sie ruhig ein.«

Jocelyn bemühte sich, nicht wieder zu dem zerwühlten Bett zu sehen, sondern ließ ihren Blick über die bequem wirkende Ledercouch und den kleinen Holztisch mit Glasintarsien wandern. In der Ecke des Zimmers fand sie wie erwartet einen riesigen Fernseher und eine teuer aussehende Stereoanlage. Jay Hunter war also ein typischer Junggeselle, ein Umstand, der sie seltsamerweise erleichterte. Vielleicht weil es sie an ihren Bruder erinnerte, der ähnliche Prioritäten setzte. Der Gedanke an Kevin schnürte ihre Kehle zu. Es war schwer, ihm so nah zu sein, ihn aber nicht kontaktieren zu können. Zu gerne hätte sie seine Stimme gehört, erfahren, wie es ihm ging und was sich in seinem Leben verändert hatte. Aber sie konnte es nicht riskieren, wenn sie ihn nicht in Gefahr bringen wollte. Kevin würde das sicher anders sehen, aber es war ihre Entscheidung, und sie wollte, dass er sein Leben so normal wie möglich weiterführen konnte. Es war entschieden worden, dass er nicht in Gefahr war, solange er nicht mit ihr in Kontakt stand – und bisher hatte sich das glücklicherweise als richtig erwiesen.

»Setzen Sie sich ruhig.« Jay nahm eine leere Bierdose und einen Teller vom Tisch und richtete sich wieder auf. »Kann ich Ihnen etwas zu trinken anbieten?«

»Im Moment nicht, vielen Dank.«

Jay nickte und trug das dreckige Geschirr in die Küche. Sie hörte, wie er irgendetwas klappernd beseitigte, und fühlte sich wieder an Kevin erinnert. Ein trauriges Lächeln umspielte ihre Mundwinkel.

»Wenn Sie später etwas möchten, sagen Sie es oder gehen Sie in die Küche und holen sich einfach etwas. Ich habe im Moment zwar nicht viel da, aber ich werde morgen etwas besorgen.«

»Das ist nett, aber …«

Jay blieb im Türrahmen stehen. »Aber was?«

Jocelyn hob hilflos die Schultern. »Ich kann doch nicht länger hierbleiben, Sie wollen ja sicher auch Ihr Leben weiterführen und …«

Langsam kam er ins Zimmer und blieb direkt vor ihr stehen, sodass sie den Kopf in den Nacken legen musste, um ihm ins Gesicht sehen zu können. »Sie sind zu mir gekommen, weil ich Sie beschützen soll, ist das richtig?«

»Nun … ja.«

»Und wie soll ich das Ihrer Meinung nach tun, wenn Sie woanders sind?«

Ann fehlten die Worte.

»Gut, dann wäre das geklärt.« Jay beugte sich zu ihr herunter und legte seine Hände auf ihre Schultern. »Sie bleiben hier, bis die Sache geklärt ist. Sind wir uns da einig?« Jocelyn nickte stumm. »Schön. Ich habe nämlich keine Lust, auch noch hinter Ihnen herzujagen, wenn Sie auf die Idee kommen, mich nicht länger belästigen zu können.«

»Ich werde versuchen, Ihnen so wenig wie möglich zur Last zu fallen. Danke für alles.«

Jays Erwiderung wurde von der Türklingel unterbrochen. Seine Augen schlossen sich für einen Moment. »Verdammt.« Er sah sie ernst an. »Bleiben Sie da sitzen und rühren Sie sich nicht, verstanden?« Er wartete nicht auf ihre Antwort, sondern verließ den Raum und schloss die Tür bis auf einen Spalt hinter sich, bevor er zur Wohnungstür ging. Da Jocelyn nicht vorhatte, von irgendwelchen von Leone angeheuerten Verbrechern auf dem Sofa überrascht zu werden, erhob sie sich und schlich zur Tür. Durch den Spalt konnte sie sehen, wie Jay mit der Hand durch seine Haare fuhr, bevor er die Tür aufzog.

»Hallo Vi. Entschuldige, ich …« Weiter kam er nicht, denn die erotischste Frau, die Jocelyn je gesehen hatte, stürzte sich in seine Arme. Ihre feucht schimmernden Lippen schlossen sich zu einem ausgiebigen Kuss über Jays Mund. Die langen tiefroten Haare legten sich um sie, als besäßen sie ein Eigenleben. Ihr kurvenreicher Körper steckte in einem enganliegenden blauen Seidenkleid, das aussah, als hätte es ihr jemand auf den Leib geschneidert. Jays Hände legten sich automatisch auf den einladenden Po.

Jocelyn wollte sich gerade verlegen zurückziehen, als Jay die Frau sanft von sich schob. Seine Lippen waren gerötet und seine Augen glitzerten, doch er schaffte es, ein wenig Abstand zwischen sie zu bringen.

»Tut mir leid, Vi, es ist etwas dazwischengekommen, das sich nicht verschieben lässt.«

Die Frau warf ihre Haare zurück und stemmte die Hände in die Hüften. »Was willst du damit sagen?« Ihre Stimme klang wie warmer Honig. »Wir hatten abgemacht, dass ich zu dir komme und wir dann …«

Jay unterbrach sie schnell. »Ich weiß. Wie gesagt, es ist etwas dazwischengekommen. Ich fürchte, wir werden unsere Verabredung verschieben müssen.«

»Und du hättest mich nicht anrufen können, um mir das zu sagen, *bevor* ich zu dir komme?«

Jocelyn konnte deutlich sehen, wie Jay rot anlief. »Ich hätte das auf jeden Fall tun müssen, aber es war alles etwas hektisch. Das ist keine Entschuldigung, ich weiß. Ich hoffe, ich kann es ein andermal wiedergutmachen.«

»Das werde ich mir noch mal überlegen. Ich habe keine Lust, immer nur dann herzitiert zu werden, wenn du gerade nichts anderes zu tun hast.« Sie klang inzwischen wesentlich kühler.

»Das verstehe ich.«

»Was ist denn so wichtig, dass du dafür unsere Verabredung mit Sahne-Karamell aufgibst?«

Jays Stöhnen war bis ins Wohnzimmer zu hören. »Glaub mir, davon kann mich nur der Job abhalten.«

Jocelyn zog die Augenbrauen zusammen. Irgendwie gefiel es ihr nicht, als sein Job bezeichnet zu werden. Aber gut, Vergnügen konnte er es sicher nicht nennen. Was er mit der Frau – was war Vi eigentlich für ein Name? – anfangen würde, wenn sie nicht in seinem Wohnzimmer säße, war jedenfalls keine Frage. Sie konnte die sexuellen Schwingungen bis hierher spüren.

Vi trat näher an Jay heran, legte ihre manikürten Hände auf seine Wangen und küsste ihn mit so viel Verlangen, dass Jocelyn sich wie ein Voyeur vorkam. Verlegen und mit einem Stich, den sie als Neid deutete, zog sie sich so leise wie möglich wieder auf das Sofa zurück. Sie konnte nur hoffen, dass Jay so viel Anstand besaß, nichts in seinem Flur anzufangen, wenn er wusste, dass sie im Wohnzimmer saß.

Jay beendete den Kuss mit einem Gefühl des Bedauerns und löste sich von Vi. Sie war ein Traum für jeden Mann, trotzdem musste er sie wegschicken und würde sie vermutlich zumindest für einige Tage nicht mehr wiedersehen. Und das auch nur, wenn sie nicht in der Zwischenzeit einen anderen fand, der mehr Zeit für sie hatte. Andererseits war genau das der Grund, warum ihre ›Beziehung‹ so gut funktionierte: Sie hatten beide kein Interesse an einer festeren Bindung.

»Ich melde mich bei dir, wenn ich wieder frei bin, okay?«

Vi zog einen Schmollmund. »Lass mich nicht zu lange warten.«

»Ich werde mich bemühen.« Jay öffnete die Wohnungstür. »Komm gut nach Hause.«

»Ich hoffe, du träumst von mir und wirst dich ärgern, dass du mich weggeschickt hast.«

»Das ganz bestimmt.« Jay küsste sie noch einmal auf die Wange und schloss dann die Tür hinter ihr. Für einen Moment lehnte er sich dagegen, bevor er mit einem Seufzer seine Kleidung geraderückte und sein Gesicht auf Lippenstiftreste überprüfte. Wenn Jocelyn nicht völlig schwerhörig war, hatte sie sicher mitbekommen, was geschehen war, aber er musste es ihr nicht auch noch zeigen. Vor der Tür zum Wohnzimmer atmete er noch einmal tief durch, bevor er eintrat. Jocelyn sah in Richtung Fenster, doch auch so konnte er die Röte auf ihren Wangen sehen, die andeutete, wie viel sie mitbekommen hatte. Ihr Rücken war steif, ihr Kinn angehoben. Ihre Körpersprache zeigte deutlich, was sie von ihm hielt. Seltsamerweise ärgerte ihn das. Obwohl ihm sonst völlig egal war, was andere über seinen Lebensstil dachten, unterdrückte er jetzt das seltsame Bedürfnis, sich vor Jocelyn zu rechtfertigen. Was ihn noch wütender machte. Wortlos ging er zum Fenster und zog die Vorhänge zu.

»Ihre Freundin?« Sowie die Worte heraus waren, presste Jocelyn die Lippen aufeinander, als wollte sie die Frage zurücknehmen. »Vergessen Sie es, es geht mich nichts an.«

Jay blieb vor ihr stehen, die Arme über der Brust verschränkt.

»Ganz genau.« Deutlich sah er sie zusammenzucken. Sein schlechtes Gewissen meldete sich sofort. Jocelyn konnte nichts dafür, dass sie in diese Situation geraten war und ihm die Verabredung versaut hatte. Vor allem trug sie keine Schuld an der Erektion, die immer noch schmerzhaft gegen seine Jeans drückte. Und die sie vermutlich sehr gut sehen konnte, da sie direkt auf ihrer Augenhöhe war. Mit einem unterdrückten Fluch drehte Jay sich um. »Das Bad ist auf dem Flur rechts, gegenüber der Küche, falls Sie sich frisch machen möchten.«

»Danke.«

Jay drehte sich nicht um, als Jocelyn vom Sofa aufstand, sich an ihm vorbeischob und das Wohnzimmer verließ. Wo waren seine übliche Ruhe und die lockere Art, die sonst bei den Frauen so gut ankamen? Irgendetwas an Jocelyn ging ihm eindeutig gegen den Strich, doch er wusste nicht, was es war. Aber er würde es in den nächsten Tagen herausfinden, so viel war sicher. Genauso wie er denjenigen finden würde, der ihre neue Identität verraten hatte, und wenn er dabei auch noch etwas gegen Leone in die Hand bekam – umso besser. Bei dem Verräter tippte er auf den Vater von Jocelyns ungeborenem Kind. Ihre Reaktion auf seine Frage war eindeutig gewesen. Er konnte sich nicht vorstellen, dass sie eine Beziehung mit einem Mann eingegangen war, ohne ihm von ihrer Situation zu erzählen. Besonders nicht, wenn sie sogar bereit war, sein Kind zu bekommen. Jay rieb über seine Stirn. Außer, es war ein Unfall gewesen oder ihr Versuch, Nähe zu finden. Mitleid stieg in ihm auf. Er konnte sich nicht vorstellen, wie es sein musste, von allen Freunden und vor allem der eigenen Familie getrennt zu sein. Es war erstaunlich, dass Jocelyn überhaupt so lange durchgehalten hatte.

Anstatt weiterzugrübeln, sollte er lieber alles vorbereiten. Sein Gast wirkte, als würde sie viel Schlaf benötigen, und das möglichst bald. Jay holte ein Laken und frische Bettbezüge und bezog sein Bett neu. Eine Decke und ein Kissen warf er auf das Sofa, auf dem er es sich später gemütlich machen würde – soweit möglich, da es für seine Länge nicht ausgelegt war. Nach kurzem Zögern nahm er ein altes T-Shirt aus dem Schrank und legte es auf das Bett. Er wusste nicht, was Jocelyn in ihrem kleinen Rucksack dabeihatte, aber er vermutete, dass ein Nachthemd das Letzte war, woran sie bei ihrer Flucht gedacht hatte.

Als er damit fertig und Jocelyn immer noch nicht wiederaufgetaucht war, ging er in die Küche und stellte dort einen kleinen Snack zusammen, falls sie noch Hunger bekommen sollten. Da er nicht wusste, was Jocelyn mochte, stellte er alles zusammen mit dem Geschirr auf den kleinen Couchtisch. Der Saft war schlecht geworden, daher hatte er nur Wasser, Cola und Bier zur Auswahl. Es wurde eindeutig Zeit, dass er Lebensmittel einkaufte.

Als Jocelyn fünf Minuten später immer noch nicht aufgetaucht war, entschied Jay sich nachzusehen, ob es ihr gut ging. Mit schlechtem Gewissen hielt er sein Ohr an die Tür und lauschte, doch es war kein Ton zu hören. Seine Sorge verselbständigte sich. Was, wenn sie hingefallen war und sich verletzt hatte?

Er klopfte an die Tür. »Jocelyn, geht es Ihnen gut?«

Einen Moment lang herrschte Schweigen, dann kam ihre leise Antwort. »Ja. Ich komme gleich raus.«

Die Erleichterung war größer, als Jay erwartet hatte. Er lehnte sich an die Wand und schloss die Augen, während sich sein Herzschlag verlangsamte. Schließlich stieß er sich ab, kehrte ins Wohnzimmer zurück und setzte sich auf das Sofa. Rasch nahm er sich ein Bier und setzte die Flasche an die Lippen. Seine Kehle war wie ausgedörrt, und seine Nerven konnten eindeutig eine kleine Beruhigung vertragen. Sein Körper spannte sich an, als er hörte, wie der Schlüssel in der Badezimmertür gedreht wurde und sie aufsprang. Jay stellte die Flasche auf den Tisch und beugte sich vor, den Blick auf die Türöffnung gerichtet.

Jocelyn wirkte etwas frischer, ihr Gesicht war gerötet, einige Haare klebten feucht an ihrer Haut. Als sie die einladend aufgeschlagene Bettdecke sah, blieb sie abrupt stehen. Ihr Blick flog zu Jay. Als sie das Essen entdeckte, weiteten sich ihre Augen.

Jay hob die Schultern. »Ich dachte, Sie hätten vielleicht noch Hunger.«

»Aber wir haben doch gerade erst gegessen.«

»Bei mir hält das nie lange vor. Wenn Sie keinen Appetit haben, leisten Sie mir einfach nur Gesellschaft, während ich esse.« Als er sah, dass sie zögerte, streckte er seine Hand aus. »Bitte?«

Schließlich trat sie langsam näher. »Es tut mir leid, ich wollte nicht so lange das Bad besetzen.«

»Sie können dort bleiben, solange Sie wollen, ich hatte nur Angst, dass Sie vielleicht einen Schwächeanfall erlitten hätten – oder etwas mit dem Baby wäre.« Deutlich konnte er sehen, wie unangenehm ihr die Erwähnung der Schwangerschaft war. »Wollen Sie etwas darüber erzählen?«

»Worüber?«

»Über Ihre neue Identität. Wo waren Sie, was haben Sie gemacht?«

Jocelyn biss auf ihre Lippe. »Es kommt mir komisch vor, jetzt darüber zu sprechen, weil ich so lange mit niemandem reden durfte.«

»Das kann ich verstehen, aber ich muss wissen, was genau geschehen ist, damit ich herausfinden kann, wer hinter Ihnen her ist.«

»Ich habe unter dem Namen Hannah Turner in Mitchell, Nebraska, gelebt. Ich hatte dort ein kleines Haus gemietet. Meine Nachbarn und auch meine Arbeitskollegen und Kunden waren ganz normale Leute, sofern ich das beurteilen kann. Es ist mir jedenfalls nicht aufgefallen, dass mich jemand beobachtet hätte.«

»Als was haben Sie dort gearbeitet?«

»Als Aerobic-Lehrerin.«

Jays Augenbrauen schossen in die Höhe. »So?«

Jocelyn schob das Kinn vor. »Glauben Sie, ich kann das nicht?«

Seine Mundwinkel hoben sich amüsiert. »Ich stelle es mir schwierig vor mit dem Bauch.«

»Oh.« Röte schoss in ihre Wangen. »Ich …«

Als sie nicht weitersprach, brach seine Neugier durch. »Von wem ist es?«

Sie blickte nach unten, dann wieder hoch und zuckte schließlich mit den Schultern. »Walmart.«

Verwirrt starrte Jay sie an. Hatte die Aufregung sie verrückter gemacht, als er ahnte? Sie hob ihr Kleid an, griff darunter und zerrte an etwas. Jay sprang auf. »Was machen Sie da?« Bevor er bei ihr war, zog sie etwas heraus und warf es auf das Sofa. Mit offenem Mund starrte Jay auf das Kissen, dann begann er zu lachen.

6

Verwundert sah Jocelyn ihn an. Sie hatte alle möglichen Reaktionen erwartet, aber sicher nicht, dass der Detective lachen würde, wenn er feststellte, dass sie ihn angelogen hatte und gar nicht schwanger war. Es war ein angenehmer Laut, der tief aus seinem Körper zu kommen schien. Jay knickte in der Mitte ein und ließ sich auf das Sofa fallen, Tränen liefen aus seinen Augenwinkeln. Jocelyn spürte, wie sich ein Teil der Last von ihr hob und ihre Mundwinkel zu zucken begannen. Ihre Arme um ihre nun schlanke Taille gelegt fühlte sie sich freier und sicherer als seit langer Zeit. Rasch löste sie die beiden Gürtel, die das feste Kissen an Ort und Stelle gehalten hatten, und warf sie auf den Tisch. Sie war froh, sie endlich loszuwerden. Erleichtert lehnte sie sich an die Armlehne des Sessels gegenüber von Jay. Ihre zitternden Beine gaben nach, und sie sank darauf, ihren Blick weiterhin auf ihn gerichtet. Seine scharfen Gesichtszüge wirkten durch das Lachen weicher, in den Wangen hatte er jetzt zwei schmale Grübchen und unzählige Fältchen umgaben seine Augen. Am liebsten hätte Jocelyn sich an ihn geschmiegt und alles andere vergessen, doch das war in ihrer Situation nicht möglich.

Schließlich schien Jays Lachanfall abzuebben, er hob den Saum seines T-Shirts, um sich damit die Tränen abzuwischen. Jocelyns Mund wurde trocken, als sie seinen muskulösen Bauch sah, dessen sonnengebräunte Haut zum Berühren einlud. Es gab keinen Zweifel: Jay Hunter war ein Prachtexemplar von Mann. Kein Wunder, dass er Frauen wie Katherine oder auch diese Vi anzog. Mühsam zwang Jocelyn ihren Blick zu seinem Gesicht zurück und stellte fest, dass Jay sie beobachtete.

»Das erklärt es.« Seine Stimme war vom Lachen rau, seine Mundwinkel zuckten noch immer.

»Was?«

»Warum Sie von hinten so ›unschwanger‹ ausgesehen haben.«

Jocelyn hob die Augenbrauen. »Es soll auch schlanke Schwangere geben.«

Jay lehnte sich vor und stützte die Ellbogen auf seine Oberschenkel. »Mag sein. Aber der Bauch war auch zu weich, ich hätte es merken müssen, als wir uns umarmt haben.«

»Weil Sie so viel Erfahrung mit Schwangeren haben?«

Ein warmes Lächeln erschien auf seinem Gesicht. »Zumindest mit einer. Die Lebensgefährtin meines Bruders hatte einen viel härteren Bauch.« Seine dunklen Augen bohrten sich in ihre. »Und ich denke, wir können uns jetzt duzen, nachdem ich bei der Geburt dabei war.«

Jocelyn stieß ein überraschtes Schnauben aus, nickte dann aber. »In Ordnung.«

»Ansonsten ist die Tarnung sehr gut, zumindest solange niemand den Bauch berührt.«

»Was auch niemand tun sollte.« Ihre Stimmung verdüsterte sich. »Seit dieser Sache bemühe ich mich, andere Menschen so wenig an mich herankommen zu lassen, wie es geht. Und bisher hat das auch funktioniert.«

Jay wurde ernst. »Glücklicherweise.« Er rutschte auf dem Sofa vor und stützte seine Ellbogen auf die Oberschenkel. »Ich werde alles tun, um dich zu beschützen, aber du musst mir dabei helfen.«

»Wie?«

»Während ich morgen bei der Arbeit bin und herauszufinden versuche, was hier vorgeht, musst du in der Wohnung bleiben.

Es darf dich niemand sehen und du darfst auch mit niemandem telefonieren.« Als sie etwas erwidern wollte, hob er die Hand. »Ich weiß, wie schwer das ist, besonders wenn du so lange keinen Kontakt zu deiner Familie haben durftest, aber wir müssen unbedingt verhindern, dass jemand mitbekommt, dass du hier bist.«

Jocelyns Schultern sanken herab. »Ich weiß. Es gibt nur meinen Bruder, und er weiß, dass ich im Zeugenschutzprogramm bin. So schwer es mir auch fiel, ich habe mich die ganze Zeit nicht bei ihm gemeldet. Er macht sich bestimmt furchtbare Sorgen um mich.«

Jay beugte sich vor und legte seine Hand auf ihre. »Ich werde eine Möglichkeit finden, wie du ihm eine Nachricht zukommen lassen kannst, hab ein wenig Geduld.«

»Okay.« Auch wenn es merkwürdig war, sie vertraute dem Detective, obwohl sie ihn erst seit wenigen Stunden kannte. Irgendetwas an ihm ließ sie ihre Vorsicht vergessen. Vielleicht war es die Selbstverständlichkeit, mit der er sich um sie kümmerte, so als hätte er das schon etliche Male für andere getan. Ein Gedanke kam ihr. »Hast du auch Geschwister?«

Wieder bildeten sich die Lachfältchen um seine Augen. »Ja, fünf.«

Geräuschvoll klappte sie den Mund wieder zu. *»Fünf?«*

»Kaum zu glauben, oder? Ich habe zwei Brüder und drei Schwestern, zwei davon Zwillinge. Wir sind auf einer Ranch in Montana in der Nähe des Yellowstone National Parks aufgewachsen.«

»Das hört sich wunderbar an. Und wie bist du dann darauf gekommen, hier in San Francisco Polizist zu werden?« Jocelyn wusste, dass es unhöflich war, ihn so auszufragen, aber sie fühlte sich sicherer, je mehr sie über ihn erfuhr. Ob Katherine diese Seite von ihm überhaupt kennengelernt hatte? In ihren Erzählungen hatte Jay eher ein wenig oberflächlich geklungen, aber vielleicht lag das einfach daran, dass er sich ihrer Freundin nie richtig geöffnet hatte. Oder Katherine hatte sich nicht die Mühe gemacht, unter seine Schale zu blicken und sich nur mit seinem guten Aussehen und dem aufregenden Beruf zufriedengegeben.

Etwas veränderte sich in seiner Miene, sie wurde undurchsichtiger. »Ich wollte nicht Rancher werden und auch nicht zum Militär gehen wie mein älterer Bruder Clint. Und um Fotograf zu werden wie mein zweiter Bruder Shane, fehlte mir das Talent. Im Fernsehen habe ich gerne ›Die Straßen von San Francisco‹ gesehen und mir gedacht, das wäre doch eine nette Sache.« Er hob die Schultern

Jocelyn hatte das Gefühl, dass das gerade nur eine sehr abgespeckte Version der Wahrheit gewesen war, doch sie kannte ihn nicht gut genug, um nachzuhaken. Stattdessen lächelte sie. »Und, ist es so wie im Fernsehen?«

»Abgesehen von der Tatsache, dass in San Francisco schnelles Autofahren tatsächlich schädlich für Mensch und Material ist – nur theoretisch. Praktisch gewinnen häufig auch die Bösen, kein Fall löst sich in fünfundvierzig Minuten und man sieht Dinge, bei denen man sich fragt, warum man den Job eigentlich noch macht.« Jay grinste schief. »Aber sonst ist es genau wie im Film.«

Damit konnte er sie nicht täuschen, aber sie würde ihn in dem Glauben lassen. »Und dann bin ich aufgetaucht und habe noch mehr Probleme verursacht. Es tut mir leid.«

»Dafür gibt es keinen Grund, du hast es dir ja nicht ausgesucht, ins Zeugenschutzprogramm zu kommen und dann auch noch verraten zu werden.« Jay griff nach ihrer Hand und drückte sie. »Es war richtig, dass du dir Hilfe gesucht hast, und ich werde alles dafür tun, dass dir bald keine Gefahr mehr droht.« Er ließ ihre Hand los und setzte sich zurück. Ein Muskel zuckte in seiner Wange. »Und wenn ich dabei noch Leone aus dem Verkehr ziehen kann, umso besser.«

Es war offensichtlich, dass er mit dem Mafiaboss noch eine Rechnung offen hatte. Sicher hatte das auch dazu beigetragen, dass er so schnell bereit gewesen war, ihr zu helfen. Aber letztlich war es egal, Hauptsache, er nahm sich der Sache an, und sie war nicht mehr alleine. »Danke. Ich hatte gehofft, dass du mir helfen kannst, aber ich hätte es auch verstanden, wenn du mich weggeschickt hättest. Schließlich kennst du mich gar nicht.«

Sein Lächeln brach durch. »Aber das werde ich sicher bald, wenn du solange hierbleibst, bis die Sache geklärt ist.«

Die Vorstellung machte sie irgendwie nervös. Schon jetzt fand sie Jay viel zu interessant und hatte Mühe, sich immer wieder daran zu erinnern, dass sie bloß keine Gefühle für ihn entwickeln sollte. Von seiner Seite aus war das vermutlich kein Problem, offensichtlich interessierte er sich eher für Frauen wie diese Vi – und davon war sie im Moment meilenweit entfernt. Und wenn sie ehrlich war, hatte sie noch nie diese Art von sexueller Anziehungskraft versprüht. Sie sollte Jay einfach als Freund sehen, als jemanden, der ihr aus einer Notlage half. Außerdem musste sie sich darauf konzentrieren, zu überleben und diesen Leone zur Rechenschaft zu ziehen, alles andere sollte sie im Moment ignorieren. Ein Blick auf Jay ließ sie lautlos aufseufzen. Er machte es ihr aber auch wirklich schwer. Seine goldbraunen Haare waren zerzaust, sein T-Shirt zerknittert und die Jeans hatte schon bessere Zeiten gesehen, doch trotzdem wirkte er auf sie anziehender als jedes noch so perfekt gestylte Model. Vielleicht weil er echt war.

»Keine Angst, ich werde dich nicht ausfragen, wenn du das nicht möchtest. Bei einer so großen – und neugierigen – Familie wie meiner bin ich immer froh, wenn ich auch noch ein paar Dinge für mich behalten kann.«

Jocelyn zuckte mit den Schultern. »Ich habe eigentlich keine Geheimnisse. Wahrscheinlich bin ich es einfach nicht mehr gewöhnt, über mich zu sprechen.« Sie gähnte. »Entschuldige, ich sollte wohl lieber ins Bett gehen, bevor ich im Sitzen einschlafe.«

»Natürlich, ich hätte dich nicht so lange wach halten sollen. Du hast in den letzten Tagen viel durchgemacht und brauchst dringend Schlaf.« Jay stand auf. »Ich räume nur noch schnell ein wenig auf, damit ich dich nachher nicht störe.« In der Tür blieb er noch einmal stehen. »Die Küche ist am Ende des Gangs, falls du nachts Hunger bekommst.«

Dankbar lächelte sie ihn an. »Danke, für alles. Ich weiß nicht, was ich ohne dich gemacht hätte.« Ihre Kehle zog sich zusammen. »Ich bin so froh, dass ich nicht mehr alleine bin.«

»Kein Problem. Wenn du noch irgendetwas brauchst, sag Bescheid.«

Jocelyn biss auf ihre Lippe, traute sich aber nicht zu sagen, was auf ihrer Zunge lag.

Jay schien es zu bemerken, denn er blickte sie fragend an. »Was ist?«

»Nichts, nur …« Sie atmete scharf aus. »Ich habe nur gerade gedacht, dass ich mehr als alles andere eine Umarmung brauche.« Als er zögerte, blinzelte sie die Tränen weg. »Ignorier mich einfach, ich weiß, dass du schon genug für mich getan hast und …« Sie brach ab, als er sie kurzerhand aus dem Sessel hob, sich selbst hineinsetzte und sie auf seinem Schoß deponierte. Seine Arme schlangen sich beschützend um sie und zogen sie an seine breite Brust.

Jocelyns Augen schlossen sich, als sie ihre Wange an seine Brust legte und tief seinen Geruch einsog. Sein Herz klopfte beruhigend an ihrem Ohr, durch den dünnen T-Shirt-Stoff sickerte seine Wärme in ihren vor Erschöpfung und Trauer kalten Körper. Ihre Hand legte sich wie von selbst auf seine Brust und sie wünschte, sie könnte in ihn hineinkriechen. Ohne Vorwarnung begannen ihre Tränen zu fließen und durchnässten Jays T-Shirt.

Sosehr sie es auch versuchte, sie konnte sie nicht zurückhalten. Peinlich berührt wollte sie sich von ihm lösen, doch seine Arme schlossen sich nur noch enger um sie. Anscheinend machte es ihm nichts aus, deshalb gab sie die Kontrolle auf und weinte, bis sie keine Tränen mehr hatte.

»Besser?« Jays sanfte Frage glitt über sie.

Erst jetzt merkte sie, dass er eine Hand um ihren Kopf gelegt hatte und beruhigend durch ihre Haare strich. Oh Gott, das fühlte sich so gut an. Beinahe … liebevoll. Der Gedanke schreckte sie auf. So etwas durfte sie sich nicht einbilden, Jay Hunter wollte ihr helfen und bemitleidete sie, sonst nichts. Zögernd hob sie den Kopf und blickte ihn durch ihre vom Weinen geschwollenen Augen an. »Ja, danke.«

Jay legte seine Hände um ihr Gesicht und wischte mit den Daumen über die Tränenspuren. Die zärtliche Geste ließ ihr Herz schneller klopfen. »Wir werden dafür sorgen, dass du dein Leben zurückbekommst.«

Mühsam unterdrückte Jocelyn weitere Tränen. Wie konnte Jay zu einer Fremden so nett sein? Sie musste furchtbar aussehen und hatte ihm bisher nur Ärger bereitet. Ihr Blick fiel auf sein nasses T-Shirt, und sie schnitt eine Grimasse. Früher war sie immer stolz darauf gewesen, nie die Beherrschung zu verlieren. Davon hatte sie noch nichts gezeigt, seit sie wieder in San Francisco war. »Danke.« Sie richtete sich gerader auf. »Ich glaube, ich werde noch mal kurz ins Bad gehen, wenn ich darf.«

»Natürlich, fühl dich hier ganz wie zu Hause.«

Jay ließ sie los und Jocelyn spürte den Verlust seiner Nähe sofort. Am liebsten hätte sie ihn gebeten, sie festzuhalten und nie wieder loszulassen, stattdessen stand sie rasch auf. Ohne sich noch einmal nach ihm umzusehen, verließ sie den Raum und ging über den Flur zum Badezimmer. Lautlos zog sie die Tür hinter sich zu. Ein Blick in den Spiegel zeigte ihr, dass sie noch schlimmer aussah, als sie befürchtet hatte. Ihre abgeschnittenen und gefärbten Haare standen zu allen Seiten ab, ihr Gesicht war gerötet, Augen und Nase geschwollen. Ein Wunder, dass Jay nicht vor ihr davongelaufen war, sondern ihr sogar noch erlaubt hatte, ihn als Taschentuch zu benutzen. Der Gedanke an die kurvenreiche Vi ließ sie auf ihre Lippe beißen. Warum schaffte sie es nicht, diese Frau aus dem Kopf zu bekommen? Es konnte ihr doch völlig egal sein, mit wem Jay seine Zeit verbrachte, schließlich waren sie nicht zusammen, auch wenn sie im Police Department so getan hatten.

Kopfschüttelnd beugte Jocelyn sich über das Waschbecken, drehte das kalte Wasser voll auf und hielt ihre Hände darunter, um es aufzufangen. Sie tauchte ihr Gesicht hinein und genoss die Kälte an ihrer heißen Haut. Erst als sie das Gefühl hatte, dass die Schwellung leicht zurückgegangen war, stellte sie das Wasser ab. Nach einem weiteren Blick in den Spiegel zuckte Jocelyn mit den Schultern. Jetzt war ihr gesamtes Gesicht rot, aber immerhin nicht mehr so fleckig. Mit einem tiefen Atemzug öffnete sie die Tür und trat auf den Flur. Jay kam ihr entgegen und blickte sie besorgt an. Sie bemühte sich um ein Lächeln, befürchtete aber, dass es eher einer Grimasse glich.

»Ich habe dir eines meiner T-Shirts hingelegt, falls du kein Nachtzeug dabeihast. Mach es dir gemütlich, ich werde jetzt erst mal eine Zeitlang in der Küche und im Bad sein und klopfe, bevor ich wieder hereinkomme.«

Es war beinahe unheimlich, dass er ihre Gedanken so genau erraten hatte. Diesmal stieg verlegene Röte in ihre Wangen. »Das ist nett, danke.«

Sie blickte ihm nach, als er in Richtung der Küche ging, und gönnte sich einen Moment, seinen muskulösen Körper zu bewundern. Als sie merkte, was sie da tat, drehte sie sich rasch um und kehrte ins Wohn- und Schlafzimmer zurück. Es lag tatsächlich ein T-Shirt auf dem Bett, das so aussah, als hätte er es oft und gerne getragen. Ihre Finger glitten über den weichen Stoff, und sie konnte es plötzlich kaum noch ertragen, in dem Umstandskleid zu stecken. So schnell wie möglich zog sie es über den Kopf und entledigte sich auch ihres Tops und der Shorts. Nur im Slip streifte sie Jays T-Shirt rasch über und schloss kurz die Augen, als der weiche Stoff über ihre Haut glitt. Es reichte ihr bis zur Mitte der Oberschenkel und war weit genug, dass nichts von ihrer Figur zu erkennen war. Trotzdem beeilte sie sich, unter die Bettdecke zu schlüpfen, denn sie wollte nicht, dass Jay sie so sah.

Auch wenn sie gerade noch geglaubt hatte, nach den Ereignissen hellwach zu sein, schlief sie ein, sobald ihr Kopf das Kissen berührte.

Jay stützte seine Hände an die Duschwand, schloss die Augen und ließ das Wasser auf seinen Kopf trommeln. Auch wenn er Jocelyn erst kurze Zeit kannte, hatte ihn ihr Kummer getroffen. Davor hatte sie ihm auch leidgetan, aber es war ihm gelungen, es nicht zu nah an sich herankommen zu lassen. Aber als sie dann auf seinem Schoß gesessen und er die Erschütterungen ihrer Schluchzer gespürt hatte, war ihm bewusst geworden, was sie alles verloren hatte. Seine Gedanken waren zu seiner Familie gewandert und der Vorstellung, wie es für ihn sein würde, wenn er sie nie wiedersehen und noch nicht einmal mit ihnen telefonieren oder mailen dürfte. Er bewunderte Jocelyn für ihre Kraft. Dass sie jetzt, nachdem sie erneut einem Mörder nicht nur einmal, sondern zweimal entkommen war und Menschen hatte sterben sehen, zusammenbrach, wunderte ihn nicht. Eher, dass sie so lange durchgehalten und es geschafft hatte, sich erst in Sicherheit zu bringen.

Während Jay seinen Körper einseifte, erinnerte er sich daran, dass er auf dem Sofa schlafen musste. Schon einige Male hatte er hier weiblichen Besuch gehabt, aber normalerweise teilten sie sich dann das Bett. Der Gedanke, dass er jetzt mit Vi darin hätte liegen können, ließ einen Funken Erregung in ihm aufkommen, der aber gleich wieder abklang. Seltsamerweise war er gar nicht so enttäuscht, dass er sie hatte wegschicken müssen, um Jocelyn einen sicheren Platz zu bieten.

Irgendetwas an ihr war ihm unter die Haut gekrochen, auch wenn sie so gar nicht seinem üblichen Frauentyp entsprach. Sie war zu dünn, wirkte zu zerbrechlich, zu unscheinbar. Vielleicht fühlte er sich wegen des Helfersyndroms, das alle Hunter-Männer besaßen, zu ihr hingezogen. Zufrieden mit dieser Erklärung schaltete Jay das Wasser aus und trat aus der Dusche. Um seinen ungeplanten Hausgast nicht zu erschrecken, zog er Boxershorts an, bevor er das Bad verließ. Normalerweise schlief er nackt, aber für ein paar Tage würde er es auch so aushalten. Jay schaltete überall das Licht aus, ließ aber im Wohnzimmer eine kleine Lampe brennen, damit Jocelyn sich orientieren konnte, falls sie in der Nacht aufwachte.

Er trat zum Bett und blickte auf sie herunter. In seinem großen Bett wirkte sie noch kleiner und abgemagerter als sonst. Ihre Augen waren geschlossen, tiefe Atemzüge hoben ihre Brust. Ohne darüber nachzudenken, zog er die Bettdecke bis zu ihrem Kinn hoch und strich ihr die Haare aus der Stirn. Glücklicherweise konnte er gerade noch den Drang unterdrücken, sich zu ihr herunterzubeugen und ihre Wange zu küssen. Kopfschüttelnd trat er zurück. Was war mit ihm los? Um nicht noch auf weitere verrückte Ideen zu kommen – wie zum Beispiel, sich zu ihr ins Bett zu legen –, ging er rasch zum Sofa und ließ sich mit einem unterdrückten Stöhnen daraufsinken. Keine Frage, es würde eine sehr ungemütliche Nacht werden. Zwar war das Sofa relativ bequem, wenn man darauf saß, doch er war einfach zu lang dafür, sodass seine Beine über die Lehne hingen.

Es dauerte eine Weile, bis er eine halbwegs angenehme Position gefunden hatte. Mit einem tiefen Seufzer schloss er seine Augen und ließ die Anspannung der letzten Stunden von sich abfallen.

Jays Augen flogen auf, als er merkwürdige Geräusche hörte. Automatisch ging seine Hand zu seiner Seite, doch natürlich war dort keine Pistole. Bewegungslos blieb er liegen und lauschte. Schließlich erinnerte er sich daran, dass er nicht alleine im Wohnzimmer war und deshalb auf dem Sofa lag und nicht in seinem Bett. Jocelyn! Innerhalb von Sekunden war er auf den Füßen und auf halbem Weg zum Bett. Doch es gab keinen Angreifer, wie er im ersten Moment befürchtet hatte. Im schwachen Schein der Lampe konnte er sehen, dass Jocelyn allein im Bett lag. Die zerwühlte Bettdecke und die herausgezogenen Laken zeugten davon, dass sie sich schon seit einiger Zeit herumwälzte.

Schweiß schimmerte auf ihrer Haut und die Haare klebten ihr wirr am Kopf. Sein T-Shirt war hochgerutscht und hatte sich verdreht um ihren Körper gewickelt. Sein Blick fiel auf ihre Beine, die überraschend muskulös und wohlgeformt waren. Dann fiel ihm wieder ein, dass sie als Aerobic-Lehrerin gearbeitet hatte, natürlich war sie gut in Form, auch wenn ihr Gesicht aussah, als hätte sie seit Monaten nicht richtig gegessen. Unsicher zögerte Jay. Sollte er sie wecken? Die Entscheidung wurde ihm aus der Hand genommen, als Jocelyn ihre Arme hob, als wollte sie jemanden abwehren, während sie dumpfe Laute ausstieß, bei denen es ihm kalt über den Rücken lief. Ihr Gesicht war vor Angst verzerrt, er konnte den Herzschlag an ihrem Hals pochen sehen.

Jays Magen zog sich zusammen, er konnte sich in etwa ausmalen, wovon sie gerade träumte. Auch nach neun Monaten kam es immer noch vor, dass er Rizzos geschundenes Gesicht vor sich sah – ganz zu schweigen von diversen anderen Mordfällen, die er bearbeitet hatte. Aber mit einem Mörder in einem Fahrstuhl eingesperrt zu sein und mitanzusehen, wie zwei Menschen ermordet wurden, ganz zu schweigen von der eigenen Todesangst, das musste noch um einiges schlimmer sein, vor allem für jemanden, der davor noch nie mit Gewalt in Berührung gekommen war. Jay beugte sich herunter und schloss seine Hand um ihren Arm. Er war eiskalt und feucht. »Jocelyn, wach auf. Es ist nur ein Traum.«

Doch ihre Bewegungen wurden nur noch verzweifelter, sie war zu sehr in ihrem Alptraum gefangen, um ihn zu hören. Jay kniete sich neben sie auf die Matratze, damit er auch ihren zweiten Arm erreichen konnte, um zu verhindern, dass sie sich verletzte. Über ihren Oberkörper gebeugt, bemerkte er erst, dass sie ihre Beine anzog, als ihr Knie bereits mit seinen edelsten Teilen in Kontakt kam. Mit einem unterdrückten Fluch ließ er sie los und rollte sich zu einer Kugel zusammen. Schmerz strahlte von seinen Weichteilen auf seinen restlichen Körper aus. Er spürte, wie sich die Matratze neben ihm bewegte, aber er konnte nicht darauf reagieren.

»Jay?« Jocelyns raue Stimme erklang neben seinem Ohr. »Was tust du hier?«

Wenn ihm jetzt nach Lachen zumute gewesen wäre, hätte er die Frage lustig gefunden, doch so konnte er nur mit einem schmerzerfüllten Knurren antworten. Seine Augen hatte er fest zusammengepresst, seine Hände lagen schützend über seinem Penis. Die Knie waren fast bis zu seinem Kinn hochgezogen.

Eine Hand strich zaghaft über seine Haare. »Tut dir etwas weh?«

Er stieß einen Laut aus, der als Lachen durchgehen konnte. Anscheinend war sein Humor schon wieder auf dem Weg der Besserung, auch wenn sich seine Weichteile noch anfühlten, als hätte sie jemand in einen Schraubstock gesteckt. Mit Mühe öffnete er ein Auge und sah, dass sich Jocelyn über ihn gebeugt hatte. Sorge und Unsicherheit stand in ihren Augen. Vermutlich sollte er ihr besser erklären, was er hier machte, bevor sie sich von ihm zurückzog. Trotzdem dauerte es einige Sekunden, bevor er den Mund aufbekam. »Du hattest … einen … Alptraum. Ich wollte dich … wecken.«

Ein Schauder lief durch ihren Körper, anscheinend erinnerte sie sich wieder an den Traum. »Okay, aber was machst du da?« Ihr Blick glitt zu seiner Hand, die immer noch auf seinem Penis lag. Ihre Stirn zog sich in Falten, während sie schnell wieder hochschaute.

Jay zwang sich, seinen Körper ein wenig zu entspannen, auch wenn der Schmerz noch nicht wesentlich nachgelassen hatte. »Du hast wieder … einige Teile von … mir mit einem … Sandsack verwechselt.«

Jocelyns Augen wurden groß. »Sag nicht, ich habe dich wieder getreten!«

Ein Schauder durchlief ihn. »Volltreffer.«

Ihre Hand legte sich auf seine nackte Schulter. »Oh Gott, es tut mir so leid! Das war keine Absicht.«

Jay versuchte ein beruhigendes Lächeln, doch es glich wahrscheinlich mehr einer Grimasse. »Ich weiß. Lass mich einfach … noch ein wenig hier liegen, bevor ich … mich zum Sofa zurückschleppe.«

»Natürlich, es ist dein Bett, es ist sowieso nicht richtig, dass ich es dir wegnehme. Warum bleibst du nicht einfach hier liegen, und ich nehme das Sofa?« Jocelyn wollte sich von ihm wegbewegen, doch Jay schnappte sich schnell ihre Hand und hielt sie auf seiner Brust fest.

»Bleib hier. Du brauchst Ruhe.« Jay schloss wieder die Augen.

Jocelyns Hand bewegte sich unter seiner, und er ließ sie rasch los. Auf keinen Fall wollte er, dass sie sich in seiner Gegenwart unwohl fühlte. Zu seiner Überraschung ließ sie ihre Hand auf seiner Brust.

»Kann ich irgendetwas tun? Brauchst du Eis zum Kühlen?«

Der Gedanke an eisgekühlte Weichteile brachte ihn zum Zittern. »Nein.« Er strich mit seinen Fingern über ihren Handrücken. »Das fühlt sich … gut an, wenn du mich … berührst.« Als sie nichts sagte und sich auch nicht bewegte, legte Jay seine Hand wieder auf seinen schmerzenden Schaft. Auch wenn es ihm peinlich war, es schien zumindest den Schmerz ein wenig zu lindern.

Als er es schon nicht mehr erwartete, ließ Jocelyn ihre Finger über seine Brust gleiten. Und er hatte Recht gehabt, es fühlte sich tatsächlich gut an. Sie kam nicht in die Nähe seiner Brustwarzen, sondern konzentrierte sich auf die Mitte seiner Brust. Federleicht strichen ihre Fingerspitzen durch seine Brusthaare, fuhren seine Schlüsselbeine nach und glitten über seine Schultern, bevor sie wieder zur Brust zurückkehrten. Nach und nach entspannte er sich, seine Beine verließen ihre Schutzhaltung und er streckte sich lang aus. Die Übelkeit ließ nach und Jay atmete tief durch.

»Besser?« Die sanfte Stimme brachte ihn dazu, die Lider wieder zu heben.

Jocelyn lag neben ihm, ihre Augen waren auf gleicher Höhe. Jay blinzelte, doch er hatte sich nicht getäuscht, die Iris war ein auffälliges Hellgrün. »Ja, danke.« Er rutschte etwas näher an sie heran. »Waren deine Augen nicht braun?«

Jocelyns Mundwinkel bogen sich nach unten. »Kontaktlinsen. Ich dachte mir, meine Augenfarbe ist zu auffällig, falls im Fernsehen ein Bild von mir gezeigt wird.«

Jay versank für einen Moment in ihren Augen. »Das war richtig. Mir wären sie sofort aufgefallen.« Damit er sich nicht noch lächerlicher machte, setzte Jay sich auf und schob die Beine aus dem Bett. »Ich lasse dich jetzt besser schlafen.«

Jocelyn zog die Bettdecke bis zum Kinn, Kummer stand in ihren Augen. »Ich weiß nicht, ob ich das kann. Wahrscheinlich werde ich nur sofort wieder einen Alptraum bekommen.«

»Dann werde ich dich wieder wecken. Du brauchst den Schlaf, Jocelyn.«

Ihre Augen schimmerten feucht. »Es ist schön, endlich wieder meinen richtigen Namen zu hören.«

Jay stand vorsichtig auf und zuckte zusammen, als der Schmerz erneut durch seine Weichteile schoss. »Wenn wir alleine sind, kann ich dich gerne so nennen, wenn du möchtest.«

Sie lächelte ihn zaghaft an. »Ja, bitte.«

»Gute Nacht, Jocelyn.«

»Gute Nacht. Und Jay?«

Er drehte sich noch einmal zu ihr um. »Ja?«

Einer ihrer Mundwinkel hob sich. »Wenn du mich noch einmal wecken solltest, halt deine gefährdeten Körperregionen möglichst außer Reichweite. Ich möchte dir nicht wehtun.«

Jay musste lachen. »Ich werde mich bemühen.«

7

Sowie Jay am nächsten Morgen das Büro betrat, lag Daves neugieriger Blick auf ihm. Jay konnte es seinem Partner nicht verdenken, doch er war immer noch nicht sicher, wie viel er erzählen sollte. Deshalb hängte er erst einmal seine Jacke an den Garderobenständer, bevor er sich in seinen Stuhl fallen ließ.

»Morgen.«

Dave wartete einige Sekunden, dann verdrehte er die Augen. »Echt, das ist alles? So als wäre gestern nichts Ungewöhnliches passiert? Als hätte dir keine Schwangere aufgelauert?«

Jay verzog den Mund. »Sie hat mir nicht aufgelauert. Und nein, es ist nicht mein Kind.«

»Das dachte ich mir schon, sonst wärst du nicht so locker drauf.« Dave beugte sich vor. »Und, wer ist sie nun?«

»Lass mich erst mal ein wenig recherchieren, dann erzähle ich dir, was los ist.« Aber nur, wenn er sicher war, Jocelyn damit nicht in Gefahr zu bringen. Hier hatten die Wände Ohren, und es wurde mehr getratscht als beim Kaffeeklatsch.

Dave gab ein skeptisches Grunzen von sich. »Aber wehe, du lässt mich noch mal so hängen wie gestern Nachmittag.«

Grinsend schaltete Jay seinen PC an. Da er bereits seit etlichen Jahren mit Dave zusammenarbeitete, war er die neugierige Art seines Partners gewöhnt. Es musste ihm wirklich schwerfallen, sich zurückzuhalten und ihn nicht weiter auszufragen. Jay wurde ernst, als er sich in die Datenbank einloggte und die Informationen zu den Fahrstuhlmorden aufrief. Er scrollte die Seite hinunter, bis er zu einem Bild von Jocelyn kam. Sein Herz setzte einen Schlag aus, als er die Porträtaufnahme sah, die eindeutig aus besseren Zeiten stammte. Darauf lächelte Jocelyn, und ihre hellgrünen Augen strahlten. Am auffälligsten war aber die lange rotblonde Mähne, die in sanften Wellen ihr Gesicht umrahmte. Auch wenn er es schon geahnt hatte, machte diese extreme Veränderung deutlich, wie sehr Jocelyn unter den Ereignissen gelitten hatte.

Jay schüttelte den Kopf und wandte sich den schriftlichen Informationen zu. Jocelyn Callaghan, dreißig Jahre alt, Medizinstudentin im fünften Semester, arbeitete stundenweise als Aushilfssekretärin bei einem Steuerberater. Darunter stand nur noch der Vermerk, dass sie ins Zeugenschutzprogramm aufgenommen wurde. Wahrscheinlich war das der Grund für die mageren Angaben zu Jocelyn. Zu gerne hätte er gewusst, warum sie in ihrem Alter noch Studentin war, aber hier würde er nichts weiter über seinen Hausgast herausfinden. Er scrollte wieder nach oben und las sämtliche Informationen zu den beiden getöteten Anwälten und dem verhafteten Täter. Zum Schluss nahm er sich den Zeugenbericht von den Ereignissen im Fahrstuhl vor. Die Haare in seinem Nacken stellten sich auf, als er sich Jocelyns Kampf mit dem Mörder auf so engem Raum vorstellte. Es war ein Wunder, dass sie noch lebte. Jetzt verstand er auch, warum sie unbewusst sofort gegen jeden Mann kämpfte, der ihr zu nahe kam.

Sein Schaft zuckte kurz, und er spürte ein schmerzhaftes Ziehen, als er sich daran erinnerte, wie effektiv sie diese Waffe einsetzen konnte.

»Du solltest deinen Gesichtsausdruck sehen.«

Sein Kopf ruckte hoch, als Daves Stimme unerwartet erklang. Er war so in seine Lektüre vertieft gewesen, dass er nicht mehr an seinen Partner gedacht hatte. »Du würdest genauso aussehen, wenn du wüsstest, woran ich gerade denke.«

Dave lehnte sich in seinem Stuhl zurück und verschränkte die

Arme hinter dem Kopf. »Tja, das kann ich nicht beurteilen, da du mir ja keinerlei Informationen gibst.«

Jay rollte mit den Augen, wusste aber, dass die Sache zu groß war, um sie alleine zu bewältigen. Schließlich musste Dave ihn decken, während er seine inoffiziellen Ermittlungen durchführte. Also winkte Jay ihn zu sich. »Kein Wort.« So schnell wie selten zuvor war Dave neben ihm. »Wow, hätte ich gewusst, wie es sich auswirkt, wenn ich etwas vor dir zurückhalte und deine Neugier wecke, hätte ich das schon eher gemacht.«

»Idiot.« Daves Blick glitt zum Monitor, und er beugte sich vor. Rasch las er die ersten Zeilen. »Mist.«

Das war noch viel zu harmlos ausgedrückt. Jay tippte auf Jocelyns Foto und das Wort Zeugenschutzprogramm. Daves Augenbrauen hoben sich, und er nickte. Jay konnte genau den Moment erkennen, als sein Partner das Wort Leone las. Sein Mund presste sich zu einer dünnen Linie zusammen, eine Ader pulsierte an seiner Schläfe. Ja, sie waren eindeutig einer Meinung, wenn es um den Mafiaboss ging.

»Ich möchte, dass das unter uns bleibt, Dave. Ihr Leben hängt davon ab.«

»Natürlich.« Sein Partner sah auf. »Was willst du jetzt tun?«

»Dafür sorgen, dass der Hintermann endlich zur Rechenschaft gezogen wird.« Unter anderem damit Jocelyn ihr Leben zurückbekam.

»Und wie?«

Jay hob die Schultern. »Ich weiß es noch nicht genau. Erst mal muss ich die ganzen Informationen sichten und sehen, was ich finde. Vielleicht werde ich mich auch mal mit dem damaligen Täter unterhalten, er sitzt seitdem im Gefängnis.«

Dave nickte. »Okay. Ich werde solange versuchen, unsere normale Arbeit auf dem Laufenden zu halten. Wenn du Hilfe brauchst, sag Bescheid.«

»Danke.« Jay vertiefte sich wieder in die Ermittlungsunterlagen, nachdem Dave zu seinem Platz zurückgekehrt war, und grübelte darüber nach, wie er jetzt vorgehen konnte, um Jocelyn zu helfen.

Unruhig lief Jocelyn im Wohnzimmer auf und ab. Nachdem Jay zur Arbeit gegangen war, kam ihr die Wohnung längst nicht mehr so sicher vor. Sie hatte sich auf die Lippe beißen müssen, um ihn nicht zu bitten, bei ihr zu bleiben. Aber sie wusste, dass er seinen Job erledigen musste. Außerdem konnte er ihr nicht helfen, wenn er sich hier mit ihr verkroch und ihre Hand hielt. Er hatte versprochen, dafür zu sorgen, dass sie nicht mehr in Gefahr war, und sie vertraute ihm. Aber das war einfacher, wenn er bei ihr war und sie in seine dunklen Augen blicken konnte. Jocelyn schob die Gardine ein winziges Stück zur Seite und beobachtete die Straße. Es war wirklich lächerlich, er würde erst in einigen Stunden zurückkommen, und trotzdem hielt sie nach ihm Ausschau.

Mit einem Schnauben ließ sie die Gardine fallen und trat zurück. Sie sollte die Zeit lieber nutzen, sich zu überlegen, was sie tun konnte, wenn Jay keinen Erfolg hatte. Auch wenn er es nicht gesagt hatte, würde sie sich nicht ewig bei ihm verstecken können. Auf keinen Fall durfte sie zulassen, dass sie zu abhängig von ihm wurde, schließlich würde sie irgendwann ihr Leben alleine fortsetzen müssen, sei es unter einem weiteren neuen Namen oder ihrer wahren Identität. Aber es war schön, jemanden um sich zu haben, der sie trotz der Situation zum Lachen brachte und es ihr nicht übel nahm, dass sie ihm schon zum zweiten Mal starke Schmerzen zugefügt hatte. Jeder andere Mann hätte sich ihr vermutlich nie wieder genähert.

Jocelyn schloss die Augen und erinnerte sich daran, wie Jay sie bei ihrem Zusammenbruch festgehalten und getröstet hatte. Seit dem Überfall im Fahrstuhl hatte sie sich nicht mehr so beschützt gefühlt. Etwas ganz anderes hatte sich in ihr geregt, als er sie morgens noch einmal umarmt hatte, bevor er gegangen war. Er hatte so gut gerochen, nach Duschgel und Mann. Sein Körper hatte sich für einen viel zu kurzen Moment an sie gepresst, und ihr war bewusst geworden, wie groß und stark er wirklich war. Vorher hatte sie etwas anderes im Kopf gehabt, aber nach einer beinahe durchgängigen Nachtruhe in sicherer Umgebung war ihr Gehirn offensichtlich bereit, auch andere Signale wahrzunehmen.

Nur unter großen Mühen war es ihr gelungen, ihre Hände auf seinem Rücken zu halten, egal, wie gerne sie auch ihre Finger in seine Haare oder über sein knackiges Hinterteil streichen lassen wollte. Jocelyn ließ sich auf das Bett sinken und schlug die Hände vor das Gesicht. Oh Gott, worüber dachte sie da überhaupt nach? Jay war so nett, ihr zu helfen, nichts weiter. Ganz sicher wollte er mit ihr keine Beziehung eingehen. Mit keiner Silbe oder Geste hatte er darauf hingedeutet, dass sie auch nur einen Funken Interesse in ihm weckte. Vermutlich bemitleidete er sie nur. Der Gedanke tat ihr weh, deshalb schob sie ihn rasch beiseite. Es lag nur daran, dass sie sich seit so langer Zeit nicht mehr in Gesellschaft eines Mannes aufgehalten hatte und Jay nett zu ihr war.

Als sie es nicht mehr aushielt, sprang Jocelyn wieder auf und beschloss, sich nützlich zu machen. Das Bett hatte sie bereits gemacht und auch die Bettwäsche vom Sofa zusammengelegt und im Schrank verstaut. Im Bad hängte sie die Handtücher ordentlich an die Haken und steckte ihre wenigen Kosmetikartikel in ihren Rucksack. Sie wusste nicht, ob sie vielleicht wieder schnell verschwinden musste, und behielt ihn deshalb immer in Reichweite. Zögernd ging sie in die Küche. Sie wollte nicht in Jays Privatsphäre dringen, aber er hatte ihr so viel gegeben, dass sie zumindest ein wenig aufräumen konnte. Ihre Nase kräuselte sich, als sie das schmutzige Geschirr im Spülbecken sah. Es war eindeutig nötig, dass jemand hier mal ein wenig sauber machte.

Mit einem seltsam zufriedenen Gefühl betrachtete Jocelyn einige Zeit später die blitzende Küche. Jetzt hatte sie wenigstens ein kleines bisschen ihrer Schuld Jay gegenüber abgearbeitet. Am liebsten hätte sie auch noch die ganze Wohnung gesaugt, aber sie wollte keinen Krach machen, der seine Nachbarn auf die Idee brachte, dass jemand zu Hause war.

In einem Wäschekorb in der Ecke des Badezimmers fand sie dreckige Wäsche, aber sie glaubte nicht, dass Jay es gutheißen würde, wenn sie sich darum kümmerte. Es erinnerte sie jedoch daran, dass sie dringend ihre eigene Kleidung waschen musste. Nachdem sie das Waschmittel gefunden hatte, zog sie rasch das Kleid aus, stieg aus ihren Shorts und warf auch das Top und den Slip in das Waschbecken. Sie fügte das Waschmittel dazu und ließ warmes Wasser darüberlaufen, während sie das Kleid wieder anzog. Als das Becken halb voll war, begann sie die Wäsche zu waschen.

Ihre Hände im Wasser stockten, als sie ein seltsames Schaben hörte. Sofort begann ihr Herz zu rasen, sie musste sich verstecken! Ohne darüber nachzudenken, ließ sie das Wasser ab, warf die nasse Wäsche in den Wäschekorb und zog einige Teile von Jay darüber. Vorsichtig schob sie ihren Kopf durch die Türöffnung und blickte um die Ecke. Es war nichts zu sehen. Gerade als sie dachte, sie hätte es sich eingebildet und überreagiert, hörte sie es erneut. Es klang, als käme es aus Richtung der Wohnungstür. Jocelyn lief über den Flur ins Wohnzimmer und griff im Laufen ihren Rucksack vom Boden. Jay hatte gesagt, dass er an die Tür klopfen würde, wenn er zurückkam, er konnte es also nicht sein.

Inzwischen waren die Geräusche deutlicher: Jemand versuchte, die Tür aufzubrechen! Glücklicherweise hatte sie nicht nur abgeschlossen, sondern auch noch den Riegel vorgeschoben, sodass die Einbrecher eine Weile beschäftigt sein würden, sofern sie weiter versuchten, leise zu sein. Jocelyn löste die Verriegelung des Fensters und schob es auf. Nach einer kurzen Überprüfung, ob ihr auch niemand an der Feuerleiter auflauerte, schwang sie ihre Beine hinaus und hockte sich auf den vergitterten Absatz, während sie das Fenster von außen wieder runterzog.

Obwohl die Luft warm war, zitterte sie. Sie konnte nur hoffen, dass niemand von außen das Haus beobachtete und sie aus dem Fenster hatte klettern sehen. Vorsichtig bewegte sie sich die Feuertreppe weiter hinunter und setzte sich schließlich auf den Absatz ein Stockwerk tiefer. Falls jemand aus dem Fenster blickte, würde er sie hier hoffentlich nicht entdecken. Jocelyn lehnte sich mit dem Rücken an die Hauswand, schlang ihre Arme um den Rucksack und zog ihre Beine an, um sich so klein wie möglich zu machen. Ein Schauder lief durch ihren Körper, als sie über sich ein dumpfes Poltern, gefolgt von einem lauten Scheppern, hörte. Oh Gott, sie nahmen offensichtlich Jays Wohnung auseinander, und sie konnte nichts dagegen tun. Furcht mischte sich mit einem Gefühl von Schuld, weil sie diese Verbrecher überhaupt erst zu Jay geführt hatte.

Hoffentlich waren die Einbrecher nicht mehr da, wenn Jay in ein paar Stunden nach Hause kam. Die Vorstellung, dass er ihretwegen verletzt werden könnte, brachte sie zum Zittern. Aber sie wusste nicht, was sie tun konnte, um ihn zu warnen. Sie hatte kein Handy und wollte auch nicht, dass einer seiner Nachbarn sie sah. Im Grunde konnte sie nur hier sitzen und hoffen, dass sich die Mistkerle bald ausgetobt hatten und wieder verschwanden. Möglichst ohne sie zu entdecken. Als hätten ihre Gedanken es heraufbeschworen, hörte sie, wie über ihr das Fenster aufgeschoben wurde.

Jocelyn duckte sich noch tiefer, vergrub das Gesicht an ihren Knien und schloss die Augen. Ein Schauder lief durch ihren Körper, als sie sich vorstellte, von einer Kugel getroffen zu werden. Niemand würde es bemerken, wenn diese Kerle wieder einen Schalldämpfer benutzten. Sie war den Verbrechern völlig hilflos ausgeliefert. *Bitte nicht*.

Jay atmete auf, als er in seine Straße einbog. Den ganzen Tag war er unruhig gewesen, es hatte auch nicht geholfen, dass er in seinen Ermittlungen nicht wirklich vorankam. Dazu war dann auch noch ein neuer Mordfall gekommen, den er mit Dave hatte bearbeiten müssen. Captain Morris wäre nicht sehr begeistert gewesen, wenn er wegen seiner privaten Ermittlungen seinen Partner alleine losgeschickt hätte. Egal wie sehr er auch Leone bestraft und Jocelyn in Sicherheit sehen wollte, ein aktueller Mordfall ging vor. Glücklicherweise war der Täter so dumm gewesen, im volltrunkenen Zustand im Nebenzimmer einzuschlafen. Das bedeutete einiges an Papierkram, den Dave übernommen hatte, aber zumindest keine langen Ermittlungen. Die Befragung des Täters würde erst am nächsten Tag stattfinden können, wenn er völlig ausgenüchtert war und Gelegenheit bekam, einen Anwalt einzuschalten.

Deshalb kam Jay zwar später nach Hause, als er sich vorgenommen hatte, aber immerhin musste er keine Nachtschicht schieben. Auf dem Heimweg war er noch beim Supermarkt vorbeigefahren, damit er Jocelyn etwas mehr als den mageren Inhalt seines Kühlschranks anbieten konnte. Ausnahmsweise fand er sogar einen Parkplatz in relativer Nähe zum Hauseingang, sodass er die Tüten nicht so weit schleppen musste. Jay schob die Haustür auf, die mal wieder nicht richtig verschlossen war, und stieg die Treppen hinauf. Ein Gefühl von Vorfreude breitete sich in ihm aus, das ihn selbst verwunderte.

Abrupt blieb Jay stehen und horchte in sich hinein. Tatsächlich, er freute sich darauf, nicht in eine leere Wohnung zurückzukommen, sondern Gesellschaft zu haben. Langsam ging er weiter. Es war ihm nie aufgefallen, dass sein Junggesellenleben ziemlich einsam sein konnte. Natürlich hatte es auch Vorzüge, aber die kamen ihm nach so vielen Jahren inzwischen meist schal vor. Jay schüttelte die Gedanken ab, während er vor seiner Wohnungstür stehen blieb. Es mochte nett sein, für kurze Zeit Besuch zu haben, aber er würde vermutlich verrückt werden, wenn er jemanden ständig um sich hatte. Ein Überbleibsel aus seiner Jugendzeit mit fünf Geschwistern, die es ihm fast unmöglich gemacht hatten, auch mal Ruhe zu finden.

Jay hängte eine Tüte an den Türknauf, um seinen Schlüssel aus der Hosentasche zu fischen, und erstarrte, als die Tür nach innen aufschwang. Ohne zu zögern, ließ er die zweite Tüte fallen und zog seine Pistole aus dem Schulterholster. Mit dem Rücken an der Wand schob er mit einer Hand vorsichtig die Tür weiter auf. Als nichts passierte, rückte er etwas näher und blickte in seine Wohnung. Der schmale Schubladenschrank lag umgekippt auf dem Boden. Seine Jacken waren von den Garderobenhaken gerissen. Sein Herz krampfte sich bei dem Gedanken zusammen, dass Jocelyn etwas passiert sein könnte. Er hatte ihr versprochen, dass sie bei ihm in Sicherheit war, und keine zehn Stunden später war seine Wohnung aufgebrochen und verwüstet worden. Automatisch hob er seine Waffe, während er in die Wohnung trat.

Mühsam unterdrückte er den Impuls, nach Jocelyn zu rufen, und bewegte sich stattdessen lautlos den Flur entlang. Mit einem langen Schritt trat er über die Kommode hinweg und zuckte zusammen, als etwas unter seinem Schuh knirschte. Wut strömte durch seinen Körper, als er eines von Shanes gerahmten Fotos zerstört auf dem Boden liegen sah. Nach und nach blickte Jay in alle Zimmer, doch die Einbrecher waren nicht mehr da. Allerdings gab es auch keine Spur von Jocelyn. Ein schlechtes Gefühl breitete sich in seinem Magen aus. Zwar hatte er nicht ihre Leiche entdeckt, aber wenn diese Kerle sie verschleppt hatten, gab es kaum eine Möglichkeit, sie schnell genug wiederzufinden. In allen Räumen waren die Möbel zerstört, doch das interessierte ihn im Moment überhaupt nicht.

Während einer zweiten Tour durchsuchte er alle Schränke und Nischen, in die sich Jocelyn hätte verkriechen können, doch auch sie waren leer. Nirgends gab es eine Spur, wohin sie verschwunden sein könnte. Jay ließ sich auf sein aufgeschlitztes Sofa sinken und vergrub das Gesicht in den Händen. Verdammt! Wie hatten sie ihren Aufenthaltsort so schnell finden können? Er hatte außer Dave niemandem davon erzählt und war bei seinen Ermittlungen extrem vorsichtig gewesen. Trotzdem schien die Information innerhalb weniger Stunden an Leone weitergegeben worden zu sein. Das konnte er sich nur damit erklären, dass der Mafiaboss oder einer seiner gekauften Informanten innerhalb der Ermittlungsbehörden Zugriff auf die Datenbank hatte und einsehen konnte, wer welche Seiten aufrief. Aber selbst das war eine sehr vage Methode. Oder hatte Jocelyn jemanden angerufen? Nein, das konnte er sich nicht vorstellen.

Jay rieb über seine schmerzenden Schläfen. Vielleicht hatten sie gar nicht damit gerechnet, dass Jocelyn sich bei ihm versteckte, sondern waren nur eingebrochen und hatten die Wohnung verwüstet, um ihm eine Warnung zu verpassen. Trotzdem hatten sie Jocelyn wahrscheinlich erkannt und sie deshalb mitgenommen. Verdammt! Ein Luftzug strich durch Jays Haare und er blickte auf. Das Fenster stand ein Stück offen. Hatten die Täter es als Fluchtweg genommen, damit niemand sah, wie sie Jocelyn aus der Wohnung schleppten? Unwahrscheinlich, da die Feuertreppe zur Straße lag und das letzte Stück nur eine Leiter war. Es wäre sehr umständlich, einen erwachsenen Menschen dort hinunterzutransportieren, selbst wenn er so leicht war wie Jocelyn.

Unruhig stand Jay wieder auf und ging zum Fenster. Er würde

den Einbruch melden müssen, damit die gesamte Wohnung auf Spuren untersucht wurde. Vielleicht hatten die Täter irgendwelche Hinweise auf ihre Identität hinterlassen, auch wenn es bei Profis unwahrscheinlich war. Mit der Schulter schob er das Fenster weiter nach oben und lehnte sich hinaus. Auf der Straße rollte der übliche Feierabendverkehr vorbei, ein Hund bellte in einiger Entfernung. Niemand sah aus, als hätte er gerade eine Wohnung verwüstet und eine junge Frau entführt.

Gerade als er seinen Kopf zurückziehen wollte, hörte er einen seltsamen Laut. Er schien von weiter unten zu kommen. Jay versuchte, etwas durch die Spalten im Metall zu erkennen, doch im Dämmerlicht funktionierte das nicht. Kurz entschlossen stieg er durch das Fenster und beugte sich über das Geländer der Feuertreppe. Sein Herz begann schneller zu klopfen, als er etwas auf dem Absatz unter ihm sah. War das ein Mensch? Mit der Pistole in der Hand ging er vorsichtig die Treppe hinunter. Jeder Schritt brachte das Metall zum Schwingen und verursachte ein Scheppern, das eine lautlose Annäherung unmöglich machte. Die letzten Stufen sprang Jay hinunter und landete direkt vor dem Bündel, das seine Aufmerksamkeit erregt hatte. Es kauerte in einer Ecke, dicht an die Wand gepresst, die Arme zum Schutz um den Kopf geschlungen.

»Oh Gott, Jocelyn!« Jay kniete sich vor sie und strich vorsichtig ihre Haare zurück. Ein Schauder lief durch ihren Körper, und er erkannte, dass sie Todesangst haben musste. »Es ist alles in Ordnung. Ich bin es, Jay. Ich bin jetzt bei dir, niemand wird dir etwas tun.« Wenn möglich, wurde das Zittern noch stärker. Jays Herz krampfte sich zusammen. Er legte seine Hand über ihre und streichelte sie sanft. »Es tut mir leid, ich hätte dich nicht alleine lassen dürfen. Ich habe nicht damit gerechnet, dass sie dich bei mir finden.«

Unendlich langsam hob Jocelyn den Kopf und blickte ihn an.

Ihre Wangen waren feucht, die Augen gerötet. »Sind … sind sie weg?«

»Ja. Schon lange, so wie es aussieht.« Jay setzte sich neben sie und lehnte den Hinterkopf an die Wand. »Bist du verletzt?«

Stumm schüttelte Jocelyn den Kopf. »Als ich sie an der Tür hörte, bin ich aus dem Fenster geklettert. Sie haben mich nicht gefunden.« Eine Träne lief über ihre Wange.

»Gott sei Dank. Ich hätte es mir nie verziehen, wenn dir etwas passiert wäre.« Vorsichtig legte Jay seinen Arm um ihre Schultern und zog sie an sich. »Haben sie irgendetwas gesagt, das du hören konntest?« Beruhigend rieb er über ihren Arm, als ihr Zittern wieder stärker wurde.

»Einer hat das Fenster geöffnet und ich dachte schon, er würde mich finden, aber dann hat jemand anders zu ihm gesagt, dass die Zeit knapp wird und d…das Miststück nicht da ist.«

Die Vorstellung, wie knapp Jocelyn den Verbrechern entgangen war, verursachte Jay eine Gänsehaut. Er musste sie unbedingt so schnell wie möglich hier wegbringen, damit so etwas nicht noch einmal passierte. In der beginnenden Dunkelheit hatte Jay das Gefühl, dass unzählige Augen auf ihnen ruhten. Was sollte er tun, wenn seine Wohnung beobachtet wurde? Irgendwie musste es ihm gelingen, Jocelyn ungesehen wegzubringen.

Mühsam kam er auf die Füße und hielt Jocelyn eine Hand hin. »Komm, wir gehen rein, hier ist es nicht sicher.« Wenn möglich wurde sie bei seinen Worten noch kleiner. Bevor er weitere Zeit verschenkte, bückte Jay sich und hob Jocelyn auf seine Arme. Ihr Körper versteifte sich, doch darauf konnte er im Moment keine Rücksicht nehmen. »Ich bringe dich jetzt in Sicherheit, Jocelyn.« Jedenfalls würde er es versuchen.

Als er das Fenster erreichte, schob er Jocelyn vorsichtig hindurch, bevor er selbst in die Wohnung kletterte. Seine Kehle zog sich zusammen, als sie sofort in sich zusammensank und sich auf dem Boden zu einer Kugel zusammenrollte. Bisher war sie ihm immer kämpferisch begegnet, doch anscheinend hatte der Überfall ihr die letzte Kraft genommen. Jay schloss das Fenster hinter ihnen und verriegelte es. Anschließend hob er Jocelyn wieder hoch und ging mit ihr zum Sofa. Dort legte er sie vorsichtig ab. »Wenn du hier einen Moment wartest, suche ich einige Sachen zusammen, die wir brauchen werden, und dann bringe ich dich weg.«

Jay ließ sie nur ungern allein, aber es ging nicht anders. Rasch suchte er aus den Haufen, die vor dem Schrank lagen, Kleidung heraus und stopfte sie in eine Reisetasche. Nachdem er noch einige Papiere, Geld und Reservemunition aus seiner Schreibtischschublade dazugeworfen hatte, holte er die beiden Tüten mit den Lebensmitteln in die Wohnung und suchte das heraus, was unverderblich war und sie unterwegs essen konnten. Den Rest schob er mitsamt Tüten in den Kühlschrank. Schließlich kehrte er ins Wohnzimmer zurück. Jocelyn lag noch immer auf dem Sofa, aber immerhin waren ihre Augen inzwischen offen.

»Brauchst du noch etwas?« Stumm schüttelte sie den Kopf. »Okay, dann gehen wir jetzt. Bleib immer dicht bei mir.« Er hielt ihr seine Hand hin und zog sie hoch, als sie ihre eiskalten Finger in seine legte.

Ihr Blick glitt durch das Zimmer, und sie zuckte sichtbar zusammen. »Es tut mir so leid wegen deiner Wohnung. Ich habe sie gehört, wusste aber nicht, wie ich sie aufhalten sollte.« Schuldgefühl stand deutlich in ihr Gesicht geschrieben. »Ich war zu feige, ganz nach unten zu klettern und Hilfe zu holen.«

Jay legte seine Hände um ihr Gesicht und sah ihr tief in die Augen. »Das sind bloß Dinge. Nur eine Sache interessiert mich: dass sie dich nicht gefunden haben und es dir gut geht.«

8

Noch Stunden später musste Jocelyn an die Erleichterung in Jays Blick denken, als er sie auf der Feuertreppe gefunden hatte. Und die Wärme in seinen goldbraunen Augen bei seiner Versicherung, dass nur sie für ihn wichtig war. Nachdem sie wieder die Kontaktlinsen eingesetzt und ihre feuchte Kleidung aus dem Wäschekorb genommen hatte, waren sie aufgebrochen. Es war nicht schwierig gewesen, ungesehen aus dem Haus zu kommen: Im Keller gab es eine Verbindungstür zum Nachbarhaus, das sie dann durch die Hintertür verlassen hatten. In dem Wagen eines Nachbarn, den sich Jay geborgt hatte, waren sie kreuz und quer durch San Francisco gefahren, bis er sich sicher gewesen war, dass sie nicht verfolgt wurden. Schließlich hatte Jay ein Stück außerhalb der Stadt einen Feldweg eingeschlagen, der vor einem beinahe verwunschen wirkenden Haus geendet hatte.

Zum wiederholten Mal schaute Jocelyn aus dem Fenster in die Dunkelheit, bevor sie enttäuscht wieder den Vorhang fallen ließ. Das Haus gehörte Bekannten von Jay. Der Mann, Chris, wirkte, als könnte er mit bloßen Händen Verbrecher ausschalten, während seine Frau Mel das genaue Gegenteil war, klein und zart. Jay war nicht ins Detail gegangen, aber Chris war wohl bis vor einigen Jahren Teil einer militärischen Eliteeinheit gewesen und hatte seitdem nichts verlernt. Es war Jocelyn unangenehm, bei Fremden untergebracht zu werden, die durch sie vielleicht in Gefahr gerieten, aber sie verstand, dass Jay sich um seine Wohnung kümmern musste. Schon allein um Leone, aber auch seinen Vorgesetzten vorzugaukeln, dass er nichts zu verbergen hatte.

Trotzdem wünschte sie, er wäre jetzt bei ihr. Chris und Mel waren sehr nett zu ihr und hatten ihr nicht nur das Gästezimmer angeboten, sondern ihr auch noch etwas zu essen gekocht, aber sie war es leid, immer von Fremden umgeben zu sein, denen sie nichts von sich preisgeben durfte. Jay dagegen wusste, wer sie war, bei ihm konnte sie ihren Schutzschild ein wenig senken. Schlimmer als ihre Einsamkeit war aber der Gedanke, dass er in Gefahr geraten könnte, wenn er sich dort aufhielt, wo die Verbrecher Zugriff auf ihn hatten. Was war, wenn sie ihn in ihre Gewalt brachten, um aus ihm herauszubekommen, wo sie war? Sie wusste, dass er es ihnen nie freiwillig sagen würde, aber es gab sicher Möglichkeiten, ihn zum Reden zu bringen.

Ein Schauder lief durch ihren Körper, und sie schlang ihre Arme um das von Mel geliehene Nachthemd. Ihre eigene Kleidung hatte ihre Gastgeberin freundlicherweise in die Waschmaschine geworfen, damit sie am nächsten Morgen sauber und trocken war, wenn sie aufbrachen. Chris hatte ihr versichert, dass ihr nichts passieren konnte, doch am liebsten wäre sie trotzdem von hier geflohen. Was jedoch ohne Kleidung und vor allem ohne einen fahrbaren Untersatz unmöglich war. Und es wäre auch Jay gegenüber unfair gewesen, der sich zuerst um sie gekümmert und dafür gesorgt hatte, dass sie in Sicherheit war, bevor er seine Dinge regelte.

Jocelyn blickte auf das einladende Doppelbett, das mit jeder Minute verlockender aussah. Müdigkeit ließ ihre Schritte schwer werden, ihre Augen waren bereits mehr als einmal zugefallen. Mit einer Hand stützte sie sich an der Wand ab, als sie schwankte. Sie schüttelte den Kopf, aber das machte sie auch nicht wacher. So dringend sie auch auf Jay warten wollte, es würde ihr nicht gelingen. Die Ereignisse des Tages hatten jeden Rest Kraft gekostet, ihre Energie war erschöpft. Wenn sie Jay morgen nicht zur Last fallen wollte, musste sie jetzt schlafen. Es fiel ihr schwer, einem Fremden zu vertrauen, aber wenn Jay gesagt hatte, dass Chris sie beschützen würde, dann würde sie ihn beim Wort nehmen.

Schwerfällig kroch sie ins Bett und zog die Decke über ihren Körper. Als ihr Kopf das Kissen berührte, stieß sie einen tiefen Seufzer aus. Wie von selbst fielen ihre Augen zu und sie sank in einen tiefen Schlaf.

Nachdem er sich vergewissert hatte, dass ihm niemand gefolgt war, stieg Jay die Stufen hinauf. Bevor er an die Tür klopfen konnte, öffnete sie sich bereits und Chris erschien in dem Spalt.

»Alles ruhig. Komm rein.«

Jay trat in den kleinen Flur und beobachtete, wie der ehemalige SEAL die Tür verriegelte und die Alarmanlage anschaltete. »Ist mit Ann alles in Ordnung?« Er hatte den beiden nicht gesagt, wer ihr Gast wirklich war, und sie hatten auch nicht danach gefragt. Wahrscheinlich war Chris durch seinen Job erst als SEAL und jetzt als Sicherheitsspezialist so an Geheimnisse gewöhnt, dass er sie einfach akzeptierte. In den letzten Jahren hatte Jay sich regelmäßig mit Chris im Fitnessstudio getroffen und war sicher, dass er mit der Situation umgehen konnte. Und tatsächlich war er bereit gewesen, Jocelyn für eine Nacht bei sich aufzunehmen.

Chris führte ihn in die Küche und in Richtung Tisch. »Setz dich, ich mache dir das Essen warm.« Als Jay ihn nur anblickte, seufzte er. »Deiner Freundin geht es so weit gut. Sie ist sehr still und hat sich gleich nach dem Essen ins Gästezimmer zurückgezogen.« Einer seiner Mundwinkel hob sich. »Mel hat ihre Kleidung mitgenommen und gewaschen, das ist wahrscheinlich der einzige Grund, warum sie noch nicht von hier verschwunden ist.« Er stellte den Teller in die Mikrowelle und schaltete sie an.

Langsam ließ sich Jay auf einen Stuhl sinken und fuhr mit

den Händen durch seine zerzausten Haare. »Damit könntest du Recht haben. Ich hatte ihr versprochen, dass sie bei mir in Sicherheit ist, und schon am nächsten Tag bricht jemand in meine Wohnung ein. Wenn sie nicht aus dem Fenster geklettert wäre …«

»Hier wird ihr nichts geschehen. Sicher, dass ihr morgen schon weiterwollt?«

»Ja. Ich bin euch dankbar, dass ihr uns hier übernachten lasst, aber ich will euch nicht in Gefahr bringen. Je länger sie hier ist, desto größer die Wahrscheinlichkeit, dass es irgendwie herauskommt. Es braucht mir nur jemand zu folgen oder einen Sender an meinem Wagen oder in meiner Kleidung zu verstecken. Und ich will Ann so schnell wie möglich aus der Stadt herausbringen.« Er rieb über sein Gesicht. »Wir fahren morgen bei Sonnenaufgang los.«

Ein Klingeln ertönte, und Jay zuckte automatisch zusammen, bis er bemerkte, dass es nur die Mikrowelle war. Chris stellte den dampfenden Teller vor ihm auf den Tisch. »Iss. Ich möchte nicht, dass Clint mir hinterher vorwirft, ich hätte seinen Bruder hungern lassen.« Clint und Chris kannten sich aus den SEAL-Teams, ein weiterer Grund, ihm zu vertrauen.

Jay stieß ein Schnauben aus, nahm aber die Gabel entgegen, die Chris ihm reichte. »Ich glaube nicht, dass ich verhungern würde, wenn ich eine Mahlzeit verpasse – und Clint auch nicht. Aber trotzdem danke, ich habe seit heute Morgen nichts mehr gegessen.«

Chris nickte. »Ann braucht aber dringend regelmäßige Mahlzeiten, sie ist zu dünn.« Er hob die Hände, als Jay etwas dazu sagen wollte. »Befehl von Mel, ich bin nur der Überbringer.«

»Da, wo ich sie hinbringe, wird sie sicher gemästet.«

Ein schmales Lächeln erschien auf Chris' Gesicht. »Das dachte ich mir.«

Eilig aß Jay auf, während Chris ihm von einigen lustigen Begebenheiten aus seiner SEAL-Zeit mit Clint erzählte. Schließlich war Jay satt und schob den leeren Teller von sich. »Danke für das Essen und die Unterhaltung.«

»Kein Problem. Wenn du weitere Hilfe brauchst, melde dich.«

»Das werde ich, danke.« Jay legte eine Hand auf Chris' Schulter. »Das Gleiche gilt auch für dich. Ich bin zwar nur Polizist, aber wer weiß.«

Chris neigte den Kopf.

Jay wünschte ihm eine gute Nacht und stieg dann die Stufen ins Dachgeschoss hinauf. Die langen Stunden und die Sorge um Jocelyn machten sich langsam bemerkbar, und er konnte es kaum erwarten, ins Bett zu kriechen. Leise öffnete er die Tür des Gästezimmers und trat ein. Ein schmaler Lichtstreifen drang aus dem angeschlossenen Badezimmer und beleuchtete das Bett. Jay stieß einen lautlosen Seufzer aus, als er sah, dass es ein schmales Doppelbett war und es keine andere Schlafmöglichkeit in dem kleinen Zimmer gab. Inzwischen war er aber so müde, dass er kein Problem damit hatte, sich ein Bett mit Jocelyn zu teilen. Mit ein bisschen Glück würde sie es gar nicht bemerken.

Rasch machte er sich im Bad fertig und zog sich dann bis auf Boxershorts und T-Shirt aus. Vorsichtig kroch er ins Bett und breitete den Zipfel der Bettdecke über sich aus, den Jocelyn nicht für sich beanspruchte. Lange Zeit starrte er an die Schräge über sich, während die Anspannung aus seinem Körper wich. Nur langsam kamen seine Gedanken zur Ruhe, und er glitt in den Schlaf.

Ohne Vorwarnung war Jay plötzlich wieder hellwach. Es dauerte eine Weile, bis er sich orientiert hatte und bemerkte, dass keine Gefahr drohte. Die unterdrückten Laute kamen von Jocelyn, die sich unruhig herumwälzte. Sein erster Impuls war, sie zu wecken, doch er erinnerte sich gerade noch rechtzeitig daran, dass das für seine Weichteile sehr unangenehm werden konnte. Um ihr Knie abzufangen, zog Jay sein Bein an und schaffte damit eine Barriere, bevor er Jocelyn sanft an der Schulter berührte. Sie gab einen verzweifelten Laut von sich, der ihm durch Mark und Bein ging.

Noch nie hatte er es ertragen, wenn jemand litt, erst recht keine Frau. Ohne weiter über die Konsequenzen nachzudenken, schlang er einen Arm um ihre Schultern und zog Jocelyn an sich. Mit einem leisen Seufzer schmiegte sie ihr Gesicht an seinen Hals und presste ihren Körper eng an ihn. Jay erstarrte, als der Duft von ihrem Shampoo in seine Nase stieg. Da sie weiterhin zitterte, brachte er es nicht über sich, sie zurück auf ihre Seite des Betts zu schieben. Zögernd strich er mit den Fingern durch ihre Haare, um sie zu beruhigen. Ihr Atem streifte seinen Hals und verursachte bei ihm eine Gänsehaut. Jay kniff die Augen zusammen, riss sie aber schnell wieder auf, als er merkte, dass ihn das Jocelyns Berührung noch stärker spüren ließ.

Mit einem unterdrückten Stöhnen akzeptierte er, dass er diese Nacht wohl keinen Schlaf mehr finden würde. Trotzdem brachte er es nicht über sich, Jocelyn von sich zu schieben. Er würde ihr diesen Trost bieten, auch wenn es für ihn eine Tortur war. Jay vergrub seine Nase in ihren Haaren und gestand sich ein, dass es eindeutig Schlimmeres gab. Jocelyn fühlte sich gut an, warm und anschmiegsam, mit der Hand, die über seinem Herzen lag, und ihrer Hüfte, die sich an seine drängte. Er musste nur daran denken, dass sie keine seiner üblichen Freundinnen war und dies zu nichts anderem führen würde. Immerhin schien sie sich inzwischen beruhigt zu haben, denn sie zitterte jetzt nicht mehr. Eine seltsame Zufriedenheit breitete sich in Jay aus, während er in den Schlaf hinüberdämmerte.

Langsam wachte Jocelyn auf. Sie hatte überraschend gut geschlafen und fühlte sich erfrischt. Genüsslich schmiegte sie sich noch einmal tiefer in das Kissen und erstarrte. Das war kein Kissen, sondern ein warmer, menschlicher Körper! Jocelyn hatte Mühe, sich daran zu erinnern, wo sie war und wie es dazu kam, dass sie sich mit einem Mann – und am Geschlecht hatte sie keinen Zweifel, denn eines ihrer Beine lag über seinen Oberschenkeln – in einem Bett befand. Nach und nach erinnerte sie sich an die Ereignisse des Vortages und dass Jay sie zu Mel und Chris gebracht hatte, wo sie alleine im Gästebett eingeschlafen war. Jay musste nachts zurückgekommen sein und sich zu ihr gelegt haben. Da sich kein anderes Bett im Raum befand, konnte sie das sogar nachvollziehen.

Im Schlaf musste sie sich an ihn geschmiegt haben, genau genommen umschlang sie ihn mit Armen und Beinen wie eine Weinranke. Verlegene Hitze stieg in ihre Wangen bei der Vorstellung, dass er aufwachen und sie so vorfinden könnte. Zwar lag sein Arm auch um ihre Schultern und seine Finger waren in ihren Haaren vergraben, aber das war wahrscheinlich nur eine natürliche Reaktion auf ihre Nähe. Irgendwie musste es ihr gelingen, sich von ihm zu lösen, ohne dass er davon aufwachte. Vorsichtig zog Jocelyn ihre Hand zurück, die auf seiner Brust lag, als hätte sie ein Recht dazu, Jay so zu berühren. Es war tatsächlich beruhigend gewesen, seinen gleichmäßigen Herzschlag zu fühlen, aber es war trotzdem nicht richtig, auch wenn er ein T-Shirt trug. Bevor sie ihr Bein bewegen konnte, spürte sie eine Bewegung an ihrem Oberschenkel.

Jocelyn presste die Augen zusammen und hielt in der Hoffnung den Atem an, dass Jay weiterschlafen würde. Doch den Gefallen tat er ihr nicht. Sie spürte, wie sich seine Muskeln anspannten, als er ganz aufwachte und erkannte, in welcher Situation sie sich befanden. Jetzt gab es keinen Grund mehr, vorsichtig zu sein, und Jocelyn zog ihr Bein rasch zurück. Gleichzeitig rollte sie sich zur Seite. Dabei überschätzte sie die Breite des Bettes und landete unversehens auf dem Boden.

»Au, verdammt!« Jocelyn setzte sich auf und rieb ihren schmerzenden Ellbogen.

»Alles in Ordnung?« Jays Morgenstimme war tiefer und rauer als sonst und jagte einen Schauer durch ihren Körper.

Sie biss auf ihre Lippe und hob zögernd den Kopf. Jay hatte sich in ihre Richtung gerollt und blickte besorgt über die Bettkante. Seine etwas zu langen Haare standen in alle Richtungen ab und seine Augen waren noch halb geschlossen. »Ja. Ich hatte nicht daran gedacht, dass das Bett so schmal ist.« Unauffällig zog sie ihr Nachthemd zurecht, sodass ihre Beine zumindest bis zum Knie bedeckt waren, und Jay nicht bemerkte, dass sie nichts darunter trug. Obwohl ihm das vermutlich nicht entgangen war, so wie ihre Hüfte an seine gepresst gewesen war. Heiße Röte stieg in ihre Wangen und breitete sich auf ihrem Dekolleté aus.

»Ich hoffe, ich habe dich nicht erschreckt. Es gab leider keine andere Schlafgelegenheit, und ich musste mich dringend ausruhen.«

»Nein, natürlich nicht.« Jocelyn schluckte hart. »Es tut mir leid, dass ich dich so … in Beschlag genommen hatte. Das muss im Schlaf passiert sein.«

Im schwachen Licht, das aus dem Bad in den Raum drang, sah sie, wie sich seine Mundwinkel hoben. »Kein Problem. Ich habe jedenfalls sehr gut geschlafen.«

Erleichtert atmete Jocelyn auf. Wie es aussah, nahm Jay ihr die ungeplante Kuschelei nicht übel. »Ich auch.«

Diesmal blitzten seine Zähne auf. »Das ist gut.« Er warf einen Blick auf den Wecker, der auf dem Nachttisch stand. »Wenn du nicht weiterschlafen willst, sollten wir aufbrechen. Je eher wir losfahren, desto schneller kommen wir aus der Stadt raus.«

Jocelyn erhob sich und schnitt eine Grimasse, als sich noch mehr vom Sturz verursachte Schmerzen bemerkbar machten. »Wo wollen wir denn hin?«

»Zu einem sicheren Ort. Wir sollten heute Abend dort ankommen.«

Mit offenem Mund starrte sie ihn an. »Heute Abend erst? Es ist noch nicht mal fünf Uhr morgens!«

Jay zog die Augenbrauen hoch. »Wenn wir fliegen könnten, wären wir natürlich bedeutend schneller, aber mit dem Auto ist es sicherer. Oder hast du Papiere einer weiteren Identität?« Stumm schüttelte Jocelyn den Kopf. »Also bringe ich dich mit dem Wagen hin.«

»Aber … was ist mit deinem Job?«

»Ich habe mir heute und morgen frei genommen. Angeblich um meine Angelegenheiten nach dem Einbruch zu ordnen, aber tatsächlich gibt es da nicht viel zu tun. Mein Partner wird sich darum kümmern.«

Jocelyns weiche Knie gaben nach und sie ließ sich auf die Bettkante sinken. Ihre Finger gruben sich in den weichen Stoff des Nachthemds. »Es tut mir so leid, dass ich dir so viele Umstände mache. Ich sollte …«

Jay legte seine Hände auf ihre. »Du solltest gar nichts. Es ist nicht deine Schuld, dass Verbrecher hinter dir her sind. Du hast nicht meine Wohnung verwüstet, sondern die. Glaub mir, ich habe inzwischen ein sehr persönliches Interesse daran, sie zur Strecke zu bringen. Und ich muss unbedingt herausfinden, woher sie wussten, dass du in meiner Wohnung warst. Dafür musst du aber erst aus der Schusslinie sein.«

Auch wenn sie gehofft hatte, dass Jay ihr half, wurde ihr erst jetzt bewusst, wie viel Glück sie tatsächlich mit ihrer Wahl gehabt hatte. Jemand, der sich für eine Fremde so stark einsetzte und keine Gegenleistung dafür forderte, war sehr selten. »Danke, Jay.«

Er drückte noch einmal ihre Finger, dann ließ er sie los. »Warum gehst du nicht schon mal ins Bad? Ich möchte gleich aufbrechen.«

»Sie ist wieder entkommen.« Die Stimme drang scheppernd durch den Lautsprecher.

Wütend hieb er mit der Faust auf das Gerät und betrachtete befriedigt die Plastikscherben. Wer stellte überhaupt solch einen Schrott her? Man sollte sie alle verklagen. Genervt nahm er den Telefonhörer in die Hand. »Wie ist das möglich? Und sagen Sie mir nicht, dass eine einfache Sekretärin einen Profi dreimal hintereinander zum Narren halten kann.«

»Nein, natürlich nicht. Sie war nicht in der Wohnung. Wir haben versucht, dem Detective zu folgen, doch er ist uns entwischt. Danach wimmelte es dann vor der Wohnung von Polizisten, und wir mussten uns zurückziehen. Hunter muss die Frau woanders untergebracht haben. Wir sind schon dabei, seine Kontakte zu überwachen.«

Er lehnte sich in seinem Schreibtischsessel zurück und rieb mit einer Hand über seine Augen. »Wunderbar. Und was machen Sie, wenn Sie keine Spur von der Frau finden? Ich glaube, ich muss Ihnen nicht noch einmal klarmachen, wie wichtig es für mich ist, dass sie für immer verschwindet.« Schließlich hing seine ganze Zukunft davon ab, dass sie nie darüber aussagte, was sie gesehen hatte. Als sein Gesprächspartner schwieg, vervielfachte sich sein Ärger. »Oder muss ich das? Sie wurden mir als einer der besten in diesem Bereich empfohlen, aber bisher habe ich noch nichts gesehen, das diese Meinung stützt.«

»Woher sollte ich wissen, dass sie hierher zurückkehren würde? Und sich dann auch noch mit diesem verdammten Polizisten zusammentut. Ich habe bisher noch keinerlei Verbindung zwischen den beiden finden können.«

Seine Finger krampften sich um den Hörer. »Ich bezahle Ihnen viel Geld dafür, genau solche Probleme zu erkennen und wenn nötig zu beseitigen. Und zwar, bevor sie so groß werden, dass ich zu härteren Maßnahmen greifen muss oder die Gefahr besteht, dass etwas davon auf mich zurückfällt.« Seine Stimme war mit jedem Wort lauter geworden. »Habe ich mich verständlich ausgedrückt?«

»Ja.«

Mühsam versuchte er sich zu beruhigen. »Gut. Und was genau werden Sie jetzt tun?«

»Ich habe jemanden postiert, der die Wohnung des Detectives überwacht. Genauso den Arbeitsplatz. Mein Kontaktmann wird es mir sofort melden, wenn sich etwas Neues ergibt oder die Frau irgendwo auftaucht.«

»Ich will alles über diesen Detective Hunter wissen, ist das klar?«

»Natürlich. Ich melde mich, sobald ich etwas erfahre.« Die Verbindung brach ab.

Langsam ließ er den Hörer sinken und stützte das Gesicht in die Hände. Wann hatte alles begonnen, so schiefzugehen? Vor einem Jahr im Fahrstuhl des Bürogebäudes? Nein, es hatte bereits früher begonnen. Zuerst war ihm alles so einfach und harmlos erschienen, eine gute Möglichkeit, viel Geld zu verdienen, ohne etwas dafür tun zu müssen. Doch dann hatte sich die Sache verselbständigt, es waren immer mehr und immer riskantere Geschäfte geworden. Bis ihnen jemand auf die Spur gekommen war.

Er hatte damals die Bedrohung ausschalten müssen – und Mord war die sicherste Methode gewesen. Es hätte alles erledigt sein können, aber jetzt kam die Sache wieder hoch und konnte ihn alles kosten, wofür er seit langer Zeit gearbeitet hatte. Das durfte er nicht zulassen. Und wenn er dafür einen Detective aus dem Weg räumen lassen musste, ließ sich das nicht ändern. Nur schien jeder Versuch, die Sache zu vertuschen, eine weitere Beseitigungsaktion nach sich zu ziehen, und machte alles komplizierter. Mit zitternden Fingern goss er sich einen Cognac ein und trank ihn in einem Zug aus. Und wenn schon. Seinen Lebensstil zu bewahren, war ihm noch viel mehr wert.

9

Während der Reise hatte Jocelyn noch mehrmals gefragt, wohin sie überhaupt fuhren, doch Jay hatte ihr nie darauf geantwortet. Sie wusste nur, dass sie inzwischen mehrere Bundesstaaten durchquert hatten und immer noch weiter Richtung Nordosten fuhren. Sie waren jetzt in Montana angekommen, und die Sonne ging langsam unter. Sie war müde, hungrig und langsam ein wenig irritiert, weil er ihr nicht endlich reinen Wein einschenkte. Was hatte er davon, ihr sein Ziel zu verheimlichen? Vor allem fragte sie sich, ob es nicht ein Fehler war, sich so weit von San Francisco zu entfernen. Das hatte sie bereits in Mitchell versucht, und es hatte nicht funktioniert.

»Darf ich jetzt endlich ...?«

Zur gleichen Zeit setzte Jay an. »Wir sind ...«

Sie blickten sich an und Jay grinste. »Falls du fragen wolltest, wann wir da sind: jetzt.«

Da sie nicht undankbar erscheinen wollte, schluckte Jocelyn ihr ›Na endlich!‹ herunter und beschränkte sich stattdessen auf: »Gott sei Dank.«

Jay wurde ernst. »Ich habe deshalb nicht so oft angehalten und auch nirgendwo auf der Strecke übernachtet, weil ich nicht wollte, dass dich jemand sieht.«

»Das weiß ich. Ich wollte auch nicht undankbar erscheinen.«

»Das tust du nicht. Außerdem hättest du allen Grund dazu, ein wenig nörgelig zu sein, nach allem, was dir passiert ist.« Das Lächeln blitzte wieder auf. »Ich verspreche dir, dass du in den nächsten Tagen nach Strich und Faden verwöhnt wirst.«

Jocelyn blickte auf die Landschaft beiderseits der Straße, die aus Wäldern und Wiesen bestand. Ein Schild hatte vor einigen Meilen verkündet, dass sie sich dem Yellowstone National Park näherten. »Wollen wir campen?«

Das entlockte ihm ein Lachen. »Nein, keine Angst. Es gibt sogar fließend warmes Wasser.«

Röte stieg in Jocelyns Wangen. »Tut mir leid.« Jay setzte den Blinker, und sie bogen in einen schmalen asphaltierten Weg ein, über dem ein hölzernes Schild prangte, auf dem ›Diamond Bar Ranch‹ stand. »Wo sind wir denn nun?«

»Zu Hause.« Es lag so viel Wärme in seiner Stimme, dass sie sich zu ihm umdrehte. Trotz des Dämmerlichts konnte sie Sehnsucht in seinen Augen erkennen.

»Gehört die Ranch deiner Familie?« Jocelyn blickte aus dem Fenster auf die sanft ansteigenden Wiesen, auf denen vereinzelt Bäume wuchsen. Kleine Sitzgruppen waren in weiten Abständen darunter verteilt.

»Ja, meine Eltern bewirtschaften sie. Früher war es eine reine Arbeitsranch, inzwischen ist sie auch für Touristen geöffnet. Dieser Zweig läuft bedeutend besser als der Rinderverkauf, besonders in der Hochsaison von Mai bis September.«

»Dann sind im Moment viele Menschen hier? Was ist, wenn mich jemand sieht und …?« Furcht kroch über ihr Rückgrat.

Jay drückte beruhigend ihre Finger, bevor er die Hand wieder auf das Lenkrad legte. »Keine Angst, du wirst nicht mit den Touristen in Berührung kommen. Sie sind in Hütten etwas abseits vom Haupthaus untergebracht. Du bekommst mein altes Zimmer.«

»Aber …«

Er ließ sie nicht ausreden. »Meine Mutter hält für jeden von uns ein Zimmer bereit, falls wir unverhofft nach Hause kommen. Leider klappt das viel zu selten, besonders, dass wir alle gemeinsam da sind. Dieses Jahr habe ich es nicht mal zum Unabhängigkeitstag geschafft, weil ich mitten in einem Fall steckte, von daher ist meine Mutter überglücklich, dass ich jetzt doch noch komme.«

Jocelyn schwieg. Sie konnte sich so ein Verhältnis zwischen Eltern und Kindern überhaupt nicht vorstellen. Ihre Pflegeeltern würden wahrscheinlich einen Herzinfarkt bekommen, wenn sie oder ihr Bruder Kevin unangemeldet bei ihnen auftauchten. Deshalb war es ihr unangenehm, dass Jay seine Eltern nun einfach so überfiel – noch dazu mit einer Fremden im Schlepptau, die ein Problem mit der Mafia hatte.

Kurz darauf hielten sie vor einem zweigeschossigen Ranchhaus mit natursteinverzierten Ecken und Fenstereinfassungen. Rosen blühten in einem großzügig angelegten Blumengarten vor dem Haus. Licht leuchtete aus den Fenstern, kleine Lampen säumten den Weg. In einiger Entfernung zum Haupthaus standen noch andere Gebäude, vermutlich Stallungen, Scheunen und die von Jay erwähnten Hütten für Besucher. Während sie noch das Haus anstarrte, sprang Jay bereits aus dem Wagen, lief um ihn herum und öffnete ihre Tür.

Verwundert sah sie ihn an. »Danke. Das wäre doch nicht nötig gewesen.«

Jay zwinkerte ihr zu. »Meine Mutter legt sehr viel Wert auf eine gute Erziehung. Ich will sie nicht gleich bei der Ankunft gegen mich aufbringen.«

Jocelyn konnte gar nicht anders, als zu lachen. Diese beinahe jungenhafte Art kannte sie noch gar nicht an Jay. Gut, bisher hatte sie ihn auch eher in Situationen erlebt, die deutlich ernster waren. Auf keinen Fall wollte sie ihm den kurzen Besuch bei seinen Eltern verderben, deshalb schob sie für den Moment all ihre Ängste und Sorgen beiseite. Wenn Jay dachte, dass sie hier in Sicherheit war, dann würde sie versuchen, die dringend benötigte Ruhe und Erholung zu tanken. »Nein, das wollen wir nicht. Meinetwegen benimm dich ganz wie ein Gentleman, ich werde versuchen, nicht zu überrascht zu reagieren.«

»Danke.« Jay hielt ihr seine Hand hin, und sie ergriff sie, bevor sie sich mit seiner Hilfe aus dem Wagen schwang.

»Ich könnte mich fast daran gewöhnen.« Nur zögernd löste sie ihre Finger von Jays.

Er beugte sich zu ihr herunter. »Du …«

Der Rest des Satzes ging in einem lauten Knall unter, als die Haustür aufflog und eine Frau die Treppe hinunter auf sie zulief. Auf den ersten Blick hätte Jocelyn sie für höchstens dreißig gehalten, doch als sie näher kam, musste sie ihre Meinung revidieren. Aus der Nähe waren einige graue Strähnen in ihren halblangen rotbraunen Haaren zu erkennen, Fältchen umgaben Augen- und Mundwinkel, als die Frau Jay mit einem breiten Lächeln im Gesicht umarmte. Jetzt wusste Jocelyn auch, woher Jay diese ungewöhnlich dunklen Augen hatte, sie waren unverkennbar von seiner Mutter vererbt.

Bevor Jocelyn sich wie ein Eindringling vorkommen konnte, löste sich die Frau von Jay und lächelte sie an. »Entschuldige, ich hätte dich zuerst begrüßen sollen, aber ich habe Jonathan so lange nicht gesehen …«

»Wen?« Verwirrt blickte sie Jay an. Röte stieg in seine Ohren, aber er antwortete ihr nicht.

Seine Mutter lachte. »Jonathan. Ich nehme an, Jay hat mal wieder vergessen, seinen richtigen Namen zu erwähnen. Jay ist nur sein Spitzname, weil damals Shane, das ist mein zweitältester Sohn, Probleme damit hatte, den Namen auszusprechen.« Jocelyn musste bei Jays Gesichtsausdruck ein Lachen unterdrücken.

Jay mischte sich ein. »Mom, das ist Ann. Ann, meine Mutter.« Jocelyn schüttelte ihre Hand.

»Nenn mich ruhig Angela.« Jays Mutter lächelte Jocelyn an. »Ich freue mich so, dass Jay seine Freundin mitgebracht hat.«

»Mom, wir hatten das doch besprochen.« Eine Falte erschien zwischen seinen Augenbrauen.

Angela winkte ab. »Ja, ja. Lass mir doch ein wenig Hoffnung, schließlich werde ich auch nicht jünger.«

Ein Mann erschien hinter Jays Mutter und legte seinen Arm um ihre Schultern. Er war sicher dreißig Zentimeter größer als Angela. Mit seinen ehemals schwarzen, jetzt graumelierten Haaren, den hellbraunen Augen und dem kantigen Gesicht sah er trotz seines Alters unglaublich gut aus. »Du kannst es einfach nicht lassen, oder?« Sein Gesichtsausdruck war liebevoll, als er Angelas Schläfe küsste. »Man sollte annehmen, dass dir eine Ehe und ein Kind bei deinem Nachwuchs erst einmal reichen würden.«

Jay mischte sich rasch ein. »Ann, das ist mein Vater George.«

Ihre Hand verschwand beinahe in Georges größerer. »Freut mich.«

»Mich auch. Wollt ihr reinkommen? Es wird langsam dunkel.« Sein Blick glitt wachsam über die Umgebung und Jocelyn fragte sich, ob Jay ihm erzählt hatte, was vor sich ging.

Jay legte seine Hand auf ihren Rücken und führte sie ins Haus. Es fühlte sich gut an, auch wenn sie wusste, dass er es nur tat, um Punkte bei seiner Mutter zu sammeln. »Wenn du möchtest, bringe ich dich zuerst nach oben, damit du dich ein wenig frisch machen kannst.«

»Aber natürlich.« Angela deutete in Richtung der Treppe. »Geht ihr erst mal hoch. Ich mache in der Zeit das Essen warm, das Martha vorhin gekocht hat.«

Jocelyn folgte Jay die breite Holztreppe hinauf, froh, der etwas überwältigenden Art von Jays Mutter zu entkommen. Sofort überkam sie ein schlechtes Gewissen, weil Angela sich solche Mühe gegeben hatte, eine völlig Fremde willkommen zu heißen, und sie bereits bei der ersten Gelegenheit floh. Eine beeindruckende Galerie ermöglichte ihr einen Blick in das darunterliegende Wohnzimmer. Als sie sah, dass Angela und George dort standen und sich küssten, wandte Jocelyn rasch den Blick ab. Sie konnte sich nicht erinnern, dass ihre Pflegeeltern jemals so etwas in aller Öffentlichkeit getan hatten. Es löste in Jocelyn fast ein wenig Wehmut aus. Wie wäre ihr Leben verlaufen, wenn sie in einer Familie wie den Hunters aufgewachsen wäre? Sicher war hier auch nicht alles rosig, aber die Liebe sowohl zwischen den Eltern als auch gegenüber Jay war unübersehbar.

Jay führte sie einen Flur entlang, von dem etliche Türen abgingen. Vor einer blieb er stehen und öffnete sie. »Hier ist mein Zimmer.« Er geleitete sie hinein, schloss die Tür hinter ihnen und legte dann seine Hände auf Jocelyns Schultern. »Es tut mir leid, dass meine Mutter dich so überfallen hat. Sie ist manchmal etwas …«

»Überwältigend?«

Lächelnd blickte Jay auf sie herunter. »Genau. Ich hoffe, sie hat dich nicht eingeschüchtert. Sie meint es nur gut und möchte, dass du dich wohl fühlst.«

»Nein, gar nicht. Ich bin es nur nicht gewöhnt, so herzlich empfangen zu werden, deshalb war ich etwas sprachlos.«

Jay legte seine Hände um ihr Gesicht und betrachtete sie ausgiebig. Wahrscheinlich konnte er die Schatten der alten Erinnerungen in ihren Augen sehen, doch er nickte nur. »Du warst so still, deshalb dachte ich, wir hätten dich vielleicht verschreckt.«

»Nein, wirklich, ich finde deine Eltern sehr nett. Es gefällt mir nur nicht, sie anzulügen und sie vielleicht sogar in Gefahr zu bringen.«

Zögernd ließ Jay sie los und trat einen Schritt zurück. »Das tust du nicht. Ich habe meinen Eltern erklärt, dass jemand hinter dir her ist und du deshalb aus der Stadt verschwinden musstest.

Zwar habe ich ihnen nicht gesagt, wer du wirklich bist, aber sie wissen, dass Ann nur ein Deckname ist.«

Unsicher sah Jocelyn ihn an. »Und sie sind trotzdem bereit, mich hier aufzunehmen?«

Jay lächelte sie an. »Aber ja. Meine Mutter liebt es, Menschen um sich zu haben und sich um sie zu kümmern. Besonders seit wir Kinder alle ausgezogen sind, hat sie viel zu wenig Gelegenheit dazu. Und mein Vater geht in der Beschützerrolle auf. Bevor er Rancher war, gehörte er zu den UDTs.«

»Den … was?«

»Underwater Demolition Teams. Das waren damals in Vietnam die Vorgänger der heutigen Navy SEALs. Auch wenn er schon sehr lange nicht mehr dabei ist, hat er einige Kenntnisse und Fähigkeiten nie verloren.«

Jocelyn nickte, auch wenn sie sich immer noch unwohl dabei fühlte, ihre Probleme zu anderen Leuten zu bringen. Aber hatte sie nicht genau das auch bei Jay getan? Sich ihm anvertraut und gehofft, dass er sich ihrer Probleme annehmen würde? Und als Lohn dafür war in seine Wohnung eingebrochen und seine Einrichtung zerstört worden. Trotzdem hatte er sie zu seinen Eltern gebracht. Während sie Jay tief in die Augen blickte, erkannte sie, dass Katherine Unrecht gehabt hatte. Er ging nicht deshalb nur oberflächliche Beziehungen ein, weil er zu keinen tieferen Gefühlen fähig war, sondern um sich selbst zu schützen. Denn wenn er sich einer Sache oder einem Menschen verschrieb, dann ganz und gar. Das hieß natürlich nicht, dass Jay sich in sie verliebt hatte und ihr deshalb half, sondern er fühlte sich wahrscheinlich für sie verantwortlich, nachdem er die Aufgabe übernommen hatte, ihr zu helfen. Und er würde sie nicht im Stich lassen, egal, wie viel ihn das auch kostete.

Tränen stiegen in ihre Augen. »Danke, für alles.«

Einen Moment lang blickte Jay sie stumm an, dann schüttelte er den Kopf. »Du musst wirklich aufhören, dich ständig zu bedanken. Ich weiß, dass du dankbar bist, und brauche es nicht immer wieder zu hören.«

Jocelyn lächelte, trat dicht zu ihm und küsste ihn auf den Mund. »Okay.«

Jay zwinkerte ihr zu. »Das kannst du natürlich so oft tun, wie du möchtest.«

»Ich hatte mich schon gefragt, wann der Frauenheld in dir durchbricht.«

Grinsend strich er eine Haarsträhne aus ihren Augen. »Auch auf die Gefahr hin, dich zu enttäuschen, ich bin tatsächlich ziemlich wählerisch, was Frauen angeht.«

Jocelyn zog eine Augenbraue hoch. »Wie bei dieser Vi?« Sie schlug eine Hand vor den Mund. Verdammt, das hörte sich beinahe eifersüchtig an, dabei war es ihr völlig egal, mit wem Jay sich abgab. *Lügnerin.*

»Dann hast du also gelauscht.« Es war ihm nicht anzusehen, was er davon hielt.

Schuldbewusst senkte Jocelyn die Augen. »Tut mir leid, das war nicht richtig. Eigentlich wollte ich nur sicherstellen, dass es nicht der Verbrecher war.«

Jay legte einen Finger unter ihr Kinn und hob ihr Gesicht an. »Neue Regel: Entschuldigen ist genauso verboten wie bedanken.«

»Okay.«

»Gut. Dann lasse ich dich jetzt kurz allein und hole dich gleich wieder ab.«

Zum ersten Mal seit ihrer Ankunft nahm Jocelyn überhaupt das Zimmer um sich herum wahr. Eigentlich hatte sie ein ehemaliges Jugendzimmer erwartet, doch es war ganz offensichtlich für einen Mann gestaltet. Die geschmackvolle Einrichtung gefiel ihr, machte ihr aber auch bewusst, dass sie Jay den Raum wegnahm. Ihr Blick fiel auf das Bett. »Wo schläfst du?«

»Gleich nebenan. Shane hat sicher nichts dagegen, wenn ich sein Zimmer benutze.«

»Gut.« Jocelyn biss auf ihre Lippe, um das »Danke« zurückzuhalten.

»Klopf einfach, wenn du etwas brauchst. Ich bin in zehn Minuten fertig und hole dich dann hier ab.« Ohne ihre Antwort abzuwarten, verließ er das Zimmer.

Jay atmete erleichtert auf, als er nach dem Abendessen in Shanes Zimmer zurückkehrte und die Tür hinter sich schloss. Erstaunlicherweise war das Essen sehr angenehm verlaufen, obwohl er befürchtet hatte, dass seine Mutter eine ihrer berüchtigten Befragungen abhalten würde. Anscheinend hatte seine Warnung, dass Jocelyn sehr viel durchgemacht hatte und nichts über sich erzählen konnte und durfte, gefruchtet. Nur einmal war die Stimmung ins Wanken geraten, als Angela ihn mit Tränen in den Augen angesehen hatte. Auf seinen fragenden Blick hin hatte sie nur mit den Schultern gezuckt und gesagt, dass es gut wäre, ihn mit der richtigen Frau zusammen zu sehen. Seinen Protest hatte sie einfach zur Seite gewischt. Jocelyn war das Ganze erkennbar peinlich gewesen, deshalb hatte er es auf sich beruhen lassen und nur entschuldigend unter dem Tisch ihr Bein gedrückt.

Mit einem tiefen Seufzer ließ Jay sich auf das Bett zurückfallen und grub seine Hände in die Haare. Bisher hatte er nur selten seine jeweilige Freundin mitgebracht, aber sie alle entsprachen nicht dem, was sich Angela als Schwiegertochter wünschte. Genau das war seine Absicht gewesen – seine Mutter gar nicht erst auf Ideen zu bringen. Sollte es ihm jemals mit einer Frau ernst sein, würde er sie bestimmt nicht sofort zur Ranch bringen, so wie Shane es damals mit Autumn gemacht hatte, damit seine Gefühle dann auch von allen Familienmitgliedern seziert wurden. Jocelyns Gesicht tauchte vor seinem inneren Auge auf, doch er schüttelte den Gedanken rasch ab. Er mochte sie und fühlte sich für ihre Sicherheit verantwortlich, das war alles. Und wenn es ihm gefallen hatte, wie sie sich letzte Nacht an ihn geschmiegt hatte, dann war das ganz natürlich. Er war schließlich ein Mann.

Abrupt setzte Jay sich wieder auf und entschied, dass er endlich schlafen musste, wenn er morgen früh gleich nach dem Frühstück aufbrechen wollte. So gerne er auch noch geblieben wäre, seine Arbeit konnte nicht warten, und außerdem würde er hier nichts über denjenigen erfahren, der es auf Jocelyn abgesehen hatte. Jays Muskeln spannten sich an, als er darüber nachdachte, wie er Leone endlich seiner gerechten Strafe zuführen konnte. Dafür musste er nur Beweise finden, die ihn mit den Anschlägen auf Jocelyn und den Fahrstuhlmorden in Verbindung brachten.

Auch als er einige Minuten später im Bett lag, wirbelten diese Gedanken noch durch seinen Kopf. Es musste ihm einfach gelingen, nicht zuletzt um Jocelyn ein normales Leben zu ermöglichen. Da er wusste, dass er das Problem nicht heute Abend lösen würde, knipste er das Licht aus und schloss die Augen. Trotzdem dauerte es eine lange Zeit, bis er einschlief.

Ein seltsames Geräusch weckte Jay. Augenblicklich hellwach setzte er sich auf, die Pistole in der Hand.

»Jay?«

Als er Jocelyns Stimme hörte, ließ er die Waffe sinken und stieß den angehaltenen Atem aus. »Ja? Ist etwas passiert?«

Jocelyn schloss die Tür hinter sich und lehnte sich mit dem Rücken dagegen. »Nein, es ist nichts. Ich habe nur …« Sie brach ab.

Jay lehnte sich zur Seite und schaltete die Nachttischlampe an.

Jocelyn hielt eine Hand vor ihr Gesicht. »Nein! Mach das Licht aus, bitte.«

Gegen besseres Wissen gehorchte er und tauchte den Raum wieder in Dunkelheit. »Besser?«

»Ja.« Ihr Nachthemd raschelte, als sie sich bewegte. »Entschuldige, dass ich dich störe. Ich konnte nicht schlafen …« Wieder beendete sie ihren Satz nicht.

»Stimmt irgendwas nicht mit deinem Zimmer?«

»Nein! Nein, es ist wunderschön.« Direkt neben dem Bett blieb sie stehen. In dem durch den Vorhang dringenden Mondlicht konnte er ihre Silhouette sehen. Ihr Gesicht blieb im Schatten. »Es ist nur …« Sie atmete tief durch. »Ich wollte fragen, ob ich vielleicht bei dir schlafen kann.« Als er schwieg, redete sie schnell weiter. »Letzte Nacht habe ich so gut geschlafen wie seit einem Jahr nicht mehr, deshalb dachte ich …« Sie schüttelte den Kopf. »Vergiss es, es war ein Fehler.«

Als sie sich rückwärts zur Tür bewegte, hechtete Jay über das Bett und schlang seine Finger um ihr Handgelenk, bevor sein Gehirn überhaupt registrierte, was er vorhatte. »Bleib hier, Jocelyn.« Er zog sie sanft zum Bett. »So kann ich auch besser auf dich aufpassen.«

Das stimmte zwar theoretisch, aber es war in der Sicherheit des Hauses seiner Eltern nicht wirklich nötig. Nein, ihre Worte hatten die Erinnerung an letzte Nacht zurückbeschworen, daran, wie gut und richtig es sich angefühlt hatte, sie in den Armen zu halten. Das hatte nichts mit Leidenschaft oder gar Liebe zu tun, sondern mit dem Zurückdrängen der Einsamkeit durch die Nähe eines anderen Menschen. Und wenn es ihm schon so ging, wie musste es dann in Jocelyn aussehen? Genau deshalb rutschte er jetzt im Bett weiter nach hinten und hielt die Decke hoch, damit Jocelyn darunterkriechen konnte. Nach kurzem Zögern folgte sie ihm. Als sie Anstalten machte, sich von ihm so fern wie möglich zu halten, schlang er seinen Arm um ihre Schultern und zog sie an sich. Zuerst hielt sie sich steif, doch dann schmolz sie regelrecht gegen ihn.

Erst jetzt fiel Jay ein, dass er nur seine Boxershorts trug, doch

Jocelyn schien sich nicht daran zu stören, dass ihre Wange anstatt eines T-Shirts seine nackte Schulter berührte. Also schlang er beide Arme um sie und strich beruhigend über ihren Rücken. Es dauerte nicht lange, bis sich ihr Körper entspannte. Ein leiser Seufzer wehte gegen seinen Hals, den er bis in seinen Schaft spürte. Verdammt! Mühsam versuchte Jay die unerwünschte Erregung zurückzudrängen. Es lag nur an der Nähe, dessen war er sicher. *Eine Ablenkung, schnell.*

»Versprich mir eines.«

Jocelyn hob den Kopf. »Was?«

»Erzähl meiner Mutter bloß nicht, dass wir in einem Zimmer geschlafen haben, sonst malt sie sich gleich aus, wie unsere Kinder aussehen werden.«

Ein schnaubendes Lachen erklang. »Ich werde darauf verzichten, obwohl es verlockend wäre, zu sehen, wie du dich da herauswindest.«

Jay legte seine Stirn an ihren Scheitel. »Du übersiehst da nur eins.«

»Was?«

»Du bist diejenige, die sich die nächsten Tage oder Wochen hier aufhalten wird, während ich weit weg bin. Was glaubst du, wen meine Mutter dann jeden Tag bearbeiten wird?«

Ihr Atem berührte seinen Mund, als sie heftig ausatmete. »Gutes Argument. Ich werde schweigen wie ein Grab.«

»Gut.« Befriedigt legte Jay sich zurück und schloss die Augen. Mit einem Lächeln auf den Lippen schlief er ein.

10

Jocelyn biss sich auf die Zunge, um Jay nicht zu bitten, bei ihr zu bleiben. Es wäre nicht fair gewesen, nachdem er schon so viel für sie getan hatte und er extra ihretwegen nach San Francisco zurückkehrte, um herauszufinden, wer hinter den Anschlägen auf sie steckte. Besonders da sie sich ihm bereits in der Nacht aufgedrängt hatte, weil sie anscheinend nicht mehr in der Lage war, allein zu schlafen. Sie fragte sich, wie die Nächte werden würden, wenn Jay nicht mal am gleichen Ort war, doch damit wollte sie ihn nicht belasten.

Stattdessen drückte sie seine Hand. »Sei bitte vorsichtig. Diese Kerle schrecken vor nichts zurück.«

Jay lächelte ihr beruhigend zu. »Keine Angst, ich passe auf.« Seine Finger strichen über ihre Wange. »Und ich werde dafür sorgen, dass die Bedrohung für dich endet und du dein Leben fortsetzen kannst. Versuch, die Zeit hier zu genießen und dich von den Strapazen zu erholen.«

Zwar wusste sie nicht, ob sie das tun konnte, nickte aber. »Meldest du dich bei mir, damit ich weiß, dass es dir gut geht?«

»Natürlich.«

Zögernd ließ Jocelyn seine Hand los. »Gute Fahrt.«

Unerwartet beugte Jay sich vor und küsste sie sanft auf die Lippen. »Bis bald.«

Bevor sie reagieren konnte, hatte er sich schon umgedreht und das Zimmer verlassen. Sie konnte seine Schritte auf der Holztreppe hören, während sie wie erstarrt mitten im Raum stand, eine Hand über ihr wild klopfendes Herz gepresst. Als sie unten im Haus Stimmen hörte, erwachte sie aus ihrer Versteinerung und trat zum Fenster. Sie wollte nicht stören, während Jay sich von seinen Eltern verabschiedete, deshalb beobachtete sie von ihrem Zimmerfenster aus, wie er die Wagentür öffnete und sich noch einmal zum Haus umdrehte. Jocelyn widerstand dem Impuls, zurückzutreten und sich zu verstecken, damit Jay nicht die Sehnsucht in ihrem Gesicht sah. Als er ihr zulächelte und die Hand hob, konnte sie nicht anders, als ebenfalls zu winken.

Erst als das Auto nicht mehr zu sehen war, trat sie zurück und ließ sich auf das Bett sinken. Wo war sie da nur hineingeraten? Es war schlimm genug, von einem Mafiaboss zum Abschuss freigegeben worden zu sein und ihr gesamtes bisheriges Leben einschließlich ihres Bruders aufgeben zu müssen, aber mehr für Jay zu empfinden, als sie sollte, war vermutlich die größte Dummheit ihres Lebens. Auch wenn es normal war, dass sie sich zu ihm hingezogen fühlte, weil er nicht nur gut aussah, sondern auch noch sehr nett war und sie beschützte, musste sie auf jeden Fall verhindern, ihm noch näherzukommen. Für ihn war sie nur ein Fall, den er lösen wollte, und vermutlich tat sie ihm einfach nur leid. Ein schmerzhafter Stich fuhr durch ihre Brust.

Mit einem Stöhnen ließ Jocelyn sich nach hinten auf das Bett kippen und verschränkte die Arme über ihrem Gesicht. Wie konnte sie so dumm sein? In ihrer Situation sollte sie sich so fern von möglichen Bindungen halten, wie es nur ging, wie ihr Matthews Tod drastisch vor Augen geführt hatte. Vor allem sollte sie ihr Herz nicht an jemanden hängen, der sie nur als Aufgabe sah und auch sonst eher vor ernsthaften Beziehungen zurückschreckte. Nur weil er zweimal mit ihr in einem Bett geschlafen hatte, gab ihr das nicht das Recht, mehr darin zu sehen. Es wäre unfair, ihn damit zu belasten. Vielleicht fühlte sie sich auch nur zu ihm hingezogen, weil er der erste Mann war, dem sie seit einem Jahr so nahegekommen war. Genau, das musste es sein.

Erleichtert setzte Jocelyn sich auf. Sie musste nur aufpassen, dass es nicht von Anziehung zu Liebe wurde, dann war alles in Ordnung.

Ein Klopfen ertönte am Türrahmen, und Jocelyns Kopf ruckte herum.

Angela lächelte sie an. »Entschuldige, ich wollte dich nicht erschrecken. Ich dachte mir, du könntest vielleicht ein wenig Gesellschaft gebrauchen, nachdem mein Sohn dich hier allein-gelassen hat.«

»Er musste zurück, weil …«

Angela hob eine Hand. »Das weiß ich. Ich wollte dich nur ein wenig aufmuntern. Wenn du lieber in Ruhe gelassen werden willst, sag das einfach. Ich habe vollstes Verständnis dafür.«

Jocelyn horchte in sich hinein und schüttelte schließlich den Kopf. »Ich würde mich über Gesellschaft freuen.«

Angelas Augen leuchteten auf und sie rieb ihre Hände aneinander. »Sehr schön. Ich dachte mir – vorausgesetzt, du möchtest es –, wir könnten dafür sorgen, dass du dich etwas wohler in deiner Haut fühlst. Ich war heute Morgen schon in der Stadt und habe ein paar Sachen mitgebracht, die ich dir zeigen möchte.«

Jocelyn konnte sich nicht vorstellen, was das war, aber da Angela so viel Spaß daran zu haben schien, brachte sie es nicht über sich abzulehnen. »Sehr gern.«

»Dann komm mit, ich habe Leighs Zimmer vorbereitet.« Auf Jocelyns fragenden Blick hin erklärte Angela: »Eine meiner drei Töchter. Sie ist Innenausstatterin und war schlau genug, ihr Bad großzügig zu planen.«

Zwar verstand Jocelyn immer noch nicht genau, was Angela plante, aber sie folgte ihr in ein Zimmer auf der anderen Seite des Ganges. Als sie eintrat, riss sie die Augen auf. Es war das schönste Zimmer, das sie jemals in der Realität gesehen hatte. Leigh hatte eindeutig Talent, so viel stand fest. »Es ist wunderschön.«

»Ja.« Angelas Lächeln wurde wehmütig. »Ich bin wirklich froh, dass Leigh es jetzt endlich wieder benutzen kann, wenn sie hier ist.«

Jocelyn biss auf ihre Lippe, um nicht zu fragen, warum sie es vorher nicht benutzt hatte. Das waren Familiengeschichten, und sie hatte kein Recht, sich einzumischen, auch wenn sie neugierig war.

Angela schüttelte den Kopf. »Entschuldige, ich vergesse immer, dass du unsere Familie noch gar nicht kennst. Leigh hatte vor einigen Jahren einen schweren Autounfall, sie war gelähmt und konnte sich vier Jahre lang nur noch im Rollstuhl fortbewegen. Doch im letzten Jahr hat sich die psychische Blockierung endlich gelöst und sie hat wieder gehen gelernt.« Tränen schimmerten in ihren Augen. »Sie konnte sogar auf Shanes und Autumns Hochzeit tanzen.«

Zögernd berührte Jocelyn ihren Arm. »Das ist schön. Ich kann mir vorstellen, wie erleichtert sie sein muss.« Seit ihrem Erlebnis im Fahrstuhl konnte sie sich nichts Schlimmeres vorstellen, als irgendwie gefangen zu sein. Sei es in einem engen Raum oder in einem Rollstuhl.

»Ja, es war schwer für uns alle. Logan ist so ein guter Mensch, er war derjenige, der den Wandel in ihr bewirkt hat. Die beiden waren am 4. Juli hier und es war so schön, Leigh endlich wieder lachen zu sehen.« Angela lächelte glücklich.

Jocelyns Blick blieb an dem großen Himmelbett hängen, auf dessen cremefarbener Tagesdecke verschiedene Kleidungsstücke lagen.

Angela deutete darauf. »Ich habe dir in der Stadt ein paar Sachen besorgt. Leider haben wir keine so große Auswahl hier in der Gegend, aber wenigstens die Grundausstattung ist vorhanden. Warum probierst du sie nicht mal an, während ich noch ein paar Dinge erledige.«

»Aber das kann ich doch nicht …«

Angela unterbrach sie. »Du kannst und du wirst.« Ihre Stimme wurde sanfter. »Ich weiß, dass es dir schwerfällt, etwas von Fremden anzunehmen, aber du kannst nicht wochenlang in diesem … Umstandskleid herumlaufen. Darin fällst du mehr auf als in normaler Kleidung, die dir passt. Bei der Größe musste ich ein wenig raten, aber ich hoffe, es sitzt alles. Falls nicht, tausche ich es einfach beim nächsten Stadtbesuch um.«

Jocelyns Kehle zog sich bei so viel Großzügigkeit zusammen. Die Hunters hatten sie nicht nur in ihr Haus aufgenommen, sondern versuchten auch noch, ihr die Situation so angenehm wie möglich zu machen. »Vielen Dank, für alles. Ich werde versuchen, euch für alles zu entschädigen, sobald ich wieder …« Sie stockte.

Angela lächelte freundlich. »Wir können uns ein wenig Essen und Kleidung gerade noch leisten. Und ich freue mich über die weibliche Gesellschaft.«

Jocelyn beschloss, die Erklärung zu akzeptieren und die Fürsorge einfach zu genießen. Als Angela den Raum verließ, wandte Jocelyn sich wieder dem Bett und der darauf ausgebreiteten Kleidung zu. Mit zitternden Fingern strich sie über die Jeans und T-Shirts. Nachdem sie ihre Sachen in Mitchell hatte zurücklassen müssen, fühlte es sich merkwürdig an, wieder Kleidung zu besitzen.

Mit dem Schwur, Angela alles zurückzuzahlen, sowie sie nicht mehr auf der Flucht war, riss Jocelyn sich das elende Kleid über den Kopf und warf es auf den Boden. Am liebsten hätte sie es verbrannt, aber sie wusste nicht, ob sie es vielleicht noch brauchen würde. Angela hatte sogar an Unterwäsche gedacht, und Jocelyn war dankbar, dass es die praktischen Varianten waren und keine spitzenbesetzten Dessous. Nach einem Blick auf die Größe zog Jocelyn rasch einen schwarzen Slip und einen gleichfarbigen

Sport-BH an. Beide passten perfekt. Wahrscheinlich hatte Jays Mutter im Laufe ihres Lebens viel Erfahrung darin gesammelt, passende Kleidung herauszusuchen.

Die Jeans war um die Hüfte etwas weit, aber mit einem Gürtel war das kein Problem. Auch das schwarze T-Shirt saß gut. Mit einem schlechten Gewissen öffnete Jocelyn die Schranktüren auf der Suche nach einem Spiegel. Hinter der zweiten wurde sie fündig. Der Spiegel füllte die gesamte Rückseite der Tür aus. Leider enthüllte er auch, wie furchtbar sie trotz der neuen Kleidung aussah. Ihre dünnen Arme ragten wie Stöcke aus den Ärmeln, ihr Gesicht wirkte durch das dunkle T-Shirt und die mausbraune Haarfarbe noch bleicher, die Augenringe noch tiefer. Kein Wunder, dass Jay und seine Eltern sie als Wohltätigkeitsfall betrachteten. Jocelyn verzog den Mund. Nein, das war ungerecht. Sowohl Jay als auch Angela waren absolut liebenswürdig gewesen und hatten ihr nie das Gefühl gegeben, als würde sie um Hilfe betteln. Auch wenn sie Hilfe wirklich dringend brauchte.

Da sie ihr Spiegelbild nicht mehr ansehen mochte, wandte Jocelyn sich wieder zum Bett um. Dort lag neben einem weiteren T-Shirt und Bermudashorts ein farbenfrohes Sommerkleid – figurbetont und mit schmalen Trägern. Sie konnte sich nicht einmal mehr daran erinnern, wann sie zuletzt so etwas getragen hatte. Mit den Fingerspitzen strich sie über den weichen Stoff und stellte sich vor, wie es wäre, sich wieder so wohl in ihrer Haut zu fühlen, dass sie so ein Kleid anzog.

»Ich hoffe, die Sachen gefallen dir.« Angelas Stimme erklang hinter ihr und sie zuckte erschrocken zusammen.

Beinahe schuldbewusst richtete sie sich rasch auf. »Ja, danke, sie sind sehr schön.«

»Hattest du das Kleid schon an?«

»Nein, noch nicht. Irgendwie habe ich das Gefühl, dass ich noch nicht … hineinpasse.«

Falten erschienen auf Angelas Stirn. »Ist es die falsche Größe?«

Stumm schüttelte Jocelyn den Kopf. Wie sollte sie etwas erklären, das auf einem Gefühl beruhte? »Es ist nicht … ich. Oder andersherum, momentan passe ich noch nicht zu so einem schönen Kleid.« Hitze stieg in ihre Wangen, und sie wandte das Gesicht ab.

Angela trat neben sie und nahm sie in die Arme. »Du wirst viel zu schön für das Kleid sein, wenn ich erst mit dir fertig bin.«

Das Auflachen schmerzte in ihrer zusammengeschnürten Kehle. Mit aller Mühe zwang Jocelyn die Tränen zurück. Sie wollte keine Heulsuse sein, wenn alle so nett zu ihr waren! Warum fühlte sie sich jetzt so schwach, nachdem sie endlich in Sicherheit und von liebenswürdigen Menschen umgeben war? Vor allem wegen etwas so Nebensächlichem wie Kleidung oder ihrem Aussehen. Es war nur wichtig, dass sie überlebte. Wie sie dabei aussah, war völlig egal. Schließlich hatte sie sich weit genug unter Kontrolle, um Angela antworten zu können. »Das glaube ich zwar nicht, aber trotzdem danke.«

Angela zog die Augenbrauen zusammen. »Zweifelst du etwa an meinen Fähigkeiten? Eine neue Haarfarbe, ein vernünftiger Schnitt und vor allem viel Ruhe und Sonne und du wirst dich wie ein neuer Mensch fühlen.«

»Das ist nicht n…«

»Doch, das ist es. Jay hat mich gebeten, mich gut um dich zu kümmern, und genau das werde ich tun. Außerdem habe ich Spaß daran, du glaubst nicht, wie lange es her ist, dass ich zuletzt einen Frauen-Tag hatte.« Angelas Augen funkelten. »Ich bin vielleicht kein Friseur, aber ich habe genug Erfahrung im Haareschneiden, um eine gute Frisur hinzubekommen.«

Jocelyn zögerte einen Moment, doch dann entschied sie, das Beste daraus zu machen. So wie sie jetzt aussah, konnte sie nicht herumlaufen, ohne aufzufallen, und sie selbst hatte eindeutig kein Talent zum Haareschneiden, wie ihre Frisur eindrucksvoll belegte. »Okay.«

Angela strahlte. »Toll. Ich habe verschiedene Farben besorgt, weil ich nicht wusste, welche dir gefällt.« Kritisch blickte sie auf Jocelyns Kopf. »Welches ist deine natürliche Haarfarbe?«

»Rotblond.«

»Ja, das würde dir sicher gut stehen, aber ich nehme an, es muss etwas anderes sein, oder?« Angela wühlte in einer Tüte und zog mehrere Packungen heraus. »Wie wäre es mit dunkelbraun?«

Mit Wehmut dachte Jocelyn an ihre vorherige Frisur zurück. »Das geht auch nicht, die Haarfarbe hatte ich zuletzt.«

»Okay. Rot ist wahrscheinlich zu auffällig, aschbraun ist eindeutig nicht deine Farbe, wie man sieht.« Angela hielt zwei Packungen hoch. »Bleibt noch blond oder schwarz.«

Unentschlossen betrachtete Jocelyn die abgebildeten Haarfarben. »Ich kann mich nicht entscheiden. Irgendwie sieht beides so fremd aus.«

Angela wiegte den Kopf hin und her, dann nickte sie. »Wir machen es so: Du vertraust mir, und ich suche das Passende für dich heraus. Ich färbe deine Haare und verpasse dir einen ordentlichen Schnitt. Und du darfst erst gucken, wenn ich fertig bin.«

Einerseits machte sie der Gedanke nervös, andererseits aber war es ein unglaubliches Gefühl, dass sich tatsächlich jemand solche Mühe mit ihr gab. »Okay.«

»Hah!« Angela grinste sie breit an. »Mit meinen Kindern hätte ich das nie machen können, spätestens ab dem zehnten Lebensjahr musste ich jeden Haarschnitt ewig mit ihnen diskutieren.«

»Ich sehe das so: Schlimmer kann es ja nicht mehr werden.«

»Meine gute Erziehung verbietet mir, dem zuzustimmen.« Angela zwinkerte ihr zu. »Geh schon mal ins Bad, ich hole noch ein paar Sachen.«

Kurz darauf kam Jays Mutter mit Handtüchern und einem

Schminkkoffer zurück. »Sind das Kontaktlinsen oder ist das deine Augenfarbe?«

»Linsen. Meine Farbe ist zu auffällig.«

»Ich denke, hier kannst du sie ruhig draußen lassen, außer uns wird dich ja niemand zu Gesicht bekommen. Außerdem muss ich auch wissen, ob sie zur Haarfarbe passt.«

Jocelyn holte den Aufbewahrungsbehälter und das Kontaktlinsenmittel und nahm die Linsen heraus. Als sie Angela ansah, musste sie über deren Gesichtsausdruck lachen.

»Wow, die Farbe ist tatsächlich nicht alltäglich. Wunderschön.«

Vermutlich sollte sie es nicht tun, aber Jocelyn freute sich darauf, hier auf der Ranch wenigstens für einige Tage nicht ihre Augen verstecken zu müssen. »Danke.«

Angela rieb sich die Hände. »Lass uns loslegen. Ich kann es kaum erwarten, anzufangen.«

Nach gefühlten fünf Stunden, von denen Jocelyn jede Sekunde genoss, trat Angela schließlich zurück und betrachtete das Endergebnis. Ängstlich versuchte Jocelyn, ihren Gesichtsausdruck zu deuten, doch das war unmöglich.

Bedächtig entfernte Angela das Handtuch vom Spiegel. »Du darfst jetzt gucken.«

Ihr Herz klopfte bis zum Hals, während Jocelyn sich mit dem Stuhl herumdrehte. Ihre Augen weiteten sich, als sie ihr Spiegelbild sah, und sie unterdrückte den Impuls, hinter sich zu schauen, ob es jemand anders war, der ihr dort entgegenblickte. Goldblonde Haare umrahmten in einem fransigen Bob ihr Gesicht, ihre Augen leuchteten ihr dank geschickt aufgetragenem Make-up entgegen. Die blasse Haut und die Augenringe waren verschwunden. Zwar sah sie nicht aus wie Jocelyn Callaghan, aber sie wirkte endlich wieder wie ein lebendiger Mensch.

Sie sprang auf und schlang ihre Arme um Angela. »Vielen Dank, es ist wunderschön geworden.«

Zufrieden nickte Angela. »Dem stimme ich zu. Nur schade, dass Jay nicht hier ist und dich sehen kann.«

Der Gedanke war ihr für einen kurzen Moment auch gekommen, aber Jocelyn schob ihn konsequent beiseite. »Ich glaube, jetzt möchte ich das Kleid doch mal anprobieren.«

»Eine sehr gute Idee. Warum machst du das nicht und kommst dann runter in die Küche, ich will mir gleich einen kleinen Snack zubereiten.« Angela schnappte sich die Handtücher und die anderen Utensilien und verließ das Badezimmer, ohne ihre Antwort abzuwarten.

Lächelnd blickte Jocelyn ihr hinterher. Jays Mutter wusste eindeutig, was sie wollte und wie sie es bekommen konnte. Auf jeden Fall ahnte Jocelyn jetzt, woher Jay die Fähigkeit hatte, sich auf charmante Weise durchzusetzen.

Jay atmete erleichtert auf, als er abends endlich in San Francisco ankam. Da er keine Lust hatte, sich so spät noch mit dem Durcheinander und der Zerstörung in seiner Wohnung auseinanderzusetzen, fuhr er zu einem Motel. Müde schleppte er seine Tasche in das Zimmer und schloss die Tür hinter sich. Glücklicherweise hatte er sich unterwegs etwas zu essen besorgt, deshalb brauchte er nicht mehr rauszugehen. Doch zuerst wollte er auf der Ranch anrufen. Immer drängender war die Frage in seinem Kopf geworden, ob es Jocelyn gut ging. Kopfschüttelnd zog er das Prepaid-Handy heraus, das er sich unterwegs gekauft hatte. Er kam sich dabei ein wenig paranoid vor, aber er wollte nicht, dass seine Anrufe irgendwie zu seinen Eltern zurückverfolgt werden konnten.

Rasch wählte er die Nummer der Ranch und begann damit, sein Essen auszupacken, während er darauf wartete, dass sich jemand meldete.

»*Diamond Bar Ranch*. George Hunter hier.«

Jay hätte nicht gedacht, wie gut es tat, die tiefe Stimme seines

Vaters zu hören, obwohl er sich gerade heute Morgen erst von ihm verabschiedet hatte. »Hier ist Jay. Ich habe mir ein Wegwerf-Handy besorgt, das nicht zurückverfolgt werden kann.«

»Gute Idee. Bist du gut durchgekommen?«

»Ja, kein Problem. Am besten notierst du dir die Nummer, falls ich mein normales Handy nicht dabeihabe oder benutzen kann.«

Ein Laut wie ein Schnauben kam durch den Hörer. »Schon längst erledigt. Ich nehme an, du willst mit Ann sprechen?«

»Ja, gleich.« Jay holte tief Atem. »Ist es wirklich okay, dass ich sie zu euch gebracht habe? Es sind ziemlich üble Leute hinter ihr her, und ich möchte nicht, dass euch etwas geschieht.«

»Natürlich ist es in Ordnung. Wofür ist Familie sonst da? Ich habe die Lage hier im Griff, und es sind ja auch noch die Rancharbeiter da. Morgen werde ich auch mal mit Red sprechen.«

Jay trat zum Fenster und blickte auf den dunklen Parkplatz hinaus. »Wer ist Red?«

»Lieutenant Commander Redfield. Er ist kommandierender Offizier von Clints SEAL Team 8 und zurzeit verletzungsbedingt beurlaubt.« George senkte die Stimme. »Erinnerst du dich an die Aktion in Bethesda letztes Jahr?«

Wie hätte er die vergessen können, schließlich ging es damals darum, seine Schwester Leigh aus den Händen einer Wahnsinnigen zu befreien. »Natürlich.«

»Red und sein Team haben Clint damals geholfen. Jedenfalls wurde Red in Afghanistan verletzt, und Clint hat ihm angeboten, sich auf der Ranch zu erholen.«

»Aber wenn er verletzt ist …«

George unterbrach ihn. »Das Bein ist wieder halbwegs in Ordnung, ich mache mir eher um seine Gemütsverfassung Sorgen. Eine Aufgabe könnte ihm helfen.«

Jay rieb über seine Stirn. »Okay, danke.« Tief atmete er durch. »Kann ich dann jetzt …«

»Sie steht schon neben mir. Deine Mutter hat sie gleich geholt, als sie hörte, dass du am Telefon bist.«

Jay schloss die Augen und lehnte seine Stirn an den Fensterrahmen. »Warum wundert mich das nicht?«

George lachte. »Lass ihr doch ein wenig Hoffnung, dass auch ihr letzter Sohn irgendwann einmal die Richtige findet.«

»Dad …«

»Hier ist sie. Melde dich morgen, mein Sohn.«

»Nacht, Dad.«

»Jay?« Jocelyns Stimme klang zögerlich, aber das war kein Wunder, nachdem sie die Bemerkung seines Vaters mitbekommen hatte.

»Ja. Es tut mir leid, ich hoffe, meine Eltern nerven dich nicht zu sehr?« Ein leises Lachen erklang, das in ihm widerhallte. Seine Hand schloss sich fester um das Handy.

»Keine Angst, sie sind sehr liebenswürdig.« Ihre Stimme wurde ernst. »Angela ist wirklich ein Engel, Jay. Du glaubst nicht, was sie heute alles für mich getan hat …« Sie brach ab, und er hörte heftiges Atmen.

»Dann geht es dir gut?«

»Besser als seit langem, dank dir und deiner Familie.«

»Jo…« Jay biss auf seine Lippe, als ihm beinahe ihr richtiger Name herausgerutscht wäre. »Ann, wir hatten doch schon über das ständige Bedanken gesprochen. Genieß es einfach. Meine Mutter liebt nichts mehr, als sich um jemanden kümmern zu können. Besonders seitdem auch ihr Nesthäkchen Chloe im fernen New York ist und kaum noch vorbeikommt.«

»Das werde ich.« Es entstand eine Pause. »Jay?«

»Ja?«

»Ich weiß, das ist wahrscheinlich dumm, aber ich vermisse dich.« Ihre Worte lösten einen undefinierbaren Schmerz in seiner Brust aus. Mit der Hand rieb er darüber. Als er nicht antwortete, sprach sie schnell weiter. »Das hätte ich nicht sagen sollen, entschuldige. Sei bitte vorsichtig da in San Francisco.«

Bevor er etwas sagen konnte, legte sie auf. Jay presste seine Stirn fester an das Holz. »Du wirst es nicht glauben, aber du fehlst mir auch. Mehr als du es solltest.«

11

Nach einer unruhigen Nacht, in der er sich die meiste Zeit in dem unbequemen Motelbett herumgewälzt und Jocelyns anschmiegsamen Körper neben sich vermisst hatte, quälte Jay sich ins Police Department. Unzählige Male wurde er auf dem Weg in sein Büro wegen des Einbruchs in seine Wohnung angesprochen, und Jay überlegte schon, ob er nicht einfach einen Bericht ans Schwarze Brett hängen sollte. Anscheinend wusste hier ja sowieso jeder, was gerade in seinem Leben vorging. Nur gut, dass niemand über Jocelyn Bescheid wusste. Dave musste sein Versprechen gehalten haben, kein Wort über Jocelyn und seine Fahrt zur Ranch zu verlieren. Als er die Bürotür hinter sich schloss, atmete er erleichtert auf.

Dave blickte von den Papieren auf seinem Schreibtisch auf. »Spießrutenlauf?«

»Schlimmer.« Jay hängte seine Jacke an den Haken und warf sich in seinen Stuhl. »Wie sieht meine Wohnung aus?«

Die Augenbrauen hoben sich. »Heißt das, du warst noch gar nicht dort?«

»Wollte ich nicht riskieren.« Jay kippte den Stuhl, bis die vorderen Beine in der Luft waren.

Dave beugte sich vor. »Ist alles gut verlaufen? Es ist euch doch niemand gefolgt?«

»Nein, alles in Ordnung.«

»Gut. Ich habe eine Putzkolonne durch deine Wohnung geschickt. Das, was zu retten war, steht noch drin, genauso wie alles, was einen sentimentalen Wert haben könnte, der Rest wurde abtransportiert. Ich glaube, du musst in nächster Zeit ein wenig shoppen gehen, wenn du dich dort wieder wohl fühlen willst.«

»Verdammt.« Jay rieb über sein stoppeliges Kinn. »Danke, dass du dich darum gekümmert hast.«

»Wozu hat man sonst einen Partner?« Er grinste Jay an. »Und mit dir ist es zumindest nie langweilig.«

Jay schnitt eine Grimasse. »Ich trage immer gern zu deiner Belustigung bei.« Misstrauisch beäugte er die Papierstapel auf Daves Tisch. »Neuer Fall?«

»Nein. Ich habe mir die Akten zum Fahrstuhlmord geholt.«

Mit einem lauten Knall brachte Jay den Stuhl wieder in die Ausgangsposition. »Wie bitte? Was genau hast du an ›niemandem sagen‹ nicht verstanden?« Ärger mischte sich mit der Furcht, dass Jocelyn auf der Ranch gefunden werden könnte. Er sprang auf. »Ich muss …«

Dave winkte ihn zurück. »Setz dich wieder. Ich bin nicht völlig blöd, ich habe natürlich eine andere Fallnummer angegeben.«

Langsam ließ Jay sich wieder auf den Stuhl sinken. »Und das hat Leona nicht bemerkt? Das kann ich mir nicht vorstellen.«

Gespielt verletzt blickte Dave ihn an. »Ich habe all meine Reize eingesetzt und sie so becirct, dass sie die falsche Aktennummer gar nicht bemerkt hat.«

Nicht, dass Jay seinem Partner nicht eine gewisse Wirkung auf Frauen zugestand, aber die Archivarin Leona war ein Drachen, wenn es um ihre geliebten Akten ging. Sie würde sie mit ihrem Leben verteidigen. Und er konnte sich nicht vorstellen, dass sie mit einem verheirateten Mann flirtete, der noch dazu zehn Jahre jünger war. Andererseits schien ja bereits jemand zu wissen, dass er mit Jocelyn in Kontakt stand, sonst wären sie nicht bei ihm eingebrochen. Also war es jetzt auch schon fast egal, ob jemand mitbekommen hatte, dass Dave sich für die Akte des Fahrstuhlmords interessierte.

Er streckte die Hand über den Schreibtisch. »Zeig her.«

Grinsend reichte Dave ihm die dicke Mappe. »Wusste ich doch, dass dich das interessieren würde.«

Ohne eine Antwort vertiefte Jay sich in die Unterlagen. Es gab ausführliche Aussagen von Jocelyn sowie von anderen Zeugen, die im Erdgeschoss des Gebäudes gewartet hatten, als der Fahrstuhl ankam. Aber interessanter war für ihn die Aussage des Mörders Scarpetto, sowohl bei der Polizei als auch vor Gericht. Er suchte sich die wichtigen Papiere heraus und stand auf. »Ich gehe schnell kopieren.«

Wenn er nachher zum Gefängnis fuhr und mit Scarpetto sprach, wollte er vorbereitet sein. Viel stand sowieso nicht darin, der Täter hatte die meiste Zeit geschwiegen oder beteuert, dass er alleine arbeitete. Doch das war unwahrscheinlich, denn die Ermittler hatten keinen Hinweis darauf gefunden, warum er die beiden Anwälte tot sehen wollte. Wäre er damals entkommen, hätte man ihn vermutlich nie als Täter ermittelt. Und weitere Beweise waren im Fahrstuhl nicht entdeckt worden.

Scarpetto war ein Profi, ein angeheuerter Auftragskiller, so viel stand fest. Die Frage war, warum er seinen Auftraggeber nicht genannt hatte, selbst als er dafür Strafmilderung in Aussicht gestellt bekam. Weil er Angst vor Leones Rache hatte? Das konnte Jay sich durchaus vorstellen, schließlich hatte er bei Rizzo gesehen, wozu Leone oder vielmehr seine Handlanger fähig waren. Aber dafür sein ganzes Leben lang im Gefängnis sitzen? Es hätte dem Mörder doch auch klar sein müssen, dass die Wahrscheinlichkeit, nach einem Mord aus einem Fahrstuhl zu entkommen, ohne gesehen zu werden, sehr gering war. Jay musste unbedingt herausfinden, womit der Auftragskiller geködert oder bedroht worden war. Vielleicht würde er so auch eine Spur finden, die zu Leone führte.

Zurück an seinem Schreibtisch vertiefte er sich wieder in die

Unterlagen, bis ein Blick auf die Uhr ihm zeigte, dass er sich beeilen musste, wenn er pünktlich zu dem Termin im Gefängnis kommen wollte. Es war sowieso nur reine Gefälligkeit der Gefängnisleitung gewesen, dass sie seinen Besuchsantrag so kurzfristig genehmigt hatten. Das wollte er nicht aufs Spiel setzen, indem er zu spät kam.

Jay stand auf, schnappte sich seine Jacke und die Unterlagen und ging zur Tür. »Bis später.«

Dave blickte von seinem Sandwich auf. »Ich wünschte, ich könnte mitgehen, aber einer muss ja hier die Stellung halten.«

Jay unterdrückte ein Grinsen. Jeder im Department wusste, dass Dave es vermied, auch nur in die Nähe eines Gefängnisses zu kommen und sich immer davor drückte. »Das ist unglaublich großzügig von dir.« Eine Gurkenscheibe segelte auf ihn zu, die er geschickt auffing und in den Mund steckte. »Immerhin hast du etwas zu essen, während ich hungern muss.«

Mit einem Schnauben wandte sich sein Partner wieder seinem Sandwich zu. »Um was wollen wir wetten, dass du auf dem Rückweg bei Kentucky Fried Chicken Halt machst?«

Sein knurrender Magen gab die Antwort. »Ich muss los.« Daves Lachen folgte ihm aus dem Büro.

Da ihm die Geduld fehlte, auf den Fahrstuhl zu warten, lief er rasch die Treppe hinunter. Sofort schossen ihm Bilder in den Kopf, wie er Jocelyn in den Armen gehalten und heruntergetragen hatte. War das wirklich erst drei Tage her? Es kam ihm so vor, als wäre sie schon viel länger ein Teil seines Lebens. Kopfschüttelnd schob Jay den Gedanken beiseite. Wenn er irgendetwas aus dem Auftragskiller herausbekommen wollte, durfte er sich nicht ablenken lassen. Er biss die Zähne so fest zusammen, dass sie knirschten, als er sich vorstellte, in wenigen Minuten dem Mann gegenüberzustehen, der eine Pistole auf Jocelyn gerichtet hatte und sie töten wollte. Normalerweise hatte er sich auch in

Gegenwart von Verbrechern gut im Griff, aber irgendetwas sagte ihm, dass er diesmal Probleme damit haben würde.

Eine halbe Stunde später kam er beim Gefängnis an. Es war keine gute Idee gewesen, den Termin auf die Mittagszeit zu legen, wenn die Hitze am größten war. Da er bereits jetzt schwitzte, ließ er sein Jackett im Wagen und ging zum Eingangstor. Nachdem er in den inneren Bereich durchgeschleust worden war, brachte ihn ein Wächter zum Büro des Direktors. Das war ungewöhnlich, normalerweise wurde man nur auf mögliche Waffen durchsucht, musste unterschreiben und wurde zu dem Gefangenen gebracht. Ein schlechtes Gefühl breitete sich in seiner Magengrube aus. Hatte jemand mit dem Direktor gesprochen, um zu verhindern, dass er sich mit dem Mörder traf?

Der Wächter klopfte an die Tür und trat in das Büro. »Hier ist Detective Hunter.«

Direktor Walden drehte sich vom Fenster um, von dem aus er auf den Hof geschaut hatte, und lächelte Jay müde an. »Detective, schön, Sie wiederzusehen.« Er nickte dem Wächter zu, der sich wortlos zurückzog und die Tür hinter sich schloss.

»Ebenfalls. Warum werde ich nicht sofort zu dem Gefangenen gelassen?« Jay hatte noch nie das Talent besessen, um etwas herumzureden.

Der Direktor blickte ihn durchdringend an. »Warum wollten Sie Scarpetto sehen?«

Vergangenheitsform. *Verdammt!* »Ich suche immer noch nach etwas, mit dem ich Leone hinter Gitter bringen kann. Auch wenn es nie bewiesen werden konnte, dass Scarpetto im Fall der Fahrstuhlmorde von Leone beauftragt wurde, dachte ich, es ist einen Versuch wert, ihn noch mal zu befragen. Vielleicht ist er ja inzwischen bereit, zu reden.«

Waldens Augenbrauen schoben sich zusammen. »Das ist er

nicht.« Als Jay etwas sagen wollte, hob er eine Hand. »Scarpetto wurde heute Morgen erstochen in den Duschen aufgefunden.« Walden verzog den Mund. »Und seine Zunge wurde herausgeschnitten. Niemand weiß, wer das getan hat.«

»Verdammt!« Aufgebracht fuhr Jay mit den Händen durch seine Haare. Irgendwer musste Leone davon informiert haben, dass er mit dem Auftragskiller sprechen wollte, und der Mafiaboss hatte dafür gesorgt, dass Scarpetto ihn nicht belasten konnte. Sein Verdacht, dass jemand genau über jeden seiner Schritte informiert war, erhärtete sich.

»Ich weiß nicht, wie das geschehen konnte, normalerweise kommt sowas bei uns nicht vor. Aber wir wussten auch nicht, dass Scarpetto bedroht sein könnte, normalerweise haben Mörder von Anwälten keine Probleme im Gefängnis.« Seine Wangen röteten sich, als er erkannte, was er gesagt hatte. »So meinte ich das nicht. Im Moment werden alle Zellen durchsucht und die Insassen befragt, um Hinweise auf Scarpettos Mörder zu finden.«

»Hat er irgendetwas hinterlassen? Unterlagen? Einen Abschiedsbrief, falls ihm etwas passiert?«

»Nein, nichts.« Bedauernd zuckte Walden mit den Schultern.

»Hatte er in letzter Zeit Besuch? Telefongespräche?«

»Nein. Ich habe Ihren Kollegen, die den Fall bearbeiten, schon alle Unterlagen aushändigen lassen, aber ich habe mir Kopien davon gemacht. Wollen Sie die sehen?«

Jay versuchte seine Ungeduld zu zügeln. »Ja, bitte.«

Walden gab seinem Assistenten durch die Sprechanlage auf seinem Schreibtisch den Befehl, die Unterlagen noch einmal für ihn zu kopieren, bevor er sich wieder Jay zuwandte. »Vielleicht sollten Sie versuchen, mit seinem Anwalt zu sprechen. Jetzt wo sein Mandant tot ist, ist er ja nicht mehr an die Schweigepflicht gebunden. Wer weiß, vielleicht hat Scarpetto ihm etwas über die Hintergründe der Tat erzählt.«

»Das werde ich machen, danke für Ihre Hilfe.«

Walden schob seine Hände in die Hosentaschen. »Es tut mir leid, dass ich nicht mehr tun konnte. Mein Assistent wird Ihnen draußen die Informationen über Besuche und Telefongespräche geben.«

»Danke.« Jay wandte sich zur Tür um.

»Hunter. Könnte Scarpettos Tod damit zusammenhängen, dass Sie ihn besuchen wollten?«

Jay zögerte, nickte dann aber. »Ich vermute es.«

Aufgebracht lief Walden im Büro auf und ab. »Also glauben Sie, dass Leone ihn zum Schweigen gebracht hat, bevor er etwas über ihre Verbindung ausplaudern konnte?«

»Es sieht so aus.«

»Das ist inakzeptabel! Ich lasse es nicht zu, dass mein Gefängnis für so etwas missbraucht wird.«

Jay wusste genauso gut wie der Direktor, dass dieser nichts machen konnte, um so etwas in Zukunft zu verhindern. Wenn jemand beseitigt werden sollte, fanden die Verbrecher immer einen Weg. Anstatt ihm viel Glück dabei zu wünschen, nickte Jay nur. »Ich muss jetzt los. Bis zum nächsten Mal.« Er öffnete die Tür und trat in den Vorraum. Waldens Assistent hielt ihm bereits einen Stapel Blätter entgegen. »Danke.«

Das Papier zerknitterte in seiner Hand, als Jay von einem Wächter zum Ausgang des Gebäudes geführt wurde. Das Ganze war eine verdammte Zeitverschwendung gewesen. Und er fragte sich immer noch, woher Leone wusste, was er vorhatte. Waren die Telefone im Police Department angezapft? Waren die Büros verwanzt? Zumindest konnte ihm niemand davon erzählt haben, denn außer Dave wusste keiner davon, und für seinen Partner würde er die Hand ins Feuer legen. Wahrscheinlicher war, dass sein Besuchsantrag im Gefängnis durchgesickert war. Vielleicht konnten sie herausfinden, wer die Information weitergeleitet hatte, und dadurch eine Verbindung zu Leone herstellen. Aber das würde alles Zeit in Anspruch nehmen, die er nicht hatte. Nicht, wenn Jocelyns Leben in Gefahr war.

Sowie er außerhalb des Tors war, zog er das Prepaid-Handy aus der Jacketttasche und wählte die Nummer der Ranch. Seine Mutter meldete sich und er ließ sich Jocelyn geben. Ihre Stimme klang zögernd, als sie sich meldete.

»Ich bin gerade beim Gefängnis, um mit dem Täter zu sprechen.«

»Und? Hat er Leone belastet?«

Jay zögerte, als er die Hoffnung in ihrer Frage hörte. »Nein, er war schon tot, als ich eintraf.«

Jocelyn stieß einen gedämpften Laut aus. »War es Selbstmord?«

»Nein. Es tut mir leid, J… Ann. Ich werde versuchen herauszufinden, ob einer der Gefängnisangestellten Leone einen Tipp gegeben hat. Aber selbst wenn, haben wir einen möglichen Zeugen gegen Leone verloren.« Die Stille am anderen Ende der Leitung war ohrenbetäubend. »Ann?«

»Ja, ich bin noch da. Ich versuche gerade, damit klarzukommen, dass der Mörder jetzt tot ist. Es ist wahrscheinlich nicht richtig, aber ich bin froh, dass dieses Monster nicht mehr lebt.«

Jay rieb über seine Brust, als er den Selbstvorwurf in Jocelyns Stimme hörte. »Das ist ganz normal und glaub mir, wenn es nicht um seine verlorene Aussage ginge, würde ich mich jetzt sicher nicht schlecht fühlen.« Jay richtete sich gerader auf und atmete tief durch. »Ich fahre jetzt zum Department zurück und werde sehen, ob ich irgendetwas aus seinem Anwalt herausbringe.«

Ein Schnauben drang durch die Leitung. »Kenneth Dayton. Der Mistkerl hat versucht, es so darzustellen, als hätte sein Klient in Notwehr gehandelt.« Sie atmete tief durch.

»Mal sehen, ob er mir was zu sagen hat, nachdem Scarpetto tot ist.«

»Hältst du mich auf dem Laufenden?«

»Natürlich.« Er zögerte, nicht bereit, ihre Verbindung schon zu unterbrechen. »Gefällt es dir auf der Ranch?«

»Ja, es ist wunderschön hier. Deine Mutter kümmert sich wunderbar um mich und dein Vater hat mich ein wenig auf der Ranch herumgefahren.« Ihre Stimme klang eindeutig lebhafter, als er sie je gehört hatte. Das freute ihn einerseits, aber er bedauerte, nicht dabei sein und selbst erleben zu können, wie sie aufblühte. Aber auf jeden Fall würden seine Eltern dieses Jahr besonders große Geschenke zu ihren Geburtstagen bekommen.

»Das ist gut. Dann will ich dich nicht länger aufhalten. Genieß den Aufenthalt und lass dich ordentlich verwöhnen.« Der Gedanke schoss durch seinen Kopf, wie er sie verwöhnen würde, wenn er dort wäre. Erregung kribbelte durch seinen Körper und er schüttelte den Kopf.

»Ich werde es versuchen. Sei bitte vorsichtig, Jay. Wenn Leone weiß, dass du hinter ihm her bist …«

Jay unterbrach sie rasch. »Natürlich. Ich melde mich heute Abend wieder.«

»Ich werde darauf warten.«

Ihre Abschiedsworte hallten noch in ihm nach, als er schon wieder auf dem Weg zum Police Department war. Wann hatte eine Frau jemals gesagt, dass sie auf seinen Anruf warten würde, und so geklungen, als meinte sie das ernst?

Jocelyn stellte das Telefon zurück in die Aufladestation und ging zur Küche, in die sich Angela während des Gesprächs zurückgezogen hatte. Sie musste jetzt dringend nach draußen, doch sie wollte Jays Mutter nicht im Ungewissen lassen. Ihrem Gesichtsausdruck war anzusehen gewesen, dass sie sich Sorgen um ihren

Sohn machte. Jocelyn schob die Tür auf und trat in den großen Raum. Angela stand am Waschbecken und starrte gedankenverloren nach draußen.

»Jay geht es gut.«

Angela drehte sich zu ihr um und lächelte, aber die Art, wie sich ihre Hände um das Geschirrtuch krampften, zeigte, wie aufgewühlt sie war. »Da er anrufen konnte, bin ich davon ausgegangen. Wirkliche Sorgen mache ich mir, wenn sie sich nicht melden.«

Jocelyn konnte sich vorstellen, wie es sein musste, einen Sohn mit solch einem gefährlichen Beruf zu haben. »Jay wird gut auf sich aufpassen.«

»Wehe nicht!« Angela ließ ihre Hände sinken. Mit einem halben Lächeln schüttelte sie den Kopf. »Egal wie alt sie sind, ich kann die Angst um sie einfach nicht ablegen.«

»Das ist sicher normal.« Nicht, dass sie die Erfahrung mit ihren Pflegeeltern gemacht hatte. Vermutlich hatten sie bisher noch nicht einmal gemerkt, dass sie ihre Identität aufgeben musste und nicht mehr erreichbar war. Sowie sie erwachsen gewesen war, hatten Maura und John sie vor die Tür gesetzt und erwartet, dass sie selbst für sich sorgte. Maura war eine Cousine ihrer Mutter gewesen, deshalb hatten sie und ihr Mann Jocelyn und Kevin nach dem Tod ihrer Eltern widerwillig aufgenommen, als das Jugendamt einen Platz für sie suchte. Und auch nur wegen des Geldes, das sie dafür bekamen, da war Jocelyn bis heute sicher.

»Was wollte Jay? Ist alles in Ordnung?« Angelas Fragen rissen sie aus ihrer Erinnerung.

Jocelyn biss auf ihre Lippe, unsicher, was sie sagen sollte. »Er wollte mit einem Zeugen sprechen, aber der ist inzwischen verstorben.« Das war sicher vage genug.

Angelas Augenbrauen zogen sich zusammen. »Eines natürlichen Todes?«

»Nein.« Jocelyn zögerte. »Angela …«

Sie hob eine Hand. »Ich weiß schon, du kannst mir nichts erzählen, und ich sollte nicht fragen.«

»Danke.« Jocelyn blickte aus der Glastür auf die Landschaft draußen und erkannte, dass sie dringend frische Luft brauchte. »Ich gehe kurz raus.« Ohne eine Antwort abzuwarten, ging sie zur Tür und stieß sie auf. Tief atmete sie ein.

»Bleib möglichst in der Nähe des Hauses. Nur zur Sicherheit.«

Jocelyn nickte, ohne sich umzudrehen, und trat nach draußen. Die Tür fiel hinter ihr ins Schloss und sie blinzelte gegen die Sonnenstrahlen. Der Himmel war tiefblau, ein paar weiße Schäfchenwolken setzten sich dagegen ab. Die Wärme fühlte sich gut an, ein leichter Wind strich über ihre Haut und brachte ihre Haare zum Flattern. Langsam stieg Jocelyn die Stufen hinab und entfernte sich vom Haus. Nicht zu weit, aber doch so, dass sie sich ein wenig freier fühlte. Auch wenn ihr Körper zur Ruhe kam, ihre Gedanken taten es nicht. Sie sollte sich nicht über den Tod eines Menschen freuen, und im Grunde tat sie das auch nicht. Es war eher eine Art Erleichterung, dass Scarpetto nun nie wieder jemandem schaden konnte. Jocelyn schauderte, als sie sich an den Blick erinnerte, mit dem er sie fixiert hatte, während sie ihre Aussage machte.

Unter einem Baum setzte sie sich auf den Boden, zog ihre Beine an und schlang die Arme darum. Das Kinn auf ihre Knie gestützt, kehrte sie in Gedanken zu jenem Tag zurück. Ihr war furchtbar übel gewesen, als sie für den Richter und die Geschworenen schildern sollte, wie der Angeklagte sie im Fahrstuhl angegriffen hatte. Zwar hatte sie versucht, die Erinnerung an das Blut und die beiden toten Anwälte zu unterdrücken, doch es war ihr nicht gelungen. Wie so oft in den drei Monaten seit der Tat stand ihr alles wieder vor Augen. Sie konnte das Blut riechen und schmecken, erlebte den Moment noch einmal, als ihr klar geworden war, dass auch sie sterben würde. Stockend hatte sie im Gerichtssaal davon erzählt, wie sie gegen den Mörder um ihr Leben gekämpft und schließlich gewonnen hatte.

Jocelyn schnaubte. Nein, sie hatte nicht gewonnen, sondern ihr Leben an jenem Tag verloren. Zumindest alles, was ihr etwas bedeutet hatte. Zum Abschluss ihrer Aussage hatte sie dem Mörder in die Augen gesehen und erkannt, dass er nichts bereute. Im Gegenteil, er hatte sie nur angegrinst, und Jocelyn hatte rasch den Blick abgewandt. Noch heute ärgerte sie sich darüber, dass sie ihm nicht die Stirn geboten hatte. Schließlich war er derjenige, der ins Gefängnis gehen musste, nicht sie. Aber war ihr Leben wirklich anders? Vor ihren Fenstern waren zwar keine Gitterstäbe gewesen, aber sie hatte sich immer eingeschlossen, wenn sie nicht gerade bei der Arbeit war. Eigentlich war sie genauso ein Gefangener gewesen wie Scarpetto. Und sie war es noch.

»Oh, Entschuldigung, ich habe Sie nicht gesehen.« Die männliche Stimme erklang dicht hinter ihr und Jocelyn fuhr erschrocken herum.

Ein großer, muskulöser Mann in Shorts und T-Shirt stand hinter ihr. Sein Gesicht lag im Schatten, sodass sie es nicht richtig erkennen konnte. Rasch rappelte sie sich auf und wich zurück.

»Ich wollte Sie nicht erschrecken, bleiben Sie ruhig sitzen. Ich wollte mir nur ein wenig die Beine vertreten, und das hier ist meine übliche Runde.« Seine Hände baumelten locker an seinen Seiten, es war keine Pistole oder andere Waffe zu sehen.

Jocelyns Herzschlag beruhigte sich etwas. »Sind Sie ein Gast hier?«

Sein Mund verzog sich. »So ähnlich.« Da das keine richtige Antwort war, trat Jocelyn vorsichtshalber noch einen Schritt zurück. Der Mann legte den Kopf schräg, dann schien er zu erkennen, dass sie Angst vor ihm hatte. »Mein Name ist Nathan

Redfield, aber alle nennen mich Red. Ich bin ein Bekannter von Clint Hunter. Er hat mir angeboten, seine Hütte zu benutzen, während ich …«

Jocelyn blickte an ihm hinab und bemerkte erst jetzt die furchtbaren Narben, die eines seiner Beine überzogen. Unwillkürlich keuchte sie auf.

Ein humorloses Lachen ertönte. »Nicht sehr hübsch, oder? Aber es sieht schlimmer aus, als es ist.«

»Das kann ich mir nicht vorstellen.«

Red trat näher und im Sonnenlicht erkannte sie, dass seine Haare rötlich braun waren. Vor allem aber konnte sie zum ersten Mal sein Gesicht deutlich sehen und ihr stockte der Atem. Selten hatte sie so viel Kummer und Selbsthass in den Augen eines Menschen gesehen. Was auch immer er getan oder gesehen hatte, es zerfraß ihn innerlich. Red studierte sie genauso aufmerksam, und sie befürchtete, dass er ihr Geheimnis erkennen würde, wenn sie noch länger blieb.

»Es tut mir leid, ich muss zum Haus zurück. Es war nett, Sie kennenzulernen.« Hastig drehte sie sich um und rannte beinahe davon. Red versuchte nicht, sie aufzuhalten, aber sie konnte seinen Blick auf ihrem Rücken spüren.

12

Jays Stimmung war auf dem Nullpunkt, als er den Hörer auflegte und sich in seinem Stuhl zurücklehnte. Gleich nachdem er im Police Department angekommen war, hatte er Scarpettos Anwalt kontaktiert. Doch der Anruf war extrem frustrierend gewesen. Jay hatte den Verdacht, dass Dayton bereits mit einem Kontaktversuch der Polizei gerechnet hatte. Er klang kein bisschen überrascht, als Jay sich identifizierte und ihn nach Scarpetto fragte. Seine Aussage war aalglatt und bestand darin, zu beteuern, dass Scarpetto ihm nichts über die Hintergründe gesagt hätte. Und selbst wenn, fühlte er sich als sein Anwalt auch nach seinem Tod verpflichtet, die Schweigepflicht zu wahren.

So ein aufgeblasener Mistkerl. Da er in der Angelegenheit auch nicht weiterkam, war er im Moment mit seiner Ermittlungsarbeit in Jocelyns Fall in einer Sackgasse gelandet. Und das machte ihn wahnsinnig. Ein Blick auf Daves immer noch leeren Stuhl bestätigte ihm, dass sein Partner nicht plötzlich magisch wieder aufgetaucht war. Um sich irgendwie von seiner Sorge um Jocelyn abzulenken, begann Jay, sich um seine normalen Fälle zu kümmern. Es wäre nicht fair gewesen, Dave die ganze Papierarbeit zu überlassen, während er selbst sich in seiner Arbeitszeit um Dinge kümmerte, für die er nicht bezahlt wurde.

Mit einem tiefen Seufzer zog er die Akte des aktuellsten Mordes zu sich heran und begann damit, den Bericht zu lesen, den Dave bereits geschrieben hatte. Anschließend zeichnete er ihn ab, damit er zu Captain Morris geschickt werden konnte. Jay war gerade dabei, sich die Aussage des mutmaßlichen Mörders durchzulesen, als sein Handy klingelte. Rasch zog er es heraus und blickte auf das Display. Telefonnummer unterdrückt. Zumindest konnte er sicher sein, dass es nicht seine Eltern waren, und atmete auf.

»Hunter.«

»Wenn Sie Informationen über einen gemeinsamen Bekannten haben möchten, treffen Sie mich in einer Stunde im Warm Water Cove Park.«

Jay setzte sich ruckartig auf und presste das Handy fester ans Ohr. »Über welchen Bekannten reden wir hier?«

»Sagen wir einfach, ich habe Ihren Auftritt bei *Alfredo's* vor einigen Monaten sehr genossen. Wenn Sie etwas anderes sehen wollen als Porzellanfiguren, kommen Sie.«

Es schien sich also um jemanden aus Leones Gefolge handeln. Er konnte sich zwar niemanden vorstellen, der es wagen würde, gegen den Mafiaboss auszusagen, aber vielleicht hatte er Glück und erhielt wenigstens einige nützliche Informationen. Oder es handelte sich um eine Falle. Der Park lag direkt an der Central Waterfront, inmitten von Industriegrundstücken. Nicht gerade die beste Gegend. »Woher weiß ich, dass Sie mir die Wahrheit sagen?«

Der Mann lachte. »Gar nicht, aber wenn Sie nicht kommen, werden Sie es bereuen. Oder vielmehr Ihre kleine Freundin.«

Jay hatte Mühe, den Impuls zu unterdrücken, durch das Telefon zu greifen und den Mann zu würgen. Aber das konnte er ja dann erledigen, wenn er ihn traf. »In Ordnung.«

»Dann sehen wir uns in einer Stunde. Kommen Sie pünktlich – und allein.« Die Verbindung wurde beendet.

Langsam ließ Jay das Handy sinken. Die Frage war, was er jetzt tun sollte. Morris konnte er nichts davon sagen, weil er ihm nichts von Jocelyn erzählen wollte. Normalerweise würde er Dave als Rückendeckung mitnehmen, aber sein Partner war immer noch verschollen. Ein kurzer Anruf verband ihn nur mit Daves Mailbox, auf der er eine Nachricht hinterließ, wo er sein würde und warum. Seinen anderen Kollegen vertraute er nicht so weit, dass sie bei so einer Aktion ohne Morris' Befehl mitmachen würden. Auch Chris konnte er nicht um Hilfe bitten, sein Haus lag zu weit draußen, als dass er in einer Stunde an der Central Waterfront hätte sein können. Dann musste er eben allein gehen und sehr, sehr vorsichtig sein.

Entschlossen griff Jay sich Handy und Jacke und verließ das Büro. Wortlos ging er an seinen Kollegen vorbei und atmete erleichtert auf, als er das Treppenhaus erreichte, ohne dem Captain begegnet zu sein. Am Wagen angekommen, sah er sich um, konnte aber niemanden entdecken, der ihn beobachtete. Langsam rollte er vom Parkplatz in den dichten Verkehr auf der Bryant Street. Von hier aus waren es nur wenige Meilen bis zum Warm Water Cove Park; wenn er sich beeilte, konnte er die Gegend erst noch ein wenig auskundschaften, um die Gefahr eines Hinterhalts zu minimieren.

Jay schüttelte den Kopf. Wenn ihm jemand vor ein paar Tagen gesagt hätte, dass er bereit sein würde, mit dem Alleingang für eine ihm fast unbekannte Frau nicht nur seine Karriere, sondern auch sein Leben zu riskieren, er hätte ihn für verrückt erklärt. Natürlich wollte er nicht sterben – aber wenn Leone ihn wirklich beseitigen wollte, hätte er das schon längst erledigen können, ohne komplizierten Hinterhalt. Die 24th Street, die direkt zum Park führte, war fast menschenleer. Entlang der Straße parkten diverse leere Hänger von Lastwagen, Wohnmobile und vereinzelte Personenwagen. Ein Stück vom Ende der Straße entfernt fuhr Jay schließlich in eine Lücke, öffnete das Fenster ein Stück, schaltete den Motor aus und beobachtete die Gegend.

Das Rauschen des Meeres war über dem Lärm der angrenzenden Betriebe nicht zu hören. Die einzelnen Grundstücke umgaben hohe Zäune mit Stacheldraht oder Mauern, trotzdem war es sicher nicht unmöglich, daraufzugelangen und sich ein geeignetes Plätzchen zu suchen, von dem aus man den Park gut im Blick hatte. Wenn ihn seine Erinnerung nicht trog, bestand der Park aus einem kleinen Zipfel Land, der nicht bebaut war. Nur wenige vereinzelte Büsche und Bäume lieferten ein wenig Grün auf dem im Sommer trockenen Gras. Der Park war fast vollständig von Wasser umgeben, auf einer Seite grenzte die Mauer eines der Betriebe daran. Wenn sich jemand versteckte, würde es vermutlich dort sein.

Jay startete schließlich den Motor erneut, ließ das Fenster hochfahren und schaltete ihn wieder aus. Nach einem letzten Rundumblick stieg er aus und schloss den Wagen ab. Er konnte nur hoffen, dass das Auto noch da war, wenn er zurückkam. Seine Hand hielt er immer in der Nähe seiner Pistole, während er langsam auf den Eingang des Parks zuging. Immerhin brachte der vom Wasser kommende Wind ein wenig Abkühlung von der allgemeinen Hitze. Trotzdem sammelte sich der Schweiß unter seinem Jackett, doch wegen des Schulterholsters konnte er es nicht ausziehen. Außerdem wollte er beide Hände frei haben, wenn er den Informanten traf.

Aus den Augenwinkeln behielt er die angrenzenden Grundstücke im Auge, doch wegen der hohen Mauern konnte er nicht sehen, was oder wer sich dahinter verbarg. Als er den asphaltierten Weg durch den Park einschlug, widerstand er der Versuchung, sich alle paar Meter umzudrehen. Verdammt noch mal, wo war Dave, wenn er ihn brauchte? Sofort meldete sich das schlechte Gewissen. Er war es, der in den vergangenen Tagen seine Arbeit vernachlässigt hatte, nicht sein Partner.

Jay schob alle anderen Gedanken beiseite, als er auf einer der Tisch-Bank-Kombinationen einen Mann sitzen sah. Als er näher kam, erkannte er ihn: Es war einer von Leones Topmännern. Zu sagen, dass er überrascht war, wäre untertrieben gewesen. Wenn Ferro wirklich dazu bereit war, gegen Leone auszusagen ... Jay zwang sich dazu, sich zu konzentrieren. So ein hochrangiger Mafioso war zu gefährlich, um ihn auch nur eine Sekunde aus den Augen zu lassen. Jay setzte sich neben ihn, um ebenfalls die Umgebung beobachten zu können.

»Schön, dass Sie es einrichten konnten.«

Jay verengte die Augen. »Lassen wir doch einfach die Nettigkeiten und kommen gleich zur Sache, Ferro. Was wollen Sie von mir?«

Ein unangenehmes Lächeln hob einen Mundwinkel des Verbrechers. »Ich will Ihnen dabei helfen, keinen Fehler zu begehen.«

»Geht es auch noch unklarer?« Wut kam in Jay auf, als ihm klar wurde, dass er ganz umsonst hierhergekommen war. Ferro würde niemals Leone ausliefern, er war ihm treu ergeben. Jay erhob sich. »Ich gehe einfach wieder, wenn ...«

»Setzen Sie sich.« Ferro verschränkte seine Hände auf der Tischplatte. »Ich habe Sie hierhergebeten, um Ihnen klarzumachen, dass Sie auf der falschen Spur sind. Wir haben nichts mit ...« Ein roter Fleck erschien auf Ferros Stirn und er kippte lautlos nach hinten um.

Reflexartig ließ Jay sich ebenfalls fallen und suchte hinter der Bank Deckung, während er automatisch nach seiner Pistole griff. Ein Blick in Ferros starre Augen zeigte ihm, dass ihm nicht mehr zu helfen war. *Verdammt!* Eine Kugel schlug neben ihm ins Holz ein und Jay zuckte zurück. Er musste irgendwo eine sichere Deckung finden, doch um ihn herum waren nur Gras und ein paar Sträucher, nichts, das ihm Schutz vor den Kugeln geben würde. Vorsichtig hob Jay den Kopf und versuchte, den Standort des Schützen ausfindig zu machen. Da er Ferro mitten in die Stirn getroffen hatte, musste er sich auf dem Grundstück links von ihnen verstecken, das direkt an den Park grenzte. Vor allem aber war es offensichtlich ein geübter Schütze oder er hatte eine Laservisierwaffe, denn auf diese Entfernung ein so kleines Ziel wie den Kopf zu treffen, war nicht einfach. Es würde nichts bringen, wenn Jay mit seiner Pistole ins Blaue schoss in der vagen Hoffnung, den Mörder auszuschalten.

Die Frage war nur, warum er noch nicht getroffen worden war. Hätte der Schütze nicht Ferro zuerst erschossen … Adrenalin schoss durch Jays Körper, als er sich vorstellte, dass er jetzt bereits tot sein könnte. Einfach so, ohne Vorwarnung. Das machte ihm bewusst, wie dringend er weiterleben wollte. Nicht nur für sich, sondern auch um Jocelyn helfen zu können. Denn er zweifelte nicht daran, dass der Anschlag mit dieser ganzen Sache zusammenhing. Irgendjemand wusste, dass er ermittelte und wollte verhindern, dass er die Wahrheit erfuhr. Jay spannte jeden Muskel in seinem Körper an und rannte los. Es gab keine andere Möglichkeit, als in Bewegung zu bleiben und zu hoffen, dass ihn keine Kugel traf. Keine besonders guten Aussichten.

Jay rannte im Zickzack über das freie Feld und warf sich hinter einen Strauch. Dummerweise benutzte der Schütze einen Schalldämpfer, sodass Jay nicht wusste, ob er überhaupt noch schoss oder bereits abgehauen war. Die Frage beantwortete sich, als dicht über seinem Kopf etwas durch die Zweige flog und einige Blätter auf ihn niederregneten. Verdammt! Jay rollte sich hinter dem Busch heraus und rannte weiter. Vor ihm spritzte Sand auf und Jay schlug einen scharfen Haken. Sein Fuß verfing sich in einem Erdloch und er fiel hin. Schmerz schoss durch seinen Knöchel und die Seite, auf der er gelandet war. Furcht breitete sich in ihm aus. Er musste weiter!

Mühsam rappelte er sich wieder auf und ignorierte die Schmerzen in seinem Fußgelenk. So schnell es in seinem lädierten Zustand ging, lief Jay weiter. Hinter einem dünnen Baumstamm ruhte er sich einen Moment aus. Sein Herzschlag raste, Schweiß ließ T-Shirt und Jackett an seinem Körper kleben. Vorsichtig schob Jay seinen Kopf vor, um zu überprüfen, ob er den Schützen jetzt sehen konnte. Doch bevor er dazu kam, schlug eine Kugel in den Baumstamm ein. Nur wenige Zentimeter weiter, und sie hätte ihn getroffen. Was sollte er jetzt tun? Sowie er sich rührte, würde er durchlöchert werden. Jetzt konnte er nur noch seine Kollegen rufen und hoffen, dass sie früh genug kamen, um ihm aus der Zwickmühle zu helfen.

Jay drückte auf die Schnellwahltaste der Notrufzentrale, schilderte rasch die Situation und bat um Hilfe. Jetzt musste er nur noch überleben, bis die Unterstützung eingetroffen war, was nicht mehr als ein paar Minuten dauern sollte. Allerdings konnten Minuten sehr lang werden, wenn man im Schussfeld eines Killers stand und nur ein dürrer Baum einen viel zu geringen Schutz bot.

Gerade als Jay dachte, sein Gegner hätte aufgegeben, schoss ein brennender Schmerz durch seine Schulter. Automatisch presste er seine Hand darauf und spürte etwas Feuchtes durch seine Finger sickern. Blut. Anscheinend hatte seine Schulter hinter dem Baumstamm ein leichtes Ziel abgegeben. Der Schmerz intensivierte sich, als er seine Hand über dem Jackett kräftig gegen die Wunde drückte, um die Blutung zu stillen. Mit geschlossenen Augen lehnte er seinen Kopf schwer atmend an den Stamm. Er schützte zwar seine wichtigsten Organe, aber wenn der Schütze lange genug jedes Stück Körper, das herausschaute, anschoss, konnte er durch den Blutverlust sterben.

Noch eine Kugel schlug in den Baum ein und Jay versuchte, sich noch dünner zu machen. Schwindelgefühl setzte ein und er hatte Mühe, sich aufrecht zu halten. Er durfte nicht das Bewusstsein verlieren, sonst wäre er leichte Beute. Jetzt konnte er nachvollziehen, wie es seinem Bruder Shane gegangen war, als ihn der irre Exfreund seiner Frau Autumn angeschossen hatte. Nur dass sein sonst so friedliebender Bruder trotz der Verletzung gegen den Mistkerl gekämpft und sich nicht wie ein Feigling hinter einem Baum versteckt hatte. Jay schnitt eine Grimasse. Wenn das seine Brüder erfuhren, würde er wahrscheinlich bis in alle Ewigkeit ihren Spott ertragen müssen. Der harte Detective, der noch nicht mal eine kleine Fleischwunde ertragen konnte.

Jay schüttelte den Kopf, um die Bewusstlosigkeit zurückzudrängen. Nein, wenn seine Familie erfuhr, dass er verletzt war, würden sie ins nächste Flugzeug springen und hierhereilen. Und das wollte er erst recht nicht. Eine Sirene heulte los, dicht gefolgt von einer zweiten. Endlich, die Kavallerie! Als er ein Scheppern hörte, wagte Jay einen Blick auf das umzäunte Gelände. Über das lange Flachdach lief ein Mann, der Lauf eines Gewehrs ragte aus seiner Sporttasche. Ohne darüber nachzudenken, rannte Jay los. Es war nicht einfach mit einem verletzten Knöchel und einer Schusswunde in der Schulter, aber nach einigen Metern fand er einen Rhythmus, der es ihm ermöglichte, vorwärtszukommen.

Zumindest musste er versuchen, den Mistkerl zu erwischen, bevor er in den Straßen San Franciscos untertauchte. Er wollte endlich Antworten haben, denn je mehr Zeit verging, desto mysteriöser wurde die Sache. Jays Atem kam keuchend, als er endlich auf die Straße taumelte. Der Verbrecher war in Richtung Stadt über das Dach gelaufen, also musste er am anderen Ende des Grundstücks herauskommen. Jay biss die Zähne gegen den Schmerz zusammen und lief wieder los. Von hier aus konnte er den Mann nicht mehr sehen, deshalb wechselte er auf die andere Straßenseite. Über dem Rauschen in seinen Ohren und seinen eigenen Atemzügen konnte er kaum etwas hören. Es wäre sowieso jedes Geräusch im Lärm der Sirenen untergegangen, die jetzt deutlich näher klangen.

Ihm war egal, wer den Kerl schnappte, solange er danach die

Gelegenheit hatte, ihn zu befragen. Jay holte das Letzte aus sich heraus, aber als er am Ende des Grundstücks ankam, war keine Spur von dem Schützen zu entdecken.

»Verdammt!« Jay blieb mitten auf der Straße stehen, stützte die Hände auf die Knie und rang um Atem. Entweder war der Mann sehr schnell gewesen oder er hatte sich irgendwo auf dem Grundstück verkrochen. Sie würden es genau untersuchen müssen … Das Aufheulen eines Motors ließ Jay herumwirbeln. Ein Geländewagen schoss direkt auf ihn zu. Jay gelang ein kurzer Blick auf den Mörder, nach einer Schrecksekunde warf er sich zur Seite. Er entkam der Motorhaube um Haaresbreite, doch sein Kopf schlug heftig auf den Asphalt. Hart kam er auf der Straße auf und rollte in Richtung Bordsteinkante. Bevor er sich vergewissern konnte, ob noch alles heil war, verlor er das Bewusstsein.

Jocelyn joggte über den weichen Rasen und genoss es, endlich einmal wieder an der frischen Luft trainieren zu können. Ein Jahr war es her, seit sie zuletzt ihrer Leidenschaft hatte nachgehen können. Während des Prozesses und auch hinterher in Mitchell war sie gezwungen gewesen, nur in Gebäuden zu trainieren. Doch hier war sie frei, der Wind kühlte ihren erhitzten Körper, während die Abendsonne die Landschaft verzauberte. Am liebsten wäre sie eine viel größere Runde gelaufen, doch es war sicherer, in der Nähe des Hauses zu bleiben. Außerdem mussten sich ihre Muskeln erst wieder an die Bewegung gewöhnen. Ein Lächeln überzog trotz der leichten Schmerzen ihr Gesicht. Jay wusste gar nicht, was er ihr geschenkt hatte, indem er sie hierherbrachte.

Der Gedanke an Jay trübte ihre Laune etwas. Sie wünschte, er wäre auch hier und könnte die Ruhe und den Frieden genießen. An seinem Blick hatte sie erkannt, wie sehr er die Ranch und die Landschaft vermisste. Doch statt mit ihr zu joggen, begab er sich ihretwegen in Gefahr. Jocelyn wurde langsamer. Vielleicht sollte sie …

»Hallo, brauchen Sie einen Joggingpartner?«

Erschrocken drehte Jocelyn sich zu der Stimme um und atmete auf, als sie Red erkannte. Nach ihrer ersten Begegnung hatte sie George nach ihm gefragt, und der hatte ihr bestätigt, dass Red tatsächlich ein Bekannter von Clint und noch dazu Militärangehöriger war. Ihr Blick glitt zu seinem Bein, um das ein fester Verband gewickelt war. »Dürfen Sie denn damit laufen?«

Red stieß ein humorloses Lachen aus. »Ich muss es sogar, sonst erreiche ich nie wieder genug Beweglichkeit, um meinen Job zurückzubekommen.«

Jocelyn konnte sich nicht vorstellen, wie er mit solch einer Verletzung jemals wieder beim Militär kämpfen sollte, aber sie sagte es nicht. Stattdessen lächelte sie ihn an. »Dann gerne. Ich muss Sie aber warnen, ich bin noch nicht wieder richtig in Form.«

Zum ersten Mal war die Andeutung eines echten Lächelns an seinen Mundwinkeln zu erkennen. »Das macht nichts, ich auch nicht.«

Als Jocelyn wieder loslief, setzte sich Red neben sie und hielt ihr Tempo locker mit. Es waren ihm keine Schmerzen anzusehen, deshalb steigerte sie langsam die Geschwindigkeit. Noch immer war ihm kein Unbehagen anzumerken, aber sie wusste nicht, ob es wirklich so war oder er nur ein Pokerface aufgesetzt hatte.

Schließlich hielt sie es nicht mehr aus. »Wenn ich zu schnell laufe, sagen Sie mir Bescheid, ja?«

Diesmal grinste er sie an, Lachfältchen bildeten sich in seinen Augenwinkeln. »Natürlich. Machen Sie sich etwa Sorgen um mich?«

»Eher um Ihr Bein.« Warum dachte sie überhaupt darüber

nach, wenn er doch so offensichtlich kein Problem damit hatte? Er war alt genug, er musste selbst wissen, was seinem Bein schadete. Als sie ihn wieder ansah, war er ernst geworden.

»Das ist nett von Ihnen. Aber es ist unnötig, das Bein muss bei meiner Arbeit bald ganz andere Dinge aushalten.«

Prüfend blickte Jocelyn ihn von der Seite an. »Dann machen wir es doch so, Sie wählen die Geschwindigkeit, die Sie einschlagen würden, wenn Sie allein wären, und ich sehe, ob ich hinterherkomme. Wenn nicht, sage ich Bescheid.«

Red nickte knapp und forcierte das Tempo, erst beinahe unmerklich, dann immer mehr. Jocelyn konnte noch mithalten, aber sie merkte, dass sich ihre lange Joggingpause bemerkbar machte. Wenn Red irgendwie durch das verletzte Bein behindert wurde, ließ er es sich zumindest nicht anmerken. Wie schnell wäre er wohl, wenn er völlig gesund wäre?

»Wie lange … halten Sie … dieses Tempo durch?«

Red warf ihr einen kurzen Blick zu und wurde wieder langsamer. »Vor dem Absturz ziemlich lange, jetzt nur ein paar Minuten, bevor der Knochen dagegen protestiert.«

»Absturz?« Sowie das Wort aus ihrem Mund war, erkannte sie, dass sie nicht hätte nachfragen sollen. Reds Miene wurde abweisend, seine Lippen presste er so fest zusammen, dass sie beinahe weiß wirkten. »Entschuldigen Sie, es geht mich nichts an.« Besonders da sie selbst auch Geheimnisse hatte und nicht wollte, dass sie jemand ausfragte.

Als sie schon dachte, dass er nicht mehr antworten würde, entspannten sich seine Gesichtszüge ein wenig. »Laufen wir einfach weiter.«

Nach wenigen Schritten hatte Jocelyn wieder zu ihrem Wohlfühltempo gefunden und ließ die Bewegung und frische Luft ihre Gedanken fortpusten. Auch Red wirkte bald wesentlich ruhiger, gelassener. Was auch immer ihn belastet hatte, schien zumindest für den Moment vertrieben worden zu sein. Er wurde langsamer und blieb schließlich stehen, als sie sich wieder dem Haus näherten.

Jocelyn versuchte, ihren Atem zu beruhigen, bevor sie etwas sagte. »Das war schön. Es ist unglaublich, wie sehr man etwas so Einfaches vermissen kann.«

»Das stimmt allerdings. Einige Wochen durfte ich nur liegen, das war die Hölle. Nach den ersten paar Schritten fühlte es sich an, als hätte ich den Mount Everest bestiegen.« Reds Mund klappte zu, so als wäre ihm bewusst geworden, was er gesagt hatte.

»Das kann ich mir vorstellen. Danke für die Begleitung.«

Wieder erschienen die Lachfältchen um seine Augenwinkel, und Jocelyn konnte sich vorstellen, dass er vor seiner Verletzung und dem Rückzug in die Einsamkeit ohne jede Mühe das Interesse von Frauen geweckt hatte. Allerdings schien sie völlig immun gegen sein gutes Aussehen zu sein, und das machte ihr wirklich Sorgen.

»Mit Vergnügen. Wie sieht Ihr Terminplan morgen aus, wollen wir uns zu einer weiteren Joggingrunde treffen?«

Prüfend betrachtete Jocelyn ihn und atmete erleichtert auf, als sie sicher war, dass er das nur aus freundlichem Interesse sagte und nicht, weil er mit ihr flirten wollte. »Gerne.«

Red lächelte sie an. »Kommen Sie einfach zu meiner Hütte, wenn Sie laufen möchten, es ist die letzte, die ein wenig abseits der anderen steht.«

»Alles klar.« Jocelyn winkte ihm noch einmal zu und machte sich dann auf den Weg zum Haus. Als sie sich noch einmal umdrehte, war Red verschwunden.

13

Jay biss die Zähne zusammen, als eine laute Stimme in sein Bewusstsein drang. Es gab deutlich Schöneres, als morgens von seinem Boss geweckt zu werden. Irgendetwas daran stimmte nicht. Seine Augenbrauen zogen sich zusammen, und er stöhnte auf. Verdammt, sein Kopf fühlte sich an, als hätte jemand damit Pingpong gespielt. Nur mit Mühe konnte er seine Lider ein winziges Stück heben. Schummeriges Licht umgab ihn. Jay blinzelte, aber alles war seltsam verschwommen. Als er versuchte, den Kopf zu heben, durchzuckte ihn ein scharfer Schmerz. Mühsam drängte er die Übelkeit zurück.

»Na endlich, das wurde aber auch Zeit!« Wieder dröhnte die Stimme seines Chefs durch seinen Kopf.

Wenn das ein Traum war, dann ein Alptraum. Das Bett wackelte, und etwas Massives schob sich vor sein Gesicht. Unwillkürlich zuckte Jay zurück und griff nach seiner Waffe, die sich allerdings nicht im Schulterholster befand. Genau genommen war auch das nicht da, sondern nur nackte Haut und irgendein rauer Stoff. Mühsam öffnete Jay die Augen weiter und blinzelte, bis er mehr als nur Konturen sehen konnte. Er schnitt eine Grimasse, als er erkannte, dass es tatsächlich Captain Morris war, der sich über ihn beugte. Ein Alptraum. Was machte Morris in seinem Schlafzimmer?

»Sind Sie jetzt wach, oder soll ich eine Schwester holen?«

Jay runzelte die Stirn und erneut zuckte der Schmerz durch seinen Kopf. »W…elche … Schw…ester?« Selbst seine Stimme klang fremd.

Auch wenn seine Sicht immer noch unscharf war, konnte Jay erkennen, wie sich die Lippen des Captains zusammenpressten. Kein gutes Zeichen. Meist folgte direkt darauf ein Wutanfall, und den wollte er sich in seinem derzeitigen Zustand nicht zumuten.

»Ich lasse den Arzt holen. Anscheinend ist Ihr Schädel doch nicht so dick, wie ich dachte. Auch wenn der Stunt, den Sie sich heute geleistet haben, wirklich die Krönung all Ihrer idiotischen Aktionen war.«

Stunt? Irgendetwas bekam er hier nicht mit. »Was … ist passiert?«

Morris schüttelte den Kopf. »Ich dachte eigentlich, dass Sie mir das erzählen würden. In der Gerichtsmedizin liegt jetzt ein toter Mafioso. Wollen Sie mir sagen, dass Sie nichts darüber wissen?«

Mafioso … Wie ein Film spulten sich die Ereignisse vor Jays innerem Auge ab bis zu dem Moment, wo er dem Geländewagen in letzter Sekunde ausgewichen war und zu Boden geschleudert wurde. »Verdammt!« Jay versuchte, sich aufzusetzen, sank aber gleich mit einem Stöhnen zurück. »Wurde dieses Schwein gefasst?«

»Ferro? Nicht nötig, er ist tot.« Morris beugte sich weiter vor. »Ich mache mir langsam Sorgen um Sie, Hunter.«

»Nein, ich meine den anderen, seinen Mörder.« Mit der Hand schob Jay die Bettdecke zur Seite. Ein Blick nach unten zeigte ihm, dass irgendjemand seine Kleidung entfernt haben musste. Außer seinen Boxershorts trug er lediglich mehrere Verbände: um seinen Knöchel, seine Rippen und seine Schulter.

Morris legte eine Hand auf seinen Arm. »Was denken Sie, was Sie da tun?«

»Aufstehen.« Jay presste das Wort durch seine zusammengebissenen Zähne, während er sich langsam aufsetzte. Ein großer

Druck schien auf seiner Lunge zu lasten, es gelang ihm nicht, tief durchzuatmen. Schweiß trat auf seine Stirn, während Jay wartete, dass der Schmerz nachließ. Das tat er zwar nicht, aber er konnte nicht darauf warten.

»Hunter …«

»Haben Sie nun diesen Dreckskerl erwischt, der Ferro erschossen hat und mich erst durchlöchern und dann überfahren wollte?«

Morris schob seine Hände in die Hosentaschen. »Nein. Als wir ankamen, war er schon weg, und Sie lagen in der Gosse. Wir dachten, Sie wären tot.« Seinem Boss war nicht anzusehen, ob er das negativ oder positiv empfunden hatte. »Also, was war da los? Warum waren Sie und Ferro überhaupt bei Warm Water Cove? Haben Sie ihn beschattet?« Trotz seiner harten Worte drang auch Sorge durch.

Jay überlegte, was er seinem Boss erzählen sollte. Auf keinen Fall wollte er den Fahrstuhlmord ins Spiel bringen, sonst würde er nie geheim halten können, dass Jocelyn bei ihm Unterschlupf gesucht hatte. »Ich habe mich dort mit Ferro getroffen. Er rief mich an und sagte, er wollte mir wichtige Informationen geben.«

Röte stieg in Morris' Wangen, ein sicheres Zeichen, dass er gleich explodieren würde. »Und Sie dachten, es wäre eine gute Idee, sich mit einem der ranghöchsten Mafiosi von San Francisco zu treffen? Allein? An einem menschenleeren Ort?«

»Es war eine gute Gelegenheit, Informationen über Leone zu bekommen. Und ich habe versucht, Dave anzurufen.« Sowie er es sagte, überkam ihn ein schlechtes Gewissen. Sein Partner hatte sicher einen guten Grund, nicht bei der Arbeit zu sein, es war nicht fair, ihn dafür verantwortlich zu machen, dass er selbst sich für ein Treffen mit Ferro entschieden hatte.

»Und natürlich hätten Sie niemand anderen fragen können.«

»Ich wollte Ferro nicht verscheuchen.« Jay grub seine Finger in die Matratze. »Es war eine einmalige Chance, ich konnte sie nicht verstreichen lassen.«

Morris stieß einen tiefen Seufzer aus. »Ich weiß, dass Sie den Mord an Ihrem Informanten sehr persönlich nehmen, Hunter, aber das gibt Ihnen noch lange nicht das Recht, solche Alleingänge zu machen. Jetzt ist Ferro tot und wir haben gar nichts.« Jay schwieg. »Oder hat er etwas gesagt, das uns hilft?«

»Nein, ich bin angekommen, und wenige Sekunden später war er tot.« Zumindest war das nur halb gelogen.

»Wunderbar. Tolle Arbeit.«

Jay ging nicht auf den Sarkasmus seines Chefs ein. »Vielleicht können wir herausfinden, wer der Schütze war, und damit eine Verbindung zu Leone schaffen. Wenn wir nachweisen können, dass er den Mord bezahlt hat, haben wir ihn.«

»Können Sie den Mörder beschreiben?«

Jay schnitt eine Grimasse. »Ich habe ihn kurz durch die Scheibe gesehen, als er mich umfahren wollte.«

Morris blickte skeptisch, nickte aber schließlich. »Ich lasse einen Polizeizeichner herkommen, damit ein Phantombild erstellt wird.«

»Das ist nicht nötig, ich komme mit zum Department.« Jay schob die Beine aus dem Bett und versuchte, dem Captain nicht zu zeigen, wie sehr diese einfache Bewegung schmerzte.

»Sie …« Morris hielt ihm seinen Finger ins Gesicht. »… werden schön hierbleiben. Sie haben einen verstauchten Knöchel, ein Loch in der Schulter und angeknackste Rippen. Sie sind für die nächsten Tage krankgeschrieben, ist das klar?«

»Aber …«

»Ich wiederhole mich nicht gern.«

Da Jay Zeit brauchte, über die ganze Sache nachzudenken, nickte er zögernd.

»Gut. Ich schicke den Zeichner gleich vorbei.« Morris ging zur Tür, wo er sich noch einmal zu ihm umdrehte. »Übrigens ist Mahoney nicht bei der Arbeit, weil seine Tochter einen Blinddarmdurchbruch hatte.« Mit diesen Worten verließ er das Krankenzimmer und zog die Tür leise ins Schloss.

»Mist.« Während er auf seinen Partner geschimpft hatte, war der mit viel wichtigeren Dingen beschäftigt gewesen. Jetzt kam Jay sich erst recht mies vor. Er würde Dave auf jeden Fall anrufen und herausfinden, wie es seiner Tochter ging. Aber das bedeutete auch, dass er jetzt auf sich gestellt war, bis es der kleinen Kara besser ging.

Jay legte sich im Bett zurück und versuchte, seine angespannten Muskeln zu lockern. Jede Bewegung sandte einen scharfen Schmerz durch seinen Kopf, und seine Muskeln fühlten sich an, als wäre jemand darauf herumgesprungen. Immerhin schien die Schusswunde am wenigsten Probleme zu bereiten, aber das konnte auch daran liegen, dass sie noch von der Operation betäubt war. Jedenfalls ging er davon aus, dass er operiert worden war, leider war Morris nicht lange genug geblieben, um ihm seine Fragen zu beantworten. Daher bat er die Schwester, die in den Raum trat, nachdem Morris ihn verlassen hatte, den Arzt zu holen, damit der ihn über seinen Zustand aufklärte.

Die Wartezeit vertrieb Jay sich damit, an die Decke zu starren und zu überlegen, was er jetzt machen konnte. Da er nicht ins Büro durfte und in seinem Zustand auch keine körperliche Ermittlungsarbeit leisten konnte, würde er wohl nur zu Hause sitzen und wahnsinnig werden. Oder darauf warten, dass wieder jemand einbrach und versuchte, ihn umzubringen. Denn es war ziemlich sicher, dass der Killer ihn weiterhin auf der Liste hatte. Es würde vermutlich nicht lange dauern, bis er hier im Krankenhaus auftauchte.

Seine morbiden Gedanken wurden von einem Arzt unterbrochen, der extrem gehetzt wirkte und ihm sehr kurz angebunden erklärte, dass er einen verstauchten Knöchel hatte, zwei geprellte Rippen und eine Schusswunde, die aller Voraussicht nach gut verheilen würde. Die Kugel war glatt durchgegangen und hatte sämtliche Knochen, wichtigen Sehnen und Blutgefäße verfehlt. Wenn keine unerwarteten Komplikationen auftauchten, würde er am nächsten Tag entlassen werden. Danach sollte er sich zwei Wochen erholen, bevor er die Arbeit wieder aufnahm – am besten am Schreibtisch.

Gerade als Jay sich überlegte, wie er diese Zeit verkürzen konnte, betrat der Polizeizeichner das Zimmer. Curt Szekowski war jung, immer hip gekleidet und erledigte seine Arbeit an einem Laptop. Er betrachtete Jay einen Moment lang und schüttelte dann den Kopf. »Du siehst schlimm aus.«

Jay begann zu lachen und stöhnte auf, als seine Rippen dagegen protestierten. »Danke, genau das wollte ich jetzt hören.«

»Nur gut, dass ich dich nicht zeichnen soll.« Curt grinste ihn an und ließ sich auf den Stuhl fallen, der neben dem Bett stand. Ein Knopfdruck erweckte den Laptop zum Leben. »Also, wie sah der Kerl aus?«

So genau wie möglich beschrieb Jay den Verbrecher, während Curt ein Phantombild erstellte. Nach einer halben Stunde präsentierte er ihm das Ergebnis. Die Ähnlichkeit war unglaublich. Curt druckte das Bild aus und reichte es Jay. Eingehend betrachtete Jay das Gesicht. Ein Stich erinnerter Todesangst mischte sich mit einer gewaltigen Wut, die in ihm aufstieg. Mühsam löste er seine Finger, um das Papier nicht zu zerknüllen.

Curt blickte ihn besorgt an. »Alles in Ordnung?«

»Ja, danke. Wir müssen diesen Mistkerl schnappen, bevor er abtaucht.« Oder erneut zuschlug.

Curt nickte nur. Er war lange genug dabei, um zu wissen,

dass nicht jeder Verbrecher gefasst wurde. »Brauchst du noch irgendwas?«

»Nein.« Er würde hier nicht lange bleiben, aber das sagte er nicht. »Danke, dass du so schnell hergekommen bist.«

»Kein Problem.« Curt grinste ihn an. »Komm schnell wieder zum Dienst, es laufen einige Wetten, wer die mysteriöse Schwangere war und ob das Kind von dir ist.«

Jay verdrehte die Augen. »Wie im Kindergarten. Falls du kein Geld verlieren willst, würde ich dir raten, nicht mitzuwetten.«

»Zu spät.« Curt schnappte sich seine Tasche und winkte Jay noch einmal zu, bevor er das Zimmer verließ.

Jay wartete, bis er sicher war, dass Curt nicht noch einmal zurückkommen würde, dann setzte er sich auf und schwang die Beine vorsichtig aus dem Bett. Die Bewegung verursachte ein Schwindelgefühl und vor allem einen scharfen Schmerz in seinen Rippen, doch er biss nur die Zähne zusammen und rutschte ein Stück auf der Matratze vor, bis seine Füße den Boden berührten. Jay holte so tief Luft, wie es seine Rippen erlaubten, und versuchte, sich mit seinem unverletzten Arm vom Bett abzustoßen. Sowie sich sein Gewicht auf seine Beine verlagerte, begann sein Knöchel vor Schmerz zu pulsieren. Dicht gefolgt von seiner Hüfte, auf der ein gewaltiger Bluterguss prangte. Vermutlich war das die Stelle, mit der er auf die Kühlerhaube geprallt war.

Der Mistkerl hatte eindeutig vorgehabt, ihn zu töten. Und genau das war auch ein Grund, warum er so schnell wie möglich aus dem Krankenhaus verschwinden musste. Es war viel zu leicht, ihn hier zu finden und auszuschalten, selbst wenn es einen guten Sicherheitsdienst gab. Vorsichtig humpelte er zum Schrank, um seine Kleidung zu holen. Oder vielmehr die Reste davon. Jay schnitt eine Grimasse, als er sah, dass nur noch seine Jeans, Socken und die Cowboystiefel übrig geblieben waren. Die Stiefel würde er kaum über seinen geschwollenen Knöchel bekommen, deshalb zog er nur die Badesandalen an, die danebenstanden. Das T-Shirt und das Jackett waren wohl wegen der Löcher und des Bluts gleich ausgesondert worden.

Jay stutzte, als er eine Tüte auf einem der Regalbretter liegen sah. Neugierig nahm er sie heraus und blickte hinein. Darin lag ein neues schwarzes T-Shirt, vermutlich direkt aus dem kleinen Krankenhausshop. Morris musste es mitgebracht haben, als er ihn besucht hatte. Dankbar entfernte er das Preisschild und schlüpfte unter einigen Verrenkungen hinein. In dem kleinen angeschlossenen Bad, das er sich mit dem Nachbarraum teilte, blickte Jay in den Spiegel und schnitt eine Grimasse. Sein Gesicht war unter der Bräune blass, die Augen blutunterlaufen. Eine blau-lila schillernde Prellung überzog seine Schläfe. Seine Haare standen zu allen Seiten ab, und wenn er sich nicht täuschte, klebten auch noch Reste von Blut und Dreck darin.

Keine Frage, so konnte er nicht rausgehen. Auch wenn seine Rippen schmerzhaft protestierten, beugte er sich herunter und wusch seine Haare. Er rubbelte sie nur kurz mit dem Handtuch trocken, denn noch länger wollte er sich hier nicht aufhalten. So schnell es ihm mit seinen Verletzungen möglich war, kehrte er in sein Zimmer zurück und nahm seine Habseligkeiten aus dem metallenen Nachttisch. Seine Pistole war nirgends zu finden, wahrscheinlich war sie im Department abgegeben worden. Jay fühlte sich nackt ohne seine Waffe, aber er konnte nichts dagegen tun. Ganz sicher würde er nicht nach Hause fahren, um seine Ersatzwaffe zu holen.

Schließlich öffnete er die Tür einen Spalt breit und blickte hindurch. Der Gang war leer. Sowie er hier raus war, würde er seine Eltern anrufen und bitten, Jocelyn keine Sekunde aus den Augen zu lassen. Sein Gefühl sagte ihm, dass sie in großer Gefahr war. Und auch ein längerer Aufenthalt hier im Krankenhaus war zu riskant. Er wollte dem Verbrecher keine Gelegenheit geben, ihn so schnell wiederzufinden, falls er hier nach ihm suchte.

Nachdem er ungesehen über den Flur geschlichen war, stieg Jay mit einer Hand am Treppengeländer vorsichtig die Treppe hinunter. Es war unmöglich, Knöchel, Rippen und Schulter zur gleichen Zeit zu schonen, deshalb war er schweißgebadet, als er endlich unten ankam. Die Schmerzen lösten Übelkeit in ihm aus, und er bemühte sich, seinen Mageninhalt bei sich zu behalten. Er schob die Tür auf und trat ins Freie. Die frische Luft klärte seinen Kopf und beruhigte seinen Magen weitgehend. Regungslos blieb er neben der Tür stehen und überprüfte mit den Augen die Umgebung. Erst als er sicher war, dass sich niemand in der Nähe befand, setzte er sich wieder in Bewegung. Da sein Wagen vermutlich noch am Warm Water Cove Park stand oder zum Parkplatz des Departments gebracht worden war, rief er sich ein Taxi, das er zur Bushaltestelle außerhalb des Krankenhausgeländes orderte.

Erst kurz bevor es eintraf, stellte Jay sich zu den anderen Wartenden an der Haltestelle. Niemand von ihnen sah aus wie der Mörder, aber er konnte nicht sicher sein, dass nicht jemand anders abkommandiert worden war, um ihn zu töten, deshalb blieb er wachsam. Schnell stieg er in das Taxi und gab dem Fahrer den Flughafen als Ziel an. Mit einem lautlosen Seufzer ließ er sich in das Polster sinken und versuchte, nicht einzuschlafen. Aber das war nicht so schwierig, nachdem sein Gehirn anfing, ihm Szenarien vorzugaukeln, was Jocelyn alles geschehen konnte, wenn der Mörder sie erwischte. Irgendwie musste es ihm gelingen, sie zu beschützen und gleichzeitig den Täter ausfindig zu machen. Das war ihm sogar wichtiger, als Leone zu erwischen, stellte er zu seinem Erstaunen fest.

Fünfzig Dollar ärmer und mit steifen Muskeln stieg Jay zwanzig Minuten später vor dem Flughafen aus dem Wagen. Zuerst buchte er sich einen Flug nach Pocatello, dann deckte er sich in den kleinen Geschäften mit Kleidung und Nahrung ein. Nur wenige Minuten vor der Boarding-Phase stopfte er alles in einen Rucksack und ging zur Gangway.

Jocelyn schreckte aus ihrem überraschend ruhigen Schlaf auf, als sich die Matratze unter ihr bewegte. Als Einwohnerin von San Francisco dachte sie zuerst an ein Erdbeben und war bereits halb aus dem Bett, als sich eine Hand um ihren Arm schloss. Panik setzte ein, als sie erkannte, dass ein Mann in ihrem Bett war und sich zu ihr herüberlehnte. Instinktiv begann sie gegen ihn zu kämpfen und erntete ein dumpfes Stöhnen.

»Ich bin es, Jay. Bitte halt still.«

Augenblicklich gab sie den Kampf auf und starrte in die Dunkelheit. »Jay? Was tust du hier?«

»Kann ich dir das auch morgen erzählen? Ich bin furchtbar müde.«

Irgendetwas an seiner Stimme machte sie misstrauisch. Es gab keinen Grund für Jay, hier zu sein, außer es war etwas geschehen. Blind griff sie nach dem Schalter ihrer Nachttischlampe und knipste sie an. Gedämpftes Licht durchflutete den Raum, und ein Blick auf Jay zeigte ihr, dass sie mit ihrer Vermutung Recht hatte. Er lag in Jeans und T-Shirt neben ihr im Bett, seine Augen waren geschlossen, sein Gesicht bleich. Eine blau-lila Beule prangte an seiner Schläfe, auch an seinen nackten Armen waren Prellungen und Schürfwunden zu sehen. Ein erschrockenes Keuchen entfuhr ihr.

Jays Lider hoben sich langsam und er blinzelte gegen das Licht an. »Kannst du das ausmachen? Mein Kopf tut weh.«

»Kein Wunder bei der Beule!« Jocelyn bemühte sich, ihre Stimme leise zu halten, damit sie niemanden weckte. »Was ist passiert?«

Seine Augen schlossen sich wieder. »Können wir nicht einfach schlafen und das auf morgen verschieben?«

»Würdest du das tun, wenn ich mitten in der Nacht in dieser Verfassung in dein Bett kriechen würde?« Als er nicht antwortete, stand Jocelyn auf und ging zum Fußende. »Zieh wenigstens die Jeans aus, so kannst du nicht schlafen.«

Ein Brummen war die einzige Antwort. Gut, wenn er ihr nicht half, dann würde sie die Arbeit eben allein machen. Jocelyn trat neben das Bett und beugte sich über ihn. Zögernd öffnete sie den Knopf seiner Hose und zog den Reißverschluss herunter. Dabei bemühte sie sich, ihn nicht an Stellen zu berühren, die ihm oder ihr selbst peinlich sein könnten. Da Jay nicht in der Lage schien, sie zu unterstützen, schob sie ihren Arm unter seinen Rücken und hob seine Hüfte an, während sie mit der anderen Hand die Jeans über sein Gesäß schob. Glücklicherweise war die Hose nicht übermäßig eng, sodass sie ein wenig Spielraum hatte. Nachdem das erledigt war, ging sie zurück zu seinen Füßen und zog vorsichtig an den Hosenbeinen. Wenigstens hatte er keine Stiefel an, die hätte sie wahrscheinlich nicht ohne seine Hilfe herunterbekommen. Auf keinen Fall wollte sie ihm Schmerzen zufügen und sie wusste nicht, wo er noch überall verletzt war.

So sanft wie möglich streifte sie die Hose über seine Füße und warf sie, ohne hinzusehen, über einen Stuhl. Ihre Augen hefteten sich auf den Verband, der unter seinem Socken herausschaute. Was war Jay nur geschehen? Da er tief zu schlafen schien, würde sie im Moment keine Antwort auf ihre Fragen erhalten. Vorsichtig zog sie die Decke über seinen Körper und strich die wirren Haare aus seiner Stirn. Auch wenn sein Auftauchen mehr als mysteriös war, überwog doch die Erleichterung, dass er wieder bei ihr war. Sie fühlte sich gleich viel sicherer, als sie neben ihm ins Bett schlüpfte.

Sowie ihr Kopf das Kissen berührte, drehte sich Jay zu ihr um und schlang seinen Arm über ihren Bauch. Sein Atem streifte ihren Hals und verursachte eine Gänsehaut. Mit einem Lächeln auf den Lippen schlief Jocelyn wenig später ein.

14

Der Schmerz weckte Jay auf. Es fühlte sich an, als würde ein Elefant auf seiner Brust sitzen, dabei war es nur Jocelyn, die halb über seinem Oberkörper lag. Bedauernd schob er sich vorsichtig unter ihr heraus und legte sich in dem Versuch, wieder mehr Sauerstoff zu bekommen, auf seine unverletzte Seite. Als er sich ein wenig erholt und das schwarze Flimmern vor seinen Augen nachgelassen hatte, blickte er Jocelyn an. Er blinzelte ungläubig und ihm blieb erneut die Luft weg: Jocelyn sah völlig anders aus. Im Licht der aufgehenden Sonne leuchteten ihre Haare goldblond, in weichen Stufen umgaben sie ihr Gesicht. Auch ihre Haut schien etwas Farbe bekommen zu haben, die Knochen standen weniger hervor, sie wirkte deutlich gesünder. Ohne Frage das Werk seiner Mutter. Jay musste lächeln, als er sich vorstellte, wie sie Jocelyn unter ihre Fittiche genommen und sie zu den Veränderungen genötigt hatte.

Ohne Vorwarnung öffneten sich ihre Augen, und Jay versank in den hellgrünen Tiefen. Scheinbar unendlich lange Zeit lagen sie sich so gegenüber und blickten sich stumm an. Sein Herz hämmerte in seiner Brust, und er wusste, dass er so schnell wie möglich aufstehen und einen Mindestabstand zwischen sie bringen sollte. Doch er war wie erstarrt, seine Muskeln verweigerten die Arbeit. Jocelyn schien genauso gefangen zu sein, die einzige Bewegung war das sichtbare Pochen ihres Pulses am Hals. Ohne bewussten Befehl lehnte er sich vor und berührte ihre Lippen mit seinen. Ihre Augen weiteten sich, und er dachte schon, dass sie ihn ohrfeigen oder treten würde, doch dann presste sie ihren

Mund fester auf seinen. Ein rauer Laut stieg aus ihrer Kehle, der ihn jeden Grund zur Zurückhaltung vergessen ließ.

Mit der Zunge erkundete er ihre Lippen und schlüpfte dann in ihren Mund. Jocelyn schob sich näher an ihn, als sie den Kuss vertiefte. Beinahe zaghaft strichen ihre Finger über seinen Arm. Jay hob seine Hand und verschränkte seine Finger mit ihren. Dies hier war noch viel erregender, weil Jocelyn offensichtlich wenig Erfahrung darin hatte, einen Mann zu verführen, dies aber durch ihren Eifer mehr als wettmachte. Und durch ihre Laute, die beinahe einem Schnurren glichen und ihn wahnsinnig machten. Jay wollte Jocelyn an sich ziehen, seine Hände über ihren Körper gleiten lassen und in ihren Haaren vergraben, doch das ließen seine Verletzungen nicht zu. Schon jetzt schmerzte seine Schulter höllisch und seine Rippen noch dazu.

Bedauernd beendete er den Kuss und rückte ein Stück von Jocelyn ab, damit er ihr in die Augen sehen konnte. Doch die waren geschlossen, Röte überzog ihre Wangen und ihre Lippen waren leicht geöffnet. Jay unterdrückte ein Stöhnen, als er sich vorstellte, dass er sie weiter küssen und berühren könnte, ihre Kleidung … Ihre Lider hoben sich und ihr verhangener Blick traf ihn wie ein Hieb in den Magen. Schneller als es ihm lieb war, klärte er sich und es trat Unsicherheit in ihre Augen. Sie bewegte sich nach hinten, doch Jays Hand schoss vor und hinderte sie daran.

»Nicht.«

»Ich …« Ihre Zunge strich über ihre Lippe. »Entschuldige, ich hätte nicht …«

Jay unterbrach sie. »Es gibt keinen einzigen Grund für eine Entschuldigung. Ich hätte gerne noch weitergemacht, aber dummerweise sind einige Teile meines Körpers anderer Meinung.« Jocelyns Blick glitt an seinem Körper nach unten und stoppte auf Hüfthöhe. Jays Mundwinkel hob sich. »Der nun gerade nicht.«

Die Röte in ihren Wangen verstärkte sich, ihr Kopf ruckte hoch. »Ich finde es nicht lustig, wenn du offensichtlich verletzt bist.«

Jay schnitt eine Grimasse. »Glaub mir, ich auch nicht.« Mit einem Stöhnen, das eher frustrierter Erregung entsprang als seinen Schmerzen, rollte er sich auf den Rücken und starrte an die Decke. Eine Hand schob er unter die Bettdecke, um die Hose über seiner Erektion zurechtzurücken. Als er dort nur seine Boxershorts fand, flog sein Blick zu ihr. »Hast du mir die Jeans ausgezogen?«

Jocelyn setzte sich auf und beugte sich über ihn. »Ich dachte mir, das ist sicher bequemer für dich, besonders mit deinen Verletzungen.« Sorge schimmerte in ihren Augen. »Sagst du mir jetzt, was passiert ist?«

Eigentlich wollte er lieber darüber nachdenken, was es bedeutete, wenn Jocelyn sich so offensichtlich um ihn sorgte und ihm sogar die Hose auszog, damit er besser schlafen konnte. Ein seltsames Gefühl der Wärme breitete sich in seiner Brust aus. Um sich abzulenken, berichtete er von seinem Treffen mit Ferro und dem Versuch des Mörders, ihn zu erschießen und zu überfahren. Als er geendet hatte, blieb Jocelyn lange Zeit stumm. Schließlich hielt er es nicht mehr aus und blickte sie an. Es war eine solche Qual auf ihrem Gesicht zu erkennen, dass er sich automatisch aufsetzte, um ihr zu helfen. Der Schmerz schoss so stark durch seinen Brustkorb, dass ihm die Luft wegblieb.

Sofort war Jocelyn bei ihm und strich mit ihren Fingern beruhigend über seinen Arm. »Was tut dir weh?«

Alles. Aber da er das nicht sagen konnte, wenn er sie nicht noch mehr aufregen wollte, beschränkte er sich auf eine der vielen schmerzenden Stellen. »Rippen.«

Sowie er ausgesprochen hatte, schob Jocelyn bereits das T-Shirt hoch. Das half seiner Erektion nicht wirklich, besonders, als sie sanft über seine Haut unterhalb des Verbands strich. »Sind sie gebrochen?«

»Nur … geprellt.« Und gerade jetzt wünschte er sich, sie wären es nicht, denn dann hätte er Jocelyns Berührungen richtig genießen können. Jay schloss seine Augen, als sie ihn weiter streichelte und die Schmerzen vertrieb. Als sie sich herunterbeugte und Küsse um den Verband herum verteilte, unterdrückte er ein Stöhnen. *Ja, etwas weiter nach unten. Noch ein Stück …* Etwas Nasses tropfte auf seinen Bauch und riss ihn aus seiner Fantasie. Seine Lider hoben sich und sein Herz krampfte sich zusammen, als er sah, dass Joceyln lautlos weinte. »Hey, was hast du?«

Sie blickte ihn mit feucht glänzenden Augen an. »Es tut mir so leid, dass du meinetwegen verletzt wurdest. Wenn ich das gewusst hätte, hätte ich dich nicht um Hilfe gebeten.«

Jay hielt ihr seine Hand hin. »Komm her.« Als sie zögerte, klopfte er auf die Matratze auf seiner unverletzten Seite. »Rutsch hier rüber, ich will dich halten.« Ihre nackten Beine blitzten unter seinem T-Shirt auf, das sie wieder als Nachthemd trug. Es verschaffte ihm eine seltsame Befriedigung, zu sehen, dass sie es anderem Nachtzeug vorzog. Er schlang seinen Arm um ihre Schultern und zog sie dicht an sich. Es fühlte sich gut an, wie sich ihr Körper an ihn schmiegte. Jay atmete tief ihren Duft ein und küsste ihre Stirn. »Ich bin froh, dass du zu mir gekommen bist, Jocelyn.«

Ihre Hand schob sich unter sein T-Shirt und berührte den Verband an seiner Schulter. »Warum? Weil du schon immer mal gerne erschossen oder überfahren worden wärst?«

Er konnte ihr Zittern spüren und strich beruhigend über ihre Haare. »Weil ich mir nicht vorstellen mag, dass du versucht hättest, alleine gegen diesen Typen zu bestehen.«

Ihre Hand blieb über seinem Herzen liegen. »Ich mir auch nicht.«

»Ich bin mir ziemlich sicher, dass er schon mal irgendwo in Erscheinung getreten ist. Wir werden ihn finden und festnageln. Und dann wird er uns sagen, wer sein Auftraggeber war.«

Jocelyn hob ihren Kopf und blickte ihn verwirrt an. »Ich dachte, das wissen wir schon. Leone.«

Jay starrte konzentriert an die Decke, während er noch einmal das Gespräch mit Ferro Revue passieren ließ. Irgendetwas an der ganzen Sache stimmte nicht, nur konnte er nicht den Finger darauf legen. Ferro war seit zwanzig Jahren einer von Leones engsten Vertrauten. Es passte einfach nicht, dass er jetzt überlaufen und seinen Freund an die Polizei verraten sollte. Schon gar nicht auf diese Art und Weise. Wenn, dann wäre das heimlich geschehen und nicht am helllichten Tage, mitten in San Francisco. Und was hatte er damit gemeint, dass Jay auf der falschen Spur war? Vor allem aber der letzte Satz gab Jay zu denken. ›Wir haben nichts mit …‹ Was hatte Ferro sagen wollen? Dass sie nichts damit zu tun hatten? Wenn er den Fahrstuhlmord gemeint hatte, wer sollte sonst der Auftraggeber gewesen sein?

Nein, es waren sich alle einig gewesen, dass nur Leone in Frage kam. Der Mörder hatte schon einmal für den Mafiaboss gearbeitet, warum sollte es diesmal anders gewesen sein? Es war alles völlig logisch, und normalerweise würde er gar nicht weiter darüber nachdenken. Schon allein, weil er Leone mehr als jeden anderen im Gefängnis sehen wollte. Aber da war dieser Hauch von Zweifel, der sich durch Ferros Tod verstärkt hatte. Begonnen hatte es damit, dass er sich gefragt hatte, warum Leone Jocelyn überhaupt töten sollte. Sie konnte nichts gegen ihn aussagen, es wäre also völlig sinnlos gewesen, sie ermorden zu lassen. Trotzdem hatte sie während des Prozesses Drohbriefe bekommen, und es waren Anschläge auf sie verübt worden, sodass sie ins Zeugenschutzprogramm gekommen war. Es musste jemand sein, der mächtig genug war, ihren Aufenthaltsort herauszufinden.

Was sicher auf Leone zutraf, nur passte das irgendwie nicht zusammen. Was, wenn jemand ganz anderes dahintersteckte, der offensichtlich die richtigen Kontakte hatte und auch nicht davor zurückschreckte, unschuldige Frauen, US-Marshals oder Polizisten zu töten? Das würde die ganze Situation noch gefährlicher machen, denn dann kannte Jay den Gegner nicht und wusste nicht, wie er reagieren würde.

»Jay?« Sie hatte ihn inzwischen zum wiederholten Male angesprochen, aber er reagierte überhaupt nicht darauf. Irgendetwas beschäftigte ihn, das konnte sie ihm deutlich ansehen.

Endlich drehte er ihr sein Gesicht zu, seine Augen trafen ihre. »Ja?«

Der Ausdruck darin verstärkte ihre Sorge. »Was hast du mir nicht erzählt?«

»Nichts. Es ist nur …« Er rieb über seine Stirn. »Ich hatte den Eindruck, Ferro wollte mir sagen, dass Leone nichts mit den Morden zu tun hatte.«

»Und du glaubst ihm?«

»Das weiß ich eben nicht. Aber welchen Grund hätte er sonst haben können, sich mit mir zu treffen? Er wollte sich offensichtlich nicht von Leone abwenden, wie ich es zuerst gedacht hatte, also warum sollte er das Risiko eingehen, wo er doch wusste …« Jay brach ab und blickte wieder an die Decke.

»Was?« Als er nicht antwortete, beugte sie sich über ihn. »Komm schon, Jay, denkst du nicht, ich sollte alles wissen, was mit Leone zusammenhängt?«

Jay sah ihr nicht in die Augen, als er antwortete. »Ich bin schon seit Jahren hinter Leone her, besonders, nachdem er einen meiner Informanten vor neun Monaten kaltblütig ermorden ließ. Ich würde alles tun, um ihn hinter Gitter zu bringen. Ferro wusste das, und trotzdem hat er sich mit mir getroffen.«

Jocelyn wurde kalt. Er würde alles tun, um Leone zur Strecke zu bringen? Jay hatte sofort zugesagt, ihr zu helfen, als er gehört hatte, wer sie war und wer vermutlich hinter den Anschlägen steckte. Es war völlig legitim, dass er seine eigenen Zwecke verfolgte, während er ihr half, und das hatte er ihr sogar gesagt, nur hatte sie irgendwann nicht mehr daran gedacht. Stattdessen hatte sie sich eingebildet, dass er es ihretwegen tat und er sich genauso zu ihr hingezogen fühlte, wie sie zu ihm. Wie hatte sie so dumm sein können, sich etwas anderes einzubilden?

Eine Hand schloss sich um ihr Handgelenk, als sie sich aufsetzen wollte. »Wo willst du hin?«

»Aufstehen.« Ihre Stimme klang gepresst, aber sie hoffte, dass Jay es nicht merkte.

»Bleib noch.« Sein Daumen strich über ihren Puls. »Ich habe die ganze Zeit im Krankenhaus daran denken müssen, wie gerne ich bei dir wäre.«

Jocelyn schnaubte in dem Versuch, vor Jay zu verbergen, wie nahe sie den Tränen war. »Das brauchst du nicht zu sagen. Ich bleibe doch sowieso hier, weil ich keine andere Möglichkeit habe, wenn ich nicht sterben will.«

Diesmal blickte Jay sie an. »Was hat das eine mit dem anderen zu tun?«

Sie wollte nicht darüber reden, aber er ließ ihr keine Wahl. »Ich verstehe, dass du Leone kriegen willst, wirklich. Und ich bin dankbar, dass du mir hilfst, am Leben zu bleiben. Alles andere ist nicht nötig.« Trotz ihrer Bemühungen, ihre Gefühle zu kontrollieren, füllten sich ihre Augen mit Tränen, als sie Jays undeutbaren Gesichtsausdruck sah.

»Jocelyn, das ist …«

Er wurde von einem Klopfen an der Tür unterbrochen, die gleich darauf aufschwang. »Guten Mor…« Angelas Augen weiteten sich, als sie Jay neben ihr im Bett liegen sah.

Verlegene Hitze stieg in Jocelyns Wangen und sie versuchte, sich von Jay loszumachen, doch sein Griff um ihr Handgelenk wurde fester.

»Morgen, Mom. Wir kommen gleich runter.« Jays Stimme klang so ruhig, als wäre er es gewöhnt, von seiner Mutter mit einer Frau im Bett überrascht zu werden.

Sorgenfalten bildeten sich auf ihrer Stirn, während ihr Blick über ihn glitt. »Was ist denn mit dir passiert? Und wie kommst du hierher, ich dachte, du wärst wieder in San Francisco.«

»Es geht mir gut, Mom. Alles Weitere erzähle ich dir beim Frühstück. Wenn du jetzt bitte …« Er hob seine Augenbrauen.

Mit einem breiten Lächeln zog Angela sich zurück, aber nicht, ohne Jocelyn noch einmal zuzuzwinkern. Als sich die Tür hinter ihr schloss, zog Jocelyn die Decke über den Kopf und stieß einen gedämpften Schrei aus. Sie hatte es so genossen, von Angela bemuttert zu werden, hoffentlich dachte sie jetzt nicht schlecht von ihr.

Jay zog die Decke weg und betrachtete ausgiebig ihr sicher knallrotes Gesicht. »Es gibt nichts, wofür wir uns schämen müssen, Jocelyn.«

»Nein?« Sie holte tief Luft, um sich zu beruhigen. »Wie würdest du eine Frau nennen, die schon nach wenigen Tagen mit einem fast fremden Mann im Bett liegt?«

Jay stieß einen tiefen Seufzer aus. »Erstens war ich es, der heute Nacht zu dir ins Bett geklettert ist, und zweitens ist überhaupt nichts passiert.« Lachfältchen bildeten sich in seinen Augenwinkeln. »Außer einem Kuss, den ich zumindest sehr genossen habe.«

Jocelyn schloss die Augen. »Ich wollte einen guten Eindruck auf deine Eltern machen. Sie haben mich hier so nett aufgenommen, und das Mindeste, was ich tun kann, ist, mich ordentlich zu benehmen, solange ich unter ihrem Dach lebe.« Ihr Körper spannte sich an, als sie seinen Atem auf ihren Lippen spürte.

»Was ich vorhin sagen wollte, bevor wir von meiner Mutter unterbrochen wurden: Ich weiß nicht, wie du auf die Idee kommst, dass ich versuche, dich bei Laune zu halten, indem ich so tue, als würde ich dich mögen. Ich mag dich und das hat nichts mit Leone oder sonst irgendwem zu tun. Ganz im Gegenteil, es wäre einfacher, wenn du mir egal wärst.«

Jocelyn öffnete die Augen und blickte direkt in Jays. Sein Gesicht war so nah, dass sie nur den Kopf ein wenig anzuheben bräuchte, um ihn zu küssen. Doch sie tat es nicht, sondern lag nur stumm da und versuchte zu entscheiden, ob Jay ihr die Wahrheit sagte. Sie konnte es sich kaum vorstellen, aber andererseits, was hätte er davon, sie anzulügen? Schließlich nickte sie zögernd. »Okay.«

»Gut.« Fast so etwas wie Enttäuschung breitete sich in ihr aus, als er sich aufsetzte und ihr den Rücken zudrehte. »Steh besser auf, Mom hat sicher schon jede Menge Aktivitäten für dich geplant.« Ein Lächeln lag in seiner Stimme.

Ihr Brustkorb presste sich zusammen. »Wenn sie sich jetzt überhaupt noch um mich kümmern mag, nach dem, was sie eben gesehen hat.«

Ein tiefer Seufzer drang zu ihr herüber. »Ich weiß ehrlich nicht, wie du auf eine solche Idee kommst. Erstens hat meine Mutter rein gar nichts gesehen, außer, dass wir größtenteils bekleidet in einem Doppelbett lagen, und zweitens wird sie dich ganz sicher nicht schlechter behandeln, nur weil sie jetzt weiß, dass ich dich mag. Im Gegenteil.« Jay blickte sie über die Schulter an. »Vermutlich wird sie schon unsere Hochzeit planen und Namen für die Enkelkinder aussuchen.«

Mit einem lauten Stöhnen zog sich Jocelyn wieder die Decke über den Kopf. Das wurde ja immer schlimmer! Sie würde Jays Eltern nie wieder in die Augen sehen können, wenn sie wusste, dass sie so etwas dachten. Als sie sich schließlich so weit beruhigt hatte, dass sie die Decke wieder zurückschlug, war Jay verschwunden. Seltsam enttäuscht setzte sie sich auf, schob die Beine aus dem Bett und stand rasch auf. Es war besser, wenn sie Angela nicht auch noch warten ließ. Vielleicht würde sie sich nach einer kurzen Dusche besser fühlen und den abschätzigen Blicken besser begegnen können.

In ihre trüben Gedanken vertieft, öffnete sie die Tür des angrenzenden Badezimmers und blieb abrupt auf der Schwelle stehen. Jay stand mitten im Raum – nur mit eng anliegenden Boxershorts bekleidet. Sein Blick traf ihren im Spiegel, und er zog eine Augenbraue hoch.

Hitze schoss in Jocelyns Wangen und sie trat rasch zurück. »Entschuldige, ich wusste nicht …«

»Kein Problem.« Jay wandte sich wieder seiner Schulter zu, an der er mit seiner anderen Hand herumfummelte.

Jocelyn sollte das Bad so schnell wie möglich verlassen, aber ihre Füße waren wie festgenagelt. Ihr Blick glitt über seinen beinahe nackten Körper, und sie zuckte zusammen, als sie die Prellungen sah, die unter dem Verband über seinen Rippen hervorschauten. Vermutlich waren sie durch den Aufprall auf die Straße verursacht worden. Sie mussten höllisch schmerzen, genauso wie die Schussverletzung an seiner Schulter. Auch hier verdeckte ein Verband die Wunde, aber es waren rötliche Flecken darauf zu erkennen. Um die Wunde herum war seine Haut gesäubert worden, aber weiter unten klebten noch Reste von Blut.

Übelkeit stieg in ihr auf, als sie sich vorstellte, wie sehr er ihretwegen gelitten hatte und dass er gestern hätte sterben können. Jocelyn biss auf ihre Lippe, um die Tränen zurückzuhalten, die in ihren Augen aufstiegen. Es brachte ihm nichts, wenn sie hier herumstand und über etwas jammerte, das bereits passiert war. Entschlossen trat Jocelyn um ihn herum und nahm einen sauberen Waschlappen aus dem Regal.

»Was tust du da?« Seine Stimme war seltsam rau.

»Ich kümmere mich um dich.« Sie ließ warmes Wasser über den Waschlappen laufen und wrang ihn aus.

»Das ist nicht …«

Jocelyn ließ ihn nicht ausreden. »Kommst du selbst an deinen Rücken? Nein. Also werde ich das übernehmen.« Sanft legte sie ihre Hand auf seinen Arm. »Bitte, Jay. Ich kann es nicht wiedergutmachen, aber ich möchte dir wenigstens helfen.«

»Danke.«

Langsam und vorsichtig fuhr sie mit dem Waschlappen über seinen Rücken und entfernte das Blut. Die Verbände sparte sie aus und bemühte sich, die Prellungen kaum zu berühren. Nachdem sie mit dem Rücken fertig war, nahm sie seine Beine in Angriff.

»Jocelyn …«

»Kannst du dich bücken und das selbst machen?«

Jay seufzte. »Nein.«

»Eben. Bleib einfach nur ruhig stehen, bis ich fertig bin.« Im Spiegel sah sie, dass er eine Grimasse schnitt. Sie ging zum Waschbecken und spülte den Waschlappen aus. »Wenn es dir so unangenehm ist, dass ich das mache, kann ich auch deine Mutter oder deinen Vater holen, damit sie dir helfen.«

Ein leichtes Lächeln erschien auf seinen Lippen. »Das ist weniger mein Problem.«

Verwirrt sah sie ihn an. »Was denn sonst? Tut dir etwas weh?«

»Nein, im Gegenteil.«

Es dauerte einen Moment, bis sie verstand, was er meinte. Unwillkürlich blickte sie nach unten und entdeckte die Beule in seinen Boxershorts. Hitze schoss durch ihren Körper, und sie hatte Mühe, ihren Blick davon loszureißen. Als ihre Blicke sich trafen, nahm die Wärme in seinen Augen sie gefangen. »Entschuldige.«

»Kein Problem.«

Das nahm Jocelyn als Aufforderung weiterzumachen. Konzentriert wusch sie seine Brust und bemühte sich, seine Brustwarzen zu ignorieren, die sich unter ihrer Berührung zusammenzogen. Vorsichtig umging sie die Verbände und kam schließlich bei seinem Bauch an. Die Muskeln spannten sich an und Jay ballte die Hände an seinen Seiten zu Fäusten. Aber er hielt Jocelyn nicht auf und gab keinen Laut von sich. Deshalb hockte sie sich vor ihn und säuberte auch die Vorderseiten seiner Beine. Ihr Kopf war dabei auf einer Höhe mit seinem Schaft, und sie wünschte, sie hätte den Mut, ihre Wange daran zu reiben oder sogar die Boxershorts herunterzuziehen und mit ihrer Zunge … Ihr Herz hämmerte, als sie sich wieder aufrichtete, ihr Mund war trocken.

Das Feuer in Jays Augen ließ sie schwanken. Sofort schlossen sich seine Hände um ihre Arme, und er stützte sie. »Danke, es geht schon.« Jocelyn trat einen Schritt zurück und warf den Waschlappen ins Becken.

Jay räusperte sich. »Könntest du mir noch helfen, den Verband an der Schulter zu wechseln?«

»Natürlich.« Froh, dass sie ihm dazu nicht mehr in die Augen sehen musste, stellte sie sich hinter ihn und begann damit, vorsichtig den mit Klebestreifen an seiner Haut befestigten Verband zu lösen. Erst als sie sicher war, dass er nicht an der Wunde klebte, zog sie ihn vorsichtig ab. Ein Schauder lief durch ihren Körper, als sie die blau-schwarz verfärbte Haut um die Naht sah. »Oh Gott!«

Jay drehte seinen Kopf zu ihr. »Was?«

»Es tut mir so leid, dass du so schwer verletzt wurdest, Jay.«

»Ich finde es auch nicht so prickelnd, aber es hätte wesentlich schlimmer kommen können. Von daher bin ich froh, hier zu sein.« Er reichte ihr einen Handspiegel. »Kannst du ihn so halten, dass ich die hintere Wunde sehen kann?« Schweigend tat Jocelyn, worum er sie bat. »Okay, das sieht normal aus. Kannst du ein wenig antibakterielles Spray drübersprühen und dann einen neuen Verband anbringen?«

Fünf Minuten später hatte sie auch das erledigt und trat erleichtert zurück.

»Danke.« Jay drehte sich zu ihr um. »Ich weiß, das ist viel verlangt, aber könntest du mir noch einen Gefallen tun?« Jocelyn nickte stumm und verbarg ihre zitternden Hände hinter dem Rücken, damit Jay sie nicht sah. Röte stieg in seine Ohren. »Kannst du mir die Boxershorts ausziehen?« Als ihre Augen sich weiteten, redete er schnell weiter. »Jedes Mal wenn ich mich bücke, bleibt mir die Luft weg und anders kriege ich das verdammte Ding nicht aus.«

»O…okay.«

Jays Mundwinkel hob sich. »Wenn du mir ein Handtuch reichst, binde ich es mir um, damit du nichts siehst, was du nicht sehen willst.«

Jocelyn musste auf ihre Lippe beißen, um nicht zu sagen, dass sie gerne mehr von ihm sehen würde. Stattdessen reichte sie ihm das Handtuch und beobachtete, wie er es um seine Hüfte schlang. »Fertig?«

Jay nickte. Seine Fingerknöchel stachen weiß hervor, so fest umklammerte er das Handtuch, während sie darunterfasste und ihre Finger unter den Bund der Boxershorts schob. Ein langer, harter Widerstand erschwerte ihr die Arbeit, aber schließlich schaffte sie es, die Hose an seinen Beinen herunterzuziehen und seine Füße daraus zu befreien. Rasch stand sie auf und trat einen Schritt zurück. Ein Blick auf Jay zeigte ihr, dass seine Augen fest zugekniffen waren. Röte überzog seine Wangen, und er atmete heftig. Als er die Lider hob, versank sie in den schwarzen Tiefen.

Schließlich riss sie sich zusammen. »Schaffst du den Rest alleine?«

Jay räusperte sich. »Ja, danke.«

Eilig verließ Jocelyn das Badezimmer und zog die Tür hinter sich zu. Sie stolperte zum Bett und ließ sich darauf sinken. Das Gesicht in den Händen vergraben, atmete sie tief durch, bis sie sich wieder ein wenig beruhigt hatte. Was war es an Jay, das sie so aus der Fassung brachte? Früher war sie nie so schnell zu beeindrucken gewesen, doch Jay hatte es irgendwie geschafft, während der wenigen Tage, die sie zusammen gewesen waren, unter ihre Haut zu gehen. Jocelyn richtete sich auf und atmete tief durch. Genug, es wurde Zeit, dass sie etwas Rückgrat zeigte.

Da Jay nur die Boxershorts und ein ziemlich seltsames T-Shirt aus dem Krankenhaus getragen hatte, entschied Jocelyn, dass sie ihm am besten saubere Kleidung brachte und anbot, ihm beim Anziehen zu helfen. Ja, sie war unheimlich selbstlos. Ein Lächeln umspielte ihre Lippen, als sie aus seinem Schrank Unterwäsche und ein kurzärmeliges Hemd heraussuchte, dass er mit seinen Verletzungen sicher leichter anziehen konnte als ein T-Shirt. Als Letztes nahm sie noch Cargoshorts dazu, die leichter anzuziehen waren als eine Jeans. Langsam durchquerte sie den Raum und schob mit dem Ellbogen die Badezimmertür ein Stück auf. Vorsichtig blickte sie durch den Spalt und erstarrte.

Jay hatte das Handtuch abgelegt und war völlig nackt. Mit dem Rücken lehnte er an der Duschkabine, sodass Jocelyn ihn nun von vorne sehen konnte. Seine Augen waren geschlossen, der Kopf in den Nacken gelegt. Zuerst dachte sie, es ginge ihm schlecht und er bräuchte Hilfe, doch dann erkannte sie, dass seine Hand mit dem Waschlappen um seinen Schaft gelegt war und langsam daran auf und ab fuhr. *Oh Gott!* Jocelyn presste eine Hand vor den Mund, um keinen Ton von sich zu geben. Sie glaubte nicht, dass sie jemals etwas Erotischeres gesehen hatte.

Ihre inneren Muskeln zogen sich in Reaktion darauf zusammen, ihr Herz klopfte so laut, dass sie fast befürchtete, er könnte es hören. Sie sollte sich eigentlich leise und unauffällig zurückziehen, doch ihr Körper rührte sich nicht.

Immer schneller bewegte sich Jays Hand, während die andere sich um seine Hoden legte. Sein Penis schwoll noch weiter an, bis er schließlich zu zucken begann. Ein Laut beinahe wie ein Grollen löste sich aus seiner Brust, reine Lust spiegelte sich auf seinem Gesicht. Lautlos zog Jocelyn sich zurück und presste eine Hand auf ihr hämmerndes Herz. Noch nie hatte sie etwas Derartiges beobachtet, und auch wenn sie eigentlich ein schlechtes Gewissen haben sollte, tat sie es nicht. Es war wunderschön gewesen, seiner kraftvollen Hand dabei zuzusehen, wie er sich selbst Befriedigung verschaffte. Die Muskeln, die in seinem Arm und seinem Bauch zuckten, die harten Brustwarzen, der Ausdruck auf seinem Gesicht. Vor allem aber gefiel ihr, dass sie durch ihre Berührungen diese verzweifelte Leidenschaft in ihm ausgelöst hatte.

Als sie das Wasser ins Waschbecken laufen hörte, erwachte sie aus ihrer Verzückung. Rasch ließ sie seine Kleidung auf das Bett fallen, zog ihr provisorisches Nachthemd aus und streifte sich Unterwäsche und ihr neues Kleid über. Jay durfte auf keinen Fall merken, dass sie ihn beobachtet hatte. Sie war gerade dabei, ihre Haare zu kämmen, als Jay an die Badezimmertür klopfte.

»Kann ich reinkommen?«

Röte stieg in ihre Wangen, als sie sich daran erinnerte, dass sie ihm nicht die gleiche Höflichkeit erwiesen hatte. »Ja.« Hastig redete sie weiter. »Ich habe dir auch schon was zum Anziehen rausgesucht, ich hoffe, das war in Ordnung.«

Jay betrat den Raum, das Handtuch fest um die Taille gewickelt. Seine Augen glitzerten, als er sie betrachtete. »Du siehst gut aus.«

Das war zwar maßlos übertrieben, aber sie freute sich trotzdem darüber. »Danke. Zumindest deutlich besser als bei unserem ersten Treffen.«

Er grinste sie an. »Irgendwie vermisse ich den Bauch.«

Jocelyn verdrehte die Augen. »Das sagst du nur, weil du weißt, dass kein Baby darin war.«

Seltsam ernst blickte er sie an. »Stimmt. Ich gebe zu, der Gedanke hatte mich ein wenig in Panik versetzt.«

Es erstaunte sie, dass er das zugab. »Willst du später mal Kinder haben?«

Unbehaglich hob Jay die Schultern und schnitt eine Grimasse, als er an seine Verletzung erinnert wurde. »Vielleicht mit der richtigen Frau. Aber ich lege es nicht unbedingt darauf an.« Rasch wechselte er das Thema. »Ich ziehe mich dann wohl besser an, bevor meine Mutter noch einmal hier auftaucht und mich nackt erwischt.«

Blut schoss in Jocelyns Wangen, als sie wieder daran erinnert wurde, wie er vor wenigen Minuten ausgesehen hatte.

Jay legte einen Finger unter ihr Kinn und hob es an, sodass sie ihm in die Augen sehen musste. »Hey, du musst dich wirklich nicht vor meinen Eltern schämen. Die beiden würden nie etwas Schlechtes von dir denken.«

Auch nicht, wenn sie wüssten, dass sie ihren Sohn dabei beobachtet hatte, wie er …? »Ich hoffe, du hast Recht.«

»Garantiert.« Jay trat zurück und betrachtete die auf dem Bett liegenden Kleidungsstücke. Mit einem tiefen Seufzer nahm er schließlich das Hemd und schob seinen verletzten Arm in den kurzen Ärmel. »Ich weiß, es ist leichter anzuziehen, aber ich hätte lieber ein T-Shirt an.«

»Vielleicht morgen.«

Jay nahm die Boxershorts in die Hand und schnitt eine Grimasse. »Ich glaube, die lasse ich heute weg.«

Ein Kribbeln schoss durch ihren Körper bei dieser Vorstellung. »Oder ich helfe dir wieder.« Sowie das Angebot aus ihrem Mund war, wollte sie es zurücknehmen. Sie wusste nicht, ob sie es noch mal ertragen würde, ihm so nahe zu kommen, ohne ihn zu berühren.

Irgendetwas musste er an ihrem Gesichtsausdruck abgelesen haben, denn er schüttelte den Kopf. »Nein, besser nicht, sonst musst du mir heute Abend auch wieder heraushelfen. Da ist es einfacher, gleich darauf zu verzichten.« Er lächelte sie schief an. »Möchtest du noch ins Bad, bevor wir nach unten gehen? Dann wäre jetzt die passende Gelegenheit.«

»Okay. Ich klopfe, wenn ich wieder reinkomme.« Nicht so wie vorhin … »Und wenn du doch Hilfe brauchst, rufst du einfach.«

»Mache ich.«

Mit einem Gefühl der Erleichterung, gleichzeitig aber auch Enttäuschung, zog Jocelyn die Tür hinter sich zu.

15

Kopfschüttelnd blickte Jay auf die geschlossene Tür. Was war nur in ihn gefahren? Nicht nur, dass er ohne Rücksicht auf seinen oder ihren Zustand – oder die Tatsache, dass sie im Haus seiner Eltern waren – Jocelyn geküsst hatte, nein, er hatte auch noch ihre Hilfsbereitschaft ausgenutzt, nur damit sie ihn berührte. Hätte sie danach nicht so schnell das Badezimmer verlassen, hätte er sich vor ihr blamiert. Wärme kroch seinen Nacken hinauf, als er sich daran erinnerte, wie er sich vorgestellt hatte, es wäre Jocelyns Hand, die ihn umfasste … Jay blickte an sich hinunter und verzog den Mund. Wunderbar, jetzt würde er noch mehr Probleme beim Anziehen haben.

Rasch warf er das Handtuch zur Seite und setzte sich auf das Bett. Mit einiger Mühe schaffte er es, die weiten Cargoshorts über seine Füße und bis zum Knie hinauf zu ziehen. Jay stand wieder auf und zog die Shorts dabei hoch. Gerade als er sich darum bemühte, seinen Penis hineinzustopfen und den Reißverschluss zu schließen, klopfte Jocelyn an die Tür.

»Bist du angezogen?«

Jay schloss rasch den Knopf. »Mehr oder weniger.«

Einen Moment herrschte Schweigen, dann räusperte sie sich. »Heißt das, ich kann reinkommen oder soll ich warten?«

»Komm ruhig rein, du hast sowieso schon fast alles von mir gesehen.« Ein Schauder lief über seinen Rücken.

Jocelyn schob die Tür einen Spalt auf und steckte vorsichtig den Kopf hindurch. Ihr Gesichtsausdruck brachte ihn zum Lachen. Röte stieg in ihre Wangen. »Was?«

»Du sahst eben aus, als würdest du ein Monster erwarten.« Unter Schwierigkeiten schlüpfte er in den anderen Ärmel des Hemdes und knöpfte es zu. »Ich bin es doch nur.«

Jocelyn schnitt eine Grimasse. »Genau das ist mein Problem.«

Sofort wurde er ernst und trat zu ihr. Er umfasste locker ihr Handgelenk, um ihren Rückzug zu verhindern. »Es tut mir leid, wenn ich mich dir aufgedrängt habe. Ich weiß, dass ich nicht einfach zu dir ins Bett hätte klettern sollen, aber ich bin automatisch in meinen Raum gegangen, und als ich dich dann im Bett liegen sah …«

Als er nicht weitersprach, hakte sie nach. »Ja?«

Jay schob seine Hände in die Hosentaschen, damit sie seine Erektion nicht sah, die ihre Nähe noch verstärkt hatte. »Wollte ich mich einfach nur noch dazulegen. Es wirkte so gemütlich.«

»Du musst dich dafür nicht entschuldigen, Jay. Es ist schließlich dein Bett und außerdem bist du verletzt. Wenn du noch ein wenig länger wach geblieben wärst, hätte ich dir auch mehr helfen können.«

Er konnte nicht anders, er musste sie einfach berühren. Mit dem Zeigefinger strich er vorsichtig über ihre Wange. »Du hast mir ja heute Morgen geholfen, mehr war nicht nötig.« Jay versank in ihren Augen, die sich bei seiner Berührung verdunkelt hatten. Nur mit Mühe riss er sich los und trat einen Schritt zurück. »Wir sollten jetzt lieber runtergehen, sonst schickt meine Mutter einen Suchtrupp los.«

Jocelyn wurde blasser und richtete sich steif auf. »Ja, natürlich.«

Kopfschüttelnd legte er seine Hand auf ihren Rücken und geleitete sie zur Tür. »Du musst wirklich keine Angst haben, meine Eltern mögen dich und das wird sich jetzt auch nicht ändern.« Sie nickte zwar, aber er konnte immer noch ihre verspannten Muskeln unter seiner Handfläche spüren. Mit einem lautlosen

Seufzer entschied er, dass er sie sowieso nicht überzeugen konnte. Das überließ er am besten seiner Mutter. Angela hatte so eine Art, die Menschen für sich einzunehmen, dass er sich darüber keine Sorgen machte.

Als sie beim Esszimmer ankamen, musste er Jocelyn beinahe in den Raum schieben. Er zog ihr einen Stuhl heraus und wartete, bis sie saß, bevor er an seinen Platz ging. Einerseits war er so erzogen worden, andererseits wollte er aber auch verhindern, dass Jocelyn flüchtete, sobald er sich von ihr entfernte. Mit einem unterdrückten Stöhnen ließ er sich auf den Stuhl sinken und erntete einen besorgten Blick von ihr. Bevor sie etwas sagen konnte, kam Angela aus der Küche.

Ein Lächeln lag auf ihren Lippen, als sie eine Schüssel mit Müsli auf den Tisch stellte. »Da seid ihr ja. Greift zu, George kommt gleich, er wollte noch nach den Pferden sehen.«

»Soll ich ihm helfen?« Jay erhob sich halb, wurde aber von seiner Mutter zurückgewunken.

»Ach was, das schafft er schon alleine. Außerdem glaube ich, dass er es genießt, sich mit Commander Redfield über seine Erfahrungen auszutauschen. George war damals auch bei der Navy. Er genießt es, mit jemandem reden zu können, der versteht, wovon er spricht.«

»Aber mit Clint kann er doch auch …« Auf den Blick seiner Mutter hin grinste Jay. »Okay, vergiss, dass ich das gesagt habe.« Fragend blickte Jocelyn ihn an. »Sagen wir es so: Mein Bruder ist nicht gerade dafür bekannt, viel zu reden.«

»Vor allem ist er viel zu selten hier, seit er an der Ostküste wohnt.« Traurigkeit zog über Angelas Gesicht. »Da bekomme ich endlich ein Enkelkind und kann es nur alle paar Monate mal sehen.« In die Augen seiner Mutter trat ein seltsamer Glanz, als sie erst Jocelyn und dann ihn betrachtete. Es wurde eindeutig Zeit für ein Ablenkungsmanöver. Rasch schob er den Stuhl zurück. »Entschuldigt mich für einen Moment, ich muss dringend Dave anrufen.«

Jocelyns alarmierter Gesichtsausdruck schnitt ihm ins Herz, aber darauf konnte er jetzt keine Rücksicht nehmen. Wenn seine Mutter erst mal auf eine Idee kam, war sie nur schwer wieder davon abzubringen, deshalb war es besser, sich zu entfernen und erst wiederzukommen, wenn sein Vater hier war.

Er blickte Jocelyn entschuldigend an. »Ich habe Dave gestern den ganzen Tag nicht erreicht, anscheinend hatte seine Tochter einen Blinddarmdurchbruch und wurde ins Krankenhaus eingeliefert.« Vor allem aber musste er seinem Partner von den Ereignissen erzählen und mit ihm besprechen, wie es weitergehen sollte.

»Oh.« Angela wirkte betroffen. »Richte ihm bitte meine Genesungswünsche für Kara aus. Ich hoffe, sie erholt sich schnell wieder.«

Jay lächelte sie an. »Ich werde es ihm ausrichten. Bin gleich wieder da.« Er trat auf den Flur und verließ das Haus. Draußen atmete er tief durch, bevor er das neue Handy aus der Hosentasche zog und anschaltete. Erleichtert atmete er auf, als er eine Rückrufnachricht von Dave entdeckte. Anscheinend war er aus dem Krankenhaus raus oder zumindest kurzzeitig wieder erreichbar.

Mit der Hüfte lehnte Jay sich an die Balustrade der Veranda, wählte Daves Nummer und wartete ungeduldig darauf, dass sein Partner sich meldete.

»Mahoney.« Das eine Wort klang bereits so erschöpft, dass Jay sich beinahe wünschte, er hätte nicht angerufen.

»Hallo Partner, wie geht es Kara?«

Einen Moment lang herrschte Stille, dann folgte ein unterdrücktes Stöhnen. Daves Stimme zitterte, als er schließlich antwortete. »So weit gut. Es war ein ziemlicher … Schreck.«

»Das kann ich mir vorstellen. Mom lässt Genesungswünsche ausrichten. Ich nehme an, Kara wurde operiert? Wann wird sie entlassen?«

Wieder Schweigen. »Ja, operiert. Es wird wohl noch ein paar Tage dauern, bis sie nach Hause kommt.« Dave räusperte sich. »Wie läuft es bei dir? Morris sagte, du hättest einen Unfall gehabt?«

Jay lachte humorlos. »So kann man es auch nennen. Ferro hatte mich um ein Treffen gebeten, doch bevor er sagen konnte, was er wollte, wurde er erschossen. Danach hat der Schütze versucht, mich zu erledigen, glücklicherweise hat er aber nicht richtig getroffen.«

Dave gab einen unterdrückten Laut von sich. »Wie geht es dir? Bist du verletzt?«

»Die eine oder andere Blessur, aber nichts Weltbewegendes. Hör zu, Dave, ich wollte dir nur Bescheid sagen, dass ich in nächster Zeit nicht zum Dienst komme. Ich weiß nicht, wie der Mörder von dem Treffen erfahren hat, aber ich nehme an, dass wirklich entweder das Telefon abgehört wird oder es im Department einen Spitzel gibt. Sag bitte zu niemandem was, okay?«

»Klar. Bist du jetzt gerade bei ihr?«

»Ja. Wenn irgendwas Wichtiges ist, erreichst du mich unter dieser Nummer, mein normales Handy habe ich abgestellt und woanders deponiert, damit mich niemand über den GPS-Chip finden kann.«

Jay hörte ein Kratzen. »Wann kommt ihr zurück?«

Er blickte über die grünen Hügel der Ranch und atmete tief ein. »Ich weiß es nicht. Im Moment ist es mir in San Francisco zu heiß, zuerst muss ich körperlich wieder fit sein und auch darüber nachdenken, wie ich die Sache am besten angehe.«

»Wir werden Leone kriegen, das verspreche ich dir.«

Jay rieb über seine schmerzende Schulter. »Sosehr ich ihn

auch für das bestraft sehen will, was er Rizzo und so vielen anderen angetan hat, ich frage mich, ob Leone wirklich etwas mit dem Fahrstuhlmord zu tun hatte.«

Dave gab einen ungläubigen Laut von sich. »Hast du Beweise dafür?«

»Noch nicht, aber wenn es stimmen sollte, werde ich nicht ruhen, bevor ich den wahren Täter gefunden habe.«

»Sag mir Bescheid, wenn du etwas herausfindest. Was machst du, wenn es doch Leone war?«

Jay presste die Zähne zusammen. »Dann werde ich dafür sorgen, dass er nie wieder das Licht erblickt.«

»Ich helfe dir dabei.« Ein Moment der Stille entstand. »Entschuldige Jay, ich muss jetzt los. Pass auf dich auf.«

»Du auch. Wenn sie mich nicht finden, könnte es sein, dass sie sich an dich wenden. Unternimm nichts ohne mich.«

»Werde ich nicht.« Die Verbindung brach ab.

Jay blickte das Telefon an und zuckte dann mit den Schultern, was ihm einen Schmerzenslaut entlockte. Verdammt noch mal, warum vergaß er immer wieder seine Verletzungen? Vorsichtig überprüfte er, ob die Bewegung die Naht wieder aufgerissen hatte, und atmete erleichtert auf, als der Verband trocken blieb.

»Was machst du denn noch hier draußen? Angela hat doch sicher schon das Frühstück fertig.«

Jay wandte sich mit einem Grinsen zu seinem Vater um, der sich mal wieder unbemerkt an ihn herangeschlichen hatte. »Ja, hat sie. Aber als sie mit Enkelkindern anfing, bin ich lieber geflüchtet.«

Georges Lächeln vertiefte die Falten in seinen Augenwinkeln, bevor er wieder ernst wurde. »Gibt es Neuigkeiten?«

»Nein, Dave hat im Moment andere Sorgen mit seiner kranken Tochter. Ich hoffe nur, er ist vorsichtig, nicht dass er in die Schusslinie gerät, nachdem ich nicht mehr dort bin.«

George legte seine Hand auf Jays unverletzte Schulter. »Keine Angst, Dave ist ein erfahrener Detective und außerdem hat er mit der ganzen Sache nichts zu tun. Vielleicht überwachen sie ihn oder hören sein Telefon ab, aber sie hätten keinen Grund, ihm etwas zu tun.«

Jay nickte. »Ja, wahrscheinlich. Trotzdem wäre es mir lieber, die Mistkerle, die dafür verantwortlich sind, wären schon gefasst.«

»Verständlich.«

Jay ließ das Thema fallen, als sie das Esszimmer betraten. Sofort glitt sein Blick zu Jocelyn, die gerade über etwas lachte, das seine Mutter zu ihr gesagt hatte. Sie wirkte viel lockerer als noch vor wenigen Minuten, anscheinend hatte Angela es geschafft, sie zu beruhigen. Jay merkte erst, dass er stehen geblieben war, als sein Vater ihn unauffällig in den Rücken stupste. Kopfschüttelnd ging Jay zu seinem Platz und setzte sich, dabei ließ er Jocelyn jedoch nicht aus den Augen. Es tat ihm leid, dass ihr Lächeln bereits wieder vergangen war, und sie nun George besorgt musterte. So als würde sie erwarten, dass er ihr Vorwürfe machte, weil sie mit seinem Sohn in einem Bett gelegen hatte. Jay unterdrückte sein Augenrollen und bemühte sich stattdessen um ein Lächeln.

»Wie geht es der Kleinen?«

Jay wandte sich seiner Mutter zu, die ihn besorgt anblickte. »Etwas besser anscheinend. Dave hat nicht viel erzählt, es scheint ihn sehr mitzunehmen.«

»Natürlich. Wie jedes Elternteil, dessen Kind krank ist! Was glaubst du, was ich jedes Mal ausgestanden habe, wenn es euch nicht gut ging.«

Bevor sie weiter ins Detail gehen konnte, unterbrach George sie. »Wie wäre es, wenn wir mit dem Essen anfangen? Ann sieht schon ganz verhungert aus.«

Röte stieg in Jocelyns Wangen und sie blickte verlegen auf ihren Teller.

Jay mischte sich schnell ein. »Also ich habe zumindest mörderischen Hunger. Ich habe seit gestern Mittag nichts mehr gegessen.«

»Warum hast du dir denn nichts aus dem Kühlschrank genommen, als du angekommen bist? Wirklich Jay, du bist alt genug, um zu wissen, wo du etwas zu essen findest.« Angelas Augenbrauen waren zusammengezogen.

Jay stützte seine Arme auf den Tisch. »Als ich hier ankam, war ich so müde, dass ich nur noch ins Bett wollte.«

Sorge ersetzte den Ärger in den Augen seiner Mutter. Ihr Blick glitt über die Prellung an seiner Schläfe und die Umrisse des dicken Verbandes an seiner Schulter. »Du siehst schlimm aus. Warum bist du nicht in einem Krankenhaus?«

»Das war ich.«

Ärger blitzte in Angelas Augen auf. »Und sie haben dich mit diesen Verletzungen sofort wieder entlassen?«

Röte stieg in Jays Ohrspitzen. »Nun ja, ich habe nicht direkt gefragt …«

»Jonathan Hunter, seit du klein warst, hast du immer genau das gemacht, wozu du Lust hattest, aber ich hätte gedacht, dass du inzwischen etwas vernünftiger geworden wärst. Anscheinend ist das nicht der Fall.«

Ein Druck bildete sich in Jays Brust. Er ging schon auf die vierzig zu und konnte immer noch nicht damit umgehen, wenn er seine Mutter enttäuschte oder aufregte. Hilflos blickte er Jocelyn an, die Angelas Ausbruch mit großen Augen verfolgt hatte.

George legte seine Hand auf Angelas Arm. »Unser Sohn weiß, was er tut, Schatz. Ich nehme an, er ist nur deshalb so schnell hierhergekommen, weil er sichergehen wollte, dass es unserem Gast gut geht.«

Jetzt färbten sich auch Jocelyns Wangen rot, und sie sah aus, als würde sie am liebsten aufspringen und wegrennen.

»Richtig, Dad. Könnten wir jetzt bitte einfach essen?«

Angela wedelte mit der Hand. »Natürlich. Esst.«

Jay schob sich einen Bissen in den Mund, während er gleichzeitig sein Bein ausstreckte, bis es Jocelyns berührte. Ihre Blicke trafen sich und Jay spürte ein Prickeln in seinem Magen, das nichts mit seinem Hunger auf Nahrung zu tun hatte. Es bestand eindeutig eine Verbindung zwischen ihnen, die Frage war nur, was sie damit machen sollten.

»Wir wissen jetzt, wo sich Detective Hunter mit seinem Schützling aufhält.« Die Stimme drang unangenehm laut durch den Hörer.

Er ließ sich in seinen Stuhl zurücksinken und schloss erleichtert für einen Moment die Augen. »Worauf warten Sie dann noch? Sorgen Sie dafür, dass er und vor allem dieses Miststück verschwinden.«

Kurze Zeit herrschte Stille, dann räusperte sich sein Gesprächspartner. »Die Sache ist nicht ganz so einfach. Er ist nicht mehr in San Francisco, sondern in der Nähe von West Yellowstone in Montana.«

Seine Augen flogen auf und der Stuhl quietschte protestierend, als er ihn wütend zurückschob. »Wie kommt er denn da hin? Ich hatte Ihnen den Auftrag gegeben, ihn im Krankenhaus zu erledigen. Erst sind Sie zu blöd, ihn sofort auszuschalten, und jetzt sagen Sie mir, dass Sie die Sache auch noch vermasselt haben?«

»Es wäre kein Problem gewesen, wenn er im Krankenhaus geblieben wäre. Wie es aussieht, hat er sich aber gleich wieder auf den Weg gemacht, nachdem er aufgewacht war. Ohne sich abzumelden.« Beinahe etwas wie Hass schwang in der Stimme des Auftragskillers mit. »Glauben Sie, ich habe Lust, in die Pampa zu fahren? Außerdem weiß ich nicht, wie die Bedingungen vor Ort sind. Von meiner Quelle habe ich erfahren, dass er auf der Ranch seiner Familie ist. Es kann also sein, dass ich noch ein paar Leute mehr ausschalten muss, um zu ihnen zu gelangen.«

Mit einer zitternden Hand strich er über sein Gesicht. Die ganze Sache wurde immer vertrackter, und das nur, weil jemand ihren Geschäften auf die Schliche gekommen war. Wäre dieser miese Kerl nicht untergetaucht, hätte er ihn persönlich erledigt. »Nein, keine weiteren Leichen. Hunter und die Zeugin, sonst niemanden, ist das klar?«

»Ich dachte, Sie wollten schnelle Ergebnisse. Wenn ich erst alles auskundschaften und auf eine geeignete Gelegenheit warten muss, kann es dauern.«

»Wenigstens haben Sie die andere Sache nicht vergeigt. Aber ich verlasse mich darauf, dass Sie die Angelegenheit so schnell und sauber wie möglich erledigen. Wenn Sie wieder versagen, werde ich Sie ersetzen und dafür sorgen, dass Sie nicht einen Cent bekommen. Ist das klar?«

»Glasklar. Sie sollten aber auch wissen, dass ich Informationen über Sie habe, die sicher den ein oder anderen interessieren würden, sollten Sie unsere Vereinbarung brechen.«

Langsam ließ er das Telefon sinken, als die Verbindung abbrach. Was meinte der Killer damit? Es war gar nicht möglich, dass er irgendetwas über ihn wusste, er war immer darauf bedacht gewesen, seine Identität zu schützen. Vermutlich wollte der Mistkerl ihm nur Angst machen, damit er trotzdem bezahlte. Aber darauf konnte er lange warten, wenn er jetzt nicht endlich seinen Auftrag erledigte. Was war so schwer daran, eine wehrlose Frau zu töten? Es war ihm unerklärlich, wie nun schon der zweite Auftragskiller bei ihr versagen konnte.

Aber er hatte keine Wahl, die Sache musste endlich bereinigt werden, und zwar bevor Jocelyn Callaghan wieder einfiel, was sie gesehen hatte. Vor allem, nachdem er gerade einen mächtigen Feind gereizt hatte, den er lieber nicht auf seiner Fährte haben wollte.

Jocelyn schlüpfte aus dem Haus und atmete erleichtert die frische Luft ein. So nett die Hunters auch waren, sie war es nicht gewöhnt, so … beachtet zu werden. Vor allem Jay schien kaum jemals die Augen von ihr zu nehmen und das machte sie nervös. Einerseits freute es sie, dass er ihr so viel Aufmerksamkeit schenkte, andererseits wusste sie nicht, ob er es tat, weil er da weitermachen wollte, wo sie aufgehört hatten, oder weil er es für seinen Job hielt, auf sie aufzupassen. Eine Mischung aus beidem vermutlich. In ihrem alten Leben hätte sie wahrscheinlich die Gelegenheit beim Schopf ergriffen und herausgefunden, was wirklich zwischen ihnen war, doch in ihrem neuen Ich fühlte sie sich zu unsicher. Sie wusste gar nicht mehr, wer sie überhaupt war, wie konnte sie dann erwarten, dass ein Mann sie mochte oder gar interessant fand?

Schnell entfernte Jocelyn sich vom Haus und hielt auf einen der Bäume zu, den sie immer als Startpunkt für ihre Joggingrunde nahm. Jay hatte natürlich sofort protestiert, als sie ihm gesagt hatte, dass sie joggen würde, weil er ihr mit seinen Verletzungen nicht folgen konnte. Doch sie hatte sich durchgesetzt. Sie konnte nicht die ganze Zeit im Haus sitzen, und das Grundstück war sicher genug, wenn sie in der Nähe des Hauses blieb und vor allem einen Soldaten als Begleitung hatte. Glücklicherweise waren die Gäste nirgends zu sehen, wahrscheinlich waren sie schon irgendwo im National Park unterwegs. Sie fühlte sich einfach sicherer, wenn so wenig Leute wie möglich sie sahen.

Jocelyn lächelte, als sie Red bereits unter dem Baum sitzen sah. Irgendwie fühlte sie sich sicher bei ihm, was sie von Jay nicht gerade sagen konnte. Nicht, weil sie dachte, dass Jay sie nicht beschützen konnte, ganz im Gegenteil, sondern weil er ihre Gefühle in Aufruhr brachte und sie die meiste Zeit nicht wusste, wie sie auf ihn reagieren sollte. Red dagegen hatte nicht mit einem Blick oder einer Silbe zu verstehen gegeben, dass er an ihr interessiert war, und auch ihr Herz schlug bei seinem Anblick oder dem Klang seiner Stimme nicht höher.

»Hallo, wartest du schon lange?«

Red schüttelte den Kopf. »Ist Jay schon wieder zurück? Ich dachte, er wäre in San Francisco.«

»Da war er, aber dann hat jemand versucht, ihn zu töten, und es wäre ihm beinahe gelungen.« Jocelyn biss auf ihre Lippe, um das Zittern unter Kontrolle zu bringen.

»Verdammt. Ist er verletzt?« Red stand auf und begann, seine Muskeln aufzuwärmen.

Jocelyn folgte seinem Beispiel. »Er hat eine Schusswunde an der Schulter, geprellte Rippen und einen verstauchten Knöchel.«

Red stieß einen leisen Pfiff aus. »Er macht wirklich keine halben Sachen.« Als Jocelyn ihn wütend anstarrte, zuckte er nur mit den Schultern. »Wenn ihn jemand wirklich töten wollte, hatte er Glück, mit relativ leichten Verletzungen davongekommen zu sein. Und vielleicht ist es ja auch gut, dass er jetzt wieder hier ist.«

Jocelyn nickte knapp. »Wollen wir?«

Langsam liefen sie los, und Jocelyn spürte, wie die Anspannung und Furcht in ihr mit jedem Schritt kleiner wurden. Es dauerte nicht lange, bis sie sich völlig in ihrem Rhythmus befand und ihre Gedanken abschweiften. Wieder gab Red das Tempo vor, und sie spürte, wie ihre Muskeln sich lockerten, ihr Atem gleichmäßiger wurde. Er wusste genau, welche Geschwindigkeit ihr lag, und hielt sich daran. Das Einzige, was sie von ihm hörte, waren leise Atemzüge, und das vermutlich auch nur, weil er sich keine Mühe gab, sie zu verbergen. Seine Schritte waren völlig lautlos. Sie musste ihn unbedingt nachher fragen, ob er nicht Lust hatte, Fitnesstrainer zu werden. Der Gedanke an seine von Frauen übervölkerten Kurse, die nur kamen, um ihn anzustarren, ließ sie lächeln.

»Woran denkst du?«

Überrascht sah sie ihn an und stolperte prompt über eine Wurzel. Bevor sie fallen konnte, hatte Red bereits seine Arme um sie geschlungen. Ihre Wange an sein T-Shirt gepresst versuchte sie, genug Luft für eine Antwort zu bekommen, die ihr vor Schreck weggeblieben war.

Red beugte seinen Kopf zu ihr hinunter. »Alles in Ordnung?«

Stumm nickte sie. Gerade als sie sich losmachen wollte, versteiften sich seine Muskeln. Verschwunden war der umgängliche Mann, ausgetauscht durch einen Soldaten, dessen Sinne auf die Umgebung ausgerichtet waren. »Was ist?« Sie hielt ihre Stimme so leise, dass sie außerhalb ihres kleinen Kreises nicht zu hören war.

Seine Augen waren zu Schlitzen verengt, seine Nasenflügel blähten sich. »Wir werden beobachtet.« Seine Arme lockerten sich etwas. »Wenn ich ›jetzt‹ sage, stellst du dich hinter mich.«

»Aber …«

»Keine Fragen. Tu es einfach.«

Jocelyn biss die Zähne zusammen, machte sich aber bereit, seinem Befehl zu folgen. Er war der Experte, und sie wollte auf keinen Fall die Gefahr für ihn oder sich selbst erhöhen, indem sie auf einer Erklärung bestand. Ein Knacken kündigte an, dass sie nicht mehr allein waren.

»Jetzt.« In einer fließenden Bewegung schob Red sie hinter sich, drehte sich zu dem Geräusch um und zog gleichzeitig eine Pistole heraus. Wo hatte er die in seinen Shorts versteckt?

Sämtliche Gedanken entflohen ihr, als ein Schatten zwischen den Bäumen heraustrat. Mühsam unterdrückte sie einen Schrei.

16

Jocelyns Augen weiteten sich, als sie den Verfolger erkannte, der nun langsam auf sie zukam. Wut kam in ihr auf und sie drängte sich an Red vorbei. Zumindest versuchte sie es, aber er hielt sie am Arm zurück, während er weiterhin die Waffe auf Jay gerichtet hielt.

»Du willst ihn jetzt aber nicht erschießen, nur weil er ein Idiot ist, oder?«

Red ließ ihn keinen Moment aus den Augen. »Du kennst ihn also?«

Jetzt erst verstand sie, dass er Jay noch nie gesehen hatte und ihn deshalb immer noch für einen Verbrecher hielt. »Du kannst die Waffe runternehmen, es ist Jay. Er muss uns gefolgt sein.« Sie wartete, bis Jay nahe genug war, um sie zu verstehen. »Was hast du dir dabei gedacht? Red hätte dich erschießen können!«

Etwas blitzte in Jays Augen auf, aber dann hob er nur seine gesunde Schulter. »Ich dachte, ich sehe mal nach, wo ihr so lange bleibt.« Als er näher kam, sah sie die feuchten Flecke auf seinem Hemd und die Schweißtropfen auf seiner Stirn. Sein Gesicht war unnatürlich blass. Es war offensichtlich, dass er trotz seines Zustandes geglaubt hatte, ihr folgen zu müssen. »Willst du mich nicht vorstellen?«

Jocelyn verdrehte im Geiste die Augen. »Red, das ist Jay Hunter. Jay, Lieutenant Commander Redfield, er ist ein Freund von Clint.«

Immerhin hatte Red die Waffe inzwischen weggesteckt und hielt Jay die Hand hin. »Hallo.«

Mit einem denkbar unfreundlichen Gesichtsausdruck schüttelte Jay die angebotene Hand und ließ sie schnell wieder los. »Machen Sie hier Urlaub?«

»Ja.«

Ein Muskel zuckte in Jays Wange. »Wie lange noch?«

Jocelyn stockte der Atem. »Jay!«

Reds Mundwinkel hob sich. »Ich glaube, ich werde dann mal zu meiner Hütte zurückgehen. Sehen wir uns morgen, Ann?«

Sie bemühte sich um ein Lächeln. »Gerne.« Erst als Red nicht mehr zu sehen war, drehte sie sich wieder zu Jay um. Hitze stieg in ihr Gesicht und sie glaubte, Dampf müsste aus ihren Ohren entweichen. »Was ist nur in dich gefahren?«

»Nichts.«

»Nichts! Du spionierst uns nach und dann beleidigst du Red auch noch! Dabei war er so nett, mich beim Joggen zu begleiten, damit mir nichts passiert. Oder wolltest du, dass ich alleine laufe und mich zur Zielscheibe mache?«

»Natürlich nicht!«

Jocelyn stützte die Hände in die Hüften. »Und warum hast du Red dann verjagt?«

Röte stieg in Jays Wangen, er wandte den Blick ab. »Er hat dich angefasst.«

Verständnislos blickte sie ihn an. »Und?«

Jay stieß einen genervten Laut aus. »Ich war eifersüchtig, okay? Es war ein merkwürdiges Gefühl, ich habe so etwas bisher noch nie erlebt.« Er schüttelte den Kopf. »Davon aber mal abgesehen, wollte ich tatsächlich wissen, wie lange er noch bleibt, damit ich ihn für deinen Schutz rekrutieren kann.«

»Das hast du wirklich geschickt angestellt. Er wird dir sicher besonders gerne helfen, nachdem du ihn so behandelt hast.« Jocelyn bemühte sich, die Wärme zu unterdrücken, die bei dem Gedanken an einen eifersüchtigen Jay in ihr aufkam. »Ich weiß nicht, wie du überhaupt darauf kommst, dass du einen Grund zur Eifersucht hast. Oder ein Recht darauf.«

Jay fuhr mit der Hand durch seine Haare. »Ich weiß, okay? Es hat mich einfach kalt erwischt, und ich konnte nur daran denken, dich aus seinen Klauen zu befreien.«

Bei der Vorstellung musste Jocelyn lachen. »Du bist verletzt, schon vergessen?« Sie erwähnte lieber nicht, dass Red ihn vermutlich ohne Probleme außer Gefecht setzen konnte, wenn er es darauf anlegte.

»Wie könnte ich das?« Jay blickte sich um. »Wollen wir zurückgehen?«

Nein, nicht unbedingt. »Ich war eigentlich froh, gerade mal draußen zu sein.«

Ernst blickte Jay sie an. »Tut mir leid, meine Familie kann manchmal sehr anstrengend sein.«

»Dich eingeschlossen?«

Ein Grinsen blitzte auf, seine Augen funkelten. »Ja.«

Mit einem Seufzer gestand Jocelyn sich ein, dass sie ihm nicht böse sein konnte, auch wenn er ihre Jogging-Runde vor dem Ende gestört hatte. Da sie nicht mehr laufen konnte, setzte sie sich ins Gras und begann, ihre Muskeln zu lockern. Jay sah ihr kurz dabei zu, bevor er sich ebenfalls hinsetzte. Seine Grimasse zeigte ihr, wie schmerzhaft diese Bewegung für ihn war.

»Hast du wirklich frühzeitig das Krankenhaus verlassen und bist hergekommen, um mich zu schützen, so wie dein Vater es gesagt hat?« Sowie die Worte heraus waren, wünschte Jocelyn sie zurück.

Jay blickte sie an, als wäre ihr ein zweiter Kopf gewachsen. »Warum sollte ich wohl sonst mitten in der Nacht nach Montana reisen? Sicher nicht wegen des Frühstücks meiner Mutter.«

Ihre Augenbrauen zogen sich zusammen. »Aber es weiß doch niemand, dass ich hier bin, oder? Sonst hättest du mich ja nicht bei deinen Eltern untergebracht, es wäre viel zu gefährlich für sie.« Nein, sie wusste, wie wichtig Jay seine Familie war, er würde sie nie in Gefahr bringen. Aber warum hatte er sie dann hierhergebracht?

»Ich habe es zumindest niemandem erzählt, es konnte also niemand abhören. Dave weiß, wo wir sind, aber er ist der Einzige, und ich vertraue ihm.«

»Dann sind wir hier sicher?«

Jay zögerte und ihr Herz begann zu rasen. »Man ist nie völlig sicher, Jocelyn. Nicht, wenn es jemand auf dich abgesehen hat, der es ernst meint, und ich denke, davon können wir ausgehen.«

Sie umfasste sein Handgelenk. »Dann müssen wir hier weg, sofort! Ich werde nicht zusehen, wie deinen Eltern etwas passiert.« Tränen stiegen in ihre Augen, als sie sich daran erinnerte, wie Matthew ihretwegen gestorben war. »Ich will nicht für weitere Verletzte oder sogar Tote verantwortlich sein.«

Jay zog sie an sich. »Du bist für gar nichts verantwortlich, sondern nur diese verdammten Killer.« Seine warmen Hände auf ihrem Rücken vertrieben ein wenig die Kälte in ihrem Innern. »Du warst einfach nur zur falschen Zeit am falschen Ort.«

Sie vergrub ihr Gesicht an seinem Hals. »Ich wünschte, ich wäre nie in diesen elenden Fahrstuhl gestiegen. Wenn ich nur ein paar Minuten früher oder später gewesen wäre, hätte ich jetzt noch mein normales Leben. Ich könnte weiterstudieren und in ein paar Jahren als Ärztin arbeiten.« Eine Träne löste sich und tropfte in den Ausschnitt von Jays Hemd.

»Hey, gib jetzt nicht auf. Wir werden diese Sache lösen, und danach kannst du alles machen, was du möchtest.«

Er klang so sicher, dass Jocelyn wünschte, sie hätte sein Vertrauen. Doch es konnte so viel schiefgehen, und manchmal gewannen einfach die Verbrecher. Bisher sah es so aus, als wäre sie in genau so einen Fall geraten. Aber sie konnte nicht aufgeben, denn dann würde sie ihr Leben lang auf der Flucht sein und vor allem ihren Bruder nie wiedersehen.

Mit einem tiefen Atemzug hob sie den Kopf und blickte Jay an. »Glaubst du wirklich?«

Ein Muskel zuckte in seiner Wange. »Ich werde nicht ruhen, bis du frei bist.«

Jocelyn gelang ein zittriges Lächeln. »Danke.« Unruhig stand sie wieder auf und Jay folgte ihr sofort.

Er blickte sie einen Moment lang schweigend an, dann beugte er sich vor und küsste sie mit einer Zärtlichkeit, die ihr den Atem nahm. Ihre Hände verkrampften sich in seinem Hemd, und sie stellte sich auf die Zehenspitzen, um ihm näher zu kommen. Nach kurzem Zögern vertiefte Jay den Kuss, seine Arme zogen sie enger an sich. Jocelyn vergaß alles andere um sich herum, während sie die Gefühle genoss, die ihren Körper durchströmten. Es war unglaublich, inmitten der Natur zu stehen und wieder von einem Mann gehalten und geküsst zu werden, als hinge sein Leben davon ab. Ihr Körper kribbelte überall dort, wo er Jay berührte, Hitze breitete sich in ihr aus, die nichts mit den sommerlichen Temperaturen zu tun hatte.

Jays Zunge wand sich um ihre, eine Hand wanderte zu ihrem Po. Sie standen so dicht, dass sie den Druck seiner Erektion an ihrem Bauch fühlen konnte. Unwillkürlich presste sie sich noch enger an ihn, in einem Versuch, die Leere in ihr auszufüllen. Jay stöhnte auf, und sie erstarrte, bevor sie rasch zurücktrat – oder es zumindest versuchte, denn seine Arme hielten sie immer noch fest umschlungen.

Zögernd blickte sie zu ihm auf. »Entschuldige, ich habe gar nicht mehr an deine Verletzungen gedacht.«

Ein Lächeln spielte um seinen Mund. »Ich ehrlich gesagt auch nicht.«

»Dann habe ich dir nicht wehgetan? Ich dachte, weil du gestöhnt …« Röte schoss in ihre Wangen, als er sie angrinste.

Jay zog ihre Hüfte noch einmal dicht an seine, und sie konnte sehen, wie seine Augen aufflammten, als sein Schaft an ihren Bauch drückte. »Nein, es fühlt sich einfach nur … gut an.« Seine Lider schlossen sich, und Jocelyn musste ihre Hände zu Fäusten ballen, um sich nicht auf Jay zu stürzen und das mit ihm zu tun, was ihr Körper verlangte. Stattdessen löste sie sich von ihm.

»Es ist wohl nicht so gut, so etwas zu machen, während du verletzt bist. Und wir hier draußen stehen, wo uns jeder sehen kann.«

Widerwillig ließ Jay sie los, griff sich eine ihrer Hände und führte sie an seine Lippen. »Du hast Recht.« Er hauchte einen Kuss auf ihre Handfläche. »Lass uns reingehen.«

»Jay …«

Er ließ sie nicht ausreden. »Keine Angst, ich werde dich zu nichts drängen.« Er verzog den Mund. »Außerdem habe ich das Gefühl, ich muss mich erst noch einmal waschen, bevor du mir näher kommen solltest.«

»Ich habe dich doch gerade erst gewaschen.« Den letzten Teil seiner Bemerkung ignorierte sie lieber.

»Ja, nur war es doch anstrengender hierherzukommen, als ich erwartet hatte.«

Sie erinnerte sich an seine feuchte Kleidung und das schweißbedeckte Gesicht. »Du hättest in deinem Zustand wirklich beim Haus bleiben sollen.«

»Vermutlich, aber ich habe noch nie das getan, was vernünftig wäre, wenn ich etwas anderes wollte.«

Kopfschüttelnd drehte sich Jocelyn in Richtung Haus, das hinter einem Hügel lag und von hier aus nicht zu sehen war. »Deine Mutter wird sicher einiges dazu zu sagen haben.«

Jay zog den Kopf ein. »Vermutlich. Aber damit muss ich wohl

leben. Mir war es wichtiger, dafür zu sorgen, dass du in Sicherheit bist.«

Jocelyn zog eine Augenbraue hoch. »Bei Red war ich in Sicherheit.«

»Ja, aber nicht *vor* ihm.«

Mit einem tiefen Seufzer nahm sie Jays Hand und ging los. »Damit das jetzt ein für alle Mal geklärt ist: Red hat keinerlei romantisches Interesse an mir, und ich auch nicht an ihm.« Aus den Augenwinkeln blickte sie ihn an. »Auch wenn er natürlich sehr nett ist, gut aussieht und einen Wahnsinnskörper hat.«

Mit einem Grollen schlang Jay einen Arm um ihre Taille und zog sie so schnell zu sich, dass ihre Füße den Halt verloren. Jay gab einen Schmerzenslaut von sich, als ihr Gewicht seine Verletzungen belastete und er mit ihr einige Schritte weiterstolperte. Am Fuß eines Baumes landeten sie im weichen Gras. Besorgt beugte Jocelyn sich über ihn. Sein Gesicht war erschreckend blass, seine Augen geschlossen.

Mit zittrigen Fingern wischte sie einige Haare aus seiner Stirn. »Jay?«

Zischend stieß er den Atem aus. »Das war wohl … keine … gute Idee.«

Furcht breitete sich in ihr aus, als er immer noch nicht die Augen öffnete. »Hast du dich wieder verletzt, soll ich jemanden holen?«

»Nein, warte nur einen … Moment, bis ich wieder … zu Atem komme.«

Jocelyn beugte sich über ihn und strich über seine Wange. »Es tut mir leid.«

Einer seiner Mundwinkel hob sich. »Du hast ja nichts getan … war meine eigene Schuld.«

»Das stimmt allerdings. Aber es tut mir trotzdem leid, dass du Schmerzen hast. Kann ich irgendwas tun?«

Jays Augen öffneten sich einen Spalt breit. »Wie wäre es, wenn du mich küsst?«

Irritiert richtete Jocelyn sich auf. »Spielst du mir hier nur etwas vor? Dann werde ich …«

»Nein, natürlich nicht. Ich dachte nur, es würde mich davon ablenken, dass sich meine Rippen anfühlen, als säße ein Elefant darauf.«

Da Jocelyn an seiner Gesichtsfarbe und den Falten auf seiner Stirn sehen konnte, dass er die Wahrheit sagte, beugte sie sich zu ihm hinunter. »Aber nur ein kurzer Kuss, ich möchte nicht, dass es dir noch schlechter geht.«

Gerade als ihre Lippen seine berührten und sich seine Hand um ihren Nacken legte, ertönte ein dumpfes Geräusch. Ein scharfer Schmerz fuhr durch ihren Haaransatz. Bevor sie sich aufrichten konnte, legte sich Jays Arm um ihren Rücken und er rollte sich mit ihr herum.

»Was …?«

»Schnell, hinter den Baum!« Jay war schon auf den Beinen und zog sie hoch. Bevor sie reagieren konnte, hatte er sich bereits mit ihr an den Baumstamm gepresst. »Jemand schießt auf uns. Glücklicherweise hast du dich gerade gebückt.«

Was? Aber das konnte doch nicht sein, er hatte doch gesagt, dass niemand ihren Aufenthaltsort kannte! Jay schirmte sie mit seinem Körper ab, in der Hand hielt er eine Pistole. Sein Blick glitt über den Waldrand, von wo aus der Schuss gekommen sein musste.

Mit den Fingern berührte Jocelyn ihre Stirn und zuckte zusammen, als ein scharfer Schmerz durch ihren Kopf fuhr. Blut lief über ihre Hand. Mit zusammengebissenen Zähnen bekämpfte sie die durch den Anblick verursachte Übelkeit. Da sie keine Taschentücher dabeihatte, hob sie den Saum ihres T-Shirts und drückte ihn gegen die Wunde.

Die Bewegung bewirkte, dass Jay sie anblickte. Seine Augen weiteten sich, als er das Blut sah. »Wo bist du verletzt?«

Stumm deutete Jocelyn auf ihren Haaransatz. »Es ist nicht weiter schlimm, wahrscheinlich nur ein Stück Borke. Konzentrier dich auf diesen Mistkerl, der auf uns schießt.«

Nach einem letzten besorgten Blick wandte Jay sich wieder ihrem Angreifer zu. »Hast du ein Handy mit?«

»Nein, ich habe keins mehr. Du?«

Sein Mund verzog sich. »Ich habe es im Haus gelassen. Ein Fehler, der mir sicher nicht noch einmal passiert.«

Ein Zittern lief durch Jocelyns Körper. »Du meinst, wir können niemanden benachrichtigen?«

Mit einem grimmigen Lächeln antwortete er ihr. »Doch, nur nicht mit Worten.« Er führte seinen Arm um den Baumstamm herum und schoss. Der laute Knall ließ Jocelyn zusammenzucken. »Der Kerl hat gehofft, uns hier heimlich und leise zu beseitigen, aber das wird ihm jetzt nicht mehr gelingen.«

Sie waren nicht so weit vom Haus entfernt, dass der Schuss dort nicht zu hören sein würde. Hoffentlich würde bald Rettung kommen, denn sie konnten sich nicht ewig hinter dem Baumstamm verstecken. Vor allem musste sich der Verbrecher nur ein Stück weiter bewegen, um einen besseren Schusswinkel zu bekommen. Jay schien das auch zu befürchten, denn er schob seinen Kopf vor und blickte um den Baum herum. Sie wollte ihm sagen, dass das zu gefährlich war, aber sie befürchtete, ihn abzulenken. Beinahe sofort zuckte er zurück, als erneut eine Kugel in den Baum einschlug.

»Irgendwie habe ich gerade ein ziemliches Déjà-vu.« Jay zog Jocelyn dichter an sich. »Genau in der Situation war ich gestern auch. Nur war da der Stamm wesentlich dünner, von daher haben wir Glück. Und immerhin weiß ich jetzt, dass der Mistkerl immer noch ungefähr in gleicher Position ist.« Er zog das Magazin aus seiner Waffe und zählte die Patronen. An Jays Gesichtsausdruck war zu erkennen, dass er sich Sorgen machte. Und das machte sie unheimlich nervös.

Jocelyn schlang ihre Arme um ihren Oberkörper. »Was machen wir jetzt?«

Ein Muskel zuckte in seiner Wange. »Dafür sorgen, dass der Kerl uns nicht zu nahe kommt, während wir darauf warten, dass Hilfe kommt.« Wieder blickte er um den Baumstamm herum. Diesmal flog eine Kugel nur wenige Zentimeter am Baum vorbei und landete im Gras. Fast zeitgleich feuerte Jay in die Richtung, aus der die Kugel gekommen war. Danach lehnte er sich mit dem Rücken wieder an den Stamm. »Ich habe zwar noch ein Ersatzmagazin dabei, aber hoffen wir, dass mein Vater oder Red die Schüsse gehört haben.«

Jocelyn war das zu unsicher, aber sie konnten nichts anderes tun. Sowie sie sich vom Baum wegbewegten, würden sie ins Schussfeld des Mörders geraten. Wie hatte er sie hier nur gefunden? Aber egal wie, es machte ihr deutlich, dass sie jeden in Gefahr brachte, der ihr half. Sie würde es nicht verkraften, wenn Jay oder seinen Eltern ihretwegen etwas geschah. Es war keine gute Idee gewesen, ihn um Hilfe zu bitten und zu glauben, dass er nicht in Gefahr geraten könnte, weil er ein Polizist war. Matthew war US-Marshal gewesen und trotzdem ermordet worden. Inzwischen wusste sie, dass wer immer auch hinter ihr her war, nicht davor zurückschreckte, Unschuldige zu töten, um zu ihr zu gelangen. Wenn sie das hier überlebte, würde sie Jay bitten, sie wegzubringen und dann zu seiner Arbeit, zu seinem Leben in San Francisco zurückzukehren.

Ihre Gedanken wurden von Motorengeräusch unterbrochen. Ein Jeep raste über den Rasen auf sie zu, eine schattenhafte Gestalt war durch die Windschutzscheibe zu erkennen. Beinahe sofort ertönte ein metallisches Ping, und der Wagen scherte aus.

Der Fahrer kämpfte um die Kontrolle und nach einigem Schleudern nahm er wieder Kurs auf sie. Oh Gott, der Verbrecher würde den Fahrer töten! Jay schien das genauso zu sehen, denn er wirbelte mit einem Fluch herum und schoss erneut auf den Waldrand. Der Jeep wirbelte Gras und Dreck auf, als er schließlich vor ihnen zum Stehen kam. Die Beifahrerseite war durch den Baum geschützt und Jay zögerte nicht, die Tür aufzureißen und Jocelyn hineinzuschubsen, bevor er ihr folgte.

Jocelyn zuckte zusammen, als das hintere Fenster zerbarst. Eine Hand auf ihrer Schulter ließ sie aufblicken.

»Duck dich in den Fußraum.« Sorgenfalten standen auf Georges Stirn, doch in seinen Augen schimmerte Wut. Jetzt konnte sie sich gut vorstellen, wie der sonst so sanfte und gut gelaunte Mann früher als Soldat gewesen sein musste. »Jay, auf dem Rücksitz liegt ein Gewehr.«

Jay beugte sich nach hinten und griff nach dem Gewehr. Ein dumpfer Schlag zeugte davon, dass eine weitere Kugel in die Tür eingeschlagen war. Jocelyn presste die Hand auf den Mund, um Jay nicht abzulenken. Erleichtert atmete sie auf, als er sich in den Beifahrersitz setzte und seine Beine ihre Taille umrahmten. Ihr Oberkörper lag halb auf seinem Schoß, damit ihr Kopf nicht zu sehen war.

Als Jays Vater aufs Gas trat und der Wagen wild schlingernd losfuhr, brauchte Jocelyn all ihre Kraft, um nicht im Fußraum hin und her geschüttelt zu werden. Jays Beine halfen dabei, und sie klammerte sich an ihm fest. Ein Windzug drang in den Wagen, als Jay das Fenster öffnete und den Lauf des Gewehrs hinausschob.

Seine Hand legte sich kurz auf ihren Kopf. »Bleib unten.«

Das brauchte er nicht zweimal zu sagen, sie würde ganz sicher nicht freiwillig hier wieder herauskommen, solange noch jemand auf sie schoss. Aber sie machte sich Sorgen, dass er getroffen werden könnte, während sie über die Rasenfläche zurück zum Haus rasten. Sie konnte keine Treffer mehr hören, aber vielleicht schoss der Verbrecher einfach nur vorbei. Egal, Hauptsache, sie waren gleich in Sicherheit. Der Jeep bremste scharf vor dem Haus ab, eine Staubwolke hüllte sie ein.

Jay öffnete die Tür, sprang aus dem Wagen und hielt Jocelyn eine Hand hin. »Komm, schnell.«

Sie kletterte aus dem Fußraum und verließ mit Jays Hilfe den Jeep. Das Gewehr hielt er immer noch in der Hand, so als könnte ihnen auch hier noch etwas passieren. Ihr Herz hämmerte in ihrer Brust, als sie mit Jay dicht hinter sich auf das Haus zulief. George war bereits bei der Tür und riss sie auf. Rasch tauchten sie hindurch, bevor er sie hinter ihnen zuschlug. Erst als sie im sicheren Inneren waren, erlaubte sie sich, erleichtert aufzuatmen.

Angela lief auf sie zu, Entsetzen deutlich sichtbar in ihrem Gesicht. »Oh mein Gott, was ist passiert?«

»Es hat jemand auf uns geschossen.« Jays Stimme klang gepresst.

Seine Mutter blickte ihn mit zusammengepressten Lippen an. »Das ist mir klar. Ich meinte Jocelyns Verletzung!«

Jay drehte sie zu sich um und betrachtete die Wunde. »Vermutlich ein Stück Borke vom Baum.« Vorsichtig tastete er mit seinen Fingern über ihren Haaransatz.

Jocelyn zuckte zusammen und trat zurück. »Es ist nicht schlimm, ich gehe einfach nach oben und …«

Angelas Hand schloss sich um ihren Arm. »Wir werden uns darum kümmern.« Sie wandte sich an ihren Mann und Sohn. »Und ihr sorgt dafür, dass dieser Mistkerl bereut, je auf unser Land gekommen zu sein.«

Jocelyn riss die Augen auf. »Nein, das ist zu gefährlich!«

Jay beugte sich vor und strich mit den Fingern über ihre Wange. Eine Geste, die seltsam intim wirkte im Beisein seiner Eltern und ein warmes Gefühl in ihr auslöste. »Ich werde vorsichtig sein. Keine Angst.« Er gab seiner Mutter einen Kuss auf die Wange und ging dann zur Tür. »Dad bleibt hier, damit er euch beschützen kann.«

17

Während Jay mit dem Jeep über die ausgefahrenen Wege der Ranch holperte, verwünschte er den Verbrecher mit jedem schmerzhaften Stoß. Warum hätte er nicht wenigstens noch ein paar Tage warten können, bis seine Verletzungen halbwegs verheilt waren? Sein Zustand war nicht gerade dafür geeignet, um auf die Jagd zu gehen, das wusste Jay selbst, aber er konnte nicht zulassen, dass sich auf der Ranch seiner Eltern, in der Nähe von Jocelyn und etlichen Touristen und Rancharbeitern, ein Mörder herumtrieb, der offensichtlich keinerlei Probleme damit hatte, jeden umzubringen, der ihm im Weg war.

Jay biss die Zähne zusammen und fuhr mit dem Wagen bis an den Waldrand, ein ganzes Stück entfernt von der Stelle, wo er den Schützen vermutete. Vorsichtig schwang er sich aus dem Wagen und lauschte in die Stille. Dankbar für die Waffen, mit denen sein Vater ihn ausgestattet hatte, bevor er das Haus verließ, lief Jay rasch auf die Bäume zu. Wenigstens hatte er diesmal auch sein Handy mit, sodass er notfalls Hilfe rufen konnte, wenn er es nicht schaffte, den Kerl zu erledigen. George hatte versprochen, Red zu informieren, damit sie den Verbrecher von beiden Seiten in die Zange nehmen konnten. Wenn er noch da war. Es konnte genauso gut sein, dass er sofort geflüchtet war, nachdem er gemerkt hatte, dass er sie nicht würde töten können, und bereits plante, wann er erneut zuschlagen konnte.

Mühsam unterdrückte Jay die heiße Wut, die bei diesem Gedanken in ihm aufstieg. Es musste ihm gelingen, den Kerl festzunageln, damit er endlich erfuhr, wer der Auftraggeber war.

Wenn es Leone war, würde Jay endlich einen Beweis haben und alles daransetzen, ihn hinter Gitter zu bringen. War es dagegen jemand anders … Jay wusste nicht, was er dann tun würde. Er konnte sich nicht vorstellen, was es für einen Grund geben könnte, Jocelyn aus dem Weg zu räumen, wenn es nicht um den Überfall im Fahrstuhl ging. Aber das war jetzt nebensächlich.

Jay schüttelte jegliche Gedanken ab und konzentrierte sich auf seine Umgebung. In seiner Kindheit und Jugend war er ständig durch diesen kleinen Wald gestreift, er kannte ihn in- und auswendig. Trotzdem wünschte er, er hätte Clints Fähigkeit, sich in jedem Terrain absolut lautlos zu bewegen.

Als das Handy an seiner Hüfte vibrierte, zuckte er zusammen, bevor er es rasch ans Ohr hielt. »Ja?« Er bemühte sich, seine Stimme leise zu halten.

»Red hier, ich bin jetzt unterwegs.«

Erleichtert schloss Jay für einen Sekundenbruchteil die Augen. »Danke. Der Kerl war anscheinend im Wald genau gegenüber der Stelle, wo wir uns getrennt haben.«

»Okay, ich bin beinahe da. Wenn du ihn siehst, ruf mich an.«

Die Verbindung wurde unterbrochen und Jay steckte das Handy zurück in seine Hosentasche. Sofort setzte er sich wieder in Bewegung und ignorierte die Zweige, die an seine nackten Arme und Beine peitschten und an seiner Kleidung rissen. Er fühlte sie kaum, so sehr war er auf seine Umgebung konzentriert. Es dauerte nicht lange, bis er glaubte, das Rascheln von Blättern zu hören. Jeder Muskel in seinem Körper erstarrte, als er stehen blieb und lauschte. Ja, da war etwas. Leise, aber unmissverständliche Geräusche von jemandem, der sich relativ schnell durch einen Wald bewegte. Jay konnte nur hoffen, dass der Mistkerl so viel Lärm machte, dass er ihn nicht hörte, als er die gleiche Richtung einschlug und ebenfalls schneller wurde.

Sein verstauchter Knöchel schmerzte, doch darauf konnte er

jetzt keine Rücksicht nehmen. Humpelnd bewegte er sich vorwärts, in die Richtung, aus der er vorher die Geräusche gehört hatte. Sein Herz klopfte zu laut und sein Atem kam zu harsch, als dass er jetzt noch viel hören konnte. Schließlich blieb Jay stehen. Es brachte nichts, halb blind und taub durch den Wald zu stolpern. Nach kurzem Zögern rief er Red an.

»Ja.« Seine Stimme war völlig tonlos.

»Ich verfolge gerade jemanden, der scheinbar Richtung Straße läuft. Mit meinen Verletzungen bin ich aber nicht leise und fit genug, um mich anzuschleichen. Kannst du das übernehmen?«

»Kein Problem. Ich bin dran.«

Jay blickte auf das Handy, als die Verbindung unterbrochen wurde, ohne dass Red nach seinem Standort fragte. Anscheinend war er so laut gewesen, dass Red bereits wusste, wo er sich befand. Ärger, dass er von seinen Verletzungen so behindert wurde, mischte sich mit Erleichterung darüber, dass der SEAL zur Stelle war. Auch wenn er immer alles am liebsten alleine machte, wusste er, wann er auf Hilfe angewiesen war. Und wenn es um Jocelyns Leben ging und um das seiner Eltern, war er sich nicht zu fein, darum zu bitten. Aber das bedeutete nicht, dass er hier einfach nur untätig herumsitzen würde.

Langsam setzte er sich wieder in Bewegung, noch langsamer als zuvor. Immerhin funktionierte sein Gehör jetzt wieder normal, doch es herrschte völlige Stille. Hatte er den Verbrecher wirklich verjagt oder versteckte der sich irgendwo, um zu einem späteren Zeitpunkt zuzuschlagen? Das würde er nicht zulassen. Mit fest zusammengebissenen Zähnen schlich Jay weiter. Hoffentlich hatte Red Erfolg. Aber selbst wenn sie den Schützen überwältigten, musste er Jocelyn so schnell wie möglich woanders hinbringen. Der Gedanke, dass er auch seine Eltern in Gefahr gebracht hatte, verursachte ihm Übelkeit.

Die Haare in seinem Nacken stellten sich auf, und Jay blieb

stehen. Obwohl er nichts hörte und auch niemanden sah, hatte er das Gefühl, dass jemand in der Nähe war. Die Pistole fest im Griff drehte er sich langsam um. Doch da war nichts. Es war nur … still. So als hätten sich sämtliche Tiere verkrochen, weil sie spürten, dass etwas passieren würde. Selbst der Wind erstarb für einen Moment und hinterließ drückende Hitze. Ein Schauer strich über seinen Rücken, und Jay ließ sich fallen. Sein Instinkt erwies sich als goldrichtig, denn fast zeitgleich flog etwas über seinen Kopf hinweg. Adrenalin schoss durch seinen Körper und gab ihm die Kraft, sich herumzuwerfen und in die Richtung zu feuern, aus der das Geschoss gekommen war. Er konnte nur hoffen, dass Red nicht gerade aus der Richtung kam.

Sosehr er auch lauschte, er konnte nichts hören, also hatte er den Verbrecher wohl nicht getroffen. Rasch kroch er weiter, bis er hinter einem umgestürzten Baumstamm zumindest einen geringen Schutz fand. Jay zuckte zusammen, als sein Handy zu vibrieren begann. Wortlos nahm er das Gespräch an.

»Feuer einstellen.« Mehr sagte Red nicht, bevor er wieder auflegte.

Jay verzog den Mund. Einfach gesagt. Hoffentlich kam ihm der Schütze nicht zu nahe, denn dann würde er sich verteidigen müssen. Konzentriert behielt er seine Umgebung im Auge. Er würde nicht schießen – außer der Verbrecher stolperte ihm direkt vor den Lauf.

Es schien unendlich lange zu dauern, bis er einen dumpfen Laut hörte. Angespannt hockte er sich hin, bereit, jederzeit loszustürmen, wenn Red Hilfe brauchte oder der Verbrecher in seine Nähe kam. Erneut vibrierte sein Handy.

»Nur als kleine Warnung, damit du nicht auf mich schießt, wenn ich jetzt rauskomme.« Reds Stimme klang normal, was Jay als gutes Zeichen nahm.

Bevor er das Handy wegstecken konnte, trat Red bereits keine zwei Meter von ihm entfernt aus den Bäumen hervor. Verdammt, der Kerl war wirklich leise!

»Danke für die Vorwarnung. Was ist mit dem Schützen?«

»Ich habe ihn davon überzeugt, dass er lieber eine Runde schläft.« Ein Grinsen blitzte auf, als er Jays verwirrte Miene sah. »Ich habe ihn k. o. geschlagen und gefesselt. Ich dachte mir, dass du dich sicher mit ihm unterhalten willst.«

Rasch kam Jay auf die Füße und ignorierte den Schmerz, der bei der Bewegung durch seinen Körper schoss. »Allerdings.« Er blickte Red direkt in die Augen. »Danke für die Hilfe.«

Red hob die Schultern. »Eine gute Übung und mehr Spaß, als ich seit langer Zeit hatte.«

Jay kommentierte das lieber nicht. SEALs hatten manchmal eine seltsame Vorstellung von Spaß. Matt, Clints ehemaliger XO und inzwischen Shannons Lebensgefährte, hatte bei ihren diversen Familientreffen einige Geschichten erzählt, die jedem normalen Menschen die Haare zu Berge stehen lassen würden, doch seine Augen hatten nur vergnügt gefunkelt.

»Deine Kugel hätte übrigens beinahe getroffen. Dadurch war der Kerl so abgelenkt, dass ich leichtes Spiel hatte.«

Immerhin. »Okay, dann beeilen wir uns lieber, ihn zum Haus zu schaffen. Wer weiß, ob noch andere Verbrecher in der Nähe sind, die ihn irgendwann suchen kommen.«

Red wurde sofort ernst. »Ich werde das Gelände untersuchen. Wenn noch jemand hier ist, finde ich ihn.« Ohne eine Antwort abzuwarten, drehte Red sich um und ging dorthin zurück, woher er gekommen war. Bereits nach wenigen Metern konnte Jay ihn nicht mehr hören. Kopfschüttelnd folgte er dem SEAL zu der Stelle, an der ein Mann bewusstlos auf dem Boden lag. Jay genügte ein Blick: Es war der Mann, der ihn in San Francisco angeschossen hatte. Heldenhaft unterdrückte er den Drang, ihn zu treten oder ihn mit Gewalt dazu zu bringen, ihm zu sagen, wer ihn beauftragt hatte. Der Kerl hatte nur Glück, dass Jay einer der Guten war.

Die Augenlider des Verbrechers hoben sich, als Jay sich neben ihn hockte und ihn unsanft mit einem Schlag ins Gesicht weckte. »So hast du dir das nicht vorgestellt, oder?« Anstelle einer Antwort presste der Kerl die Lippen zusammen und starrte Jay wütend an. Auch gut, dann konnten sie das Gespräch an einem sichereren – und bequemeren – Ort fortsetzen. Jays Muskeln begannen bereits gegen die Behandlung zu protestieren. Wenn er jetzt nicht zum Haus zurückkehrte, würde Red ihn vermutlich auch noch transportieren müssen.

Jay blickte Red an, der stumm ein Stück entfernt stand. »Schultern oder Füße?«

Reds Miene blieb undurchschaubar. »Schultern.« Als er näher trat, begann der Verbrecher, sich zu winden. Glaubte er wirklich, er würde ihnen jetzt noch entkommen können?

Ohne dabei allzu sanft zu sein, griff Red unter seine Achseln und zog den Mann hoch, währen Jay sich die Füße schnappte. Die Bewegungen des Verbrechers zerrten an seinen Verletzungen, und Jay war bereits nach wenigen Metern schon fast so weit, sich zu übergeben. Wieder schien Red genau zu wissen, was los war, denn er schlug beinahe sanft mit der Handkante gegen die Schläfe ihres Gefangenen, der sofort in sich zusammensackte.

Schwer atmend brauchte Jay einen Moment, bis er sprechen konnte. »Danke.«

Red hob die Schultern. »Kein Problem. Er kann nur froh sein, dass wir noch Informationen von ihm brauchen, sonst wäre ich nicht so sanft gewesen.«

Jay wollte lieber nicht dabei sein, wenn der SEAL wirklich wütend auf jemanden war. »Nicht, dass er das verdient hätte.«

In Reds Augen blitzte ein Hauch seiner wahren Gefühle auf. »Ich mag Ann sehr gern und deine Eltern haben mich hier aufgenommen, als ich einen Platz brauchte, an dem ich nicht verrückt werde. Ich würde alles tun, um sie zu schützen.«

Zum ersten Mal war ihm der SEAL beinahe sympathisch. Jay lächelte ihn an. »Gut, dass du hier warst.«

Eine Augenbraue hob sich. »Und nur um das noch mal klarzustellen, da du anscheinend Anspruch auf Ann erhebst: Ich unterhalte mich gerne mit ihr und genieße es, mit ihr zu joggen, aber das ist auch alles. Ich habe keinerlei Interesse an einer Beziehung.«

Jays Grinsen verbreiterte sich. »Das ist gut, denn du hättest keine Chance.« Vermutlich war das übertrieben, aber er hatte nicht vor, Jocelyn an ihn zu verlieren.

»Wenn du das sagst …«

Während sie den Verbrecher zum Jeep trugen, fragte sich Jay, wieso er plötzlich so fasziniert von Jocelyn war. Wie kam er darauf, sie für sich zu beanspruchen? In fast vierzig Jahren hatte er es geschafft, allen ernsthaften Beziehungen aus dem Weg zu gehen. Er liebte Frauen, und sie liebten ihn, aber das bedeutete nicht, dass er sich ernsthaft an eine binden wollte. Trotzdem mochte er Jocelyn kaum aus den Augen lassen und konnte sich erst dann entspannen, wenn er bei ihr war. Wahrscheinlich lag es nur an seinen Brüdern. Zu sehen, wie glücklich sie mit ihren Frauen waren, hatte irgendetwas in ihm geweckt, dessen er sich bis dahin gar nicht bewusst gewesen war. Wenn das so weiterging, würde er bald anfangen, Jocelyn Liebesgedichte zu schreiben. Jay schnaubte.

Die Frage war, was Jocelyn für ihn empfand. Es war offensichtlich, dass sie ihn mochte und leidenschaftlich auf seine Berührungen reagierte, aber würde sie ihn noch in ihrem Leben haben wollen, wenn die Gefahr vorüber war? Oder sah sie ihn nur als ihren Beschützer, den sie dann nicht mehr brauchen würde? Bei dem Gedanken zog sich sein Herz schmerzhaft zusammen.

Vielleicht sollte er ein wenig vorsichtiger mit seinen Gefühlen sein, bis er wusste, was Jocelyn vorhatte.

Zufrieden mit dieser Entscheidung trat Jay aus dem Wald, und sie luden den Verbrecher unsanft auf die Rückbank des Jeeps. Jay protestierte nicht, als Red sich auf den Fahrersitz schwang, sondern stieg vorsichtig auf der Beifahrerseite ein. Am liebsten hätte er sich in eine heiße Wanne sinken lassen, doch dafür war keine Zeit. Zuerst musste er herausfinden, was der Angreifer wusste, und dann musste er Jocelyn so schnell wie möglich an einen sicheren Ort bringen. Die Frage war nur, wie er das tun sollte, wenn anscheinend jemand über jeden seiner Schritte Bescheid wusste.

Er hatte niemandem gesagt, wo er hinfuhr oder wo er Jocelyn versteckte. Nur Dave. Aber er konnte sich nicht vorstellen, dass sein Partner ihn absichtlich verraten würde. Konnte es sein, dass jemand die Krankheit seiner Tochter ausgenutzt und sein Telefon angezapft hatte? Denkbar war es. Sein Magen zog sich schmerzhaft zusammen. Irgendwie musste er Dave warnen, nur wie? Wenn sein Handy abgehört wurde, dann sicher auch das Haustelefon. Oder hatte Dave es Captain Morris erzählt, und der hatte es dann weitergegeben? Unwahrscheinlich, aber möglich. Es zeigte ihm, dass er niemandem mehr mitteilen durfte, wo er war. Allerdings gab es dann immer noch die Möglichkeit, dass ihm jemand folgen würde.

»Lass die Haare dran, ich glaube nicht, dass Ann auf Glatze steht.«

Sein Kopf ruckte bei Reds trockener Bemerkung herum. Erst jetzt merkte er, dass sie bereits unterwegs waren – und er wie so oft die Hände in den Haaren vergraben hatte und daran zog. »Danke für den Tipp.«

Red grinste ihn an. »Gern geschehen.«

Jays Augen wurden schmaler. »Sag mal, kann es sein, dass du

viel zu gute Laune hast, dafür, dass wir einen Verbrecher herumfahren, der versucht hat, mich umzubringen?«

Plötzlich ernst blickte Red ihn an. »Vermutlich. Aber dass ich ihn überwältigen konnte, hat mir gezeigt, dass ich auf einem guten Weg bin. Noch ein wenig Training, und ich kann wieder zu meinem Team zurückkehren.«

Jay nickte nur. Wenn er sich vorstellte, sich irgendwann so schwer zu verletzen, dass er seinen Job als Detective nicht mehr ausüben konnte, lief ein kalter Schauder über seinen Rücken. Und die SEALs hatten noch eine viel engere Bindung untereinander. Zumindest konnte er das bei Clint und Matt jedes Mal beobachten. Sie schienen sich beinahe ohne Worte zu verstehen. So gern er Dave auch mochte, war es doch eine größtenteils auf die Arbeit bezogene Beziehung. Und sie kamen auch selten in Situationen, bei denen es um Leben und Tod ging, während das bei SEALs während der Einsätze praktisch Tagesgeschäft war.

Erleichtert atmete Jay auf, als sie beim Haus ankamen. Bevor der Jeep zum Stehen kam, öffnete sich bereits die Haustür und George trat heraus. Obwohl sein Vater sich um eine gelassene Miene bemühte, war ihm sein innerer Aufruhr anzusehen. In der Hand hielt er eine Pistole.

Jay winkte ihn heran. »Alles in Ordnung, wir haben ihn.«

Erleichtert kam George schnell zum Jeep. Nach einem Blick auf den gefesselten und bewusstlosen Verbrecher, sah er Jay prüfend an. »Geht es dir gut?«

»Natürlich. Lasst uns den Mistkerl ins Haus bringen, bevor er aufwacht.« Oder bevor jemand anders auftauchte und auf sie schoss.

Wortlos packten sein Vater und Red den Bewusstlosen an Beinen und Schultern und trugen ihn ins Haus. Jay wollte protestieren, unterließ es aber, weil die Vorstellung, noch einmal den

Mann tragen zu müssen, die Schmerzen in seinem Körper aufjaulen ließ. Stattdessen folgte er ihnen ins Haus und schloss die Tür hinter sich, nachdem er sich noch einmal versichert hatte, dass niemand in der Nähe war, der nicht hierhergehörte.

Seine Mutter und Jocelyn blickten ihnen besorgt entgegen. Um sie abzulenken, sagte er das Erstbeste, was ihm in den Sinn kam. »Mom, kannst du den Gästen Bescheid sagen, dass sie in ihren Hütten bleiben sollen, bis wir sicher sind, dass sich sonst niemand hier herumtreibt?«

Angela stemmte die Hände in die Hüften. »Was glaubst du, was ich getan habe, nachdem die ersten Schüsse gefallen sind und die Gäste massenweise bei mir anriefen?« Sie stieß einen tiefen Atemzug aus. »Denjenigen, die eine Tour über die Ranch machen, habe ich empfohlen, den Waldbereich zu meiden und möglichst zusammenzubleiben und zu warten, bis wir uns wieder melden. Die anderen bleiben in ihren Hütten. Glücklicherweise sind viele bereits zum Yellowstone gefahren und kommen erst abends wieder zurück.«

»Okay.« Jay hörte nur mit halbem Ohr zu und beobachtete stattdessen, wie Jocelyn sich über den Gefangenen beugte. An ihrem Gesichtsausdruck konnte er ablesen, dass sie ihn erkannte. Ihr Körper versteifte sich, ihre Fäuste ballten sich an ihren Seiten. Ihr Gesicht war so weiß, dass er befürchtete, sie könnte jeden Moment in Ohnmacht fallen. Rasch trat er zu ihr und schlang seinen Arm um ihre Taille. »Hast du ihn schon mal gesehen?«

Stumm nickte sie und lehnte sich an ihn. »Das ist der Kerl, der versucht hat, mich in Mitchell umzubringen. Und er war es auch, der den US-Marshal in Denver getötet hat.«

Jay rieb beruhigend über ihren Rücken. »Er wollte mich auch in San Francisco ermorden. Ich denke, damit haben wir genug gegen ihn in der Hand. Wenn er nicht redet, wird er für den Rest seines Lebens hinter Gitter wandern.«

Aus den Augenwinkeln sah er, wie der Kerl zusammenzuckte. Wie er sich gedacht hatte, war er wieder aufgewacht und hatte ihrem Gespräch gelauscht. Vielleicht hatten sie Glück und er würde versuchen, ein Geschäft mit ihnen zu machen, damit er eine geringere Strafe erhielt. Denn eines war klar: Jay würde ihn nie laufen lassen, auch wenn er ihn derzeit nicht zur Polizei bringen konnte. Das ging ihm gegen den Strich, aber Jocelyn würde in Gefahr geraten, sowie ihr Name in irgendeinem Bericht auftauchte.

Er tauschte einen Blick mit Red, der nickte. Mit einer Hand packte der SEAL den Verbrecher am Hemdkragen und zog ihn in die Höhe. »Okay, Zeit für eine Plauderstunde. Name?«

Der Mann grinste Red an und schwieg. Anscheinend hatte er noch nicht ganz verstanden, wie ernst seine Situation war. Und wie dicht Jay davor war, seine Grundsätze beiseitezuwerfen und den Kerl so lange zu bearbeiten, bis er nur noch ein wimmernder Haufen war. Jay ballte die Hände an seinen Seiten zu Fäusten und zwang sich, tief durchzuatmen. Eine sanfte Berührung an seinem Rücken löste seine Anspannung ein wenig. Mit Mühe zwang er sich, sich nicht zu Jocelyn umzudrehen, sondern den Verbrecher im Auge zu behalten. Er wollte ihm keinerlei Hinweis auf seine Gefühle geben.

Red spannte seine Hand am Kragen des Mörders an. »Versuchen wir es anders. Deine einzige Chance ist es, uns zu sagen, was wir wissen wollen.«

Der Mann verzog verächtlich seine Lippe. »Sonst was?«

Red beugte sich vor, bis sein Gesicht alles war, das der Verbrecher sehen konnte. Unwillkürlich versuchte der zu entkommen, doch mit den Fesseln konnte er sich nicht bewegen. »Sonst wirst du merken, wozu ich fähig bin, wenn man mich reizt.« Jay konnte seinen Gesichtsausdruck nicht sehen, aber er überzeugte ihren Angreifer offensichtlich davon, dass er es ernst meinte.

»Ted … Smith.«

Der Name war so offensichtlich falsch, dass es schon fast lächerlich war. Aber Red lachte nicht, sondern nickte zustimmend. »Gut, Ted also. Wer hat dich beauftragt?«

»Niemand.« Sein Auge zuckte unkontrolliert.

Jay gab einen skeptischen Laut von sich. »Dann war es deine Idee, mich in San Francisco töten zu wollen und hier auf uns zu schießen?«

Der Mann schwieg.

»Okay, dann wirst du wohl die restlichen Jahre deines Lebens im Gefängnis verbringen.« Er wandte sich an Red. »Bringen wir ihn weg, soll sich die Polizei mit ihm befassen. Wir vergeuden nur unsere Zeit.«

Jocelyn gab einen Laut von sich, der Jay im Herzen traf, doch er durfte nicht darauf reagieren, wenn sie den Mistkerl austricksen wollten.

Red ließ den Verbrecher nicht aus den Augen. »Schick die Frauen raus.«

Jay wandte sich zu Jocelyn und seiner Mutter um, die ihn mit großen Augen anblickten. »Geht bitte kurz raus.« Sein Zwinkern schien sie ein wenig zu beruhigen, denn sie nickten nur und verließen den Raum. Sein Vater dagegen verschränkte die Arme über der Brust und blieb an die Tür gelehnt stehen.

»So, nachdem wir uns nicht mehr um zivilisiertes Benehmen bemühen müssen, frage ich noch einmal: Wer hat dich beauftragt?«

Der Verbrecher blickte von einem zum anderen, nervös befeuchtete er die Lippen. »Ich weiß es nicht. Der Kontakt kam durch einen Mittelsmann zustande und ich habe nie einen Namen bekommen oder jemanden gesehen.«

»Was genau war dein Auftrag?« Als er nicht antwortete, packte Red seine Finger und drückte zu.

Ein Schmerzenslaut kam über Teds Lippen. »Die Kleine zu finden und … dafür zu sorgen, dass … sie keine Probleme mehr macht.«

Jay hatte Mühe, sich zurückzuhalten, als der Mistkerl davon sprach, Jocelyn zu töten. Einfach nur so, weil er Geld dafür bekam. »Wurde gesagt, was genau für Probleme das sind?«

»Nein.«

»Wie hast du sie in Mitchell gefunden?«

Er zuckte mit den Schultern. »Gar nicht. Mir wurde gesagt, wo ich sie finde. Ich brauchte nur an ihrem Arbeitsplatz nach ihr zu fragen, ihr von dort aus zu folgen und …« Schlau, wie er war, beendete er den Satz nicht.

»Und wie hast du sie in Denver wiedergefunden?«

»Genauso. Ein Anruf, und ich wusste, wo sie war. Oder vielmehr wo der Marshal sie treffen wollte.«

Jay spürte, wie sein Blutdruck wieder stieg. »Warum hast du ihn getötet?«

Wieder ein Schulterzucken. »Er war im Weg.«

Einige Sekunden lang herrschte Stille, dann platzte Jay heraus. »Das ist alles? Du ermordest einen US-Marshal, weil er dir *im Weg war?*« Mit Mühe beruhigte er sich wieder. Es brachte nichts, mit einem Mörder zu diskutieren.

»Warum nicht? Er hat mich zur Zielperson geführt, also wurde er nicht länger gebraucht.« Ted grinste ihn an. »Genauso wie du.«

Reds Hand auf seinem Arm stoppte ihn, als er sich auf den Verbrecher stürzen wollte. »Warum hast du zuerst auf Ferro geschossen und nicht auf mich, wenn du mich doch so dringend loswerden wolltest?«

»So lautete mein Auftrag.«

Interessant. Jay brauchte Zeit, um darüber nachzudenken, was das bedeutete. »Kam der Auftrag von Antonio Leone?«

Kein Zucken verriet die Gedanken des Mörders. »Ich sagte

doch schon, dass ich nicht weiß, von wem der Auftrag kam. Es ist mir auch völlig egal, solange das Honorar stimmt.«

Jay biss die Zähne zusammen. »Arbeitest du alleine?«

»Das werdet ihr bald herausfinden.«

Ted würde nicht von seiner Geschichte abrücken, so viel war klar. Jay trat einen Schritt auf ihn zu. »Eine Sache noch.« Er holte aus und schlug dem Verbrecher die Faust ins Gesicht. Mit Genugtuung sah er zu, wie Teds Kopf zurückzuckte und er schließlich auf dem Sofa zusammensank.

Jay drehte sich um und begegnete Reds verständnisvollem Blick. »Ich muss los. Vielleicht bekommst du noch was aus ihm heraus, wenn er wieder aufwacht, aber ich kann nicht darauf warten. Ich muss Jo… Ann hier wegbringen.«

Sein Vater richtete sich auf und öffnete die Tür für ihn. »Lass dir deine Hand verbinden, bevor du fährst.«

Erst jetzt bemerkte Jay, dass seine Fingerknöchel bluteten, aber das war es ihm wert gewesen. »Mache ich.«

George folgte ihm aus dem Raum und schloss die Tür hinter ihnen. »Was sollen wir mit ihm machen?«

»Könnt ihr ihn hier so lange festhalten, bis ich Ann in Sicherheit gebracht habe? Wenn wir ihn jetzt zur Polizei bringen, werden sie Fragen stellen, die ich im Moment nicht beantworten kann, wenn ich Ann nicht in Gefahr bringen will.«

»Natürlich. Aber ich wünschte, ihr würdet hier bleiben, wo wir euch beschützen können.«

Jay schüttelte den Kopf. »Es würde euch nur noch mehr in Gefahr bringen. Schlimm genug, dass er uns überhaupt hierher gefolgt ist.« Er umarmte seinen Vater. »Tut mir leid, Dad. Ich dachte, Ann wäre hier in Sicherheit, ich wollte nicht, dass so etwas geschieht.«

»Das ist mir klar, und deiner Mutter auch.« Ein Lächeln huschte über Georges Gesicht. »Angela ist richtig aufgeblüht, als sie sich um jemanden kümmern konnte. Wenn die Sache vorbei ist, bring deine Freundin ruhig wieder her.«

Jay spürte Wärme in seine Ohren steigen. »Dad, du weißt doch, dass sie nicht wirklich meine Freundin ist.«

George zog eine Augenbraue hoch. »Ach ja? Und ich dachte, Angela hätte etwas davon gesagt, dass ihr zusammen im Bett gelegen habt.«

»Ja, aber das war …« Jay stockte, als er sich daran erinnerte, wie schön es gewesen war, sie zu küssen. Hart blies er seinen Atem aus. »Okay, wenn sie es möchte, bringe ich sie danach hierher.«

»Siehst du, war doch gar nicht so schwer.«

Jay schüttelte den Kopf. »Wirklich, manchmal denke ich, du bist genauso schlimm wie Mom.«

George grinste. »Danke.«

18

Zum wahrscheinlich hundertsten Mal sah Jocelyn Jay von der Seite an, doch sein düsterer Gesichtsausdruck hatte sich kein bisschen geändert, seit sie in einem Jeep der Ranch losgefahren waren. Ständig glitt sein Blick zum Rückspiegel, offensichtlich erwartete er, dass sie verfolgt wurden. Sie tat das Gleiche, aber bisher war ihr noch nichts Ungewöhnliches aufgefallen. Allerdings war sie auch kein Experte in solchen Dingen. Ihre Hände hatte sie so fest im Schoß zusammengekrampft, dass sie blutleer wirkten. Schließlich hielt sie es nicht mehr aus, sie musste etwas sagen.

»Es tut mir leid, Jay. Ich wollte nie, dass deine Eltern in Gefahr geraten.«

Sein Blick löste sich einen Moment von der Straße und strich über sie. »Nicht deine Schuld.«

Fassungslos sah sie ihn an. »Der Verbrecher ist meinetwegen hierhergekommen, also fühle ich mich auch dafür verantwortlich. Ich wollte nie, dass jemandem etwas passiert. Ich hätte nicht zu dir kommen sollen.«

Jay trat auf die Bremse und brachte den Jeep mit quietschenden Reifen am Straßenrand zum Stehen. Ein Wagen schoss hupend vorbei, doch Jay ignorierte ihn. Er sah sich um und fuhr schließlich langsam weiter, bis er in einen Feldweg einbog. Der Jeep holperte über den unebenen Sandboden, und Jocelyn klammerte sich mit beiden Händen am Sitz fest, damit sie nicht herumgeworfen wurde. Unbehagen rieselte durch ihren Körper, als sie in ein Waldstück eintauchten, Jay den Wagen anhielt und den

Motor ausschaltete. Einen Moment lang saßen sie einfach nur da und lauschten dem Ticken des abkühlenden Motors.

Schließlich drehte Jay sich zu ihr um und ergriff ihre Schultern, selbst im Dämmerlicht unter dem Baumdach konnte sie das wütende Blitzen seiner Augen erkennen. »Ein für alle Mal: Es war richtig, dass du dich an mich gewandt hast, und ich werde alles tun, um dafür zu sorgen, dass du in Sicherheit leben kannst.«

»Aber …« Weiter kam Jocelyn nicht, denn Jay beugte sich vor und presste seine Lippen auf ihre. Zuerst war sie zu überrascht, um zu reagieren, dann versuchte sie, sich von ihm zu lösen, doch das ließ er nicht zu. Mit einem Seufzer ließ sie sich in den Kuss sinken und beschloss, die Gefühle zu genießen, die Jay in ihr auslöste, solange sie das noch konnte. Denn eines war klar, bald würde sie sich von ihm trennen müssen, um ihn nicht noch weiter in Gefahr zu bringen.

Tränen stiegen in ihre Augen, doch Jocelyn drängte sie zurück. Für ein paar Minuten wollte sie jetzt einfach nur eine normale Frau sein, die mit einem interessanten Mann zusammen war. Sie löste ihren Gurt, presste sich enger an Jay und schob ihre Hand in seine Haare. Er gab ein zufriedenes Brummen von sich und vertiefte den Kuss. Seine Zunge wand sich um ihre und saugte sie in seinen Mund. Sie stöhnte und lehnte sich noch weiter über die Mittelkonsole. Ihre andere Hand stützte sie auf Jays Oberschenkel, hoch oben, wo sie beinahe die Wärme seines Schafts spüren konnte.

Ungewollt tauchten die Bilder wieder in ihrem Kopf auf, wie Jay sich im Badezimmer selbst befriedigt hatte. Ein Schauder lief durch ihren Körper, als sie sich seine Reaktion vorstellte, wenn sie nicht nur zugeschaut hätte, sondern in den Raum geschlüpft wäre. Sie hätte sich vor ihn gekniet, seine Hand zur Seite geschoben und seine Erektion berührt. Nach einer gründlichen Erkundung mit ihren Händen hätte sie sich vorgebeugt und die

Zunge über seinen Schaft gleiten lassen. Jay hätte aufgestöhnt und seine Hände in ihren Haaren vergraben, um sie dort zu halten. Langsam und genüsslich hätte sie ihn in ihren Mund genommen und …

Ein tiefes Stöhnen brachte sie in die Realität zurück. Ihr ganzer Körper stand in Flammen, unwillkürlich presste sie ihre Beine zusammen, um den Schmerz in ihrer Mitte zu lindern. Noch immer küsste Jay sie, als wollte er sie verschlingen, seine Hände lagen auf ihrem Rücken, und sie wünschte, sie hätte keine Kleidung an. Sie wollte seine Berührung auf ihrer nackten Haut spüren, nicht durch Stoff. Als könnte er ihre Gedanken lesen, wanderte eine Hand nach unten und schob sich unter ihr T-Shirt. Gänsehaut bildete sich auf ihrem Rücken, als Jays raue Fingerspitzen über ihr Rückgrat strichen. Als Antwort drängte sie sich noch enger an ihn, und sie verfluchte die Tatsache, dass sie in einem Wagen saßen und sich nicht in einem Bett befanden – oder zumindest irgendwo, wo nichts im Weg war.

Automatisch glitt ihre Hand höher, bis ihr Daumen seine harte Erektion berührte. Jays Kuss intensivierte sich, während er gleichzeitig seine Hüfte hob, als wollte er ihr näher kommen. Jocelyn betrachtete das als Aufforderung und legte ihre Hand über seinen Schaft. Erneut stöhnte Jay in ihren Mund, sein Penis schien sich unter ihren Fingern noch einmal zu vergrößern. Sanft drückte Jocelyn zu. Dann keuchte sie auf, als Jays Hand sich auf ihre nackte Brust legte. Sie hatte gar nicht gemerkt, dass ihr Sport-BH nicht mehr an seinem Platz war. Während sie noch damit beschäftigt war, die Gefühle zu genießen, die sein Daumen an ihrer Brustwarze auslöste, schob sich seine andere Hand hinten in ihre Hose.

Jocelyn keuchte auf, als seine Finger ihren Po erkundeten. Um nicht ins Hintertreffen zu geraten, löste Jocelyn ihre Hand aus seinen Haaren und ließ sie an seiner Brust hinabgleiten. Unten angekommen, öffnete sie seinen Hosenknopf und zog den Reißverschluss herunter. Als ihr sein Schaft entgegensprang, musste sie lächeln. Er hatte tatsächlich auf den Slip verzichtet. Dann erinnerte sie sich daran, dass er verletzt war, und zögerte. Doch als er ihr wieder seine Hüfte entgegenhob, entschied sie, dass er selbst am besten wissen musste, was er seinem Körper zumuten konnte. Und wenn sie seine pulsierende Erektion als Indiz nahm, dachte er im Moment ganz sicher nicht an seine Verletzungen. Sanft schloss sie ihre Hand um seinen Schaft und genoss seine seidige Stärke.

Jay brummte zufrieden und hob erneut seine Hüfte, wodurch sich sein Penis in ihrer Hand bewegte. Ihre Finger schlossen sich enger um ihn und sie begann an seiner Länge auf und ab zu fahren. Erregung tobte in ihrem Körper, Feuchtigkeit sickerte in ihren Slip. Jays Hand glitt weiter an ihrem Po hinab, ein Finger folgte ihrem Spalt nach unten. Jocelyn wusste nicht, ob sie ihn daran hindern oder ihn ermutigen sollte. Schließlich tat sie gar nichts und wartete mit angehaltenem Atem, was Jay tun würde. Seine Finger streiften ihren hinteren Eingang, bevor sie sich über ihre Weiblichkeit legten. Unwillkürlich schloss sich ihre Hand fester um seinen Schaft, der Rhythmus wurde schneller. Ein leiser Schrei entrang sich ihr, als Jay begann, an ihrer Brustwarze zu zupfen, während er gleichzeitig einen Finger in sie schob. Diesmal konnte Jocelyn die Bewegung nicht unterdrücken. Ihre Hüfte senkte sich und sie nahm ihn tiefer in sich auf.

Es fühlte sich unglaublich an, besonders als kurz darauf ein zweiter Finger in sie glitt. Jocelyn konnte sich nicht erinnern, jemals so viel dabei gefühlt zu haben. Jay hatte noch nicht einmal ihre empfindlichste Stelle berührt und sie stand bereits kurz vor einem Orgasmus. Bedauernd riss sie ihren Mund von seinem los und atmete keuchend ein. Nein, das war zu viel, zu schnell. Zuerst wollte sie das tun, worüber sie nun schon seit Stunden nachdachte. Rasch beugte sie sich herunter und rückte ein Stück von Jay ab.

»Was …?« Jays Frage ging in einem erstickten Laut unter, als sich ihr Mund um die Spitze seines Schafts schloss.

Mit der Zunge testete sie seinen Geschmack und seine Beschaffenheit, bevor sie ihren Kopf weiter senkte und ihn tiefer in sich aufnahm. Ein Klicken ertönte, als Jay seinen Gurt löste. Sofort beugte er sich über ihren Rücken, seine Finger immer noch in ihr vergraben. Mit der anderen Hand öffnete er ihre Hose.

»Knie dich auf den Sitz.« Seine raue Stimme strich über sie und brachte sie zum Zittern.

Mit Mühe folgte sie seiner Anweisung und schaffte es, dabei nicht einmal den Kontakt zu seinem Penis zu verlieren. In dieser Position hatte sie sogar einen besseren Zugriff auf seine Länge und nutzte das sofort aus. Kühlere Luft drang an ihren Po und machte ihr bewusst, dass Jay ihre Hose heruntergezogen hatte. Der Gedanke, dass sie an einem öffentlichen Ort halb nackt war, trug noch zu ihrer Erregung bei. Sicher konnte Jay spüren, wie nass sie war, während er seine Finger in ihr bewegte. Sofort passte er sich ihrem Rhythmus an, als sie seinen Schaft tiefer in ihren Mund sog. Auf und ab, schneller, immer schneller. Mit der anderen Hand zog er ihr T-Shirt hoch, bis es um ihre Schultern hing. Seine raue Handfläche glitt über ihre Brüste. *Oh Gott!* Beinahe verzweifelt bemühte sie sich darum, ihre Beherrschung nicht zu verlieren.

Sie wartete, bis Jay seine Hüfte wieder hob, bevor sie seine Shorts weiter herunterzog, damit sie mehr von ihm erreichen konnte. Sein Körper versteifte sich kurz, bevor er seine Bemühungen noch weiter steigerte. Jocelyn nutzte die neue Freiheit und legte ihre Hand um seine Hoden. Zufrieden hörte sie Jays lang gezogenes Stöhnen an ihrem Rücken. Flüssigkeit trat aus seiner Spitze aus, die sie gierig aufleckte. Sie wollte ihn genauso verrückt machen, wie er es bei ihr tat – und sie hatte das Gefühl, dass sie kurz vor dem Ziel stand.

Jay schloss die Augen und versuchte, seinen Körper unter Kontrolle zu bringen, doch es gelang ihm nicht. Was auch immer Jocelyn da tat, es reichte, um ihn innerhalb weniger Minuten zum Höhepunkt zu bringen. Doch das musste er um jeden Preis verhindern. Wenn er kam, wollte er tief in ihr sein, spüren, wie sich ihre inneren Muskeln um ihn herum zusammenzogen, wenn sie ebenfalls ihren Orgasmus erreichte. Vorsichtig schob er noch einen dritten Finger in sie. Die feuchte Hitze fühlte sich unglaublich an, und er wünschte, er wäre bereits in ihr. Selbst wenn er gleichzeitig weiter ihren Mund um sich fühlen wollte.

Da das leider nicht möglich war, stieß er noch ein paarmal mit den Fingern tief in sie und genoss ihre rauen Laute, die seinen Schaft vibrieren ließen. Zögernd zog er sich schließlich aus ihr zurück und ließ seine Hände an ihr hinaufgleiten. Als sie sich aufrichtete, zog er ihr das T-Shirt über den Kopf und warf es auf die Rückbank. Gierig ließ er seinen Blick über Jocelyns beinahe nackten Körper gleiten, nur die Hose, die noch um ihre Knie hing, störte das Bild.

»Zieh die Hose aus.« War das wirklich seine Stimme? Tief und rau, kaum wiederzuerkennen.

Jocelyn zögerte einen Moment, bevor sie sich hinsetzte, ihre Schuhe auszog und die Hose über die Füße streifte. Dabei konnte er ihre feucht schimmernden roten Haare sehen, ein Anblick, der ihn beinahe kommen ließ. Jay legte die Hand um seinen Schaft und drückte fest zu, um den Orgasmus zurückzudrängen.

Es half auch nicht gerade dabei, dass Jocelyn daraufstarrte und mit der Zungenspitze ihre Oberlippe benetzte. »Ich habe dich vorhin gesehen.«

Verwirrt blickte er sie an. »Wann?«

»Als du …« Tiefe Röte stieg in ihre Wangen. Anstelle von Worten machte sie eine eindeutige Bewegung mit ihrer Hand.

Verlegenheit kämpfte mit äußerster Erregung, die schließlich gewann. »Hat es dich gestört?«

»Nein!« Ihre Augen weiteten sich, als das Wort aus ihr herausplatzte. »Ich meine, es tut mir leid, dass ich deine Intimsphäre verletzt habe. Es war nicht richtig von mir, dich zu beobachten.«

Jay bemühte sich, ein Lächeln zu unterdrücken. »Warum hast du es dann getan?«

»Ich …« Ihre Hände pressten sich ineinander, ihre Beine waren fest geschlossen. »Es war unglaublich erotisch. Ich habe so etwas vorher noch nie gesehen – zumindest nicht in der Realität.«

»Was hättest du gemacht, wenn ich dich bemerkt hätte?«

»Vermutlich wäre ich weggerannt.« Ihre Augen loderten. »Oder ich wäre in das Badezimmer gegangen, hätte mich vor dich gekniet und dich in den Mund genommen, so wie eben.«

Jay unterdrückte ein Stöhnen und schloss die Augen. »Genau daran habe ich gedacht, während ich mich selbst befriedigt habe.« Automatisch lockerte sich sein Griff, und er rieb an seinem Penis auf und ab.

Eine Hand legte sich auf sein heißes Fleisch und er riss die Augen auf. Jocelyn beugte sich über ihn, ein bittender Ausdruck in ihren Augen. »Lass mich das machen.«

Mit zusammengebissenen Zähnen ertrug er ihre Berührung, bis es zu viel wurde. Er griff nach dem Hebel und schob seinen Sitz so weit zurück, wie es ging. Zwar störte dann immer noch das Lenkrad, aber es würde gehen. Er klopfte auf seinen Sitz. »Komm her.« Als sie ihn nur stumm ansah, ruderte er gedanklich zurück. »Außer du willst nicht, dann können wir auch aufhören.« Auch wenn es ihn umbringen würde.

Jocelyn lächelte ihn an. »Ich gehe nur gerade die Logistik

durch, ich habe so etwas noch nie in einem Auto getan. Bist du sicher, dass das funktioniert?«

»Ja.« Da er mehr nicht herausbrachte, zog er sein Hemd aus und warf es ebenfalls auf den Rücksitz. Jocelyn beugte sich bereits nach unten und zog seine Schuhe aus, so brauchte er nur noch seine Hüfte anzuheben, damit sie die Cargoshorts herunterziehen konnte. Zwar brauchte er für das, was er vorhatte, nicht unbedingt nackt zu sein, aber er wollte ihre Haut an seiner fühlen – überall. Nachdem sie seine Hose ebenfalls nach hinten geworfen hatte und bereits wieder dabei war, ihre Hände an seinen Oberschenkeln hinaufgleiten zu lassen, räusperte er sich. »Auf dem Rücksitz liegt mein Rucksack. In der Seitentasche sind Kondome.«

Jocelyn zog eine Augenbraue hoch, beugte sich aber nur über die Lehne des Sitzes und zog den Rucksack heran. Nach beinahe unendlich scheinenden Sekunden hatte sie die Kondome gefunden und drückte ihm eines in die Hand. Jay hielt sich nicht lange damit auf, sondern riss die Packung auf und rollte das Kondom über seine schmerzende Erektion. Ohne auf seine Aufforderung zu warten, kniete sich Jocelyn über ihn und senkte ihre Hüfte. Die erste Berührung ihrer feuchten Hitze an seinem Schaft war schon fast zu viel. Durch ihre gespreizten Beine war sie bereits weit offen, und er hätte sich in einem Stoß in ihr vergraben können.

Um sich ein wenig abzulenken, ließ er seine Hände an ihrem Körper hinunterwandern und genoss das Gefühl ihrer weichen Haut. Ihre Brustwarzen waren fest zusammengezogen und bettelten darum, berührt zu werden. Jay stürzte sich beinahe darauf und rollte sie zwischen Daumen und Zeigefinger, bis Joceyln sich über ihm wand.

»Bitte, Jay …« Sie senkte sich noch tiefer auf ihn, und sein Schaft glitt in sie.

Gemeinsam stöhnten sie auf, als sie auf ihm saß, sein Penis so tief in ihr, wie es nur möglich war. Ein Kribbeln lief sein Rückgrat hinauf. Er musste sich jetzt bewegen, sonst würde er explodieren.

»Lehn dich zurück ans Lenkrad und heb deine Hüfte etwas an.«

Ohne zu zögern, tat Jocelyn, worum er sie bat. Ihr Rücken bog sich durch, was ihre Brüste stärker in seine Hände presste. Ja, genau so. Durch diese Stellung hatte er etwas mehr Platz, seine Hüfte zu bewegen, während er gleichzeitig ihren erotischen Anblick genoss. Jay beugte sich vor und ersetzte eine Hand mit seinem Mund. Kräftig saugte er an ihrer Brustwarze, die sich ihm in voller Pracht präsentierte. Jocelyns raue Laute trieben ihn dazu, die Zähne sanft um den Nippel zu schließen und an ihm zu knabbern. Abrupt senkte sie ihre Hüfte und Jay sah Sterne, als sein Schaft wieder vollständig in sie tauchte. Sosehr er es auch wollte, er konnte Jocelyn nicht in aller Ruhe genießen. Sein Körper verlangte nach Erfüllung, sofort.

»Halt dich an meinen Schultern fest.« Sein Penis fühlte sich an, als würde er jeden Moment bersten.

»Aber deine Verletzung!« Jocelyns Zähne gruben sich in ihre Unterlippe.

»Die ist mir gerade sowas von egal. Halt dich fest und reite mich.«

Ihre Augen verdunkelten sich, aber sie richtete sich auf und sank damit noch tiefer auf ihn. Verlockend schwangen ihre Brüste vor seinen Augen, aber er wusste, dass er sich jetzt nicht damit befassen konnte. Stattdessen legte er seine Hände um ihren Po, sodass seine Fingerspitzen fast seinen Schaft berührten. »Jetzt.«

Gehorsam setzte sich Jocelyn in Bewegung, erst langsam, dann immer schneller. Für einen Moment war nur ihr raues Atmen zu hören und die Berührung ihres Fleisches. Schweiß trat auf Jays

Stirn, als sich ihre Innenwände um ihn zusammenzogen. Mit einer Hand erkundete er ihren muskulösen Po, mit der anderen stimulierte er ihre Klitoris. Er konnte spüren, wie sie auf jede seiner Berührungen reagierte, und fand so schnell heraus, was ihr besonders gut gefiel. Immer schneller bewegte sie sich auf ihm, jedes Ausatmen war beinahe ein Stöhnen. Erneut schob er einen Finger durch ihre Spalte und ließ ihn dort, sodass er über ihre empfindliche Stelle rieb. Ein Keuchen antwortete ihm, sie zog sich um seinen Schaft herum zusammen. Seine Hoden spannten sich an, und er wusste, dass er es diesmal nicht wieder aufhalten konnte. Rasch schob er einen Finger zusammen mit seinem Schaft in sie, als sie sich erneut auf ihn senkte. Gleichzeitig strich er rau über ihre Klitoris. Jocelyn erstarrte und stieß einen lauten Schrei aus, während ihr Körper um ihn herum explodierte. So tief er konnte, schob Jay sich in sie und folgte ihr in den Orgasmus.

Jay schlang seine Arme um sie und hielt sie fest an sich gepresst, während er versuchte, wieder zu Atem zu kommen. Erst jetzt bemerkte er wieder seine Verletzungen, aber er war zu erschöpft, um sich darum zu kümmern. Es war ihm auch egal. Ein Zwicken in seiner Schulter und seinen Rippen war nichts gegen die unglaubliche Befriedigung, die seinen Körper durchströmte.

Nach langer Zeit rührte sich Jocelyn über ihm und er lockerte bedauernd seinen Griff, damit sie sich aufsetzen konnte. Forschend blickte sie ihn an und er befürchtete schon, etwas falsch gemacht zu haben, doch dann lächelte sie. »Das war unglaublich.«

Jay grinste sie an. »Absolut. Wir können das gerne jederzeit wiederholen.«

Das brachte Jocelyn zum Lachen. »Vielleicht sollten wir uns erst mal ein wenig erholen und sehen, ob wir inzwischen zusammengewachsen sind, bevor wir über eine Wiederholung nachdenken.«

Übertrieben seufzte er auf. »Wenn es denn sein muss …« Ein

letztes Mal ließ er seine Hände über ihren Rücken und Po gleiten und genoss ihr Schaudern.

Viel zu früh setzte Jocelyn sich auf und kletterte von ihm herunter. Als sein Schaft aus ihr herausglitt, gab Jay einen undefinierbaren Laut von sich. Sein Griff wurde fester und beinahe hätte er sie wieder zu sich heruntergezogen, wenn er nicht erkannt hätte, dass das derzeit anatomisch unmöglich war. Sein Blick glitt zu Jocelyn, die auf dem Beifahrersitz hockte und so aussah, als hätte ihr jemand ihr liebstes Spielzeug genommen. Sein Penis zuckte.

Amüsiert schüttelte Jay den Kopf, beugte sich hinüber und küsste sie auf die geröteten Lippen. »Später. Sieh mal im Handschuhfach nach, vielleicht sind dort Taschentücher.«

Während Jocelyn sich vorbeugte und im Handschuhfach wühlte, blickte Jay sich um. Bei dem Weg handelte es sich um eine alte Forststraße, die glücklicherweise nur selten benutzt wurde. Trotzdem war es unverantwortlich gewesen, hier seiner Leidenschaft nachzugeben, ohne sicherzustellen, dass niemand sie überraschen konnte. Aber es war geschehen, und es brachte nichts, jetzt noch darüber nachzugrübeln. Er musste nur dafür sorgen, dass es nicht noch einmal passierte, sosehr er Jocelyn auch berühren wollte. Das musste warten, bis sie an einem sicheren Ort waren. Zwar war ihr Verfolger gefasst, aber das bedeutete nicht, dass der Auftraggeber nicht noch jemand anderen angeheuert hatte, der ihnen weiterhin auf der Spur war. Sie sollten so schnell wie möglich von hier verschwinden.

»Bereust du es?«

Jays Kopf ruckte bei Jocelyns Frage zu ihr herum. »Was?«

Sie wedelte eine Hand zwischen ihnen hin und her. »Das.«

»Wie kommst du denn darauf?« Besonders wo sein Schaft ihr bereits wieder freudig zuwinkte und um eine Wiederholung bettelte.

»Dein Gesichtsausdruck.«

Anscheinend waren ihm seine Selbstvorwürfe anzusehen. Da er nicht wollte, dass Jocelyn dachte, er hätte ihr Zusammensein nicht genossen, glättete er seine Stirn und lächelte sie an. »Ich habe jede einzelne Sekunde genossen und ich denke, das hast du auch gemerkt.«

»Ja, aber das war nicht meine Frage.« Die Unsicherheit in ihren Augen drückte auf sein Herz.

Jay legte seine Hände um ihre Wangen und blickte sie direkt an. »Ich bereue nichts, Jocelyn. Keine … einzige … Sekunde. Und wenn ich könnte, würde ich mich sofort wieder auf dich stürzen.«

Ein zaghaftes Lächeln spielte um ihre Mundwinkel. »Was hält dich davon ab?«

Mit einem Stöhnen lehnte er seine Stirn an ihre. »Die Tatsache, dass es hier nicht sicher ist. Ich hätte es aus Sicherheitsgründen nie so weit kommen lassen dürfen, aber ich konnte mich einfach nicht beherrschen, als ich dich erst mal in den Armen hielt.«

Jocelyn rückte von ihm ab und blickte sich unsicher um. »Denkst du, wir sind hier in Gefahr?«

»Nein. Aber wir sollten möglichst schnell von hier verschwinden, um kein Risiko einzugehen.« Obwohl die Wahrscheinlichkeit relativ gering war, dass sie jetzt noch jemand finden würde. Den geliehenen Ranchjeep kannte niemand, und wenn ihnen von dort aus jemand gefolgt wäre, wären sie jetzt schon tot.

Vielsagend blickte Jocelyn nach unten. »Meinst du nicht, dass du dich dann langsam mal anziehen solltest? Oder willst du so weiterfahren?«

Jay verzichtete auf eine Antwort und zog stattdessen die Shorts an, die Jocelyn ihm vom Rücksitz reichte. Sie half ihm dabei, das Hemd über seine verletzte Schulter zu ziehen, in der sich die Akrobatik der letzten halben Stunde inzwischen bemerkbar machte. Allerdings ließ er sich das nicht anmerken, schließlich wollte er nachher noch viel mehr mit Jocelyn tun und wusste, dass sie sich weigern würde, wenn ihr auffiel, dass er Schmerzen hatte. Nachdem er noch in seine Schuhe geschlüpft war und Jocelyn die Schnürbänder gebunden hatte, startete er den Motor und legte den Gang ein.

Doch bevor er losfuhr, beugte er sich noch einmal zu Jocelyn hinüber und küsste sie zärtlich. »Danke.«

19

»Wir haben ein Problem.« Nervös wartete er auf eine Antwort, die aber nicht kam. Sein Gegenüber wirkte fast, als würde er gar nicht zuhören und stattdessen lieber die auffällig gekleidete Frau an der Bar beobachten. »Wir müssen dringend entscheiden …«

Das brachte eine Reaktion. »*Wir* müssen gar nichts! Es war alles deine idiotische Idee, und ich weigere mich, irgendwie darin verwickelt zu werden.«

Wut auf seinen Freund kam in ihm auf, der schon als Student das Talent besessen hatte, andere die Drecksarbeit für sich machen zu lassen und einfach jedes Problem ignorierte, bis es sich von selbst erledigt oder sich jemand anders darum gekümmert hatte. Doch diesmal würde es nicht einfach so verschwinden, dazu war zu viel geschehen. »Du hängst genauso mit drin wie ich. Wir werden alles verlieren, wenn wir es nicht schaffen, die Zeugin zu beseitigen, bevor sie jemandem erzählt, was sie gesehen hat.«

Der Kopf seines Gegenübers ruckte herum. Täuschend unschuldig blaue Augen funkelten ihn an. »Ich dachte, das wäre längst erledigt. Dafür haben wir doch diesem Auftragskiller sehr viel Geld bezahlt, oder nicht?«

So viel Blauäugigkeit oder vielleicht auch Desinteresse ließ in ihm den Wunsch aufkommen, seinen Kopf auf die Tischplatte zu knallen, doch das hätte in der Kneipe trotz des hohen Lärmpegels wohl zu viel Aufmerksamkeit erregt. »Ja, nur ist es ihm trotz mehrerer Versuche bisher nicht gelungen, die Kleine zu erledigen. Stattdessen hat sie sich an einen Detective in San Francisco gewandt, der sie jetzt beschützt.«

»Und? Dann soll er ihn eben auch erledigen.«

»Das hat er schon versucht – vergebens.« Mit einem Stöhnen stützte er seine Stirn in seine Handfläche. »Hörst du dir eigentlich auch mal selber zu? Wir reden hier von Menschenleben.«

»Seit wann stört dich das?«

Die Wut kochte über und er schrie beinahe. »Seit unser Leben dadurch kurz davor ist, vernichtet zu werden! Kapierst du nicht, wie nahe wir daran sind, alles zu verlieren?« Und zwar nicht nur Geld, sondern auch seine wichtigen Kontakte und sein Ansehen, alles, wofür er die letzten zwanzig Jahre gearbeitet hatte, was er sich aufgebaut hatte.

Steif richtete sein Freund sich auf. »Genau deshalb frage ich ja, warum der Auftragskiller seinen Job bisher nicht erledigt hat.«

»Woher soll ich das wissen? Zuletzt ist er ihnen nach Montana gefolgt und sollte sich eigentlich längst bei mir gemeldet haben. Aber bisher nichts. Ich fürchte, es ist irgendwas schiefgegangen.«

Zum ersten Mal war so etwas wie Sorge in den Augen seines Freundes zu erkennen. »Meinst du, sie haben ihn erwischt? Weiß er irgendetwas über uns, das sie auf unsere Spur bringen könnte?«

Eventuell, aber darüber wollte er gar nicht nachdenken. Das Problem bei Geschäften mit Verbrechern war, dass sie nicht davor zurückschreckten, sich gegen denjenigen zu wenden, der sie bezahlte. Aber das würde er seinem Freund sicher nicht auf die Nase binden. »Denkst du wirklich, ich wäre so unvorsichtig? Er hat keine Ahnung, wer ihn beauftragt hat. Aber das stellt uns trotzdem vor das Problem, was wir jetzt mit dieser Jocelyn Callaghan und ihrem Beschützer machen. Sie müssen verschwinden, und zwar sofort.«

Sein Freund stützte die Ellbogen auf den Tisch. »Können wir nicht unseren Joker benutzen? Ich dachte, dafür hätten wir uns diese ganzen Umstände gemacht.«

Nachdenklich blickte er ihn an. »Du meinst, wir sollten ihnen eine Falle stellen?«

Ein langsames Grinsen breitete sich auf seinem Gesicht aus. »Unbedingt. Dann lohnt sich auch endlich, dass ich mein Ferienhaus für unseren unfreiwilligen Gast opfern musste.«

Er konnte nichts auch nur entfernt Humorvolles daran finden, aber er nickte nur. Wenn es dazu diente, dass sie endlich die Sache hinter sich lassen konnten, war er auch zu verzweifelten Maßnahmen bereit, die ihm in jeder anderen Situation Übelkeit bereitet hätten. Sie mussten nur aufpassen, wen sie sich zum Feind machten. Bisher hatten sie es geschafft, immer scharf an der Grenze zu agieren und nicht dabei erwischt zu werden, doch die Schlinge um seinen Hals wurde immer enger. Er konnte ihren Konkurrenten bereits in seinem Nacken spüren. Wenn herauskam, was sie getan hatten, würde er sich auf sie stürzen und in der Luft zerreißen. Wenn er sie nicht einfach verschwinden ließ, denn dafür war er berüchtigt. Es war eine Sache, geschäftlich in Konkurrenz zu treten und ihn zu übervorteilen, aber sein Gegner fand es sicher nicht lustig, in Verdacht geraten zu sein, obwohl er gar nichts mit den Morden zu tun hatte.

Jedes Mal, wenn Jocelyn sich daran erinnerte, was sie mit Jay getan hatte, schoss Hitze durch ihren Körper und breitete sich in ihren Wangen aus. Mehr als einmal hatte sie Jay dabei erwischt, wie er sie aus den Augenwinkeln beobachtete und grinste. Aber sie konnte nichts dagegen machen. Noch nie in ihrem Leben hatte sie sich so … gehen lassen. Sie hatte alles andere beiseitegeschoben und sich nur auf ihre Gefühle konzentriert. Und auf Jay. Zwar hatte er begeistert mitgemacht, doch sie hätte darauf Rücksicht nehmen müssen, dass er verletzt war. Seine Jagd nach dem Verbrecher war sicher auch nicht gut für seine Verletzungen gewesen. Anstatt ihn zu schonen, hatte sie nur daran denken können, ihm so nah wie möglich zu kommen.

»Es tut mir leid.« Sie merkte erst, dass sie laut gesprochen hatte, als Jay sie mit hochgezogenen Brauen ansah.

»Was denn? Dass wir die Sache nicht weiterführen konnten? Da stimme ich dir zu.«

»Jay …«

Er unterbrach sie. »Etwas anderes will ich nicht hören, Jocelyn. Es gibt nichts, das dir leidtun müsste.«

»Aber deine Verletzungen …«

Ein Schnauben entfuhr ihm. »Die habe ich dank dir für einige Minuten überhaupt nicht gespürt.« Seine Stimme wurde sanfter. »Ich würde unser Zusammensein für nichts auf der Welt eintauschen. Ich hoffe, dir geht es genauso.«

Was konnte sie dazu sagen? Natürlich war es so, und seine Worte ließen ihn gleich noch ein wenig tiefer in ihr Herz gleiten. Es würde höllisch wehtun, ihn wieder gehen zu lassen, wenn sie wieder ins Zeugenschutzprogramm zurückmusste. Tränen brannten in ihrer Nase, doch sie hielt sie zurück. »Ja.«

Zufrieden nickte er und wandte sich wieder der Straße zu. »Warum schläfst du nicht ein wenig? Wir haben eine lange Fahrt vor uns.«

»Wo fahren wir denn hin?«

Jegliche Sanftheit schwand aus Jays Miene. »Zurück nach San Francisco.«

»Was? Aber dort werden sie uns doch finden!«

Seine Hand legte sich über ihre. »Das tun sie offensichtlich auch, wenn wir woanders sind. Wir können uns nicht ewig verstecken und vor ihnen davonlaufen. Es wird Zeit, dass wir uns wehren und die Verbrecher ein für alle Mal kaltstellen.«

Jocelyn drehte ihre Hand um und verschränkte ihre Finger mit seinen. »Nur wie?«

»Das werde ich mir in den nächsten Tagen überlegen. Zuerst muss ich sowieso meine Verletzungen ein wenig verheilen lassen.«

Erleichtert atmete sie auf. Wenigstens würde er in der Beziehung vernünftig sein, sie hatte schon befürchtet, ihn ans Bett fesseln zu müssen, damit er sich ein wenig Ruhe gönnte. Die Vorstellung, ihn hilflos vor sich zu haben, ließ erneut Röte in ihre Wangen steigen.

Jays Lachen riss sie aus ihrem Tagtraum. »Woran hast du gerade gedacht?«

Sie zog schnell ihre Hand zurück. »An nichts.«

»Lügnerin. Komm schon, sag es mir. Es gibt nichts, was mich schockieren könnte.«

Ihn vielleicht nicht, sie aber schon. Nervös benetzte sie ihre Lippen mit der Zunge. »Ich dachte daran, dich ans Bett zu fesseln.«

Jay fluchte unterdrückt und der Wagen brach seitlich aus, bevor er ihn wieder in die Mitte der Fahrbahn zurücksteuerte. Aus ihren Augenwinkeln blickte sie ihn ängstlich an, als er nichts sagte. Röte kroch an seinem Hals hinauf, ein Muskel zuckte in seiner Wange. Seine Augen glitzerten. War er wütend auf sie?

Schließlich schluckte er hart und warf ihr einen kurzen Seitenblick zu. »Verdammt, musst du so etwas sagen, wenn ich gerade Auto fahre?«

»Du hast doch gesagt …«

Jay unterbrach sie. »Jetzt werde ich die ganze Zeit an nichts anderes denken können. Weißt du, wie unbequem es ist, mit einer Erektion im Auto zu sitzen?«

Lächelnd blickte Jocelyn auf seine Shorts, unter denen sich eine große Beule abzeichnete. »Ehrlich gesagt, nein.«

»Sehr witzig.« Die Worte klangen knurrig, aber ein Lächeln zupfte an seinen Mundwinkeln.

»Finde ich auch. Außerdem bist du selbst schuld, schließlich wolltest du unbedingt wissen, woran ich gerade gedacht habe.« Sie lehnte sich bequemer zurück. »Nicht dass du glaubst, ich hätte dabei an etwas anderes als deine Verletzungen gedacht.«

»Ja, sicher.« Ein Lachen schwang in seiner Stimme mit. Er warf ihr einen heißen Blick zu. »Ich kann es kaum erwarten.«

Und damit begann ihr Kopfkino von neuem. Jay nackt im Bett, die Hände an das Kopfteil gefesselt, die Beine gespreizt. Sie würde ihre Hände über jeden Zentimeter seines Körpers gleiten lassen, ihn überall mit Lippen und Zunge erkunden. Ihr Kopf würde sich über seinen Schaft senken, und er würde langsam in ihren Mund gleiten. Tief, immer tiefer, bis …

»Wenn du nicht willst, dass wir gleich einen Unfall haben oder noch einen Feldweg aufsuchen, solltest du damit aufhören.«

Mit brennenden Wangen blickte Jocelyn ihn an. »Womit denn? Ich sitze hier ganz still.«

»Ja, und ich kann jeden einzelnen deiner Gedanken hören. Verdammt, ich kann sie sogar riechen.«

Unwillkürlich presste Jocelyn die Beine zusammen. »Du lügst.«

Seine Augen glühten. »Glaubst du?«

Nein, vermutlich nicht, aber es war trotzdem keine gute Idee, über so etwas zu reden, während sie im Auto saßen. Es wurde eindeutig Zeit für einen Themenwechsel. »Hast du deinem Partner gesagt, dass wir zurückkommen?«

Sofort wurde Jay ernst. »Nein, noch nicht.« Er fuhr mit der Hand durch seine Haare. »Es gefällt mir nicht, vor Dave Geheimnisse zu haben, aber in dem Fall halte ich es für besser, nicht darauf zu vertrauen, dass die Telefonleitung sauber ist. Oder dass er nicht auf andere Art abgehört oder beobachtet wird.«

Jocelyn nickte zustimmend. »Außerdem hat er mit seiner kranken Tochter sicher auch anderes im Sinn.«

»Genau. Also verkriechen wir uns erst irgendwo, warten ein paar Tage, und dann nehme ich die Sache in Angriff.« Er klang so sicher, dass sie es schaffen würden.

»Glaubst du wirklich, wir können denjenigen finden, der mich tot sehen will? Und werden wir ihm dann die Mordversuche auch nachweisen können?«

»Ersteres auf jeden Fall …« Jay machte eine Pause, bevor er fortfuhr. »Letzteres ist schwieriger, aber ich werde Himmel und Hölle dafür in Bewegung setzen, ihn festzunageln.« Sein Gesichtsausdruck sprach Bände.

»Du denkst immer noch, dass es Leone ist.« Zumindest würde das erklären, warum er sich so engagierte.

»Ich weiß es nicht. Einige Aspekte passen einfach nicht zusammen. Ich schwanke zwischen der Mafia und einer dritten Partei, die es irgendwie geschafft hat, bisher unsichtbar zu bleiben. Mir will nur einfach der Sinn nicht in den Kopf. Warum sollte dich jemand umbringen wollen? Du warst ein Opfer, und der Täter wurde verhaftet und im Gefängnis ermordet. Also was könnte an dir so gefährlich sein, dass dafür jemand töten würde? Und nicht nur dich, sondern auch jeden, der im Weg steht.«

Da sie keine Antwort darauf hatte, schwieg sie. Sie konnte sich die ganze Sache auch nicht erklären, und das war fast noch frustrierender. Wie sollte sie sich gegen etwas schützen, das sie überhaupt nicht verstand? Einige Minuten lang herrschte Stille im Wagen, ihre Augen wurden immer schwerer.

»Schlaf ruhig, Joss.«

Bei der liebevollen Abkürzung ihres Namens stiegen Tränen in ihre Augen. Sehnsucht presste auf ihren Brustkorb, und sie wandte sich rasch dem Fenster zu.

Finger strichen über ihre Haare. »Was ist? Habe ich etwas Falsches gesagt?«

Mühsam schluckte sie die Tränen herunter. »Nein, es ist

nur … mein Bruder hat mich immer Joss genannt.« Sie drehte ihren Kopf zu Jay um. »Ich vermisse ihn so sehr, dass es wehtut.«

»Das kann ich verstehen. Ich fände es auch furchtbar, meine Geschwister nicht sehen zu dürfen. Und dabei habe ich viel mehr Auswahl.«

Jocelyn lächelte durch ihre Tränen. »Meinst du wirklich, es ist bald vorbei, und ich kann ihn wiedersehen?«

Jay nahm ihre Hand und führte sie an seine Lippen. »Ich werde auf jeden Fall alles dafür tun.«

Sie wusste, er konnte es ihr nicht versprechen, deshalb nickte sie nur und schloss die Augen. Vermutlich würde sie nicht schlafen können, aber zumindest konnte sie sich ein wenig ausruhen.

Jay beugte sich zu Jocelyn hinunter und lächelte. Mit den zerzausten Haaren, den geröteten Lippen und Wangen sah sie aus, als wäre sie gerade geliebt worden. Er wünschte, es wäre so, aber er hatte sich dazu gezwungen, die Strecke durchzufahren, damit sie möglichst schnell wieder in San Francisco waren. Das war ihm nicht ganz gelungen. Nachdem er mehrmals beinahe am Steuer eingeschlafen wäre, kam es ihm sicherer vor, die Nacht in einem Motel zu verbringen. Jocelyn hatte ihm zwar angeboten, ihn abzulösen, aber das Risiko wollte er nicht eingehen. Wenn sie angehalten wurden, sollte ihr Name nirgends auftauchen.

Jetzt standen sie auf dem Parkplatz, und anstatt in ihr Zimmer zu gehen, saß Jay hier und beobachtete Jocelyn einfach nur beim Schlafen. Es tat ihm leid, sie wecken zu müssen, aber er musste jetzt wirklich ins Bett. Er war müde und seine Muskeln waren von der langen Fahrt verspannt.

Er legte seine Hand auf ihre Schulter und schüttelte sie sanft. »Wach auf, Jocelyn.«

Zuerst schien es so, als wollte sie gar nicht aufwachen, doch dann schoss sie abrupt in die Höhe. »Wo? Was?«

»Ganz ruhig, wir sind an einem Motel.«

»Oh, natürlich.« Jocelyn schob eine Haarsträhne hinter ihr Ohr und blickte sich um. »Sind wir schon in San Francisco?«

»Nein, wir sind noch ein ganzes Stück entfernt. Ich hielt es für besser, hier die Nacht zu verbringen. In San Francisco muss ich uns erst noch eine Unterkunft besorgen, wir können ja nicht in meine Wohnung zurück.« Er erkannte, wie sich sofort wieder das Schuldgefühl in ihren Gesichtsausdruck schlich, noch bevor sie etwas sagte.

»Es tut mir so leid, dass …«

»Jocelyn. Noch eine einzige Entschuldigung, und ich muss dich knebeln.« Als sie ihn nur mit offenem Mund anstarrte, schüttelte er sie leicht. »Verstanden?«

Sie biss auf ihre Lippe und nickte nur, doch er konnte sehen, dass sie immer noch daran dachte. Mit einem Seufzer stieß er seine Tür auf und stieg aus. Er unterdrückte einen heftigen Fluch, als der Schmerz durch seinen Knöchel zuckte, und ging um den Jeep herum. Jocelyn war schon ausgestiegen, als er endlich bei ihr ankam, und hatte beide Rucksäcke in der Hand. Jay verzichtete darauf, ihr etwas abzunehmen, und ging stattdessen zu ihrem Zimmer voraus. Das befand sich im Erdgeschoss des zweigeschossigen Gebäudes und nur wenige Meter von dem Wagen entfernt, damit sie im Notfall schnell verschwinden konnten.

Mit der Schlüsselkarte, die er zuvor schon an der Rezeption geholt hatte, öffnete er die Tür und ließ Jocelyn vorangehen, während er sich noch einmal auf dem Parkplatz umsah. Es war alles ruhig, außer einem jungen Pärchen, das eng umschlungen an einem Auto lehnte, befand sich niemand in der Nähe. Zufrieden, dass sie für den Moment in Sicherheit waren, trat er in das Zimmer und schloss die Tür hinter sich. Der Raum war nicht besonders groß und auch nur einfach ausgestattet, aber er hatte extra ein Motel ausgewählt, bei dem es nicht auffallen würde, wenn er bar bezahlte. Glücklicherweise hatte er auf dem Weg in einem Drive-in für sie beide etwas zu essen besorgt, jetzt, wo sich ein Bett in greifbarer Nähe befand, mochte er nicht noch einmal rausgehen. Besonders nicht, wenn er dafür Jocelyn allein lassen musste.

Mit einem unterdrückten Stöhnen setzte er sich auf die Bettkante und blickte auf seine Schuhe hinunter. Bevor er etwas sagen konnte, hockte sich Jocelyn bereits neben ihn und befreite ihn von den Schuhen. »Danke.«

»Warum gehst du nicht duschen? Vielleicht hilft dir das warme Wasser.«

Anscheinend war ihm deutlich anzusehen, wie verspannt er war. Ohne seine Antwort abzuwarten, begann Jocelyn damit, sein Hemd aufzuknöpfen und schob es anschließend vorsichtig über seine verletzte Schulter. Jay biss die Zähne zusammen, als er seinen Arm bewegte und der Schmerz sich ausbreitete. Jocelyn warf das Hemd auf das Bett und öffnete den Knopf seiner Shorts.

Bedauernd legte Jay seine Hand über ihre. »Das kann ich selbst, danke.« Verständnis schimmerte in ihren hellen Augen, und Jay lächelte ihr zu.

Mit Jocelyns Hilfe kam er auf die Füße und ging langsam zum Bad. Nachdem er sich auch der Shorts entledigt und den Verband über der Schulter mit einer Plastiktüte und Pflasterstreifen notdürftig abgedeckt hatte, wickelte er den Rippenverband ab und trat in die Dusche. Zwar würde er vorsichtig sein müssen, aber es bestand zumindest keine Gefahr, dass Seifenwasser in eine offene Wunde gelangte. Als endlich das heiße Wasser auf seinen Kopf prasselte, seufzte er tief auf. Es war nicht ganz einfach, den Strahl nicht auf seine Schulter und Rippen treffen zu lassen, aber es gelang ihm weitgehend. Nachdem er einige Minuten nur seine verspannten Muskeln von dem heißen Wasser hatte lockern lassen, nahm er das vorhandene Duschgel und seifte alles ein, was er erreichen konnte, ohne sich bücken zu müssen.

Schließlich drehte er bedauernd das Wasser ab und trat aus der Dusche heraus. Weil er nicht daran gedacht hatte, frische Kleidung mitzunehmen, wickelte er ein Handtuch um seine Hüfte und steckte es fest. Zwar hatte Jocelyn ihn bereits nackt gesehen, aber er wollte nicht, dass sie sich unwohl fühlte. Seine Mundwinkel hoben sich, als er sich daran erinnerte, was sie über das Ans-Bett-Fesseln gesagt hatte. Sowie seine Schusswunde und die Rippen verheilt waren, mussten sie das unbedingt ausprobieren.

Jocelyn sprang auf, sowie er in den Raum trat. »Leg dich hin.« Eilig ging sie zum Bett und schlug die Decke zurück.

»Aber wir wollten doch essen …«

»Das ist jetzt nicht so wichtig. Leg dich auf den Bauch, ich kümmere mich um dich.« Jocelyn verschwand im Bad und kam kurz darauf mit einem kleinen Fläschchen Körperlotion wieder. Als sie sah, dass er sich keinen Zentimeter bewegt hatte, zog sie die Augenbrauen hoch. »Traust du mir nicht? Ich weiß, was ich tue.«

Jay verzog den Mund. »Es geht eher darum, dass ich Angst habe, mich zu bewegen.«

Mit einigen Schwierigkeiten gelang es ihnen gemeinsam, ihn in eine liegende Position zu bugsieren. Jocelyn kniete sich neben ihn und ließ reichlich Lotion in ihre Hand fließen. Sie verrieb die Lotion zwischen ihren Händen und beugte sich über ihn. »Das kann jetzt ein wenig kühl sein.«

Ein Stöhnen entfuhr ihm, als ihre Handflächen seinen Rücken berührten und sie mit der Massage begann. Bereits nach den ersten Bewegungen wurde klar, dass Jocelyn wusste, was sie tat. Seine Augen schlossen sich, als sich seine Muskeln nach und nach lockerten und die Schmerzen abebbten. Ein Laut beinahe wie ein Schnurren drang aus seiner Kehle.

»Gut?«

Jay öffnete ein Auge. »Fantastisch. Wo hast du das gelernt?«

»Meine Zimmergenossin im Wohnheim der Universität hat vorher als Masseuse gearbeitet und mir alle Tricks beigebracht.« Ein sehnsüchtiger Klang lag in ihrer Stimme.

»Ich nehme an, die Testobjekte haben Schlange gestanden, damit du üben konntest?« Ein eifersüchtiger Stich durchzuckte ihn unerwartet bei dem Gedanken daran, dass ein anderer Mann ihre Berührungen genossen haben könnte.

»Das ein oder andere, ja.«

Jay stützte sich auf seine Ellbogen und drehte den Kopf zu ihr, damit er sie besser sehen konnte.

Sie grinste ihn breit an. »Du solltest deinen Gesichtsausdruck sehen.« Sanft drückte sie auf seine unverletzte Schulter. »Leg dich wieder hin, sonst verspannen sich deine Muskeln.« Wortlos gehorchte er. »Brav. Es waren übrigens weibliche Testobjekte, falls du dich das gefragt hast. Als sich herumsprach, dass wir gut massieren, konnten wir uns vor Kundinnen kaum retten.«

Beruhigt, dass es keine Männer gewesen waren, schloss er wieder die Augen. »Das hört sich an, als hättest du viel Spaß gehabt.«

»Teilweise. Mein Nebenjob als Aushilfssekretärin war dagegen furchtbar. Auch wenn die Kollegen nett waren, stundenlang in einem Büro eingesperrt zu sein und Briefe zu tippen oder Telefonate anzunehmen ist nicht unbedingt meine Vorstellung eines Traumjobs.« Sie bearbeitete eine besonders verspannte Stelle mit ihren Daumen. »Aber es ging nicht anders, ich brauchte das Geld, um weiterhin studieren zu können.« Bitter lachte sie auf. »Im Nachhinein betrachtet hat genau dieser Job mich mein Studium gekostet.«

»Nicht der Job, sondern die Verbrecher.« Jay konnte verstehen, wie schwierig es sein musste, sein gesamtes Leben aufzugeben. »Wenn das hier vorbei ist, willst du dann weiterstudieren?«

Einen Moment lang pausierten Jocelyns Hände. »Ich würde schon gerne, aber ich weiß nicht, ob ich das finanziell schaffe. Davor hatte ich ein Darlehen, mit dem ich zumindest die Studiengebühren bezahlen konnte, wenn ich Pech habe, bekomme ich kein neues.«

»Das kann ich mir nicht vorstellen. Es ist ja nicht dein Verschulden gewesen, dass du unterbrechen musstest, und ich bin sicher, dass du eine gute Ärztin wärst.«

»Danke.« Ihre Stimme klang erstickt.

Mühsam drehte Jay sich auf den Rücken und blickte zu ihr auf. Tränen standen in ihren Augen, als er seine Hand an ihre Wange legte. »Hey, das sage ich nicht einfach nur so, ich kann immerhin bestätigen, dass du magische Finger hast.«

Ein Lächeln huschte über ihr Gesicht. »Wobei ich damit eher Masseuse werden sollte als Ärztin.«

»Stimmt, es ist pure Verschwendung. Ich würde jedenfalls sofort Stammkunde werden.« Jay zwinkerte ihr zu. »In welchen Bereich möchtest du gerne gehen?«

Während sie darüber nachdachte, strichen ihre Hände sanft über seine Brust. »Vielleicht Pädiatrie. Aber genau weiß ich das noch nicht. Ich hatte gehofft, dass ich mir während des Studiums sicherer werde. Oder vielleicht später im Praktikum.«

»Die Kinder wären sicher glücklich, dich als Ärztin zu haben.« Er stöhnte auf, als sie sich herunterbeugte und seine Schulter küsste. »Und ich bin heute zu nichts mehr fähig, so gerne ich das auch möchte.«

Jocelyn lachte nur und richtete sich wieder auf. »Wie wäre es dann mit essen? Ich bin halb verhungert.« Als er aufstehen wollte, legte sie ihre Hand auf seine Brust. »Du bleibst da schön liegen, sonst war meine ganze Arbeit umsonst.« Bevor er protestieren konnte, hatte sie ihm das Handtuch geklaut und die Bettdecke über seinen nackten Körper gezogen.

Lächelnd blickte Jay ihr nach, während sie durch das Zimmer zum Bad ging. So lebendig und energisch gefiel sie ihm noch viel besser.

20

Nur langsam kämpfte sich Jocelyn aus den Tiefen des Schlafes empor an die Oberfläche. Für einen Moment war sie desorientiert, doch dann erinnerte sie sich an das Geschehene. Plötzlich hellwach riss sie die Augen auf und lauschte. Erst als alles in Ordnung schien, beruhigte sich ihr Herzschlag wieder etwas. Hinter den Vorhängen war es hell und der Radiowecker auf dem Nachttisch zeigte, dass es bereits acht Uhr war. Es wurde anscheinend zur Gewohnheit, die Nächte durchzuschlafen. Was nur an Jays Gegenwart lag, der sich auch diese Nacht wieder beschützend an sie geschmiegt hatte. Ein Arm lag schwer über ihren Rippen, eines seiner Beine hatte sich zwischen ihre geschoben. Und dann war da noch seine Erektion, die sich an ihren Po drängte.

Unwillkürlich bewegte sie die Hüfte und spürte, wie sich sein Schaft noch weiter verhärtete. Ein Prickeln lief durch ihren Körper, und sie verdrehte die Augen. Scheinbar bewirkte die Gefahr, in der sie schwebten, dass ihre Gefühle viel näher an der Oberfläche lagen als gewöhnlich. Sie fragte sich, ob es Jay genauso ging und er sie vergessen würde, sowie sie in Sicherheit waren. Nicht, dass ihr das jemals gelingen würde. Jocelyn schloss die Augen, als Jay an ihrem Nacken zu knabbern begann. Seine Hand schob sich unter ihr T-Shirt und legte sich über ihre Brust. Ihr Unterleib zog sich vor Sehnsucht zusammen, aber sie wusste, dass es keine gute Idee war, sich noch einmal in Jay zu verlieren.

»Guten Morgen.« Seine samtige Stimme strich wie eine Liebkosung über sie und löste einen Schauder aus.

»Morgen.« Sie versuchte ein Stück abzurücken, aber sein Arm schlang sich fester um sie. »Glaubst du, das ist eine gute Idee?«

Ein zufriedenes Brummen drang aus seiner Kehle. »Ja, absolut.«

Jocelyn musste lächeln. »Wirklich, Jay, ich möchte nicht, dass es dir heute wieder so schlecht geht wie gestern Abend.«

Sein Finger strich über ihre Brustwarze, die sich steif aufstellte. »Dann solltest du mir meinen Willen lassen. Das, was ich vorhabe, ist unheimlich entspannend.«

Das bezweifelte sie zwar, aber warum sollte sie sich das Vergnügen versagen, wenn Jay offensichtlich bereit und willig war? Mit einem Seufzer drehte sie sich auf den Rücken, damit Jay sich nicht verrenken musste, um an all die interessanten Stellen zu kommen, die nach seiner Berührung hungerten. Er ließ sich nicht zweimal bitten, sondern stürzte sich gleich auf ihren Mund. Dabei blickte er ihr tief in die Augen und sie konnte die Erregung in seinen dunklen Tiefen sehen. Und noch etwas mehr, aber es konnte auch sein, dass sie sich das nur einbildete. Was konnte er wohl in ihren Augen erkennen? Dieser Gedanke bewirkte, dass sie die Lider schloss, während sie sich in dem Kuss verlor.

So bemerkte sie auch erst, was er vorhatte, als er das T-Shirt bereits nach oben schob. Seine Hände glitten über ihren entblößten Oberkörper, strichen über ihre Rippen, ihre Schlüsselbeine, ihren Bauch, bis sie schließlich doch noch auf ihren Brüsten landeten. Jocelyn gab einen hungrigen Laut von sich, der sie selbst erschreckte. Irgendetwas löste Jay in ihr aus, das sie jegliche Zurückhaltung vergessen ließ. Am liebsten hätte sie sich vor ihm geräkelt, ihre schmerzenden Brüste in seine Hände gepresst und ihn angefleht, sie endlich zu lieben.

Glücklicherweise war das gar nicht nötig, Jay schien auch so zu verstehen, was sie brauchte. Mit einem breiten Lächeln beugte er sich zu ihr hinab und küsste eine Spur über ihren Hals nach unten. Sie erschauerte, als seine Zunge über die empfindliche Stelle zwischen Hals und Schulter fuhr. Unruhig bewegte sie sich unter ihm, was nur dazu führte, dass er sein Bein über ihre schob und sie mit seinem Körper auf die Matratze presste. Da sie ihn nicht verletzen wollte, ließ sie es ohne Widerstand geschehen. Genau genommen war es sogar erregend, sich nicht mehr rühren zu können – zumindest unter diesen Umständen. Jays Mund wanderte tiefer und umrundete ihre Brüste.

Jocelyn bog ihm ihren Körper auffordernd entgegen, und er enttäuschte sie nicht. Seine Zunge strich über ihre Brustwarze, die sich noch fester zusammenzog. Sofort wiederholte er diese Behandlung auf der anderen Seite, bevor er seinen Mund über ihrem Nippel schloss. Ein atemloser Schrei stieg in ihrer Kehle auf, doch sie unterdrückte ihn im letzten Moment. Sie wollte ganz sicher nicht, dass ihre Motelnachbarn mitbekamen, was sie hier taten. Ihre Hand krallte sich in seine Haare, als er zu saugen begann. Ihre Hüfte hob sich ihm entgegen, so weit es ging. Jay ließ sich davon nicht stören. Stattdessen wechselte er zu ihrer anderen Brust und quälte sie genauso. Die Erregung stieg immer weiter an, bis sie kaum noch wusste, was sie tat.

Ein halbes Schluchzen entfuhr ihr, als er endlich von ihrer Brustwarze abließ und sich dafür weiter an ihrem Körper hinunterbewegte. Ihre Bauchmuskeln zitterten, als er darüberleckte. Seine Hände schoben sich unter die Bänder ihres Slips und zogen ihn quälend langsam herunter. Jocelyns Finger krallten sich in das Laken, ihr Herz raste. Wie von selbst hob sich ihre Hüfte, als Jay an ihrer Seite knabberte. Sofort nutzte er die Gelegenheit, zog ihren Slip ganz aus und warf ihn in Richtung Bettende. Unruhig bewegte sich Jocelyn, je näher er seinem Ziel kam. *Oh Gott!* Es war so lange her, dass ein Mann sie dort berührt, geschweige denn etwas anderes getan hatte. Jay ausgenommen. Reagierte sie deshalb so stark auf ihn? Nein, das konnte sie sich nicht vorstellen. Es war Jay selbst, der sie alles andere vergessen ließ, sowie er sie berührte. Und vielleicht auch die Tatsache, dass sie das Gefühl hatte, jede Minute ausnutzen zu müssen, die ihnen noch blieb.

Jeder Gedanke entfloh ihr, als Jays Atem über ihren Hügel strich. Jocelyn zuckte zusammen, automatisch presste sie ihre Beine zusammen. Das schien Jay nicht zu gefallen, denn er schob sein Bein zwischen ihre, gefolgt von seinem Oberkörper. Da sie ihn nicht verletzen wollte, blieb Jocelyn nichts anderes übrig, als ihre Beine weiter zu öffnen. Hitze schoss in ihre unteren Regionen, als sich Jays Blick auf ihre Weiblichkeit richtete. Seine Augen glitzerten verlangend, Röte überzog seine Wangenknochen. Mit den Händen schob er ihre Beine noch weiter auseinander, sodass sie völlig offen vor ihm lag. Verlegenheit mischte sich mit übergroßer Erregung. Wenn er sich nicht beeilte, würde sie allein von seinem Anblick zwischen ihren Beinen kommen. Sein zufriedenes Lächeln schien anzudeuten, dass er das auch genau wusste.

Sein Daumen fuhr durch ihre roten Schamhaare. »Ich kann es kaum erwarten, dich mit deiner normalen Haarfarbe zu sehen.«

Jocelyn stieß ihren angehaltenen Atem aus. »Sie sind etwas heller, im Sommer beinahe blond.«

Er grinste sie an. »Damit habe ich kein Problem.« Seine Zunge schnellte hervor und strich über ihre Haut. »Hmmm, du schmeckst gut.« Seine Worte vibrierten in ihr, und sie hob erneut die Hüfte. Das nutzte Jay sofort aus und schob seine Hände unter ihren Po. Mit den Daumen teilte er ihre Falten und leckte über ihre empfindlichste Stelle.

Jocelyn gab einen erstickten Laut von sich, als Jay näher heranrückte und an ihr zu saugen begann. Ihr Atem kam flach, als die Gefühle sie durchströmten. Oh, er war gut, sehr gut. Sie vergaß alles andere um sich herum, während er an ihr leckte, saugte oder seine Zunge tief in sie schob. Die ganze Zeit massierten seine Hände ihre Pobacken, das Prickeln in ihr wurde immer stärker. Unruhig hob sie ihre Hüfte und schob sich dichter an ihn. Wärme stieg ihr Rückgrat hinauf. Ein Prickeln lief durch ihren gesamten Körper, das sich noch verstärkte, als Jays Zähne über ihre Klitoris schabten und gleichzeitig zwei Finger tief in sie glitten. Ihre inneren Muskeln zogen sich zusammen und der Höhepunkt schwappte über sie.

Jay richtete sich auf und lächelte sie an, seine dunklen Augen glitzerten erregt.

Als sie genug Luft bekam, um sprechen zu können, hielt sie ihm eine Hand hin. »Komm zu mir.«

»Kondom.« Rasch beugte er sich über die Bettkante und zog seinen Rucksack zu sich heran. Er fischte in der Seitentasche nach einem Kondom, richtete sich wieder auf und riss die Verpackung auf. Gerade als er es über seinen Schaft gerollt hatte und sich wieder über sie beugte, klingelte das Handy. Jay erstarrte für einen Moment, dann schob er sich weiter vor. Als er seinen Schaft an ihren Eingang presste, legte sie ihre Hand auf seinen Kopf. »Geh ran, vielleicht sind es deine Eltern.«

Mit einem tiefen Seufzer richtete Jay sich auf und blickte sie bedauernd an. »Geh nicht weg.«

Zittrig lächelte Jocelyn ihn an. »Ich könnte mich gar nicht bewegen, selbst wenn ich es wollte.«

Jay griff sich das Handy vom Nachttisch, blickte auf das Display und nahm das Gespräch an. »Ja?«

Besorgt beobachtete Jocelyn, wie sich seine Miene verdüsterte. Sie wünschte, sie könnte hören, was der Anrufer sagte.

»Nein, Dave, ich bin nicht mehr dort. Warum willst du das wissen?« Jay rieb über seine Stirn. »Was hast du erfahren?«

Nun setzte sich Jocelyn doch auf und verschränkte die Arme über der Brust, weil sie sich plötzlich nackt vorkam.

»Du hast Recht, das sollten wir nicht am Telefon besprechen.« Jay warf einen Blick auf den Wecker. »Hör zu, in ein paar Stunden bin ich wieder in San Francisco, ich rufe dich dann an.« Seine Miene wurde weicher. »Wie geht es Kara?« Seine Erleichterung war ihm deutlich anzusehen. »Das ist gut. Grüß sie schön von mir. Sowie die Sache vorbei ist, besuche ich sie. Pass auf dich auf. Bis später.« Jay legte das Handy zurück auf den Nachttisch und saß eine Weile in seine Gedanken versunken da.

Schließlich hielt es Jocelyn nicht mehr aus. »Was hat er gesagt?«

Wut brannte in Jays Augen, als er sie wieder ansah. »Er hat irgendwelche wichtigen Informationen, die er mir aber nicht übers Telefon geben will. Aus Sicherheitsgründen verständlich, aber trotzdem nervt es mich, so lange warten zu müssen.«

»Hat er nicht mal angedeutet, worum es geht?«

»Nein. Aber er klang extrem nervös, was immer es ist, muss sehr wichtig sein. Ich hoffe nur, er ist vorsichtig, nicht dass die Verbrecher ihn auch noch erwischen.« Bedauernd blickte er Jocelyn an und entfernte das Kondom. »Entschuldige, ich fürchte, wir müssen unsere Beschäftigung auf später verschieben.«

Jocelyn lächelte ihn an, auch wenn ihre weiblichen Teile protestierten. »Kein Problem. Solange du mich dann nicht schon vergessen hast …«

Jay war so schnell über ihr, dass sie erschreckt zurückzuckte. »Oh, darüber brauchst du dir keine Gedanken zu machen. Ich werde jede einzelne Sekunde daran denken, wie du aussiehst, welche Laute du von dir gibst, wenn du erregt bist, wie deine Haut riecht …«

Jocelyn legte ihre Finger auf seine Lippen. »Ich glaube dir.«

»Dann ist es ja gut. Wenn es nicht darum ginge, die Bedrohung für dich endlich auszuschalten, würde mich keine Macht der Welt hier wegbekommen.« Was auch immer er in ihrem Gesicht sah, schien ihn zu überzeugen, dass sie ihm glaubte, denn er nickte zufrieden und stand auf.

Jocelyn beobachtete ihn, während er zum Bad ging. Es schien ihm nichts auszumachen, dass er völlig nackt war und bei seinem wunderschönen, kraftvollen Körper konnte sie das absolut nachvollziehen. Genauso wie sie auch kein Problem damit hatte, sich jeden Zentimeter von ihm mit den Augen einzuverleiben. An der Tür drehte er sich um und erwischte sie dabei, wie sie ihn begaffte.

Langsam ließ Jocelyn ihren Blick an seinem Körper nach oben wandern und zuckte mit den Schultern, als sie seine hochgezogene Augenbraue sah. »Ich brauchte ein wenig Gedankenfutter für die Fahrt.«

Jay stieß ein Stöhnen aus. »Du schaffst mich. Quälst du mich eigentlich absichtlich?«

»Kann ich das denn?«

Überraschend ernst blickte Jay sie an. »Ja.« Bevor sie darauf antworten konnte, zog er sich ins Bad zurück und schloss leise die Tür hinter sich.

Für einen Moment saß Jocelyn einfach nur im Bett und versuchte, sich darüber klar zu werden, was gerade geschehen war. Hatte Jay ihr etwas sagen wollen? Schließlich schüttelte sie den Kopf und rollte sich aus dem Bett. Sie hatte die ganze Fahrt, um darüber nachzudenken, jetzt sollte sie sich lieber beeilen, damit sie fertig war, wenn Jay losfahren wollte. Während sie rasch in ihre Kleidung schlüpfte, grübelte sie darüber nach, was sein Partner erfahren haben konnte, das er Jay so dringend mitteilen wollte. Gab es vielleicht eine Spur zum Auftraggeber? Hoffnung kam in ihr auf, dass sie bald wieder ein normales Leben führen konnte. Es war schon so lange her, seit sie das letzte Mal einfach nur einen Tag genossen hatte, ohne die ganze Zeit Angst vor einer Entdeckung zu haben, dass sie sich kaum noch daran erinnern konnte. Aber sie wünschte es sich mehr als alles andere.

Nachdem sie etwas gegessen hatten, machten sie sich schweigend auf den Weg. Jay wusste, dass Jocelyn über irgendetwas nachdachte, aber er hielt es für sicherer, sie nicht danach zu fragen. Genauso wie es besser war, nicht darüber nachzudenken, wie sie vorhin ausgesehen hatte, willig und so verdammt sexy, dass er sich beinahe auf sie gestürzt hätte. Vermutlich war Daves Anruf zur richtigen Zeit gekommen, um ihn daran zu hindern, einen großen Fehler zu begehen. Wie zum Beispiel zu tiefe Gefühle für Jocelyn zu entwickeln. Im Moment war sie bei ihm, weil sie keine andere Möglichkeit hatte, doch wenn die Verbrecher gefasst waren und sie wieder sicher war, würde sie ihn vermutlich schnell hinter sich lassen, weil er sie an eine üble Zeit in ihrem Leben erinnerte.

Ein Stich fuhr durch seine Brust, der nichts mit seinen verletzten Rippen zu tun hatte. Normalerweise sollte er froh sein, bald wieder sein gewohntes Leben führen zu können, doch der Gedanke ließ ihn seltsam kalt. Nicht einmal Vi und die Karamellsauce konnten ihm mehr als eine automatische Regung entlocken. Das machte ihm wirklich Sorgen.

»Tut dir etwas weh?«

Sein Kopf fuhr zu Jocelyn herum. »Was?« Sie deutete auf seine Hand, mit der er über seine Brust rieb. Schnell legte er sie wieder ans Lenkrad. »Nein, es hat nur gejuckt.«

Schweigend sah sie ihn an, wahrscheinlich weil sein Gesichtsausdruck etwas anderes sagte. Schließlich nickte sie. »Gut.« Sie blickte wieder auf die Straße.

»Deine Massage hat wirklich geholfen. Zwar merke ich die Verletzungen noch, aber wenigstens sind die Muskeln nicht mehr so verkrampft und verstärken die Schmerzen.«

Ein Lächeln hob ihre Mundwinkel. »Das ist gut. Vielleicht kannst du mir ein Zeugnis schreiben, falls ich jemals einen Massagesalon aufmache.«

Wieder krampfte sich sein Magen zusammen, als er daran dachte, dass sie andere Männer so berühren könnte. Verdammt, er musste endlich damit aufhören! Diese Eifersucht war langsam wirklich lächerlich. Jay zwang sich zu einem Lächeln. »Natürlich.«

»Wer weiß, vielleicht könnte ich mir damit etwas dazuverdienen. In ein Bürohochhaus gehe ich jedenfalls nicht zurück.« Ein Schauder lief durch ihren Körper.

»Wie wäre es mit Fitness-Trainerin? Darin bist du doch gut, oder?«

Jocelyn zuckte mit den Schultern. »Ja, vielleicht. Aber wahrscheinlich sollte ich jetzt noch nicht planen, was ich machen werde. Es besteht ja immer noch die Möglichkeit, dass ich mein ganzes Leben lang versteckt leben muss.«

Jay legte seine Hand auf ihre und drückte sie. »Das wird nicht passieren. Ich werde nicht aufgeben, bis du wieder als Jocelyn Callaghan studieren kannst.«

Das brachte ihm ein Lächeln ein. »Danke. Ich bin wirklich froh, dass ich dich um Hilfe gebeten habe.«

»Ich auch.« Und das war wirklich krank. Seit er Jocelyn kannte, hatte er zweimal ein Knie in die Weichteile bekommen, hatte sich den Knöchel verletzt, war angeschossen, beinahe angefahren und sogar auf der Ranch seiner Eltern beschossen worden – und trotzdem freute er sich, dass Jocelyn in sein Leben getreten war. Er fühlte sich mit ihr … lebendiger als vorher. Was erst recht keinen Sinn ergab. Trotzdem war es so.

Jay war so in seine Gedanken vertieft, dass er beinahe die Ausfahrt verpasste. Kopfschüttelnd fuhr er ab. Er musste sich jetzt auf das konzentrieren, was er tat, schließlich waren sie wieder im

Gebiet ihrer Verfolger und konnten jederzeit entdeckt werden. Zwar kannte niemand den Wagen, aber bisher war es den Verbrechern stets gelungen, sie zu finden, daher ging er kein Risiko ein. Ein Blick auf Jocelyn zeigte ihm, wie angespannt sie war. Ihre Finger waren weiß, so fest presste sie ihre Hände im Schoß zusammen. Er wollte ihr sagen, dass sie keine Angst zu haben brauchte, doch das wäre gelogen gewesen, daher ließ er es.

Stattdessen zog er sein Handy heraus und wählte Daves Nummer. Als sein Partner sich meldete, atmete er auf. Insgeheim hatte Jay befürchtet, dass jemand versuchen könnte, ihn zum Schweigen zu bringen. »Hier ist Jay. Wo wollen wir uns treffen?«

Einen Moment lang herrschte Stille, dann räusperte Dave sich. »Wie wäre es im Golden Gate Heights Park bei den Tennisplätzen?«

Jay starrte das Handy an, als könnte er in Daves Kopf blicken. »Nein, wir nehmen einen Ort, an dem viele Menschen sind. Pier 39 in einer Stunde.« Dave protestierte, aber Jay beendete das Gespräch. Es war sowieso schon gefährlich genug, er wollte nicht in eine Falle laufen.

»Ist das nicht zu gefährlich? Nicht nur für uns, sondern auch für die ganzen unbeteiligten Menschen, die dort um diese Uhrzeit herumlaufen?« Unruhig blickte Jocelyn ihn an.

»Es ist ein gewisses Risiko dabei, aber das müssen wir eingehen, wenn wir der Sache endlich auf den Grund gehen wollen.« Er zögerte. »Ich kann dich irgendwo sicher unterbringen und mich alleine mit Dave treffen.« Auch wenn er den Vorschlag machte, würde er Jocelyn nur sehr ungern allein lassen. Zu tief saß noch der Schreck vom letzten Mal.

»Nein, ich möchte bei dir bleiben.« Die getönten Kontaktlinsen konnten die Furcht in ihren Augen nicht verbergen.

Jay legte seine Hand auf ihre und drückte sie kurz. »Dann bleiben wir zusammen. Vermutlich ist es ein ganz harmloses Treffen mit Dave, wir unterhalten uns kurz und machen uns wieder auf den Weg.« Sein Instinkt sagte ihm allerdings, dass er extrem vorsichtig sein musste, besonders wenn es um Jocelyns Leben ging.

Langsam nickte sie. »Okay.«

Ein warmes Gefühl breitete sich in ihm aus. Am liebsten hätte Jay ihr gesagt, was für eine tolle Frau sie war, doch jetzt war nicht der richtige Zeitpunkt dafür. Er war so schon abgelenkt genug.

Die restliche Strecke legten sie schweigend zurück. Je näher sie San Francisco kamen, desto dichter wurde der Verkehr, aber Jay hatte genug Zeit eingerechnet, und sie kamen eine Viertelstunde vor dem Treffen an. Er parkte in einer Seitenstraße und beobachtete erst einige Minuten die Umgebung, bevor er die Tür öffnete und ausstieg. Nachdem er noch einmal die Straße überprüft hatte, beugte er sich wieder in den Wagen. »Bleib kurz im Jeep und verriegele die Türen, ich bin gleich zurück.«

Jocelyn nickte, ihr Gesicht war blass. »Pass auf dich auf, Jay.«

Grimmig lächelte er sie an. »Das habe ich vor. Ich lasse dir das Handy da, damit du im Notfall Hilfe rufen kannst. Zögere nicht, wenn du dich bedroht fühlst.«

Er war Detective, er hatte sich antrainiert zu bemerken, wenn etwas nicht stimmte. Nicht, dass sein Radar in letzter Zeit besonders gut funktioniert hatte. Aber jetzt wusste niemand, in welchem Fahrzeug er unterwegs war und woher er genau kam. Der einzige Ort, an dem jemand versuchen könnte, sie anzugreifen, war der Treffpunkt, den er Dave genannt hatte. Entweder weil sie das Telefonat belauscht hatten oder weil sie seinem Partner folgten. Und genau deshalb wollte er sich das zuerst selbst ansehen, bevor er Jocelyn der Gefahr aussetzte. Allerdings wollte er sie auch nicht zu lange alleine lassen, deshalb blieb er nur so lange hinter einem Hot-Dog-Stand am Rande des Piers versteckt, bis er sich überzeugt hatte, dass niemand außer Dave dort auf sie wartete.

Auch wenn er sich dabei unwohl fühlte, beobachtete er seinen Partner aus dem Versteck heraus. Unruhig lief Dave vor dem Eingang des Piers auf und ab und blickte immer wieder auf die Uhr. Was auch immer er erfahren hatte, musste wichtig sein, Jay hatte ihn noch nie so aufgewühlt gesehen. Normalerweise war Dave die Ruhe in Person. Das ungute Gefühl verstärkte sich. Am liebsten wäre er zu ihm gegangen und hätte mit ihm gesprochen, doch das musste warten, bis er sicher war, dass ihnen niemand eine Falle stellte.

Eilig kehrte Jay zum Jeep zurück. Er wollte die Sache so schnell wie möglich hinter sich bringen. Wie schon auf dem Hinweg beobachtete Jay einige Minuten lang die Straße, bevor er sich dem Wagen näherte. Ein Blick auf die Uhr zeigte ihm, dass sie sich beeilen mussten, wenn sie sich pünktlich mit Dave treffen wollten. Er wusste nicht, wie lange sein Partner dort warten würde. Rasch ging Jay zur Beifahrerseite und beugte sich zum Fenster hinunter. Jocelyns Gesicht war totenblass, mit weit aufgerissenen Augen starrte sie ihn an. Selbst wenn sein plötzliches Auftauchen sie erschreckt hatte, gab es eigentlich keinen Grund für sie, ihn weiterhin so anzusehen. Es sei denn …

Sein Herz begann heftiger zu schlagen, während seine Hand unter das Hemd glitt, um an seine Pistole zu gelangen. Bevor er sie jedoch herausziehen konnte, presste sich kalter Stahl in seinen Nacken. Er brauchte keine Polizeiausbildung, um den Lauf einer Pistole zu erkennen, wenn er seine Haut berührte. Verdammt! Wie konnte das sein? Er war so vorsichtig gewesen, eigentlich hätte sie niemand finden dürfen.

»Hände ans Auto, sofort!«

Die kalte Stimme mit dem italienischen Akzent bewies ihm, dass er es mit einem Profi zu tun hatte. Sein Blick traf Jocelyns. Er konnte nicht zulassen, dass sie in Leones Hände geriet, egal was er dafür tun musste. »Bleib im Wagen, ruf Dave an.« Er bewegte nur die Lippen und hoffte, dass sie ihn trotzdem verstand. Ein winziges Nicken reichte ihm. Seine Hand schloss sich fester um den Griff der Waffe und er atmete tief durch. Mit dem Fuß trat er gegen das Knie seines Gegners und wirbelte herum, als die Waffe von seinem Nacken verschwand. Doch bevor er seine Pistole zum Einsatz bringen konnte, spürte er einen heftigen Schlag, und Schmerz explodierte in seinem Hinterkopf. Jay versuchte, sich am Jeep abzustützen und auf den Beinen zu bleiben, doch seine Gliedmaßen gehorchten ihm nicht mehr. Schwärze kroch in sein Blickfeld und das Letzte, was er sah, war Jocelyns entsetzter Gesichtsausdruck.

21

Jocelyn presste ihr Gesicht an das Fenster und versuchte zu sehen, wo Jay geblieben und ob er schwer verletzt war, doch sie konnte nichts erkennen. Dann fielen ihr Jays letzte Worte wieder ein, und sie griff blind nach dem Handy. Gerade als sich ihre Finger um das Plastikgehäuse schlossen, bückte sich derjenige, der Jay bedroht hatte, und starrte ihr direkt in die Augen.

»Machen Sie die Tür auf.« Stumm schüttelte Jocelyn den Kopf, während sie das Handy hinter ihrem Rücken versteckte. Die Augenbrauen des Mannes zogen sich zusammen, und er richtete die Pistole auf sie. »Raus da, sofort.«

Mit einem erstickten Aufschrei duckte Jocelyn sich. Hoffentlich traute sich der Kerl nicht, in einer belebten Straße auf sie zu schießen. Sicher würde jemand auf sie aufmerksam werden, wenn er die Autoscheiben zertrümmerte, oder? Ihre Hand zitterte, als sie das Handy nach vorne holte, um das Display lesen zu können. Jay hatte zuletzt mit Dave telefoniert, also brauchte sie nur in der Anrufliste suchen.

Ein lauter Knall ließ ihren Kopf hochrucken. Die Hand des Verbrechers lag an der Scheibe. »Kommen Sie raus, oder ich werde Ihren Freund kaltmachen.« Es war ihm anzusehen, dass er es todernst meinte.

Was sollte sie tun? Sie konnte nicht erlauben, dass Jay ihretwegen getötet wurde. Wenn sie dafür sich selbst opfern musste, würde sie das tun. Ihr Herz hämmerte in ihrer Brust, als sie die Verriegelung öffnete und die Tür aufgerissen wurde. Der Mann packte sie am Arm und riss sie grob heraus. Dabei fiel das Handy vom Sitz in den Fußraum. Der Verbrecher zerrte sie hinter sich her. Zwei andere Männer hielten Jay zwischen sich und schleiften ihn zu einem Lieferwagen, der in der Nähe parkte. Sie mochte sich nicht vorstellen, wie sich diese Behandlung auf seine Verletzungen auswirkte.

Jocelyn zuckte zusammen, als sie sah, wie Jay in den Lieferwagen geworfen wurde. Rasch kletterte sie hinterher und kniete sich neben ihn, während die Schiebetür zugeknallt wurde und sich der Wagen wenig später in Bewegung setzte. Mit den Fingern berührte sie seine Wange, auf der sich eine Prellung abzeichnete.

»Jay, kannst du mich hören?« Ein Stöhnen war die Antwort. »Jay, wach auf!«

»Das wäre nicht nötig gewesen, wenn er einfach mitgekommen wäre. Aber nein, er musste ja unbedingt den Helden spielen.« Die raue Stimme erklang hinter ihr.

Erst jetzt bemerkte Jocelyn, dass sie nicht alleine im Laderaum waren. Einer der Verbrecher war hinterhergeklettert und hielt eine Pistole auf sie gerichtet. Selbst wenn Jay aufwachte, würden sie nicht an dem Kerl vorbeikommen. Verzweiflung breitete sich in ihr aus. Irgendetwas musste sie tun, um zu verhindern, dass Jay ihretwegen noch schwerer verletzt oder sogar getötet wurde.

Als sie ein Stöhnen hörte, beugte sie sich rasch wieder zu Jay hinunter. »Ich bin hier.«

Seine Augen öffneten sich, und er starrte sie verwirrt an. Sie konnte daran, wie seine Muskeln erstarrten, deutlich den Moment erkennen, in dem er sich an die Geschehnisse erinnerte. Seine Hand ging automatisch zu seiner Hüfte, doch dort befand sich keine Pistole mehr. Jocelyn legte ihre Finger auf seinen Arm und schüttelte unmerklich den Kopf. Mit den Augen deutete sie zur Seite, und er schien zu verstehen, dass sie nicht allein waren. Der Wagen schaukelte, und sie stützte sich über ihm auf, um nicht das Gleichgewicht zu verlieren. Jay nahm ihre Hand und drückte sie beruhigend. Mühsam setzte er sich auf und blickte sich in dem Lieferwagen um.

Der Verbrecher trat näher und hielt seine Waffe direkt auf Jays Kopf gerichtet. »Keine Dummheiten, dann passiert Ihnen nichts.«

Jay schnaubte. »Als wenn ich Leone irgendetwas glauben würde.«

Erschrocken sah Jocelyn ihn an. Woher wusste er, dass Leone mit ihrer Entführung zu tun hatte?

Auch der Verbrecher wirkte für einen Moment unsicher, dann zuckte er mit den Schultern. »Mir ist das ziemlich egal. Ich soll Sie hinbringen, und genau das werde ich tun. Zwar möchte er Sie lieber lebend haben, aber im Grunde ist es völlig egal.« Er lächelte unangenehm. »Ein Cop weniger, der hinter uns herschnüffelt.«

Ein Muskel zuckte in Jays Wange. »Ihr könnt sicher sein, dass dann euer Laden dichtgemacht wird. Mein Partner weiß, wo ich bin.«

Der Mann lachte nur. »Ihr Partner hat im Moment ganz andere Probleme, glauben Sie mir.«

Jays Hände ballten sich zu Fäusten. »Wenn Sie ihm irgendetwas tun …«

»Das brauchen wir gar nicht, jemand anders ist an ihm dran.«

Jocelyn konnte Jay ansehen, dass er genauso verwirrt war wie sie. Was meinte der Kerl? Wer sollte es sonst noch auf Dave abgesehen haben und warum? Was auch immer er entdeckt hatte, musste so heikel sein, dass er jetzt auch in Gefahr schwebte. Sie schloss die Augen. Das war alles ihre Schuld! Sie hatte Jay, seine Familie und seinen Partner in die Sache mit hineingezogen. Ihre Lider hoben sich wieder, und sie richtete sich gerade auf, bevor sie den Verbrecher ansprach.

»Lassen Sie Detective Hunter gehen, er hat nichts mit der Sache zu tun.«

»Nein!«

»Nein.« Jay und der Verbrecher redeten gleichzeitig. Der Mann grinste sie an. »Sehr nobel, aber mein Boss hat ausdrücklich befohlen, ihn mitzubringen. Er hat etwas mit ihm zu bereden.«

Jays Hand legte sich wie ein Stahlband um ihren Arm, so als fürchtete er, sie zu verlieren. »Ich werde dich auf keinen Fall alleine lassen. Das solltest du inzwischen wissen.« Seine Stimme war leise.

Einerseits war sie froh, nicht alleine zu dem Mafiaboss gebracht zu werden, andererseits hätte sie sich dann zumindest keine Sorgen mehr um Jay machen müssen. »Ich weiß. Trotzdem wäre es mir lieber, du wärst in Sicherheit.«

»Das ist ja echt niedlich und so, aber könntet ihr jetzt einfach mal die Klappe halten, bis wir da sind?« Der Verbrecher unterstrich seine Forderung mit einer Bewegung der Pistole.

Jocelyn setzte sich neben Jay, zog ihre Beine an und schlang die Arme darum. Ein Zittern lief durch ihren Körper, das sie nicht unterdrücken konnte. Sofort legte Jay einen Arm um ihre Schultern und zog sie an sich. Seine Wärme drang durch ihre Kleidung und sie wünschte, sie könnte sich an ihn schmiegen und alles andere vergessen. Was auch immer passieren mochte, sie war froh, Jay gefunden zu haben – selbst wenn es nur für kurze Zeit war.

Sein Kopf schmerzte höllisch und auch seine Schulter und die angeknacksten Rippen machten sich unangenehm bemerkbar. Aber er lebte, war wach und Jocelyn schien unverletzt, das war die Hauptsache. Weil er anfangs bewusstlos gewesen war, konnte er die gefahrene Strecke nicht nachvollziehen, was ihn ziemlich ärgerte. So würde er später nicht herausfinden können, wo sie gewesen waren, sollten sie überleben. Jay biss die Zähne zusammen. Sie würden überleben! Als der Wagen langsamer wurde und die Straße holperiger, ahnte er, dass ihre Reise bald zu Ende war. Wo auch immer sie sich befanden, Leone würde dafür sorgen, dass der Ort nicht zu ihm zurückverfolgt werden konnte. Seine Muskeln spannten sich an, doch er zwang sich, sie wieder zu entspannen. Er würde seine Kraft später vermutlich noch brauchen, es brachte nichts, sich jetzt zu verausgaben.

Sanft strich er über Jocelyns Rücken, die wieder zu zittern begonnen hatte, und wünschte sich, er könnte sie in die Arme nehmen und bis auf ihren Geruch und ihren Geschmack noch einmal alles andere vergessen. Da das nicht möglich war, drückte er sie nur einmal kurz aufmunternd an sich, bevor er ein Stück von ihr abrückte. Kein Grund, Leone zu zeigen, wie viel er sich wirklich aus ihr machte. Wobei er das vermutlich schon wusste oder spätestens erfahren würde, wenn sein Lakai ihm erzählte, was er gehört und gesehen hatte. Jay unterdrückte einen Fluch. Warum hatte er zugestimmt, Dave zu treffen? Auch wenn er geglaubt hatte, das Risiko abschätzen zu können, hatte er sich offensichtlich verrechnet. Es gab eigentlich nur eine Möglichkeit, wie Leone ihn aufgespürt haben konnte: Er musste Dave gefolgt sein. Doch wie hatten sie den Jeep gefunden? Gut, vermutlich gab es in San Francisco nicht allzu viele Kennzeichen aus Montana, aber trotzdem war die Stadt viel zu groß, um ihn so schnell ausfindig zu machen.

Jay schüttelte die Gedanken ab, sie brachten ihn jetzt nicht weiter. Er konnte nur hoffen, dass es Dave gut ging und sie irgendwie lebend aus dieser Sache herauskamen. Seine Pistole war verschwunden, aber er hatte noch ein Kampfmesser an seinem Bein befestigt, das er im Notfall benutzen konnte. Ein kleiner Trick seines Bruders Clint, der als SEAL die Fähigkeit beherrschte, an allen möglichen und unmöglichen Körperstellen Waffen zu verstecken. Normalerweise benötigte Jay das als Detective nicht, aber jetzt konnte es über Leben und Tod entscheiden.

Der Wagen bremste ab, und Jay erhob sich in einer fließenden Bewegung. Er hielt Jocelyn eine Hand hin und zog sie hoch. Er drückte ihre Finger noch einmal beruhigend und schob sie dann hinter sich.

»Bleiben Sie dort hinten stehen.« Der Verbrecher ließ ihn nicht aus den Augen, während von außen die Schiebetür aufgezogen wurde.

Helles Licht drang ins Innere, und es dauerte einen Moment, bis sich Jays Augen darauf einstellten. Der Schmerz in seinem Kopf intensivierte sich, und er widerstand dem Impuls, die Beule zu berühren, die sich sicher an seinem Hinterkopf gebildet hatte. Seine Wange hatte anscheinend auch etwas abbekommen, wahrscheinlich als er auf den Boden geprallt war.

Jeder Schmerz war vergessen, als ein weiterer Mann in den Wagen trat und auf ihn zuging. In der Hand hielt er ein Stück Stoff. »Drehen Sie sich um.« Stumm blickte Jay ihn an und rührte sich nicht. Der Verbrecher grunzte ungeduldig. »Entweder Sie tun das, was ich sage, und lassen sich die Augen verbinden, damit Sie später wieder freigelassen werden können, oder wir machen es auf die harte Tour, aber dann kann ich nicht versprechen, dass Sie überleben werden.«

Da weiterhin die Pistole auf ihn gerichtet war, hatte er keine Wahl, auch wenn es ihm gegen den Strich ging, sich so auszuliefern. Mit einem flauen Gefühl im Magen drehte er sich langsam um. Jocelyns Hände gruben sich in sein T-Shirt. Sein Blick traf Jocelyns, bevor der Stoff über seine Augen fiel und an seinem Hinterkopf verknotet wurde. Jay biss auf seine Lippe, um nicht aufzuschreien, als der Verbrecher dabei seine Beule streifte. Jocelyns Hand umklammerte seine, er konnte ihre Angst spüren.

»Die Frau auch.«

Eine Hand schloss sich um seinen Oberarm und zog ihn heftig von Jocelyn weg. Hilflose Wut baute sich in ihm auf, die er nur mit Mühe zurückhalten konnte. Ein leiser Schmerzenslaut von Jocelyn brachte das Fass zum Überlaufen. Er riss sich los und tastete sich vorwärts, bis er sie erreichte. Seine Hände glitten über sie, um sich zu überzeugen, dass es ihr gut ging.

»Können wir jetzt endlich gehen? Der Boss wird schon ungeduldig.« Jemand drehte ihn alles andere als sanft um, doch er ließ Jocelyn nicht los. »Raus jetzt.«

Blind ging er vorsichtig los und erkannte gerade noch rechtzeitig durch den Luftzug, dass er sich in der offenen Tür befand. Er landete relativ unbeschadet auf dem Boden und half Jocelyn heraus. Eine kräftige Hand legte sich auf seine Schulter und steuerte ihn in eine bestimmte Richtung. Nur ein wenig Helligkeit sickerte durch den Stoff, mehr konnte Jay nicht von der Umgebung erkennen. Es roch nach Meer, anscheinend waren sie direkt an der Küste. Jocelyn hielt seine Finger weiterhin fest umklammert, so als hätte sie Angst, dass er verschwinden könnte.

»Stufen.«

Jays Fuß stieß an etwas Hartes und er stolperte vorwärts. Schmerz schoss durch seinen verletzten Knöchel. »Danke für den Hinweis. Etwas früher wäre nett gewesen.«

»Ich bin kein verdammter Babysitter.« Die Hand an seiner Schulter drängte ihn vorwärts. »Los, rein da.«

Der Wind ließ schlagartig nach, anscheinend befand er sich jetzt in einem Gebäude. Es roch angenehm nach Holz und Politur, ihre Schritte klangen dumpf, wahrscheinlich Parkettboden. Wenn er raten müsste, würde er auf ein luxuriöses Versteck Leones tippen. Jay biss die Zähne zusammen, als er wieder an Rizzo denken musste. Dass sein Mörder weiterhin unbehelligt leben konnte, ließ Jay wie so oft am Rechtssystem zweifeln. Es musste einfach eine Möglichkeit geben, einen solchen Verbrecher ins Gefängnis zu bringen, und er würde so lange suchen, bis er sie fand.

Sie wechselten die Richtung, diesmal war etwas Weiches unter seinen Füßen. Teppich. Kurz darauf wurde er grob nach unten gestoßen und landete auf einem federnden Gegenstand, Jocelyn direkt neben ihm. Seine Hände ertasteten Leder, anscheinend saßen sie auf einem Sofa. Mit einem Ruck wurde die Augenbinde weggerissen – und ein paar Haare gleich mit. Jay blinzelte, damit sich seine Augen wieder an das Licht gewöhnten. Glücklicherweise war es in dem Raum relativ dunkel, sodass er schnell wieder sehen konnte. Er unterdrückte den Impuls, nach Jocelyn zu schauen und blickte sich stattdessen im Raum um. Sie befanden sich in einem Arbeitszimmer mit Bibliothek, die Wände waren bis zur Decke mit gut gefüllten Bücherregalen bestückt. Er hätte Leone nie für einen eifrigen Leser gehalten. In der Mitte des Raumes stand ein riesiger Schreibtisch aus Edelhölzern, der sicher ein kleines Vermögen gekostet hatte. Vor allem wirkte er ungeheuer protzig und passte somit perfekt zu dem Mafiaboss.

Nachdem er auch die restliche Einrichtung und vor allem die Lage der möglichen Ausgänge – eine Tür und mehrere Fenster mit zugezogenen Vorhängen – begutachtet hatte, gönnte er sich endlich einen kurzen Blick auf Jocelyn. Auch ihr war das Tuch abgenommen worden, und sie blickte sich mit großen Augen um. Ihre Haare standen zu allen Seiten ab, und er musste seine Hände ineinanderkrallen, um der Versuchung zu widerstehen, mit den Fingern hindurchzufahren. Schnell blickte er zur Tür, als er Schritte hörte. Wut stieg wieder in ihm auf, als Leone hereinspaziert kam und ihn anlächelte, als wären sie die besten Freunde.

»Wie schön, dass Sie meiner Einladung gefolgt sind, Detective.« Er nickte Jocelyn zu. »Miss Callaghan.«

Überrascht atmete Jocelyn ein. Wahrscheinlich hatte sie schon lange niemand mehr so genannt.

Dass es gerade dieser Verbrecher war, brachte Jays Blut zum Kochen. »Wie konnten wir ablehnen, wenn wir so freundlich gefragt wurden.« Seine Antwort triefte vor Sarkasmus, doch Leone ignorierte ihn.

Mit einem zufriedenen Seufzer sank er in seinen weich gepolsterten Chefsessel. »Wahrscheinlich fragen Sie sich, warum ich Sie eingeladen habe, deshalb komme ich gleich zur Sache.« Er ignorierte Jays Schnauben bei dem Wort Einladung. »Mein erster Versuch schlug leider fehl. Ferro sollte Ihnen eine Mitteilung von mir überbringen.« Seine Miene wurde mörderisch. »Ich denke, ich brauche nicht zu sagen, dass ich über seinen Tod alles andere als erfreut bin.«

»Dann haben Sie ihn also nicht beseitigt, weil er Sie verraten wollte?«

Das brachte ihm ein abschätziges Lachen ein. »Meine Männer sind loyal und vor allem weiß ich über jeden ihrer Schritte Bescheid. Sollte jemand auf die Idee kommen, gegen meine Interessen zu handeln, weiß ich mich zu wehren.« Er hob eine Augenbraue. »Aber auch das wissen Sie, Hunter.«

Jay presste seine Zähne so fest zusammen, dass sie knirschten, doch er sagte nichts. Es würde nichts bringen, jetzt über Rizzo zu reden. »Nun sind wir hier, also sagen Sie uns, was Sie loswerden wollen.«

Leone blickte ihn einen Moment lang an, bevor er sich nach vorn lehnte und die Hände auf dem Schreibtisch verschränkte. »Ich weiß, dass Sie denken, ich hätte etwas mit den Fahrstuhlmorden zu tun, aber Sie irren sich. Anscheinend haben Sie nicht mitbekommen, dass Scarpetto nicht in meinen Diensten steht.

Er hat frei gearbeitet, für denjenigen, der ihm am meisten bezahlt hat.«

Obwohl er damit schon gerechnet hatte, reagierte Jay doch mit Vorsicht. »Und das sollen wir Ihnen einfach so glauben? Sie haben auch alle anderen Verbrechen abgestritten, die Ihnen jemals vorgeworfen wurden.«

Ein kurzes Lächeln flog über Leones Gesicht. »Das stimmt natürlich. Aber genauso bekannt ist, dass ich keine Versager dulde, und der Fahrstuhlmord war reine Stümperei. Sollte ich jemals so etwas durchführen wollen, würde ich garantiert nicht so einen Idioten nehmen, der sich erwischen lässt und zudem noch eine angebliche frühere Verbindung zu mir hatte.« Er nahm einen Stift in die Hand und schloss seine Finger darum. »Und was hätte ich vom Tod der beiden Anwälte? Sie waren völlig belanglos für mich und haben sich zu der Zeit nicht mit mir beschäftigt. Die ganze Sache war schon Jahre her, und wenn ich sie hätte bestraft sehen wollen, hätte ich das anders erledigt.«

Das war als Erstes nachgeprüft worden und einer der Gründe, warum Leone nicht als Auftraggeber angeklagt worden war. Jay runzelte die Stirn. »Wer sollte die Morde dann in Auftrag gegeben haben?«

»Woher soll ich das wissen? Es interessiert mich auch nicht wirklich, ich habe nur keine Lust, durch diese Sache ständig belästigt zu werden. Und noch mehr Männer zu verlieren. Mit Scarpetto hatte ich schon seit Jahren nichts mehr zu tun, aber das wollten die Ermittler natürlich nicht hören. Es war viel einfacher für sie, mir die Sache unterzuschieben. Sie sollten sich mal überlegen, ob es noch jemanden geben könnte, der ein Interesse am Tod der Anwälte hatte.« Sein Blick glitt zu Jocelyn, und er lächelte unangenehm. »Oder ob es vielleicht ein ganz anderes Ziel gab und die beiden Opfer nur Kollateralschaden waren.«

»Ich?« Jocelyns Stimme war nur ein Hauch.

Leone hob die Schultern. »War sonst noch jemand mit im Fahrstuhl? Vielleicht hat der Täter erst die Zeugen beseitigt, um sich dann mit seinem eigentlichen Ziel zu beschäftigen.«

Ein Kribbeln lief über Jays Rückgrat.

»Aber dafür gibt es doch gar keinen Grund! Ich war eine einfache Studentin, verdammt noch mal!« Anscheinend hatte Jocelyn ihre Sprache wiedergefunden.

Jay wünschte, er könnte ihre Hand nehmen, aber er wollte nicht, dass Leone von ihrer persönlichen Beziehung erfuhr. »Ich habe schon darüber nachgedacht, aber ich wüsste auch nicht, weshalb es jemand auf sie abgesehen haben könnte, wenn der Fahrstuhlmord ausgeklammert wird.«

»Dann werdet ihr euch wohl ein wenig anstrengen müssen, denn ich habe keine Lust mehr, als Sündenbock herzuhalten. Regelt das, oder ich werde dem ein Ende bereiten, und zwar nicht unbedingt so, wie ihr das gerne hättet.« Er winkte seinem Mann, der an der Tür Wache hielt. »Bringt sie zurück.«

Jay stand auf und hielt Jocelyn eine Hand hin, um ihr zu helfen. Sein Blick ruhte aber auf Leone. »Was meinte Ihr Mann damit, dass mein Partner Probleme hat?«

Leones Miene verdüsterte sich. »Ich fürchte, der ein oder andere hier muss lernen, auch mal den Mund zu halten. Was Ihren Partner angeht – ich würde Ihnen raten, niemandem zu trauen. Es gibt immer Mittel und Wege, auch den loyalsten Menschen für seine Zwecke zu gewinnen.« Er hob die Hand, als Jay etwas sagen wollte. »Und nein, ich habe damit auch nichts zu tun. Einige meiner Männer haben ihn beschattet und dabei in letzter Zeit einige Unregelmäßigkeiten festgestellt.«

Jays Magen zog sich zusammen. »Und welche wären das?«

Leone stand auf und kam um den Schreibtisch herum. »Nun, zum Beispiel hat er Ihnen erzählt, dass seine Tochter krank ist, doch er war in der ganzen Zeit nie im Krankenhaus.«

»Das kann nicht sein! Er hat doch gesagt …« Jay verstummte. Wenn es stimmte, was Leone sagte – und er befürchtete fast, dass es so war – dann war zumindest geklärt, woher die Verbrecher gewusst hatten, wo Jocelyn war. Verdammt! Der Gedanke, dass Dave ihn verraten haben könnte, machte ihn krank. Er hätte seinem Partner jederzeit sein Leben anvertraut.

»So ein Verrat schmerzt, stimmt's?« Leones Frage klang beinahe mitfühlend.

Wut breitete sich in Jay aus. »Wagen Sie es nicht, sich mit mir zu vergleichen, Leone. Ich bin kein Verbrecher, dem alles andere egal ist!«

Der Mafioso schüttelte den Kopf. »Das bin ich auch nicht.« Er wandte sich an seinen Untergebenen. »Bring Sie zurück. Und seht zu, dass euch niemand erwischt.« Sein Blick glitt zu Jocelyn. »Viel Glück, Miss Callaghan. Sie werden es brauchen.«

Stumm nickte Jocelyn ihm zu, bevor sie dem Mann mit der Waffe folgte. Im Flur wurden ihnen wieder die Augen verbunden und sie ließen es schweigend geschehen. Die Rückfahrt verlief genauso stumm und Jay atmete erleichtert auf, als die Männer sie wie versprochen beim Ranchjeep absetzten. Er öffnete die Beifahrertür und ließ Jocelyn einsteigen, bevor er um den Wagen herumging und sich auf den Fahrersitz schwang. Als die Tür hinter ihm zufiel, wandte er sich Jocelyn zu, die ihn mit großen Augen anblickte.

»Geht es dir gut?«

Sie nickte. »Und dir? Was macht dein Kopf?« Ihre Finger strichen sanft über die Prellung an seiner Wange.

»Hat sich schon mal besser angefühlt, aber ich werde es überleben.« Er stieß hart den Atem aus. »Es tut mir leid, Jocelyn. Ich hatte versprochen, dich zu beschützen und …«

Jocelyn unterbrach ihn. »Was hättest du denn machen sollen? Sie waren in der Überzahl.«

Es half ihm nicht, dass sie Recht hatte. Er kam sich wie ein Versager vor, weil es ihm wieder nicht gelungen war, sie zu schützen. Glücklicherweise hatte Leone nur reden wollen, sonst wären sie jetzt tot. Sein Magen krampfte sich bei der Vorstellung zusammen.

Er rieb über seine Stirn. »Auf jeden Fall sollten wir zusehen, dass wir hier wegkommen. Wenn Leone uns finden kann, dann auch jeder andere, der es darauf anlegt.«

Ängstlich blickte Jocelyn ihn an. »Glaubst du Leone, dass es jemand anders auf mich abgesehen hat?«

Jay zögerte einen Moment. »Dummerweise ja.«

22

Kurz darauf betraten sie das Motelzimmer und Jocelyn atmete erleichtert auf, als Jay die Tür hinter sich zuzog. Während der gesamten Fahrt hatte sie nach Verfolgern Ausschau gehalten, aber niemanden entdeckt. Allerdings hatte sie mit solchen Dingen auch nicht wirklich Erfahrung.

Jocelyn schlang die Arme um ihren Oberkörper. »Glaubst du, wir sind hier in Sicherheit?«

»Erst mal ja.« Jay trat ans Fenster und zog die Vorhänge bis auf einen kleinen Spalt zu, durch den er nach draußen blickte.

Irgendwie klang das nicht wirklich sicher. »Dann fahren wir also bald weiter?«

Jay strich durch seine Haare und zuckte zusammen. »Erst einmal ruhen wir uns ein wenig aus und versuchen einen Grund zu finden, warum es jemand auf dich abgesehen haben könnte.«

»Aber ich habe doch schon gesagt, dass ich mir nicht vorstellen kann, warum …«

Jay trat zu ihr und zog sie in seine Arme. »Ich weiß. Aber vielleicht fällt uns zusammen etwas ein.« Er küsste sie sanft. »Das wollte ich vorhin schon tun, aber in Leones Gegenwart hätte es ihn auf Ideen bringen können.«

Wie immer übte seine Nähe eine beruhigende Wirkung auf sie aus. Sie ließ ihren Kopf an seine Schulter sinken und atmete tief durch. »Ich auch.« Schließlich löste sie sich bedauernd von ihm und blickte ihn an. »Wenn dieser Leone nichts mit dem Fahrstuhlmord zu tun hat, warum kümmert er sich dann darum? Und woher wusste er, wo er uns finden würde?«

»Gute Frage. Ich weiß es nicht, aber ich habe seit etlichen Jahren mit Leone zu tun, und er hat immer mehr gewusst, als er sollte. Vermutlich hat er Informanten in hohen Positionen.«

Jocelyn schauderte bei der Vorstellung. »Dann hat derjenige, der wirklich hinter den Morden steckt, also mindestens genauso gute Kontakte – wenn nicht sogar bessere.«

Jays Mund verspannte sich. »Das ist anzunehmen.«

»Wie sollen wir je dagegen ankommen? Wenn es der Polizei nie gelungen ist, Leone zu verhaften, wie sollen wir dann zu zweit den Verbrecher aufspüren, der es auf mich abgesehen hat? Ohne die Möglichkeit, die Ressourcen der Polizei zu nutzen.« Sie konnte sehen, dass ihre Fragen Jay zusetzten, deshalb legte sie ihre Hand auf seinen Arm. »Das ist keine Kritik, sondern ich möchte einfach nur verstehen, womit wir es zu tun haben.«

»Solange du in der Schusslinie bist, müssen wir alles tun, um die Verbrecher unschädlich zu machen.« Er nahm ihre Hand und führte sie zu dem kleinen Tisch, der in der Ecke des Raumes stand. »Wir gehen jetzt dein Leben kurz vor dem Fahrstuhlzwischenfall gründlich durch, vielleicht sticht ja etwas heraus, das ungewöhnlich war. Etwas, das du gehört oder gesehen hast und das vielleicht ganz harmlos wirkte.«

»Okay.« Unruhig nahm Jocelyn auf einem der Stühle Platz. Sie mochte nicht ihr Leben vor den Morden sezieren, aber wenn es die einzige Möglichkeit war, die Bedrohung zu beenden, dann würde sie es tun.

Jay nahm Block und Stift vom Nachttisch und setzte sich ihr gegenüber an den Tisch. »Gut, fangen wir mit deiner Arbeit an, da du in diesem Gebäude angegriffen wurdest. Was hast du genau gemacht?«

»Ich war ein paar Tage die Woche für ein paar Stunden als Aushilfssekretärin bei einem Steuerberater tätig.«

Jay blickte von seinen Notizen auf. »Name?«

»Dr. Philip Jonas. Mitte fünfzig, glücklich verheiratet und sehr nett. Außerdem hat er ganz ordentlich bezahlt, dafür, dass ich keinerlei Ausbildung als Sekretärin besaß.«

»Hast du dort irgendetwas zu Gesicht bekommen, das der Geheimhaltung unterlag? Ausgefüllte Steuerunterlagen?«

Jocelyn dachte kurz nach. »Nein, ich habe nur normale Anschreiben bearbeitet. Alles andere gehörte zu den Aufgaben der festangestellten Sekretärin. Ich war auch nie bei den Gesprächen mit Klienten dabei. Wenn jemand besondere Geheimhaltung wünschte, konnte er sogar eine andere Tür benutzen und ich habe ihn nie zu Gesicht bekommen.« Unruhig rutschte sie auf ihrem Stuhl herum. »Außerdem glaube ich nicht, dass jemand, der etwas verbergen will, damit zu einem Steuerberater geht. Eher würde er doch solche Einkünfte verschweigen, oder?«

»Normalerweise schon.« Jay schlug mit dem Stift auf den Tisch, während er nachdachte. »Okay, dann vielleicht etwas anderes, was du in dem Gebäude gesehen hast. Warst du auch mal in anderen Büros dort?«

»Nein, nie. Ich bin immer nur mit dem Fahrstuhl nach oben gefahren und wieder hinunter. Eine Toilette befand sich innerhalb der Räume.« Sie biss auf ihre Lippe.

»Und es ist nie etwas Merkwürdiges passiert? Irgendetwas, das vielleicht auf den ersten Blick harmlos wirkte?« Jay blickte sie erwartungsvoll an.

Jocelyn dachte einen Moment nach. »Es fällt mir wirklich nichts ein. Ganz sicher gab es unzählige kleine Begebenheiten jeden Tag, aber ich könnte keine herauspicken, die jemanden dazu bringen würde, zwei Menschen umzubringen.«

Jay sah enttäuscht aus. »Wechseln wir zu dem Tag der Morde. War da etwas ungewöhnlich, bevor du in den Fahrstuhl gestiegen bist?«

Sie schluckte, als ihr wieder die Ereignisse im Fahrstuhl in den Kopf schossen. »Nein.«

Beruhigend strich Jay über ihre Wange. »Wer wusste, dass du an dem Tag arbeiten würdest und wann du gehen würdest?«

Jocelyn hob die Schultern. »Dr. Jonas. Die Empfangsleute des Gebäudes haben mich sicher kommen sehen.«

Jay notierte etwas. »Hattest du regelmäßige Arbeitszeiten?«

»Zu der Zeit, ja, denn ich bin eine Woche für die normale Sekretärin eingesprungen, die … Oh Gott!« Jocelyn schlug eine Hand vor den Mund, als ihr klar wurde, dass sie einen wichtigen Punkt vergessen hatte.

»Was?« Jay legte seine Hand auf ihre.

»Sie war sehr krank.« Tränen stiegen in ihre Augen. »Ein paar Tage lang lag sie im Koma, dann ist sie gestorben.«

»Was hatte sie?«

»Das wusste niemand. Es könnte eine Vergiftung gewesen sein, aber es ließ sich nie beweisen.« Flehend blickte sie Jay an. »Aber das war sicher nur ein Zufall, oder? Es kann nichts mit der Sache zu tun haben.«

»Wurde in dem Fall ermittelt?«

»Ich glaube schon, aber nachdem keine klaren Beweise gefunden wurden und auch kein Täter ermittelt werden konnte, wurden ein paar Wochen später die Ermittlungen eingestellt. Es wurde auch überprüft, ob es einen Zusammenhang mit den Fahrstuhlmorden gibt, aber es wurde keiner gefunden.«

Jay blickte sie lange schweigend an. »Es kann Zufall sein, aber es wäre schon ein sehr großer, wenn zuerst die eigentliche Sekretärin getötet wird und wenige Tage später ihr Ersatz in einen Mordversuch gerät, ohne dass es irgendwie zusammenhängt.« Er rieb über seine Stirn. »Die Frage ist nur, was war es, das euch verbindet? Hattet ihr irgendwelche Gemeinsamkeiten?«

»Nein. Sie war bereits über fünfzig, verheiratet und hatte zwei erwachsene Söhne. Soweit ich weiß, hatten wir auch keine gemeinsamen Interessen.« Ihre Kehle zog sich zusammen. »Sie war sehr nett, und wir haben uns auch hin und wieder über ganz normale Dinge unterhalten, wenn wir mal zur gleichen Zeit da waren, aber es war nichts dabei, weswegen uns jemand töten würde.«

»Die einzige Verbindung zwischen euch ist also die Arbeit beim Steuerberater, richtig?«

»Ja, ich denke schon.«

Jay warf den Stift auf den Block und lehnte sich im Stuhl zurück. »Ich werde hinfahren, mir das Gebäude ansehen und mit deinem ehemaligen Vorgesetzten reden.«

»Ich komme mit.« Es schlüpfte automatisch heraus, bevor Jocelyn darüber nachdachte, was es bedeuten würde, den Ort wiederzusehen, an dem sie beinahe gestorben wäre. Den sie immer noch in ihren Alpträumen sah.

Jay sah sie durchdringend an. »Das halte ich für keine gute Idee.«

Sie versteckte ihre zitternden Hände unter dem Tisch. »Ich kann mir auch Schöneres vorstellen, aber nur ich kann dir alles zeigen.«

Eine Augenbraue hob sich. »Mit meiner Marke komme ich überall rein.«

»Vielleicht, aber nur ich kann dir sagen, welche Wege ich gegangen bin, wen ich dort getroffen habe oder auch nicht.« Es hätte sicher besser gewirkt, wenn ihre Stimme bei ihren Worten nicht so gezittert hätte.

Jays dunkle Augen bohrten sich in ihre. »Joss, ich weiß, wie schwer es für dich sein muss, wieder dort hinzugehen. Ich bringe dich an einen sicheren Ort und berichte dir dann, was ich herausgefunden habe.«

»Du weißt, dass ich nirgends sicher bin.«

Seine Mundwinkel färbten sich weiß. »Ich kann dich zu Chris und Mel bringen. Dort wärst du in Sicherheit.«

»Chris ist an einem Wochentag bei der Arbeit.« Damit hatte sie Recht, sie konnte es an Jays Gesichtsausdruck erkennen. »Ich möchte bei dir bleiben.« Als sie sah, dass er ablehnen wollte, beugte sie sich vor und legte ihre Hände auf seine. »Bitte, Jay. Wenn ich irgendwo herumsitzen und auf dich warten muss, werde ich wahnsinnig.«

Jay legte den Kopf in den Nacken und blickte zur Decke. »Warum kann ich nie nein sagen, wenn du mich um etwas bittest?«

Jocelyn musste lächeln. »Weil du ein netter Mensch bist?«

»Das wurde mir noch nie vorgeworfen.« Er richtete sich auf und blickte sie ernst an. »Leider fällt mir kein Ort ein, an dem du in Sicherheit wärst. Wir haben gesehen, wozu diese Kerle fähig sind, also kommst du mit mir.«

Jocelyn stand auf, ging um den Tisch herum und beugte sich zu Jay herab. »Danke.« Ihre Lippen fuhren sanft über seine.

Sofort stürzte sich Jay in den Kuss und zog sie auf seinen Schoß. Jocelyn gab einen protestierenden Laut von sich, vertiefte aber gleichzeitig ihre Verbindung. Ihre Hände legten sich um seinen Kopf.

Jay zuckte zurück. »Au.« Vorsichtig löste er ihre Hand aus seinen Haaren.

»Oh, entschuldige. Ich habe nicht mehr an deine Beule gedacht. Brauchst du Eiswürfel zum Kühlen?«

»Nein, geht schon. Solange du deine Hände unterhalb des Halses lässt, ist alles in Ordnung.« Er zwinkerte ihr zu. »Gerne viel tiefer.«

Sie musste lachen. »Das hättest du wohl gerne.«

»Jup.« Er stieß einen tiefen Seufzer aus. »Willst du dich noch umziehen, bevor wir gehen?«

Nervös sah sie ihn an. »Du willst jetzt los?«

»Ich will die Sache endlich erledigt haben, damit du in Sicherheit bist. Also will ich nicht noch einen Tag verlieren.«

Jocelyn stand auf. »Hast du mal in den Spiegel gesehen?«

Wortlos ging Jay ins Bad und stützte die Hände auf das Waschbecken, während er sein Spiegelbild betrachtete. »Schön wie eh und je.«

Jocelyn trat hinter ihn und legte ihre Hand auf seinen Rücken. »Ich rede von der Prellung an deinem Wangenknochen.«

Vorsichtig fuhr Jay mit einem Finger über die verfärbte und geschwollene Stelle. »Dagegen kann ich jetzt nichts machen. Außerdem ist es mir ehrlich gesagt auch egal, wie ich aussehe, ich will Antworten.«

»Und du meinst, du bekommst sie, wenn du aussiehst wie ein Preisboxer?«

Jay grinste sie im Spiegel raubtierhaft an. »Mit meiner Marke schon.«

Jocelyn merkte, dass er nicht davon abzubringen war, deshalb strich sie noch einmal über seinen Rücken, bevor sie zurücktrat. »Dann lasse ich dich hier alleine und ziehe mich um.« Leise schloss sie die Tür hinter sich und ging zum Bett, auf das sie ihren Rucksack geworfen hatte. Langsam wurde ihre saubere Kleidung knapp, aber sie wollte nicht eine Sekunde länger die Sachen tragen, in denen sie entführt worden war. Sie hatte das Gefühl, sie rochen nach Leones dreckigen Geschäften und der Angst, die sie ausgestanden hatte. Rasch entledigte sie sich ihres alten T-Shirts und zog ein frisches an. Schließlich setzte sie sich auf das Bett und wartete auf Jay, während sie versuchte, die Angst zu unterdrücken, die bei dem Gedanken in ihr aufkam, dass sie gleich dorthin zurückkehren würde, wo sie beinahe getötet worden wäre. Noch jetzt konnte sie sich an jede Einzelheit erinnern, das Gesicht des Verbrechers stand so lebhaft vor ihr, als wäre sie noch dort im Fahrstuhl.

Besorgt blickte Jay Jocelyn von der Seite her an. Seit sie das Hotelzimmer verlassen hatten, war sie still und erschreckend blass. Am liebsten hätte er sie irgendwo versteckt, aber es gab derzeit keinen Ort, an dem sie sicher genug wäre. Wenn er bei ihr war, konnte er zumindest sofort reagieren. Jay verzog den Mund. Nicht, dass ihm das bei Leones Männern geholfen hatte. Noch hatte er nicht überwunden, wie leicht es den Verbrechern gefallen war, ihn auszuschalten. Auch wenn er körperlich momentan nicht in Bestform war, hätte er irgendetwas tun müssen. Wäre es Leone nicht um Informationen gegangen, sondern darum, sie auszuschalten, hätte er nichts tun können, um ihn daran zu hindern. Und das schmerzte.

Wenigstens hatten seine Eltern keine Probleme mehr gehabt, anscheinend war der Schütze allein gewesen. Sie hatten ihn der Polizei übergeben, wo er erst einmal festsaß, während eine Anklage gegen ihn vorbereitet wurde. Wegen der Umstände hatten Jocelyn und Jay nur eine schriftliche Aussage machen können, die sie per Fax nach West Yellowstone geschickt hatten. Jay konnte verstehen, dass seine Kollegen in West Yellowstone frustriert waren, aber er konnte es nicht ändern. Bis die Sache geklärt war, konnte er Jocelyn nicht der Gefahr aussetzen, an einem Ort zu bleiben, wo der oder die Verbrecher sie mit Leichtigkeit erwischen konnten. Und das würde geschehen, wenn sie offiziell mit der Polizei sprach.

Jay schüttelte die Gedanken ab und konzentrierte sich aufs Fahren. Inzwischen war er im Finanzdistrikt angekommen, die Straße wurde auf beiden Seiten von Hochhäusern eingerahmt. Während er die richtige Hausnummer suchte und gleichzeitig nach möglichen Verfolgern Ausschau hielt, merkte er, dass Jocelyn immer heftiger atmete. Da er im dichten Verkehr das Lenkrad nicht loslassen wollte, konnte er nur versuchen, sie mit seiner Stimme zu beruhigen.

»Joss?«

Fast wie in Zeitlupe drehte sie ihm ihr Gesicht zu. Jede einzelne Sommersprosse stach dunkel auf ihrer blassen Haut hervor. »W…was?«

Immerhin reagierte sie noch, das war ein gutes Zeichen. »Versuch, tief durchzuatmen. Ich bin bei dir, es wird dir nichts geschehen.«

»Ich … versuche es.« Eine Weile atmete sie langsam ein und aus, etwas Farbe kehrte in ihr Gesicht zurück. Die Anspannung aber blieb. »Es ist lächerlich. Ich weiß, dass der Kerl tot ist, aber ich erwarte immer, dass er jeden Moment neben mir auftaucht.« Ihre Hände ballten sich auf ihren Oberschenkeln zu Fäusten. »Ich hasse es, dass er es geschafft hat, mir das anzutun. Seit einem Jahr fühle ich mich nicht mehr sicher, ich weiß nicht mal mehr, wer ich bin.«

»Tief in dir bist du noch der gleiche Mensch, auch wenn du eine andere Frisur und einen anderen Namen hast. Ich weiß, dass es dir jetzt nicht so vorkommt, Joss, aber ich bin sicher, dass du schnell wieder in dein altes Leben zurückfindest, wenn diese Verbrecher erst mal hinter Gittern sind.« Was hoffentlich bald der Fall sein würde.

»Vielleicht …« Jocelyn brach ab und deutete aus dem Fenster. »Da vorne ist es. Unter dem Gebäude gibt es eine Tiefgarage für Angestellte und Besucher.«

Jay überlegte kurz und bog dann in die Einfahrt zur Tiefgarage ein. Auch wenn es nicht ganz ungefährlich war, kam es ihm doch sinnvoller vor, als mehrere Straßen zu Fuß zum Gebäude zu laufen, denn in der Nähe gab es keine oberirdischen Parkplätze. Aus den Augenwinkeln sah er, wie sich Jocelyns Körper anspannte, doch dagegen konnte er jetzt nichts tun. Sollte es gar nicht gehen, würde er sie sofort wieder hinausbringen. In der Tiefgarage suchte er einen gut beleuchteten Parkplatz dicht an der Tür zum Treppenhaus. Er schaltete den Motor aus und wandte sich Jocelyn zu.

»Alles in Ordnung?« Eine dumme Frage, er konnte selbst sehen, dass es nicht so war.

Jocelyn öffnete die Augen und wandte sich ihm zu. Dankbar ergriff sie seine Hand. »Ja, lass uns schnell machen, ich möchte hier wieder raus.«

Das konnte er durchaus verstehen, ihm ging es ähnlich. Er drückte noch einmal ihre Finger und öffnete dann seine Tür. »Bleib im Wagen, bis ich auf deiner Seite bin.« Zwar wirkte alles ruhig, aber er wollte kein Risiko eingehen.

Mit der Hand auf dem Griff seiner Pistole stieg er aus dem Jeep und sah sich aufmerksam um, bevor er seine Tür schloss und um den Wagen herumging. Erst als er sicher war, dass sich niemand in der Nähe befand, öffnete er Jocelyns Tür und half ihr beim Aussteigen. Dabei hielt er sich immer zwischen ihr und jeder möglichen Gefahr. Mit einer Hand an ihrem Rücken führte er Jocelyn rasch zur Stahltür, die zum Treppenhaus führte. Es gab zwar auch einen Fahrstuhl, aber es war offensichtlich, dass sie ihn nicht benutzen wollte. Die Erinnerung an ihre Reaktion in der Polizeistation war noch in seinem Gedächtnis eingebrannt. Hatte er sie wirklich vor ein paar Tagen zum ersten Mal gesehen? In der Zwischenzeit war so viel geschehen, dass es ihm viel länger vorkam.

Jay zog die Tür auf, blickte sich um und nickte Jocelyn zu, die ihm voranging. Im Treppenhaus ließ er sie auf der Seite der Wand gehen, damit er reagieren konnte, sobald sich etwas rührte. Seine Hand lag weiterhin auf der Waffe. Erleichtert atmete er auf, als sie die Tür zum Erdgeschoss erreichten und in die hell erleuchtete Eingangshalle traten. Ein breiter Empfangstresen dominierte die hintere Wand, hinter dem sich mehrere Frauen mit den ankommenden Besuchern beschäftigten. Anstatt darauf zuzusteuern, führte Jocelyn ihn zu einer großen Tafel, die an der Wand angebracht war und auf der die Firmen alphabetisch aufgelistet waren. Jay ging die Namen durch, bis er den gesuchten gefunden hatte.

»Zehnte Etage, richtig?«

Zu seiner Überraschung lachte Jocelyn unterdrückt auf. »Nein, Dr. Jonas' Kanzlei liegt im fünfzehnten Stock. Das ist den Besuchern öfter passiert. Dr. Philip Jones in der zehnten Etage ist Anwalt, aber durch die Namensähnlichkeit sind öfter seine Klienten bei uns gelandet oder unsere dort. Und auch die Post …« Ihre Augen weiteten sich und sie schlug eine Hand vor ihren Mund.

»Was?«

»Du fragtest vorhin nach ungewöhnlichen Ereignissen. Etwa zwei Wochen vor den … Morden habe ich einen seltsamen Brief geöffnet, der in der Post war. Darin waren Fotos, die zwei Männer im Gespräch in einer Kneipe zeigten. Ich kannte beide nicht. Als ich auf den Absender sah, habe ich gemerkt, dass der Brief gar nicht für Dr. Jonas war, sondern für Dr. Jones. Ich habe ihn zugeklebt und mit einer kurzen Entschuldigung nach unten geschickt.«

Jays Blick wurde schärfer. »Hast du noch einmal etwas darüber gehört? Hat sich jemand beschwert?«

»Nein, nichts. Aber ich hatte am nächsten Tag auch frei. Ich bin erst wieder hingegangen, als …« Sie stockte und wurde bleich. Jay fasste nach ihrem Arm, als sie schwankte. »Ich wurde angerufen, ob ich für die normale Sekretärin einspringen könnte, als sie im Krankenhaus lag.« Tränen stiegen in ihre Augen. »Zwei Tage später ist sie gestorben.«

Das schlechte Gefühl in Jay verstärkte sich, gleichzeitig schienen sie endlich einen Schritt vorwärtszukommen. »Hattest du deinen Namen auf den Zettel geschrieben?«

Jocelyn biss auf ihre Lippe, während sie überlegte. Schließlich schüttelte sie den Kopf. »Nein, nur einen Stempel mit dem Büronamen.«

Aufregung breitete sich in ihm aus. »Also könnte jemand angenommen haben, die normale Sekretärin hätte den Brief geöffnet?«

Ihr Gesicht verlor jeglichen Rest von Farbe. »J…ja, wohl schon. Oh Gott, Jay, wenn wirklich jemand deshalb jemanden töten würde, dann bin ich schuld an ihrem Tod!« Tränen schimmerten in ihren Augen. »Und auch an dem der beiden Anwälte im Fahrstuhl.«

Jay legte seinen Arm um Jocelyn und zog sie an sich. Ihr Zittern war deutlich zu spüren. »Du bist völlig unschuldig, Joss. Der einzig Schuldige ist derjenige, der den Mörder beauftragt hat. Ich weiß noch nicht, wer es ist und warum er das getan hat, aber du kannst sicher sein, dass ich es herausfinde.« Er blickte sich in der Halle um. »Vielleicht sollten wir besser gehen, damit dich niemand erkennt.«

Stumm nickte Jocelyn. Ihre Hand war so fest in sein T-Shirt gekrampft, dass die Fingerknochen weiß hervorstanden. Sanft löste Jay ihre Finger, legte wieder seinen Arm um sie und führte sie zum Treppenhaus. »Weißt du noch, wie die Männer auf den Fotos aussahen?«

»N…nicht genau. Ich habe sie nur kurz angeschaut, gesehen, dass es Fotos von Menschen waren, die ich nicht kannte, und habe sie wieder in den Umschlag gesteckt. Dabei habe ich gemerkt, dass er gar nicht für Dr. Jonas war.« Jocelyn warf ihm einen Seitenblick zu. »Hätte ich die verdammten Fotos doch einfach weggeworfen!«

Mit den Fingern strich er über ihren Arm, bevor er die Tür zum Treppenhaus öffnete. »Das konntest du ja nicht wissen. Mach dir keine Vorwürfe, nichts davon ist deine Schuld.« Er wünschte nur, sie wüssten, wer auf den Fotos zu sehen gewesen war, von wem sie stammten und warum man sie dem Anwalt geschickt hatte. »Stand auf dem Umschlag ein Absender?«

»Nein, soweit ich mich erinnere, nicht.« Ihre Augen weiteten sich. »Und es war auch keine Briefmarke darauf. Ich habe damals gedacht, dass ihn jemand in den Hauspostkasten geworfen haben muss.«

Sofern er nicht inzwischen weitergezogen war, lief also noch jemand in San Francisco herum, der genau wusste, was hier vorging, weil er die Ereignisse selbst ausgelöst hatte. Entweder wissentlich oder unwissentlich. Die Frage war nur, wie sie ihn finden sollten. Auf jeden Fall mussten sie zuerst alles über diesen Dr. Philip Jones herausfinden. Vielleicht hatte er mit der Sache nichts zu tun, aber es war schon seltsam, dass direkt nach der Fotosache ein Mensch starb – und einer beinahe ermordet wurde – und beide damit in Verbindung standen. Jay war trotz der vielen offenen Fragen froh, wenigstens endlich einen Ansatzpunkt für die Ermittlungen zu haben. Normalerweise hätte er jetzt Dave angerufen und die Sache mit ihm durchgesprochen, doch das war ihm zu unsicher. Sollten Leones Andeutungen wirklich stimmen, musste er davon ausgehen, dass alles, was er Dave sagte, irgendwie an die Verbrecher gelangte. Noch einmal würde er Jocelyns Leben nicht riskieren.

Er musste dringend herausfinden, ob Dave darin verwickelt war und wirklich Informationen an den oder die Verbrecher weitergab. Jay konnte sich nicht vorstellen, dass sein Partner ihn verraten hatte, aber es war die einzige Erklärung, wieso der Verbrecher auf der Ranch aufgetaucht war. Jays Herz krampfte sich bei der Vorstellung zusammen. Wenn sie die Sache hier erledigt hatten, würde er sich darum kümmern müssen.

Nachdem er sich davon überzeugt hatte, dass niemand im Treppenhaus auf sie lauerte, liefen sie schnell in die Tiefgarage hinunter. Hoffentlich war Jocelyn nicht gesehen worden. Sollte dieser Philip Jones oder jemand anders in diesem Gebäude wirklich hinter den Anschlägen auf sie stecken, war sie hier in höchster Gefahr. Zu gerne hätte Jay die Datenbanken des Police Departments genutzt, doch das war ihm zu riskant. Wenn der oder die Verbrecher verfolgen konnten, wer auf die Datenbank zugriff, würden sie sofort wissen, dass er ihnen auf der Spur war. Also musste er sehen, ob er im Internet die Informationen fand, die er benötigte. Es wurde Zeit, dass sie endlich agierten und nicht nur reagierten.

23

»Sie wollten wissen, wenn eine bestimmte Person das Gebäude betritt. Sie ist gerade hier.« Die raue Stimme dröhnte durch den Hörer. »Diese Gesichtserkennungssoftware ist wirklich genial. Sowie sie ins Blickfeld einer Kamera kam, piepte der PC los.«

Philip Jones' Hand krallte sich um den Hörer. Jocelyn Callaghan war hier im Gebäude? Genau das durfte nicht passieren! Deshalb hatte er alle möglichen Maßnahmen ergriffen, damit sie irgendwo weit weg von hier still und heimlich begraben wurde. Aber nein, sie war hier. *Hier*. Sein Herzschlag geriet außer Kontrolle, Schweiß stand auf seiner Stirn. Was sollte er jetzt machen? »W…wo ist sie? Ist sie allein?«

Er musste sich dringend wieder in den Griff kriegen, damit sein Gesprächspartner nicht merkte, wie wichtig ihm die Sache war. Zwar bezahlte er ihn dafür, die Augen offen zu halten, aber wenn er die Wahrheit erfuhr, wen er da überwachte, würde der Wachmann vermutlich mit der Polizei sprechen, und das konnte er auf keinen Fall zulassen.

»Ein Mann ist bei ihr und sie scheinen sich recht nahezustehen. Kräftiger Bursche.« Eine Pause entstand. »Und wenn mich nicht alles täuscht, hat er eine Waffe dabei. Ich muss den Alarm auslösen.«

»Nein!« Mit Mühe regulierte er seine Stimme. »Nein, das ist nicht nötig. Er ist Polizist, Detective, um genau zu sein.«

»Okay. Was soll ich jetzt tun?«

Er rieb mit der Hand über sein Gesicht. »Nichts. Beobachten Sie weiter. Wird sie von den Kameras eingefangen?«

Ein rollendes Geräusch ertönte, gefolgt von einem dumpfen Knall. »Ja. Ist gut zu erkennen.«

»Zeichnet das Band auf?«

Ein Schnauben drang durch den Hörer. »Natürlich. Hier kann man nichts machen, ohne dabei von allen Seiten gefilmt zu werden. Seit dem Mord im Fahrstuhl ist die Überwachungsanlage noch einmal aufgerüstet worden.«

»Dann komme ich gleich runter und sehe mir das an. Sagen Sie mir …«

Der Wachmann unterbrach ihn. »Seltsam.«

Sein Adrenalinpegel schoss in die Höhe. »Was?«

»Sie standen nur kurz in der Halle rum und sind dann gleich wieder zum Treppenhaus zurück.«

»Können Sie sehen, wohin sie danach gegangen sind?«

»Ja, runter zur Tiefgarage.«

Er stand auf und presste seine Hand gegen die Kante des Schreibtischs. »Steigen sie in einen Wagen?«

»Kann ich gerade nicht sehen. Moment, da sind sie wieder. Ja, ein Jeep.«

»Können Sie das Kennzeichen sehen?«

»Nein, die anderen Autos sind davor. Sie fahren jetzt zur Ausfahrt.«

Schweiß ließ das Hemd an Philips Rücken kleben, während er überlegte, was er jetzt tun sollte. Auf jeden Fall musste er sich vergewissern, dass es tatsächlich Jocelyn Callaghan gewesen war. Außerdem war es wichtig, zu wissen, wie sie jetzt aussah. Da er immer noch nichts von dem angeheuerten Killer gehört hatte, musste er davon ausgehen, dass er gefasst oder getötet worden war. Tief atmete er durch und zwang sich, die Sache rational anzugehen. Es musste nichts bedeuten, dass die Sekretärin hier auftauchte und gleich wieder verschwand. Vermutlich hatten die Erinnerungen sie überwältigt, und sie hatte es im Gebäude nicht mehr ausgehalten. Trotzdem musste es einen Grund haben, dass sie überhaupt hergekommen war, und er musste ihn wissen.

»Ich komme nach unten und sehe mir das Band selbst an.« Als der Wachmann protestierte, redete Philip einfach weiter. »Ich werde meine Sicherheit nicht dem Zufall überlassen.« Bevor der Mann etwas erwidern konnte, legte er auf. Während er zur Tür ging, holte er bereits sein Handy heraus und wählte eine Nummer. »Ja, ich bin's. Wir haben hier ein Problem: Die Frau ist aufgetaucht. Ich sehe mir gleich die Bänder an und weiß danach hoffentlich, wie sie derzeit aussieht.«

Einen Moment lang herrschte Schweigen. »Wie konnte das passieren? Ich dachte, deine Männer haben ihr und diesem Detective eine Falle gestellt, aus der sie nicht entkommen können.«

Er presste seine Zähne so fest zusammen, dass sie knirschten. »Sie sind nie am Treffpunkt mit diesem Mahoney aufgetaucht. Vermutlich haben sie gemerkt, dass etwas nicht stimmt.«

»Hat er sie etwa gewarnt?«

»Ich wüsste nicht wie. Wir haben die Telefonate abgehört, und ihn die ganze Zeit beobachtet. Es gab keinen Kontakt. Aber es könnte sein, dass uns jemand anders dazwischengefunkt hat. Wir sollten uns langsam überlegen, ob wir unseren Konkurrenten ausschalten sollten, er schnüffelt mir zu viel in unseren Angelegenheiten rum. Aber zuerst kommen die Frau und ihr Aufpasser dran.«

»Was ist mit unserem Druckmittel? Wirst du es beseitigen?«

Das Blut gefror in Philips Adern. Es gab nicht viel, was er nicht tun würde, um sich selbst zu schützen, doch das brachte selbst er nicht fertig. »Vielleicht brauchen wir sie noch. Aber ich denke, es wird Zeit, unseren letzten Trumpf auszuspielen.«

»Und der wäre?«

»Den Menschen als Köder zu benutzen, für den sie alles tun würde.«

Lachen drang durch die Leitung. »Gute Idee. Hast du ihn schon?«

»Nein, aber ich werde das gleich veranlassen. Es dürfte keine Schwierigkeit sein, er ist ein ziemliches Gewohnheitstier. Ich lasse ihn beobachten, seit sie ins Zeugenschutzprogramm gekommen ist.« Seit Monaten wartete er darauf, dass Jocelyn Callaghan Kontakt zu ihrem Bruder aufnahm, aber sie hatte es nie getan. Nun, jetzt würde sie reagieren müssen.

»Dann lass mich wissen, wenn es so weit ist. Ich will die Sache ein für alle Mal hinter mich bringen.«

Philips Blutdruck schoss in die Höhe. »Glaubst du, ich nicht? Wer darf sich denn hier um den ganzen Mist …« Er brach ab, als er merkte, dass sein Gesprächspartner bereits aufgelegt hatte. »Arschloch.« Leider waren sie voneinander abhängig, sonst hätte er sich schon längst von ihm getrennt.

Mit einem tiefen Seufzer öffnete er die Tür von seinem Büro und trat in das Vorzimmer. Seine Sekretärin blickte ihn neugierig an. »Kann ich etwas für Sie tun?«

»Nein, danke, ich dachte, ich vertrete mir ein wenig die Beine.«

Sie lächelte ihn an. »Das ist eine gute Idee, das Wetter ist heute sehr angenehm.«

Das war ihm völlig egal, aber er schnitt nur eine Grimasse, die hoffentlich als ein Lächeln durchging, und trat in den Flur hinaus. Es fiel ihm schwer, sich so zu benehmen wie sonst, er hatte das Gefühl, sich ständig umdrehen zu müssen, weil ihn jemand beobachtete. Dabei war das lächerlich. Niemand kam hier herein, ohne dass er davon wusste. Und wenn ihm jemand auf der Spur gewesen wäre, hätte man ihn schon längst verhaftet. Nein, es war alles in Ordnung, sofern er sich nicht zu irgendeiner Dummheit hinreißen ließ. Mit einer gleichmütigen Miene, die ihm heute deutlich schwerer fiel als sonst, trat er vor den

Fahrstuhl und drückte auf den Knopf. Seit den Morden fuhr er nicht mehr gern mit dem Aufzug – seltsam, schließlich war er es gewesen, der den Auftrag gegeben hatte. Deshalb zwang er sich wie jeden Tag in den Lift und fuhr ins Erdgeschoss.

Unauffällig sah Philip sich um, bevor er den Raum betrat, in dem sich die Überwachungszentrale befand. Im ganzen Gebäude waren Hunderte von unauffälligen Kameras angebracht, eine Tatsache, der er sich immer bewusst war. Sowohl was seine eigenen Handlungen anging, als auch was seine Klienten betraf. Erst als er den Beweis erhielt, dass sein Spiel aufgedeckt worden war, wurde ihm bewusst, dass er von jemandem beobachtet wurde. Doch da war es bereits zu spät gewesen. Er straffte seine Schultern, sah sich noch einmal um und betrat dann den Raum. Der Wachmann winkte ihn heran, als er von seinem Monitor aufblickte.

Unbehaglich musterte Philip die Schreibtische. »Ist noch jemand hier?«

»Alle zur Pause.« Genüsslich biss der Wachmann von einem Donut ab. »Wenn Sie die Aufnahmen sehen wollen, müssen Sie schon herumkommen.«

Rasch ging Philip um den Tisch und stellte sich neben den Stuhl des Wachmanns. »Machen Sie schnell, ich habe nicht viel Zeit.« Schließlich wollte er möglichst von niemandem hier gesehen werden.

»Ich habe schon alles vorbereitet.« Der Mann leckte seine Finger ab und legte sie auf die Mouse. Unerwartet geschickt manövrierte er sich durch das Bildmaterial, bis er zu der Stelle kam, an der ein Mann und eine Frau die Eingangshalle durch die Tür betraten, die zum Treppenhaus führte. Mit dem Finger deutete er auf den Monitor. »Wir haben hier eine Software, die Gesichtserkennung zulässt. Nachdem Sie mich baten, ein Auge auf diese Frau zu halten, habe ich ihr Bild eingescannt und die

Parameter in das Programm gefüttert. Ich lasse die Suche immer mitlaufen, wenn ich Dienst habe. Und heute hat es Alarm geschlagen.«

»Und was haben Ihre Kollegen dazu gesagt?«

Der Wachmann grinste ihn an. »Es war ein stiller Alarm. Ich habe also die Kamera herangezoomt, die das Bild von der gesuchten Person geliefert hat.« Er tippte auf den Bildschirm, auf dem die beiden jetzt die Halle durchquerten. »Zuerst ist mir der Typ aufgefallen, die Art, wie er seinen Arm anwinkelt, deutet auf eine Waffe hin. Die Frau sieht von weitem ganz anders aus ...« Er zoomte näher heran. »... aber von nahem kann man sie gut erkennen, auch wenn sie eine andere Haarfarbe hat.«

Schweigend beobachtete Philip auf dem Bildschirm, wie die beiden Zielpersonen vor der Informationstafel stehen blieben und sich unterhielten. Leider waren sie nur von hinten zu sehen, sodass er ihre Mienen nicht deuten konnte. Was taten sie da? »Gibt es eine andere Kamera, die sie von vorne zeigt?«

»Nein, an der Stelle nicht. Nur von der Seite.« Der Wachmann klickte ein anderes Bild in den Vordergrund und startete die Sequenz.

Immerhin war es von der richtigen Seite, sodass er das Gesicht der Frau sehen konnte. Sie blickte auf die Tafel, Hunter sagte etwas, und dann lachte sie unerklärlicherweise. Ihr Mund bewegte sich und nur wenige Sekunden später trat ein entsetzter Ausdruck auf ihr Gesicht. Sie schlug eine Hand vor ihren Mund und wurde blasser. Wieder sagte sie etwas, die Miene des Detectives wurde düsterer, und er griff nach ihrem Arm, als sie schwankte. Sie wandte sich ihm zu, deshalb war sie nur noch von hinten zu sehen. Aber es entging ihm nicht, wie liebevoll Hunter den Arm um sie legte und sie zurück zum Treppenhaus führte.

»Es wirkt beinahe so, als hätte sie was mit dem Mann dort laufen.«

Das kam ihm allerdings auch so vor – und es würde seine Aufgabe noch schwieriger machen. »Zeigen Sie mir die Bilder aus dem Parkhaus.«

»Wozu brauchen Sie die?«

Langsam wurden Philip die Fragen zu viel. Wenn der Kerl zu neugierig wurde, würde er ihn auch beseitigen lassen müssen, und das wollte er wenn möglich vermeiden. »Tun Sie es einfach.«

Wieder ein Klicken, dann war eine Ansicht der Tiefgarage zu sehen. Jocelyn Callaghan und ihr Freund traten aus dem Treppenhaus und gingen zu einem Jeep, der nahe bei der Tür stand. Sie stiegen ein und fuhren los, wegen der anderen geparkten Autos war das Kennzeichen nur für einen winzigen Moment zu erkennen. »Zurück und dann auf das Kennzeichen zoomen.« Wortlos gehorchte der Wachmann. Philip zog sein Handy heraus und notierte sich das Kennzeichen. »Danke. Sollte sie noch mal auftauchen, sagen Sie mir Bescheid.« Er zog einen Hunderter aus seiner Jackettasche und reichte ihn dem Mann.

Der grinste ihn an. »Jederzeit.«

Mit einem knappen Nicken verließ er die Überwachungszentrale und kehrte in sein Büro zurück. Erst als Philip die Tür fest hinter sich geschlossen hatte, erlaubte er sich, die Angst herauszulassen, die sich fest in seine Brust gebohrt hatte. Was auch immer Jocelyn Callaghan hier getan hatte, konnte nichts Gutes bedeuten. Eigentlich hatte er erwartet, dass sie sich irgendwo verstecken würde, stattdessen lief sie mitten am Tag durch das Gebäude, in dem sie beinahe gestorben wäre. Zusammen mit der Tatsache, dass sie davor nicht zu dem Treffen mit Hunters Partner aufgetaucht waren, ließ ihn vermuten, dass hier irgendetwas vorging, über das er keine Kontrolle hatte. Eigentlich hatte er es für eine geniale Idee gehalten, Leone durch die Verwendung von Scarpetto als den Schuldigen erscheinen zu lassen, aber er hatte das Gefühl, dass dieser Hunter nicht mehr von der Schuld des Mafiabosses überzeugt war, sonst würde er kaum hier herumschnüffeln. Aber das konnte er nicht erlauben.

Also würde er tatsächlich zum letzten Mittel greifen müssen. Schweren Herzens fischte er das Handy aus seiner Tasche und wählte eine Nummer.

»Ja.«

»Holen Sie ihn.« Mehr brauchte er nicht zu sagen, die Instruktionen waren schon vor langer Zeit gegeben worden.

»Alles klar.«

Philip beendete das Gespräch und blickte aus seinem Fenster auf die umliegenden Häuser. Als er hier vor zehn Jahren in sein Büro gezogen war, hatte er geglaubt, er wäre endlich am Ziel angekommen. Dass er nie wieder befürchten musste, mittellos dazustehen. Und jetzt war all das in Gefahr, was er sich durch harte Arbeit aufgebaut hatte. Seine Hände krampften sich um die Marmor-Fensterbank. Nein, nichts und niemand würde ihn aufhalten, das würde er nicht zulassen. Und wenn die Sache endlich bereinigt war, würde er sich überlegen müssen, was er mit seinem Partner machen sollte. Noch einmal wollte er nicht in solch eine vertrackte Situation kommen.

Nervös blickte Jocelyn sich um, als sie das Internetcafé betraten. Sie hatte das Gefühl, ein riesiges Fadenkreuz auf dem Rücken zu tragen. Da half es auch nicht, dass Jay dicht hinter ihr ging und sie vor Blicken und Kugeln abschirmte. Denn sie befürchtete, dass es für sie genauso schlimm wäre, wenn er ihretwegen verletzt oder gar getötet wurde.

»Entspann dich, niemand weiß, dass wir hier sind.« Jays Hand strich beruhigend über ihren Rücken, während er mit ihr zu einem der Computer ging.

Ja, das hatte sie jetzt schon mehrmals gedacht, und immer war es eine Täuschung gewesen. Während sie sich hinsetzte, blickte sie sich in dem kleinen, düsteren Raum um. Die anderen Besucher schienen völlig in ihre Bildschirme vertieft zu sein und beachteten sie gar nicht. Jay setzte sich neben Jocelyn und wählte sich ins Internet ein.

»Okay, wie hieß der Typ noch mal, Jones?«

Jocelyn riss sich zusammen und blickte auf den Monitor, auf dem jetzt ein Browser geöffnet war. »Ja. Philip Jones, ein l.«

Jay tippte den Namen ein und fügte noch ›Anwalt San Francisco‹ dazu. Wie zu erwarten gab es Tausende von Treffern. Mit einem Stöhnen begann er, sich durch die Links zu klicken.

Da das viel zu lange dauern würde, gab er noch die Adresse des Bürogebäudes ein. Die Treffer wurden nicht wesentlich weniger, aber immerhin waren jetzt einige weiter oben, die recht viel versprechend aussahen. Jay probierte einige aus, bis er schließlich auf eine offizielle Homepage stieß, auf der auch ein Foto zu sehen war. Jocelyn beugte sich vor und starrte es an.

»Kennst du ihn?«

»Ich kann mich nicht erinnern, ihn im Gebäude schon mal gesehen zu haben.« Sie schloss die Augen und versuchte, sich die Fotos aus dem Umschlag vorzustellen. »Obwohl ich die Fotos nur kurz gesehen habe, bin ich mir fast sicher, dass er einer der beiden Männer war. Aber beschwören könnte ich es nicht.«

Je länger sie ihn ansah, desto sicherer wurde sie. Er wirkte so harmlos, mit seiner akkuraten Kurzhaarfrisur und dem gut sitzenden Anzug, der sicher mehr gekostet hatte, als sie in ein paar Monaten verdiente. Er sah aus wie ein erfolgreicher Anwalt – genau das, was er auch war. Nie hätte sie vermutet, dass er jemanden beauftragen könnte, sie zu töten.

»Glaubst du, er steckt dahinter?«

Jay hob eine Schulter. »Ich weiß es nicht, aber es ist immerhin ein Ansatzpunkt, wenn du glaubst, dass er auf den Fotos war.«

»Was können wir jetzt tun?«

Mit den Fingerspitzen massierte Jay seine Schulter. »Ich denke, es ist an der Zeit, die Kavallerie zu informieren.«

Furcht schoss durch Jocelyns Körper. »Die Polizei? Aber es ist doch offensichtlich, dass es dort jemanden gibt, der die Informationen an den Verbrecher weiterleitet! Und was ist, wenn das stimmt, was Leone über deinen Partner gesagt hat? Sowie wir uns dort melden, wird Jones wissen, dass wir ihm auf der Spur sind.«

Eine Falte bildete sich zwischen Jays Augenbrauen. »Ich habe ja nicht gesagt, dass wir uns dabei dumm anstellen sollen.«

Sie konnte ihm ansehen, wie sehr ihn der Gedanke schmerzte, dass vielleicht einer seiner Kollegen etwas damit zu tun hatte. »Ich habe nur Angst, dass wieder etwas passiert und noch jemand zu Schaden kommt.«

Seine Miene wurde weicher. »Das weiß ich. Ich verspreche, dass ich alles tun werde, um dich zu schützen.« Er nahm ihre Hand. »Suchen wir noch ein wenig weiter, damit wir alle Informationen über diesen Dr. Jones haben, die wir auf diesem Wege kriegen können. Danach werde ich dann meinen Captain informieren, aber erst wenn er zu Hause ist. Ich glaube nicht, dass jemand sein Haus verwanzt hat.«

»Okay.«

Er drückte noch einmal ihre Hand und wandte sich dann wieder dem Bildschirm zu. Scheinbar stundenlang durchforstete er das Internet nach Informationen über Philip Jones, doch als sie auf die Uhr blickte, war erst eine halbe Stunde vergangen. Schließlich lehnte er sich zurück und streckte seine Schultern. »Das war's, mehr kann ich so nicht herausfinden.« Er löschte sorgfältig den Speicher des Browsers und steckte den Zettel ein, auf dem er sich Notizen gemacht hatte, bevor er sich erhob. »Gehen wir.«

Froh, nicht mehr an den Platz gefesselt zu sein, sprang Jocelyn auf. Überraschend breitete sich Schwindel in ihr aus und sie wäre hingefallen, wenn Jay nicht seinen Arm um sie geschlungen hätte.

Besorgt blickte er sie an. »Alles in Ordnung?«

Röte stieg in ihre Wangen. »Ja, ich bin nur zu schnell aufgestanden.«

Jay betrachtete sie forschend. »Und du hast seit heute Morgen nichts gegessen.«

Das hatte sie ganz vergessen. »Stimmt. Du aber auch nicht.« Sie löste sich aus seiner Umarmung, um nicht noch mehr Aufmerksamkeit auf sich zu lenken.

»Das ist mir aufgefallen.« Jay rieb über seinen flachen Bauch. »Planänderung: Erst besorgen wir uns was zu essen, dann bringen wir uns in Sicherheit und danach rufe ich Morris an.«

»Klingt gut.«

Sie folgte Jay aus dem Internetcafé auf die Straße. Vor dem Laden blieb er stehen und blickte sich um. »Ich glaube, ein paar Geschäfte weiter ist ein kleines Restaurant, in dem es griechisches Essen gibt. Hättest du darauf Hunger?« Jocelyn erstarrte innerlich, als ihr bewusst wurde, welches Restaurant er meinte. Anscheinend hatte er ihre Reaktion bemerkt, denn Jay beugte sich zu ihr herunter. »Was ist?«

Mit Mühe brachte sie ihre Zähne auseinander. »In dem Lokal habe ich mit meinem Bruder damals seinen Abschluss gefeiert.«

»Wenn du lieber woanders …«

Rasch unterbrach sie ihn. »Nein, das ist nicht nötig. Die Erinnerung hat mich nur gerade überfallen.« Sie bemühte sich um ein Lächeln. »Das Essen ist dort wirklich gut und nicht überteuert.« Wenn sie es zuließ, würde sie wieder Kevin sehen, wie er ihr an dem Tag mit leuchtenden Augen und einem strahlenden Lächeln gegenübergesessen hatte. Sie war so stolz auf ihn gewesen und hatte keinen einzigen Cent bereut, den sie in die

Ausbildung ihres Bruders gesteckt hatte. Sie sehnte sich danach, ihn wiederzusehen, zu erfahren, was er im letzten Jahr getan hatte, wie es ihm ging.

Jay schlang seinen Arm um ihren Rücken und ging los, so als wären sie ein normales Paar, das nach der Arbeit durch die Straßen schlenderte. Auf den ersten Blick wirkte es tatsächlich so, als hätte er keine Sorgen, doch sie konnte seine angespannten Muskeln fühlen, seine freie Hand war immer in der Nähe seiner Waffe und seine Augen standen nie still.

»Vielleicht sollten wir lieber …«

Er drückte ihren Arm. »Nein.«

Sie schwieg, während sie den dicht bevölkerten Fußweg entlanggingen. Jay war Detective, er würde wissen, was er tat. Erleichtert atmete sie auf, als sie endlich das kleine Restaurant betraten und zur Theke durchgingen. Jay zog ihr einen Barhocker zurecht und setzte sich neben sie. Sie zog zwei Speisekarten aus dem Ständer und reichte eine an Jay weiter. Aus den Augenwinkeln sah sie, dass er so tat, als würde er sich die angebotenen Gerichte durchlesen, während er die Tür im Auge behielt. Erst nach einigen Minuten entspannte er sich ein wenig und überflog das Menü.

»Hast du etwas?«

Sie bestellten zwei Gerichte zum Mitnehmen und kalte Getränke für die Wartezeit. Ein großer hölzerner Deckenventilator drehte sich behäbig, kühlte die Luft aber nicht wirklich ab. Vermutlich war es aber eher die Nervosität, die Jocelyn schwitzen ließ. Ihr Blick glitt zu dem Tisch, an dem sie damals mit Kevin gesessen hatte. Ihr Herz zog sich schmerzhaft zusammen.

»Du wirst ihn bald wiedersehen, ich verspreche es.« Jays warme Stimme erklang dicht an ihrem Ohr.

Mühsam drängte sie die Tränen zurück. »Ich vermisse ihn. Selbst als wir erwachsen waren und jeder sein eigenes Leben führte, haben wir uns alle paar Tage gesehen. Wir konnten über alles reden.« Zittrig atmete sie ein. »Hast du auch so ein enges Verhältnis zu deinen Geschwistern?«

»Nein, leider nicht. Obwohl ich sie liebe und mich auch gut mit ihnen verstehe, mag ich es nicht, wenn wir so aufeinanderhocken. Vielleicht liegt es daran, dass ich fünf Geschwister habe und früher kaum jemals eine Minute für mich hatte. Deshalb finde ich es schön, sie ab und zu mal zu sehen oder mit ihnen zu telefonieren, sie aber nicht ständig um mich zu haben.«

Sie lächelte. »Das kann ich mir vorstellen. Bei mir waren es nur Kevin und ich. Unsere Eltern sind gestorben, als er gerade acht Jahre alt war. Er ist sechs Jahre jünger, und da unsere Pflegeeltern sich nie richtig um uns gekümmert haben, bin ich eingesprungen.«

»Das muss schwer gewesen sein.«

»Gar nicht. Kevin war so lieb und aufgeweckt, ich habe die Zeit mit ihm genossen.« Jocelyn hob die Schultern. »Vielleicht brauchte ich auch jemanden, bei dem ich mir sicher war, dass er mich liebte. Auf jeden Fall würde ich es jederzeit wieder so machen.«

»Haben eure Pflegeeltern so viel gearbeitet?«

Wut kroch in ihr hoch. »Nicht wirklich. Sie hatten einfach keinerlei Interesse an uns. Ich glaube, sie haben uns nur genommen, weil sie für unsere Betreuung Geld vom Staat bekommen haben. Ich habe mich die meiste Zeit um Kevin gekümmert.«

Jays Augenbrauen schoben sich zusammen. »Leben sie noch?«

»Soweit ich weiß, schon. Sowie ich erwachsen war, habe ich mir einen Job gesucht und bin mit Kevin in eine kleine Wohnung gezogen. Ich habe sein Studium mitfinanziert, deshalb musste ich mein Medizinstudium zurückstellen, bis er fertig war.« Sie lächelte. »Ich war so stolz, als er seinen Abschluss bekam.«

»Aber das hätten eure Pflegeeltern bezahlen müssen! Gab es keine Möglichkeit, das Geld von ihnen zu bekommen?«

»Vermutlich schon, aber ich wollte nichts von ihnen nehmen und Kevin auch nicht. Wir hätten es nicht ertragen, uns dann auch noch bei ihnen bedanken zu müssen.«

Jay legte eine Hand an ihre Wange. »Du bist eine bemerkenswerte Frau, Jocelyn Callaghan.«

24

Als Jay sein Handy einschaltete, sah er, dass Dave etliche Male angerufen hatte. Sein Magen zog sich zusammen, als er sich vorstellte, dass sein Partner ihn vielleicht verraten hatte. Er konnte nicht glauben, dass Dave das für Geld tun würde, es musste etwas anderes dahinterstecken. Aber vielleicht waren ihre Gespräche auch nur abgehört worden, und sein Partner hatte nichts mit der Sache zu tun. Das erklärte allerdings nicht, warum er erzählt hatte, dass Kara krank war. Irgendetwas anderes musste da vorgehen. Während er zusah, wie Jocelyn ihren Rucksack auf das Bett ihres neuen Motelzimmers warf und im Bad verschwand, hörte er die Nachrichten auf seiner Mailbox ab.

»Jay, hier ist Dave. Wo zum Teufel bist du? Ich warte hier schon seit einer halben Stunde auf dich. Melde dich!«

Das klang halbwegs normal, wenn auch ein wenig besorgt. Die nächste Nachricht wurde abgespielt.

»Länger kann ich nicht warten, Jay. Melde dich sofort, wenn du die Nachricht erhältst.«

Diesmal klang beinahe so etwas wie Panik in Daves Stimme mit. Weil er sich Sorgen um ihn machte oder weil er Angst hatte, was mit ihm selbst passierte, wenn er Jay nicht in die Falle lockte? Der Schmerz in seiner Brust verstärkte sich. Er würde Dave nicht unbedingt als einen Freund bezeichnen, aber sie hatten gemeinsam viel erlebt und verstanden sich sehr gut. Nie wäre er auf die Idee gekommen, dass sein Partner ihn hintergehen könnte, und er wollte es auch jetzt nicht glauben.

»Jay, verdammt noch mal! Ich weiß nicht, was du da treibst,

aber wenn du dich jetzt nicht meldest, wird etwas Schlimmes passieren.« Einen Moment herrschte Stille, nur unterbrochen von harschen Atemzügen. »Bitte, Jay.«

Ein kalter Schauer lief ihm über den Rücken, als er die Verzweiflung in Daves Stimme hörte. Da das die letzte Nachricht war, legte er das Handy auf das Bett und lehnte sich gegen die Wand, während er aus dem Fenster blickte. Auf dem Parkplatz vor dem Motel herrschte normales Treiben – Autos kamen und fuhren weg. Niemand interessierte sich für ihren Jeep oder das Zimmer. Noch wusste also niemand, wo sie waren, oder sie warteten auf den Anbruch der Nacht, bevor sie angriffen. Bevor er weiter darüber nachgrübeln konnte, klingelte das Handy. Jay biss die Zähne zusammen, während er zum Bett ging und das Telefon hochhob. Wenn das Dave war … Eine bekannte Nummer tauchte im Display auf, und er atmete erleichtert auf. »Hunter.«

»Morris hier. Gerade habe ich einen interessanten Anruf aus Montana erhalten. Können Sie mir erklären, wieso ich durch die Polizei von West Yellowstone erfahren muss, dass jemand versucht hat, Sie auf der Ranch Ihrer Eltern zu erschießen?«

»Nun, das war …«

»Und warum zum Teufel hauen Sie einfach ab, ohne eine Zeugenaussage zu machen? Als Detective sollten Sie es besser wissen!«

Jay räusperte sich. »Es gab andere Zeugen, die eine Aussage gemacht haben, außerdem wurde der Täter in Gewahrsam genommen.«

»Ja, aber ohne Ihre Aussage können sie ihn nicht unbegrenzt festhalten. Klären Sie das gefälligst!« Captain Morris holte tief Luft. »Geht es Ihnen gut? Als ich sagte, Sie sollten Urlaub nehmen, meinte ich nicht, dass Sie sich gleich wieder in Gefahr begeben sollen.«

»Das hatte ich auch nicht vor, die Gefahr ist mir gefolgt. Es ist der gleiche Kerl, der mich in San Francisco angeschossen hat.«

Einen Moment lang herrschte Stille. »Was geht da vor, Hunter? Und kommen Sie mir nicht wieder mit Ihren Ausreden, ich habe sie schon beim letzten Mal nicht geglaubt. Wenn einer meiner Mitarbeiter in irgendeine gefährliche Sache verwickelt ist, muss ich das wissen.«

»Wo sind Sie gerade, Sir?«

»Im Büro, wo sollte ich sonst sein?«

Jay massierte seine Nasenwurzel. »Woher haben Sie meine Nummer?«

»Von Mahoney. Er konnte mir übrigens auch nicht sagen, wo Sie sind und was Sie gerade treiben.«

Da vermutlich gerade jemand das Gespräch mithörte, konnte er ihm das auch nicht sagen. »Tut mir leid, das kann ich Ihnen momentan nicht sagen. Aber vielleicht wäre es eine gute Idee, das gesamte Department auf Wanzen durchsuchen zu lassen.« Mit einem schlechten Gefühl legte Jay auf. Wenn sie jemand belauscht hatte, konnte er nicht sagen, dass er später beim Captain zu Hause anrufen würde, um ihm alles zu erklären, sonst würden sie auch dort mithören.

Jocelyn steckte ihren Kopf ins Zimmer. »Hat eben das Telefon geklingelt?«

Jay versuchte, das schlechte Gefühl abzuschütteln. »Ja, mein Vorgesetzter. Er war nicht gerade erfreut darüber, dass ich ihm nichts von dem Angriff in Montana erzählt habe. Jemand von dort hat ihn wohl angerufen.«

»Hast du ihm erzählt, worum es geht?«

Er rieb über seine schmerzende Schläfe. »Das konnte ich nicht. Er hatte die Handynummer von Dave bekommen.«

An ihrem Gesichtsausdruck konnte er erkennen, dass sie verstand, worum es ging. »Und was machen wir jetzt?«

»Warten, bis der Captain zu Hause ist.«

Jocelyn sah auf den Wecker. »Wann wird das sein?«

»Meistens geht er gegen halb sechs, weil seine Frau um sechs Uhr das Essen auf den Tisch stellt.«

Sie setzte sich auf das Bett. »Und was machen wir bis dahin?« Ihre Finger krallten sich ineinander. »Ich wünschte, das alles wäre endlich vorbei.«

»Ich auch, das kannst du mir glauben.« Er setzte sich neben sie und nahm ihre Hände in seine. »Wenn es so weit ist, glaubst du …?«

Das Handy klingelte und sofort erhöhte sich die Anspannung in ihm. Er wusste schon, wer es war, bevor er auf das Display blickte. »Hallo Dave.«

Jocelyn versteifte sich neben ihm. Mit geweiteten Augen blickte sie ihn an.

»Endlich erreiche ich dich! Hast du denn meine Nachrichten nicht bekommen?« Dave klang so anders als sonst, dass es Jay die Kehle zusammenzog.

»Doch, gerade eben. Und einen Anruf von Captain Morris. Warum hast du ihm die Nummer gegeben?«

»Was sollte ich sonst tun? Ihn anlügen, als er fragte, ob ich wüsste, wie man dich erreichen kann?«

Jays Hand ballte sich zur Faust. »Zum Beispiel.«

»Ich denke, du brauchst Hilfe, wenn du lebend aus der Sache herauskommen willst.« Daves Stimme klang gepresst.

»So weit war ich auch schon, *Partner*.« Er konnte den sarkastischen Ton nicht verhindern.

Einen Moment lang herrschte Stille. »Du weißt, dass ich alles tue, was ich kann, Jay. Ich mache mir nur solche Sorgen um Kara. Sie haben sie zwar operiert, aber es geht ihr immer noch schlecht. Eine Entzündung, wie bei der Tochter von den Hendersons.« Jay versteifte sich und stieß innerlich einen Fluch aus. Schweres Atmen war zu hören, und er wusste, dass Dave versuchte, sich unter Kontrolle zu bringen. Mitleid regte sich in ihm, aber er durfte es nicht zeigen.

»Ich hoffe, es geht ihr bald besser. Ich komme vorbei, sobald es geht.«

»Danke. Pass auf dich auf, Jay.« Mit diesen Worten beendete Dave das Gespräch.

Langsam ließ Jay das Handy sinken. Gerade eben war ihre Zeit abgelaufen.

Jocelyn konnte es wohl an seinem Gesichtsausdruck ablesen, denn sie setzte sich gerade auf. »Was? Was ist passiert?«

»Das war Dave. Ich weiß jetzt, warum er den Verbrechern hilft.«

»Hat er dir das einfach so gesagt? Ich dachte, das Gespräch wird abgehört?«

Jay befeuchtete seine Lippen. »Er sagte, dass er sich Sorgen um seine Tochter macht, sie hätte eine Entzündung wie die Tochter der Hendersons.«

»Das ist schlimm, aber ich verstehe nicht, was …«

Er unterbrach sie. »Vor einiger Zeit hatten wir einen Fall, wo ein Mann gezwungen wurde, etwas für einen Verbrecher zu tun – indem er seine Tochter entführt hat. Er hieß Henderson.«

»Oh nein. Was geschah mit der Tochter?«

Jay konnte ihr nicht in die Augen sehen, als er antwortete. »Sie wurde einige Wochen später tot aufgefunden.« Noch jetzt hatte er ihren Anblick deutlich vor Augen. Die Verbrecher hatten sie in einem Keller gefangen gehalten und einfach verdursten lassen, nachdem sie ihnen nicht mehr von Nutzen war. Monate später hatte er noch Alpträume gehabt, und er konnte nur ahnen, wie es Dave jetzt gehen musste. Vermutlich war ihm klar, dass die Möglichkeit bestand, dass er seine Tochter nie lebend wiedersehen würde, selbst wenn er kooperierte. Aber Jay verstand, dass er es versuchen musste, selbst wenn es bedeutete, seinen Partner zu verraten. Er wünschte nur, dass Dave ihm früher Bescheid gesagt hätte, vielleicht hätte er ihm dann helfen können.

Ein gequälter Ausdruck trat in Jocelyns Augen. »Das ist schrecklich. Du glaubst, dass die Tochter deines Partners von demjenigen entführt wurde, der hinter mir her ist?«

»Ja.«

Jocelyn schlug die Hände vor das Gesicht. »Wenn dieses Mädchen stirbt, dann nur, weil ich zu dir gekommen bin. Vielleicht sollte ich mich einfach stellen, dann seid ihr anderen wenigstens in Sicherheit.«

Jay packte ihre Schultern und schüttelte sie. »Wag es ja nicht! Es würde Kara auch nicht helfen, wenn du dich jetzt auslieferst. Du weißt, dass die Kerle jeden beseitigen, der ihnen im Weg ist oder der zu viel wissen könnte.« Er zögerte, weil ihm bewusst war, wie sie auf seine nächsten Worte reagieren würde. »Ich denke, wir sollten dafür sorgen, dass dein Bruder in Sicherheit ist. Wenn sie merken, dass sie von Dave keine Informationen mehr über uns bekommen, werden sie sich ein anderes Druckmittel suchen.«

Sie riss sich von ihm los und sprang auf. »Dann müssen wir sofort zu ihm! Wenn Kevin in Gefahr ist …« Jegliche Farbe wich aus ihrem Gesicht. Sie taumelte und wäre gestürzt, wenn er sie nicht aufgefangen hätte.

»Weißt du seine Telefonnummer?«

Jocelyn richtete sich auf. »Natürlich.«

»Dann suchen wir uns ein Telefon und rufen ihn an, das Handy will ich nicht benutzen. Und wenn er sich nicht meldet, fahren wir bei ihm vorbei. Er wohnt doch in San Francisco?«

»J…ja.«

»Dann hol deine Sachen, wir kommen nicht hierher zurück.« Jay nahm das Handy und legte es unter das Bett. Falls sie inzwischen eine Möglichkeit gefunden hatten, das Signal zu orten, wollte er es nicht in seiner Nähe haben.

Er ging zum Fenster und spähte hinaus. Als Jocelyn seinen Rücken berührte, öffnete er die Tür. »Bleib hier drin, bis ich dir ein Zeichen gebe, okay? Und versuch, ein möglichst kleines Ziel abzugeben.«

Noch immer war sie extrem blass. »Glaubst du, es ist jemand hier?«

»Vermutlich nicht, aber ich will kein Risiko eingehen.« So schnell wie möglich stellte Jay sicher, dass alles in Ordnung war, dann winkte er Jocelyn heran. Er atmete erst auf, als sie sicher im Jeep saßen und er vom Parkplatz auf die Straße fuhr. Aufmerksam behielt er den Verkehr hinter sich im Auge, doch es schien ihnen niemand zu folgen. Erst als sie ein ganzes Stück entfernt waren, hielt er vor einem Supermarkt, an dessen Außenwand ein Telefon hing.

»Okay, rufen wir deinen Bruder an.« Als sie die Tür aufstoßen wollte, legte er seine Hand auf ihren Oberschenkel. »Warte, ich komme rum.«

Jocelyn nickte knapp, und er konnte deutlich die Verzweiflung in ihren Augen sehen. »Ich könnte es nicht ertragen, wenn ihm etwas passiert ist.«

»Wir werden alles tun, um ihm zu helfen.« Jay blickte sich noch einmal um, dann stieg er aus dem Wagen und ging rasch zur Beifahrerseite. Wie schon zuvor schützte er Jocelyn mit seinem Körper, während sie zu dem Telefon gingen. Er drückte ihr einige Münzen in die Hand und beobachtete die Umgebung, während sie die Nummer eintippte. Er nahm ihre freie Hand und drückte sie beruhigend. Zwar würde das nicht helfen, wenn ihr Bruder sich nicht meldete, aber zumindest wusste sie, dass sie nicht alleine war. Ihr Atem klang laut in seinen Ohren und an ihrem Handgelenk konnte er ihren rasenden Puls fühlen.

Beinahe endlos wartete sie, dann legte sie den Hörer auf. »Er geht nicht dran!« Tränen standen in ihren Augen und Jay zog sie beruhigend an sich.

»Wir werden ihn finden.« Die Frage war nur: in welchem Zustand? Jay blickte auf die Uhr. »Fahren wir zu Kevins Wohnung und sehen uns dort um.«

Hoffnungsvoll blickte sie ihn an. »Meinst du, er ist dort?«

»Dann wäre er vermutlich ans Telefon gegangen. Aber vielleicht finden wir dort einen Hinweis, was passiert ist. Vielleicht ist er einfach nur verreist.« Das wäre die beste Variante gewesen, aber sie war leider sehr unwahrscheinlich. »Komm, fahren wir.«

Wortlos kehrte Jocelyn zum Jeep zurück, ganz in ihre Gedanken versunken. Noch immer war sie erschreckend blass, und Jay spürte, wie seine Wut auf die Verbrecher immer größer wurde. Als Detective hatte er viel gesehen, Elend, Leid und unaussprechliche Verbrechen. Aber es war etwas anderes, wenn man persönlich betroffen war. Und das war er, da es um Jocelyn ging. Was sie verletzte, tat auch ihm weh. Hätte ihm jemand vor einer Woche gesagt, dass er so reagieren würde, hätte er ihn ausgelacht. Bisher war er im Department als beherrschter Kollege bekannt, der sich nicht anmerken ließ, wenn ihm ein Fall an die Nieren ging. Nur bei Rizzo hatte er kurzzeitig seine Fassung verloren, aber das hatten glücklicherweise nur Dave und Morris mitbekommen. Wenn er denjenigen in die Finger bekam, der Jocelyn das antat, konnte er für nichts garantieren.

Energisch schüttelte er die Gedanken ab und konzentrierte sich nur auf ihre Aufgabe. »Wie lautet die Adresse?« Jocelyn nannte sie ihm und er fuhr in die angegebene Richtung.

Wenige Minuten später kamen sie bei einem mehrstöckigen Mietshaus an, das dem ähnelte, in dem Jay wohnte. »Okay, wir sind da. Welches Stockwerk?«

»Parterre.« Sie deutete auf die linke Haushälfte. »Es ist die

Eckwohnung. Er war damals so froh, als er die Wohnung bekommen hat, weil er nur einen Nachbarn über sich hat und sich dadurch der Lärm in Grenzen hält.«

Dummerweise galt das aber auch, wenn man überfallen wurde – niemand hörte einen. Ein ungutes Gefühl breitete sich in Jays Magen aus. Was war, wenn sich Kevin doch in der Wohnung befand? Tot. Am liebsten hätte er Jocelyn gebeten, im Auto zu warten, während er sich umsah, doch er wollte sie keine Sekunde aus den Augen lassen. Er parkte den Jeep in einer Parkbucht vor dem Haus und wartete eine Weile. Erst als er sicher war, dass niemand in der Nähe war, der sie beobachtete, stieg er aus und half Jocelyn aus dem Wagen. Gemeinsam gingen sie zur Eingangstür, die ein Stück offen stand. Jays Nackenhaare stellten sich auf.

»Das ist hier öfter so. Ich habe Kevin so oft gesagt, dass er mit der Hausverwaltung darüber reden soll, aber es ist nie etwas passiert.«

Okay, das hieß nicht unbedingt, dass ihr Bruder überfallen wurde, aber es machte den Verbrechern die Sache leichter. Er trat in den düsteren Flur und schob die Haustür hinter ihnen zu, damit sie niemand von hinten überraschen konnte. »Bleib hinter mir. Wenn wir bei der Wohnung sind, bleibst du so lange vor der Tür, bis ich dir sage, dass du hereinkommen kannst, okay?«

Jocelyn nickte zögernd. »Sei bitte vorsichtig.«

»Das bin ich immer.« Oder zumindest meistens.

Langsam ging er den schmalen Gang entlang von dem zu beiden Seiten Wohnungstüren abgingen. Schließlich kamen sie bei der letzten Wohnung an. Jay gab Jocelyn ein Zeichen, sich an die Wand zu lehnen und dort in Deckung zu bleiben, während er seine Hand auf den Türknauf legte und vorsichtig drückte. Die Tür bewegte sich nicht. Okay, also auf andere Weise. Da er kein Werkzeug dabeihatte, gab es nur zwei Möglichkeiten: mit

Gewalt oder einem Trick. Jay betrachtete das Schloss genauer, es schien ziemlich alt zu sein, der einfache Zylinder zerkratzt. Er zog eine Plastikkarte aus seinem Portemonnaie und schob sie in den Schlitz zwischen Tür und Rahmen. Neue Sicherheitsschlösser waren so nicht zu knacken, alte Schlösser dagegen schon, zumindest, wenn die Tür nur ins Schloss gezogen war.

Ein leises Klicken ertönte, und die Tür sprang auf. Rasch hielt Jay den Griff fest, damit sie nicht nach innen aufschwang und ihre Anwesenheit verriet. Noch einmal blickte er Jocelyn an, der die Angst ins Gesicht geschrieben stand, bevor er mit der Waffe in der Hand die Wohnung betrat. Stille umgab ihn, während er lautlos das Wohnzimmer durchquerte. Es war niemand zu sehen und nichts Auffälliges zu bemerken. Mit langsamen Atemzügen versuchte er seine Anspannung in den Griff zu bekommen. Als Detective war er schon mehrmals in solche Situationen gekommen, doch noch nie hatte er sich so vor dem gefürchtet, was er entdecken würde. Nicht seinetwegen, sondern weil er wusste, wie sehr es Jocelyn wehtun würde, wenn ihrem Bruder etwas geschehen sein sollte.

Er liebte sie. Wie angewurzelt blieb Jay mitten im Raum stehen und versuchte sich einzureden, dass es nicht so war. Doch die Zeichen waren eindeutig: Irgendwann in den letzten Tagen hatte Jocelyn sich in seinem Herzen eingenistet. Es war völlig egal, dass sie beide heute noch sterben konnten oder eine normale Beziehung kaum möglich schien. Das änderte nichts an seinen Gefühlen.

Ein leises Rattern riss ihn aus seinen Gedanken. Erschreckt sah er sich um, bis er erkannte, dass es nur der Kühlschrank gewesen war, der in der Kochecke stand. Verdammt, wie konnte er in solch einer Situation auch nur eine Sekunde an etwas anderes denken als an den Job? Jay setzte sich wieder in Bewegung und stieß eine weitere Tür auf. Dahinter war ein kleines Badezimmer – auch dieses leer. Blieb nur noch eine Tür, hinter der vermutlich das Schlafzimmer lag. Noch einmal holte er tief Luft und stieß dann die Tür auf. Die letzten Sonnenstrahlen schienen durch die halb geöffneten Jalousien und tauchten den Raum in ein warmes Licht.

Mit der Pistole im Anschlag durchquerte er das Zimmer und blickte in die Schränke und unter das Bett, bis er sich vergewissert hatte, dass niemand sonst in der Wohnung war. Eilig kehrte er zum Hausflur zurück und gab Jocelyn ein Zeichen, dass sie hereinkommen konnte. Er schloss hinter ihr die Tür und lehnte sich dagegen.

»Es ist niemand hier.«

Jocelyn sackte gegen ihn, teils aus Erleichterung, teils aber sicher auch weil sie immer noch nicht wusste, wo ihr Bruder war und ob es ihm gut ging. »Glaubst du, er ist einfach nur unterwegs?«

Sanft schlang Jay seine Arme um sie. »Möglich ist es. Kennst du Freunde von ihm, die du fragen kannst?«

Sie rieb über ihren Hals. »Ich weiß nicht, ob er mit den alten Freunden noch Kontakt hat, und selbst wenn, habe ich ihre Nummern nicht.« Ratlos blickte sie sich um. »Aber vielleicht hat er hier irgendwo ein Adressbuch liegen.«

»Sehen wir nach. Ich möchte hier so schnell raus wie möglich.«

Methodisch suchte er die Wohnung nach einem Adressbuch ab und hatte es gerade in einer Schublade gefunden, als ein dumpfes Stöhnen ertönte. Seine Nackenhaare stellten sich auf und er wirbelte zu Jocelyn herum. Sie stand am Küchentisch und hielt einen Zettel in der Hand. Er brauchte nicht daraufzusehen, um zu wissen, dass es eine Nachricht für sie war.

Keine Polizei. Nur Sie und Hunter, sonst ist er tot.

Darunter stand eine Adresse im Hafenviertel.

Jocelyn stieß einen rauen Laut aus, der so viel Schmerz enthielt, dass es Jays Kehle zusammendrückte. Mehr als alles andere wollte er ihr den Schmerz nehmen, aber im Moment hatte anderes Vorrang. Ohne zu zögern, griff Jay nach Jocelyns Hand und verließ mit ihr die Wohnung. Schweigend stiegen sie in den Jeep, den Jay zum nächsten öffentlichen Telefon lenkte. Dort stieg er aus, während Jocelyn im Wagen blieb. Rasch warf er Geld ein und wählte die Privatnummer des Captains. Zwar war Morris vermutlich noch nicht da, aber Jay wusste niemand anderen, dem er vertrauen konnte. Morris war bereits bei der Polizeiakademie sein Ausbilder gewesen und er war sich beinahe zu hundert Prozent sicher, dass der Captain nichts mit den Verbrechern zu tun hatte. Zwar würde er ihn lieber aus der Sache heraushalten, aber da niemand aus seiner Familie in der Nähe war, musste er das geringe Risiko eingehen. Jay hielt den Atem an, als das Freizeichen ertönte.

»Delia Morris hier.«

»Mrs. Morris, hier ist Detective Hunter.«

»Oh, das ist aber schön, von Ihnen zu hören! Wie geht es Ihnen?«

Jay schnitt eine Grimasse. Er mochte die Frau des Captains sehr gerne, aber im Moment hatte er keine Zeit für Smalltalk. »Sehr gut, danke. Ich hoffe, Ihnen auch. Ist Ihr Mann zufällig schon da? Ich muss ihn dringend sprechen.«

»Nein, leider noch nicht. Er müsste aber in einer halben Stunde da sein. Vielleicht versuchen Sie es dann noch einmal?«

Verdammt! »Dann ist es leider zu spät. Könnten Sie ihm bitte etwas ausrichten?«

»Aber natürlich.«

»Bitte sagen Sie es ihm persönlich, nicht über ein Telefon. Ich bin unterwegs zu einem Haus, in dem sich eventuell eine

Geisel befindet.« Er ignorierte ihr erschrockenes Einatmen. »Ich kann nicht die Polizei verständigen, weil wir vermutlich ein Leck haben. Geben Sie ihm bitte die Adresse, die ich Ihnen gleich nenne. Wenn er eine Möglichkeit sieht, soll er bitte Verstärkung schicken, aber so, dass es nicht nach außen sickert. Ach ja, und er darf Detective Mahoney kein Wort davon sagen.«

»Ihrem Partner? Aber wieso …?«

»Bitte, Mrs. Morris.« Er nannte ihr die Adresse, bedankte sich noch einmal und legte auf.

25

Während Jay den Jeep durch den Verkehr zu der Adresse im Hafenviertel lenkte, starrte Jocelyn blicklos auf den zerknüllten Zettel in ihrer Hand. Neun Monate lang hatte sie jeden Kontakt zu Kevin gemieden, damit er nicht auch ins Visier der Verbrecher geriet, und jetzt war es doch geschehen. Hätte sie geahnt, dass so etwas passieren würde, wäre sie nie hierher zurückgekommen. Warum hatte sie das nur getan? Ein Druck lastete auf ihrer Brust, und die Furcht bohrte sich tief in ihr Herz. Es durfte Kevin nichts geschehen sein! Doch auch wenn sie es sich noch so oft sagte, ihre bisherige Erfahrung mit den Verbrechern zeigte, dass sie völlig skrupellos waren. Die Wahrscheinlichkeit, dass ihr Bruder noch lebte, war äußerst gering. Tränen sammelten sich in ihren Augen, doch Jocelyn drängte sie mühsam zurück. Wenn sie Kevin noch irgendwie retten wollte, musste sie sich darauf konzentrieren und durfte nicht ihren Gefühlen nachgeben.

Jays Hand legte sich auf ihren Oberschenkel und drückte ihn beruhigend. Seit sie die Nachricht gefunden hatten, wirkte er in sich gekehrt. Seine ernste Miene sagte ihr ohne Worte, dass auch er die Möglichkeit, Kevin lebend dort herauszuholen, für verschwindend gering hielt. Jocelyn schloss die Augen und tat das, was sie zuletzt in ihrer Kindheit getan hatte, wenn sie wieder einmal von ihren Pflegeeltern ignoriert und mit ihren Problemen alleingelassen worden war: Sie schickte ein Stoßgebet gen Himmel. *Bitte, bitte, verschone Kevin. Er hat mit all dem nichts zu tun.* Jocelyns Lider hoben sich, und sie sah, dass sie beinahe bei ihrem Ziel angekommen waren.

Doch Jay bog kurz vorher ab und fuhr in eine andere Richtung weiter. Jocelyn blickte sich um. »Da vorne war es.«

»Ich weiß.« Er fuhr in eine kleine Seitenstraße. Nach einigen Metern bog er wieder ab in eine Straße, die zu ihrem Ziel führte. Zwischen zahlreichen anderen Wagen fand er einen Parkplatz und schaltete den Motor aus. Jay drehte sich im Sitz zu ihr um und legte seine Hand an ihre Wange. »Ich will nicht so viel Aufmerksamkeit auf uns lenken. Vielleicht gelingt es uns, das Gebäude zu betreten, ohne dass uns jemand bemerkt.« Seinem Gesichtsausdruck war anzusehen, dass er nicht wirklich daran glaubte.

Wenn sie jetzt dort hineingingen, ohne Rückendeckung, waren sie so gut wie tot. Aber wenn sie noch länger warteten, musste Kevin vielleicht unaussprechliche Qualen erleiden oder wurde ihretwegen umgebracht. Das konnte sie nicht verantworten. Ihr Blick glitt über Jays Gesicht, das energische Kinn, den schön geschwungenen Mund, die gerade Nase und die dunklen Augen. Sie versuchte, sich jede Einzelheit einzuprägen, bevor sie ihn womöglich für immer verlor. Eines war klar: Sie konnte nicht damit leben, dass er für sie starb. »Ich gehe alleine rein.«

»Das wirst du nicht.« Seine Antwort kam wie aus der Pistole geschossen, so als hätte er schon vorher gewusst, was sie sagen würde. »Ich werde ganz bestimmt nicht tatenlos zusehen, wie du dich in Gefahr begibst.« Seine Stimme wurde sanfter. »Ich habe eine Waffe und bin dafür ausgebildet, mit Verbrechern fertigzuwerden. Du nicht.«

»Aber ich kann dich nicht verlieren!« Ihre Stimme brach. Tränen stiegen in ihre Augen, und sie blinzelte sie wütend fort. »Verstehst du denn nicht, dass es mich zerstören würde, wenn dir etwas geschieht?«

Jay zog sie mit einer Hand an sich und legte seine Stirn an ihre. »Das geht mir bei dir genauso, deshalb werde ich mitkommen.«

Er küsste sie sanft. »Außerdem steht auf dem Zettel, dass wir beide kommen sollen. Sonst hätte ich dich irgendwo versteckt und die Sache alleine erledigt.«

Ein Schauder lief durch ihren Körper, und sie klammerte sich für einen Moment an ihn. Wenn sie doch nur seine Ruhe und Stärke in sich aufnehmen könnte. Sie war ein Nervenbündel und wusste nicht, wie sie die Ungewissheit länger ertragen sollte. Jocelyn schob das Kinn vor und richtete sich entschlossen auf. Nein, sie würde jetzt nicht zusammenbrechen, auch wenn ihr Herz noch so sehr schmerzte und sich das flaue Gefühl in ihrem Magen immer mehr verstärkte.

»Glaubst du, dein Chef wird kommen?«

Jay zuckte mit den Schultern. »Ich weiß es nicht. Wenn, dann wahrscheinlich nicht sofort, weil er erst noch eine Truppe zusammenstellen muss. Ich hoffe jedenfalls, dass er nicht alleine kommt.«

Die Vorstellung, dass sich noch jemand ihretwegen in Gefahr begeben würde, ließ Übelkeit in ihr aufsteigen. Aber sie konnte nichts daran ändern. »Gehen wir.«

»Joss …«

Fragend blickte sie Jay an. »Was?«

Anstelle einer Antwort zog er sie noch einmal an sich und küsste sie, als gäbe es kein Morgen mehr. Da es tatsächlich ihr letzter Kuss sein konnte, presste sie sich an ihn und gab sich ihren Gefühlen hin. Beinahe verzweifelt versuchte sie, in diese Berührung alles zu legen, was sie empfand.

Langsam löste sich Jay von ihr und blickte sie mit warmen Augen an. »Wir müssen uns nachher dringend unterhalten.« Noch einmal strich er mit seinen Lippen federleicht über ihren Mund, dann öffnete er die Tür und stieg aus.

Inzwischen hatte sie sich daran gewöhnt abzuwarten, bis er ihre Tür öffnete, doch diesmal fiel es ihr besonders schwer, weil sie so schnell wie möglich zu ihrem Bruder wollte. Es musste ihm einfach gut gehen! Immer wieder sah sie sein Gesicht vor sich, lächelnd in glücklicheren Zeiten und tief besorgt, als sie sich vor neun Monaten von ihm verabschiedete. Sie konnte sich nicht vorstellen, ihn verletzt oder vielleicht sogar tot aufzufinden. Oder ihn vielleicht nie wiederzusehen. Mühsam riss Jocelyn sich zusammen, es half niemandem, wenn sie sich jetzt schon verrückt machte. Ihre Tür öffnete sich, und Jay hielt ihr seine Hand hin. Dankbar ergriff Jocelyn sie und stieg aus dem Jeep.

Jay sah sie forschend an. »Bist du bereit?«

»Nein, aber es hilft ja nichts. Ich würde für Kevin alles tun.«

Sanft drückte er ihre Finger. »Und genau das wissen die Verbrecher anscheinend. Mich würde nicht wundern, wenn sie deinen Bruder überwacht haben, für den Fall, dass du ihn kontaktierst.«

Jocelyn spürte, wie ihr das Blut aus dem Gesicht wich. »Dann war er die ganze Zeit in Gefahr?«

»Nein, denn es hätte ihnen nichts gebracht, ihm etwas zu tun, wenn du es gar nicht mitbekommst. Aber jetzt bist du wieder hier, und sie wussten, dass er ihr einziges Druckmittel ist.« Jay ließ ihre Hand los und legte sie stattdessen auf ihren Rücken.

Jocelyn verstand den Hinweis und setzte sich in Bewegung. »Ich hätte ihn warnen müssen, als ich in die Stadt kam, und irgendwie dafür sorgen, dass er in Sicherheit ist.«

»Dann hätten sie dich sofort erwischt – und ihn auch.« Nachdem er sich davon überzeugt hatte, dass niemand in der Nähe war, überquerten sie die Straße.

Sie wusste, dass er Recht hatte, aber trotzdem fühlte sie sich nicht besser. Irgendetwas hätte sie tun müssen, um ihren Bruder zu schützen. Nervös sah sie sich um, aber sie bemerkte niemanden, der ihnen Beachtung schenkte. Oder der wie ein Verbrecher aussah. Wobei das vermutlich auch trügerisch war, denn wenn Philip Jones wirklich etwas damit zu tun hatte, waren ihm keinerlei kriminelle Tendenzen anzusehen. Je näher sie dem Gebäude kamen, desto größer wurde ihre Furcht. Am liebsten hätte sie kehrtgemacht, doch sie zwang sich, einen Fuß vor den anderen zu setzen. Auch Jay wirkte angespannt, aber er hatte seine Nerven deutlich besser unter Kontrolle. Hoffentlich wusste er, wie viel es ihr bedeutete, ihn bei sich zu haben.

Aus der Nähe wirkte das Gebäude noch bedrohlicher. Es schien sich um eine alte Lagerhalle zu handeln, die schon seit einiger Zeit nicht mehr genutzt wurde. Fenster waren herausgebrochen, der Putz platzte von den Wänden. Die ehemals weiße Farbe war grau angelaufen, überall schien sich durch die feuchte Seeluft Schimmel anzusetzen. Normalerweise hätte sie keinen Fuß dort hineingesetzt, aber für ihren Bruder würde sie alles tun.

Einige Meter vor dem Gebäude blieb Jay stehen und beugte seinen Kopf zu ihr hinunter. »Bleib immer dicht hinter mir. Sollte jemand anfangen zu schießen, such dir Deckung.«

Ihr Mund wurde trocken, und sie hatte Mühe, die Worte herauszubringen. »Das hatte ich vor.«

Jay lächelte sie an. »Gut.« Wärme stand in seinen Augen, als er sie durchdringend anblickte. »Keine Heldentaten, dein Bruder würde sicher auch nicht wollen, dass dir etwas zustößt.« Bevor sie etwas erwidern konnte, küsste er sie sanft und eindringlich. Viel zu schnell richtete er sich wieder auf. »Gehen wir.«

Jetzt erst bemerkte sie die Waffe in seiner Hand. Ihr Herz hämmerte so laut, dass sie nichts anderes hörte, während sie beobachtete, wie Jay sich neben einem Fenster an die Wand presste. Vorsichtig schob er den Kopf vor und spähte durch die dreckige Scheibe. Wie gerade die den Vandalismus überlebt hatte, war ihr ein Rätsel. Es dauerte nur wenige Sekunden, bis er sich wieder neben ihr gegen die Wand lehnte.

Auf ihren fragenden Blick hin schüttelte er den Kopf. »Nichts zu sehen.« Seine Stimme war so leise, dass Jocelyn sie kaum verstand. Er schlüpfte um die Seite des Gebäudes, und sie beeilte sich, ihm zu folgen. Auf keinen Fall wollte sie hier alleine gelassen werden. Rasch umrundeten sie das Gebäude, doch es gelang ihnen nicht, herauszufinden, ob Kevin sich wirklich darin befand. Oder überhaupt jemand. In die Halle waren Wände eingezogen und selbst dort, wo sich keine befanden, ließen sich im Halbdunkel nur die Umrisse irgendwelchen Gerümpels, von Kisten und Gerätschaften erkennen. An einer Seite der Halle befanden sich deckenhohe Regale. Wenn es jemand wollte, konnte er Kevin irgendwo verstecken, und sie würden Stunden brauchen, um ihn zu finden. Vermutlich hatten sie das Gebäude genau deshalb ausgewählt. Trotzdem gab es nur eine Möglichkeit: Sie mussten hinein.

Jay schien zu dem gleichen Schluss gekommen sein, denn als sie hinter dem Gebäude an einer Tür vorbeikamen, blieb er stehen. »Jocelyn …«

»Nein, ich komme mit.«

Anstatt noch länger mit ihr darüber zu diskutieren, nickte er knapp. Sein Gesichtsausdruck zeigte ihr, wie wenig ihm ihre Entscheidung gefiel, doch das war nicht zu ändern. Außerdem, wer sagte, dass sie hier draußen sicherer war? Sie hatte die ganze Zeit das Gefühl, beobachtet zu werden. Vielleicht war es nur Einbildung, vielleicht wartete aber auch jemand darauf, dass sie das Gebäude betraten und in die Falle tappten. Ihr Nacken kribbelte, und sie sah sich unruhig um. Die Schatten der Nachbarhäuser tauchten die Umgebung ins Dunkel, obwohl die Sonne gerade erst unterging.

Mit angehaltenem Atem beobachtete Jocelyn, wie Jay seine Hand auf die Türklinke legte und sie herunterdrückte. Mit einem leichten Knarren schwang die Tür nach innen auf. Ein Schauer lief über ihr Rückgrat, als sie Jay rasch ins unbeleuchtete Gebäude folgte. Die Tür schlug hinter ihr mit einem dumpfen Knall zu. Der Klang hatte etwas Endgültiges, und sie wäre am liebsten gleich wieder ins Freie gestürmt. Jocelyn biss die Zähne zusammen und tastete mit einer Hand nach Jay. Erleichtert atmete sie auf, als ihre Fingerspitzen seinen Rücken berührten. Eine Weile blieben sie so stehen, während sich ihre Augen an die Dunkelheit gewöhnten. Durch die Fenster drang nur wenig Dämmerlicht herein, sodass sie kaum etwas erkennen konnte.

Schließlich setzte sich Jay in Bewegung, und Jocelyn folgte ihm rasch, damit sie ihn nicht aus den Augen verlor. Etwas raschelte vor ihren Füßen und sie musste sich zwingen, nicht zurückzuspringen. Vermutlich waren es nur Mäuse, die sich hier ein Zuhause geschaffen hatten und nicht erfreut über die menschliche Störung waren. Trotzdem wünschte sie, es wäre etwas heller, damit sie sicher sein konnte. Zielstrebig ging Jay in eine Richtung, und es dauerte einen Moment, bis ihr der Grund dafür klar wurde. Sie hörte leise Stimmen. Konnte es sein, dass Kevins Entführer noch nicht mit ihnen rechnete? Bisher waren ihr die Verbrecher nicht wie Amateure vorgekommen, die so einen Fehler begehen würden.

Ihre Hand ballte sich zur Faust, und sie wünschte sich, ebenfalls eine Pistole zu haben. Aber vermutlich war es besser so, sonst würde sie vielleicht der Versuchung nachgeben, die Verbrecher ihrer Strafe zuzuführen. Mit Mühe lockerte sie ihre Finger und wischte den Schweiß an ihrer Hose ab. Es musste Kevin einfach gut gehen!

Jay blieb vor etwas stehen, das früher einmal ein Büro gewesen sein musste. Hohe Wände ragten vor ihnen auf, die auf einer Seite von einer Fensterfront durchbrochen waren. Natürlich waren die Scheiben schon lange verschwunden, doch die Tür war noch vorhanden. Jocelyn hielt den Atem an und lauschte über dem Rauschen in ihren Ohren. Es waren eindeutig Männerstimmen, doch sie konnte nicht verstehen, was sie sagten. Ihr ganzer Körper versteifte sich, als plötzlich ihr Name klar und deutlich im Raum hing. Jay drehte sich zu ihr um und drückte beruhigend ihre Hand, bevor er ihr mit dem Kopf andeutete, zur Seite zu treten.

Rasch gehorchte sie und spürte, wie die Furcht in ihr stieg. Ohne lange zu zögern, trat Jay gegen die Tür, die aufflog und an die Wand knallte, während er in den Raum hechtete und die Waffe auf jemanden richtete.

»Hände hoch, keine Bewegung!« Sein Ruf hallte in dem kleinen Raum wider.

Jocelyn hielt es nicht mehr aus, sie musste wissen, was vorging. Vorsichtig schob sie sich vor und blickte um die Ecke. Zwei Männer saßen wie erstarrt auf einem Holzbalken. Jocelyn konnte sie verstehen, im Cop-Modus war Jay furchterregend.

Ein Keuchen entfuhr ihr, als sie einen der Männer erkannte. »Kevin!«

Ihr Bruder fuhr herum und sprang auf, als er sie entdeckte. Freude und Erleichterung durchzuckten sie, als sie sah, dass er unverletzt war. Ein breites Grinsen überzog sein Gesicht und er breitete die Arme aus. »Joss.«

Sie lief los und stürzte sich in seine Umarmung. Ihre Augen schlossen sich und sie legte ihre Wange an seine Brust. »Geht es dir gut? Hat dir jemand etwas getan?« Es fühlte sich so gut an, seinen beruhigenden Herzschlag zu hören. »Wie bist du …?«

»Warte einen Moment, Jocelyn, zuerst möchte ich hören, was der Kerl hier zu sagen hat.« Jays ruhige Stimme machte ihr bewusst, dass dies nicht der geeignete Ort für eine Wiedersehensfeier war.

Zögernd löste sie sich von Kevin und blickte Jay zerknirscht an. »Entschuldige. Jay, das hier ist Kevin, mein Bruder. Kev, das ist Detective Jay Hunter, er hat mir die letzten Tage geholfen.«

Kevins Augen verengten sich. »Heißt das, du bist schon länger hier und hast dich nicht bei mir gemeldet?«

Ihr schlechtes Gewissen erwachte. »Es war zu gefährlich.«

»Du …«

Jay unterbrach ihn. »Können wir vielleicht erst mal über die wichtigen Dinge sprechen?« Er wandte sich an den Fremden. »Zum Beispiel, wer Sie eigentlich sind und warum Sie Kevin hierhergebracht haben.«

Jetzt erst betrachtete Jocelyn den Mann genauer. Er hatte schwarze, zu einem Zopf gebundene Haare und ein kantiges Gesicht. Mit seinem großen, kräftigen Körperbau war er ihrem eher schlanken Bruder deutlich überlegen. Sie schätzte ihn auf etwa Mitte vierzig und er wirkte irgendwie … unglücklich, zornig.

Er blickte sich aufmerksam um, bevor er antwortete. »Mein Name ist Eric Thureau. Ich habe eine Möglichkeit gesucht, mit Ihnen zu sprechen, ohne gesehen zu werden.« Fast unmerklich nickte er Jocelyn zu. »Es erschien mir logisch, dass Sie kommen würden, wenn ich Ihren Bruder als Köder verwende. Als ich ihm erklärte, dass er Sie treffen könnte, kam er freiwillig mit.«

Jays Augenbrauen hoben sich. »Sonst hätten Sie ihn gezwungen?«

Thureau zuckte mit den Schultern. »Der Zweck heiligt die Mittel. Davon abgesehen konnte ich nicht zulassen, dass die Verbrecher ihn auch noch in die Hände bekommen.«

Kevin verzog den Mund. »Langsam komme ich mir vor wie ein Stück Vieh.«

»Mich würde allerdings viel mehr interessieren, woher Sie wussten, dass Jocelyn wieder in der Stadt ist. Das sollte eigentlich niemand erfahren.« Jocelyn sah, dass er immer noch die Pistole auf Thureau gerichtet hielt, seine Stimme war eiskalt, als er weitersprach. »Wer sagt mir, dass Sie nicht zu den Verbrechern gehören? Denn die scheinen auch über jeden unserer Schritte informiert zu sein.«

»Ich habe nichts mit diesen Kerlen zu tun! Aber ich habe es mir zur Aufgabe gemacht, alles zu wissen, was bei ihnen vorgeht. Monatelang war Ruhe, doch plötzlich gab es richtig viel Aktivität, was für mich nur bedeuten konnte, dass eine Bedrohung aufgetaucht war. Ich habe ein paar Nachrichten abgefangen, die das bestätigten. Deshalb wusste ich, dass Jocelyn wieder in San Francisco war. Ich habe versucht, mit ihr in Kontakt zu treten, aber sie war so schnell wieder verschwunden, dass es nicht dazu kam. Und als sie zurück war, wurde jeder ihrer Schritte verfolgt. Allerdings von jemandem, den ich nicht einschätzen konnte. Deshalb habe ich keinen Kontaktversuch gewagt.«

Jay wirkte skeptisch. »Worüber wollen Sie mit uns sprechen?«

»Über Philip Jones' und Roy Stapletons trügerisches Spiel.« Wut sprach aus jedem Wort, seine Hände waren zu Fäusten geballt.

Jays Körper spannte sich an, doch Jocelyn kam ihm zuvor. »Philip Jones, der Anwalt?«

Thureau nickte. »Genau der. Einige der einflussreichsten Leute in San Francisco zählen zu seinen Klienten.«

»Und wer ist dieser Stapleton? Auch ein Anwalt?«

»Schon mal was von Bayrost Construction gehört? Roy Stapleton gehört das größte Bauunternehmen in der Gegend. Seit einigen Jahren erhält er immer wieder bei lukrativen Projekten den Zuschlag. Die Angebote seiner Konkurrenten waren streng geheim, doch er hatte Insiderinformationen – von seinem guten Freund Philip Jones, der die Infos von seinen Klienten und Golfkumpels in hohen Positionen bekommt – und konnte daher selbst noch so gute Angebote ausstechen.«

Unruhig bewegte sich Jay. »Das ist ja interessant, aber was hat das mit Jocelyn zu tun?«

Für einen Moment huschte ein undeutbares Gefühl über Thureaus Gesicht. »Ich habe die beiden bei einem heimlichen Treffen in einer Kneipe fotografiert und die Fotos dann an Jones' Büro geschickt.«

Jocelyn schnappte nach Luft. »Sie waren das? Dann ist unsere Vermutung richtig, dass ich deshalb ermordet werden soll?«

Diesmal spiegelte sich etwas wie Schuldgefühl in seinen Augen. »Ich gehe davon aus. Mit den Fotos wollte ich ihm klarmachen, dass jemand von ihren Machenschaften weiß und sie nicht damit davonkommen werden. Nie hätte ich gedacht, dass sie deshalb jemanden töten würden. Es war ein unglücklicher Umstand, dass der Umschlag falsch einsortiert wurde.«

Kevin sprang unerwartet vor und stürzte sich auf Thureau. »Kannst du dir vorstellen, wie sehr meine Schwester leiden musste, nur weil du nicht nachgedacht hast? Wie viele Leben du dadurch zerstört hast?« Seine Finger schlossen sich um Thureaus Hals, der sich nicht wehrte.

»W…war nicht m…meine Absicht.« Er hustete. »Musste … sie … st…stoppen.«

Beinahe sanft zog Jay ihren Bruder beiseite und zwang ihn, Thureau loszulassen. »Das bringt uns jetzt nichts. Wenn Sie das alles wissen, warum haben Sie dann nicht die Polizei verständigt?«

Thureau lachte bitter. »Weil ich das bereits vorher versucht habe und niemand mir geglaubt hat. Mir fehlten die Beweise für meine Behauptungen. Dafür wurde meine Aussage an Jones weitergetragen, und er hat versucht, mich zum Schweigen zu bringen. Ich konnte gerade noch entkommen und bin untergetaucht.« Tiefe Falten gruben sich in sein Gesicht. »Mein Vater hatte nicht so viel Glück. Sie haben es wie Selbstmord aussehen lassen.«

Automatisch trat Jocelyn vor und legte ihre Hand auf seinen Arm. »Das tut mir leid.«

Tief atmete er durch. »Danke. Mein Vater hatte eine gut laufende Baufirma, die immer mehr unter den wegbrechenden Aufträgen aufgrund der schlechten Wirtschaftslage zu leiden hatte. Schließlich hat er alles auf ein Großprojekt gesetzt, das genau in unser Gebiet fiel. Wir hatten auch das beste Angebot und eine Zusage war beinahe sicher. Doch im letzten Moment reichte Bayrost ein Gebot ein, das unseres minimal unterbot.« Thureau schluckte schwer. »Wir haben alles verloren.«

Jocelyn spürte Tränen in ihre Augen steigen. Seine Verzweiflung und Trauer war deutlich spürbar. »Das ist furchtbar.«

»Wir sind nicht die Einzigen, bei meinen Nachforschungen habe ich immer mehr Firmen und Privatleute gefunden, denen durch die Machenschaften der Mistkerle geschadet wurde. Wenn das jemals ans Licht kommt, sind die beiden geliefert. Deshalb tun sie alles, um jeden zu beseitigen, der ihnen schaden könnte.«

»Aber ich wusste doch gar nichts darüber! Bis ich vorhin den Namen gelesen habe, hatte ich gar nicht mehr an die Fotos gedacht.«

Ein schräges Lächeln verzog Thureaus Mund. »Aber das konnte Jones nicht wissen. Er musste damit rechnen, dass Sie ihn schon mal im Gebäude gesehen haben und ihn irgendwie mit Stapleton in Verbindung bringen konnten. Jones ist sehr gründlich, wenn es um seine Sicherheit geht.«

Jocelyn schüttelte sprachlos den Kopf. Wie konnte jemand, der alles in seinem Leben hatte, so mit anderen Leuten umgehen? »Was …?«

Ein lauter Knall hallte durch das Gebäude und Jocelyn zuckte erschrocken zusammen. Bevor sie reagieren konnte, war Jay bereits in Bewegung. »Duck dich hinter die Wand, ich sehe nach, was das war.«

Thureau war blass geworden. »Wir sollten so schnell wie möglich hier raus. Diese Lagerhalle hatte mein Vater gekauft, kurz bevor er das Gebot abgab, das unserer Firma das Genick brach. Seitdem steht sie leer. Es war ein Risiko, euch hier zu treffen, aber ich konnte nicht zulassen, dass ihr weiterhin herumlauft, ohne zu wissen, worum es geht. Außerdem hätten sie Kevin bei nächster Gelegenheit als Druckmittel benutzt.« Er verließ hinter Jay den Raum.

Jocelyn ergriff rasch Kevins Arm, als er ihnen folgen wollte. »Du bleibst hier. Jay ist bewaffnet und weiß, was er tut, du nicht.«

Kevin lächelte sie an. »Ich habe dich wirklich vermisst, große Schwester, aber ich habe mich in den letzten Monaten daran gewöhnt, meine eigenen Entscheidungen zu treffen.« Sanft löste er sich von ihr und lief gebückt auf die Tür zu.

Mit einer Mischung aus Stolz und Sorge blickte Jocelyn ihm nach. Zu gern wollte sie diesen neuen Kevin kennenlernen, aber das ging nur, wenn er sich nicht umbringen ließ.

26

Jay hörte ein Geräusch hinter sich und blickte über die Schulter zurück. Thureau und Kevin waren ihm gefolgt. Innerlich schüttelte er den Kopf. Wenn sie wieder mit Verbrechern konfrontiert wurden, was er befürchtete, waren diese beiden keine große Hilfe. Aber vermutlich konnte er in dieser Situation nicht wählerisch sein. Glücklicherweise tat wenigstens Jocelyn, worum er sie gebeten hatte. Sein Herz krampfte sich bei dem Gedanken zusammen, dass er sie wieder in Gefahr gebracht hatte. Mit Mühe schob er seine Befürchtungen beiseite und konzentrierte sich darauf, herauszufinden, was genau den Lärm verursacht hatte.

In der inzwischen beinahe vollständigen Dunkelheit im Gebäude konnte er nur die Fenster als etwas hellere Schemen ausmachen. Hinter ihm ertönte ein Scheppern und ein leiser Fluch. Jay seufzte innerlich. Sich unbemerkt anzuschleichen, wenn die beiden Männer hinter ihm waren, würde verdammt schwierig werden, wenn nicht gar unmöglich. Andererseits wollte er sie auch nicht lange aus den Augen lassen, weil er nicht wusste, was sie dann anstellen würden. Außerdem war er sich noch nicht sicher, ob er Thureaus Geschichte glaubte. Wenn es stimmte, hatte er die Geschehnisse durch seine Fotos zumindest ausgelöst, ohne sich vorher Gedanken darüber zu machen, ob er damit jemanden in Gefahr brachte. Und das würde er ihm auch deutlich machen, wenn sie hier herauskamen.

Bei der Tür angekommen, versuchte Jay sie aufzuschieben, doch sie klemmte. Mit der Schulter stemmte er sich dagegen, doch sie rührte sich nicht. Aus den Augenwinkeln sah er, wie Kevin zum Fenster ging und hinausblickte.

»Kevin, runter!« Sein leiser Ruf ging in dem Geräusch berstenden Glases unter, als die Fensterscheibe nach innen explodierte. Ein dumpfer Laut folgte und Jay sah nur noch, wie Kevin unter Thureaus Gewicht zu Boden ging.

Geduckt lief Jay zu ihnen und spürte, wie etwas seinen Oberarm streifte. Ein brennender Schmerz strich über seinen Arm. Verdammt! Irgendjemand schoss auf sie und sie saßen hier in der Falle, wenn die Tür verschlossen war. Sie konnten nur versuchen, durch eines der anderen Fenster zu entkommen. Jay hockte sich neben Kevin und atmete erleichtert auf, als er sah, dass Jocelyns Bruder noch atmete. Eine blutige Strieme zog sich über sein Gesicht, wahrscheinlich von einem Glassplitter verursacht.

»Bist du angeschossen?«

Mit weit aufgerissenen Augen schüttelte Kevin den Kopf. »Nein, i…ich glaube nicht. Jemand hat auf uns geschossen?«

»Es scheint so.« Jedenfalls sagte ihm das der stechende Schmerz in seinem Arm.

»Aber ich habe keinen Schuss gehört.«

Jay blickte zu Thureau hinüber, der neben Kevin lag und sich noch nicht gerührt hatte. »Schalldämpfer. Auch wenn hier in der Gegend nicht so viele Leute unterwegs sind, würde es doch zu sehr auffallen, wenn Schüsse fallen.«

Kevin nickte. »Danke, Eric. Wärst du nicht gewesen …« Erst jetzt schien er zu merken, dass der Mann bewegungslos dalag. »Oh Gott! Eric?« Zögernd beugte er sich herunter und berührte seine Schulter.

Als keine Reaktion erfolgte, bestätigten sich Jays schlimmste Befürchtungen. Thureau musste getroffen worden sein, als er sich auf Kevin stürzte, um ihn aus der Schusslinie zu bringen. Jay schob Jocelyns Bruder sanft beiseite und rollte Thureau auf den

Rücken. Eine stark blutende Wunde klaffte an seiner Schläfe. Aber Jay konnte an seinem Hals noch einen Puls wahrnehmen.

Kevin keuchte auf und ein Blick zeigte Jay, dass er kurz davor war, ohnmächtig zu werden. Da er keine zwei Patienten gebrauchen konnte, sprach er ihn an. »Besorg mir etwas, mit dem ich die Wunde verbinden kann.«

Es dauerte eine Weile, bis seine Worte bei Kevin ankamen. »Ich habe nichts dabei.«

»Es geht im Moment nur darum, das Blut zu stoppen.« Jay spürte, wie die Zeit unaufhaltsam verrann. Sie mussten so schnell wie möglich aus dem Gebäude heraus, was durch den Verletzten noch erschwert werden würde.

Kevin zögerte nicht länger, sondern riss sein Hemd von den Schultern, wickelte es zu einem Strang und band es Thureau um den Kopf. »So gut?«

»Ja. Bringen wir ihn …« Der Rest seiner Worte ging in erneutem Krachen unter. Diesmal schien es aus verschiedenen Richtungen zu kommen. Mit den Augen versuchte Jay die Dunkelheit zu durchdringen, doch es war zwecklos.

»Jay?« Der leise Ruf ließ ihn herumrucken. Sein Herz blieb beinahe stehen, als er sah, dass Jocelyn sich einen Weg zu ihnen bahnte.

»Runter!« Es gelang ihm erst dann wieder, richtig durchzuatmen, als Jocelyn sich sofort duckte und unversehrt bei ihm ankam.

Ihr Blick fiel auf Kevin, der sich um Thureau kümmerte und sie presste eine Hand auf ihren Mund. »Was ist passiert?«

»Irgendjemand schießt auf uns, und die Tür lässt sich nicht öffnen.«

Angst stand in ihren Augen. »Was machen wir jetzt?«

»Versuchen, an einem der anderen Fenster herauszukommen.« Wenn die Verbrecher dort nicht auch auf sie warteten, was er befürchtete.

Jocelyn nickte und strich ihre Haare zurück. »Okay. Was soll ich tun?«

Trotz der Situation musste Jay lächeln, als er ihre Entschlossenheit sah. Mit einem Finger fuhr er an ihrer Wange entlang. »Hilf deinem Bruder mit Thureau, ich brauche eine freie Hand für die Pistole.«

Sie beugte sich zu ihm hinüber und küsste ihn sanft auf den Mund. »Sei bitte vorsichtig.«

Aus den Augenwinkeln sah er Kevins erstaunten Gesichtsausdruck und spürte Hitze in seine Wangen schießen. Immerhin wusste er jetzt, dass sie ihre Beziehung nicht vor ihrem Bruder verheimlichen wollte. Jay schüttelte den Kopf und konzentrierte sich auf seine Aufgabe.

Schnell wurde klar, dass Jocelyn und Kevin den Verletzten nicht durch das ganze Gebäude schleppen konnten, deshalb ließ er sie in dem etwas geschützten Raum zurück und erkundete alleine den Rest des Gebäudes. So waren sie zumindest für den Moment nicht in akuter Gefahr. Allerdings konnte sich jemand von der anderen Seite an sie heranschleichen, deshalb musste er sich beeilen. Je schneller er einen Weg hinaus fand, desto besser.

Lautlos bewegte Jay sich zu einem der Fenster auf der Vorderseite des Gebäudes. Vielleicht befand sich dort niemand, weil es zu auffällig wäre. Auf den ersten Blick konnte er nichts sehen und atmete erleichtert auf. Bevor er es allerdings testen konnte, flog etwas durch das Fenster. Im letzten Moment zuckte Jay zurück und konnte so dem Wurfgeschoss entkommen. Ein seltsames Zischen erklang, dann breitete sich mit einem unheilvollen Grollen Rauch aus. Jay wich rasch zurück und blickte sich nach etwas um, mit dem er das Objekt löschen konnte. Seine Augen begannen zu tränen, doch darauf konnte er keine Rücksicht nehmen.

Ein Klirren hinter ihm ließ ihn herumfahren. Etwas polterte auf den Boden und begann ebenfalls zu zischen. Aus den Augenwinkeln nahm er einen rötlichen Schein wahr. Feuer! An der ganzen Vorderfront entzündeten sich im Bereich der Fenster Bündel mit brennendem Material. Er würde sie nie alle rechtzeitig löschen können. Die ersten Funken hatten bereits auf die kreuz und quer liegenden Paletten übergegriffen. Es würde nicht lange dauern, bis das gesamte Gebäude in Flammen stand, zu viel brennbares Material war überall gelagert. Sie mussten hier raus, sofort! Gegen den beißenden Rauch zog Jay das T-Shirt über seine Nase und versuchte, etwas durch seine brennenden Augen zu sehen, während er sich auf den Rückweg zu dem kleinen Raum machte.

Verzweiflung machte sich in ihm breit. Es war völlig klar, was die Verbrecher bezweckten: Sie trieben ihre Beute zur Rückseite, wo sie sie erschießen würden, wenn sie versuchten, durch die Fenster zu entkommen. Doch ihnen blieb keine Wahl, in dem riesigen Gebäude gab es keine abgeschlossenen Räume oder Feuertüren, hinter denen sie Schutz suchen konnten. Und durch die zerstörten Fenster drang ungehindert frischer Sauerstoff ein, der das Feuer innerhalb weniger Sekunden hoch auflodern ließ. Selbst wenn es ihnen gelang, sich irgendwo zu verkriechen, wo das Feuer nicht an sie herankam, würden sie am Rauch ersticken.

Vor der Tür zu dem Raum stoppte er. »Raus hier, sofort! Es brennt.«

Erleichtert sah er, dass Thureau inzwischen aufgewacht war und an die Wand gelehnt aufrecht saß. Zumindest würden sie ihn nicht tragen müssen und etwas beweglicher sein. Jocelyn, die neben ihm gekniet hatte, sprang auf. Ihr Blick glitt zu den Glasscheiben, die in Richtung des hinteren Gebäudeteils zeigten. »Ich sehe nichts.«

»Das Feuer ist auf der gesamten Vorderfront des Gebäudes, wir müssen also hinten raus.«

Kevin wurde blass. »Wo die Verbrecher warten.«

»Genau.« Jay presste die Lippen zusammen, als er die Angst in Jocelyns Gesicht sah. »Hat jemand ein Handy?«

»Ja, ich.« Kevin griff in seine Hosentasche, zog ein Smartphone heraus und tippte auf das Display. Es leuchtete auf und er starrte ungläubig darauf. »Kein Empfang.«

Verdammt! Irgendetwas in dem Gebäude musste das Funksignal blockieren. Damit blieb ihre einzige Hoffnung, dass Captain Morris seine Nachricht erhalten hatte und die Kavallerie rechtzeitig schickte.

»Was machen wir jetzt?« Unruhig blickte Kevin ihn an.

Jay versuchte, die Ruhe zu bewahren. Wenn sie in Panik verfielen, würden sie nur umso schneller ein Opfer der Verbrecher werden. »Zuerst mal ziehen wir uns in Richtung der hinteren Seite zurück, allerdings müssen wir aufpassen, dass wir nicht zu nah an die Fenster kommen. Immer unten bleiben, da ist auch die Luft besser.«

Mühsam stemmte sich Thureau mit Kevins Hilfe hoch. »Es tut mir leid, ich wollte nicht, dass so etwas passiert.«

Jay biss auf seine Zunge, um nicht zu sagen, dass er es sich hätte denken können, schließlich waren die Verbrecher zu allem bereit und immer informiert. Vermutlich hatten die Verbrecher den Zettel in Kevins Wohnung auch gefunden und waren ihnen gefolgt. Oder sie hatten ihn vorher entdeckt und hier auf sie gewartet. Aber das Wie war jetzt unwichtig. »Seid ihr bereit?«

Als Kevin nickte, führte er sie aus dem Raum in den immer dichter werdenden Rauch. »Denkt dran, bleibt möglichst weit unten und haltet euch was vor Mund und Nase.«

Während Kevin sich um Thureau kümmerte, hielt Jay Jocelyns Hand fest in seiner linken. Auf keinen Fall wollte er sie in dem

Rauch und der Dunkelheit verlieren. Der Rauch trieb in Schwaden an ihnen vorbei, hinter ihnen ertönte unheilvolles Knistern, unterbrochen von lautem Krachen, wenn sich die Flammen in das Holz gefressen hatten und die Paletten zu Boden stürzten. Inzwischen hatte das Feuer auch auf die beinahe deckenhohen Regale übergegriffen. Nicht mehr lange, und auch sie würden zusammenbrechen. Durch seine tränenden Augen konnte er kaum etwas erkennen, nur sein Instinkt trieb ihn noch auf die Fenster auf der Rückseite des Gebäudes zu. Immer fester krampfte sich Jocelyns Hand um seine, er konnte ihr Zittern spüren. Mit der anderen Hand hielt sie sein T-Shirt fest im Griff. Beruhigend drückte er ihre Finger, doch er wusste, dass das nur ein schwacher Trost war.

Sowie sie sich den Fenstern näherten, flogen hier ebenfalls Brandbomben ins Gebäude. Wut und Furcht breiteten sich in Jay aus, als ihm bewusst wurde, dass sie es nicht schaffen würden. Aber das konnte und würde er nicht akzeptieren. Die Verbrecher durften nicht gewinnen! Jay blieb stehen und rieb mit dem Ärmel über seine Stirn, damit ihm der Schweiß nicht in die Augen lief. Die Hitze und der Rauch waren inzwischen fast unerträglich, es war, als säßen sie in einem Kessel und würden vom Feuer umzingelt. Sie hatten nur noch eine Möglichkeit: Sie mussten durch den schmalen Korridor zwischen den Flammen hindurch, die über den Stapeln von brennbaren Materialien immer höher aufloderten, und ihr Glück mit den bewaffneten Verbrechern versuchen.

Jay griff nach Jocelyns Hand und zog sie an seine Seite. »Kommt mit.«

Sein Blick fiel auf die nackten Arme seiner drei Begleiter. Wenn sie so in Berührung mit den Flammen kamen, würden sie schwere Verbrennungen davontragen. Doch er hatte nur ein Jackett dabei, das vermutlich auch nicht lange gegen die Flammen helfen würde. Er legte es über Jocelyns Kopf und Arme.

»Aber …«

Er ließ sie nicht ausreden. »Halt es vor deinem Gesicht zu und schließ die Augen. Lauf, so schnell du kannst.«

»Jay …«

Er drückte Jocelyns Hand. »Lauf jetzt.«

Sie murmelte etwas, das fast wie ein Gebet klang, dann rannte sie los. Jay wusste nicht, ob er je etwas Schlimmeres gesehen hatte, als Jocelyn in diese Flammenhölle eintauchen zu sehen, bevor sie im Rauch verschwand. Mit Mühe unterdrückte er den Impuls, ihr sofort zu folgen. Zuerst musste er dafür sorgen, dass die anderen beiden Zivilisten in Sicherheit waren.

Thureau wickelte Kevins Hemd von seinem Kopf und hielt es Jocelyns Bruder hin. »Hier, das ist besser als nichts.«

Jay befühlte den Stoff. »Ist das Baumwolle?«

Kevin sah ihn merkwürdig an. »Ja.«

»Gut. Polyester würde schneller brennen.«

Mit einem Nicken schlang Kevin sich das Hemd über Kopf und Arme. »Los!«

Kevin verschwand lautlos zwischen den Flammen. Zweifel kamen in Jay auf, ob er das Richtige tat. Hoffentlich schickte er sie nicht in den Tod, wenn sie kurze Zeit später gerettet worden wären. Aber darauf konnten sie nicht warten, der feuerfreie Bereich wurde rasend schnell kleiner, wenn sie nicht vorher schon im Rauch erstickten.

Jay blickte Thureau an, der mit seiner Kopfverletzung Mühe hatte, sich aufrecht zu halten. Wenn er mitten im Korridor ohnmächtig wurde … Schnell schob er den Gedanken beiseite. Sie würden zusammen gehen müssen. »Ziehen Sie am besten Ihr T-Shirt über Kopf und Arme.« Damit waren dann zwar der untere Rücken und Bauch frei, aber das war besser als Brandwunden im Gesicht oder an den Händen, und außerdem schützte es ein wenig vor dem Rauch. Jays Herz hämmerte in seiner Brust, während er sich auf den unweigerlichen Schmerz vorbereitete. Egal was passierte, er durfte nicht stehen bleiben oder hinfallen, sonst war er verloren.

»Fertig?« Thureau blickte ihn durch den Ausschnitt des T-Shirts an und nickte knapp. »Okay, dann los!«

Gleichzeitig rannten sie los. Hitze hüllte Jay ein, Schweiß strömte aus seinen Poren und wurde sofort verdampft. Dann erreichten sie das Ende des Korridors und wurden von etwas kühlerer Luft empfangen. Jay reagierte sofort, als er sah, dass Thureau stolperte. Mühsam hielt er ihn aufrecht. Der Rauch war inzwischen so dick, dass er kaum atmen konnte, deshalb packte er Thureau am Arm und zog ihn rasch weiter. Erleichtert erkannte er, dass die anderen hinter einer Betonsäule auf sie warteten und führte Thureau zu ihnen. Sofort rutschte der an der Säule zu Boden.

Entschlossen blickte Jay die anderen an. »Ich werde überprüfen, ob die Verbrecher auf uns lauern, wenn wir aus dem Gebäude kommen.«

»Das ist verrückt, Jay!« Jocelyn klammerte sich an seine Hand.

Die Verzweiflung in ihrem Gesicht schnitt Jay tief ins Herz. »Ich muss es versuchen, es ist unsere einzige Chance. Wir werden nicht lange hier überleben, wir müssen ins Freie kommen.«

»Ich will mitkommen.«

Jay hob ihre Hand und küsste ihre Fingerknöchel. »Das geht nicht. Wenn ich nicht zurückkomme, seid ihr hier noch ein paar Minuten sicher, vielleicht ist bis dahin die Feuerwehr da.«

»Jay …«

»Bleib hier, für mich.« Er zog sie an sich und küsste sie mit all den aufgestauten Gefühlen. Viel zu früh löste er sich von ihr. »Bitte.«

Tränen liefen über ihre Wangen, als sie zögernd nickte. »Komm bitte zurück.« Gerade als er sich umdrehen wollte, fügte sie noch hinzu: »Ich liebe dich.«

Wärme breitete sich in ihm aus, die nichts mit dem Feuer zu tun hatte, während gleichzeitig Trauer durch ihn strömte für das, was hätte sein können. Jay straffte die Schultern. Nein, er würde nicht aufgeben, sondern bis zum letzten Atemzug kämpfen. Für sich, vor allem aber für Jocelyn. Die ihn liebte. Es war beinahe erschreckend, wie glücklich ihn der Gedanke machte. Vermutlich hätte er ihr antworten sollen, aber in diesem Moment brachte er keinen Ton heraus. Stattdessen küsste er sie noch einmal sanft, nickte Kevin und Thureau zu und bewegte sich auf die Fenster zu.

Tief geduckt, um möglichen Kugeln zu entgehen, arbeitete Jay sich vor. Die Fenster waren bisher nur deshalb von den Flammen verschont geblieben, weil sich direkt davor kein brennbares Material befand. Seine Augen tränten dermaßen, dass er kaum etwas erkennen konnte. Nachdem er sich davon überzeugt hatte, dass draußen keine Gefahr auf ihn lauerte, steckte er seinen Kopf hindurch und blickte nach allen Seiten. Es war niemand zu sehen.

Entweder hatten sie sich zurückgezogen, weil in der Ferne bereits die Sirenen der Feuerwehr zu hören waren, oder sie waren gut versteckt und würden erst zuschlagen, wenn jemand herauskam. Es gab nur eine Möglichkeit, das zu testen. Rasch stemmte Jay sich hoch und kletterte vorsichtig durch die zerborstene Scheibe. Er sprang hinaus und ging gleich auf dem rissigen Asphalt in die Hocke, um ein kleineres Ziel abzugeben. Kein Laut war neben dem Rauschen des Feuers zu hören. Die Waffe immer noch in der Hand richtete Jay sich langsam auf. Als wieder nichts passierte, entschied er, dass er es riskieren musste. Den anderen blieb nicht mehr viel Zeit.

Mit einem kräftigen Fußtritt brach Jay die Tür auf und lief nach einem tiefen Atemzug frischer Luft wieder ins Gebäude. Das Herz hämmerte in seiner Brust, als er sah, dass sich die Flammen an den Regalen noch weiter in die Höhe gefressen hatten und inzwischen mehrere Meter hoch waren. Erste Flammen züngelten bereits an den hölzernen Dachbalken. Nicht lange und das Dach würde in sich einstürzen. Rasch lief er zu der Stelle zurück, an der die anderen auf ihn warteten.

»Joss?« Seine raue Stimme war über dem Zischen und Knacken der Flammen kaum zu verstehen. Furcht rieselte durch seinen Körper, dass er Jocelyn und die beiden Männer nicht wiederfinden könnte. Fast blind stolperte er vorwärts und wurde von einem festen Griff um seinen Arm aufgehalten.

»Wir sind hier.« Thureaus schweißnasses Gesicht tauchte neben ihm auf. »Wie sieht es draußen aus?«

»Scheint ruhig zu sein. Wir müssen es versuchen, bevor das Feuer bis zu den Fenstern vordringt.« Wenn alles gut ging, waren sie bald hier raus und in Sicherheit. »Okay, los jetzt. Joss, Kevin, ihr lauft vor, wir folgen euch.« Thureau würde seine Hilfe brauchen, und er wollte, dass Jocelyn und ihr Bruder sich so schnell wie möglich in Sicherheit brachten.

Jocelyn sah aus, als wollte sie protestieren, doch schließlich nahm sie nur die Hand ihres Bruders und lief geduckt los. Erleichtert atmete Jay auf und begann prompt zu husten. Schlaue Idee! Er schob seinen Arm um Thureaus Taille und ging mit ihm in Richtung Tür. Es waren nur noch wenige Meter, als Jay über sich ein lautes Knacken hörte. Er blickte hoch und sah, wie ein brennender Holzbalken direkt auf sie zustürzte. Instinktiv stieß er Thureau zur Seite. Mit Wucht traf Jay der Balken am Rücken und brachte ihn zu Fall. Unsanft landete er auf dem Bauch, sein Kopf schlug auf den Boden. Die Luft wurde aus seiner Lunge gepresst, und er schien keinen neuen Atem schöpfen zu können.

Schmerz zuckte durch seine Hand, doch er schaffte es nicht, sich zu bewegen. Aus der Ferne hörte er, wie Jocelyn seinen Namen schrie, doch er konnte nicht mehr darauf reagieren. Schwärze senkte sich über ihn.

27

Wie in Zeitlupe sah Jocelyn, wie Jay von dem brennenden Holzbalken getroffen wurde und zu Boden ging. Erschrocken schrie sie seinen Namen und machte einen Schritt auf ihn zu. Ein Arm schlang sich um ihre Taille und hielt sie zurück.

Wie durch Watte hörte sie die Stimme ihres Bruders. »Nicht Joss, es ist zu gefährlich. Die restlichen Balken können jederzeit runterkommen.«

Heftig wehrte sie sich gegen seine Umklammerung. »Aber wir können ihn nicht dortlassen! Er braucht Hilfe!«

Thureau hatte sich neben Jay gekniet und beugte sich über ihn. Schweiß glänzte auf seiner geschwärzten Haut. Irgendetwas schien er an Jays Seite zu machen, doch sie konnte es nicht genau erkennen. Thureau hob den Kopf und sah sie ernst an. *Nein, oh Gott, nein!*

»Jay!« Ihre Verzweiflung war in dem Schrei deutlich zu hören.

Kevin versuchte, sie zur Tür zu schieben. »Joss, sei vernünftig. Ich werde ihm gleich helfen, wenn du draußen bist. Jay würde wollen, dass du dich in Sicherheit bringst, das war die ganze Zeit sein Ziel.«

Das stimmte, aber sie brachte es trotzdem nicht über sich, ihn zu verlassen. Seit ihn der Balken getroffen hatte, hatte Jay sich nicht einen Zentimeter bewegt. Sie wusste nicht einmal, ob er überhaupt noch lebte. Tränen trübten ihre Sicht und Jocelyn blinzelte sie hastig fort. Ein weiteres Krachen ertönte, ein Balken stürzte zwischen sie und Jay. Funken stoben auf und wurden in ihre Richtung getrieben. Innerhalb von Sekunden war ihr jeder Weg zu Jay versperrt. Durch die Flammen konnte sie Thureau sehen, der sich aufgerichtet hatte. Glücklicherweise war er nicht verletzt worden.

»... raus!« Seine Worte verloren sich im Rauschen der Flammen, doch seine Armbewegungen waren eindeutig: Er wollte, dass sie das Gebäude verließen.

Kevin schlang seinen Arm fester um sie. »Komm jetzt, die Feuerwehr wird gleich hier sein und ihm helfen.«

Schweren Herzens sah Jocelyn ein, dass er Recht hatte, sie konnte hier nichts mehr tun und musste darauf hoffen, dass Jay und Thureau rechtzeitig gerettet wurden. Während sie sich noch einmal zu ihnen umdrehte, ließ sie sich von Kevin aus dem Gebäude ziehen.

Dort wurden sie glücklicherweise nicht von Kugeln empfangen, sondern vom Geräusch schnell näher kommender Sirenen. Endlich!

Sie packte Kevins Arm. »Lauf vor das Haus und sag den Feuerwehrleuten, dass sie hier jemanden retten müssen.«

Ihr Bruder nickte nur und rannte los. Jocelyn blieb allein zurück und in diesem Moment erkannte sie das ganze Ausmaß der Geschehnisse. An einigen Stellen schlugen die Flammen bereits durch die Fenster, Rauch quoll aus allen Öffnungen. Wie sollte jemand darin längere Zeit überleben? Ihre Hände verkrampften sich. Jay lag dort ungeschützt, nur im T-Shirt!

Gerade als sie fast so weit war, wieder ins Haus zurückzulaufen, kam ein Trupp schwer bepackter Feuerwehrleute um die Ecke. Ungeduldig wartete sie, bis sie gemeinsam mit Kevin bei ihr ankamen.

»Es sind noch zwei Männer darin, der eine ist von einem Holzbalken getroffen worden. Sie müssen sie dort herausholen, bitte!«

Einer der Feuerwehrleute trat zu ihr. »Das wissen wir, wir werden alles tun, um ihnen zu helfen. Ich bringe Sie jetzt zu einem Krankenwagen, damit Sie untersucht werden können.«

»Nein, ich muss hierbleiben!« Jocelyn merkte, dass sie beinahe hysterisch klang und zügelte ihre Panik. »Ich muss sehen, dass alle herauskommen.«

Mitfühlend blickte er sie an. »Das verstehe ich, aber Sie stehen den Männern hier im Weg, und vor allem ist es auch zu gefährlich, wenn das ganze Gebäude in Flammen aufgeht oder vielleicht irgendwelche Gefahrstoffe darin gelagert sind, die explodieren oder giftige Dämpfe freigeben können.«

Jocelyn spürte, wie das Blut aus ihrem Kopf wich. Daran hatte sie überhaupt noch nicht gedacht, aber es bedeutete auch, dass es noch viel dringender war, dass sie Jay endlich herausholten. »Ich werde mich dort hinten hinstellen, dann bin ich niemandem im Weg.« Sie deutete auf eine hohe Mauer, die das Grundstück nach hinten abgrenzte. »Bitte, holen Sie sie heraus.«

Der Feuerwehrmann protestierte nicht mehr, wahrscheinlich merkte er, dass sie nur mit Gewalt von hier fortzubringen war. »In Ordnung, ich schicke einen Sanitäter zu Ihnen. Bleiben Sie dort und rühren Sie sich nicht.«

Schweigend nickte Jocelyn und zog sich mit Kevin zur Mauer zurück. Zitternd schmiegte sie sich tiefer in Jays Jackett und wünschte, er wäre jetzt bei ihr. Kevin setzte sich neben ihr auf den Boden und nach kurzem Zögern tat sie es ihm gleich. Ihre Beine hatten die Konsistenz von Wackelpudding, lange hätte sie sich sowieso nicht mehr darauf halten können. Die Wartezeit kam ihr unendlich lang vor, dabei handelte es sich wahrscheinlich nur um wenige Minuten, bis die Feuerwehrleute jemanden heraustrugen. Jocelyn war auf den Beinen, bevor sie es überhaupt mitbekam, doch Kevin umfasste ihre Hand und zog sie wieder nach unten.

»Es ist Thureau.«

Jetzt sah sie auch die langen schwarzen Haare. Immerhin schien er wach und ansprechbar zu sein, das gab ihr Hoffnung für Jay. Er wurde auf eine Trage geladen und um die Hausecke gebracht, wo die Krankenwagen warteten. Vermutlich sollte sie zu ihm gehen und sich versichern, dass es ihm gut ging, und vor allem erfahren, wohin er gebracht wurde, doch im Moment zählte für sie nur Jay.

Kevin legte seinen Arm um sie und zog sie an sich. »Es wird ihm sicher gut gehen, Joss.«

Sie war sich da nicht so sicher, sagte aber nichts. Jedes Wort blieb ihr in der zugeschnürten Kehle stecken. Seit sie ihn vor wenigen Tagen im Department aufgesucht hatte, war so viel geschehen. Jay war immer für sie da gewesen, war ihretwegen mehrmals verletzt worden, und trotzdem hatte er sie nie im Stich gelassen. Kein Wunder, dass sie sich in ihn verliebt hatte. Zumindest wusste sie jetzt, was die anderen Frauen in ihm sahen. Es war nicht einfach nur sein gutes Aussehen, sondern vor allem seine unwiderstehliche Art und der Beschützerinstinkt, die die Frauen anzogen. Bei ihr hatte es auf jeden Fall gewirkt, obwohl sie sich am Anfang dagegen gesträubt hatte.

Bewegung an der Tür ließ sie wieder in die Höhe schnellen. Diesmal hielt Kevin sie nicht schnell genug auf, und sie lief auf die Männer zu, die eine weitere Person aus dem Haus brachten. Als sie dort ankam, wurde ihre Sicht durch die Feuerwehrmänner verdeckt und sie drängte sich rücksichtslos durch, bis sie neben der Trage ankam. Sie erschrak, als sie Jay erkannte. Haare und Kleidung waren geschwärzt und angesengt, an seiner linken Hand konnte sie Verbrennungen erkennen.

Sie merkte gar nicht, dass sie ihre Hand nach Jay ausstreckte, bis einer der Sanitäter sie aufhielt. Tränen liefen ungehindert über ihre Wangen, als sie zu ihm aufblickte. »Ist er tot?«

Die Männer liefen weiter, Jocelyn neben ihnen her, während der Sanitäter ihr eine gehetzte Antwort zurief. »Er lebt, aber er muss sofort ins Krankenhaus. Zu viel Rauch.« Schnell schob er Jay eine Atemmaske über Mund und Nase. Jays Augen blieben geschlossen, eine Seite seines Gesichts war blutverschmiert. Sie schoben ihn in einen Krankenwagen und kletterten sofort hinterher.

»Ich fahre mit.«

Der Sanitäter blickte von der Infusion auf, die er gerade befestigte. »Wir haben keinen Platz im Krankenwagen, und den brauchen wir, um uns richtig um ihn kümmern zu können.« Verständnis stand in seinen Augen, als er die Tür vor ihrer Nase ins Schloss zog. Sofort setzte sich der Krankenwagen in Bewegung.

Kevin, der bisher stumm neben ihr gestanden hatte, zupfte an ihrem Ärmel. »Komm, je schneller Jay in ein Krankenhaus kommt, desto besser.«

Als der Krankenwagen mit Blaulicht auf die Straße fuhr, wandte sie sich ab und ließ sich von Kevin zu einem der anderen Fahrzeuge bringen. Thureau war nirgends zu sehen, wahrscheinlich war er schon fortgebracht worden.

»Entschuldigen Sie, ich bin Captain Morris. Können Sie mir sagen, was hier eigentlich los ist?«

Morris war ein großer, kräftiger Mann, dessen strenger Blick sicher schon ganz andere eingeschüchtert hatte. Aber Jay vertraute ihm, deshalb durfte sie vermutlich mit ihm reden. »Ich bin Jocelyn Callaghan.« An der Art, wie sich seine Augen weiteten, konnte sie erkennen, dass er den Namen kannte. »Jemand hat mehrfach versucht, mich zu töten, und Jay hat mir geholfen.« Sie blickte dem Krankenwagen hinterher. »Entschuldigen Sie, ich muss zu Jay. Können wir im Krankenhaus weiterreden?«

Morris verzog grimmig den Mund. »Ich bestehe darauf.«

Jocelyn nickte und wollte gerade hinter Kevin in den anderen Krankenwagen klettern, als ihr noch etwas einfiel. »Gibt es Männer im Department, denen Sie vorbehaltlos vertrauen können? Die sollten Sie zur Bewachung ins Krankenhaus beordern. Solange die Verbrecher frei herumlaufen, sind wir alle noch in Gefahr.«

»Sie meinen Leone?«

Gehetzt blickte Jocelyn sich noch einmal um. »Nein, Leone hat nichts mit alldem zu tun. Und sagen Sie Jays Partner nichts, er wird wahrscheinlich mit seiner Tochter erpresst und steht in Kontakt zu den Verbrechern.«

Morris rieb so heftig über seinen Kopf, dass sie um die letzten verbliebenen Haare fürchtete. »Was für ein Schlamassel. Bleiben Sie im Krankenhaus, bis ich etwas anderes sage.«

»Kein Problem, ich werde mich nicht von der Stelle rühren, solange Jay dort ist.« Damit stieg Jocelyn ein und setzte sich neben Kevin auf die Pritsche. Ein Notarzt und ein Sanitäter kletterten hinterher und schlossen die Tür. Für Jocelyn hatte der Klang etwas Endgültiges, so als würde sie Jay nie wiedersehen. Mühsam schluckte sie die Tränen hinunter. Er musste einfach wieder gesund werden, etwas anderes konnte sie sich nicht vorstellen. Im Geiste sah sie sein strahlendes Lächeln und das Funkeln in seinen Augen, wenn er sie aufzog. Oder den intensiven Ausdruck von Erregung, als sie sich im Auto geliebt hatten. Sie konnte sich nicht vorstellen, dass all das in wenigen Minuten ausgelöscht worden war.

Erst als der Arzt damit begann, ihre Wunden zu versorgen, bemerkte sie, dass sie verletzt war. Der Schmerz setzte ein, doch sie drängte ihn beiseite. Die paar Kratzer, Prellungen und leichten Brandwunden waren nichts im Vergleich dazu, was Jay durchmachen musste. Wenigstens erwartete niemand von ihr, dass sie redete, nachdem sie eine Sauerstoffmaske aufgesetzt bekam. Das Wiedersehen mit ihrem Bruder war das einzig Positive gewesen, das aus dieser ganzen Situation entstanden war. Jocelyn schloss die Augen und hielt Kevins Hand, so fest sie konnte.

Schmerz zerrte Jay aus der Dunkelheit an die Oberfläche. Er konnte nicht mal richtig bestimmen, was ihm genau wehtat. Geisterhafte Bilder entstanden in seinem Kopf, von hell lodernden Flammen, dichtem Rauch und Jocelyns angsterfüllten Augen. Ein wenig Klarheit kehrte bei ihrem Gesicht in seinen Kopf zurück und er setzte sich ruckartig auf. Vielmehr wollte er das, aber sein Körper bewegte sich nicht. Seine Lunge schmerzte von der Anstrengung und seinen rauen Atemzügen. Irgendetwas befand sich über seinem Mund und hinderte ihn am Sprechen. Panik setzte ein und er versuchte sich gegen das zu wehren, was ihn festhielt. Ein nervendes Piepsen ertönte.

Etwas berührte seine Schulter. »Ganz ruhig, Jay, du bist in Sicherheit.«

Er kannte die weibliche Stimme, aber er konnte sie nicht einordnen. Ein Name zuckte durch seinen Kopf. Ungeduldig schob er das Teil über seinem Mund zur Seite. »Joss?« Seine Frage war kaum zu verstehen.

»Nein, ich bin es, Shannon. Kannst du die Augen öffnen, Jay?«

Es schien eine Ewigkeit zu dauern und unendlich viel Kraft zu kosten, bis er die Lider einen winzigen Spalt heben konnte. Seine Umgebung schien seltsam unscharf, deshalb konzentrierte er sich auf das Gesicht, das über ihm schwebte. Ein blasses Gesicht, umrahmt von langen rotbraunen Haaren und dunkle Augen, die ihn besorgt musterten. Eindeutig seine Schwester, doch wie kam sie hierher – wo auch immer ›hier‹ war? Jay versuchte ein Lächeln, doch er wusste nicht, ob sich seine Lippen überhaupt bewegten.

Tränen schimmerten in Shannons Augen. »Ich bin so froh,

dass du endlich aufgewacht bist. Wir haben uns solche Sorgen um dich gemacht!«

»Wir?« Das Wort löste einen Hustenanfall aus, der Jay in eine Welt aus Schmerz tauchte.

»Du solltest die Atemmaske aufbehalten, sie hilft dir.« Beruhigend strich Shannons Hand über seine Schulter, bis er sich beruhigt hatte. »Glaubst du, wir würden zu Hause bleiben, wenn wir einen Anruf bekommen, dass du schwer verletzt bist und in Lebensgefahr schwebst?« Sie drückte einen Knopf. »Die Schwester hat gesagt, wir sollen es melden, wenn du wach bist.«

»Wer … ist noch … hier?« Jedes Wort kratzte durch seine raue Kehle.

»Der gesamte Hunter-Clan. Und Captain Morris kommt auch hin und wieder vorbei.« Vermutlich, damit er ihn persönlich feuern konnte, aber das war ihm im Moment herzlich egal. Nur eines zählte … »Joss?«

»Wer?«

Erst jetzt fiel ihm wieder ein, dass niemand Jocelyns wahren Namen kannte. »Ann.«

Shannons Stirn glättete sich. »Oh, deine Freundin. Da musst du Captain Morris fragen, er hat sie und ihren Bruder an einem geheimen Ort untergebracht.«

Jay wollte fragen, was mit Thureau war, aber das würde seine Schwester sicher nicht wissen. Am besten wartete er, bis der Captain wieder hier vorbeikam. Wenn Morris hörte, dass er wach war, würde das sicher nicht lange dauern. Hoffentlich hatte die ganze Sache inzwischen geklärt werden können. Jocelyn war erst dann in Sicherheit, wenn Jones und sein Kumpan gefasst waren. Jays Magen zog sich zusammen, als ihm klar wurde, was Shannon gesagt hatte: ein geheimer Ort. Das hieß, dass sie immer noch in Gefahr waren. Wieder versuchte er sich aufzusetzen, doch es gelang ihm nicht.

»Ruf … Morris an, er … soll … kommen.« Jay spürte, wie die Schwärze wieder an ihm zog, bis der Raum um ihn herum verschwand.

»Jay! Bleib wach …« Shannons Stimme verklang.

Als er das nächste Mal auftauchte, war sein Gehirn klarer, dafür aber auch die Kopfschmerzen deutlich stärker. Jay biss die Zähne zusammen und zwang seinen Körper, sich zu entspannen. Erst als ihm das halbwegs gelungen war, öffnete er die Augen und sah sich um. Shannon war verschwunden, dafür entdeckte er aber seinen Bruder Clint in einem Stuhl neben dem Bett. Er sah so aus, als hätte er darin geschlafen. Seine Lider hoben sich, so als hätte er Jays Blick auf sich gespürt. Mit einer fließenden Bewegung setzte er sich auf.

»Willkommen zurück.« Die raue Stimme seines Bruders gab ihm ein Gefühl von Sicherheit.

Erleichterung breitete sich in ihm aus. »Clint.«

Sein Bruder beugte sich vor. »Ja?«

»Tu … mir … einen Gefallen.«

»Natürlich. Was soll ich machen?«

Mühsam sog Jay Luft durch seine schmerzende Kehle. »Sorg … dafür, dass Jocelyn … in Sicherheit ist.«

»Die Frau, die an deinem Bett gesessen hat, während du im künstlichen Koma warst?«

Eine Weile atmete Jay nur ein und aus, bevor er wieder reden konnte. »Ja. Captain Morris … kann dir sagen … wo sie ist.«

Clint sah ihn ernst an. »Sie bedeutet dir viel, oder?«

»Mehr als mein Leben.«

Nach einem letzten sanften Druck stand Clint auf. »Ich werde mich darum kümmern.«

Erleichterung flutete durch seinen Körper und löste die Anspannung. »Danke.«

Clint nickte ihm zu und verließ lautlos den Raum.

Jay schloss die Augen und versuchte, die Schmerzen zu ignorieren. Clint war ein SEAL, an ihm würden die Verbrecher auf keinen Fall vorbeikommen. Am liebsten wäre er selbst bei Jocelyn, aber es sah nicht so aus, als würde er in nächster Zeit hier herauskommen.

Er musste wieder eingedöst sein, denn als er seine Augen aufschlug, stand Captain Morris neben seinem Bett. Tiefe Sorgenfalten hatten sich in seine Stirn gegraben.

»Ich sollte Sie wirklich suspendieren für den Mist, den Sie in letzter Zeit abgezogen haben.«

Diese Begrüßung war so typisch für seinen Chef, dass ein überraschtes Lachen hervorsprudelte. Das bereute er allerdings, als sich die Schmerzen in seinem Kopf und seiner Kehle sofort verstärkten. »Au, verdammt!«

Morris' Augenbrauen zogen sich zusammen. »Das sollte kein Scherz sein. Ich bin immer noch Ihr Vorgesetzter, und Sie haben alle Aktionen mit mir abzusprechen, solange Sie im Dienst sind. Stellen Sie sich vor, das würden alle meine Detectives so machen wie Sie.«

Jay versuchte, sich aufzusetzen, aber noch immer konnte er sich nicht rühren. »Wäre es möglich, dass Sie zuerst den … Arzt holen, bevor Sie mich … zur Brust nehmen?«

Morris nickte knapp und verließ das Zimmer. Sowie er draußen war, öffnete sich die Tür erneut und seine Mutter stürmte herein. Jay unterdrückte einen Seufzer, als er ihre geröteten Augen sah. Er hasste es, wenn er seiner Mutter Sorgen machte, sie hatte schon genug leiden müssen.

»Jonathan!« Tränen traten in ihre Augen, als sie sich über ihn beugte.

»Es ist alles … in Ordnung, Mom. Ihr hättet nicht extra kommen müssen.«

Rote Flecken bildeten sich auf ihren Wangen, kein gutes Zeichen. »Mein Sohn wäre fast in einem brennenden Gebäude gestorben, und ich soll ruhig auf meiner Ranch sitzen bleiben und so tun, als wäre nichts geschehen? Hast du etwas auf den Kopf bekommen?«

Jay unterdrückte ein Grinsen, es würde nur wieder schmerzen. »Auf den Kopf nicht, denke ich.« Obwohl, nach den Schmerzen zu urteilen, war er zumindest mit dem Kopf irgendwo gegengeprallt.

Angela stieß einen frustrierten Laut aus. »Wag es nicht, dich lustig zu machen, Jonathan Hunter. Ich sollte dir einen Spiegel holen, damit du siehst, was du dir diesmal angetan hast.«

»Lieber nicht.« Er sammelte seinen Mut, um die nächste Frage zu stellen. »Ist irgendwas irreversibel beschädigt?«

Ihr Gesichtsausdruck sprach Bände. »Sie wissen es noch nicht. Der Arzt sagte, dass du auf jeden Fall an der verbrannten Hand Narben zurückbehalten wirst. Eventuell verringerte Beweglichkeit.« Jay schielte nach unten und sah, dass die linke Hand dick eingewickelt war. Die Narben waren ihm relativ egal, aber um seinen Job weiter ausüben zu können, musste er sie normal bewegen können. »Außerdem hast du dir den Wangenknochen geprellt.«

Sowie Angela es erwähnte, pochte sein Gesicht schmerzhaft. Er erinnerte sich noch daran, wie der Balken gegen seinen Rücken gestoßen und er mit dem Gesicht auf den Boden geschlagen war. Es hatte sicher nicht geholfen, dass er sich schon vormittags durch die sanfte Behandlung von Leones Leuten die gleiche Stelle angeschlagen hatte. Mit der Zunge fuhr er über seine Zähne. Immerhin waren sie noch heil. »Warum kann ich mich nicht bewegen?«

»Sie haben deinen Körper ruhig gestellt, damit du im Schlaf nicht die Wunden aufscheuerst.«

Erleichtert atmete Jay auf. Wenigstens war er nicht gelähmt, wie er es insgeheim befürchtet hatte. Bei seiner Schwester Leigh hatte er hautnah miterleben können, wie frustrierend es war, auf den Rollstuhl angewiesen zu sein. Bevor er weitere Fragen stellen konnte, trat ein Mann in weißem Kittel in den Raum, der sich als der behandelnde Arzt vorstellte. Ungeduldig lauschte Jay dessen Erklärungen zu seinen Brandverletzungen zweiten Grades an den Händen und mehreren anderen Stellen an seinem Körper, die allerdings nicht so schwerwiegend waren, und der Prellung an seinem Rücken durch den Balken und den verletzten Wangenknochen. Der Arzt löste die vorhandenen Gurte, und Jay konnte zum ersten Mal ein wenig den Oberkörper heben.

Ein genauerer Blick auf seine dick verbundene linke Hand und die nicht verbundenen, etwas schwächeren Verbrennungen an seiner rechten Hand löste Übelkeit in ihm aus. Glücklicherweise war die rechte Hand kaum betroffen, sodass er auch in Zukunft noch eine Pistole – und alles andere – halten können würde. Dafür sah sie gerade aus wie ein Nadelkissen, weil mehrere Infusionen darin steckten. Um seinen Flüssigkeitsverlust auszugleichen, wie er von dem Arzt erfuhr. Außerdem wurde ihm geraten, viel zu essen und sich zu schonen, damit seine Haut Zeit hatte, zu heilen.

Als er es nicht mehr aushielt, stellte er die Frage, die ihm am wichtigsten war: »Wann kann ich hier raus?«

Eine steile Falte erschien zwischen den Augenbrauen des Arztes. »Das Schlimme waren nicht die Verbrennungen selbst, sondern die Rauchvergiftung und die Kopfverletzung durch den Sturz. Sie lagen zwei Tage im künstlichen Koma, weil wir die Schwellung in den Griff kriegen mussten. Sie müssen noch ein oder zwei Wochen hierbleiben, je nachdem wie die Wunden an Ihrer Hand verheilen. Außerdem müssen wir dafür sorgen, dass Sie genug zu sich nehmen, um Ihren Körper wieder optimal zu versorgen. Danach werden Sie dann in eine Reha-Klinik verlegt, die sich auf die Nachsorge von Brandverletzungen spezialisiert hat.«

Jay presste die Lippen zusammen. Das hatte er befürchtet, aber er konnte sich nicht vorstellen, Jocelyn so lange allein zu lassen. Selbst wenn Clint auf sie aufpasste. Sein Bruder würde nur wenige Tage hierbleiben können, bevor er an die Ostküste zurückmusste. Danach würde sie schutzlos sein. Aber es war klar, dass er das dem Arzt nicht erzählen konnte, sonst würden sie ihn vermutlich ernsthaft anketten.

Der Arzt verabschiedete sich und bereits wenige Sekunden später kam Morris zurück. Seine Mutter küsste seine unverletzte Wange und zog sich zurück, so als wüsste sie, dass er alleine mit seinem Vorgesetzten reden musste.

Morris setzte sich in den Besucherstuhl und verschränkte die Arme über der Brust. »So, jetzt erzählen Sie mir endlich, warum Sie meine Frau angerufen haben und nicht mich direkt. Dann hätte ich viel schneller jemanden dorthin schicken können und das wäre alles nicht passiert.«

Jay drehte sich auf seine Seite, um den Captain besser sehen zu können, und zuckte zusammen, als er gegen seine Hand stieß. »Ich konnte es nicht … riskieren. Es gibt mindestens ein Leck im Department, und ich wollte verhindern, dass die Verbrecher wissen, wo wir sind.« Er verzog den Mund. »Dummerweise … wussten sie es schon vorher und haben … auf uns gewartet oder sind uns gefolgt. Ich wollte vom Lagerhaus aus … anrufen, aber irgendwas hat die Verbindung gestört.« Sein Hals kratzte vom Reden, und er nahm einen Schluck Wasser, das ihm eine Krankenschwester gebracht hatte.

Morris brummte nichts sagend. »Mit dem Leck meinen Sie Mahoney?«

Seine Kehle zog sich zusammen. »Ja. Das habe ich … aber

auch erst spät gemerkt, genau genommen … hat mich Leone darauf hingewiesen.«

Morris' Augenbrauen schossen in die Höhe. »Antonio Leone? Das müssen Sie mir später noch näher erklären.«

»Wurde Daves Tochter wirklich entführt? Ist sie inzwischen gefunden worden?«

»Ich habe Mahoney persönlich befragt, und er hat alles gestanden. Seine Tochter wurde nach der Schule abgefangen und verschleppt und Mahoney damit gezwungen, den Verbrechern alles weiterzutragen, was Sie ihm gesagt haben. Außerdem haben sie ihn die ganze Zeit überwacht und auch sein Telefon angezapft. Er hat keine Möglichkeit gesehen, Sie zu warnen, ohne das Leben seiner Tochter zu gefährden.« Morris rieb über seinen Kopf. »Bisher haben wir Kara noch nicht gefunden.«

Die Enttäuschung, von seinem Partner betrogen worden zu sein, wich dem Mitgefühl. Es musste furchtbar für Dave sein, nicht zu wissen, was mit seiner Tochter geschehen war und ob er sie je wiedersehen würde. Trotzdem wünschte er sich, Dave hätte ihm vertraut, gemeinsam wären sie vielleicht eher dem Verbrecher auf die Spur gekommen. »Was ist mit Jones und Stapleton, haben wir sie erwischt?«

Wut war deutlich sichtbar im Gesicht des Captains zu sehen. »Nein. Wir haben ein paar ihrer Mitarbeiter verhaftet, aber sie selbst waren ausgeflogen. Eine Durchsuchung der Häuser und Büros hat keine Hinweise auf Karas Aufenthaltsort geliefert. Dafür haben wir aber einige Unterlagen gefunden, die Thureaus These untermauern.«

Verdammt! »Wo ist Thureau jetzt?«

»An einem sicheren Ort.« Bevor Jay etwas sagen konnte, sprach Morris schon weiter. »Und nein, ich werde nicht sagen, wo das ist. Das wissen nur ich und diejenigen, die den Schutz übernehmen.«

Es nervte Jay, dass er nicht informiert wurde, aber er brachte nicht die Energie auf, dagegen zu protestieren. »Was ist mit Jocelyn und ihrem Bruder?«

Beinahe etwas wie Mitgefühl huschte über Morris' Gesicht. »Ebenfalls in Sicherheit, allerdings nicht mit Thureau zusammen. Wir passen gut auf sie auf, Hunter, keine Angst.«

Doch, er hatte furchtbare Angst um sie, solange die beiden Verbrecher noch auf freiem Fuß waren, aber es würde nichts bringen, das zu sagen. Erst wenn er in ihrer Nähe war und selbst für ihre Sicherheit sorgen konnte, würde er wieder Ruhe finden. »Was passiert, wenn wir Jones und Stapleton nicht finden?«

Die Falten in Morris' Gesicht wurden tiefer. »Dann werden sie neue Identitäten bekommen.« Auf Jays Blick hin lenkte er ein. »Aber wir werden sie finden.«

Jay war sich da nicht so sicher, aber er sagte nichts dazu. »Laut dem Arzt wird es wohl einige Zeit dauern, bis ich wieder dienstfähig bin.«

»Das habe ich gehört.« Morris stand auf. »Erholen Sie sich erst mal und dann sprechen wir darüber, wie es weitergeht.«

Mist, das hörte sich nicht so an, als würde sein Captain sein eigenmächtiges Vorgehen so schnell vergessen. Aber er würde es jederzeit wieder tun, wenn er dadurch Jocelyns Leben schützen konnte. »Passen Sie bitte auf Jocelyn auf, dieser Jones scheint Kontakte in den höchsten Ebenen zu haben.«

Morris nickte knapp und verließ das Zimmer.

Jay schloss die Augen. Je schneller er sich so weit erholt hatte, dass er das Krankenhaus verlassen konnte, desto besser.

28

Jocelyn hielt es einfach nicht mehr aus. Dieses Warten in einer zwar halbwegs gemütlichen, aber mit den Wachen trotzdem beengten Hotelsuite machte sie wahnsinnig. Immer wenn sie nachfragte, hieß es, es gäbe keine Fortschritte bei der Suche nach den Verbrechern. Es sagte aber nie jemand, was genau getan wurde, um Jones und Stapleton zu finden. Auch Kevin schien am Ende seiner Geduld angelangt zu sein. Inzwischen saßen sie bereits seit zwei Wochen hier, und auch wenn ihnen die Polizisten Nahrung, Zeitschriften und DVDs brachten, war es nichts anderes als ein Gefängnis.

Die ersten Tage hatten ihr nicht so viel ausgemacht, weil sie sich endlich wieder auf den neuesten Stand bringen konnte, was Kevins Leben betraf. Sie genoss es, ihren Bruder wiederzusehen und sich mit ihm unterhalten zu können. Erst jetzt fiel ihr auf, wie sehr sie das wirklich in den letzten Monaten vermisst hatte. Und mit den Wachen fühlte sie sich halbwegs sicher, die Verbrecher würden es wohl kaum wagen, sie hier anzugreifen. Wenn sie sie überhaupt finden konnten. Soweit sie es gehört hatte, war ihr Aufenthaltsort geheim.

Aber ihr fehlte Jay. Zwar bekam sie Informationen über seinen Zustand und sie war froh, dass seine Wunden so weit gut verheilten, doch sie wollte es mit eigenen Augen sehen. Mit ihm sprechen und ihm sagen, wie leid ihr alles tat. Nur ihretwegen war er so schwer verletzt worden, sie konnte es verstehen, wenn er nichts mehr mit ihr zu tun haben wollte, auch wenn es noch so sehr schmerzen würde. Ihr Herz krampfte sich zusammen, als sie sich vorstellte, ihn nie mehr wiederzusehen. Das konnte auch so passieren, wenn es der Polizei nicht endlich gelang, der beiden Verbrecher habhaft zu werden. Und diesmal war nicht nur sie betroffen, sondern auch ihr Bruder.

Jocelyn warf die Zeitschrift, in der sie lustlos geblättert hatte, auf den Tisch und stand auf. Unruhig ging sie zum Fenster und blickte hinaus. Die Dächer der Nachbarhäuser flimmerten in der Hitze, die Kronen der Bäume verdeckten beinahe die Straße tief unter ihr. Wenn sie wenigstens hinausgehen könnte! Die künstlich erzeugte Kühle des Hotelzimmers schien ihr die Luft abzudrücken. Sie wollte raus, endlich wieder ein ganz normales Leben führen! Stattdessen waren sie hier eingesperrt und Jay lag im Krankenhaus, während die Verbrecher noch frei herumliefen. Es war einfach ungerecht!

Eine Hand legte sich auf ihre Schulter, und sie zuckte erschrocken zusammen, bevor sie herumwirbelte.

Einer der Polizisten stand vor ihr. »Entschuldigen Sie, ich wollte Sie nicht erschrecken, aber Sie sollten sich nicht so offen vor das Fenster stellen. Zwar ist es hier relativ sicher, aber wir sollten es auch nicht heraufbeschwören.«

Jocelyn atmete scharf aus. »Ich weiß.« Nach einem letzten sehnsüchtigen Blick aus dem Fenster kehrte sie zum Sofa zurück.

Kevin blickte sie an. »Was ist?«

Sie straffte die Schultern. »Ich fahre zum Krankenhaus.«

Sofort sprang er auf. »Ich komme mit.«

Alarmiert drehte sich der Polizist zu ihnen um. »Das können Sie nicht machen, es wäre viel zu gefährlich.«

Jocelyn blickte ihn ernst an. »Wenn ich noch eine Minute länger hier herumsitzen muss, fange ich an zu schreien. Ich verstehe, dass es am sichersten ist, wenn ich hier im Zimmer bleibe, aber so kann ich nicht leben. Und ich möchte sehen, wie es Detective Hunter geht.«

»Ma'am, das ist wirklich …«

Sie unterbrach ihn. »Klären Sie das meinetwegen mit Captain Morris, aber ich werde heute hier rausgehen, entweder mit Ihnen oder ohne Sie.« Sie milderte ihre Worte mit einem Lächeln. »Ich würde es vorziehen, wenn Sie mitkommen würden.«

Besiegt schüttelte der Mann den Kopf. »Ich werde mit Captain Morris sprechen.« An der Tür blickte er sie noch einmal scharf an. »Rühren Sie sich nicht von der Stelle, bis ich wieder reinkomme.«

»Natürlich.« Sie war schließlich nicht lebensmüde. Es war auch nur eine Finte, sie würde nicht ohne Polizeibewachung das Hotel verlassen, sosehr es sie auch danach verlangte.

Kevin stand auf, als der Polizist das Zimmer verlassen hatte. »Bist du sicher, dass du das tun willst?«

Sie umfing ihren Oberkörper mit den Armen. »Ich muss, Kevin. Ganz abgesehen davon, dass ich hier verrückt werde, hat Jay alles für mich riskiert, ich ertrage es nicht, dass er so schwer verletzt ist und ich nicht bei ihm bin.«

Schweigend blickte Kevin sie eine Weile an. »Du liebst ihn wirklich, oder?«

Hitze stieg in ihre Wangen, aber ihr Bruder hatte das Recht, die Wahrheit zu erfahren. »Ja.«

Kevin lächelte schief. »Dass ich das noch erleben darf.«

»Ach, halt den Mund.« Ihren Worten fehlte jede Schärfe, ihre Mundwinkel hoben sich.

»Was wirst du jetzt tun?«

Jocelyn hob die Schultern. »Wenn sie die Verbrecher geschnappt haben – und Jay es will, was keineswegs sicher ist – werde ich versuchen, ihn näher kennenzulernen.«

»Und wenn nicht?«

Ihre Kehle schnürte sich zusammen. »Wenn wir mit anderer Identität woanders neu anfangen müssen, werde ich ihn wohl nie wiedersehen.«

Kevin legte seinen Arm um sie und zog sie an sich. »Vielleicht würde er mitgehen.«

»Nein, das könnte er gar nicht. Sein Job ist hier, und selbst wenn nicht, würde er nie seine Familie aufgeben. Das würde ich auch gar nicht wollen.«

Tröstend drückte er sie. »Ich bin sicher, die Mistkerle werden geschnappt, sie können sich nicht ewig verstecken. Außerdem sind ihre ganzen Vermögen eingefroren, irgendwann geht ihnen das Geld aus.«

»Ich befürchte, sie werden das Geld aus ihren krummen Geschäften woanders deponiert haben und davon sehr gut leben können.« Ihre Stimme stockte. »Und selbst wenn sie irgendwann mal verhaftet werden, kann ich nicht von Jay verlangen, dass er so lange auf mich wartet. Das wäre nicht fair ihm gegenüber.«

Kevins Brauen zogen sich zusammen. »Und was davon ist fair für dich?«

Traurig lächelte sie ihn an. »Gar nichts.«

Nach einem kurzen Klopfen trat der Polizist wieder ins Zimmer. »Captain Morris schickt eine Eskorte, die Sie zum Krankenhaus und wieder hierher zurück begleitet. Sie wird in etwa einer halben Stunde eintreffen.«

Erleichterung breitete sich in ihr aus. »Vielen Dank, Officer Harris.«

Ungeduldig wartete sie, bis die Eskorte endlich ankam und sie sicher zu einem Wagen mit abgedunkelten Scheiben brachte. Sie wurde auf den Rücksitz verfrachtet, neben ihr ein Polizist, während man Kevin zu einem anderen Auto führte. Während der Fahrt zum Krankenhaus drehte sich Jocelyn immer wieder um und atmete erleichtert auf, als beide Wagen sicher vor dem Nebeneingang ankamen.

»Wir bringen Sie von hinten rein, damit Sie niemand sieht, Ma'am.«

Jocelyn nickte ihm zu. »Danke.«

Mit Kevin neben ihr ging sie die Treppen hinauf, nachdem sie den Polizisten klargemacht hatte, dass sie auf keinen Fall in einen Fahrstuhl steigen würde. Die Aufregung steigerte sich, je näher sie Jays Krankenzimmer kam. Wie würde er darauf reagieren, sie wiederzusehen? Hoffentlich hatte sie sich seine Gefühle für sie nicht nur eingebildet, denn sie konnte sich nicht vorstellen, ihn deshalb zu verlieren. Wobei die Hauptsache natürlich war, dass er sich ganz von seinen Verletzungen erholte. Jocelyn schüttelte den Kopf. Wie schaffte er es nur immer, sie so durcheinanderzubringen? Sowie sie nur an ihn dachte, war sie zu keinem klaren Gedanken mehr fähig und ihre Gefühle schwappten in alle Richtungen.

Kevins Hand schob sich in ihre und drückte sanft. Anscheinend war sie so offensichtlich, dass er dachte, sie beruhigen zu müssen. Womit er völlig Recht hatte. Dankbar erwiderte sie den Druck, bevor sie durch die Treppenhaustür trat, die ihr einer der Polizisten aufhielt. So unauffällig wie möglich gingen sie den Flur zu der abgetrennten Verbrennungsstation entlang, in der Jay lag. Ihr Herz hämmerte gegen ihre Rippen, ihre Hände wurden feucht. Es war ihr ein Rätsel, wie Jay es schaffte, solche Gefühle in ihr auszulösen, früher war sie immer ein Kopfmensch gewesen. Die Polizisten stellten sich zu beiden Seiten der Tür auf und nickten ihr zu.

Nach einem tiefen Atemzug klopfte Jocelyn kurz an die Tür und öffnete sie dann. Ihre Augen weiteten sich, als sie Jay nur mit einer Unterhose bekleidet auf der Kante seines Bettes sitzen sah. Er blickte auf und ein Ausdruck von Erleichterung huschte über sein Gesicht, dicht gefolgt von Wärme.

»Joss.« Seine Stimme klang rauer als gewöhnlich.

Sie vergaß alles andere und eilte auf ihn zu. Dicht vor ihm blieb sie stehen, doch sie berührte ihn nicht, aus Angst, an eine seiner Verletzungen zu stoßen. An seiner linken Hand war noch ein Verband, sein rechter Arm dagegen war nackt, einige wenige verheilende Brandwunden deutlich sichtbar. Glücklicherweise schienen sie nicht so schlimm zu sein, aber Jocelyn glaubte trotzdem, die Schmerzen am eigenen Körper zu fühlen. Dass Jay sie überhaupt noch anlächelte, nach allem, was er ihretwegen erlitten hatte, war ein Wunder. Ihr Blick glitt über sein Gesicht, dessen eine Seite immer noch leicht geschwollen war. Aber auch diese Verletzung schien zu heilen.

Jocelyn hob eine zitternde Hand und legte sie an seine gesunde Wange. »Jay.« Sie wollte ihm sagen, wie leid ihr alles tat, aber die Worte blieben in ihrer Kehle stecken. Tränen schossen in ihre Augen.

Jay legte seine unverletzte Hand über ihre. »Hey, es gibt keinen Grund, zu weinen. Wir leben noch.«

Mühsam schluckte sie die Tränen hinunter. »Aber du bist so schwer verletzt …« Sie brach ab, als seine Finger ihre Lippen berührten.

»Das war es wert.« Er blickte um sie herum. »Hallo Kevin.«

Erst jetzt erinnerte sie sich wieder daran, dass ihr Bruder ebenfalls in den Raum getreten war. Sie drehte sich zu ihm um und sah, dass er bei der Tür wartete.

Kevin trat vor. »Hallo Jay. Wie geht es dir?«

Jay hob eine Schulter. »Gut. Die Verletzungen heilen langsam, es werden vermutlich nur ein paar Narben davon zurückbleiben.«

Nur. Wie konnte er darüber reden, als würde es ihm nichts ausmachen? Seine Hand … wenn er Pech hatte, würde er sie nie wieder so wie früher benutzen können. Das musste ihn schmerzen. Schon jetzt sah er völlig anders aus, irgendwie … härter. Mit der Hand fuhr sie über seine kurz rasierten Haare.

Jay duckte den Kopf. »Die Haare waren angesengt und rochen dermaßen nach Rauch, dass sie abmussten.«

»Du siehst Clint und Shane jetzt viel ähnlicher.« Seine Brüder, die sie in den ersten Tagen hier im Krankenhaus kennengelernt hatte, hatten beide kurze schwarze Haare. Nachdem die helleren Spitzen bei Jay abgeschnitten waren, kamen seine braunen Haare mehr zur Geltung.

Unsicher blickte Jay sie an. »Ist das gut oder schlecht?«

Jocelyn verdrehte die Augen. Die Narben interessierten ihn nicht, aber bei seinen Haaren war er anscheinend empfindlich. »Gut, natürlich. Außerdem wachsen die Haare ja wieder nach.« Sie blickte über seine Schulter und atmete scharf ein. Auch an seinem Rücken hatte er einige Brandwunden. Dort, wo sich die alte Haut bereits gelöst hatte, schimmerte neue rosafarbene hindurch. »Oh, Jay.«

Abrupt stand er auf, seine Miene wirkte verschlossen. »Was macht ihr eigentlich hier? Morris sagte, ihr wäret an einem sicheren Ort untergebracht.«

Kevin antwortete für sie, weil es ihr kurzzeitig die Sprache verschlagen hatte. »Das sind wir auch. Jocelyn hat es dort nicht mehr ausgehalten, weil sie dich unbedingt sehen wollte.«

Sie warf ihrem Bruder einen warnenden Blick zu. Es entsprach zwar der Wahrheit, aber sie war nicht sicher, ob Jay das auch hören wollte. »Ich war die ersten Tage hier, aber dann haben sie uns weggebracht und nicht wieder zurückgelassen. Da du durch meine Schuld verletzt wurdest, finde ich es nicht richtig, dass du hier alleine liegen musst.«

Jay blickte sie prüfend an. »Ich bin nicht alleine, meine Familie ist hier und treibt mich in den Wahnsinn.«

Hieß das, er wollte sie nicht sehen? »Oh. Ich weiß, ich habe deine Eltern gesehen und auch deine Geschwister und ihren Anhang kennengelernt. Sie sind sehr nett.«

Wenn möglich schien Jays Gesicht noch starrer zu werden. »Warum bist du hier, Jocelyn?«

Hilflos blickte sie ihren Bruder an, aber der hob die Hände und ging rückwärts zur Tür. »Ich glaube, ich lasse euch mal alleine. Weiterhin gute Besserung, Jay.«

Jay nickte ihm zu, wandte seine Augen aber nicht von ihr ab. Erst als sich die Tür schloss, sprach er wieder. »Joss?«

Sie biss auf ihre Lippe, um all die Worte zurückzuhalten, die ihr auf der Seele brannten. »Ich wollte dich sehen.«

»Aus Mitleid?« Es klang beinahe wie ein Vorwurf.

Ihr Herz setzte einen Moment aus. »Nein.«

Er trat einen Schritt näher. »Warum dann?«

Wut kam in ihr auf, dass er sie so in die Ecke drängte. »Weil ich dich vermisst habe, du Idiot! Ich bin halb verrückt geworden vor Sorge um dich.«

Ein Lächeln hob langsam seine Lippen. »Idiot? Geht man so mit einem Kranken um?«

Jocelyn verschränkte die Arme vor der Brust. »Du wolltest ja nicht, dass ich dich bemitleide. Also musst du jetzt damit leben, dass ich dich ganz normal behandle. Und wenn du dich benimmst wie ein Idiot, nenne ich dich auch so.«

Jay grinste sie schief an. »Okay.« Seine gesunde Hand legte sich um ihren Kopf und er beugte sich vorsichtig zu ihr hinunter. Hauchzart strichen seine Lippen über ihre. Dann trat er einen Schritt zurück, setzte sich auf die Bettkante und hielt ihr seine Hand hin. »Komm näher.« Als sie nicht sofort reagierte, fügte er hinzu: »Bitte.«

Sie schaffte es nicht, ihm zu widerstehen, besonders wenn es genau das war, was sie auch selbst wollte. Schließlich war sie extra hierhergekommen, um ihm nahe sein zu können. »Ich möchte dich nicht verletzen, Jay.«

»Das tust du nur, wenn du so weit weg bist.«

Mit einem Seufzer stellte sie sich dicht vor ihn. »So besser?«

»Ja.« Jay legte seinen Arm um ihre Taille und zog sie noch

näher. Seine unverletzte Wange legte er gegen ihre Brust und schloss die Augen.

Ihr Herz schlug schneller, als sie seinen warmen Atem durch ihr T-Shirt spürte. Vorsichtig strich sie mit ihren Fingern durch seine Haare. »Deine Frisur steht dir wirklich gut, aber ich vermisse ein wenig den Rebell.«

Ein dumpfes Lachen vibrierte an ihrer Brust. »Der ist immer noch da, glaub mir.«

Ja, das glaubte sie ihm unbesehen. Eine Weile standen sie so da, ohne sich zu bewegen oder zu sprechen. Schließlich stieß Jay einen weiteren Seufzer aus und löste sich von ihr. Er hauchte einen Kuss auf ihre Brustspitze. »Danke, das habe ich gebraucht.«

Ihre Lippen zitterten, als sie lächelte. »Ich auch.« Um ihm nicht zu zeigen, wie sehr er sie aus dem Gleichgewicht gebracht hatte, redete sie rasch weiter. »Wie lange musst du noch hierbleiben?«

Jays Miene verdüsterte sich. »Ein paar Tage noch, danach komme ich wegen der Hand mehrere Wochen in eine Reha-Klinik, die auf Brandwunden spezialisiert ist.« Er blickte auf seine verbundenen Finger. »Sie werden versuchen, die vollständige Beweglichkeit wiederherzustellen.«

»Oh Gott, Jay …«

Er unterbrach sie. »Sag es nicht. Wir hatten doch abgemacht: keine Entschuldigungen und keinen Dank.«

»Das war aber eine andere Situation! Ich kann nicht …« Sie presste eine Hand auf ihren Mund.

»Im Moment will ich nur dein Versprechen, dass du auf mich wartest, bis ich wieder da bin, Joss.« Jays dunkle Augen blickten sie durchdringend an.

»Ich … ich kann nicht. Wenn Jones und Stapleton nicht geschnappt werden, werde ich wohl wieder untertauchen müssen.

Dann kann ich dich nicht wiedersehen, so gerne ich das auch möchte.«

»Warum lassen wir das nicht auf uns zukommen, wenn es so weit ist? Was ich wissen will, ist, ob das, was du mir gesagt hast, bevor wir in die Lagerhalle gegangen sind, stimmt.« Seine Stimme senkte sich zu einem Flüstern. »Liebst du mich?«

Diesmal liefen die Tränen über. »Natürlich tue ich das. Wie könnte ich nicht? Aber das wird uns auch nicht helfen, wenn ich wegmuss, ich kann dich nicht wieder in Gefahr bringen.« Plötzlich hielt sie es nicht mehr aus, sie musste hier raus, weg von Jay, damit sie sich nicht in seine Arme warf und sich nie wieder von ihm löste. Wenn sie wirklich eine neue Identität bekam, würde sie ihn verlassen müssen, und sie wusste nicht, ob sie das überleben würde.

Jocelyn riss sich von Jay los und lief zur Tür. Er rief ihren Namen, aber sie blickte nicht mehr zurück. Stattdessen riss sie die Tür auf und stolperte auf den Flur. Kevin war sofort bei ihr und nahm sie in die Arme. »Bring mich weg!«

»Was …?« Kevin beendete die Frage nicht, sondern kam ihrer Bitte nach.

Die Polizeieskorte folgte ihnen in einiger Entfernung, aber das bekam sie kaum mit. Sie wusste nur, dass sie hier wegmusste, bevor sie ganz zusammenbrach.

Jay verfluchte seine Verletzungen, als er zur Tür stürzte. Warum war Jocelyn weggerannt, bevor er ihr sagen konnte, dass er sie auch liebte? Er verstand sie einfach nicht. Alles, was sie bisher zusammen erlebt hatten, hatte sie enger zusammengeschweißt, doch jetzt schien sie zu versuchen, eine Mauer zwischen ihnen zu errichten. Dachte sie, dass er nicht das Gleiche für sie fühlte? Und warum wollte sie ihn nicht wiedersehen, wenn sie eine neue Identität bekam? Es war für ihn völlig klar, dass er mit ihr gehen würde, sollte es dazu kommen. Aber bis dahin würde er alles dafür tun, dass es gar nicht erst so weit kam.

Er wurde beinahe von der Tür getroffen, als sie nach innen aufschwang. Im ersten Moment hoffte er, dass es Jocelyn war, die zurückkam, doch dann sah er, dass es ein Arzt war.

Als er ihn im Zimmer stehen sah, zogen sich seine Augenbrauen zusammen. »Was machen Sie denn hier? Sie sollen sich doch schonen.« In seiner Hand hielt er ein Klemmbrett und notierte etwas auf einem Zettel.

»Entschuldigen Sie, ich muss kurz etwas erledigen, ich bin sofort wieder da.« Jay wollte um ihn herumgehen, doch der Mann stellte sich ihm in den Weg und schloss die Tür hinter sich. Ärger baute sich in Jay auf. Er hatte es satt, immer herumkommandiert zu werden. »Gehen Sie mir aus dem Weg.«

Der Arzt blickte ihn ruhig an. »Nein.«

Jays Instinkt meldete sich, und er betrachtete den Mann genauer. Inzwischen kannte er alle Ärzte, die ihn behandelten und dieser gehörte nicht dazu. »Was wollen Sie?«

»Ich wurde angefordert, um mir Ihre Brandwunden anzusehen, bevor Sie verlegt werden.« Ein leichtes Lächeln spielte um seinen Mund.

Die Worte waren zwar richtig, aber irgendetwas stimmte nicht. Jays Blick glitt an dem Mann nach unten und fiel auf seine schwarzen Schuhe, die unter der weißen Hose hervorblitzten. Sehr ungewöhnlich. Ein Namensschild klemmte an seiner Brusttasche. Der Name kam Jay bekannt vor, allerdings nicht in Verbindung mit diesem Mann.

Mühsam glättete Jay seine Miene. »Es wäre nett, wenn es schnell ginge.« Langsam bewegte er sich zum Bett zurück.

Weiße Zähne blitzten auf. »Natürlich.«

Jays Herz begann schneller zu klopfen, sein Körper spannte sich an, als er sich auf die Bettkante setzte. Aus dieser Perspektive konnte er den Griff der Pistole sehen, die der falsche Arzt unter seinem Kittel verborgen hielt. Es würde wehtun, das war ihm jetzt schon klar, aber es musste ihm gelingen, den Mistkerl so schnell wie möglich außer Gefecht zu setzen. Denn wenn jemand hier war, der ihn beseitigen sollte, dann hatten die Verbrecher auch Jocelyn im Visier. Allein die Vorstellung, was ihr vielleicht gerade zustieß, während er hier herumsaß, ließ einen kalten Schauer über sein Rückgrat laufen. Jede Sekunde zählte.

Der Verbrecher blieb ein Stück von ihm entfernt stehen, zu weit, um ihn mit seinen Beinen zu erreichen. Verdammt! Zwar war er barfuß, aber wenn er richtig traf, konnte er trotzdem einigen Schaden anrichten.

»Okay, dann zeigen Sie mal her.«

Jay hielt dem falschen Arzt seine linke Hand hin, die zum Schutz vor Infektionen immer noch verbunden war. Schweiß sammelte sich an seinem Haaransatz. Er hatte nur eine Chance, den Verbrecher auszuschalten.

Spätestens als sich die Finger des Mannes um seine verbrannte Hand schlossen, hätte Jay gewusst, dass er kein richtiger Arzt war. Schmerz schoss an seinem Arm hinauf und jagte einen Schock durch seinen Körper. Schwarze Punkte flimmerten vor seinen Augen, und Jay biss die Zähne zusammen. Ohne Vorwarnung riss er sein Bein hoch und trat dem Mann in die Weichteile.

Mit einem erstickten Laut stolperte der zurück, eine Hand auf seinen Schritt gepresst, während er mit der anderen nach seiner Pistole griff. Jay hechtete über das Bett, ging dahinter in Deckung und riss die Schublade auf, in der sich seine eigene Pistole befand. Blind tastete er danach, während er den Verbrecher im Blick behielt. Adrenalin hatte für den Moment die Schmerzen verdrängt, doch er wusste, dass sie sich innerhalb kürzester Zeit bemerkbar machen würden. Aber er hatte keine Wahl, wenn er nicht sterben wollte.

Seine Finger schlossen sich um seine Waffe und er richtete sie auf den Mann. »Hände hoch! Lassen Sie die Pistole fallen!« Jay stützte seinen Arm auf die Matratze, damit er nicht zitterte.

Langsam richtete der Verbrecher sich auf, die Pistole weiterhin in der Hand. Sein schmerzverzerrtes Gesicht verzog sich zu einem Lächeln, Blut war in seine Wangen gestiegen. »Das würde dir wohl so passen.« Ohne weitere Vorwarnung hob er die Pistole und feuerte sie ab. Der Schalldämpfer sorgte dafür, dass der Schuss nicht außerhalb des Zimmers zu hören war.

Jay ging hinter dem Nachtschrank in Deckung, beugte sich mit zusammengebissenen Zähnen vor und schoss auf den Verbrecher. Ein lauter Knall tönte durch das Zimmer und war sicher auch draußen zu hören. Selbst wenn er den Mistkerl nicht erwischt hatte, würde das innerhalb kürzester Zeit Unterstützung bringen.

Kaum hatte er den Gedanken zu Ende geführt, flog die Tür auf und Clint hechtete in den Raum. Ohne zu zögern, warf er sich auf den Angreifer und rang ihn zu Boden. Erleichtert schloss Jay die Augen und lehnte die Wange gegen die Bettkante, als er sicher war, dass Clint keine Hilfe brauchte. Als hätte sein Körper nur darauf gewartet, machte sich die volle Stärke der Schmerzen in seiner Hand bemerkbar. Mit einem Stöhnen kämpfte Jay darum, das Bewusstsein nicht zu verlieren.

29

»Jay! Jay, alles in Ordnung?« Clints drängende Stimme drang in sein Bewusstsein.

Mühsam setzte er sich auf. »Ja, ich lebe noch.« Auch wenn seine Hand sich anfühlte, als hätte ihm jemand die Haut abgezogen. Mit der gesunden Hand auf die Matratze gestützt, stemmte er sich langsam hoch.

Clint hatte ein Knie in den Rücken seines Gegners gepresst und hielt dessen Hände fest, während er besorgt zu Jay hinübersah. »Sicher?«

»Ja. Was machst du hier?« Als er hörte, wie vorwurfsvoll das klang, redete er schnell weiter. »Nicht, dass ich nicht dankbar für dein Auftauchen bin, aber ich dachte, du bist bei …« Er brach ab, als ihm bewusst wurde, dass der Verbrecher mithörte.

Clints Mund verzog sich grimmig. »Das war ich auch, ich bin ihnen hierher gefolgt.«

Jays Magen zog sich zusammen. »Wo sind sie jetzt?«

»Wieder unterwegs. Ich bin hiergeblieben, um mit dir zu reden.«

»Dann …«

Clint unterbrach ihn. »Chris hat übernommen.«

Etwas beruhigt ließ Jay sich in den Stuhl sinken. Der ehemalige SEAL, bei dem sie nach dem Einbruch in seine Wohnung übernachtet hatten, würde wissen, was zu tun war, sollte sie angegriffen werden. »Gut.«

»Das wird … ihr … nichts … nützen.« Die Stimme des Angreifers klang gepresst.

Mit einem Griff, den er sich unbedingt merken musste, drehte Clint ihn auf den Rücken, ohne ihn loszulassen, und beugte sich dicht über ihn. »Was meinst du damit?«

»Findet … es selbst … heraus.« Der Verbrecher grinste Jay an.

Bevor er wusste, was er tat, war er bereits über das Bett gehechtet und packte den Mann am Kragen des Arztkittels. »Was habt ihr vor?«

»Ich will einen … Anwalt.«

Jay ballte die Faust mit der Absicht, die Wahrheit aus dem Verbrecher herauszuprügeln.

Clint legte seine Hand sanft um Jays Finger. »Das bringt nichts. Geh raus und hol die Polizisten. Wahrscheinlich machen sie sich gerade schon bereit, das Zimmer zu stürmen.«

Nur ungern löste Jay seine Finger vom Kragen des Verbrechers. Mit einem tiefen Atemzug stand er auf und öffnete langsam die Tür. Er wollte niemanden erschrecken und vielleicht eine Kugel riskieren. Wie erwartet standen mehrere Polizisten und Wachpersonal des Krankenhauses im Halbkreis um die Tür. Jay hob beruhigend die Hände.

»Alles in Ordnung, der Angreifer wurde überwältigt.« Er wandte sich an den nächststehenden Polizisten. »Sorgen Sie dafür, dass er korrekt verhaftet und zum Department gebracht wird.«

Der Polizist nickte und trat in den Raum.

Jay winkte einen anderen zu sich heran. »Rufen Sie Captain Morris an und geben Sie ihn mir.« Er wartete nicht auf eine Antwort, sondern ging zu einer der Schwestern, die in einiger Entfernung standen und die Ereignisse mit großen Augen beobachteten. »Können Sie sich meine Hand ansehen?«

Mit bleichem Gesicht schüttelte die Krankenschwester den Kopf. »Das muss einer der Ärzte machen.«

»Dann holen Sie einen!« Ungeduld und Angst um Jocelyn machten seine Stimme schärfer als beabsichtigt. »Bitte. Es eilt.«

»Detective Hunter? Ich habe jetzt den Captain am Telefon.«

Jay ging eilig zu ihm und nahm das Handy mit einem dankbaren Nicken entgegen. Er presste es an sein Ohr. »Hunter hier. Captain, Sie müssen sofort die Begleiteskorte warnen, dass jemand versuchen könnte, sie anzugreifen.«

Jay wurde sich der vielen Ohren bewusst, die noch immer in der Nähe waren und jedes Wort mithörten. Langsam ging er in sein Zimmer zurück, aus dem der Angreifer gerade herausgeführt wurde. Ihre Blicke trafen sich, und Jays Magen krampfte sich zusammen, als er das überhebliche Grinsen des Mannes sah.

Es dauerte einen Moment, bis Morris' Antwort bei ihm ankam. »Wie kommen Sie darauf?« Mit einem drängenden Gefühl berichtete er seinem Captain kurz von dem Angriff auf ihn und die Bemerkungen des Mannes. Morris schwieg einen Moment. »Sind Sie sicher, dass er Sie nicht einfach nur aus dem Konzept bringen wollte?«

Jay rieb mit seinem unverletzten Arm über seine Stirn. »Möglich wäre es, aber ich bin nicht bereit, das Risiko einzugehen. Wenn dieser Kerl hier war, wer sagt dann, dass nicht jemand dem Konvoi zurück zum Versteck folgt?«

Morris stieß einen Fluch aus. »Okay, ich werde sie warnen und noch zusätzliche Kräfte dorthin schicken.« Er zögerte. »Geht es Ihnen gut?«

»Ja. Der Verbrecher wird jetzt zu Ihnen gebracht, er will einen Anwalt.«

»Ich werde mich um den Kerl schon kümmern.« Morris räusperte sich. »Ich informiere Sie dann, wenn wir wissen, was Sache ist.«

»Okay.« Jay beendete das Gespräch und machte sich auf die Suche nach Clint. Auf keinen Fall würde er hier tatenlos herumsitzen und Jocelyns Sicherheit nur anderen überlassen.

Auch wenn er seinen Arm so vorsichtig wie möglich bewegte, waren die Schmerzen an seiner Hand beinahe unerträglich. Doch das konnte ihn nicht aufhalten, nicht, wenn es um Jocelyn ging. Als er in sein Zimmer zurückkam, wartete Clint bereits auf ihn. Nach einem sehnsüchtigen Blick auf das Bett wandte Jay sich zum Schrank und holte mit vorsichtigen Bewegungen die Kleidung heraus, die seine Mutter ihm vor Tagen mitgebracht hatte.

»Was machst du da?« Clints Frage klang so, als wüsste er es bereits, trotzdem antwortete Jay.

»Ich ziehe mich an.« Schweigen folgte seiner offensichtlichen Aussage. Jay blickte über die Schulter zu Clint hinüber. »Ich werde ihnen folgen.«

Clints hellbraune Augen verengten sich. »Glaubst du, das ist sinnvoll?«

Jay nahm Jeans und Socken mit zum Stuhl und setzte sich darauf. »Was würdest du tun, wenn es um Karen ginge?«

Clint rieb über seine stoppelkurzen Haare. »Das kann man nicht vergleichen, du kennst Jocelyn doch kaum.«

Mit einem Fuß in der Jeans ließ Jay sie sinken. »Ich kenne sie gut genug. Außerdem, wenn ich mich recht erinnere, kanntest du Karen sogar noch kürzer, als ihr von der Terrorgruppe verfolgt wurdet. Trotzdem hast du dein Leben für sie riskiert.«

Clint sagte nichts, wahrscheinlich weil er wusste, dass Jay Recht hatte. Mühsam zog Jay das Hosenbein hoch und bemühte sich, Clint nicht zu zeigen, welche Schmerzen das an seiner Hand verursachte. Ein gedämpfter Fluch ließ ihn aufblicken. Clint durchquerte mit zwei großen Schritten den Raum und blieb vor ihm stehen. »Dickkopf.«

Das brachte ihn zum Grinsen. »Habe ich sicher von dir gelernt, als ich klein war.«

Clint hockte sich vor ihn, hob Jays anderes Bein hoch und steckte es in die Jeans. »Wenn du wieder verletzt wirst, darfst du Mom das erklären.«

»Mom mag Jocelyn, sie wird es verstehen.«

Während er die Hose an Jays Beinen hochzog, schüttelte Clint den Kopf. »Sie mochte Karen auch, trotzdem hat sie mir die Hölle heißgemacht, nachdem wir halbwegs heil wieder zurück waren.«

Jay hob eine Augenbraue. »Das lag aber eher daran, dass du ihr – und uns allen – die ganze Zeit verschwiegen hattest, dass du ein SEAL bist, wenn ich mich recht erinnere.« Er hielt den Hosenbund auf Höhe der Knie fest, als Clint sich wieder bückte, um ihm die Socken anzuziehen. »Angela und George wissen, dass mein Job als Detective nicht ganz ungefährlich ist. Daran kann ich nichts ändern.«

Clint erhob sich und legte seine Hand um Jays Arm, während er mit der anderen nach der Hose griff. »Steh auf.«

Es kam Jay seltsam vor, von seinem großen Bruder angezogen zu werden, aber wenn es dadurch schneller und vor allem schmerzfreier ging, würde er es über sich ergehen lassen.

Vorsichtig zog Clint die Hose an den Oberschenkeln hoch, bis Jay den Rest übernehmen konnte. Sofort trat Clint einen Schritt zurück und verschränkte die Arme über der Brust. Zwischen seinen Augenbrauen stand eine steile Falte. »Weißt du eigentlich, wie nah du dem Tod gekommen bist? Als sie dich hier einlieferten, warst du bewusstlos, hattest diverse Brandwunden, eine schwere Rauchvergiftung und eine sehr ernste Kopfverletzung. Und genau das war die Information, die das Krankenhaus Mom und Dad gegeben hat. Sie wussten nicht, ob du die Nacht überleben würdest. Also haben sie uns alle angerufen, und glücklicherweise leben Matt und Shannon nah genug, um innerhalb weniger Stunden hier einzutreffen und zumindest eine leichte Entwarnung zu geben.«

Verlegene Röte stieg in Jays Wangen. Er hatte tatsächlich nicht groß darüber nachgedacht, wie schlimm es für seine Familie gewesen sein musste, ihn in solch einem Zustand vorzufinden. »Tut mir leid. Danke für die Hilfe beim Anziehen.«

Clint gab nur ein Brummen von sich. Bevor er mehr sagen konnte, trat der Arzt mit einer Schwester im Schlepptau in den Raum.

»Ich habe gehört, Sie haben sich wieder verletzt?« Ein Vorwurf schwang in seiner Stimme mit.

Jay schnitt eine Grimasse. »Nicht freiwillig, das können Sie mir glauben. Aber ich fand es besser, als auch noch ein Loch im Körper zu haben.« Er hielt dem Arzt die Hand hin. »Können Sie sich das schnell ansehen?«

Mit sanften Berührungen wickelte der Arzt den Verband ab und testete den Schaden an seiner kaum verheilten Haut. Trotzdem musste Jay auf seine Lippe beißen, um nicht aufzuschreien.

»Es scheint keine neuen Verletzungen gegeben zu haben. Aber es wäre besser, wenn es an der Luft heilen würde. Mit ein wenig Salbe …«

Jay unterbrach ihn. »Das geht jetzt nicht. Verbinden Sie die Hand so gut wie möglich.«

Erst jetzt schien der Arzt wahrzunehmen, dass Jay seine Hose trug. »Sie wollen doch nicht etwa das Krankenhaus verlassen!«

»Doch, genau das. Und ich habe es eilig. Entweder Sie verbinden mich jetzt oder mein Bruder macht es.« Ein Blick auf Clint zeigte, dass er seine übliche undurchdringliche Miene aufgesetzt hatte.

Mit einem unwilligen Schnauben machte sich der Arzt an die Arbeit. Innerlich atmete Jay auf. Auch wenn er damit gedroht hat, wollte er doch lieber nicht testen, wie gut Clints medizinische Fähigkeiten waren. Als das erledigt war und Clint ihm in das Hemd geholfen hatte, testete er die Beweglichkeit seiner Hand. Jedes Mal, wenn er die Finger bewegte, schoss ein glühender

Schmerz durch seine Hand, aber er bemühte sich, das nicht zu zeigen. An Clints Gesichtsausdruck konnte er erkennen, dass ihm das nicht gerade gut gelang.

»Gehen wir.«

Clint zog eine Augenbraue hoch. »Ohne Schuhe?«

Glücklicherweise hatte seine Mutter ihm auch ein Paar Turnschuhe mitgebracht, die er ohne weitere Probleme anziehen konnte. Hastig schloss er die Klettverschlüsse, bevor sie den Fahrstuhl ins Erdgeschoss nahmen. Auf dem Parkplatz stieg er in Clints Mietwagen und wartete ungeduldig, bis Clint eingestiegen war. Doch anstatt den Wagen zu starten, holte der erst sein Handy heraus.

Er drückte auf eine Taste und reichte es Jay. »Wenn Chris sich meldet, frag ihn, wo sie gerade sind.«

Jay presste das Handy an sein Ohr, während Clint den Motor anließ.

»Ja.« Chris klang irgendwie abgelenkt und Jays Herzschlag schnellte in die Höhe.

»Hier ist Jay. Bist du an Jocelyn dran?«

»Ja, sie sind zwei Wagen vor mir.«

Erleichtert atmete Jay auf. Anscheinend gab es zumindest noch keine Probleme. »Gut. Ich wurde gerade im Krankenhaus überfallen, und so wie es sich anhörte, ist auch jemand an euch dran. Ist dir etwas aufgefallen?«

»Bisher nicht, aber ich werde noch genauer drauf achten.«

Jay blickte aus dem Fenster auf den zäh fließenden Verkehr. »Wo seid ihr jetzt?«

»Ocean Avenue, etwa eine Meile vom Hotel entfernt. Kommt Clint her?« Noch immer war Chris keinerlei Aufregung anzuhören. Jay wiederholte für Clint den Standort.

»Wir sind bereits unterwegs.« Jays Kehle zog sich zusammen. »Sorg bitte dafür, dass Jocelyn nichts passiert.«

»Natürlich.« Chris' Stimme klang merklich wärmer.

»Danke.« Jay beendete das Gespräch und wählte die Nummer vom Police Department, als Clint den Wagen auf die Straße lenkte. »Detective Jay Hunter hier. Verbinden Sie mich bitte mit Captain Morris, Mordkommission.«

Ungeduldig wartete er darauf, dass der Captain sich meldete. »Morris.«

»Hunter. Ist die Verstärkung auf dem Weg?«

Ein Schnauben drang durch die Leitung. »Auf dem Weg schon, allerdings gab es eine Straßensperrung Ecke Van Ness / Cesar und jetzt stecken sie im Stau. Es wird ein wenig dauern, bis sie da rauskommen.«

»Verdammt!« Er hielt das Handy ein Stück vom Mund weg. »Clint, fahr über den Southern Freeway, damit wir nicht auch im Stau stecken bleiben.«

Clint nickte knapp.

»Hunter, was geht da vor?« Morris' Stimme drang aus dem Handy.

Jay hielt es wieder ans Ohr. »Ich werde dafür sorgen, dass Jocelyn in Sicherheit ist.«

»Das ist nicht Ihre Aufgabe, Hunter! Mit Ihren Verletzungen sollten Sie im Krankenhaus sein und …«

Jay unterbrach ihn. »Das kann ich nicht, solange Jocelyn in Gefahr ist.« Obwohl Clint schon so schnell fuhr, wie es in der Stadt möglich war, dauerte es Jay viel zu lange. »Tut mir leid, Captain, ich muss jetzt auflegen.«

Clint warf ihm einen Blick zu. »Dir ist schon klar, dass sich die Krankenkasse weigern könnte, deine Behandlungskosten zu übernehmen, wenn du dich nicht an die Anweisungen der Ärzte hältst, oder?«

»Und warum glaubst du, dass mich das interessiert, wenn es um Jocelyns Leben geht?«

»War nur eine rhetorische Frage. Versuch einfach, halbwegs unbeschadet aus der Sache rauszukommen.«

Ein Lächeln spielte um Jays Mundwinkel. »Was glaubst du, warum ich dich mitgenommen habe?«

Unruhig blickte Jocelyn sich um. Irgendwie schien der Rückweg viel länger zu dauern als die Fahrt zum Krankenhaus. Heimlich wischte sie sich die Tränen aus dem Gesicht, lehnte ihren Kopf an die Stütze und schloss die Augen. Der Polizist neben ihr blickte angelegentlich aus dem Fenster, um ihr ein wenig Privatsphäre zu geben. Jocelyn war ihm sehr dankbar dafür, ihr Verhalten war ihr sowieso schon peinlich genug. Vielleicht lag es aber auch an dem Anruf, den er vor einiger Zeit erhalten hatte. Sie hatte kaum etwas davon mitbekommen, aber er hatte seine Kollegen aufgefordert, besonders aufmerksam zu sein. Außerdem sollte wohl Verstärkung kommen. Irgendetwas musste passiert sein, Captain Morris würde doch nie grundlos so etwas anordnen.

Ihre Augen flogen auf, als ihr ein Gedanke kam. »Ist im Krankenhaus etwas geschehen?«

Der Polizist neben ihr zuckte zusammen, als sie ihn so unvermittelt ansprach. Röte stieg in seine Wangen. »Äh …«

Sie drehte sich zu ihm um, soweit der Gurt das erlaubte. »Sagen Sie es mir.«

Sein Blick traf den seines Kollegen im Rückspiegel und schließlich nickte er zögernd. »Detective Hunter wurde angegriffen, direkt nachdem wir das Gebäude verlassen hatten.« Als er die Panik in ihrem Gesicht sah, sprach er rasch weiter. »Er ist nicht verletzt, der Angreifer konnte unschädlich gemacht werden und ist jetzt in Polizeigewahrsam.«

Erleichtert atmete Jocelyn auf. »Weshalb wurde für uns Verstärkung angefordert? Wird erwartet, dass auch jemand versucht, meinen Bruder und mich anzugreifen?«

»Hunter scheint der Meinung zu sein, dass es möglich wäre, aber vermutlich ist das eine reine Vorsichtsmaßnahme. Ihnen kann hier nichts passieren.«

Jocelyn war sich da nicht so sicher, aber es gab nichts, was sie im Moment dagegen tun konnte. Als sie sich umdrehte, konnte sie den Wagen direkt hinter ihnen sehen, in dem Kevin saß. Verschwommen erkannte sie seine Gestalt auf dem Rücksitz. Beruhigt, dass er in der Nähe war und es ihm gut ging, drehte Jocelyn sich wieder herum. Wenn jetzt noch Jay bei ihr wäre, könnte ihr Glück komplett sein. Gerade noch schluckte sie den tiefen Seufzer herunter. Es brachte nichts, sich etwas zu wünschen, das zumindest momentan unmöglich war.

Der Wagen bog langsam in die Straße ein, in der sich das Hotel befand. Alles war ruhig, nichts unterschied sich von den vorherigen Tagen, trotzdem stellten sich die Haare in ihrem Nacken auf. Der Polizist neben ihr setzte sich auf, sein Blick glitt von einem Fenster zum anderen. »Ist die Verstärkung schon eingetroffen?«

Er wandte sich ihr nicht zu, als er antwortete. »Nein, sie wurden in einem Stau aufgehalten. Es kann noch etwas dauern, bis sie hier sind.« Als würde er ihre Unruhe spüren, blickte er sie an. »Das ist kein Problem, wir können Sie schützen. Wir fahren jetzt in die Tiefgarage und verschanzen uns dann in der Suite, bis wir wissen, was Sache ist.«

Das klang nicht schlecht, aber es beruhigte Jocelyn nicht wirklich. Denn um dorthin zu kommen, würden sie entweder mit dem Fahrstuhl nach oben fahren oder das Treppenhaus nehmen müssen. Sie konnte sich nicht entscheiden, was schlimmer war. Im Zweifelsfall vermutlich der Fahrstuhl. Der Wagen fuhr in die Tiefgarage, und es wurde schlagartig dunkel, bevor sich ihre Augen an das Kunstlicht gewöhnten. Langsam rollten die beiden Autos durch die Garage zu den Türen, die zum Fahrstuhl und dem Treppenhaus führten.

Wie schon vorher würden sie mit ihrer Polizeieskorte aussteigen und die Wagen wegfahren. Das war vermutlich der gefährlichste Moment, wenn sie den Schutz der Fahrzeuge verließen und noch nicht die Sicherheit des Treppenhauses erreicht hatten. Jocelyns Herz begann schneller zu pochen, als ihr Wagen zum Stehen kam und sich die Polizisten zum Aussteigen bereit machten.

»Warten Sie im Wagen, bis ich Ihnen ein Zeichen gebe. Halten Sie sich immer zwischen uns.« Ernst sah der Polizist sie an. »Alles in Ordnung?«

»Ja, danke.« Jocelyn löste den Gurt und rutschte zur anderen Tür durch, die näher am Treppenhaus war, als der Polizist aus dem Wagen stieg.

In seiner Hand hielt er deutlich sichtbar seine Waffe, während er sich aufmerksam umsah. Schließlich schien er überzeugt zu sein, dass sie alleine waren und gab ihr ein Handzeichen. Rasch schob sie ihre Beine aus dem Wagen und richtete sich auf. Sofort wurde sie sanft zwischen die Polizisten befördert, einer ging vor ihr und hinter ihr schloss sich Kevin samt seiner Eskorte an. So waren sie von allen Seiten geschützt. Ein Druck senkte sich auf ihre Brust, als sie darüber nachdachte, dass diese sechs Männer sich zwischen die Gefahr und sie stellten und bereit waren, für sie verletzt oder vielleicht sogar getötet zu werden. Sie musste unbedingt daran denken, ihnen zu danken, wenn sie in Sicherheit waren.

Wie in einem Kokon geschützt bewegte sie sich langsam vorwärts, bis sie im Gang waren, der zu den Fahrstühlen führte. Unwillkürlich blieb sie stehen.

»Miss Callaghan?«

»Es tut mir leid, ich kann nicht.«

Zuerst blickte der Polizist vor ihr genervt, doch dann sickerte Verständnis durch. »Okay, Treppe.«

Dankbar lächelte sie ihn an. Mit einem knappen Nicken drehte er sich wieder um und führte die Prozession die Treppe hinauf. Vor jeder Stockwerktür wurde erst die Sicherheit geprüft, bevor sie vorbeigeführt wurden. Die Kleidung klebte an ihrem Körper, als sie endlich im fünften Stockwerk ankamen. Was weniger an der körperlichen Betätigung als vielmehr an der nervlichen Anspannung lag. Der Polizist öffnete die Glastür und führte Jocelyn und Kevin schnell den Gang zu den Zimmern entlang. Sie waren beinahe bei der Suite angekommen, als ihnen plötzlich mehrere vermummte Männer in den Weg traten. Ein leises Ploppen ertönte. Der Polizist neben ihr torkelte und fiel auf die Knie, Blut sickerte durch seine Uniformjacke.

Jocelyn, die das Geräusch noch in ihren Alpträumen hörte, reagierte sofort. »Kevin, runter!« Inzwischen erklang auch das Knallen von Polizeipistolen, eine Kugel bohrte sich direkt vor ihr in die Wand. Schmerzenslaute waren zu hören, sie sah weitere Polizisten zu Boden fallen. Unsanft wurde sie von ihrem Bewacher in den Eingang zu einem anderen Zimmer geschoben, damit sie wenigstens ein wenig vor den Schüssen geschützt war. Mit dem Rücken presste Jocelyn sich an die Tür und schrie erschrocken auf, als diese nachgab und sie in das Zimmer fiel.

»Joss!« Kevin warf sich hinterher und kam neben ihr zum Liegen.

Einen Moment lag sie nur schwer atmend da und versuchte zu verstehen, was passiert war. Dann setzte sie sich ruckartig auf und sah sich hektisch um. Ihr Blick landete auf einem Paar Beine, das in einer Anzugshose steckte. »Sir, wir müssen die Polizei rufen, gerade wird …«

»Das glaube ich eher nicht.« Die amüsierte Stimme erklang hinter ihr. Jocelyn wirbelte herum und erstarrte. Auf einem Sofa saß Philip Jones und grinste sie an. »Willkommen.«

30

Jay zuckte zusammen, als das Handy klingelte. Zögernd blickte er auf das Display, nahm das Gespräch an und schaltete es auf Lautsprecher, damit Clint mithören konnte. »Ja?«

»Hier ist Chris. Es gibt hier ein Problem.«

Sein Magen zog sich zusammen. »Welches?«

»Die Polizisten haben Jocelyn und ihren Bruder über das Treppenhaus nach oben gebracht. Auf dem Gang vor dem Zimmer wurden sie von bewaffneten Männern erwartet.«

Jay atmete hart aus. »Ist Jocelyn …?«

»Soweit ich das gesehen habe, ist sie mit ihrem Bruder in ein Zimmer geflohen. Allerdings wurde von dort aus kein Alarm an das Hotelpersonal oder die Polizei gegeben, von daher gehe ich davon aus, dass sie sich jetzt in den Händen der Verbrecher befinden.«

Jay schloss die Augen. »Wo bist du?«

»Ich arbeite mich gerade vor, um die Polizisten zu unterstützen. Allerdings ist das etwas kompliziert, weil sie mich für einen der Verbrecher halten könnten. Außerdem gibt es hier kaum Deckung.« Die Stimme des Ex-SEALs wurde leiser. »Wann seid ihr da?«

Diesmal antwortete Clint. »Zwei Minuten. Wir kommen mit dem Fahrstuhl hoch und dann nehmen wir sie von beiden Seiten in die Zange.«

Besorgt blicke Jay ihn an. »Sitzen wir da nicht in der Falle?«

Clints Lippen pressten sich zusammen. »Wir müssen eben schnell sein.«

Einfach gesagt. Aber da er keine andere Idee hatte und auch die Räumlichkeiten nicht kannte, überließ er Clint die Planung. »Okay. Chris, hast du alles gehört?«

»Ja. Ich warte, aber beeilt euch, es gibt einige verletzte Polizisten hier, und ich denke nicht, dass sie lange durchhalten werden. Die Verbrecher sind in der Überzahl.«

»Machen wir.« Jay legte das Handy zur Seite und ballte die rechte Hand zur Faust. »Gib Gas, Clint.«

»Ich fahre schon, so schnell ich darf.«

»Fahr schneller.«

»Willst du wirklich jetzt wegen Geschwindigkeitsüberschreitung angehalten werden?«

Jay schnitt eine Grimasse. »Ich habe meine Marke dabei, riskieren wir es. Jede Sekunde zählt.«

Mit einem Schulterzucken trat Clint auf das Gaspedal. Glücklicherweise wurden sie nicht aufgehalten, bis sie vor dem Hotel anhielten. Dort standen bereits mehrere Krankenwagen und zwei Streifenwagen. Anscheinend hatte Chris dafür gesorgt, dass die verletzten Polizisten so schnell wie möglich versorgt werden konnten, sowie sie aus der Gefahrenzone heraus waren. Jay unterdrückte ein Stöhnen, als er sich aus dem Wagen schwang und seine Hand zu pochen begann.

Clint blickte ihn über das Dach hinweg an. »Sicher, dass du mitkommen willst?« Auf Jays Blick hin hob er die Hände. »Okay. Aber wenn dir was passiert, machst du das mit Mom aus.«

Jay gelang ein Grinsen. »Mache ich.«

»Hast du das Handy?«

»Ja.«

Gemeinsam machten sie sich auf den Weg ins Gebäude. Ein Polizist wollte sie aufhalten, doch nach einem Blick auf Jays Marke ließ er sie passieren. Jay gab den Befehl, niemanden in das oberste Stockwerk zu lassen, der nicht Polizist war. Bevor sie in den Fahrstuhl traten, der im Erdgeschoss gehalten worden war, rief Clint Chris an und gab ihm Anweisungen.

Nachdem sich die Fahrstuhltüren schlossen, wandte sich Clint Jay zu. »Keine Heldentaten, Jay. Halt dich im Hintergrund, bis Chris und ich die Lage unter Kontrolle haben. Es hilft Jocelyn nicht, wenn du dich erschießen lässt.«

»Das hatte ich auch nicht vor.« Und wenn Clint es für besser hielt, ließ er ihm gerne den Vortritt. Schließlich war sein Bruder als SEAL solche Situationen eher gewöhnt und unverletzt hatte er mehr Möglichkeiten. »Pass auf dich auf.«

Eines seiner seltenen Lächeln huschte über Clints Lippen, als er sein T-Shirt hochhob und die schusssichere Weste darunter zeigte. »Mache ich immer.«

Das hoffte er, denn er hatte keine Lust, Clints Lebensgefährtin Karen erklären zu müssen, warum der Vater ihrer Tochter seinetwegen verletzt worden war.

Jay atmete tief durch und stellte sich hinter den schmalen Teil der Fahrstuhltür, der sich nicht öffnen würde, während Clint auf der anderen Seite das Gleiche tat. Ein Blick auf die Anzeige zeigte ihm, dass sie beinahe angekommen waren. Innerhalb von Sekunden hielt der Fahrstuhl mit einem sanften Ruck und einem dezenten Klingeln in der fünften Etage. Die Pistole im Anschlag blieb Jay verdeckt stehen, während Clint in einer geschmeidigen Bewegung aus der Türöffnung tauchte. Noch im Flug drehte er sich herum und schoss auf die Verbrecher. Da seine Waffe keinen Schalldämpfer hatte, erfüllte lautes Knallen den schmalen Gang und hallte in der Fahrstuhlkabine wider.

Weitere Schüsse fielen, diesmal aus der anderen Richtung, von Chris, der sich wie Clint langsam vorarbeitete. Schneller als Jay es erwartet hatte, herrschte Stille. Vorsichtig blickte er um die Ecke und sah, dass Clint neben einem der Verbrecher kniete, während Chris sich um einen der Polizisten kümmerte.

Jay trat aus dem Fahrstuhl, sein Herz schwer, als er die verletzten Polizisten erblickte. Sie brauchten dringend Hilfe, doch solange sich noch Verbrecher in einem der Räume verschanzt hielten, konnten sie keine Rettungskräfte hier hochlassen. Es war zu gefährlich. Das hieß, sie mussten die Verletzten zu ihnen bringen. Und damit noch mehr Zeit verlieren, die Jocelyn vielleicht nicht hatte. Jay beäugte den Fahrstuhl. Ja, das würde gehen.

»Bringt die Verletzten zum Fahrstuhl. Chris, ruf unten an und lass die Polizisten zur Sicherung nach oben kommen, aber sie sollen den Gang nicht betreten.« Er trat näher an den ehemaligen SEAL heran und senkte die Stimme. »In welchem Raum ist Jocelyn?«

Stumm deutete Chris mit dem Kopf auf eine der Türen, bevor er einen der Polizisten sanft hochhob und ihn zum Fahrstuhl trug. Clint half ihm dabei, während Jay ihnen mit der Pistole Deckung gab. Als er endlich den Fahrstuhlknopf für das Erdgeschoss drückte und sich die Tür schloss, atmete Jay auf. Chris hatte sich zum Telefonieren in das Treppenhaus zurückgezogen und Jay folgte ihm mit Clint.

Als Chris das Handy wegsteckte, nickte er. »Die Polizisten kommen gleich.«

»Gut.« Jay rieb über seine Haare und war für einen Moment verwirrt, als er die Stoppeln fühlte. Das erinnerte ihn an Jocelyns Bemerkung, dass er damit wie seine Brüder aussah. Er war zwar immer noch anderer Meinung, aber er wusste, dass er sich hundertprozentig auf seine Familie verlassen konnte. »Irgendwelche Vorschläge, wie wir Jocelyn und Kevin dort herausbekommen?«

Clints Augenbrauen schoben sich zusammen. »Das ist so gut wie unmöglich, besonders wenn wir nicht wissen, wo sich die Personen befinden und wie viele Verbrecher sich dort aufhalten.«

Jays Kehle zog sich zusammen, weil er wusste, dass Clint

Recht hatte. Selbst wenn er ein SWAT-Team hierherbeorderte, war nicht garantiert, dass die Geiseln überleben würden. Und das alles kostete Zeit, die sie nicht hatten. »Ich werde einfach an die Tür klopfen.«

»Auf keinen Fall!« Clints Meinung dazu war eindeutig.

Chris wiegte den Kopf. »Das ist keine gute Idee, Jay. Damit haben sie nur ein weiteres Druckmittel.«

»Das ist mir klar, aber mich werden sie in den Raum lassen, während sie bei jedem anderen sofort anfangen würden zu schießen.«

»Und was genau soll das bringen?« Clint war offensichtlich noch nicht überzeugt.

»Ich kann dafür sorgen, dass Jocelyn und Kevin nicht in der Schusslinie sind, wenn der Raum dann gestürmt wird.« Oder er würde es zumindest versuchen.

Clint schüttelte den Kopf, bevor er zu Ende geredet hatte. »Das ist viel zu gefährlich, Jay. Was sollte sie daran hindern, dich sofort zu töten, sowie du den Raum betrittst?« Clints sonst so ruhige Stimme zitterte. »Sie haben nichts mehr zu verlieren.«

Jay schob sein Kinn vor. »Ich zähle auf euch, das zu verhindern.«

»Und wie sollen wir das anstellen? Wir sind entgegen aller Gerüchte keine Supermänner.« Chris' Gesicht nahm einen nachdenklichen Ausdruck an. »Habe ich das richtig in Erinnerung, dass draußen ein Sims unter den Fenstern ist?«

Clint dachte kurz nach. »Ja. Er geht einmal um das Gebäude und er ist breit genug, dass ein Mann darauf stehen kann.«

Jay blickte von einem zum anderen. »Heißt das, ihr könnt von draußen in das Zimmer eindringen?«

»Wir können es zumindest versuchen. Es ist immer noch sehr riskant.« Aber in Clints Gesicht war deutlich zu erkennen, dass er darüber nachdachte.

»Wenn ihr mir ein Zeichen gebt, sowie ihr in Position seid, kann ich sie an der Tür ablenken, damit sollte dann auch die Gefahr für die beiden Geiseln geringer sein.«

Chris drückte Jay sein Handy in die Hand. »Es ist auf Vibrationsalarm gestellt. Wenn wir bereit sind, ruft Clint an. Warte darauf, bevor du zur Tür gehst.«

So schwer ihm das auch fiel, noch länger zu warten, es war die beste Möglichkeit, die sie hatten. »Alles klar.« Als die beiden sich bereit machten, räusperte Jay sich. »Danke, für alles. Seid bitte vorsichtig. Wenn es nicht klappen sollte, sagt Bescheid, und wir überlegen uns etwas anderes.«

Chris grinste ihn an. »Du hast ja nur Angst vor Mel und Karen.«

»Höllische.«

Clint drückte vorsichtig seine Schulter. »Wir wissen, was wir tun.«

Jay nickte, weil seine Kehle zugeschnürt war und er kein weiteres Wort herausbrachte. Hoffentlich würde er irgendwann Gelegenheit haben, sich für das zu revanchieren, was sie für ihn taten.

Unruhig sah er zu, wie die beiden rasch den Flur überquerten und sich dann an der Wand entlangschoben. Als sie zu der Tür des Zimmers kamen, in dem sich Jocelyn und Kevin aufhielten, bewegten sie sich auf Händen und Knien dicht an die Wand gepresst vorwärts. So waren sie hoffentlich nicht zu sehen, falls jemand durch den Spion blickte. Es schien eine Ewigkeit zu dauern, bis sie bei der Tür zur Suite ankamen, sie mit der Schlüsselkarte öffneten und im Zimmer verschwanden. Jay hatte keine Ahnung, wo Chris die Karte herhatte, aber er war froh, dass sie die Tür nicht noch aufbrechen mussten.

Die Zeit schien unendlich langsam zu verrinnen, bis endlich das Handy in seiner Hand vibrierte. Als er Clints Nummer erkannte, richtete Jay sich langsam auf und versuchte, sein wild klopfendes

Herz zu beruhigen. Schon öfter war er in lebensbedrohliche Situationen geraten, aber vor Jocelyn war noch nie jemand, den er liebte, ebenfalls in Gefahr gewesen. Wenn er nur einen Fehler machte, konnte sie sterben. Jay biss die Zähne aufeinander und ging langsam auf die Tür des Hotelzimmers zu. Hoffentlich kam niemand auf die Idee, bereits durch die Tür auf ihn zu schießen. Nach einem tiefen Atemzug hob er die Hand und klopfte.

Ängstlich ließ Jocelyn ihren Blick von einem Mann zum anderen wandern, anhand der Fotos waren sie leicht zu erkennen. Woher wussten Philip Jones und Roy Stapleton, wo sie untergebracht war? Captain Morris hatte ihr doch versprochen, dass sie hier in Sicherheit waren! Sie konnten nur hoffen, dass die Polizisten den Kampf gegen die Verbrecher gewannen und sie hier herausholten.

Um Zeit zu gewinnen, räusperte sie sich. »Wie haben Sie uns gefunden?«

Verächtlich blickte Jones sie an. »Dachten Sie wirklich, Sie könnten sich vor uns verstecken? Ich habe überall Kontakte, die bis in die höchsten Stellen reichen. Sowie die Verstärkung für Ihren kleinen Ausflug hierherbeordert wurde, wussten wir, wo wir Sie finden. Das Hotel gehört einem Freund von Roy, der uns gerne die Suite überlässt. Eigentlich wollten wir die Sache etwas … dezenter angehen, aber da Sie so früh wiedergekommen sind, blieb uns keine Zeit. Sehr freundlich, dass Sie von selbst zu uns gekommen sind. Es wäre aber auch okay gewesen, wenn Sie auf dem Flur gestorben wären.«

Kevins Hände ballten sich zu Fäusten. »Warum sind wir dann noch hier?«

Jocelyn wünschte, er würde den Mund halten und die Verbrecher nicht noch dazu auffordern, sie gleich zu töten. Warnend drückte sie seine Hand.

Stapleton grinste ihn an. »Wir warten nur noch auf die Nachricht, dass der Detective keine Probleme mehr bereiten wird, danach seid ihr dann dran.«

Jay, nein! Jocelyns Beine gaben nach, aber sie hielt sich mühsam aufrecht. Die Verbrecher sollten auf keinen Fall die Genugtuung haben, ihr Leid zu sehen. Es durfte Jay nichts passiert sein. Im Krankenhaus war er doch in Sicherheit, nachdem sein Angreifer überwältigt worden war, oder? Andererseits hatte sie das auch von sich selbst gedacht und trotz der Polizeibewachung war es den Mördern gelungen, sie in ihre Gewalt zu bringen.

Jocelyn zuckte zusammen, als es an der Tür klopfte. Hoffentlich machte keiner der Polizisten Dummheiten. Wenn sie überhaupt noch lebten, und es nicht einer der Verbrecher war, der hereinwollte. Ihr Blick glitt zu Kevin, der genauso wie sie erstarrt dastand. Eigentlich hatte sie ihn beschützen wollen, aber stattdessen in eine noch gefährlichere Situation gebracht.

Nervös sah sie zu, wie Stapleton zur Tür ging und durch den Spion blickte. Überrascht drehte er sich zu Jones um. »Es ist Hunter.«

Wut breitete sich auf Jones' Gesicht aus. »Wie es scheint, hat er mehr Leben als erwartet. Aber wie nett von ihm, hierherzukommen, so brauchen wir ihn nicht wieder zu suchen.« Sein Blick richtete sich auf Jocelyn. »Dann erledigen wir euch eben alle zusammen.«

Innerlich schrie sie Jay zu, dass er wegrennen sollte, aber da die Waffe weiterhin direkt auf ihre Brust gerichtet war, blieb sie still. Vermutlich würde Jay sowieso nicht auf sie hören, wenn er wusste, dass sie hier war. Doch was machte er überhaupt hier? Mit seinen Verletzungen gehörte er ins Krankenhaus! Ihre Hände ballten sich zu Fäusten, während sie sich zur Tür umdrehte. *Bitte, Jay, bring dich in Sicherheit!* Doch als die Tür nach innen aufschwang und Jays Blick auf ihren traf, begann ihr Herz zu hämmern. Er stand dort mit völlig ausdruckslosem Gesicht, die Hände in die Höhe gereckt, offensichtlich unbewaffnet.

»Willkommen, Detective Hunter.« Jones stand auf, hielt aber die Waffe weiterhin auf Jocelyn gerichtet. »Ich würde ja sagen, wir haben auf Sie gewartet, aber das entspricht nicht der Wahrheit.«

Jay lächelte, aber seine Augen blieben hart. »Nein, Sie dachten vermutlich, dass Ihr Lakai mich bereits getötet hat. Das muss enttäuschend sein.«

Stapleton machte einen Schritt auf ihn zu, doch Jones winkte ihn zurück. »Aber nein, gar nicht. So können wir die ganze Sache auf einen Schlag erledigen. Gut, bis auf diesen Thureau, aber der wird kein Problem sein, wir wissen, wo er sich aufhält.«

Jay blickte ihn neugierig an. »Glauben Sie wirklich, dass Sie damit durchkommen werden?«

Wie konnte er nur so ruhig bleiben? Jocelyn hatte das Gefühl, vor Anspannung aus der Haut fahren zu müssen.

Jones trat näher an Jocelyn heran, während er Jay antwortete. »Ja, das denke ich schon.« Jocelyn glaubte einen Hauch von Verzweiflung in seinen Augen zu sehen.

Sie hielt es nicht mehr aus. »Warum haben Sie das getan? Sie sind Anwalt, Ihnen muss doch klar sein, dass Sie nicht damit durchkommen werden, Menschen umzubringen.«

»Wenn du Schlampe dich nicht eingemischt hättest, wäre überhaupt nichts passiert!« Stapletons wütende Stimme erklang hinter ihr.

»Roy.«

»Warum, ich habe doch Recht! Ohne diese Tussi wäre das alles nicht geschehen.«

Aufgebracht drehte sich Jocelyn zu ihm um. »Ich habe gar nichts getan! Was kann ich dafür, wenn jemand die Post falsch verteilt hat? Außerdem habe ich mir die Bilder nicht mal richtig angeschaut, ich wäre nie darauf gekommen, dass deswegen jemand töten würde.«

Jones schüttelte den Kopf. »Aber Sie haben sich doch daran erinnert. Es war sicherer, Sie auszuschalten.«

»Aber all die anderen hatten doch gar nichts damit zu tun! Meine Kollegin, mein Nachbar, der Marshal. Wie konnten Sie so viele Leben vernichten?« Eine Hand legte sich um ihre Taille und sie zuckte zusammen, bis sie merkte, dass es Jay war, dem es irgendwie gelungen war, sich ihr zu nähern, ohne dass die Verbrecher ihn aufgehalten hatten. Er drückte warnend ihre Hüfte. Vermutlich wollte er, dass sie die Verbrecher nicht reizte, aber sie konnte einfach nicht mehr den Mund halten. Wenn sie schon sterben sollte, wollte sie wenigstens wissen, warum. »Haben Sie das alles nur wegen des Geldes gemacht?«

Stapleton trat neben Kevin und schob ihm seine Waffe in die Rippen. »Halt endlich die Klappe, Schlampe, oder dein Bruder stirbt als Erster.«

Furcht schoss durch ihren Körper, und sie erstarrte. Auf keinen Fall wollte sie, dass ihr Bruder ihretwegen getötet wurde. Aber wie konnte sie ihn retten? Hilflos blickte sie Jay an. In seinen Augen konnte sie Wut erkennen, aber auch etwas anderes. So als wartete er auf etwas. Sie konnte nur darauf vertrauen, dass er irgendeinen Plan hatte und sie nicht alle sinnlos hier sterben würden.

Jones stieß einen tiefen Seufzer aus. »Es war zuerst nur ein Spiel, es ging um Geld und darum, zu gewinnen, niemand sollte verletzt werden. Niemand interessiert sich dafür, wenn ein Anbieter die anderen unterbietet, solange kein Insiderwissen nachgewiesen werden kann. Es lief auch alles glatt, bis der alte Thureau anfing, die Rechtmäßigkeit des Angebots in Frage zu stellen. Er wollte einfach nicht akzeptieren, dass er den Zuschlag nicht bekommen hat. Er musste gestoppt werden und es ist als

Selbstmord durchgegangen. Doch dann tauchte sein Sohn auf, bedrohte uns und schwärzte uns bei der Polizei an. Als das nicht fruchtete, fotografierte er uns und setzte damit alles in Gang. So ein Idiot! Wir konnten nicht zulassen, dass jemand von unserem Deal erfährt. Ich habe das alles nicht gewollt, aber nachdem die Fotos bei mir ankamen, wusste ich, dass uns unsere Taten eingeholt hatten. Wenn unsere Zusammenarbeit bekannt geworden wäre, hätte ich alles verloren. Das konnte ich nicht zulassen. Es tut mir leid, dass dabei andere zu Schaden gekommen sind, aber wenn ich die Wahl habe zwischen meinem Leben oder eurem …« Er zuckte mit den Schultern.

Jay starrte ihn wütend an. »Und da dachten sie, es wäre eine tolle Idee, uns bei lebendigem Leib im Lagerhaus zu verbrennen?«

»Sehr praktisch und sogar mit Wegweiser für unsere Leute, wo sie euch finden würden. Wenn ihr so dumm seid, die Adresse auf einen Zettel zu schreiben und offen liegen zu lassen, seid ihr selbst schuld. Es wäre eine saubere Lösung gewesen: alle losen Fäden zur gleichen Zeit beseitigt. Leider seid ihr wieder rausgekommen und die Männer mussten wegen der anrückenden Polizei und Feuerwehr verschwinden. Ein paar Minuten länger …«

Kevin verlor die Beherrschung. »Sie verdammtes Schwein! Ich …« Weiter kam er nicht, denn Stapleton schlug ihm mit der Waffe gegen die Rippen. Kevins Oberkörper klappte zusammen, und er rang hörbar nach Luft.

Jays Arm schloss sich fester um ihre Mitte, so als fürchtete er, dass sie ihrem Bruder zu Hilfe eilen würde. Wenn er nicht hier gewesen wäre, hätte sie das vielleicht sogar getan. So konnte sie nur mit brennenden Augen zusehen, wie Kevin sich schließlich mühsam wieder aufrichtete.

»Wo ist die Tochter meines Partners?« Mit seiner Frage lenkte

Jay die Aufmerksamkeit der beiden Verbrecher wieder auf sich. Jocelyn hielt den Atem an.

Stapleton grinste ihn an. »Das willst du wohl gerne wissen, was? Warum sollten wir dir das sagen?«

Jay wandte sich direkt an Jones. »Wollt ihr wirklich das Leben eines Kindes auf dem Gewissen haben? Sie hat mit der ganzen Sache nichts zu tun.«

»Das stimmt, sie war nur ein brauchbares Mittel, um Sie unter Kontrolle zu halten. Wenn wir in Sicherheit sind, werden wir sagen, wo sie zu finden ist. Sie ist unsere Versicherung, falls etwas schiefgeht.« Jones machte eine ungeduldige Bewegung mit der Pistole. »Und jetzt reicht es mit dem Gelaber, wir haben schon zu viel Zeit vergeudet. Sicher wird die Polizei inzwischen gemerkt haben, dass etwas nicht stimmt und Verstärkung schicken. Und wenn möglich, möchten wir weiteres Blutvergießen umgehen.«

Jocelyn konnte fühlen, wie sich Jays Muskeln anspannten, aus den Augenwinkeln sah sie, wie sein Blick für den Bruchteil einer Sekunde zum Fenster flog. Was auch immer er vorhatte, es war Selbstmord. Auf diese Entfernung würden die Verbrecher nicht danebenschießen. Ihre Hand legte sich auf seinen Rücken, in der Hoffnung, ihn von irgendwelchen Dummheiten abzuhalten. Wenn er die Verbrecher angriff, würde er sterben.

»Sie wollen das nicht tun, Jones.«

»Stimmt, aber das wird mich nicht hindern. Roy.«

Auf seinen Befehl hin hob sein Kumpan die Waffe und richtete sie direkt auf Kevins Kopf.

»Nein!« Jocelyn versuchte, sich von Jay loszureißen, doch er hielt sie unerbittlich fest.

Stapleton blickte zu ihnen hinüber und grinste. Die Gelegenheit nutzte Kevin und warf sich auf ihn. Ein Schuss ertönte, und Jocelyn schrie auf. Fast zeitgleich ertönte ein gewaltiges Klirren, die Fensterscheiben barsten nach innen. Jay warf sich auf sie und stürzte mit ihr zu Boden. Dort bedeckte er sie mit seinem Körper, während weitere Schüsse fielen. Aus ihrem schützenden Kokon heraus blickte sie zu ihrem Bruder, der ein Stück entfernt auf dem Boden lag. Sie konnte nicht erkennen, ob er noch lebte. *Bitte*. Irgendwann bewegte Jay sich über ihr, und sie bemerkte, dass es erschreckend still im Zimmer war. Boden und Möbel waren mit Glasscherben bedeckt, einige lagen nur wenige Zentimeter von ihr entfernt.

Jays keuchender Atem erklang an ihrem Ohr. Oh Gott, war er verletzt? »Jay?«

Ein Schauder lief durch seinen Körper, dann entfernte er sich langsam von ihr. Sofort richtete Jocelyn sich auf und drehte sich zu ihm um. Schmerz stand deutlich in seinem Gesicht, aber auch Erleichterung. »Bist du verletzt?«

Jocelyn schüttelte den Kopf. »Du?«

»Es geht mir gut.« Jay blickte zu Kevin hinüber, vor dem gerade ein großer Mann hockte. »Clint?«

Eilig blinzelte sie die Tränen fort. Tatsächlich, es war Jays Bruder, der sich um Kevin kümmerte. Ein anderer Mann fesselte gerade Jones' Hände auf den Rücken und ging dabei nicht gerade sanft vor. Chris. Sie hatte zwar keine Ahnung, was der Ex-SEAL hier machte, aber sie war dankbar für sein Eingreifen.

Clint drehte den Kopf in ihre Richtung und lächelte. »Nur ein Streifschuss, er wird wieder.« Hinter ihm konnte sie sehen, wie Kevin seinen Arm bewegte.

Die Erleichterung ließ Jocelyn zusammensacken. Tränen liefen über ihre Wangen, aber sie schien nichts dagegen tun zu können. Jay setzte sich neben sie und zog sie an sich. Zuerst wehrte sie sich dagegen, weil sie ihm keine Schmerzen bereiten wollte, aber als er nicht lockerließ, schmiegte sie sich mit einem Seufzen an ihn. Jay schlang seine Arme um sie und legte seine unverletzte Wange an ihre Haare. Eine Weile saßen sie einfach nur da und genossen das Wissen, dass sie beide noch lebten.

Schließlich hob Jay den Kopf und blickte sie ernst an. »Warum bist du im Krankenhaus einfach weggerannt?«

Ein ungläubiges Lachen entfuhr Jocelyn. »Darüber willst du *jetzt* reden?«

»Ja, ich glaube schon. Hättest du mich wirklich verlassen, wenn wir die beiden Verbrecher jetzt nicht geschnappt hätten?« Schmerz war in seiner Stimme zu hören.

Jocelyn legte ihre Stirn an seinen Hals. »Ich hätte es nicht gewollt, aber es wäre die einzige Möglichkeit gewesen.«

Jays Hände legten sich um ihr Gesicht und zwangen sie, ihn anzusehen. Seine Augen wirkten noch dunkler als sonst. »Du glaubst doch nicht, dass ich dich hätte gehen lassen, oder?«

»Jay …« Ihre Kehle zog sich zusammen und verhinderte, dass sie mehr sagte.

»Wie kannst du sagen, dass du mich liebst, dann aber bereit sein, mich zu verlassen?« Seine Stimme klang ungewohnt rau.

Ärger kam bei dem Vorwurf in ihr auf. »Genau deshalb hätte ich dich verlassen! Ich weiß, wie sehr du deine Familie und deine Arbeit liebst, ich hätte nie zugelassen, dass du das verlierst.« Jocelyn wischte über die Tränenspuren auf ihren Wangen. »Die Monate im Zeugenschutzprogramm haben mich fast zerstört, ich wollte nicht, dass es dir auch so geht.«

Jay schüttelte den Kopf und lehnte seine Stirn an ihre. »Ich wäre nicht allein gewesen, ich hätte dich gehabt.«

Sprachlos sah sie ihn an. »Aber …«

Sanft verschloss er ihre Lippen mit einem Kuss. »Du glaubst nicht, wie beängstigend es für mich ist, aber ich kann und will nicht mehr ohne dich leben.« Tief blickte er in ihre Augen. »Ich liebe dich mehr als alles andere, Jocelyn Callaghan.«

Die Wärme in seinen Augen und das beinahe schüchterne

Lächeln zeigten ihr, dass er es ernst meinte. Glück und Erleichterung breiteten sich in ihr aus und sie wusste, dass sie nie wieder allein sein würde.

Jocelyn beugte sich vor und presste ihren Mund auf seine Lippen. »Das ist gut zu wissen.«

»Joss …«

»Sei still und küss mich.«

Jays Lippen pressten sich fordernd auf ihre, und sie versank in einem Strudel der Gefühle. Alles andere verschwand, die Polizisten, die in den Raum stürmten, die beiden SEALs, die Verbrecher, sogar Kevin. Sie sah nur noch eines: Jay.

Epilog

Drei Monate später

Jocelyn stieg langsam die Treppe hinauf und versuchte, keine der vielen Tüten zu verlieren, die sie im Arm hielt. Auf dem Nachhauseweg war sie auf die Idee gekommen, Jay mit einem Abendessen zu überraschen. Ein Lächeln hob ihre Mundwinkel, als sie die Tür aufschloss und in den Wohnungsflur trat. Sie konnte immer noch nicht glauben, dass sie mit Jay zusammenlebte. Während er zur Reha ging, hatte sie bei ihrem Bruder gewohnt, weil sie sich nicht dazu bringen konnte, alleine in Jays alter Wohnung zu leben. Nach seiner Entlassung und nachdem seine Verletzungen halbwegs verheilt waren, hatten sie sich zusammen eine Wohnung gesucht und waren schnell fündig geworden. Glücklicherweise hatte sich der Schaden an Jays Hand als nicht ganz so dramatisch erwiesen, wie er zuerst aussah. Zwar waren seine Finger in der Bewegung eingeschränkt, aber es behinderte ihn nicht so sehr, dass er seinen Job als Detective hätte aufgeben müssen.

Jocelyn liebte die großzügige Aufteilung der Räume und die Tatsache, dass sie ein eigenes Arbeitszimmer hatte, in dem sie für ihr Studium lernen konnte. Seit ein paar Wochen hatte sie nun ihr Medizinstudium wieder aufgenommen und genoss die neue Freiheit in vollen Zügen. Besonders aber saugte sie Jays Liebe in sich auf, die er ihr bei jeder Gelegenheit bewies. Sie konnte sich nicht erinnern, jemals so glücklich gewesen zu sein.

Mit einem erleichterten Seufzer stellte sie die Tüten auf dem

Küchentisch ab. Vermutlich hatte sie beim Einkauf ein wenig übertrieben, aber sie wollte Jay dafür entschädigen, dass sie oft bis spätabends noch in der Bibliothek saß oder sich in ihrem Arbeitszimmer einschloss, um alles, was sie im vergangenen Jahr vergessen hatte, wieder aufzuholen. Rasch stellte sie die verderblichen Lebensmittel in den Kühlschrank und räumte den Rest in die Schränke. Jay würde erst in einigen Stunden zu Hause sein, deshalb musste sie noch nicht mit dem Kochen anfangen. Wenigstens hatte sie so noch die Zeit, ein entspannendes Bad zu nehmen, um sich für den Rest des Abends vorzubereiten. Dafür hatte sie nämlich eine Verführung geplant.

Mit einem breiten Grinsen betrat sie das Schlafzimmer und erstarrte. Ungläubig glitt ihr Blick über Jays nackten Körper, der in der Mitte des Bettes lag. Ein Kribbeln überlief sie, während sie jede Einzelheit in sich aufnahm. Angefangen von seinen muskulösen Schenkeln, über seinen erigierten Penis bis hin zu seinen zusammengezogenen Brustwarzen inmitten eines Nests brauner Haare. Sein Lächeln war purer Jay, genauso wie die Hitze in seinen Augen. Egal wie oft sie sich auch liebten, er schien nie genug von ihr zu bekommen. Und ihr ging es da ähnlich, sie schien keinerlei Beherrschung zu haben, wenn es um ihn ging.

»Hallo Joss, ich habe auf dich gewartet.«

Erregung lief durch ihren Körper. »Das sehe ich. Warum bist du denn schon zu Hause?«

»Ich habe früher Schluss gemacht, weil ich für dich Zeit haben wollte.« Seine Finger strichen über seinen Schaft. »Dave springt für mich ein.«

Sie wusste nicht, wie Jay es geschafft hatte, seinem Partner zu verzeihen und weiter mit ihm zusammenzuarbeiten, aber sie freute sich darüber. Vor allem war sie auch froh darüber, dass dessen Tochter unverletzt in Stapletons Strandhaus gefunden worden war. Unglaublicherweise war der Tipp von Leone gekommen, dessen Männer offenbar den Verbrechern gefolgt waren, die ihrerseits Dave beobachtet hatten. Dadurch hatten sie herausgefunden, wo sich das kleine Mädchen aufhielt. Anscheinend hielt Leone es für ein unverzeihliches Verbrechen, ein Kind zu entführen, deshalb hatte er Jay angerufen und ihm ihren Aufenthaltsort verraten. Zwar war Jay dankbar dafür, aber er hatte Leone seine anderen Taten nicht verziehen und würde den Mafioso weiter jagen.

»Worüber denkst du nach?« Jays Stimme strich sanft über sie.

Jocelyn zuckte mit den Schultern. »Kara. Ich bin einfach froh, dass sie sich so gut wieder eingewöhnt hat.«

»Ich auch.« Jay streckte ihr seine Hand entgegen. »Komm her.« Willig trat sie zum Bett, aber als sie sich auf die Matratze knien wollte, hielt er sie zurück. »Nackt.«

»Jay …«

»Ich will deine Haut an meiner fühlen.«

Da sie das auch wollte, zierte sie sich nicht lange. So schnell wie möglich schlüpfte sie aus ihrer Kleidung, bis sie nur noch in Slip und BH vor ihm stand. Froh, dass sie sich heute für etwas aufreizendere Dessous entschieden hatte, wartete sie auf seinen Befehl, sich ganz auszuziehen.

Stattdessen griff er unter das Kopfkissen und zog etwas heraus. »Ich habe dir was mitgebracht.« Ihre Augen weiteten sich, als sie die Seidenschals sah. Was …? »Du hast damals gesagt, dass du mich ans Bett fesseln willst. Jetzt hast du die Gelegenheit dazu.«

Jocelyns Herz begann zu hämmern, ihre Finger wurden feucht. »Wirklich?«

Anstelle einer Antwort spreizte Jay Arme und Beine, sein Schaft wurde noch größer.

Nervös fuhr Jocelyn mit der Zunge über ihre Lippen, als sie ihn so vor sich liegen sah. Dass dieses Prachtexemplar von Mann ihr gehören sollte und sie mit ihm machen konnte, was sie wollte, war unglaublich. Zögernd kroch sie über die Matratze auf ihn zu. Sie beugte sich zu ihm hinunter und küsste sanft seine Lippen. Sofort öffnete Jay sie und lockte ihre Zunge in seinen Mund. Sie sah, wie schwer es ihm fiel, sie nicht zu berühren, aber er hielt seine Hand weiterhin in das Bettlaken verkrampft. Anscheinend meinte er es wirklich ernst. Erregung durchlief ihren Körper als sie sich vorstellte, was sie alles mit ihm machen konnte, wenn er ihr hilflos ausgeliefert war.

Mit den Fingern strich sie seinen Arm entlang, bis sie zu seinem Handgelenk kam. Sie legte ihre Hand darum und presste es auf die Matratze. Sofort spannte sich sein Körper an, seine Erektion strich gegen ihren Bauch. Zufrieden mit dieser Reaktion nahm sie sich einen der Schals und band ihn um Jays Handgelenk, bevor sie das andere Ende um das Kopfteil des Bettes knotete. Sie beugte sich wieder über Jay und blickte ihm tief in die Augen. Die Erregung, die dort glitzerte, übertraf alles, was sie bisher gesehen hatte. Seine Wangen waren gerötet, genauso wie seine Lippen.

Jocelyn ließ ihre Fingerspitzen über seine Brustwarzen gleiten. »Du magst das, oder?«

Seine Antwort bestand darin, ihr seinen Körper entgegenzuheben, bis sein Schaft wieder über ihren Bauch strich. »Wenn du dich nicht beeilst, explodiere ich, bevor du mich überhaupt berührst.« Seine Stimme war so rau, dass sie kaum zu verstehen war.

»Immer so ungeduldig.« Sie küsste flüchtig sein Kinn und machte sich dann daran, seine Beine an die unteren Bettpfosten zu fesseln. Mit den Fingern strich sie über seine Hoden, die durch die Position völlig ungeschützt waren. Jays Hüfte schnellte in die Höhe, und er stöhnte tief auf. Offenbar hatte er nicht damit übertrieben, dass sie sich beeilen sollte.

Als Letztes nahm sie seinen linken Arm und küsste die Brandnarben an Handgelenk und Fingern. »Sicher, dass es dir nicht schadet?«

»Ja.« Es war mehr ein Grollen als ein Wort.

Vorsichtig schlang Jocelyn den Stoff um die empfindliche Haut, bevor sie sich über Jay hockte. Sie löste ihren BH und warf ihn achtlos beiseite. Jays dunkle Augen lagen gierig auf ihren nackten Brüsten. Ohne weitere Verzögerung beugte sie sich vor und sah zu, als Jay seinen Mund um ihre Brustwarze schloss. Der hungrige Ausdruck auf seinem Gesicht war mehr, als sie ertragen konnte. Ein Schauder lief durch ihren Körper, und sie riss sich von Jay los. Sie ignorierte seinen protestierenden Laut und widmete sich stattdessen der Aufgabe, jeden Winkel seines Körpers zu erkunden. Seinen steil hochstehenden Schaft hob sie sich bis zum Schluss auf.

Jay stöhnte laut auf, als sie ihn in den Mund nahm, während sich ihre Finger um seine Hoden schlossen. »Joss … bitte …«

Langsam ließ sie ihn aus ihrem Mund gleiten. »Bitte was?«

»Zu … viel. Kann nicht … mehr … warten. Komm … zu mir.« Seine Augen öffneten sich zu Schlitzen. »Bitte.«

Wie hätte sie ihm widerstehen können, besonders wenn es auch das war, was sie wollte? Rasch zog sie ihren Slip aus, rollte ein Kondom über seinen Penis und senkte ihre Hüfte. Als wäre er dafür geschaffen, sank sein Schaft in sie, und Jocelyns Körper begann zu summen. Die Erregung steigerte sich, als sie sich an ihm auf und ab bewegte. Ihre Brustwarzen zogen sich zu festen Punkten zusammen, jeder Lufthauch war beinahe zu viel Stimulation.

Jays Miene wirkte beinahe gequält. »Schneller.«

Jedes Mal wenn sie sich nach unten bewegte, schnellte seine Hüfte hoch und trieb seinen Penis tiefer in sie. Das Kribbeln wurde immer stärker, und sie wusste, dass sie nicht mehr lange durchhalten würde. Ihre Hand glitt an ihrem Körper hinunter, bis sie ihre Klitoris erreichte. Es reichte eine kurze Berührung, um sie zum Höhepunkt zu bringen. Ein Schrei brach aus ihr heraus, ihr Körper zuckte unkontrolliert. Beinahe verzweifelt stieß Jay in sie, bevor er mit einem lauten Stöhnen ebenfalls kam. Jocelyn brach auf ihm zusammen. Unter ihrer Wange konnte sie das wilde Hämmern seines Herzens hören. Mit den Händen rieb sie über Jays schweißbedeckte Brust und genoss es, ihm so nah zu sein, ihn immer noch tief in sich zu spüren.

»Binde mich los, Joss, ich möchte dich festhalten.« Jays raue und atemlose Stimme sandte einen weiteren Schauer über ihren Rücken.

Rasch löste sie mit zitternden Fingern die Knoten an seinen Handgelenken. Sofort schlang Jay seine Arme um sie und presste sie fest an sich. Zufrieden schloss sie die Augen und genoss es, ihm so nahe zu sein. Sie konnte es sich nicht mehr vorstellen, ohne Jay zu leben. »Ich liebe dich.«

Jays Hand in ihren Haaren spannte sich an, und er zog sie zu einem tiefen Kuss zu sich heran. Schließlich löste sich sein Mund von ihrem und er blickte ihr tief in die Augen. »Du bist mein Leben, Joss.« Sein Mundwinkel hob sich. »Aber könntest du jetzt noch meine Beine losbinden, damit ich mich wieder bewegen kann?«

Jocelyn grinste ihn an. »Nein, ich denke, ich mag es, wenn du mir ausgeliefert bist.« Sie rieb mit ihrer Wange über seine. »Und wenn du brav bist, lasse ich dich vielleicht beim nächsten Mal die Rollen vertauschen.«

Mit einem Stöhnen ließ er seinen Kopf zurückfallen und schloss die Augen. »Ich habe ein Monster erschaffen.«

Zufrieden schmiegte sie sich an ihn. »Aber es gefällt dir, oder?«

Seine Lider hoben sich. »Und wie.« Sein Lächeln sagte mehr als tausend Worte.

LARA ADRIAN • BELLA ANDRE • ILONA ANDREWS • ALFRED BEKKER • AMBER BENSON • ANNETTE BLAIR SCOTT BOWEN • JACQUELINE CAREY • KRESLEY COLE • SUSAN CRANDALL • MARY JANICE DAVIDSON JOCELYNN DRAKE • JENNIFER FALLON • JACQUELYN FRANK • ANDREA GUNSCHERA • TATE HALLAWAY GEMMA HALLIDAY • LORI HANDELAND • MOLLY HARPER • RACHEL HAWKINS • BARB & J.C. HENDEE WOLFGANG HOHLBEIN • IAN HOLT • TANYA HUFF • STACIA KANE • JULIE KENNER • JACKIE KESSLER CAITLIN KITTREDGE • JEANINE KROCK • VICTORIA LAURIE • JENS LOSSAU • KATIE MACALISTER • SEANAN MCGUIRE • SHANNON MCKENNA • RICHELLE MEAD • ELISABETH NAUGHTON • CHLOE NEILL • PAMELA PALMER • BERND PERPLIES • MICHELLE RAVEN • KIMBERLY RAYE • LISA MARIE RICE • LINDA ROBERTSON STEPHANIE ROWE • DIANA ROWLAND • LILITH SAINTCROW • R.A. SALVATORE • LYNSAY SANDS • JENS SCHUMACHER • GESA SCHWARTZ • ULRIKE SCHWEIKERT • ALISON SINCLAIR • NALINI SINGH • ROXANNE ST. CLAIRE • DACRE STOKER • LYNN VIEHL • CHRISTIAN VON ASTER • EILEEN WILKS • CAY WINTER

Mehr zu Ihren Lieblingsautoren und -büchern
sowie Interviews, Newsletter, Leseproben,
Gewinnspiele und Trailer finden Sie unter:
www.egmont-lyx.de

Michelle Raven

TURT/LE

Gefährlicher Einsatz

Thriller

»Romantic Thrill vom Feinsten!«
Büchereule

Rose Gomez willigt ein, einem Teamgefährten ihres verstorbenen Mannes bei einem Navy-SEAL-Einsatz zu helfen. Roderic „Rock" Basilone ist auf der Suche nach zwei in Afghanistan vermissten amerikanischen Agentinnen. Dort angekommen entwickelt sie schon bald tiefere Gefühle für den schweigsamen SEAL. Aber kann sie sich erneut in einen Mann verlieben, der einen solch gefährlichen Job hat? Doch schon bald erhöht sich der Einsatz, denn die Spur der Agentinnen führt direkt in die Festung eines berüchtigten Warlords.

»Michelle Raven gelingt es, Hoffnung zu wecken, Spannung zu erzeugen und auch familiäre Bindungen zu beschreiben. Man leidet und fiebert mit.«
Literaturschock

Band 1 der Serie
544 Seiten, kartoniert mit Klappe
€ 9,99 [D]
ISBN 978-3-8025-8791-7

www.egmont-lyx.de

EGMONT LYX
Verlagsgesellschaften

Mehr zu Ihren Lieblingsautoren und -büchern
sowie Interviews, Newsletter, Leseproben,
Gewinnspiele und Trailer finden Sie unter:
www.egmont-lyx.de

Roxanne St. Claire

Bullet Catcher

Roman

»So heiß wie eine tropische Sommernacht!« *Winter Haven News*

Sie sehen gut aus, sind charmant und gehen jedes Risiko ein. Die sexy Bodyguards in Roxanne St.Claires *Bullet Catcher* beschützen ihre Klientinnen mit ihrem eigenen Leben. Problematisch wird dies nur, wenn sich die Bullet Catcher von ihren Gefühlen ablenken lassen …

Band 1: Alex ISBN 978-3-8025-8348-3
Band 2: Max ISBN 978-3-8025-8349-0
Band 3: Johnny ISBN 978-3-8025-8350-6
Band 4: Adrien ISBN 978-3-8025-8624-8
Band 5: Wade ISBN 978-3-8025-8630-9

www.egmont-lyx.de

EGMONT LYX
Verlagsgesellschaften

LARA ADRIAN • BELLA ANDRE • ILONA ANDREWS • ALFRED BEKKER • AMBER BENSON • ANNETTE BLAIR
SCOTT BOWEN • JACQUELINE CAREY • KRESLEY COLE • SUSAN CRANDALL • MARY JANICE DAVIDSON
JOCELYNN DRAKE • JENNIFER FALLON • JACQUELYN FRANK • ANDREA GUNSCHERA • TATE HALLAWAY
GEMMA HALLIDAY • LORI HANDELAND • MOLLY HARPER • RACHEL HAWKINS • BARB & J.C. HENDEE
WOLFGANG HOHLBEIN • IAN HOLT • TANYA HUFF • STACIA KANE • JULIE KENNER • JACKIE KESSLER
CAITLIN KITTREDGE • JEANINE KROCK • VICTORIA LAURIE • JENS LOSSAU • KATIE MACALISTER • SEANAN
MCGUIRE • SHANNON MCKENNA • RICHELLE MEAD • ELISABETH NAUGHTON • CHLOE NEILL • PAMELA
PALMER • BERND PERPLIES • MICHELLE RAVEN • KIMBERLY RAYE • LISA MARIE RICE • LINDA ROBERTSON
STEPHANIE ROWE • DIANA ROWLAND • LILITH SAINTCROW • R.A. SALVATORE • LYNSAY SANDS • JENS
SCHUMACHER • GESA SCHWARTZ • ULRIKE SCHWEIKERT • ALISON SINCLAIR • NALINI SINGH • ROXANNE ST. CLAIRE • DACRE STOKER • LYNN VIEHL • CHRISTIAN VON ASTER • EILEEN WILKS • CAY WINTER

Mehr zu Ihren Lieblingsautoren und –büchern
sowie Interviews, Newsletter, Leseproben,
Gewinnspiele und Trailer finden Sie unter:
www.egmont-lyx.de

Nina Bruhns

Zero Unit

Thriller

Drei Treffer ins Herz – so heiß waren Agenten noch nie

Sie sind mutig, verwegen und hüten ein dunkles Geheimnis. Die attraktiven Agenten der Zero Unit, einer Geheimorganisation der CIA, setzen ihr Leben in gefährlichen Missionen aufs Spiel. Doch selbst wer jeden Tag die Welt rettet, kann sein Herz verlieren … Im Kampf gegen das Böse riskieren sie für die Liebe den Tod!

»Eine Achterbahnfahrt voller rasanter Action und knisternder Leidenschaft!« *C. J. Lyons*

Band 1: Tiefer Fall ISBN 978-3-8025-8515-9
Band 2: Böses Erwachen ISBN 978-3-8025-8514-2
Band 3: Bittere Wahrheit ISBN 978-3-8025-8516-6

www.egmont-lyx.de

EGMONT Verlagsgesellschaften LYX

Mehr zu Ihren Lieblingsautoren und –büchern
sowie Interviews, Newsletter, Leseproben,
Gewinnspiele und Trailer finden Sie unter:
www.egmont-lyx.de

Julie James

Für alle Fälle Liebe

Roman

Was sich liebt, das streitet sich

Anwältin Cameron Lynde wird Zeugin, wie im Hotelzimmer nebenan eine Frau ermordet wird. Den Fall übernimmt ausgerechnet FBI-Agent Jack Pallas, der mit Cameron noch eine Rechnung offen hat. Denn nach einem unglücklichen Ereignis in der Vergangenheit macht Jack Cameron für den Niedergang seiner Karriere verantwortlich. Doch nun müssen die beiden zusammenarbeiten, um einen gefährlichen Mörder zu überführen. Und schon bald stellen sie fest, dass sie tiefere Gefühle füreinander entwickeln ...

»Ein prickelnder, mitreißend erzählter Romantic-Thrill-Roman voller Spannung und Erotik!« *Booklist*

Band 1 der Serie
336 Seiten, kartoniert mit Klappe
€ 9,99 [D]
ISBN 978-3-8025-8679-8

www.egmont-lyx.de

EGMONT LYX
Verlagsgesellschaften

Mehr zu Ihren Lieblingsautoren und -büchern
sowie Interviews, Newsletter, Leseproben,
Gewinnspiele und Trailer finden Sie unter:

www.egmont-lyx.de

Shiloh Walker

Blinde Wahrheit

Thriller

Ein Schrei im Wald verhallt nicht ungehört!

Ein grauenhafter Schrei, den Lena Riddle im Wald hinter ihrem Haus hört, versetzt sie in Angst und Schrecken. Doch die Polizei des kleinen Örtchens Ash, Kentucky schenkt ihr keinen Glauben. Der Einzige, der Lena zur Seite steht, ist der vom Dienst beurlaubte Polizist Ezra King. Er ist überzeugt, dass Lenas Leben in Gefahr ist, und setzt alles daran, um sie zu beschützen.

»Der fesselnde Auftakt zu einer neuen Krimiserie, die man nicht mehr aus der Hand legt!« *Romantic Times*

Band 1 der Serie
425 Seiten, kartoniert mit Klappe
€ 9,99 [D]
ISBN 978-3-8025-8611-8

www.egmont-lyx.de

EGMONT LYX EGMONT
Verlagsgesellschaften

Gefällt mir
Werde Teil unserer
LYX-Community bei Facebook
Unser schnellster Newskanal:
Hier erhältst du die neusten Programm-
hinweise und Veranstaltungstipps
Exklusive Fan-Aktionen:
Regelmäßige Gewinnspiele,
Rätsel und Votings
Bereits über 10.000 Fans tauschen sich
hier über ihre Lieblingsromane aus.
JETZT FAN WERDEN BEI:
www.egmont-lyx.de/facebook